叶永烈／著

中国版《乱世佳人》

邂逅美丽

天地出版社
TIANDI PRESS

图书在版编目（CIP）数据

邂逅美丽 / 叶永烈著 . —成都：天地出版社，
2018.4
ISBN 978-7-5455-3813-7

Ⅰ . ①邂… Ⅱ . ①叶… Ⅲ . ①长篇小说—中国—当代
Ⅳ . ① I247.5

中国版本图书馆 CIP 数据核字（2018）第 060059 号

邂逅美丽
XIEHOU MEILI

出 品 人	杨　政
著　　者	叶永烈
责任编辑	杨永龙　李建波
封面设计	蒋宏工作室
内文插画	高川峰
电脑制作	尚上文化
责任印制	葛红梅

出版发行	天地出版社
	（成都市槐树街2号　邮政编码：610014）
网　　址	http://www.tiandiph.com
	http://www.天地出版社.com
电子邮箱	tiandicbs@vip.163.com
经　　销	新华文轩出版传媒股份有限公司

印　　刷	天津文林印务有限公司
版　　次	2018年4月第1版
印　　次	2018年4月第1次印刷
成品尺寸	170mm×240mm　1/16
印　　张	25.75
字　　数	415千字
定　　价	39.00元
书　　号	ISBN 978-7-5455-3813-7

上海市作家协会
重点作品扶持项目

野有蔓草，零露漙兮。

有美一人，清扬婉兮。

邂逅相遇，适我愿兮。

野有蔓草，零露瀼瀼。

有美一人，婉如清扬。

邂逅相遇，与子偕臧。

——《诗经·郑风·野有蔓草》

目　录

小引

魔都奇葩

旭日把金色的朝晖洒满上海四马路[1]，这里顿时充满活力，热闹非凡，人声车声，无比嘈杂。

绿色的有轨电车发出叮叮当当的声音，沿着路中央的铁轨行驶。人力车、三轮车、自行车、摩托车以及马车在铁轨两侧来往穿梭。"龙虎仁丹""美丽牌香烟""国华胶皮鞋""王星记扇子""阴丹士林蓝布""天厨味精""屈臣氏汽水""上海啤酒""蝶霜""无敌牙粉""固齿灵牙膏"之类广告牌，令人眼花缭乱。挂着"杏花楼""状元楼""老半斋酒楼"等金字招牌的四马路那些著名饭店开始升火，煲汤的煲汤，洗菜的洗菜，扫地的扫地，抹桌的抹桌。只有致美楼饭店大门紧闭，毫无动静。大门口围着一群人，长袍者、短衫者皆有，在那里指指点点，飞短流长，你猜我测，议论纷纷。

四马路，一条与大马路——上海第一大道南京路平行的东西走向的马路，东头起于外滩，西头止于跑马厅[2]，长达 1.5 公里。在大马路跟四马路之间，有着两条同样

1　四马路，今上海福州路。
2　跑马厅，今上海人民广场。

平行的马路，分别是二马路[1]和三马路[2]。在四马路之南，那条平行的街道，则是五马路[3]。从大马路到五马路，构成了公共租界（亦即英美租界）的核心区域、黄金地段。

在大、二、三、四、五马路这五条平行的马路之中，四马路最为另类，是一条与众不同、不可思议的马路，是上海这座魔都的一朵奇葩。

四马路就像一根长长的扁担，两头挑着截然不同的街区。

在扁担的东头，亦即靠近外滩那一带，云集了300多家报馆、出版社、书店、报摊，是著名的文化街，中华书局、商务印书馆、世界书局、开明书局、大众书局、时代书局、新民书局、广益书局、正言出版社雄踞于此。尤其是这里的望平街，全长不过二百米，却密密麻麻聚集着几十家报社，是上海的新闻重镇。

然而，在扁担的西头，在那儿的弄堂里，却在一盏盏长圆形的红色灯笼之下，数以千计的妓女云集于此，形成了名闻遐迩的红灯区。尤其是四马路726弄的新会乐里，在那一幢幢石库门房子里，竟有登记在册的妓院151家，妓女600余人！

具有讽刺意义的是，公共租界的最高行政首脑机关——工部局，以及公共租界最高警务机构、管理着公共租界内15个巡捕房的总巡捕房[4]，也在四马路上。在他们看来，红灯区可以合理存在，他们于1925年做出开禁妓院的决定，允许妓院"合法营业"。公共租界工部局还设立了"正俗科"，负责对妓院、妓女进行登记、管理以及收税，并不取缔。这样，红粉街上的红粉也就越聚越多。

周璇演唱的《讨厌的早晨》，是上海弄堂的"晨曲"："粪车是我们的报晓鸡，多少的声音都跟着它起。前门叫卖糖，后门叫买米。哭声震天是二房东的小弟弟，双脚乱跳是三层楼的小东西。只有卖报的呼声，比较有书卷气……自从那年头儿到年底，天天的早晨都打不破这例。"

可是此时此刻四马路西头的新会乐里，却是一片寂静。新会乐里的长度，跟望平街一样，都是二百米。夜间无比辉煌的红灯笼，在晨曦中逐一熄灭。原本这时候走街串巷的"报晓鸡"——粪车，在车夫响亮的一阵阵"马桶拎出来"的催促声中，

1　二马路，今上海九江路。

2　三马路，今上海汉口路。

3　五马路，今上海广东路。

4　总巡捕房，又称中央巡捕房。

弄堂开始苏醒。然而粪车在转完一条条弄堂之后，才来到新会乐里，而且只倒马桶，没有发出"马桶拎出来"呼喊声，为的是不惊扰那些尚在温柔之乡打呼噜的客人。

在四马路东头的望平街，此时此刻人声鼎沸，处于一天之中最为繁忙的时刻。短短的望平街，是上海的新闻中心。《申报》《时报》《新闻报》三大报馆三足鼎立于此，《立报》《琼报》《晶报》《福尔摩斯报》《社会晚报》等诸多小报也跻身其间。

今日，"派报行"前格外闹猛[1]，报贩、报童们麇集，或车拉、或肩扛、或手提，把一捆捆报纸急速派送，因为大报、小报竞载特大新闻——四马路致美楼血案！

虽说在公共租界杀人越货屡见不鲜，汪洋大盗亦时有所闻，然而昨晚的血案跟花粉街头牌名妓有染，小报记者、无聊文人也就趋之若鹜。大报小报争登这一四马路新闻，斗大的标题充满八卦味。

清早，上海尚在晨雾的笼罩之下，街头的大饼、油条、豆浆正散发着热气，报贩们已经在沿街高声叫喊着：

"看报，看报，《四马路致美楼昨夜发生大血案》！"

"看报，看报，《老冶客[2]倒在四马路名妓枪下》！"

"看报，看报，《探秘温柔之乡的命案》！"

"看报，看报，《带血的金莲花》！"

"看报，看报，《'花国总统'金莲杀人之后逃之夭夭》！"

虽说当时案情尚未查清，枪手亦并非金莲，但是以八卦见长的小报记者向来喜欢在名妓身上做渲染文章，以博取眼球。何况记者们并不知道那倒在血泊里的两个男子的真实身份，经过"合理想象"，推定为情杀、三角恋爱、争风吃醋，所以也就把文章做在金莲身上……

昨晚，究竟在四马路致美楼饭店发生了怎样的枪击案？

1　闹猛，方言，繁忙、热闹之意。

2　冶客，方言，即嫖客。

第一章

金色莲花

致美楼的急骤枪声

天涯呀海角

觅呀觅知音

小妹妹唱歌郎奏琴

郎呀咱们俩是一条心

哎呀哎哎呀

郎呀咱们俩是一条心

家山呀北望

泪呀泪沾襟

小妹妹想郎直到今

郎呀患难之交恩爱深

哎呀哎哎呀

郎呀患难之交恩爱深

人生呀谁不

惜呀惜青春

小妹妹似线郎似针

郎呀穿在一起不离分

　　哎呀哎哎呀

　　郎呀穿在一起不离分

　　歌声如同银铃般清脆，歌声如同蜂蜜般甘甜，歌声如春风般轻柔，歌声如同美酒般令人陶醉。

　　华灯初上，上海外滩红红绿绿的霓虹灯，闪耀着迷人的光芒。夏初温柔的轻风，缓缓掠过黄浦江，挟带着来来往往的轮船发出的阵阵汽笛声，从敞开的窗口吹进四马路致美楼饭店二楼的豪华包厢里，仿佛是在为《天涯歌女》的歌声伴奏。

　　自从 1937 年上海明星影片公司出品的电影《马路天使》上映以来，周璇演唱的主题歌《天涯歌女》迅速走红，成为上海滩最为流行的歌曲。谁家没有一张百代唱片公司发行的《天涯歌女》唱片，就仿佛成了时代的落伍者。

　　致美楼饭店坐落在四马路与大新街[1]的交叉口。此刻名为"沉香阁"的豪华包厢里，响起的不是留声机里"金嗓子"周璇的歌声，却是一位妙龄女子在席间轻舒歌喉。她不穿大红大绿，一袭靛蓝独色高领丝绸旗袍，细细的白色镶边，左胸前别着一朵金色的莲花，给人以典雅、娴静、庄重、秀美之感。她一头乌黑烫发，蛾眉皓齿，唇若涂脂，袅娜娉婷，雍容华贵。尤其是双眸，明亮清澈，炯炯闪光，眼珠如同黑宝石。她没有浓妆艳抹，只是略施粉黛，倒显得清新自然，散发着青春气息。演唱时她笔直伫立，左手勾着右手平放于胸前，与头部形成一个三角形。她始终保持这一姿势，目视正前方，除了红唇在一张一合之外，全身纹丝不动。

　　这时候的上海，除了公共租界飘扬着英国的米字旗和美国的星条旗、法租界飘扬着法国三色旗，其余的地方都插着日本的太阳旗和红、黄、蓝、白、黑横条的汪精卫汉奸政府的伪国旗。自从在鸦片战争战败，清政府被迫在上海设立租界。1845年 11 月，英国率先在上海设立英租界。此后，美租界、法租界相继在上海设立。1863 年 9 月，英租界与美租界合并为公共租界。公共租界包括今日上海的黄浦区北部、静安区以及虹口、杨浦两区南部沿江地带，乃上海精华之地。法租界则在今日上海黄浦区南部以及西南的徐汇区，以霞飞路[2]为主干道。1937 年 11 月，国民政

1　大新街，今上海湖北路。

2　霞飞路，今上海淮海路。

府军队在淞沪会战中失利，上海落入日军手中，但是日军无法进入公共租界及法租界。于是，租界成了被日占区包围的孤岛。公共租界及法租界原本只有100多万居民，一时间，70多万难民从日占区涌入公共租界及法租界，使孤岛空前"繁荣"起来。即便在这国难当头的岁月，孤岛之内却依然灯红酒绿、歌舞升平，诚如唐代诗人杜牧的《泊秦淮》所云："商女不知亡国恨，隔江犹唱后庭花。"

在致美楼二楼"沉香阁"包厢耀眼的水晶吊灯下，大圆桌之侧，八位食客序齿而坐。朝南的主位上，端坐着上穿白绸马褂、下穿黑色绸裤的一身丝绸的中年男子。他乌亮的头发从中间朝两边对分，戴一副无框金丝眼镜——这是当时最为流行的体现儒雅气质的眼镜。中年男子看上去模样斯斯文文，而两道剑眉之下是一双精明的眼睛。

致美楼饭店是豫菜馆。主人挑选致美楼宴请，是因为坐在右首的主宾乃河南开封人氏，投其所好而已。主宾年近不惑，浅灰西装红领带，显然是郑重其事，为赴宴而穿上了正装。他那光而亮的脑袋在水晶吊灯下益发光而亮，仿佛是头发长错了地方。他的八字胡浓而密，两腮铁青，显然是刮去连腮胡子之后留下的痕迹。那浮肿的眼皮底下一对布满血丝的金鱼眼正色迷迷地望着歌女起伏的胸脯。在他的右侧，是一位人高马大的男子，黑色西装，双眼正警惕地扫描着包厢的每一个角落。

主人左侧的座位空着，因为原本坐在这里的歌女，正站在椅子后边为客人演唱。其余的宾客，三位是主人的跟班，两位是她的随佣，皆为男性，个个身强力壮，但衣着随便。在主人的三位跟班之中，有一位是主人的助理。

歌女美颜芳姿，一曲《天涯歌女》刚毕，众客人齐声叫好，噼里啪啦鼓掌。

就在客人们要歌女再来一曲的时候，包厢的门开了，响起了豫剧唱腔般高亢的男声："一只鸡子剁八瓣，又香又嫩又好看。"

原来，那是堂倌一边念念有词，一边端上第一道大菜。顿时，包厢里弥漫着炸鸡以及葱、姜、料酒的诱人香气。

"王水处长，请品尝您家乡开封的美馔'炸八块'！"中年男子朝右首的主宾说道。

王水，"上海特别市政府"警察局情报处处长。所谓"上海特别市"，是在1938年10月16日设立的，当时隶属以大汉奸梁鸿志为首的南京傀儡政权——"中华民国维新政府"。1940年3月30日，以大汉奸汪精卫为首的南京伪国民政府宣告成立，上海特别市政府改隶汪伪行政院。

王处长一边用筷子夹起炸鸡腿蘸辣酱油，一边舒心地笑道："知我者，高瑞先生也。离开家乡开封多年，没有想到在上海滩吃到正宗的开封'炸八块'。相传当年乾隆爷南巡驻跸开封，吃了'炸八块'，跷起大拇指，从此'炸八块'名满天下。"

高瑞则说道："河南杞县，乃中华厨神伊尹之故乡。有厨神伊尹的神助，豫菜理所当然成为中华美味。"

杯觥交错，美馔迭出，一道道河南名菜次第而上：糖醋软熘鱼焙面、葱扒羊肉、清汤鲍鱼、大葱烧海参……

当王水大快朵颐之际，他身边黑西装大汉的双眼也不再东看西瞧，只顾闷头吃菜喝酒。

高瑞对左边的歌女说道："金莲小姐，怎么不动筷呀？"

金莲滴酒不沾，双筷未动。直到高先生说了那句话，她才拿起蓝花瓷匙舀了清汤鲍鱼的清汤，用筷子夹了一小块海参。看得出，她对羊肉、鸡块敬而远之，只偏爱清淡的海鲜。即便是酸辣乌鱼蛋汤，虽说她对剥成一片片的雪白的乌鱼蛋[1]颇为喜欢，但是看到汤里飘着红红绿绿的辣椒，不由得双眉紧蹙，不敢问津。

高瑞看到金莲终于动筷之后，侧过身来跟右侧的王水窃窃私语，低声交谈如何请王水帮助他跟日军做生意……

王水原本是四马路的常客。作为"上海特别市政府"的警察局情报处处长，王水常从日占区进入公共租界，来到四马路，明里是"本职"工作，在报社密集的报馆街搜集情报，而在"业余"，则徜徉于红灯之下，流连于温柔之乡。

不过，近来王水不常去四马路了。因为公共租界、法租界不断响起冷枪，"上海特别市政府"一个个要员倒在血泊之中。这些汪伪官员，身在日占区，往往喜欢把家安置在租界，为的是给自己留一条后路——因为一旦有什么风吹草动，就可以躲进租界。然而，他们没有想到，当他们回家的时候，就无法得到日军的庇护，狙击手早就已经在他们的家门口守株待兔。也有的汪伪官员则是在潜入四马路红粉街寻

1　乌鱼蛋，即乌贼鱼蛋。

欢作乐的时候，被人跟踪，倒在一盏盏长圆形的红灯之下。王水已经查明，国民党军统在上海特二区区长陈恭澍领导之下，在公共租界、法租界施行针对汪伪官员的暗杀计划，以震慑汪伪政权。

然而，这一回王水却破例来到公共租界四马路赴宴，原因有二：一是商人高瑞称有一批货物从公共租界外滩装船出海，在经过日占区时请王水"关照"放行，会给他一笔不菲的润金；二是高瑞说宴席将请新会乐里"花魁"金莲小姐作陪。有钱有色，王水也就动心了，带着人高马大的保镖兼司机赴约。只是进入公共租界时，按照巡捕房的规定，不许带枪，不过两人身上都暗藏着雪亮的匕首。

边吃边聊，王水跟高瑞谈定了交易。密谈已毕，酒过三巡，高瑞掏出一包美丽牌香烟，向王处长敬烟。王处长在吞云吐雾之际，注视着金莲，忽然有所发现，他指着美丽牌香烟壳上印着的美女像说道："金小姐朱唇皓齿，粉面桃腮，千娇百媚，艳压群芳，怎么跟美丽牌小姐长得一模一样？"高瑞也笑道："我在初识金莲小姐时，第一眼看过去，就很惊讶，莫非是美丽牌小姐走出香烟壳子？！"这时，金莲终于开口："美丽牌小姐乃红女伶吕美玉，共舞台新剧《失足恨》的主角，上海十大美女之首，岂是小女子所能比？"高瑞向王水介绍说："金小姐不止是貌比美丽牌小姐，而且琴、棋、书、画样样精通，才貌双全，这是红女伶吕美玉所无法攀比的。"王水一听，竟然大言不惭地说："金小姐命中注定是我的人。"高瑞不解："王处长此话怎讲？"王水道："你们知道，我这名字暗藏什么玄机？"高瑞猜测道："王字加水，'汪'也。你这名字注定你一辈子跟定汪精卫主席。"王水道："这是明摆着的，谁见到我都这么说。这不算玄机。"高瑞技穷，猜不出。王水笑道："在座的有谁懂化学？"无人应答。王水这才徐徐道来："家父毕业于日本帝国大学化学系，是化学博士。他给我取名'王水'，其实这是一个化学名词。在化学上，王水是王者之水，能够征服黄金。黄金是金属之王。即便是浸在浓盐酸、浓硝酸里，一年、两年、十年，都依然金光闪闪。但是如果用三体积的浓盐酸与一体积的浓硝酸混合在一起，把黄金放进去，很快就被侵蚀，以致全部溶解！所以这种混合液被称为王者之水——王水。"

在座的客人没有一个懂得化学，但是听王水这么一讲，都明白了王水的厉害。

高瑞笑道："照王处长这一说，你必定能够'溶解'红粉之王——金莲！"

王水大笑。

众人大笑。

唯有金莲不笑。

王水对金莲说道："请金小姐再展歌喉。"

金莲问："王处长请点歌。"

王处长道："就唱那首什么玫瑰玫瑰吧。"

金莲说："哦，'银嗓子'姚莉唱的电影插曲《玫瑰啊玫瑰》？"

王水连连点头。

金莲徐徐站了起来，保持刚才唱歌的姿势，展开歌喉：

　　　玫瑰玫瑰最娇美

　　　玫瑰玫瑰最艳丽

　　　长夏开在枝头上

　　　玫瑰玫瑰我爱你

　　　玫瑰玫瑰情意重

　　　玫瑰玫瑰情意浓

　　　长夏开在荆棘里

　　　玫瑰玫瑰我爱你

　　　心的誓约　心的情意

　　　圣洁的光辉照大地

　　　心的誓约　心的情意

　　　玫瑰玫瑰枝儿细

　　　玫瑰玫瑰刺儿锐

　　　今朝风雨来摧残

　　　伤了嫩枝和娇蕊

> 玫瑰玫瑰心儿坚
>
> 玫瑰玫瑰刺儿尖
>
> 来日风雨来摧毁
>
> 毁不了并蒂连理
>
> 玫瑰玫瑰我爱你

　　金莲刚唱毕，王水朝金莲斜乜了一眼，居然也哼了一句"玫瑰玫瑰我爱你"。高瑞见状，拊掌而道："王处长歌声美妙，何不趁酒兴也高吭一曲。"王水连连摇头道："我只会唱南京国民政府的'国歌'《卿云歌》——'卿云烂兮，糺缦缦兮。日月光华，旦复旦兮。日月光华，旦复旦兮。''国歌'，不能在酒席上唱。"高瑞说："那就跟金小姐来个男女合唱《跑马溜溜的山上》。这首康定情歌，王处长一定会唱。"王水答道："要我跟金小姐男女合唱，有个条件。"

　　高瑞问："什么条件？"王水趁着酒兴说道："金小姐在酒席上滴酒不饮，这不公平。如果金小姐跟我饮一杯交杯酒，我就唱！"金莲连忙推辞："王处长，我不胜酒力，实难从命。"王水笑道："潘金莲当年与武松对饮，一口气豪饮十杯，乃是女中酒仙！我是武松再生，愿与金莲一醉方休。"金莲连声说："王处长，我不姓潘，我姓金。我不是潘金莲。"王水却摇晃着光而亮的脑袋："是金莲就行。我愿与金莲一醉方休。"王水往两只酒杯里倒满白酒。高瑞对满脸通红醉醺醺的王水说道："王处长醉了，今夜何处休？"王水道："红粉街上寻知己——金莲姑娘那里！"王水说着，颤巍巍地拿着两杯白酒，走向金莲，要与金莲喝交杯酒。王水的保镖见状，赶紧站起来，扶着步履蹒跚的王水。这时，包厢的门开了，一位堂倌端着压轴大菜——汴京烤鸭上来，双眼却紧盯着王水与他的保镖。

　　刚刚把盛着汴京烤鸭的大瓷盆放在圆桌中央，堂倌就像变戏法似的，从盆底抽出一支乌黑发亮的手枪。醉眼蒙眬的王水只顾缠着金莲，而保镖眼疾手快，看到了那黑漆漆的手枪，霍的一下，从腰间拔出雪亮的匕首。

　　说时迟，那时快，堂倌扣动了扳机，"啪，啪，啪"三声枪响之后，高大的保镖踉跄跌倒，横在血泊之中。堂倌之所以要先撂倒保镖，在他看来，只要干掉身强力壮的保镖，王水就好对付了。突如其来的枪声，把王水一下子从醉酒之中惊醒了，吓出一身冷汗。但王水毕竟是警察局情报处处长，资深特工，当堂倌把枪口对准他的时候，他竟然用左手一把抓住金莲，用左臂扼住金莲的头颈，把她挡在前面作为肉盾、作为人质，而他的右手迅即从腰间抽出匕首，把尖尖的利刃对准金莲的左胸，随时准备刺进金莲的心脏。

这时，堂倌、高瑞以及他的三个跟班，尽管人多势众，一时之间竟然束手无策，屏声敛气，无法靠近王水。金莲的两个随佣则呆若木鸡，不知所措，吓得像烂泥似的瘫在座椅上。王水大喝一声："让开！"堂倌、高瑞以及他的三个跟班只得闪到一边，乖乖地给王水让出一条路。就在这千钧一发的节骨眼上，文质彬彬的金莲居然一扭身，先是双手一推，然后飞起左脚，踢掉王水手中的匕首。接着，金莲右脚一蹬，跳上圆桌，踩在那盆汴京烤鸭之上。不言而喻，金莲不仅琴、棋、书、画拿得起，放得下，而且还有一身了得的武功。趁金莲挣脱王水魔掌之际，堂倌再度扣响扳机，又是"啪，啪，啪"三声枪响，王水应声倒下。

六声清脆而响亮的枪声，惊动了致美楼饭店。食客们纷纷夺路逃命，俄顷人去楼空。六声清脆而响亮的枪声，惊动了四马路。还没有人来得及报警，咫尺之内的公共租界总巡捕房的巡捕们便闻风而动，循声赶来，冲进致美楼饭店，直奔二楼的"沉香阁"。六声清脆而响亮的枪声，也惊动了四马路众多的报馆。记者们也闻警而动，拿起镁光灯，拿起照相机，朝致美楼饭店迅跑，抢新闻。首先到达凶杀现场的当然是巡捕们。领头的是公共租界总巡捕房高鼻碧睛的英籍探长和美籍探员，也有华捕[1]以及头缠红布的印度"红头阿三"[2]。他们一律穿着用深蓝色海军呢制作的巡捕制服。那位英籍探长胸前挂着金牌——只有服务期在25年以上的巡捕才有资格佩金牌。

巡捕们搜查沉香阁包厢，除了见到倒在血泊之中的王水和他的保镖之外，还有两个面色如纸、浑身哆嗦的男人——金莲的随佣，更准确地说，是妓院里的妓佣，上海人称之为"龟奴"。金莲是妓院名花，她应召外出酬宾时，轩车高马，两个妓佣一个为她驾车，一个为她上、下车时摆放垫脚凳。当然，这两名妓佣还有一个重要使命，那就是监视金莲，防止她在外出时逃跑。妓佣进进出出于红灯之下，只知迎客送客，没听过啪啪枪响，没见过血光之屠，何况他俩被高瑞频频劝酒，已经烂

1　即华人巡捕。
2　即印籍巡捕，大都是锡克族人，头缠红布，上海人称"红头阿三"。

醉，所以双腿发软，瘫坐在椅子上，连站起来的力气都没有。

在这极其混乱之际，那连开六枪的堂倌最先冲下楼，混在一大群食客中溜之大吉，不知去向。

在这极其混乱之际，高瑞与他的三个跟班消失在浓重的夜幕之中，无影无踪。

在这极其混乱之际，金莲也从人间蒸发，无从寻觅。

巡捕们摸了摸那保镖的胸口，由于心脏中枪，已经没有生命迹象。

华捕朱海从血泊中扶起王水。王水浅色西装变成了红色西装，上面勾着一枚金光闪闪的莲花胸针。朱海立即把这带血的金莲花放进一只白色的信封。朱海发现王水虽然衣服上满是鲜血，但只是手臂受了伤，伤并不重，便立即叫来救护车。那救护车车厢长方形，漆成深绿色，车厢两侧正中有一个白色圆形标志，上面漆着醒目的红十字。朱海的巡捕制服上佩戴银牌，这表明他在巡捕房已经工作10年以上。

两个妓佣，被巡捕拘捕，跟致美楼老板一起，押往公共租界总巡捕房。

现场的所有景象，都被摄影记者们拍摄了下来。

巡捕追寻枪手

王水的保镖躺在担架上，被抬上救护车，王水则能够自己走上救护车。华捕朱海随同上车。救护车呼啸着驶往仁济医院。

从致美楼到仁济医院，不过一箭之遥。救护车从四马路往山东路一拐，车轮往前滚几圈，就来到一幢半弧形英式风格建筑的六层大楼，深褐色的外墙上镶嵌着一排排落地钢窗，那便是公共租界首屈一指的取义于"仁术济世"的仁济医院。不过，老百姓习惯于叫"麦家圈医院"，因为清道光二十五年（1845）英国基督教传教士麦都思在这里圈地，于是这一带便称为"麦家圈"。麦都思也是四马路最早的开发者，他在四马路传教讲经布道，所以四马路最初的名字叫作"布道路"或者"布道街"。

担架被抬进仁济医院，王水则跟在担架之后走进仁济医院。入夜，医院里的雕花长廊空无一人，担架穿过西式壁灯照耀下的长廊直抵急诊室。

头发花白的英国医生对那位保镖进行检查之后，断定已经死亡，便在胸前画了一个十字，叮嘱医役把死者抬往停尸房。

接着，英国医生对王水进行检查，发觉王水虽然西装的衣襟、后背都是鲜血，但只是右臂中弹出血而已。在堂倌开枪射击时，训练有素的王水闪躲及时，在右臂中了一枪之后便迅即倒下，后背沾的是保镖的血，而衣襟上则是他自己的血。

英国医生用剪刀剪去王水簇新的满是血迹的西装，对伤口进行消毒、包扎之后，让王水换上蓝白条子相间的病号服，住院治疗。这时，在向英国医生道谢之后，王水在朱海的陪同下，缓步走出急诊室。朱海拉开电梯的铁栅门，王水随后进入。电梯每上一层，轿厢里半圆形的楼层指示器上的黑色指针就转动一格，直至指在"6"字上。

仁济医院是英国医师兼传教士洛克哈脱创办的基督教教会医院。四楼、五楼是普通病房，每间病房摆放16张病床，面向普通百姓。据称，住院的病人只要每天跟着牧师读《圣经》，就可以免去医药费。六楼则是豪华病房。豪华病房没有普通病房那么大，但是一人一间，而且附设独立卫生间。王水舍得在四马路掷钱约红粉，如今受了伤，当然舍得花钱住豪华病房。

王水和朱海走出六楼电梯，走廊里坐着护士。一看住院单，护士带着他们来到602病房，用铜钥匙打开房门。王水见到打蜡地板一尘不染，宽敞的床上铺着雪白的被单，还有沙发、书桌，十分满意。

看到王水精神尚可，朱海请王水讲述致美楼枪击案始末，并坐到书桌前做记录。

王水说，自己是应生意人高先生之邀去致美楼赴宴，并讲述了事情的经过。他告诉朱海，开枪者是端着汴京烤鸭的堂倌，而这个堂倌极可能是国民党军统特工乔装打扮的。

朱海问道："如果那人是国民党军统的特工，为什么朝你开枪？"

到了这个时候，王水才不得不说出了自己的身份——他是"王加水"。

朱海一听就明白，"王字加三点水"意味着是汪精卫手下的人。他因此也就明白，致美楼枪击案，不是情杀，不是抢劫钱财，而是政治性谋杀。下手者如同王水所言，无疑是国民党军统特工。此前，朱海经手侦办多起暗杀案件，很多起是国民党军统特工在公共租界枪击汪精卫手下的人。当时正处于第二次世界大战，日本与德国、意大利结为法西斯同盟，而英、美、中、苏则是反法西斯同盟，在政治上是对立的。虽说如此，但英美公共租界的巡捕房，对于国民党军统特工枪杀汪精卫系统官员事件持中立态度，所以朱海公事公办，侦查此案，以求查清谁是凶手。

这时，朱海从信封中取出金色的莲花别针，问道："此物怎么会落在你的西装之上？"

王水认出金色莲花别针原本别在金莲旗袍左胸，大抵是他紧抱金莲作为人质时这枚金色莲花别针钩到了他的西装之上。

朱海问："金莲会不会也是国民党军统特工？"

王水摇头："不得而知。"

朱海又问："宴请你的高先生，会不会是国民党军统特工？"

王水又摇头："不得而知。"

朱海正打算详细询问王水是如何结识高先生的时候，响起了叩门声。朱海去开门，门外站着刚才为王水开门的护士，她的身后站着好几个男人。其中的一个中年男子说道："我们是记者，想采访致美楼枪击案。"

原来，自从1844年麦都思在麦家圈创建中国第一个近代印刷所——墨海书馆，这里就开始成为报社、杂志社、出版社的密集之地。麦家圈之中的望平街，成了上海的报社之街，报馆林立，记者云集。即便在夜深发生枪击案，记者们仍迅速闻风而动。当记者们在致美楼得知枪击案的受伤者被巡捕送往仁济医院后，便尾随至仁济医院。他们得知伤者住在六楼病房，就跟踪而至，上了六楼。

朱海一见那么多记者蜂拥而至，赶紧一手亮出公共租界巡捕证，一手拔出手枪，以命令式的口气说道："当事人受伤，何况案件正在侦查之中，不能进行采访。如有违者，以妨碍公务论处，立即拘捕。"

朱海的吓阻很有效。众记者见到朱海手中乌亮的手枪，连连后退，有的乘电梯，有的沿着宽敞的楼梯，赶紧下楼。朱海回身进屋，正想对王水说此处不宜久留，王水先开口了："朱先生，我要赶紧转移。"朱海对公共租界的医院非常熟悉，当即说："转到公济医院去。"公济医院跟仁济医院只差一个字，是法国天主教会创办的教会医院，地位跟仁济医院旗鼓相当。公济医院在公共租界苏州河畔，跟四马路有一段距离，可以躲开记者。王水的西装已经被医生剪碎，不成样子，朱海便把自己的风衣借给王水穿上。朱海沿着楼梯下楼，直至确认记者们已经离去，这才叫了一辆出租车，在浓重的夜色之中陪同王水悄然转移到公济医院病房。就在朱海侦讯王水的时候，在四马路总巡捕房，另一位巡捕正在审讯被拘留的两个妓佣。

这两个妓佣一身酒气。那六声枪响把他们吓出一身冷汗，此刻才从醉意蒙眬中惊醒过来。据妓佣交代，他俩来自新会乐里的"兰玉书寓"。会乐里是一条窄窄的、短短的弄堂，南头在四马路，北面在汉口路。这一带原本就有零零散散的妓院。自从1861年太平军占领了南京以及江南一带之后，实行禁娼，于是南京、扬州、苏州、无锡的妓女便纷纷逃往上海，进军租界，求得"保护"。她们占领了会乐里以及周边的久安里、清和里、尚仁里、日新里、同庆里、西安坊、普庆里，红灯高照，形成一大片红灯区。那时候，"十里之间，粉黛万家，昼则锦绣炫街，夜则笙歌鼎沸"。不过，会乐里的房子太旧太破了。来自浙江南浔的精明的地产商刘景德发现了商机，在1924年把会乐里的旧屋全部拆掉，新建了28幢石库门房子，名曰"新会乐里"。这新会乐里的28幢石库门房子除了一幢开设专治花柳病的乾元药行之外，其余27幢都挂起了红灯笼，成了四马路红灯区的中心，成了真正的约"会"快"乐"之"里"。当夜幕降临，新会乐里便红光照耀、脂粉氤氲。即便是公共租界沦为日军包围下的孤岛之后，新会乐里的皮肉生意依然红火。

新会乐里的妓院，都是向公共租界办理了登记手续的，属于"合法"的。那时候，一幢石库门房子里有好几家妓院。妓佣所称的"兰玉书寓"，在新会乐里中段。妓佣交代，那个歌女，是"兰玉书寓"的"女教书"，名叫金莲。新会乐里的妓院分为三档，即"书寓""长三堂子"和"幺二堂子"。所谓"长三堂子"，是指小姐陪酒、说话、陪坐、宿夜都是三个银圆；所谓"幺二堂子"，是指小姐陪酒、说话、陪坐、宿夜都是两个银圆甚至一个银圆。"书寓"是妓院之中最为高档的。书寓里的小姐，不仅年轻漂亮，而且才艺出众，叫作"女教书"或者"先生"。"女教书"可以为客人表演才艺，价格颇高，卖艺不卖身。

妓佣称，金莲不仅美若天仙，而且艺压群芳，琴、棋、书、画、文、史、诗、赋、吹、拉、弹、唱，样样拿得起、放得下。正因为这样，自从金莲成为兰玉书寓的"女教书"，如同一棵摇钱树，吟一首诗，十枚银圆；唱一首歌，二十银圆；奏一曲琵琶，三十银圆；陪客人吃一顿花酒，五十银圆；那天到致美楼，又是陪酒，又是唱歌，一百银圆。

巡捕问："请金莲到致美楼的客人，叫什么名字？"

妓佣摇头。他们说，兰玉书寓老鸨交给他俩的任务，就是用华丽马车载金莲到致美楼，宴毕接金莲回来。平日，他们作为佣人是不上桌的，但那天的客人特别客气，让他俩也同桌而食，而且不断向他们敬酒。他们难得能够喝到美酒，也就放量痛饮。只是作为下人，他们不敢问客人姓名。在席间，听到客人叫嘉宾为"王处长"，而王处长则称客人为"高先生"。除此之外，他们什么都不知道。

妓佣证实，朝王处长开枪的，不是高先生，不是高先生的跟班，也不是金莲小姐，却是送菜的堂倌。准确地讲，开枪者是送最后一道菜汴京烤鸭的堂倌——此前送菜的是另一位堂倌。

妓佣还说，枪响之后，金莲不知去向。如果金莲独自回兰玉书寓，千好万好；倘若金莲趁混乱之际跟那个高先生逃走，那么妓佣就"吃不了兜着走"，兰玉书寓会打断他俩的腿——老鸨派他俩出去，就是为了防止金莲被客人拐跑，因为金莲是老鸨的摇钱树，曾有一个客人开价一万银圆为金莲赎身，老鸨都没有答应。除此之外，妓佣便一问三不知了。

紧接着，公共租界的巡捕又审讯了致美楼饭店老板。致美楼饭店老板只知道那位订下沉香阁包厢的客人姓高。对于高先生的情况，一概不知。巡捕最为关注的，是那个开枪的堂倌到底是谁。致美楼饭店老板反复强调的是，给沉香阁包厢送菜的堂倌叫小沈，在致美楼饭店工作多年，为人忠厚老实。小沈在送最后一道菜汴京烤鸭时，半途被一个男子夺下，说是由他送进去。小沈以为那人大约是包厢客人的跟班，也就把菜交给了他。意想不到的是，那人端着汴京烤鸭进入沉香阁包厢，就响起了可怕的枪声。老板一再强调，那人并非致美楼饭店员工，所以枪击案跟致美楼饭店无关。

巡捕追问：那个开枪的人，何等模样？老板说，自己并未亲眼见过，这个要问堂倌小沈。于是巡捕审问堂倌小沈。小沈回忆说，那人一身黑——黑衣、黑裤、黑鞋，个子中等偏高，行动迅捷。巡捕问：那人脸部有什么特征？小沈说，当时那人一闪而过，他只记得那人留着长鬓角，外表很文雅，根本不像是一个杀手，所以自己才放心地把汴京烤鸭交给了他。巡捕问：那人跟你讲过话吗？小沈说，那人只讲过一句话，三个字："我来送！"巡捕问：那人什么口音？小沈说，讲上海话。审讯到此，致美楼饭店老板跟堂倌小沈再也说不出什么有用的线索。深夜，当朱海从苏州河畔的公济医院回到四马路总巡捕房后，查看了两位巡捕对兰玉书寓妓佣以及致美楼饭店老板、堂倌小沈的审讯记录，陷入了沉思。

在朱海看来，眼下枪击案的两个关键人物，即宴请王水的高先生以及那个枪手，身份不明，去向不知。另一个重要当事人金莲，事发之后也消失了，巡捕未能找到她。但是"跑了和尚跑不了庙"，从那个"庙"——新会乐里的兰玉书寓，也许可以找到金莲的线索，甚至金莲眼下就躲在兰玉书寓。

朱海决定夜访兰玉书寓……

夜探红粉街

夜上海夜上海

你是个不夜城

华灯起车声响歌舞升平

只见她笑脸迎

谁知她内心苦闷

夜生活都为了衣食住行

酒不醉人人自醉

胡天胡地蹉跎了青春……

周璇演唱的这首《夜上海》，正是子夜时分四马路的形象写照。朱海穿着象牙白纺绸上衣，黑色礼帽，黑色裤子，乌亮的尖头皮鞋，一副绔纨阔公子派头。尤其是腰间，一根宽皮带上挂着一个显眼的黑色钱包。虽说已经是夜间，他仍戴了一副黑色太阳镜——这是有身份的嫖客们通常用的遮颜术。他带着一位华人助手，出了总巡捕房，沿着四马路朝西走去。

在这夜阑人静时分，在四马路昏暗的路灯下，不时有浑身散发着浓烈香水气味的绰绰黑影像幽灵一般朝他扑来，如同飞蛾赴火，但都被他用壮实的手臂挡开。他知道，这些站在路边拉客的女人，是没有登记也没有固定住所的"野鸡"，是最低档的妓女。内中不乏讲一口流畅上海话的半老徐娘，或者苏南[1]口音的贫困农村妇女，迫于生计不得不做这种不要脸面的生意。不过，那时候的上海流行着"笑贫不笑娼"，所以在她们看来，贫穷更没有脸面。

新会乐里位于四马路最西端，西边靠近南北主干道虞洽卿路[2]上的跑马厅，那里是四马路最辉煌的红粉笙歌之地。朱海因公务曾经多次到过新会乐里，为了避嫌，他总是在白天去那里，而且穿一身警服。他从不在夜晚到那里。如果这回不是因为情况紧急，他不会在子夜闯进新会乐里。向来谨慎的他，特地带来助手，以便有一个证人，证明他去那里是执行公务。他没有穿警服，是为了避免他和助手的出现，给生意正兴隆的新会乐里带来惊恐。当然，也因为考虑到如果金莲已经回到兰玉书寓，他穿一身警服会使金莲避而不见。

新会乐里并不是一条普通的窄而长的上海弄堂，总长不过二百米。这条南北走向的里弄，两边却有着七条东西走向的小弄，呈格子状的围棋棋盘形。28幢石库门房子便集中在这个方形的棋盘之中。在西北角，有两幢大型建筑，分别为皇后大戏院[3]和一品香大旅社。一品香大旅社除了一间间典雅的客房之外，附设西餐厅、舞厅。在上海国际饭店建成之前，这里是上海公共租界首屈一指的宾馆。不过，正经客人不愿下榻一品香大旅社，因为此处与新会乐里只一墙之隔，是招妓侑酒、歌管杂陈之地。《官场现形记》的作者李伯元曾经这样记述在一品香大旅社的见闻："鬼脸神头相掩映，可惜电光灯照。倚笛征歌，持杯斗酒，叫得王三宝，端茶送菜，忙煞

1　苏南，即江苏南部。

2　虞洽卿路，初名泥城浜，后来叫西藏路。1936年上海公共租界工部局以上海大亨虞洽卿的名字命名为虞洽卿路。1943年，汪精卫政府接收租界，将虞洽卿路改回原名西藏路。1945年更名西藏中路，沿用至今。

3　皇后大戏院，今上海和平电影院。

翡翠二少。闻道有客登楼，招呼起立，添写三张票。节下开销浑不管，只顾眼前欢笑。接耳交头，摸腮嗅颊，都与倌人吵。老夫无语，坐看小子胡闹。"

朱海从四马路中央大菜馆之侧进入新会乐里。这是他第一次在夜间来到销魂动魄之地。他在白天来此，每幢石库门房子大门紧闭，鸦雀无声，路上鲜见行人，一盏盏直桶形红灯笼灯火熄灭，宛如一座死城。可是眼前的新会乐里，跟白天判若两个世界：弄堂两侧一盏盏红灯把房、门、路、人映照成一片红色。那灯笼上用黑色大字写着一个个妓女的名号，诸如"莺红""秀姑""春兰""美玉""香云""青娥"之类。所有的石库门房子都洞开大门，门口有妓佣在拉客。一个个小院里不断传出阵阵笑声、琴声、酒令声、麻将哗哗声，一扇扇窗子射出黄晕而柔和的灯光。弄堂里逛街者你来我往，间或有苦力挑着酒店的竹编食盒朝小院走去，相当于几十年后骑电动车的外卖。

朱海压低了礼帽，跟助手走进新会乐里，在红灯之下白绸衬衫泛着红光，他成了"红人"，成了一家家妓院拉客的对象。然而朱海却昂首阔步，而目光在"王顾左右"，在扫描着弄堂两侧一个个红灯笼，寻找着兰玉书寓。

朱海记得，据那两个妓佣交代，兰玉书寓在新会乐里中段。这样，当他进入新会乐里中段之时，便放慢了脚步。果真，在新会乐里唯一的商店——治疗性病的乾元药行斜对过，在写着"美华""怡红"的长圆灯笼之间，见到写着"兰玉阁"的红灯笼。仔细一看，在紧挨着兰玉阁红灯笼的，是一盏没有点亮的红灯笼，上书"金莲"二字！

兰玉阁，无疑就是兰玉书寓。写着"金莲"两字的灯笼没有点亮，表明金莲已经在接客，或者是接到"局票"外出了。所谓"局票"，就是"相知"花钱订了"相好"，开出"局票"，上书"某某君叫某某小姐至四马路某某酒楼某某厅……侍酒勿延"。

兰玉阁的红灯下，并无妓佣。大约是那两个妓佣尚在总巡捕房待审。朱海见黑色的石库门敞开着，便踱了进去。朱海跟助手刚走进天井，一个年近不惑却风韵犹存的女子，已经明显发胖的身子上紧绷着一件湖绿色的中式大襟中袖缎衫，宽宽的黑色镶边上绣着一朵朵粉红色的桃花。她满脸堆笑迎了上来。阅人无数的她，一看朱海白衫黑裤、气宇轩昂，举手投足之间透出豪气，便知来者非等闲之辈。

　　"先生请！"她把手朝客堂间一伸。她虽然讲上海话，但是带着明显的苏州口音。

　　客堂间，也就是石库门房子的客厅，位于底楼正中，两边为东、西厢房。客堂间正中的大吊灯里的钨丝灯发出柔和而明亮的浅黄色光线，两侧放着四把红木太师椅。她跟朱海面对面坐定，而朱海的助手则伫立于朱海椅侧。不言而喻，她就是兰玉阁的老鸨。

　　老鸨问："先生喜欢咖啡、绿茶、红茶还是威士忌？"

　　朱海答："绿茶。"

　　老鸨随即吩咐手下的女妓佣："给先生奉绿茶！"

　　女妓佣端上盖碗茶盅。朱海这时摘下礼帽，露出一头抹过发蜡的乌亮的头发。他欠欠身，从女妓佣手中接过茶盅，轻轻掀起盖子并把盖子倾斜，拨开漂浮在茶汤上的些许茶叶，慢慢地啜了一口。在他饮茶之际，身子依然笔挺地坐在太师椅上。他抿了一口之后，把盖碗茶盅放在红木茶几上，用一口上海话徐徐而道："龙井新茶，好茶！"

　　老鸨见朱海这饮茶姿势，带着绅士范儿。她吩咐女妓佣："给先生呈上花名册。"

　　女妓佣给朱海送上一本粉红色册页，封面上用毛笔写着"兰玉阁"三个字。这时，朱海摘掉墨镜，逐页翻阅。每一页上贴着兰玉阁女子的照片和芳名。他喜欢哪一位女子，便可以叫唤一下名字，那女子当即沿着客堂间背后的木楼梯，从二楼下来。她会像服装模特一般，在客堂间里来回走几下，让客人观赏。如果客人点头，鸨母当场便与客人商定价格，客人支付银票或者银圆之后，那女子就听命于客人了。

　　朱海阅毕，把花名册往茶几上一放，问老鸨道："花名册上怎么不见金莲小姐？"这时，老鸨知道客人是有备而来，是冲着金莲而来，便说道："金莲小姐是唯一的女教书，在兰玉书寓的锦册上单列，'缠头'要比花名册里的妹妹们高出好多倍。"朱海故意问道："女教书为何不同一般？"老鸨答道："培养女教书，谈何容易。女教书色艺双全，需要挑选色相出众而又绝顶聪明的女孩，花钱买下，再加以培养，从小就请人教授琴、棋、书、画、吹、拉、弹、唱。下了血本之后，到了亭亭玉立之年，方能成为女教书。金莲是四马路女教书之冠，'花国总统'，所以'缠头'不菲。"

朱海摆出一副一掷千金的架势,非要会一会金莲小姐不可。老鸨说道:"客官,实在不巧,金莲小姐今夜有'局票',应召外出。"朱海不依不饶,说道:"女教书向来卖艺不卖身。金莲小姐应召外出,即便到了深更半夜,也总要归来。在下不走了,在此恭候金莲小姐。"

直至这时,老鸨才叹了一口气,说出了实情:"金莲小姐应召外出,照理到了这时候早就应该乘坐马车回来。谁知今夜出了意外。我接到电话说,金莲小姐应召所去的致美楼饭店发生了枪击案,在混乱之中,金莲小姐不知去向。我立即派人前去寻找,说是遍地寻找,依然不见踪影,真是急煞老娘……金莲是我兰玉阁的顶梁柱呀!"

朱海一听,知道老鸨说的是实话,她也不知金莲下落。至此,朱海亮出了公共租界总巡捕房的警官证。老鸨得知客人姓朱,乃是巡捕,由悲转喜,说道:"我正想向公共租界总巡捕房报案,没有想到朱警官倒是先行一步,前来敝院走访。"朱海道:"请你尽量配合我的调查。"

老鸨连声道:"一定,一定。"

朱海拿出一个信封,从中取出一枚金光闪闪的莲花胸针,老鸨马上认出这是金莲的胸针。朱海告知,这是他在致美楼枪击现场找到的,致美楼枪击案由他负责侦查。朱海手中的这枚金莲花胸针,大大加强了老鸨对他的信任度,确信朱海是负责侦查致美楼枪击案的巡捕,只有他才可能把金莲找到。正因为这样,朱海问什么,老鸨就知无不言、言无不尽了。

朱海问道:"这次发出'局票',邀请金莲小姐到致美楼的是哪位先生?"

老鸨答道:"姓高,名瑞。"

朱海问:"这位高瑞先生,何许人也?"

老鸨答道:"高瑞先生是我兰玉阁的常客,金莲的相好。金莲平日几乎不外出。因为高瑞先生是熟人,所以开出'局票'相邀,我也就答应了。高瑞先生出手阔绰。"

朱海问:"高瑞先生是何方人氏?"

老鸨摇头:"我只管收钱、数钱,不问出身。听他口音,道地上海人。"

老鸨言毕,忽然记起什么,说道:"对了,他知道金莲喜欢蓝色,曾经送了靛蓝丝绸给她，做了一身旗袍。他还送湖绿锦缎给我，现在我身上穿的中式大襟，就是用他送的湖绿锦缎做的。他顺口说了一句，他的父亲是温州丝绸富商，家里有的是绫罗绸缎。温州生产的丝绸叫瓯绸，织工精细，又滑又柔，我们都很喜欢。"

老鸨说，据高先生解释，"瓯"本是一种陶器的名称，温州人很早就会做这种陶器，所以"瓯"就成了温州的代称：横贯温州的江，就叫作瓯江；温州姑娘，就叫作瓯越美女；温州的丝绸，就叫作瓯绸。

老鸨说，高先生言语不多，她所知只有这些。也许金莲知道多一点，可惜如今找不到她。

朱海又问："除了高瑞之外，金莲还有无别的相好？"

老鸨笑道："我们这一行，认钱不认人。金莲也只是人前扮笑脸而已。不过，虽说流水无情，落花却也有意。一位国民党姓刘的将军看中金莲，欲为金莲赎身，要纳为妾，我开价一万大洋，未能谈成这笔生意。高先生似乎也有此意，曾经在私底下向金莲表露。我知道高家是富商，把价钿[1]翻了一倍，开价两万大洋……"

老鸨说到这里，央求朱海道："追寻金莲一事，拜托朱警官。倘能寻回金莲，老身这厢当有重谢。"

朱海道："我是在执行公务。在公共租界内发生如此严重的凶杀案，我作为巡捕，有责任厘清案件，捉拿凶手归案，以维持社会秩序。只要鸨母能够配合调查，多多提供破案线索，就非常感谢了。"

这时，老鸨忽然又记起什么，说道："我的佣人在大门口曾经发现，夜间，当金莲应客人之邀弹琵琶之际，从隔壁的乾元药行，会踱出一个男子，沿着弄堂徜徉，侧耳谛听。金莲一曲弹毕，那男子也就回到乾元药行。"

朱海一听老鸨此言，非常重视，当即记录在案。

朱海问："此男子有何特征？"

老鸨答："据佣人称，因在夜间，男子的面目看不清楚，只见此人黑衣黑裤黑鞋一身黑。"

朱海又问及金莲的来历："金莲小姐是何方人氏？几岁进入兰玉阁？你们花了多

1　价钿，吴语方言，等同价钱。——编者注

少年的时间教她琴、棋、书、画、吹、拉、弹、唱？"

本来，面对外人，老鸨是绝口不提金莲的身世的，但此时此刻，老鸨面对的是巡捕，提供的线索越多，找到金莲的希望就越大。正因为这样，老鸨竹筒倒豆子一般，讲述了金莲的真实身世。

老鸨说："我刚才说的从小培养女教书，是同行中的惯例。金莲是一个例外，我得来全不费工夫！"

朱海立即追问："此话怎讲？"

老鸨说："四马路红粉，大都是苏南姑娘，也有上海本地女子，少数来自浙江杭州、宁波。金莲是少数中之少数，乃喝瓯江水长大的温州姑娘，人称瓯越美女。不过，金莲在 15 岁的时候就随父母来到上海，能讲一口流利的上海话。金莲本是大家闺秀，出身名门望族。母亲亦是名门之女，才艺出众，倾全力培养金莲，使她从小受到良好的教育，琴、棋、书、画、吹、拉、弹、唱无不精通。因家庭变故，被迫卖到青楼，当时出价五百银圆。我一看这姑娘色艺俱佳，是踏破铁鞋无处觅的女教书，马上还价二百五十银圆。对方称二百五太难听，出价三百。我生怕被别家抢走，也就以三百银圆成交。"

朱海问："成交时有契约吗？"

老鸨回到东厢房，取出一纸卖身契，递给朱海。

朱海一看，卖身契上的姓名是"方美莲"，不是金莲。

老鸨解释道："她姓方，本名美莲。金莲是她的'艳名'。姑娘进入青楼这一行，十有八九改名换姓。"

朱海在卖身契上见到方美莲母亲的签字、指印。那签名"方陈氏"三个字，倒不是潦草，而是如同小学生的字一样幼稚。

朱海指着卖身契问："你不是说，金莲的母亲也是名门之女，怎么签字像蟹爬？"

老鸨一句话，说清楚了问题的关键："方陈氏是后母！"

朱海又问："你说方家因家庭变故，把如花女儿卖入火坑，这家庭变故是不是金莲生母病故，后母当权？"

老鸨说道："金莲一到我这里，终日一言不发，以泪洗面，几度绝食，水米不进。我好不容易好说歹说，才劝住了她。正因为这样，我从来不敢问一句她家庭如何发生变故，生怕再勾起她的伤心往事。"

朱海抄录了卖身契上方陈氏的地址：上海亚尔培公寓[1]。

朱海一看亚尔培公寓，就知道金莲家的身价。那里又名皇家公寓，是上海远近闻名的高档公寓，是富商、名流的居所。那里虽然属于法租界，但金莲是侦查致美楼枪击案目前唯一可以追踪的线索，所以朱海抓住这一线索不放，决定明日去那里探访。

朱海和助手告别兰玉阁老鸨，走出那幢石库门房子。朱海走过与兰玉阁相邻的乾元药行的时候，特意放慢了脚步。此时此刻，在上海别的地方，药店早已经打烊，铁将军看门，而乾元药行依然灯火通明，只是那里的灯不是红灯而已。鉴于对致美楼枪击案的案情还不十分清楚，朱海过门而不入，打算在有了确切把握的时候再来造访。

一路上，新会乐里好多红灯笼已经灭了蜡烛，表明那些红粉今夜有主，正在跟冶客厮混，或者已经进入梦乡。笑声、歌声、琴声也已经沉寂，但是麻将的哗哗声仍不时传入朱海的耳朵。

从新会乐里拐入四马路，路灯下的幽灵也明显减少。不过，稀稀拉拉，仍有女子苦于生计，在夜风中徘徊、等待……

三起暗杀大案轰动上海

公共租界总巡捕房气势不凡，四幢九层的大楼，像四根擎天柱，矗立在四马路上，一副十足威严的面孔。这是花费百万两白银，在1935年刚刚竣工的公共租界总巡捕房新楼。内中不仅包括办公楼、审讯室、无线电室及电话总机室，还设有羁押室、监狱，以及西捕、华捕宿舍和餐厅、俱乐部、游艺室。朱海就住在这里的华捕

1　上海亚尔培公寓，今上海陕南邨。

宿舍。

致美楼枪击案的翌日清早，朱海戴好黑色大盖帽，穿了一身黑色警服，束好宽而厚的腰带，裹好黑色绑腿，跨上警用摩托车出发。这一回，他不需要"人证"，也就没有带助手。他先是沿着四马路往东，在望平街那里买了当天各种大报小报，扫描了一下各报对于致美楼枪击案的报道，然后调转车头，沿着四马路往西，从新会乐里拐入虞洽卿路，往南朝法租界驶去。

就在这个时候，王水也离开了苏州河畔的公济医院。

王水经过一夜休息，恢复了元气。这位"上海特别市政府"的警察局情报处处长，自知作为汪精卫的部下，在公共租界里没有安全感，所以三十六计走为上计。他右臂绑着白纱布，披上朱海借给他的风衣，离开公济医院，叫了一辆三轮车，来到外白渡桥。

外白渡桥是中国的第一座全钢结构铆接桥梁，钢梁上刷着银灰色的油漆。外白渡桥横跨于苏州河口之上，而苏州河口正是苏州河注入黄浦江之处。外白渡桥原本就是上海外滩的交道要道，眼下更是人车密集，因为外白渡桥南岸属于公共租界，而北岸则是日占区虹口。外白渡桥这一头是公共租界英美军队设立的岗哨，那一头则是日本军队设立的岗哨。

王水下了三轮车，取出通行证，总算通过了英美军队的岗哨。

王水走过外白渡桥，见到四处飘扬着的日本太阳旗，见到日本军队对过往的中国人查验通行证，而且还搜身检查。检查毕，中国人还要向日本士兵鞠躬。然而王水却昂首挺胸、瞪着一对金鱼眼，走向日军岗哨。他用不着拿出通行证，而是出示"上海特别市政府"警察局情报处处长的证件，日本士兵马上向他点头哈腰。他神气十足地用日语对日本士兵说：马上调一辆军车，把我送到"上海特别市政府"。

王水很快就坐上一辆日军宪兵队草绿色的三菱越野车，直奔上海江湾——"上海特别市政府"所在地。

王水庆幸这一回捡了一条命。他重新回到警察局情报处处长办公室，坐在那张摆了好多部电话的办公桌前，思绪如乱麻。

在王水看来，这一回派杀手朝他开枪，十有八九是国民党军统所为。

军统，亦即国民政府军事委员会调查统计局，在局长戴笠领导之下，针对汪精卫系统要人，在上海租界策划了一系列暗杀行动。那时候，上海租界虽然已经成了孤岛，但毕竟不是日军控制的地方，而繁华、"中立"的上海租界却又是高官富贾的"宜居"之所，内中包括诸多汪精卫系统要员。面对日军强大的攻势，国民党军队在战场上节节败退。为了震慑汪精卫伪政权，蒋介石授意戴笠，派出大批军统特工到上海，选择了在伪政权的"软肋"——日本势力薄弱的上海租界频频出击，针对汪记要人，发动了一百多起暗杀事件。

上海租界之内的每一起暗杀汪记要人的案件一旦发生，作为"上海特别市政府"警察局情报处处长的王水会很快获知，马上着手收集情报、分析案情，并向南京伪政府报告。纷至沓来的暗杀案件，既使王水忙得不可开交，又使王水胆战心惊。

内中，最使王水震惊的，是三起军统特工在上海策划的暗杀大案。

第一起军统特工暗杀大案，发生在 1938 年 9 月 30 日上午 9 时，地点是上海法租界西区开森路[1]18 号唐公馆。

唐公馆之"唐"，乃唐绍仪也。唐绍仪是名人，1912 年 3 月由袁世凯提名，唐绍仪出任中华民国首任内阁总理。这位唐总理后来失意，隐居于上海唐公馆做寓公。日本看中了唐绍仪，派出密使土肥原前往唐公馆，游说唐绍仪出任伪国民政府主席。这一消息传到蒋介石耳中，他立即关照戴笠："杀！"

军统上海区行动组组长赵理君，受命执行这一任务。赵理君打听到唐绍仪有一爱好，即收藏古董，于是投其所好，化装成古董商，跟唐绍仪搭上线。据称，"法租界难民中不少人带有值钱的古董，愿廉价出让"。于是，赵理君带领特工驾驶一辆牌号 6312 的黑色福特牌轿车驶往唐公馆，进入院子之后，从车上卸下一个宋朝大花瓶以及一个装满古玩的木箱，运至客厅。赵理君身穿淡灰色哔叽长衫，扮成古董商，向唐绍仪介绍古玩。军统特工李阿大、王兴国则装扮成伙计。

唐绍仪手持放大镜，专心鉴赏木箱中的古玩。这时，李阿大从宋朝大花瓶中抽出预先放好的小钢斧，绕到唐的背后，猛然砍向唐绍仪的后脑勺。唐绍仪当即倒下，血流满地。

这时，赵理君带众人出门，在院子里高声喊道："唐总理不必送了，留步，留

---

[1] 开森路，今上海武康路。

步。"军统特工们上了黑色福特牌轿车，呼啸而去。

第二起军统特工暗杀大案，发生在 1939 年 2 月 19 日大年初一傍晚，地点是上海法租界西区愚园路 668 弄 25 号陈公馆。

陈公馆之"陈"，乃陈箓也。陈箓同样是名人，历任北洋政府外交次长、代总长、驻法公使。1928 年之后，陈箓卸任公职，在上海做律师。1938 年，陈箓降日，出任伪南京维新政府[1]的外交部长，儿子陈友涛出任伪外交部总务司司长。

陈箓虽然在南京做官，家却在上海法租界。预先获知在 1939 年己卯年春节陈箓会从南京回上海过年，戴笠下令趁机暗杀陈箓。

受命执行这一任务的是军统上海区行动组组长刘戈青。刘戈青与军统特工徐国琦、朱山猿等八人，组成行动小组，事先对愚园路陈公馆进行详细的侦察，制订了暗杀陈箓计划。

1939 年 2 月 18 日，农历除夕，下午 3 时，陈箓从南京乘坐火车抵达上海北站，提前回沪的儿子陈友涛前往接站。

刘戈青获知，陈箓与儿子陈友涛分乘两辆轿车，回到愚园路陈公馆，便决定翌日实行暗杀计划。

大年初一，陈公馆门庭若市，前往拜年的客人络绎不绝。晚上 7 时，刘戈青穿着雨衣领头，身后跟着七名军统特工，冒雨朝陈公馆走去。来到陈公馆大门口时，见门卫持枪值班。刘戈青飞起一脚，撂倒门卫。他身后的特工迅即把毛巾塞进门卫嘴巴。两名特工换上门卫制服，在大门口警戒。

随后，刘戈青穿过厨房，冲入客厅，陈箓夫妇正在和来访的前驻丹麦公使罗文干夫妇聊天。说时迟，那时快，特工徐国琦朝陈箓开枪猛射，刘戈青又补上几枪，陈箓胸、头、颈、腿多处中弹，当即气绝。

见到陈箓倒下，客厅里众人伏地求饶。刘戈青大声喊道："没有你们的事，我们只杀汉奸！"

刘戈青把一张事先写好的标语，掷在陈箓身上。标语上写着："抗战必胜，建国必成，共除奸伪，永保华夏！"落款为"中国青年铁血军"。

1 在 1940 年 3 月南京成立以汪精卫为首的伪国民政府之前，1938 年 3 月 28 日，日本扶植汉奸梁鸿志在南京成立"中华民国维新政府"。

次日，上海各报纷纷报道：《铁血军破门而入刺杀汪伪外交部长》。

第三起军统特工暗杀大案，发生在 1940 年 10 月 11 日凌晨，地点是上海虹口斯高脱路[1]傅官邸。

傅官邸之"傅"，乃傅筱庵也。傅筱庵曾出任北洋政府高级顾问，1927 年当选上海总商会会长。1938 年投靠日本，沦为汉奸。1938 年 10 月 16 日，伪上海特别市政府成立，傅筱庵出任上海特别市市长。

与前两起暗杀大案不同的是，这一回暗杀的地点，不在上海租界，而在日占区虹口。傅筱庵原本住在上海法租界霞飞路，出任伪上海特别市市长之后，便住到日占区的上特别市的市长官邸。这个市长官邸警卫严密，傅筱庵雇了 23 名白俄保镖贴身护卫，而且官邸之侧便是日本宪兵部。

当戴笠指示军统上海特二区区长陈恭澍暗杀傅筱庵时，陈恭澍深感棘手，因为傅筱庵处于日军的严密保护之下，不能强攻。陈恭澍寻思从内部攻破堡垒。

陈恭澍派出特工，潜伏在市长官邸附近的一家酒馆里，发觉傅筱庵的厨师朱升源经常独自到那里喝酒，于是想方设法用美女特工装扮成服务小姐接近朱升源，熟悉之后，让朱升源与陈恭澍见面。陈恭澍晓以民族大义。朱升源虽是傅筱庵心腹，但是原本就对傅筱庵投日不屑，于是悄然答应参与暗杀大汉奸的秘密计划。陈恭澍周密安排了如何接应朱升源。

1940 年 10 月 11 日凌晨，傅筱庵在参加了一个日本人举办的宴会之后，烂醉如泥，回到官邸倒头便睡。朱升源见是难得机会，便持菜刀潜入傅筱庵卧室，对准傅筱庵连砍三刀。傅筱庵鲜血喷涌，当即身亡。

朱升源悄然走出市长官邸，陈恭澍接应他远走高飞。

直到 10 月 11 日上午，傅筱庵迟迟未起床，白俄保镖这才发现傅筱庵早已气绝……

用斧头劈，用手枪射击，用钢刀砍，三位汪伪要员之死，令汉奸们人人自危。

在傅筱庵死后，由伪上海特别市政府秘书长苏锡文为代理市长。

1940 年 11 月 20 日，汪精卫的南京伪国民政府任命立法院院长陈公博兼任上海

1　今上海山阴路。

特别市市长。

陈公博此人，在1921年原本是中共"一大"代表，此后脱离中国共产党，加入中国国民党，担任国民党中央党部书记。他在国民党内紧跟汪精卫。1938年他随汪精卫叛国投敌。

1940年3月30日，汪精卫在日本的扶持下成立南京伪国民政府，担任伪国民政府代主席及行政院院长，陈公博出任立法院院长。

自从陈公博在1940年11月20日担任上海特别市市长，便成了王水的顶头上司。

上海连连发生的军统特工暗杀汪精卫系统要员案件，使王水怀疑，致美楼枪击案也是国民党军统所为。

王水在思忖：

致美楼上那开枪的堂倌究竟是谁？是不是军统特工？

枪手跟高瑞有没有关系？是不是高瑞雇佣的？

如果说，枪手跟高瑞是一伙，那么高瑞就并非单纯的商人。可是，高瑞为什么要杀自己？难道高瑞跟国民党军统有瓜葛，甚至高瑞本人就是国民党军统特工？

其实在投靠汪精卫伪政权之前，王水原本也是国民党军统特工。这不奇怪，伪国民政府主席汪精卫原本就是国民政府行政院院长、孙中山遗嘱的起草者。正因为王水曾经是国民党军统高官，所以对于上海国民党军统很熟悉，高瑞并没有在上海国民党军统名单之中。他愿意赴高瑞之宴，就在于知道高瑞并非国民党军统特工。

王水忽然又记起，在租界暗杀汪精卫政府官员的，除了国民党军统特工之外，还有中共地下党。难道高瑞是共产党？那个开枪者是共产党？王水对于中共在上海的地下党并不熟悉，所以他开始怀疑这一回可能是遭到中共的暗杀，因为在中共的眼里，他是汉奸，是汪伪的警察局情报处处长，当然该杀。

王水作为资深的特工，心中明白，在上海租界，日、蒋、汪、共、英、美、法，七股不同的政治势力在较量。他的靠山只有一个，那就是日本人。

王水不是好惹的。频频发生的汪精卫政府官员在公共租界、法租界被杀，上峰已经多次要求王水查明真相并进行报复。这一回暗杀者的枪口居然对准了自己，居然射杀了自己的保镖。王水决定暗中对致美楼枪击案进行调查，查清朝自己开枪的究竟是谁——虽说那里是英美租界，不属于"上海特别市政府"管辖。还好，公共租界巡捕房里既有英捕、美捕、印捕、华捕、俄捕，也有日捕，即住在公共租界里的日籍公民担任了巡捕。虽说日捕是代表公共租界巡捕房执法，但是内中也有日汪的内线。王水可以通过这些特殊的日捕，了解公共租界巡捕房侦查致美楼枪击案的情况。此外，王水在上海国民党军统之中，也有"眼线"、内应，他也可以从上海国民党军统的情报中，查清暗杀者是谁。

王水不是吃素的。王水是能够溶解黄金的强腐蚀剂。一旦查明暗杀者，王水必定会以牙还牙，把暗杀者暗杀掉！

进入法租界侦查

朱海对于致美楼枪击案的侦查，显然比王水早了一步，也方便得多，毕竟他是代表公共租界巡捕房名正言顺地对这起发生在公共租界内的凶案进行侦查。

朱海沿着虞洽卿路向南，来到公共租界与法租界的分界处。这里原本是黄浦江的一条东西走向的支流，通往洋泾港，所以叫洋泾浜。"浜"是上海话，即河。洋泾浜成了公共租界与法租界的界河。公共租界在河北，法租界在河南，公共租界大，面积相当于法租界的三倍。河上有十几座木桥、铁桥。随着两岸人口的增多，洋泾浜成了垃圾河，臭气冲天。1915年洋泾浜被填平，变成上海东西主干道，名叫爱多亚路[1]。自1923年起，爱多亚路铺上了沥青，变得又平又宽又直。朱海骑摩托车越过爱多亚路，便进入法租界。那时候，不论是公共租界还是法租界，跟日占区相接的路口，都设有铁栅门、岗亭，双方严格盘查过界行人的通行证。然而在公共租界跟法租界之间，虽然也设有铁栅门，但是没有像进入日占区那样查得严，尤其朱海持有公共租界巡捕证件，法国士兵一看就放行了。考虑到越界执行任务是不许佩枪的，所以朱海没有像平常在公共租界执行任务时那样斜挎着手枪。

1　爱多亚路，今上海延安东路。

　　法租界跟公共租界明显的不同是，这里街道两侧种植了高大的法国梧桐，在初夏长出油绿的新叶。法租界的路牌也与公共租界不同，公共租界的路牌上方横写着英文，下方写着中文，而法租界的路牌则上方横写着法文，下方写着中文。朱海会讲英语，但是不懂法文，所幸路牌下方写着中文。据说最糟糕的是英国人或者美国人进入法租界，他们往往不懂法文又不懂中文，面对法租界的路牌一头雾水，只能直摇头。

　　公共租界的最高行政机构是工部局，法租界的最高行政机构是公董局。工部局与公董局有着协议，对于涉及两个租界的案件，双方巡捕房可以互相配合侦查，司法审判也可以联合会审公廨。朱海直奔霞飞路[1]与葛罗路[2]交叉口的霞飞路巡捕房。那是一幢用红砖砌成的法式建筑[3]。朱海知道，亚尔培公寓属于霞飞路巡捕房管辖。

　　朱海出示了公共租界巡捕的证件之后，便拿出几份当日的报纸。接待朱海的霞飞路巡捕房的巡捕是四十开外的华捕李警官，前额有四五条深深的抬头纹。他对朱海说，出于职业习惯，他已经看过公共租界致美楼血案的报道。当时报馆虽然集中于公共租界四马路望平街，但是出版的报纸发行全上海以至全中国。李警官说，他没有想到报纸上所载"花国总统"金莲，竟然出自他管辖的亚尔培公寓。

　　朱海说："金莲本名方美莲。"

　　李警官马上说："哦，原来是亚尔培公寓方老板的千金呀！"

　　一听李警官对方家如此熟悉，朱海不由得心中大喜。

　　李警官居然也心中大喜，因为"踏破铁鞋无觅处，得来全不费工夫"，他关注方老板的千金颇久，不知其下落，想不到朱海说出了方美莲的去处。

　　李警官告诉朱海，上海在 20 世纪早期，建造了大批石库门房子。那样的房子，上海人喜欢，可是外国人住不惯，尤其是石库门房子里没有卫生设备，外国人不喜欢用煤球炉和马桶。在法租界，为了适合外国人居住，开始建造西式公寓。亚尔培公寓就是在 1930 年由法国天主教普爱堂投资兴建的高档欧式住宅区，家家户户都有煤气灶、抽水马桶、搪瓷浴缸，还配置了小型锅炉，冬天独立供暖。所以亚尔培公

1　霞飞路，1943 年改为咸阳路，1946 年至今称陕西南路。

2　葛罗路，今上海嵩山路。

3　这栋建筑现为上海卢湾区职业教育中心所在地。

寓的住户大都是外国人，而那里的上海居民则是上流人士，内中姓方的只有一家，乃温州富豪，所以他一听说就知道是方老板家。

朱海曾听新会乐里兰玉阁老鸨说起，金莲是瓯越美女，而李警官所说的方老板乃温州富豪，这表明金莲确实很可能是方老板之女。

朱海问："李警官，你跟金莲的父亲是老朋友？"

李警官道："方老板名叫方豪。我跟方老板原本并不相识，只是因为他家发生一桩离奇的案件，由我负责侦查，所以我对方老板的身世以及他的家庭，有了深入的了解。"

朱海显得惊讶，说道："我在新会乐里曾听金莲的老鸨说过，由于发生家庭变故，方家才把千金小姐以三百银圆的价格卖给新会乐里兰玉阁。你所说的方家离奇案件，莫非就是导致方美莲小姐跌入火坑的因由？"

"正是，正是。"李警官连连点头。

方家究竟是怎样的家庭？方老板是怎样的富豪？方家为什么会从温州来到上海，买下亚尔培公寓？李警官徐徐道来，如数家珍。

李警官说，亚尔培公寓因位于亚尔培路[1]东侧而得名。亚尔培路是上海南北走向的一条道路，始辟于 1911 年。由于同济大学的前身德文医学堂设于此处，也就以该校的创办人德国医生宝隆的名字命名为宝隆路（Avenue Paulun）。1914 年法租界扩展之后，这条宝隆路划入法租界。由于在第一次世界大战中德法两国为交战国，1915 年法租界公董局以比利时国王亚尔培一世重新命名为亚尔培路（Avenue du Roi Albert）。

李警官说，亚尔培公寓北面靠近霞飞路，所以属于我们霞飞路巡捕房管辖。亚尔培公寓是花园公寓，大部分是四层楼公寓楼，也有少数两层公寓，还有八十多个汽车车库。方豪买的是两层公寓。这两层公寓是供两户人家居住的，各有一套起居室、卧室、餐室、厨房、浴厕间和用人卧室。方老板出手甚阔，买下整幢两层公寓，一家居住，还买了一间汽车房。据说，方老板在温州的房子更大。

李警官说，方老板是成功的温州商人。在上海商界，最出名的当然是"宁波

1　亚尔培路，今上海陕西南路。

帮"，而同样不容小觑的就是"温州帮"。跟上海相比，三十来万人口的温州，只是东海之滨的一座小城。但是温州人是中国的犹太人，温州人善于经商是很出名的。方老板曾经说，早在宋朝程俱的著作中，便称温州人"其人善贾"。贾，也就是商，可见温州人自古的形象就是"善贾"。不过，方老板说，温州毕竟是小城，是小河，而上海才是大江。温州商人生意做大了，便"鲤鱼跳龙门"，跳到上海来。方老板就是这样一条跳到上海的"温州鲤鱼"。

李警官对朱海说，温州帮在上海有"温州旅沪同乡会"，会长就是眼下你们公共租界纳税华人会副主席徐寄顾。徐寄顾这个温州商人不简单，曾经留学日本，在山口高等商业学校专习金融，回国之后出任浙江兴业银行上海分行副经理，后来成为浙江兴业银行董事长。

李警官说，徐寄顾热心于帮助温州同乡。1918年1月，来往于温沪两地的"普济号"轮船失事，沉没于吴淞江口外，乘客大多数是温州人，死伤惨重。徐寄顾当时作为温州旅沪同乡会副会长，积极奔走，向招商局交涉，为死伤的温州同乡争取到了赔款。也就在这一年，徐寄顾在上海南市康衢路建立了温州会馆，成为温州旅沪同乡会所在地，成为在上海的温州人聚会之所。1930年，徐寄顾又先后在上海八仙桥及福煦路[1]明德里设立了温州旅沪同乡会办事处。

李警官说，徐寄顾是温州商人中的佼佼者，跟蒋介石、杜月笙关系密切。他在上海商界呼风唤雨，出任上海商会会长，成为上海商界领袖。1932年年初，徐寄顾甚至出任了中央银行代总裁。

李警官说，方豪跟徐寄顾沾点远亲。不过，方老板属于那种"闷声大发财"的温州商人，不喜欢显山露水。尤其是在亚尔培公寓，他跟那些外国居民只有"哈喽"而已，跟那里的上海名流也只是点点头罢了。如果不是方家发生离奇案件，李警官也不会进入方家，进行侦查。

接着，李警官说起了方家的离奇案件……

---

1 福煦路，今上海延安中路。

法租界的温州人家

李警官从方豪及其家庭说起。

方老板买下亚尔培公寓整幢两层公寓，其实他家人口不多。方老板在上海一妻一妾一女。据说，他在温州还有一妾一女。也就是说，方老板有着上海、温州两个家，总共有一妻、两妾、两个女儿，没有儿子。虽说已经是民国了，提倡男女平等，但是不论在上海还是在温州，有钱人家纳妾司空见惯。方老板纳妾，除了垂涎于女色，还在于想生个儿子。虽说他的女儿方美莲绝顶聪明，但女儿毕竟是要"泼出去的水"。他手下偌大的产业，上海的公司，温州的公司，总得有个继承人。

在上海亚尔培公寓，方老板雇了一个男佣、两个女佣。男佣兼司机和外勤。方老板家虽说人口不多，却分成两派："温州派"与"上海派"。方老板以及他的妻子方施氏、女儿方美莲是温州人，两个女佣中的一个叫作徐妈，也是温州人，是方老板从温州老家带来的。众所周知，中国第一难懂的方言，就是温州话。温州话不仅发音与别的方言大相径庭，而且用词也与众不同，比如：月亮叫"月光"，天亮叫"天光"，吃早餐叫"吃天光"，鸡蛋叫"鸡卵"，舅母叫"妗娘"，姑姑叫"姑娘"，阿姨叫"姨娘"，小孩叫"碎细儿"吵架叫"论场"，眼红叫"眼汪热"，害羞叫"睇人睛"，膝盖叫"脚窟头"，腋窝叫"拉扎下"，床头叫"眠床头"……当然，最令外地人无法理解的是，温州人称妇女为"老人客"。所谓"三个'老人客'，抵得上一船'水之鸭'[1]"，就是形容妇女聚在一起话多声高。"温州派"在家里喜欢讲温州话。当然，他们也会讲国语以及很不标准、十分蹩脚的上海话。方老板的小妾方陈氏是上海人，她的女佣孙阿姨也是上海人，算是方家的"上海派"。她们都不会讲温州话，也听不懂温州话。方陈氏很年轻，只比方美莲大三四岁，看上

1　水之鸭，温州话，即鸭子。

去跟方美莲如同姐妹。司机虽说也是上海人，但是他跟两派都讲得来，属于"中间派"。方老板乃一家之主，"统治"着温州派，也"统治"着上海派。

方老板在温州与上海之间做生意，经常往返于温州与上海之间。方老板也是温州那个方家的一家之主。

在方家，方美莲是个语言天才，她从温州来上海上高中，不到一年，讲起上海话滴溜溜的，就像道地的上海人一样。方美莲还会讲一口流利的英语。在亚尔培公寓，方家要跟外国邻居、上海邻居打交道，总是让女儿方美莲出面。

方豪这条"温州鲤鱼"，生意做大了，做到上海法租界霞飞路，在那里开设公司，也就需要在上海买房子。

方豪看中离霞飞路只有一箭之遥的新建的高档社区亚尔培公寓。一踏上亚尔培公寓用花岗石砌成的人行小道，两侧是翠色可餐的绿茵草坪，眼前是一幢幢清水红砖墙、红瓦屋顶的欧式小楼，如同步入童话世界。四层的公寓，一梯两户，在当时算是很不错的了，但方豪嫌一楼八户，太杂。他看中两层两户的公寓，干脆把两户都买下来，成为独家天下。他买房子这么豪爽，大款范儿，使法国开发商连连跷起大拇指。

方豪迁入亚尔培那幢两层公寓时，方家还没有上海派、温州派之分。那时候，方家只有三个人：方豪、司机以及从温州带来的女佣徐妈。司机住在霞飞路的公司，所以方家常住人口不过是方豪与徐妈。

在最初的岁月，方豪忙着打理霞飞路的公司，忙着打理亚尔培公寓的新房子，忙着适应上海的新环境、生活。

很快，方豪就适应了法租界的生活，适应了欧式社区的生活。方豪在温州就跟"番人"[1]打交道，做生意，所以在亚尔培公寓见到那么多的"番人"，也习以为常。

度过最初的忙碌，方豪渐渐有了空闲，开始逛法租界的主干道霞飞路，逛法租界的西南重镇徐家汇，也逛公共租界的主干道南京路，逛四马路。他在四马路东头鳞次栉比的书店里买书。听说四马路西头是红灯区，也去逛了一下。

就像吸鸦片会上瘾那样，逛红灯区也会上瘾。方豪一而再、再而三来到那里。

1　番人，温州话，即"洋人"。

方豪一是有钱，二是有闲，三是一妻一妾都在温州，不在身边，所以他不断从法租界来到公共租界，成为四马路红粉街的常客。

终于有那么一天，一个讲一口上海话的年轻女人，出现在亚尔培公寓方豪家。

她看上去像是方豪的女儿。虽说看上去颇有姿色，显得妖艳，那一弯蛾眉之下是一双媚眼，举手投足之间透露出几分轻浮。她姓陈，本名梅，据说她母亲怀她时爱吃陈皮梅，所以给她取名陈梅。

陈梅原本是四马路的"长三堂子"，红灯笼上书写她的艳名叫"花见羞"。方豪看上她年纪轻轻有着闭月羞花之貌，她则看上方豪一掷千金的豪爽以及那鼓鼓荷包。就这样，彼此互有需要，"花见羞"成了方豪的相好。

方豪出大价钱为"花见羞"赎身。于是"花见羞"成了亚尔培公寓方豪家的女主人，成了方陈氏。

陈梅还带来了她的女佣。名为女佣，其实是她的母亲，只是不便挑明，陈梅喊她"孙阿姨"。这对母女在上海上无片瓦，下无立锥之地，以上海苏州河上的渔船为家。因丈夫病故，陈梅的母亲走投无路，只得把陈梅卖到四马路红粉街，自己也在那里当了个妓佣。她姓孙，妓院上上下下都喊她"孙阿姨"。

陈梅与孙阿姨自从住进亚尔培公寓方家，真是一步登天，心花怒放。方宅的大门以及所有的房门，都安装了玻璃镶套的黄铜把手。推开亚尔培公寓大门，门厅地上铺着彩色马赛克，客厅以及所有房间都是打蜡地板，落地钢窗又大又明亮。全套棕色柚木家具。主卧室里安放着双人大床，铺着软软的席梦思，西洋梳妆台上安装了大玻璃镜。卫生间又大又漂亮，既有抽水马桶，还有大浴缸。灶间里不仅有煤气灶，还有法式烤箱。就连用人卧室，虽然朝北，居然也附有小套卫生间。

陈梅进入方宅，方豪按照温州人的习惯喊她"阿梅"——温州人喜欢在名字最后的一个字前加一个"阿"，表示亲切。方豪要求陈梅按照温州人的习惯喊他"阿豪"。虽说方豪喊"阿梅"时她随即答应，可是让她开口喊"阿豪"，却总是话到嘴边喊不出来，于是仍然喊他方先生。

方宅之内，原本是楼下一户、楼上一户，各有一套起居室、主卧、次卧、大小卫生间、餐厅、厨房、用人房。方豪随阿梅挑选，阿梅喜欢楼上高爽，就住到楼上。孙阿姨也就住进了楼上的用人房。还好，徐妈为了便于为来访的客人开门，原本就住在楼下的用人房。

新来乍到，陈梅走路轻轻，说话小声，围在徐妈身边徐妈长、徐妈短，喊得好亲热。徐妈一开始不敢喊她"方太太"，总以为这称呼是属于方豪妻子方施氏的，所以也就喊她"陈小姐"。陈梅一听，甚为不悦，沉下了脸，徐妈只得改口喊她"方太太"。

孙阿姨到了方宅，从不显露丈母娘身份，一心一意做用人。她总是上上下下忙于打扫，拭擦玻璃窗，洗晒被褥衣服，还有洗菜切菜，成了徐妈的得力助手。她得到了徐妈的称赞，也得到了方豪的称赞。

陈梅与孙阿姨在方宅度过了最初的兴奋、欢欣、小心、谨慎之后，绷紧的神经慢慢松弛下来。尤其是方豪把每月的家用钱交给陈梅，使陈梅意识到，她不再是方豪的情人、方豪的小妾，而是方宅的女主人。此前，方豪把大笔的钱交给妻子方施氏，作为温州方宅的家用，在上海，则把每月家用交给徐妈，作为上海方宅的家用。徐妈是他家的老用人，方豪对徐妈绝对信任，从来不过问徐妈每月家用是怎么花费的。徐妈呢，向来对方豪忠心耿耿，从不多花一分钱。每到月底，她会向方豪报告，这个月节余多少钱，下月的家用可以少给她多少钱。自从陈梅主持上海方宅家政，徐妈就需要每天早上向陈小姐领钱，每天晚上向陈小姐报账。

平常，方豪白天在霞飞路的公司忙于业务，或者由司机驾车外出拜访客房，家里只剩下三个女人——陈梅、孙阿姨和徐妈。

陈梅开始养尊处优，摆出太太架势，对徐妈颐指气使。孙阿姨则开始不是腰酸就是头痛，干活越来越少，偌大的房子全靠徐妈打扫。

徐妈无奈，只得忍声吞气。

时间一长，陈梅、孙阿姨跟徐妈之间，已经倒满汽油，任何一个火星，都会引起一场大火。

这颗火星，竟然是由鸡毛菜那样鸡毛蒜皮的小事引发的。

方豪作为温州人，喜欢吃温州的盆菜。很奇怪，这种根茎比大头菜还大、又白又嫩又带点甜味的盆菜，温州到处都有，而上海却没有。方豪也喜欢吃温州芥菜，那种特殊的清香、爽口令人难忘，尤其是雪白的菜心，格外的脆，这也是上海没有的。方太太知道丈夫的口味，从温州托运盆菜、芥菜到上海。

陈梅作为上海人，不爱吃盆菜、芥菜，她要吃绿而嫩的小小的鸡毛菜。徐妈给陈梅买鸡毛菜。

菜场的菜价，每天都在波动。连日出大太阳，鸡毛菜的价格就上扬；连降毛毛细雨，鸡毛菜的价格就下跌。大暑期间，上海鸡毛菜价格飙涨，陈梅却用涂了红色指甲油的手指，指着徐妈说："你报谎账，你贪污！"

徐妈作为下人，忍气吞声，双眼泪汪汪。

又过了几天，再一次擦枪走火。

方豪喜欢吃海鲜。温州靠海，温州人是吃着海鲜长大的。陈梅提出要换换口味，要徐妈买鸡。

徐妈买来了鸡。陈梅一看，嫌这鸡太瘦。

徐妈随口说了一句："说不定这鸡是野鸡。"

言者无心，听者有意。这"野鸡"两字，仿佛像利箭刺痛了陈梅的心，这是她最为忌讳的，以为徐妈在暗讽她是"野鸡"！

陈梅扇了徐妈一个耳光，徐妈还如同丈二和尚摸不着头脑，不知道错在哪里。直至陈梅厉声说："你敢说我是'野鸡'，简直无法无天了！"这一回，由于陈梅动手打人，徐妈无法再忍受了。当方豪下班回家之后，徐妈对他说，她要回温州方宅，到温州的方太太那里去。方豪留不住徐妈，抓了一大把银圆，数也没有数，拿给徐妈当路费，让她回温州。陈梅和孙阿姨在侧，看得眼睛发直，气得说不出话，但是又无可奈何，只是那两对眼睛几乎充血了。方豪还吩咐司机驾着私家车，送徐妈到上海黄浦江畔十六铺码头。那时候，上海与温州之间最便捷的交通，是乘坐轮船。往返于沪温航线的是两条轮船，一条叫作"舟山"，一条叫作"穿山"。"舟山"大一点，总吨位1200吨，可以载客800多人，算是很大很大的轮船了。"穿山"的总吨位只有800吨，只能载客500人。这两艘轮船在上海与温州之间对开。方豪往返于上海与温州之间，就是乘坐轮船。

那时候，船票分为三等，即房舱、官舱和统舱。按照银圆计算，房舱票价五个银圆，官舱倍之，统舱半之。方豪乘坐官舱，除了十个银圆船票外，还要付四个银圆作为酒菜费。虽说方豪给了徐妈一大把银圆，她完全可以乘坐官舱回温州，但徐妈却买了统舱票，全程只要花两个半银圆就够了。

浑身涂着黑漆，船艏漆着两个白色大字——"舟山"。徐妈在十六铺码头上了轮船，躺在统舱满是泥垢的草席上。舟山号发出尖厉的汽笛声之后，大烟囱冒出滚滚黑烟，轰隆轰隆徐徐离开上海。

舟山号沿黄浦江向东，驶出吴淞口，进入长江。再从长江口进入东海，一路向南，中途停靠浙江定海。在定海停靠两个多小时之后，又一路向南，从瓯江口进入瓯江，向西行驶。当瓯江中的孤岛——江心屿出现在眼前时，说明温州到了。这一路行驶，花费了将近 30 个小时。

当徐妈终于被"挤"走之后，陈梅长长地舒了一口气。她打算另雇一个上海女佣，以服侍她与孙阿姨。就在新的女佣尚未选定之际，亚尔培公寓方宅响起了门铃声。孙阿姨开门一看，大吃一惊：徐妈居然站在门前。徐妈怎么又从温州回到了上海？更令孙阿姨惊讶不已的是，徐妈身后是一辆出租车，两位女子正从车上下来。司机忙着从出租车里取出两只外面包裹着藤条的箱子。她们是谁呢？

最爱唱"郎里格朗"

这两个女子，一个年长，一个年轻。年长者四十开外，虽徐娘半老略显丰满，但驻颜有术，仍面容姣好、风韵依旧。她一身藏青丝绸，端庄稳重，一望而知是阔太太。年轻者玉树临风，双瞳剪水，神情淡定，落落大方，一望而知是大家闺秀。徐妈向孙阿姨介绍说："这是方太太、方小姐，刚从温州来。"徐妈又向方太太、方小姐介绍说："这是新来的女佣孙阿姨。"孙阿姨顿时明白，一定是徐妈回到温州告诉方太太，方先生在上海新娶了小妾。方太太岂容鸠占鹊巢，所以也就携女儿突然前来上海，连方豪那里也不知会。正因为这样，方家的司机没有去十六铺码头迎接，她们乘坐出租车来到了亚尔培公寓。

孙阿姨向女主人鞠躬表示欢迎之后，急急转身进屋。她原本应当帮助出租车司机和徐妈搬运那两只包裹着藤条的箱子——温州盛产藤，在木箱之外包裹藤条，是温州人外出常用的箱子。

　　孙阿姨三步并作两步，急忙上楼，口中大声呼喊："陈小姐，方太太来了！"陈梅正在那里嗑酱油瓜子，一听孙阿姨的话，感到奇怪。妈妈怎么喊她"陈小姐"呢？打从来到亚尔培公寓方宅，陈梅就要求下人一律称她"方太太"。如今，从哪儿冒出个"方太太"？！直至妈妈上了楼，告诉她货真价实的方太太从温州来了，她这才吓了一跳，赶紧跑下楼梯。陈梅站在方太太面前，低着头，无所适从，她的衣襟上还沾着几片黑色的酱油瓜子壳呢。这时孙阿姨来了，说道："这是方太太，这是陈小姐。"方太太当然早就知道她这个陈小姐。原本孙阿姨以为，方太太的见面礼就是扇陈梅一记耳光，但没有想到，方太太很大度，和颜悦色地对陈梅说："妹妹好！"孙阿姨悬着的心放下了，陈梅心中的大石头也落地了，连忙说："姐姐辛苦了。"方太太这时转身向陈梅介绍自己的女儿："她是美莲，我的长女。"方太太对方美莲说："叫陈阿姨。"随着彼此称呼"美莲""陈阿姨"，算是确定了彼此的关系。虽说陈梅对这个"陈阿姨"之称并不满意，因为家里上上下下都喊她的母亲为"孙阿姨"，怎么喊自己"陈阿姨"呢？可是，不叫"陈阿姨"，叫什么呢？难道要方美莲叫她这个只大几岁的人为"陈妈妈"吗？这时，方太太对陈梅说道："听说妹妹已经住在楼上，那我跟美莲就住在楼下吧。"方太太这么一说，反而使陈梅觉得不好意思。陈梅说道："楼下潮湿，楼上高爽，姐姐你住楼上。"方太太不介意，说道："妹妹，我就住楼下，免去上上下下爬楼梯。"陈梅原本以为，方太太在温州听了徐妈的告状，此行是来兴师问罪。她万万没有想到，方太太宅心仁厚，并没有跟她计较，反而还让着她。陈梅赶紧帮助方太太拎箱子，把方太太和美莲安顿在楼下的主卧和次卧住下。傍晚，当方豪回到亚尔培公寓，见到太太和女儿突然从温州来了，一面非常高兴，一面埋怨太太不事先告知，不然他一定会到十六铺码头迎接。当然，方豪也暗暗担心：他在上海买房子，告诉过太太，而在上海纳妾，则瞒着太太。他生怕太太容不下陈梅。

　　当方豪看见太太跟陈梅有说有笑，心中的阴霾立即散去。他知道太太并非是那种心胸狭窄的女人。当初，他在温州纳妾，还是太太提议的。太太对他说："只怪我肚皮不争气，只生了两个女儿，没有为方家生养子嗣。娶个姨太太吧，生个儿子，对得起方家列祖列宗，方家产业也后继有人。"

正因为这样，方太太跟方豪的温州小妾相处甚好，情同姐妹。只可惜那个温州小妾的肚皮比她还不争气，几年过去了，一点动静都没有，连个女儿都没有生。方太太劝方豪，不妨再娶个小妾。在她看来，方家无论如何要有一个儿子。正因为这样，当她得知方豪在上海纳妾后，并不介意。但让她感到遗憾的是，听徐妈说，上海的那个妾，原本是只"鸡"！她埋怨丈夫，上海良家美女有的是，为什么娶个"鸡"？万一这"鸡"有难以启齿的毛病，岂不害了方家？无奈生米已经煮成熟饭，方太太对丈夫也只能恨铁不成钢了。

从此，亚尔培公寓方宅，上下两层分属于不同的派别：楼下是温州派，住着方太太和女儿方美莲以及温州女佣徐妈；楼上则是上海派，住着陈梅以及孙阿姨。方豪呢，则是像算盘珠那样上上下下，有时候睡在楼下方太太身边，更多的时候睡在楼上小妾陈梅身边，期望陈梅能够给自己生个儿子。殊不知，陈梅在红灯下曾经数度怀孕，数度做人工流产手术，已经丧失了生儿育女的能力。难怪方太太怪他，上海良家美女有的是，为什么娶个"鸡"？方豪只能自作自受，眼看着一天天过去，陈梅的"肚皮"毫无动静。其实，会生不会生孩子或者生男生女，这并不重要。方豪的错误在于以为花钱就可以买到美女，但是他不知道金钱买不到真正的爱情。

自从方太太来到上海，方豪把每月家用交给了她。虽说这是理所当然、顺理成章的事，但陈梅心中毕竟若有所失。她每月只能从方太太那里领取零用钱。不过，她不是省油的灯，她有她的办法：私下里跟方豪商定，到楼上跟她睡一夜，给三个银圆。

唉，她虽已从良，本性难移，居然仍是"长三堂子"，仿佛把妓院开到了方宅！好在陈梅只要有了钱，也就相安无事。由于方太太的宽宏大量，由于方先生给钱大方，陈梅在方家安安心心当小妾，倒也没有兴风作浪。

方家小姐方美莲，从小就爱好文艺，崇拜电影明星，她的卧室里挂着的她心中的偶像——阮玲玉、周璇、胡蝶的照片。加上她有着一张"明星脸"，所以总是做着明星梦。方美莲愿意随母亲来到上海，便是因为上海是电影明星云集的城市，是"生产"电影明星的"基地"。

方美莲要在上海上高中。方太太向来非常重视对于女儿的培养，经过走访多所学校，看中了上海私立启秀女子中学[1]。启秀女中就在离亚尔培公寓不远的霞飞路634号，学校的主楼是一幢欧式楼房。虽然启秀女中不是教会学校，但校长徐婉珊是基督教徒，她用父亲、大实业家徐润给的妆奁费创办了这所学校，曾获北洋政府总统黎元洪颁发的嘉禾一级勋章。学校里中西教育兼容，既教中文经典，又有英语、法语课程，还教绘画、音乐，这正合方太太之意，也很让方美莲喜欢。

　　方美莲是一个天性活泼的女孩子，自幼才艺出众。在启秀女子中学上学之后，她回家最爱唱的就是"郎里格朗"——1937年明星影片公司制作的电影《十字街头》中的插曲：

　　　　春天里来百花香

　　　　郎里格朗里格朗里格朗

　　　　和暖的太阳在天空照

　　　　照到了我的破衣裳

　　　　朗里格朗里格朗里格朗

　　　　穿过了大街走小巷

　　　　为了吃来为了穿

　　　　昼夜都要忙

　　　　朗里格朗朗里格朗

　　　　没有钱也得吃碗饭

　　　　也得住间房

　　　　哪怕老板娘作那怪模样

　　　　朗里格朗里格朗里格朗……

　　　　贫穷不是从天降

　　　　生铁久炼也成钢　也成钢

　　　　只要努力向前进

　　　　哪怕高山把路挡

1　上海私立启秀女子中学，今为上海市第十二中学。

朗里格朗里格朗里格朗

遇见了一位好姑娘

亲爱的好姑娘

天真的好姑娘

不用悲　不用伤

人生好比上战场

身体健　气力壮

努力来干一场

身体健　气力壮

大家努力干一场

秋季里来菊花黄

朗里格朗里格朗里格朗

阵阵的微风在迎面吹

吹动了我的破衣裳

朗里格朗格朗里格朗

穿过了大街走小巷

为了吃来为了穿

昼夜都要忙

朗里格朗朗里格朗

没工作也得吃碗饭

也得住间房

哪怕老板娘作那怪模样

朗里格朗里格朗里格朗……

成败不是从天降

生铁久炼也成钢　也成钢

只要努力向前进

哪怕高山把路挡

朗里格朗里格朗里格朗

遇见了一位好姑娘

亲爱的好姑娘

天真的好姑娘

不用悲　不用伤

前途自有风和浪

稳把舵　齐鼓桨

哪怕是大海洋

向前进　莫彷徨

黑暗尽处有曙光

　　听见女儿嘴边整天嘴上挂着"郎里格朗"，方太太笑道："留声机里的唱片坏了，反反复复只会唱'郎里格朗'！"没有想到，方美莲很骄傲地告诉妈妈："你知道这首《春天里》的歌词是谁写的？是我们高中的国文老师写的！"方太太问："哪位国文老师？"方美莲答："胡楣老师。"方太太有点不大相信："胡老师会为电影插曲写歌词？"女儿答道："没错。胡楣老师的笔名，叫关露[1]，才女一个，人也格外漂亮。我不仅喜欢她，而且把她当成心中的偶像。"方太太有很好的文学修养，读过关露的诗，也读过关露的小说。当她在知道关露是女儿的国文老师之后，深感欣慰，庆幸为女儿选择了启秀女中。

　　当然，不仅方太太不知道，方美莲也不知道，才女关露乃中共地下党员。不过，关露是参加"中国左翼作家联盟"的作家，这是见诸于报纸的。

　　关露经常把一些书刊借给学生方美莲看，从她借给方美莲看的图书和杂志，也能显示其"左翼"倾向，诸如鲁迅的《狂人日记》《阿Q正传》，陈望道主编的《太白》半月刊，直至美国记者斯诺的《西行漫记》。

　　关露听说方美莲是温州人，就问她："你认识温州的姚平子[2]老师吗？"

1　关露（1907年7月14日—1982年12月5日），作家，中共特工，1932年加入中国共产党，与潘柳黛、张爱玲、苏青并称为"文坛四大才女"。

2　姚平子（1897—1941），1924年参加中国共产党，首任中共温州独立支部书记。

　　"认识呀，她是我们温州最大的图书馆——温属联合县立图书馆籀园图书馆的馆长呀。"方美莲回答说，"我从小喜欢看书。有一回，父亲带着我顺着温州九山湖的窦妇桥，沿着石板小路，走进籀园，来到籀园图书馆，见到这么多的书，非常高兴，就在那里看了起来。这时候，突然有人摸了摸我的脑袋，用温州话说：'小溜溜[1]，这样爱看书，难得，难得。'我一回头，看见一位戴着金丝无框眼镜、留着齐耳短发的阿姨正朝我微笑。父亲对我说，'美莲，姚馆长来看你了。'我赶紧站了起来，对姚馆长深深鞠了一躬。姚馆长非常喜欢我这个爱读书的孩子。本来，只有大人才能申办籀园图书馆借书证，姚馆长特批，给我这个'小溜溜'借书证。从那以后，我常去籀园图书馆借书、看书，也常常见到姚馆长。"

　　关露一听，满脸欢笑。关露告诉方美莲："姚平子老师现在上海教书。我有几本书要送给她。你有空，替我送一下，顺便看望当年给你借书证的老馆长。"就这样，按照关露给的姚平子地址，方美莲来到上海南市，在文庙附近找到了上海市民立女中。

　　门房[2]听方美莲说要找姚老师，便指了指一个挂着"国文组"牌子的房间说："姚老师就在那里。"方美莲叩门之后，听见里面响起清脆的女声："请进！""国文组"办公室只有一位老师在用红笔批改学生作文。出现在方美莲面前的，还是那张戴着金丝无框眼镜、留着齐耳短发的和蔼的脸。方美莲朝她恭恭敬敬鞠了一躬，用国语说道："姚馆长好！"在上海，难得有人称她"姚馆长"。姚平子细细打量面前的这位姑娘："你是……"真是女大十八变，姚平子已经认不出面前的方美莲。"我是'小溜溜'！"方美莲用温州话说道。哦，姚平子猛然记起，眼前这个大姑娘，正是当年那个籀园图书馆爱看书的小女孩，于是用温州话说道："'小溜溜'变成大姑娘，我都不认得了。你怎么知道我在这里？"这时，方美莲拿出关露托她送去的书，姚平子明白了，原来这位"小溜溜"如今已经是上海霞飞路启秀女子中学的高中生，关露的学生。

　　那天，在"国文组"办公室，姚平子跟方美莲用温州话聊天，那么亲切，那般亲密。姚平子告诉方美莲，在这动荡的岁月，她过着漂泊不定的生活。她从温州

1　小溜溜，温州人对小孩的爱称。

2　门房，旧时对门卫的称谓。

籍园图书馆卸任之后，到舟山的定海小学教书，然后又"漂"到杭州、温州，如今"漂"到了上海。

姚平子很关注关露，向方美莲问了关露的近况以及关露的新作，称赞关露是一位才女。

姚平子期望，方美莲也能像关露那样，成为一位才女。从那以后，方美莲成为关露与姚平子之间的交通员，为她俩传送信件和图书。关露关照方美莲，不要对别人说起去上海市民立女中，不要对别人说起姚平子老师。姚平子则关照方美莲，不要再喊她"姚馆长"，而是称她"姚老师"。另外，如果办公室里有别的老师在，不要用温州话跟她交谈。方美莲隐隐约约感到，关露与姚平子之间，似乎并不是普普通通的两所女子中学国文老师之间的友谊……出于对关露老师的喜爱，《春天里》成了方美莲的保留节目。每当家里来了客人，方豪总是让女儿在客人面前表演才艺，她一上来总是唱"郎里格朗"。

方美莲多才多艺。她心中的偶像是著名影星阮玲玉，看过阮玲玉主演的电影《桃花泣血记》《一剪梅》《三个摩登女性》《城市之夜》《神女》《新女性》《再会吧，上海》。她从温州来到上海，期望有朝一日成为阮玲玉第二。

方美莲弹得一手好琵琶。她的琵琶保留节目是《春江花月夜》，当她"低眉信手续续弹"时，那琴声真的如同"大珠小珠落玉盘"。

倘若来了温州客人，方美莲会用温州方言唱起瓯剧《高机与吴三春》。这是一个在温州流传甚广的凄美的爱情故事，人称"浙南的《梁山伯与祝英台》""中国版的《罗密欧与朱丽叶》"。

方美莲写得一手好字，画得一手好画。方豪把女儿的草书"腹有诗书气自华，最是书香能致远"裱起来，把女儿所绘《春风得意马蹄疾》《月落乌啼霜满天》挂在客厅里。陈梅见了，自叹弗如，她连毛笔怎么握都不知道，跟方美莲相差十万八千里。

方美莲还擅长文、史、诗、赋。在客人面前，方豪常常让客人点题，方美莲随口背出。

有一回，一位来客说："来一首《木兰辞》吧。"

方美莲随即背诵道：

唧唧复唧唧，

木兰当户织。

不闻机杼声，

唯闻女叹息。

问女何所思，

问女何所忆。

女亦无所思，

女亦无所忆。

……

　　陈梅在一侧听着，脸色红一阵白一阵。她连小学都没有念过，当然不懂《木兰辞》。她把第一句"唧唧复唧唧"听成了"鸡鸡复鸡鸡"，以为方美莲在嘲讽她是"鸡"。说实在的，自从上一回发生"野鸡事件"之后，徐妈从此再也不敢买鸡了，以免再生是非。徐妈在陈梅面前，连"鸡毛掸""鸡毛菜""煎鸡蛋"都避讳，陈梅就像鲁迅笔下的阿Q，头上长疤忌讳"光""灯"。

　　陈梅自惭形秽，在方美莲面前无地自容。方美莲出口成章，七步成诗，善狂草，精琵琶，回回满堂彩。陈梅不知李清照、不懂王羲之，方美莲亦睥睨这位陈阿姨。

　　于是，在亚尔培公寓方宅，一家两派，楼上与楼下的对立情绪日渐尖锐，虽说彼此心知肚明，却又彼此敷衍，同住于一个屋檐下。诚如白居易在《琵琶行》中所写："别有忧愁暗恨生，此时无声胜有声。"

鸠占鹊巢酿悲剧

　　朔风起，扫落法租界的梧桐树叶。人们缩紧头颈，踩着落叶，步履匆匆地走在街头，脚下发出枯叶破碎的嚓嚓声。上海这座城市最难捱的季节是隆冬，尤其是在冷雨翻飞的日子里那深入骨髓的寒冷。千家万户没有暖气，只好抱着烫婆子[1]躲在被窝里度过漫长而冰冷的冬夜。亚尔培公寓不同于众，每一幢楼房内都配置一个小型烧煤锅炉，冬天独立供暖，成为上海罕见的拥有暖气的住宅。可以说，这里是大上海凤毛麟角般的真正意义上的豪宅。即便如此，春节将至，方豪还是决定与太太一起回温州过节：一是温州乃"温暖之州"，冬日燠暖；二是亲朋好友都在老家，春节乃团聚之日，在那里过春节格外热闹。方美莲却不愿跟父母一起回温州过春节，她已经习惯了上海的生活，融入上海这座城市，而且在启秀女中有了自己的"朋友圈"。

方美莲启秀女中的"朋友圈"中当然都是女生，内中还包括她喜欢、崇敬的关露老师。她没有向父母透露的是，在启秀女中"朋友圈"之外，她还有一位异性朋友。结识了这位上海男子，是方美莲不愿跟父母一起回温州过春节的重要原因。

"小荷才露尖尖角，早有蜻蜓立上头。"方家有女初长成，马上有"蜻蜓"来寻，这原本也是情理之中的。

方美莲不回温州，徐妈也不回温州。自从上次挨了陈梅一巴掌，徐妈就明白这个女人心狠手辣，不是好东西。虽然徐妈表面上敷衍陈梅，但心里一直提防着她。徐妈是方家多年老用人，乃方太太心腹，且为人知恩图报。知道方先生和太太要回温州过春节，虽然徐妈自己也期望回到老家，但是一想到方小姐一人留在上海，她不放心。她知道方小姐单纯而又个性刚强，生怕遭到居心叵测的陈梅和孙阿姨的欺侮，所以主动要求留下来。

打从方豪和太太乘船去了温州，亚尔培公寓方宅变得非常冷清：陈梅带着孙阿姨三天两头外出，方美莲则常常外出跟男朋友约会，家中只有徐妈坐镇。用上海话来讲，那就是"黄牛角，水牛角，各归各"（上海话中"角"念"各"音）。

一天，陈梅拿出十二个银圆和一封信，交给徐妈，说是其中两个银圆是辛苦费，有劳徐妈去一趟七宝镇，按照信上的地址把十个银圆送给章妈妈。据称，章妈妈是她的远亲，曾经借给她十个银圆，眼下春节快到了，该把钱送还人家。徐妈作为用人，只得听命。

1　汤婆子，一种铜质或磁质的扁圆壶，冬日灌满热水后放置被窝中用以取暖，和今天热水袋的功能相似。

七宝古镇在上海西南远郊，一来一去要一整天。徐妈不得不一早出发，冒着寒风，从法租界来到日占区。中午时分，总算来到七宝镇。按照信封上所写的北大街寻去，怎么也找不到章妈妈。徐妈四处打听，那里的住户说，谁都没有听说过这个章妈妈。

"兴许是南大街吧？"有人这么说。于是，徐妈去了南大街。在那里也找不到章妈妈。无可奈何，徐妈只得打道回府。当徐妈进入法租界的时候，天已经墨黑墨黑的了，北风刺骨。

她拖着疲惫不堪的双腿，走进亚尔培公寓方宅，一股暖气扑面而来，陈梅和孙阿姨早就惬惬意意吃过晚餐。方美莲不在家。徐妈诉说了无法找到章妈妈的经过，陈梅这一回倒是显得很客气，连声抱歉，说也许是自己记错了地址。当徐妈把信以及十二个银圆还给陈梅的时候，陈梅硬是把两个银圆塞给徐妈。徐妈吃过晚餐，仍不见方美莲的身影。陈梅说，方小姐大约是跟男朋友去看电影了。徐妈也听方美莲说，她有了男朋友，只是要徐妈别告诉父母。徐妈在晚餐之后，原本想等方美莲回家，便坐在床头等候。无奈今日太累，她竟然坐在那里睡着了。等到徐妈醒来，天已大亮。她跳下床，朝方美莲的卧室跑去。门没有关，虚掩着。她轻轻推开房门，大吃一惊，床上没有人，而被子叠得整整齐齐，那还是徐妈昨天叠的。"小姐昨夜没有回家？！"徐妈慌了，连忙上楼，见陈梅卧室的门紧闭，孙阿姨倒是起床了。"小姐哪里去了？"徐妈问孙阿姨。"她昨天吃过早餐就出去了。"孙阿姨答道。"她哪里去了？她哪里去了？陈小姐知道吗？"徐妈显得非常着急。听见徐妈跟孙阿姨在讲话，吱嘎一声，陈梅打开了房门。面对焦急万分的徐妈，陈梅不紧不慢地说道："也许是在男朋友家过夜呗！"听到陈梅这话，徐妈的肺都气炸了，说道："我家小姐向来稳重。"徐妈原本还要说一句"不像你"，话到嘴边，硬是噎了回去。这时，陈梅哼了一声："你家小姐向来稳重？她稳重，才不会唱那种男女私奔的《高机与吴三春》！什么'浙南的《梁山伯与祝英台》'，'中国版的《罗密欧与朱丽叶》'，都是私通、私奔的故事。"

陈梅原本听不懂方美莲用温州方言演唱的瓯剧《高机与吴三春》，看到方美莲唱得那么动情，那般动听，就请方豪"翻译"，这才明白《高机与吴三春》的故事：明朝嘉靖年间，温州出了个手艺高超的织绸名匠高机。龙泉县富商吴文达，聘请高机前来家中织绸，作为庆贺温州府尹之母六十寿诞的礼品。吴文运的独生女三春爱上潇洒英俊又技艺高超的高机，但是遭到吴文达的反对，以为门不当户不对。于是，吴三春决定与高机私奔。他们黉夜乘坐舴艋舟前往温州，在永嘉县被县令以"拐骗良家女子"罪把高机抓获，并判刑三年。吴三春被父亲带回龙泉。三年之后高机出狱，前往龙泉寻找吴三春，正值吴文达嫁女于豪门。吴三春得知高机来到而又无法嫁他，以剪刀自裁于花轿之中。高机见吴三春为自己殉情，竟投江而亡……

徐妈见到陈梅对于方美莲不知去向不仅不同情，反而以《高机与吴三春》冷嘲热讽，愤懑之极。她知道与陈梅无话可说，就走下楼梯。徐妈到了楼下，后悔没有问及方美莲，她的男朋友叫什么名字、住在哪里，她以为那是小姐的隐私，不便过问。可是如今不知道她男朋友的住处，怎么找她？徐妈又细细一想，昨日陈梅打发她到远郊七宝送信，这很蹊跷，其中莫非有诈？陈梅会不会调虎离山，故意把她支开，对方美莲下毒手？想到这里，徐妈不寒而栗。徐妈期望方美莲能够平安回家，决定再等一下。这天，徐妈觉得时间过得特别慢。好不容易等到中午，方美莲还是没有回来。直到傍晚，依然不见方美莲身影。徐妈前往霞飞路启秀女中，学校已经放寒假，只有门房在值班。门房说，方美莲是"校花"，他们都认识，不过从昨天到今天，都没有见到过方美莲来学校。门房打电话给校长徐婉珊，关露老师也听说了，就跟徐校长一起来到校门口。关露一头齐耳短发，细眉大眼，嘴角漾着两个酒窝，既落落大方，又楚楚动人，后人把她与张爱玲、苏青、潘柳黛并称为民国"文坛四大才女"。

徐校长与关露听说方美莲不知去向，都很着急。方美莲是关露的得意门生，关露格外关注。关露说："方美莲是一朵刚刚绽放的鲜花。在这环境险恶、流氓横行的孤岛，单纯的方美莲一不小心，就会遭到侵害。应该立即向法租界巡捕房报案！"

徐妈不知道巡捕房在哪里。关露老师二话没说，亲自陪同徐妈来到法租界霞飞路巡捕房。关露用英语向一位洋警官说明来意之后，那位洋警官便请华捕李警官接待。就这样，李警官接手了"方美莲失踪案"的调查。当时，李警官接到徐妈的报案，当即做了笔录，并随徐妈前往亚尔培公寓方宅。关露在与徐妈分手时，再三对她说："有什么事，需要我帮助，尽管到启秀女中找我。寒假里学校清静，我在那里写小说，差不多整天都在学校。如果找到了方美莲，也请告诉我，免得我牵肠挂肚。她不光是方家的掌上明珠，也是我的掌上明珠。"陈梅、孙阿姨一见徐妈带着巡捕上门，脸色顿时像窗户纸一样发白。这时候，方美莲仍未回家。李警官在方家客厅坐了下来，逐一询问陈梅、孙阿姨，又再度询问徐妈，做了详细笔录。李警官从陈梅、孙阿姨吞吞吐吐的神情中，对这两个女人产生了怀疑，但是又苦无证据。李警官还仔细问起方美莲的男朋友，陈梅说是听徐妈说的，而徐妈则说是听方美莲自己透露的，但是从未见过那男生，也不知道男生的姓名以及住址。

李警官上上下下检查了方家各个房间，并未发现殴打痕迹，也无血迹或者呕吐物。在方美莲的卧室里，只看见墙上挂着电影明星阮玲玉、周璇、胡蝶的大照片。然而目光如炬的他，注意到陈梅的房间床头柜里有一个药瓶，上面写着英文"Hypnotic Drug"。

李警官随口问了站在身边的孙阿姨："陈小姐睡得好吗？"孙阿姨答道："她睡得晚，通常夜里 12 点才睡，但是睡得很好，一觉到天亮。"这话被陈梅听到了，说道："昨夜通宵未合一眼，因为方小姐深夜未归。"李警官指着那瓶"Hypnotic Drug"问道："这瓶安眠药，什么时候买的？"陈梅赶紧说道："今天上午买的。方小姐未归，我担心今天夜里又睡不好。"李警官说道："没有失眠症的人，最好不要吃安眠药。这瓶药我能带走吗？"陈梅无奈地说："好吧。"李警官戴起白手套，把那瓶安眠药放进了牛皮纸大信封，然后放进公文包。李警官从方宅告辞，已经是深夜了。他回到霞飞路巡捕房，戴好白手套，旋开安眠药瓶，发觉三分之一的药片已经用掉。通常，安眠药只需服用一片。这是 50 片装的安眠药，少了三分之一，表明少了十几片。陈梅并没有失眠症，那十几片安眠药片到哪里去了？陈梅说这瓶安眠药是今天上午刚买的，这"今天上午"值得怀疑。

在李警官看来，这安眠药的瓶子、盖子上必定留有陈梅的指印。他戴着白手套，重新把那瓶安眠药放进了牛皮纸大信封，用胶带封好，在牛皮纸信封上写好说明，交给巡捕房档案室保管。从陈梅卧室里发现这瓶安眠药，李警官已经大致掌握了破案线索，但是问题的关键在于必须找到方美莲的下落，才能使这一疑案水落石出。

除此之外，李警官在方美莲卧室里一大排古典小说、唐诗宋词、书法字帖之类的书籍中，注意到有一本上海丁丑编译社 1937 年 4 月出版的《外国记者西北印象记》。李警官翻看了这本书，发现里面竟然有红军照片和中共领袖毛泽东的照片。李警官双眉紧锁。他想，方家小姐怎么会有这样的红色书籍？出身富豪的她，难道也是左翼学生？她的失踪，会与法租界里的左翼组织有关吗？

征得陈梅的同意，李警官把这本《外国记者西北印象记》装入另一个牛皮纸大信封，用胶带封好，带走了。从来不看书的陈梅，不知道李警官为什么要带走这本书。

破案线索掐断了

那一夜，徐妈真的未合一眼。她敞开房门，谛听着种种细微的声音。她希望出现奇迹，方小姐突然回来了。正因为这样，门外的一点点声响，她都以为是方小姐用钥匙开门的声音，会立即从床上爬起来。

方美莲连续两夜没有回家，凶多吉少。到了第三天，已经是小年夜，徐妈觉得应该把这一事情报告方先生、方太太。当时，最快捷的方法，只有发电报。徐妈不知道电报局在哪里，也不知道电报该怎么写、怎么发。她只得又去霞飞路启秀女中央求关露老师。

关露一听方美莲两夜未归，比徐妈还急，马上陪徐妈前往法租界郑家木桥[1]电报局。倘若不是关露带路，徐妈怎么也不会知道电报局在这么一个地方。关露帮徐妈拟好电文："温州铁井栏温州钱庄方豪：美莲两夜未归，不知去向。上海徐。"关露念给徐妈听，徐妈连声说好。关露把电文交给电报局营业员，还替徐妈付了电报费。徐妈要把钱塞给关露，关露却怎么也不收，说："美莲是我的学生。她的事情，也就是我的事情。"徐妈感动得流下热泪："天底下有这么好的老师，美莲真是三生有幸！"关露告诉徐妈，电报今天夜里就会送到方豪先生手中，请她宽怀。果真，在当

---

[1] 郑家木桥，今上海福建南路。

天夜里，温州市中心铁井栏的温州钱庄紧闭的铁门上，一只有力的手掌在拍，同时响起呼喊声："方豪，上海电报！方豪，上海电报！"

那个时候，只有事关重大才会拍发电报。方豪急急打开铁门，从一身绿衣的送报员手里接过电报，急急忙忙拆开一看，差一点晕过去。美莲是他的心头肉、掌上珠，突然两夜未归，怎不心急似焚？

方豪本想瞒着妻子，无奈送报员的大声喊叫，早就惊动了方太太。她从方豪手中一把夺过电报，急急扫了一眼，当即号啕大哭起来。方家上上下下都为美莲急得团团转。"马上买船票，赶到上海去！"方豪的这句话，终于使全家人在慌乱之中镇定下来。

"我跟你一起去上海！"方太太非常坚决地说，"顾不上过年了，救美莲要紧！"

幸好，春节将至，上海到温州的船票一票难求，而温州到上海的船票倒是有余票，因为在上海的大批温州人回老家过春节，而从温州到上海过年的人毕竟不多。就这样，方豪和太太在翌日就登上驶往上海的轮船。

急急如律令。当方豪和方太太乘坐出租车赶到亚尔培公寓方宅，陈梅与孙阿姨的脸色又一次变得灰白。徐妈向方豪夫妇讲述了方美莲失踪的经过以及已经向法租界巡捕房报案。面对方豪的质问，陈梅说："小姐可能与男友像吴三春、高机那样私奔了！"一听陈梅这话，方豪光火了，说道："美莲向来正正派派。只有你那种人……"这时，陈梅提高了声调，冲着方豪问："我是哪种人？你说！你说！有你这样不正经的父亲，才会有不正经是女儿！"方豪被彻底激怒了，实在忍无可忍，以从未有过的大声咆哮道："你给我滚！你给我滚！"

方太太自始至终在一侧一声不响，听到方豪这一句话，心中顿时感到出了一口恶气。方太太早就看不惯陈梅的轻浮、刁钻、慵懒、无知，认为这样的人根本不配进入方家。丈夫如今终于对这位小妾下了逐客令，方太太打心底里高兴。

方豪跟陈梅之间，没有婚约，所以他要陈梅滚蛋，陈梅不得不滚蛋。陈梅收拾行李，跟孙阿姨一起离开了方家。大约因为箱子里装了太多的银圆，显得沉甸甸的。她来到方家的时候，那箱子是很轻的。

陈梅、孙阿姨走后，方豪和太太依然处于焦虑之中。他们最关心的是女儿方美莲究竟身在何方，茫茫大上海，何处去寻觅？家家户户都在欢欢喜喜忙着过春节，只有方家笼罩于愁云与哀叹之中。

在方豪看来，眼下唯一能够帮助他们寻找女儿方美莲的，就是法租界霞飞路巡捕房。于是，方豪夫妇在徐妈带领下，前往法租界霞飞路巡捕房，请求李警官给予帮助。面对神情憔悴而又焦急万分的方豪和方太太，李警官说，"让我再找陈梅小姐谈一次。"方豪说道："我把陈梅连同她的女佣孙阿姨一起赶走了！"李警官马上问："为什么要把陈梅赶走呢？"虽说"家丑不可外扬"，可是方豪寻女心切，面对李警官的盘问，不得不说出小妾陈梅的来历，陈梅的为人，陈梅与方太太、方美莲、徐妈的尖锐对立……当李警官听罢，对方豪说，"你赶走了陈梅，可惜！可惜！"方豪感到奇怪，从方家赶走这妖精、这祸水，有什么可惜的呢？李警官点出了问题的关键："只有陈梅知道方美莲小姐在哪儿！从我们巡捕的角度来看，你把破案的线索掐断了！"方豪和太太一听，有点明白，又有点糊涂。李警官问："你们知道，陈梅会到哪里落脚？"方豪和太太摇头。李警官说起了从陈梅卧室里找到的那瓶"Hypnotic Drug"。方豪说："我从来没有见到过陈梅服用安眠药。"李警官说："据我判断，那瓶安眠药跟方美莲小姐的失踪有直接的关系。"李警官说起了自己经手的一桩曾经轰动上海的案件……那是多年以前，李警官刚到法租界霞飞路巡捕房不久，接到紧急报告，在法租界西区徐家汇镇，那里的居民在镇西首的麦田里，发现了一具女尸。李警官和助手一起上了警车，火速赶往现场。他见到死者是一位二十出头的面容姣好的女子，一身纺绸衫裤，穿着时尚，倒在麦田之中。经过检查，身上并无明显伤痕，但是长统丝袜被脱下，扭成一团，而颈部有不易察觉的紫色马蹄形索沟。李警官判断，这年轻女子是被长统丝袜紧紧勒住颈部窒息而亡的。显然这是一起他杀案件。李警官在拍摄了许多现场照片之后，和助手一起把女尸抬上警车，带回霞飞路巡捕房。这时尚女子是谁？为什么被弃尸荒野？是劫色、劫财还是仇杀、情杀？一时间，李警官无从判断。

没有几天，李警官从上海的小报上看到醒目的新闻报道《上海"花国总理"莲英失踪》，称四马路名妓王莲英日前突然失踪。报道还说，自从王莲英被评为上海"花国总理"以来，名声大振，邀约不断，荷包满满，所以她突然失踪，引起了各方关注。

李警官看了报道，认为那具麦田女尸，极有可能就是王莲英。于是，李警官前往公共租界总巡捕房拜访，通报相关情况。这样，公共租界与法租界巡捕房联合侦查，终于破案。

据悉，王莲英自从被评为上海"花国总理"后，收入骤增，便买了许多贵重首饰，经常盛装出行。她的招摇，引起洋行职员阎瑞生的觊觎。阎瑞生伙同两个男子吴春芳、方日珊，化名写了"局票"，约王莲英在晚间唱"堂会"。他们借了一辆牌号为 1240 的轿车去接王莲英。王莲英盛装上车，阎瑞生等心中窃喜，说是时间尚早，不如先开车兜风。王莲英不知是计，欣然点头。轿车行至徐家汇镇，天色已暗。阎瑞生等驾车至徐家汇镇西首荒僻处，用浸了外科麻醉药水哥罗芳[1]的手帕捂住王莲英口鼻，使其昏迷，夺走她所戴贵重别针、手镯以及钻戒。阎瑞生等把王莲英抬下车，扔进麦田。他们担心王莲英苏醒之后会去报案，于是脱下她的长统丝袜，把她勒死。

李警官说，妓院有人见到那辆轿车的牌号为 1240，这成为破案的重要线索。经过追查，查获三名凶犯阎瑞生、吴春芳、方日珊。经过审讯，阎瑞生、吴春芳被判处死刑，方日珊被判处无期徒刑。

李警官说，从那以后，他很注意看报，尤其注意报纸上种种烧、杀、抢、劫的社会新闻。原本他以为这种新闻除了吸引眼球之外，通常很无聊，然而以巡捕的目光去审视，往往会给破案提供线索。

李警官说，方美莲的失踪案使他记起王莲英案件，是因为他在陈梅卧室里发现那瓶"Hypnotic Drug"。如果把安眠药片溶解在牛奶或者饮料中，足以使方美莲失去知觉，严重的话足以致命。

李警官的话，使方豪夫妇和徐妈心惊肉跳，在这寒冬腊月出了一身冷汗。徐妈说，方小姐习惯于每天早餐喝一杯牛奶。李警官说，方小姐这一习惯，给了作案者以可乘之机。但是，作案者是不是陈梅，还需要进一步查证。此时，方豪已很后悔赶走了陈梅。李警官说，他排除了方美莲在男朋友那里过夜不归的可能，因为即便方美莲在男朋友那里住了一夜，甚至两夜，也终究会回家，不可能长期不归。何况方美莲是品行端正的姑娘，绝不至于私宿男朋友家。李警官以为，目前只能说陈

1　哥罗芳，即氯仿，化学成分为三氯甲烷。

梅的嫌疑很大，但是证据尚不足。正因为这样，他无法对陈梅发出拘捕令。李警官说，侦破方美莲失踪案还需要等待发现新的线索。他请方豪夫妇保重身体，不要过于焦急，一有新的线索，他会在第一时间告知方豪夫妇。

低眉信手续续弹

时间一天天过去，方豪和太太在上海度过了最冷清、最伤感、最痛苦的一个春节。他们向李警官学习，订了好多份报纸，期望在报纸的社会新闻之中，寻觅一星半点关于女儿的消息。方美莲依然杳无音信。

陈梅跟她的母亲孙阿姨哪里去了呢？离开方家之后，她们无法回到苏州河上，因为那条船早就卖掉了；她们也不愿再回到四马路，因为陈梅好不容易借方豪之力赎身，不愿重回屈辱之处。

陈梅跟她的母亲"滚出"亚尔培公寓方宅之后，那箱子实在太重，便叫了一辆三轮车，直奔法租界徐家汇肇嘉浜。她们真的有一个远亲章妈妈，只是不在七宝镇，而在徐家汇。上次陈梅故意写错了地址，让徐妈白跑了一趟七宝。

陈梅心想，箱子里有那么多银圆，只要拿出几个，章妈妈就会让她们住下。至于未来的日子怎么过，陈梅坐在三轮车上一时还没有想好。她想，凭她的聪明，凭箱子里的银圆，开爿小店，做点生意，那是没有问题的……

三轮车到了徐家汇肇嘉浜。肇嘉浜是上海一条东西走向的很长的河，从松江向东经过徐家汇一直流到黄浦江。在徐家汇这一带，肇嘉浜两岸是棚户区。垃圾不断倒进河里，风中带着一股臭味。三轮车在一座简陋的小屋前停了下来。这种小屋只有迎街的一面是用砖砌的，其他三面是在竹篱笆上抹了石灰，在上海叫作"棚户"。

还好，章妈妈和她的儿子都在家。"孙阿姨，小梅，什么风把你们吹来？"章妈妈突然见到孙阿姨和陈梅，显得很高兴。章家儿子抢着为陈梅拎箱子，他发觉，箱子特别的沉。在章家坐定之后，陈梅从随身小包里拿出两个银圆，递给章妈妈，说是要在这里借住几日。看到白花花的"袁大头"[1]，章妈妈立即答应下来。章家只有两间小屋。章家儿子让出了他住的小屋，给陈梅和孙阿姨暂且落脚。从亚尔培公寓方宅的有暖气的洋房，一下子掉进竹墙漏风、屋里像冰窖的棚户，被子又潮又硬又脏，还有一股难闻的气味。陈梅强烈感觉到上海"上只角"跟"下只角"的强烈反差。

那一夜，陈梅几乎没有合眼。她听见透过竹篱笆墙传来的潺潺肇嘉浜流水声，仿佛回到了当年苏州河上渔船的生活。章妈妈的丈夫当年也是渔夫，不幸染了肺结核而早逝，所以只剩下章妈妈和儿子一起在棚户区生活。

陈梅和她的妈妈好不容易度过了第一夜。翌日上午，陈梅说是要和孙阿姨到附近走走，离开了章妈妈家。其实，陈梅是打算到附近走走，看能不能找家小旅馆住下来。

走了约莫二十来分钟，陈梅找到一家名叫"汇美旅社"的小旅店，房价不高，倒也干净，于是决定住到这里来，决定返回章妈妈家取箱子。陈梅很后悔昨天把两个银圆给了章妈妈，此时此刻又不好意思要回来。

陈梅要叫三轮车，因为那箱子太重，拎不动。可是在这棚户区住的都是穷人，哪有三轮车光顾？章家儿子身强力壮，说是可以帮她们拎过去。陈梅给了他一个银圆作为小费。章家儿子在客房里放好箱子，拿了那一枚银圆，随即告辞。

在章家儿子走了之后，陈梅打算打开箱子。咦，箱子的锁好像被人撬过。她急忙打开箱子，里面竟然放着好几块砖头，那些银圆不翼而飞！陈梅大吃一惊，赶紧去追章家儿子。那小伙子早就没踪没影了！陈梅回到客房，跟妈妈抱头痛哭。她处心积虑，把安眠药放进牛奶，使方美莲失去知觉，卖给四马路新会乐里兰玉阁，拿到三百银圆，加上往常从方豪那里所得的几百银圆，都在那只箱子里，如今全都落进了章家儿子手中。她却又不敢到章家去讨回那些银圆。章家儿子五大三粗，又是地痞流氓，她哪是他的对手？如果他拳脚相加，她连命都保不住。她只得长叹一口气，自认倒霉。她无一技之长，在百般无奈之中，只得与妈妈一起，回到四马路红灯区，重操旧业。只是她不敢去新会乐里，生怕被兰玉阁的老鸨撞见，让她这个

1　袁大头，指银圆上的袁世凯头像。

"方陈氏"无地自容。她唯一得以自我安慰的是，她终于对那个"鸡鸡复鸡鸡"的方家高贵的才女进行了报复，让她也沦为"鸡"！陈梅重操旧业之后，从"长三堂子"贬为"幺二堂子"，即接客一次从三个银圆降到了两个银圆。

就在陈梅唉声叹气之际，她竟然时来运转。一个姓王的客人，看中了她的姿色，愿意为她赎身，纳为小妾。来者颇有权势，老鸨不敢得罪，只得以低价出手。此人便是"上海特别市政府"警察局情报处处长王水。就这样，陈梅连同"女佣"孙阿姨被带到上海日占区，住进王公馆。

当然，王水看中陈梅，除了她的年轻貌美之外，还有一点他从来没有说出口，那就是陈梅文化粗浅。干王水这一行，身边的小妾对于情报之类最好一窍不通，这种人跟政治毫无关系，不容易发生泄密。他知道，共产党或者国民党派到他那里卧底的特工，要么懂好几门外语，要么懂军事懂政治。他的这一特殊见解，后来得到验证，那位才女关露，便是共产党特工，居然打进了汪伪上海特工总部"76号"，对特务头子李士群进行策反。

至于方美莲，那天早餐时喝了陈梅掺了安眠药的牛奶，在昏睡中被老鸨用汽车送到新会乐里兰玉阁。她沉睡了三天三夜才醒过来。当她明白自己到了什么地方之后，诚如老鸨对公共租界巡捕朱海所言："她一到我这里，终日一言不发，以泪洗面，几度绝食，水米不进。我费尽口舌好说歹说，才劝住了她。"

方美莲到上海来，原本是为了圆她的明星梦，谁知竟然成了噩梦，跌进了青楼。老鸨对方美莲做了妥协：一是让她做"女教书"，卖艺不卖身；二是改名"金莲"。方美莲在百般无奈之中，改名"金莲"，开始了"女教书"生涯。常常光顾兰玉书寓的，是一位戴一副无框金丝眼镜的男子，他的乌亮头发从中间朝两边对分，看上去模样斯斯文文，而两道剑眉之下是一双精明的眼睛。他出手阔绰，知道金莲喜欢蓝色，便送了靛蓝丝绸给她，做了一身旗袍。他还送了湖绿锦缎的瓯绸给老鸨。他曾说起，他的父亲是温州丝绸富商，家里有的是绫罗绸缎。

此人姓高名瑞。他喜欢金莲，原因之一是彼此同乡。他们常用老鸨听不懂的温州方言交谈。

跟那些光凭有钱而到兰玉书寓来玩的纨绔子弟不同，高瑞有钱又有文化。记得，那天高瑞要金莲弹琵琶，老鸨说好价钱，一支曲子十枚银圆。金莲手抱琵琶，弹了一曲。高瑞听罢，便在房间里踱步，吟起白居易的《琵琶行》："弦弦掩抑声声思，似诉平生不得志。低眉信手续续弹，说尽心中无限事。轻拢慢捻抹复挑，初为霓裳后六幺。大弦嘈嘈如急雨，小弦切切如私语。嘈嘈切切错杂弹，大珠小珠落玉盘。间关莺语花底滑，幽咽泉流冰下难……"

高瑞吟诗毕，对金莲叹道："你弹的《春江花月夜》，优美有余，富有柔情，在今日国难当头之际不合时宜。"

金莲问："高先生喜欢什么曲子？"

高瑞答："《十面埋伏》！"

老鸨闻言，上前再收十枚银圆。

这时，高瑞面露愠色，说道："鸨母，我何曾少你一分一厘？你莫伤我雅兴。我还要点曲，一起总算。"老鸨这时连声道歉，退到一侧。金莲再抱琵琶，弹奏《十面埋伏》。那琴声跟《春江花月夜》截然不同，金戈铁马，激昂雄壮，马蹄声、刀戈声、呐喊声、呼喊声，交织在一起，表现项羽、刘邦楚汉相争，两军在垓下决战。金莲弹、挑、滚、分，撅、扫、拂、摇，时而绞弦，时而颤音，时而顿音，时而泛音，令人陶醉。

高瑞全神贯注谛听。曲末，金莲以零落的同音反复和节奏紧密的马蹄声交替，表现了突围落荒而走的项王和汉军刘邦紧追不舍。最后，项羽自刎，四弦一"划"，琴声戛然而止。此时，高瑞一跃而起，吟诵王安石的《叠题乌江亭》："百战疲劳壮士哀，中原一败势难回。江东子弟今虽在，肯为君王卷土来？"高瑞感叹道："今日我军败于日军，'百战疲劳壮士哀，中原一败势难回。'但是，'江东子弟今虽在，肯为君王卷土来'！"高瑞叹毕，再点一曲："岳飞的《满江红》。"当金莲弹奏时，高瑞引吭高歌：

怒发冲冠，凭栏处，潇潇雨歇。抬望眼，仰天长啸，壮怀激烈。三十功名尘与土，八千里路云和月。莫等闲，白了少年头，空悲切！

靖康耻，犹未雪；臣子恨，何时灭？驾长车，踏破贺兰山缺。壮志饥餐胡虏肉，笑谈渴饮匈奴血。待从头，收拾旧山河，朝天阙！

高瑞唱毕，双眼噙着泪水。金莲明白，高瑞借古喻今，期待有朝一日战胜日军，"壮志饥餐胡虏肉，笑谈渴饮匈奴血"。高瑞题对联一副，赠金莲：

　　莲步掌中轻，十步香尘生罗袜；
　　妃弹塞上曲，千秋胡语入琵琶。

在兰玉书寓的客人之中，唯有高瑞到来的时候，彼此倾心，金莲紧蹙的双眉才算略微舒展。金莲喜欢高瑞，还在于此人有文化，能听懂从她指间泄出的琴声，是她的知音。还有一点，他对金莲从来只是谈诗论琴，从不动手动脚。

第二章

明星梦碎

黑衣黑裤黑鞋一身黑

就在法租界霞飞路巡捕房李警官一直没有发现新线索而一筹莫展的时候，公共租界总巡捕房的华捕朱海抓住另一条线索，进行探索。朱海曾从兰玉阁老鸨那里得知，入夜，当金莲应客人之邀弹琵琶之际，从隔壁的乾元药行，会踱出一个男子，沿着弄堂徜徉，侧耳谛听。为了避嫌，朱海又一次带着助手，而且特地选择在白天来到四马路新会乐里。朱海和助手都没有身穿警服，而是穿了便衣，以免在那里引起惊恐。在兰玉阁斜对过，朱海和助手见到乾元药行半开着门。门的两侧，挂着对联："白头翁坐常山独活千年，红娘子上重楼连翘百步。"他们推门进入乾元药行，店内冷冷清清，只有一个小伙计在那里伸着懒腰，跟入夜之时灯火辉煌、生意兴隆的新会乐里判若两个世界。"客官，要抓药？"小伙计问朱海道。"不抓药。"朱海答道。"看病要等到晚上。"小伙计说。"为什么？"朱海问。小伙计指了指柜台前一张红木方桌，桌旁放着两把空空的红木椅子，桌前放着长条板凳。红木方桌背后的墙上，挂着东汉医圣张仲景画像，两旁挂着对联："尽是回春妙药，只开逐疾良方。"小伙计说："坐堂大夫要到掌灯之后才来坐堂。"不言而喻，红木椅子是坐堂大夫专座，而红木方桌前的长条板凳是供病家坐的。朱海问："贵店坐堂大夫是何方名医？"小伙计答："上海滩鼎鼎大名的花柳病专家赵老先生。"朱海心想，赵老先生显然不会是夜间听金莲琵琶之声的人。他指着另一把红木椅子问："还有一位坐堂大夫是哪位先生？"小伙计答："那是赵老先生的助手。赵老先生已经是耄耋之人，药方要由助手代写。"朱海追问："赵老先生的助手为何人？"小伙计面对朱海的盘问，显得不耐烦，说道："先生是要看病？助手只是抄抄写写而已，无关宏旨。医术是否高明，取决于坐堂大夫的造诣。"

说到这里，朱海不得不亮出公共租界巡捕证件，小伙计这才明白面前这两个男子"无事不登三宝殿"，是办公务的，于是认真答复朱海的问题："赵老先生的助手并不固定，只要书法略可、粗知中医即可。助手的薪资不高，所以往往做了些日子，有了更好的工作，就另谋他职了。再说，此处位于风月之地，有的助手担心亲友说闲话，所以不愿在这里长久工作。赵老先生则不同，他本身就是花柳病专家，而此处正是花柳之巷，所以长期在敝店坐堂。"

朱海问："在赵老先生的助手之中，有无一位黑衣黑裤黑鞋一身黑之人？"经朱海这么一问，小伙计连连点头道："有，有，前些日子刚刚辞职。"朱海闻言，心中大喜，说："请细细道来。"于是，小伙计便说起了这个黑衣黑裤黑鞋一身黑之男子。他说，此人毛遂自荐，愿来本店充当赵老先生助手。赵老先生请他用毛笔写字，那字虽然说不上漂亮，也还过得去。问他药名，能够说出牛黄、当归、百合、芦根、甘草之类，还算不错。最合赵老先生心意的是，他并不计较工钱——助手的工钱，是由坐堂先生给的。就这样，赵老先生把他留下当了助手。

朱海问："他叫什么名字？"

小伙计答："他的姓很少见，姓廉，礼义廉耻的廉。"

朱海道："战国时赵国名将就有姓廉的，叫作廉颇。"

小伙计说："对，对。他第一次来店的时候，赵老先生就对他说：你一下子就使我记起'廉颇老矣，尚能饭否？'这个故事。赵国廉颇的后代，到底还是来我姓赵的门下！所以赵老先生从一开始就喜欢他。"朱海问："他叫什么名字？"小伙计说："记不清楚了，反正店里的小伙计们总喊他'廉先生'或者'老廉'，赵老先生以及年岁大的喊他'小廉'。"朱海又问："这位廉先生几岁？"小伙计答："大约二十六七岁。不过，他言语不多，老成，看上去像中年人。他从来没有谈起自己的身世。"朱海问："什么口音？"小伙计答："上海口音。"朱海问："什么样子？"小伙计答："个子比我高，英俊，像沪剧里的小生。来看病的女孩子总是偷偷朝他看。尤其是隔壁兰玉阁的'女教书'金莲，常常来看病。据赵老先生说，其实她没有什么病。我猜想，她托辞看病，来看廉先生。不过，金莲每一次出来看病，身后总是跟着兰玉阁的两个妓佣，好像生怕她借看病的机会逃掉。"

小伙计的话，引起朱海莫大的兴趣。朱海以为，这位廉先生长得不错，又有文化，干吗非要到红灯区的药行来打工？莫非他就是方豪家女佣徐妈所说的方美莲的男朋友？

这时，小伙计说出了他的猜疑："日子久了，我渐渐看出点蹊跷。有一次，金莲来看病，赵老先生老眼昏花没有注意，我站在柜台一边，清清楚楚看见金莲把一张纸条塞到廉先生手中。我也几次看到，廉先生把抄好的药方递给金莲时，好像药方之下夹着情书。在我看来，金莲跟廉先生不是在新会乐里才认识的。廉先生是金莲的老相好，跟她很早就认识。廉先生愿意到我们这样的红灯区药行里打工，为的是能够经常见到老相好金莲。"

朱海听了，拊掌道："你的观察、分析，很有道理。"小伙计继续说道："我还发现，在夜里没有病人的时候，如果隔壁兰玉阁传出琵琶声，廉先生常常会踱出药行，在弄堂里来来回回，细细倾听那琵琶之声。在兰玉阁的姑娘之中，唯有'女教书'金莲的琵琶一流。所以廉先生是在那里欣赏金莲的琵琶。"朱海发觉，小伙计所述，跟兰玉阁老鸨之言暗合。朱海极其心细，他追问小伙计："廉先生除了总是黑衣黑裤黑鞋一身黑之外，还有什么明显的特征？"小伙计思索了一下，说："他留着长长的鬓角。"闻小伙计此言，朱海的神经如同触电一般。如果在巡捕房，此刻的他必定会兴奋地跳起来。然而面对小伙计，朱海却不动声色。"长长的鬓角"这一线索，对于朱海至关重要，因为他记起致美楼饭店堂倌小沈曾说，那个从他手中夺过压轴大菜——汴京烤鸭的假堂倌，正是留着"长长的鬓角"！

开枪击毙王水保镖、击伤王水的，正是这个留着"长长的鬓角"的男子，亦即金莲的相好，方美莲的男朋友——廉先生。朱海又问小伙计："廉先生还在贵店打工吗？"小伙计答道："廉先生不告而别，已经不来敝店了。"朱海问："什么时候不告而别？"小伙计说："就在报纸上登载致美楼饭店发生枪击案的那天。"小伙计又说："打从致美楼饭店发生枪击案，隔壁的兰玉阁的生意一落千丈——听说，'女教书'金莲也趁乱逃跑了。"朱海明白，致美楼枪击案的真相渐渐浮出水面。他走访乾元药行的最大收获，是查清了枪手乃是留着"长长的鬓角"的那位廉先生。

然而，留在朱海脑海之中的，还有一连串的谜团：廉先生为什么要枪杀王水？

廉先生究竟是国民党特工还是共产党特工？廉先生跟方美莲究竟是什么关系？富商高瑞又是何等人物？高瑞是廉先生的同党，还是毫不相干？

内中，最为重要的是，眼下廉先生在哪里？方美莲在哪里？高瑞又在哪里？

预谋的邂逅

就在上海公共租界总巡捕房的华捕朱海、法租界霞飞路巡捕房李警官以及"上海特别市政府"警察局情报处处长王水分别着手调查致美楼枪击案的时候，致美楼枪击案的三位当事人——廉先生、方美莲和高瑞，究竟在哪里？

远在天边，近在眼前。

那天晚上，在致美楼饭店沉香阁豪华包厢里发出六声清脆而响亮的枪声之后，整个饭店陷入极度混乱之中。不论是包厢里的食客还是大厅里的顾客，一边发出尖厉的惊叫声，一边朝楼梯拥挤，礼帽与高跟鞋被踩在脚下，人们慌忙夺门而逃。

趁着这乱糟糟之际，开枪的那位廉先生右手持手枪，左手紧紧攥住方美莲的手，混在受惊的顾客之中，逃出致美楼饭店，消失在浓黑的夜幕之中。出了致美楼饭店的大门，那位廉先生才把手枪别在腰间。他显得非常激动，对方美莲说："今晚总算为我父亲报了一箭之仇！""那个王处长是你父亲的仇人？"方美莲问。"嗯。"廉先生只说了这么一个"嗯"字，仿佛意识到什么，就再也不说了。

廉先生对四马路非常熟悉。他牵着方美莲七拐八弯，从四马路拐进广西路，经过橱窗里放着各式各样眼镜的同昌眼镜总行，来到广西路与三马路交叉口。那里的一幢大楼上，挂着"金山饭店"[1]四个金色大字。"刘连，就是这家金山饭店。"方美莲对那位廉先生说道，"我们到这家饭店去！"原来，廉先生本名刘连，他在进入乾元药行打工时，用"连"字的谐音化名"廉先生"。刘连跟方美莲原本不相识。刘连邂

---

[1]　金山饭店，今上海汉口路 678 号俪晶酒店旧址。

逅方美莲，始于一封寄错了的信。在方家，陈梅、徐妈没有信件，也不看报纸，而方豪要去公司上班，早出晚归，所以从信箱里取出信件以及所订的《申报》，自然成了方美莲每天要做的"功课"。

一天，方美莲打开家中的信箱时，发现一封奇怪的信，信封上写着"刘连先生钧启"。方美莲怪邮差粗心大意，把别家的信塞进了她家的信箱。她细看了一下信封上的地址，发觉这位刘连先生也住在亚尔培公寓。出于好意，方美莲就沿着亚尔培公寓社区的花岗石人行小道，按照信封上的地址，朝刘连所住的公寓走去，打算把寄错了的信塞进刘连家的信箱。

跟方美莲所住的两层楼公寓不同，刘连住的是四层公寓楼。这种四层公寓楼，虽说比两层公寓略逊一筹，但是一梯两户，每户四居室，住房很宽敞，住户也是高档次的。当方美莲走进一幢四层公寓楼铺着彩色马赛克的底楼门厅，刚把那封信投进刘连家的信箱，便从身后传来一声呼唤："小姐！"

方美莲一回眸，见到一位小伙子，伟岸倜傥，昂藏七尺，理三七开西式头，留着长长的鬓角，脸色白皙，眉宇间透着一股英气。他胸前别着"震旦大学"校徽，知道是一位大学生。他彬彬有礼地对方美莲说："小姐给我家送信？"

方美莲嫣然一笑，说道："你是刘连先生？"

对方连连点头，说道："在下正是刘连。"

方美莲解释道："邮差阴差阳错，把你的信件放进了我家的信箱。我顺便把信给你送来。"

刘连连声向方美莲致谢，然后从衣袋里取出钥匙，打开信箱，拿出了那封信，表明他确实是这个信箱的主人。刘连问道："小姐也住在亚尔培公寓？"方美莲点了点头。刘连道："这么说，我们是邻居，真是远亲不如近邻。谢谢你。"方美莲淡淡地说："举手之劳而已，不用谢。"方美莲说罢，朝公寓的大门走去。刘连送方美莲到大门口，朝她伸出手。出于礼貌，方美莲轻轻握了一下刘连的手。这时，从刘连的口中"蹦"出一句诗："万人丛中一握手，使我衣袖三年香。[1]"方美莲一听，脸上出现惊奇的神色，说道："你喜欢古诗？"刘连答道："喜欢。小姐呢？"方美莲随口吟道：

1　清代诗人龚自珍《投宋于庭翔凤》中的诗句。

"游山五岳东道主，拥书百城南面王。[1]"这一回，轮到刘连的脸上出现惊奇的神色，说道："想不到，小姐也这么爱诗。"方美莲道："腹有诗书气自华。"刘连道："最是书香能致远。"至此，刘连才问道："在下冒昧问一句，小姐尊姓？"方美莲见刘连谈吐不俗，一表人才，也就告诉他："姓方。"刘连道："相逢红尘内。高揞黄金鞭。万户垂杨里，君家阿那边？[2]"方美莲朝前一指："那幢两层楼公寓便是。"说罢，方美莲便沿着花岗石人行小道，径直回家。

翌日，当方美莲打开信箱，内有一封没有贴邮票的信，写着"方小姐安启"。方美莲打开一看，上面用毛笔小楷端端正正写着一首诗：

> 野有蔓草，零露溥兮。有美一人，清扬婉兮。邂逅相遇，适我愿兮。
> 野有蔓草，零露瀼瀼。有美一人，婉如清扬。邂逅相遇，与子偕臧。
> ——《诗经·郑风··野有蔓草》

没有落款。不言而喻，是那位刘连写的，借《诗经》抒发"邂逅相遇"之情。又过了一日，在刘连家的信箱里，出现一封没有贴邮票的信，写着"刘先生钧启"。刘连急急打开，内中也是用毛笔小楷端端正正写的一首诗：

> 我是天空里的一片云，
> 偶尔投影在你的波心——
> 你不必讶异，
> 更无须欢喜——
> 在转瞬间消灭了踪影。
>
> 你我相逢在黑夜的海上，
> 你有你的，我有我的，方向；
> 你记得也好，

1　清代诗人龚自珍《投宋于庭翔凤》中的诗句。
2　唐代诗人李白《相逢行》中的诗句。

最好你忘掉，

在这交会时互放的光亮！

　　　　——《偶遇》，徐志摩，初载于 1926 年 5 月 27 日《晨报副刊·诗镌》

方美莲借徐志摩的《偶遇》一诗，劝刘连"最好你忘掉"。

然而，刘连却借用乐府中《古相思曲》回赠：

只缘感君一回顾，使我思君朝与暮。

如此这般，两位年轻人以诗为桥，抒发着彼此的心声。在刘连锲而不舍的追求之下，方美莲终于对他产生了好感……

其实，这场看似美丽的邂逅，是刘连精心设计的。他先是通过邮局，给自己寄了一封信。收到这封信之后，扔进了方美莲家的信箱。然后他从四楼的窗口俯视着社区的花岗石人行小道。当方美莲持信出现在小道上，他急忙从四楼下来，于是便发生了这场预谋的邂逅。

第一次约会

刘连最早注意到方美莲，始于那琵琶之声。

一天，刘连走过亚尔培公寓社区小道，忽闻一阵琵琶之声仿佛从九天飘落。他循声寻去，来到一幢两层小楼，驻足良久，倾耳细听。不过，长时间隔窗聆听，毕竟有点不礼貌，于是恋恋不舍地离去。

从此，那清脆的琴声不时在他耳际回响，真的是绕梁三日。

也真巧，过了几日，傍晚时分，当他从学校回家，走在亚尔培公寓社区小道上，见到一位宛若天仙的少女，背着琵琶及书包在前面走着。他猜想，她一定是那天弹奏琵琶者。果真，那位少女走进了一幢两层小楼。

刘连经过细细打听，知道她叫方美莲，上海霞飞路启秀女子中学高中学生。所以，刘连在"邂逅"方美莲之前，便已经知道她姓甚名谁，家住何方。刘连还得知，方美莲乃国文老师关露的高足。

刘连在与方美莲进行"诗对话"的过程中，彼此的心渐渐相通。刘连终于在一封投进方家信箱的信里，不再是诗笺，而是霞飞路派恩亚大戏院[1]的电影票。

那天晚上，刘连在派恩亚大戏院门口来来回回踱着，像热锅上的蚂蚁。终于在电影院响起即将放映的铃声时，忐忑不安的刘连看到姗姗来迟的方美莲的身影，不由得一阵狂喜。要知道，这是他俩第一次约会。

刘连上前，跟方美莲握手，这是他俩第二次握手。

刘连说道："谢谢方小姐赏光。"

方美莲则说："谢谢你的电影票。"

他俩虽然没有手牵手，却是肩并肩走进了派恩亚大戏院。

那天放映的是上海国泰影片公司出品、吴村导演的新片《黑天堂》，讲述的是杨氏姐妹曼丽和秀丽在上海的遭遇。虽说法租界已经是被日占区包围的"孤岛"，但毕竟饰演杨秀丽一角的是大明星周璇，颇有号召力，所以剧场里座无虚席。刘连心不在焉，眼睛总是朝邻座的方美莲瞟。方美莲倒是很投入，被曼丽和秀丽的故事深深吸引。在上海这"黑天堂"里，曼丽做了舞女，跟富商同居，虽然富有却很空虚，而秀丽则与流浪儿们为伍，贫困潦倒，过着艰难却无忧无虑的生活……方美莲也有妹妹，所以看电影时不由得想起了在温州的妹妹。

万事开头难。打从第一次约会之后，刘连跟方美莲彼此熟悉了，于是有了第二次、第三次的约会。

方美莲对刘连说起对他的第一印象："你知道，我第一眼见到你，一下子记起一个诗人！"

刘连问："哪一位诗人？"

方美莲答道："俄罗斯诗人普希金，两道长而浓的鬓角裹着一张棱角分明的脸。"

---

1 派恩亚大戏院，今淮海中路 85 号嵩山电影院前身。

刘连笑了："我的同学也说我像普希金，只是我没有普希金那样的诗才。"

方美莲道："你喜欢诗，也算是半个普希金了。"

刘连这时候背诵起普希金的诗《致科恩》：

我记得那美妙的一瞬，

在我的面前出现了你，

有如昙花一现的幻影，

有如纯洁之美的精灵。

在无望的忧愁的折磨中，

在喧闹的虚幻的困扰中，

我的耳边长久地响着你温柔的声音，

我还在睡梦中见到你可爱的面容。

许多年过去了，

暴风骤雨般的激变，

驱散了往日的梦想，

于是我忘记了你温柔的声音，

还有你那精灵似的倩影。

在穷乡僻壤，在囚禁的阴暗生活中，

我的岁月就在那样静静地消逝，

没有倾心的人，没有诗的灵魂，

没有眼泪，没有生命，也没有爱情。

如今心灵已开始苏醒，

这时在我的面前又出现了你，

有如昙花一现的幻影，

有如纯洁之美的精灵。

我的心在狂喜中跳跃，

为了它，一切又重新苏醒，

有了倾心的人，有了诗的灵感，

有了生命，有了眼泪，也有了爱情。

刘连跟方美莲谈诗，谈电影，谈琵琶，还谈起二胡。方美莲喜欢弹琵琶，刘连则喜爱拉二胡。刘连说，他喜欢二胡的优雅悠扬的曲调，他最崇拜二胡大师刘天华，他爱《病中吟》的哀怨，他爱《良宵》的深沉，他爱《空山鸟语》的活泼，他爱《光明行》的昂扬。同学们开玩笑，说他是"小刘天华"，甚至还有人说他是"刘天华的儿子"——正巧他也姓刘。见到刘连谈起二胡眉飞色舞，方美莲便说，二胡与琵琶是共通的。刘天华是二胡大师，也是琵琶大师。刘天华用二胡演奏由他自己作曲的《飞花点翠》《歌舞引》，也用琵琶演奏这两首名作。她家就有高亭公司灌音出品的刘天华用琵琶演奏的《飞花点翠》《歌舞引》的唱片。方美莲把刘天华琵琶曲唱片借给刘连欣赏，说道："什么时候我们来一个二胡、琵琶合奏，奏《飞花点翠》，奏《歌舞引》。""好，好，总会有那么一天。"刘连说道。他俩不断寻找着共同的话题。他俩不仅都喜爱中国民族音乐，而且都喜欢读书。他俩交换着书籍，谈论读书的乐趣和心得。

有一次，方美莲从关露老师那里借到了美国记者埃德加·斯诺的《西行漫记》，看完之后觉得这本书写红军、写共产党、写延安、写毛泽东，非常新鲜，便借给刘连看。

谁知刘连在第二天就把《西行漫记》还给了方美莲。

"你不喜欢看这样的书？"方美莲问道。

"喜欢。"刘连答道。

"你看完了？这么快？"方美莲觉得奇怪。

"我看过。"刘连说。

"你看过？"方美莲依然觉得奇怪，因为《西行漫记》这样的书，带有强烈的政治色彩——红色，往往只有左翼青年才爱看《西行漫记》，刘连怎么可能看过？

"我家就有，书名叫作《外国记者西北印象记》，内容跟《西行漫记》大同小异。"刘连说。

"能不能带来给我看看？"方美莲说。

"好呀。"刘连答应道。

果真，刘连隔天从家里拿了一本《外国记者西北印象记》。那是上海丁丑编译社 1937 年 4 月出版的书，也是斯诺写的，王福时等编译。方美莲翻看了一下，这本书的内容确实跟《西行漫记》差不多，但是比《西行漫记》早——《西行漫记》是 1938 年 12 月由上海复社出版的，译者是胡愈之等。《外国记者西北印象记》是《西行漫记》最初的中译本。

"这本《外国记者西北印象记》，是你自己买的？"方美莲问。

"是我在公共租界四马路的平民书店买的。"刘连说，"你喜欢这本书，我就送给你。"

刘连能够买《外国记者西北印象记》，似乎表明他是一个左翼大学生。这样，方美莲跟刘连不光是诗友、琴友、书友，还有着共同的思想倾向。他俩渐渐成了无话不谈的密友。

这样，当刘连问起方美莲的国文老师关露，方美莲也就毫无保留地告诉他。他似乎对于关露的动向、行踪格外关注，而陷于热恋之中的方美莲对此没有丝毫察觉。

启秀女子中学有着严格的校规，不许学生谈恋爱，一旦发现便要开除。正因为这样，即便在最敬爱的老师关露面前，方美莲也只字不提刘连。关露只是发现，方美莲从学校读书会借书的频率加快了。一个学生如此酷爱读书，关露理所当然为之欣慰。

"我很快就会从启秀女子中学毕业。到时候，我一定报考震旦大学，成为你的校友。到了大学，我们就用不着躲躲闪闪，藏着掖着，大大方方在校园里散步。不过，我不知道震旦大学里有没有像关露老师那样的好老师？"方美莲对刘连说了这样的话。

"你别高兴得太早。"刘连说道，"你知道'墨水瓶事件'吗？"

"什么'墨水瓶事件'？"方美莲还是第一次听说。

刘连摆出"老资格"的架势，告诉小女生方美莲：

震旦大学是怎么来的？起因就在于"墨水瓶事件"。那是在清朝光绪年间的 1896 年，推行洋务运动的领袖人物、四品京堂候补督办盛宣怀在上海创办南洋公学[1]。在聘请的教师之中，有不少是原先的私塾先生。1902 年（清光绪二十八年）11 月 5 日，

1　南洋公学，上海交通大学前身。

文科教习郭镇瀛走进教室，见到教席之上放着一只倒空洗净的墨水瓶，大怒，以为这是学生讽刺他不懂新学，"胸中无墨"，于是严肃追查放置那个墨水瓶的学生，引起全班学生的愤怒。校方竟然因此开除那个班级的全体学生，引发全校学生抗议、罢课。校方请特班班主任蔡元培先生出面调解。由于校方坚持开除那个班级的全体学生，蔡元培调解无效。于是该校145名学生退学，蔡元培也愤而辞职。蔡元培向时任法国天主教神父的马相伯求学，马相伯接纳因"墨水瓶事件"退出南洋公学的学生，组建了震旦大学院，也就是后来的震旦大学。"震旦"，印度语中的"中国"的意思。

刘连说，震旦大学虽然因"墨水瓶事件"而诞生，但毕竟是天主教会学校，原本只招男生。直至1938年起，震旦大学才开始招收女生，但是规定男女生不准恋爱，一旦发现，便予开除。

"这么说，即便考进震旦大学，我俩还得躲躲闪闪、藏着掖着，好像不认识一样。"方美莲叹道。

"不管怎么说，你进了震旦大学，我们就生活在一个共同的校园。"刘连安慰方美莲，"我的姓名就叫刘连，'留莲忘返'之人，永远跟你在一起。"

天有不测风云，人有旦夕祸福。就在方美莲憧憬着踏进震旦大学校门的时候，她突然失踪了……

施施然蹩进金山饭店

在爆发致美楼饭店枪击案的那个夜晚，公共租界总巡捕房的巡捕们追捕凶犯，不仅方美莲不敢回到亚尔培公寓家中，刘连也不敢回到亚尔培公寓家中。尤其是刘连腰间别着手枪，无法从公共租界带枪前往法租界。依照方美莲的建议，刘连牵着方美莲的手，就近逃往广西路与三马路交叉口的金山饭店。

方美莲为什么要逃往金山饭店？

那是因为高瑞在兰玉阁曾经告诉方美莲，遇上紧急情况，可以到三马路金山饭店求助。

金山饭店是上海滩一家普普通通的饭店。高瑞之所以要方美莲在危急时去金山饭店求助，是因为方美莲乃温州人，而温州旅沪同乡会办事处设在这里，高瑞本人也常常住在这里。

自从温州巨商徐寄顾在上海创办了温州旅沪同乡会，在上海南市康衢路建成温州会馆，又先后在上海八仙桥及福煦路明德里设立了温州旅沪同乡会办事处，但是在公共租界，在外滩、南京路这些中心地带，却没有办事处，在上海的温州同乡觉得不便。于是，温州旅沪同乡会又在三马路的金山饭店设立了办事处。高瑞作为温州富商，被推举为这个办事处的主任，所以他常常住在金山饭店。

每一条能够从温州跳龙门来到大上海的"鲤鱼"，都有着不平凡的来历。

高瑞做的是温州丝绸——瓯绸生意。能够把瓯绸生意做大，高瑞这条"鲤鱼"确实有着过人之处。

高瑞出生于温州市中心的高盈里。在他的温州家中，供奉着高机的巨幅画像。他自称是高机的后代。

高机，因瓯剧《高机与吴三春》而成为温州家喻户晓的人物。不过，温州百姓津津乐道的是高机与吴三春那如同梁山伯与祝英台、罗密欧与朱丽叶一般的恋爱故事，而高瑞看重的是高机的身份。高机是明朝嘉靖年间温州手艺高超的织绸名匠。高机跟吴三春相识相爱，就是因为吴三春的父亲、龙泉县富商吴文达，看中了高机的织绸手艺，请他到家里来织绸，被吴文达的独生女三春看上了。

高机织的是什么绸呢？高机织的是瓯绸。

瓯，瓯江也。温州坐落在瓯江之畔。瓯江是温州的母亲河，犹如黄浦江是上海的母亲河。温州所产的绸，便叫作瓯绸。

瓯绸，轻薄而柔软，飘逸而光滑，人们用"盈盈瓯江水"来形容瓯绸。瓯绸是用五彩丝线染色织成，被面艳丽，衣料滑爽，在温州盖瓯绸被、穿瓯绸衣，是身份的象征。瓯绸有着表面光滑、色彩鲜艳、纹理细密、轻柔薄软而不易沾尘等特点。就连用瓯绸做成小方巾，人称瓯巾，也甚受欢迎。清朝乾隆年间诗人王又曾写过一首《咏瓯巾》：

三尺瓯江水，盈盈剪一方。

纵横围作格，朱碧灿成行。

几净敲棋可，春湿拭汗芳。

封书频寄与，别泪远传将。

所谓"封书频寄与，别泪远传将"，是指以白色瓯巾作为信物，写上思念之句，远寄亲人。

温州乃江南桑蚕之地。南朝宋景平元年（423），时任永嘉太守的谢灵运，是著名诗人，曾在《种桑诗》中写及温州桑蚕："浮阳骛嘉月，艺桑迨闲隙。疏栏发近郏，长行达广场。"

用温州蚕丝织成瓯绸，内中高手便是高机。温州流传这样的话："瓯绸瓯绸，高机起头。""高机绸"是瓯绸中的上品。

清朝宣统年间，瓯绸在南京举行的南洋劝业会和美国巴拿马万国展览会上，分别获得银奖和金奖，于是瓯绸声誉鹊起，订单骤增，温州瓯绸作坊如同雨后春笋。此后，瓯绸业在温州蓬勃发展，成为温州的支柱产业。

巨大的商机，引起了高瑞父亲的注意。高机是温州郊县平阳人氏，高瑞的父亲是温州高盈里人氏。谁也查不清高机跟高瑞父亲是怎样的关系，反正高机姓高，高瑞父亲也姓高，总可以扯上一点关系。诚如常言所道："贫居闹市无人问，富在深山有远亲。"虽说高机只是瓯绸高手，并非达官富贾，但这对于作为瓯绸商人的高瑞的父亲来说却是至关重要。正因为这样，高瑞父亲尊高机为先祖，把自己的作坊取名"高机瓯绸公司"，在瓯绸行业中竖立一面大旗，占据了行业高地。

高瑞是父亲的独子。因他的母亲是温州瑞安人，所以父亲为他取名高瑞。父亲不仅从小培养高瑞的生意头脑，而且注重对他进行文化培养。他的同行、瓯绸另一大家为严氏瓯绸机坊，设有芙蓉书院。高瑞从小就被父亲送入芙蓉书院就读。芙蓉书院屋后，便是靖康之耻后宋高宗赵构从海上逃往温州驻跸的行宫[1]。高瑞在芙蓉书院受名师指点，习古琴，学书法，颇有古典文学根底。

1　原温州府衙，位于今温州广场路。宋高宗是唯一到过温州的中国皇帝。

　　商场如战场。商场竞争，精明者胜。

　　高瑞成年之后，继承父业，执掌高机瓯绸公司。高瑞那两道剑眉之下，滚动着一对精明的眼睛。高瑞把高机瓯绸公司推上了一个新的台阶。高瑞远超父亲之处，在于他不仅仅继续打起高机的旗号，还在于他下苦功夫提高瓯绸的品质。

　　高瑞采取了两项重要措施：

　　一是人才第一。高瑞以高薪聘请经验丰富的瓯绸"老司"。温州人所称的"老司"，也就是上海人所说的"老师傅"。这些"老司"尽心尽力为高机瓯绸公司服务，保证了公司产品的高质量。

　　二是采用好丝。高瑞明白，温州土壤大多为涂田，土性浇薄，不宜种桑，蚕丝质量不如杭州、嘉兴、湖州。于是他从杭、嘉、湖购买蚕丝，用来织造瓯绸，虽说原料成本高了，但是这么一来，高机瓯绸公司的产品质量远胜过温州任何一家瓯绸作坊。

　　高瑞采用的这两项重要措施，使"高机瓯绸"成了瓯绸的第一名牌。高瑞深知，大凡买得起瓯绸的，大都是手头宽绰之人，宁要质量上乘的"高机瓯绸"，不在乎价格小贵。就这样，高瑞的高机瓯绸公司日渐做大做强，稳坐瓯绸业龙头老大之位。高机瓯绸公司生产的"雪里清""火里烟""出炉红"等高机瓯绸，成了市场上的抢手货。高瑞挤垮了那些瓯绸老作坊、小作坊，执瓯绸市场之牛耳。

　　高瑞成了温州的"大鲤鱼"，跃过龙门，他把生意做到上海来，成了温州旅沪同乡会中的一员。高瑞不仅有着精明的目光，而且有着灵活的头脑，擅长交际，热心社会活动，很快就被温州旅沪同乡会会长徐寄顾所倚重，成为上海三马路金山饭店温州旅沪同乡会办事处主任。

　　金山饭店紧邻四马路。高瑞得知新会乐里的兰玉书寓来了一位新的"女教书"，艳名金莲，才艺了得，便在余暇之时踱过去会会这位金莲小姐。金莲果真名不虚传，琴棋书画精通，令喜爱文艺的高瑞引为知音，对其既赞赏又同情，大有白居易《琵琶行》中的感慨："十三学得琵琶成，名属教坊第一部。曲罢曾教善才服，妆成每被秋娘妒。""今夜闻君琵琶语，如听仙乐耳暂明。莫辞更坐弹一曲，为君翻作《琵琶行》。感我此言良久立，却坐促弦弦转急。凄凄不似向前声，满座重闻皆掩泣。座中泣下谁最多？江州司马青衫湿。"

高瑞得知金莲乃是喝瓯江水长大的温州同乡，遭受劫难而身陷青楼，更令他万分同情。高瑞曾经打算出钱为金莲赎身，无奈兰玉阁的老鸨把金莲视为赚钱的法宝，趁机勒索，开出令人咋舌的高价，高瑞只得作罢。

正巧，高瑞有一批货物要从公共租界外滩装船出海，在经过日占区时须请"上海特别市政府"警察局情报处处长王水"关照"放行，于是决定在致美楼宴请王水，席间塞给他一笔不菲的润金，以打通关节。高瑞跟王水有旧，当年王水是国民党军统特工时，高瑞曾经给他钱请他"照应"。高瑞知道王水好色，只有请金莲到场，王水才会从日占区进入公共租界赴宴。

高瑞开出"局票"请金莲出马，有两个用意：为了能够吸引王水前来致美楼，这仅仅是用意之一；更为重要的是，打算趁金莲外出，解救金莲。在高瑞看来，解救金莲是温州旅沪同乡会不可推卸之责。

高瑞计划怎样救出金莲呢？他知道，每当金莲外出，兰玉阁的老鸨必定派出两个身强力壮的妓佣跟随，以防金莲逃跑。高瑞带了三个跟班，跟班之中的那个助理事先在几个白酒瓶里装了凉开水，冒充白酒。在晚宴上，高瑞和他的跟班喝凉开水，而给兰玉阁的两个妓佣喝白酒。高瑞以为，两个妓佣作为下人，按常规是不上台面的，难得有喝酒的机会。只要他让两个妓佣同桌而食，面对美酒佳肴，他们必定痛饮。他的跟班趁机把妓佣灌醉。宴毕，在送走王水之际，他可以轻轻松松让跟班护送金莲离开致美楼。这样，神不知鬼不觉，不费吹灰之力便可以陪同金莲悄然来到金山饭店。

高瑞的计划，不可谓不周密，不可谓不高明。

谁知半路中杀出个程咬金，那个突然而至的假冒堂倌，朝王水和他的保镖连开六枪，打乱了高瑞的计划，震惊了致美楼，震惊了四马路。

在混乱之中，高瑞和三个跟班只顾逃命。出了致美楼，在漆黑的夜色之中，在四窜的人群之中，不见了金莲的身影。

高瑞和三个跟班分头寻找金莲，仍不见金莲。

看到公共租界总巡捕房的巡捕赶往致美楼，高瑞和他的跟班赶紧躲开。

高瑞猜想，金莲一定是趁着混乱逃回家去了，或者是逃到她的亲友之家。总而言之，金莲从此将跳出火坑。

高瑞这么一想，也就放下心了。

不过，令高瑞百思不解的是，那个搅乱了他的计划开枪的年轻人，究竟是何方神圣。

他只朝王水及其保镖开枪，并不朝自己开枪，显然不是针对自己的。

如果说这个男子为了劫走金莲，势必也会朝自己开枪。这个男子只朝王水及其保镖开枪，而王水的汉奸身份是"秃子头上的虱子——明摆着的"，则说明是政治刺杀。年轻男子要么是热心青年，更可能是国民党军统特工或者共产党特工。高瑞固然痛恨汉奸，但是迫于生意却又不得不跟王水这样的人打交道……

高瑞带着三个跟班，在茫茫夜色之中，特意拐了几个弯，当他确信无人跟踪时，这才施施然整进了金山饭店。高瑞刚刚踏进金山饭店，便大吃一惊！

把勃朗宁手枪扔在桌上

高瑞吃惊什么？在金山饭店大堂的沙发上，坐着一男一女。那女子竟然就是金莲，而男子一身黑，留着长鬓角，一望而知是那个开枪的年轻人。一见高瑞带着三个跟班进来，金莲像见到救星一般，欣喜地站了起来，朝高瑞快步走去。与此同时，金山饭店前台的小姐对高瑞说："高主任，两位客人找你。"'金小姐，请，请，楼上请。"高瑞连声对金莲说道。这时，年轻男子也从沙发上走来，朝高瑞走来。金莲刚要说"他是……"，那男子便抢着对高瑞自我介绍道："敝姓廉，礼义廉耻的廉。"金莲愕然。"我姓高，高高在上的高。"高瑞跟刘连握手之后，说："廉先生，请，请，楼上请。"对于高瑞来说，这既欣喜又不快，欣喜的是金莲终于跳出火坑，而且投奔到他的身边；不快的是，这个枪手怎么也尾随金莲而至？高瑞是个生意人，从不愿意卷入政治，不论这个廉先生是国民党军统特工还是共产党特工，他都不喜欢，何况他看见廉先生腰间鼓鼓囊囊，显然别着手枪，令他厌恶而恐惧。

高瑞带着金莲、刘连上了四楼，来到401房前，掏出黄铜房门钥匙，打开房门，那里便是温州旅沪同乡会办公室。办公室的墙上，正中是一幅瓯绣，绣的是温州名胜江心屿，两边是一副对联。

高瑞在办公桌后的太师椅上坐定，而金莲、刘连则在来自温州的藤椅上坐好。高瑞的随从给高瑞、金莲、刘连每人端来一杯温州雁荡毛峰茶之后，便退出办公室。高瑞举起茶杯，跟金莲碰杯，用温州话说道："金小姐，以茶代酒，庆贺金小姐逃出虎穴。作为温州旅沪同乡会办公室主任，我会尽一切力量安顿金小姐，为金小姐提供方便。"金莲也用温州话答道："'露从今夜白，月是故乡明'[1]。到了高主任这里，我心里的石头落了地。"这时，坐在一侧的刘连傻了，他连一句温州话也听不懂，显得颇为尴尬，仿佛被晾在一边。高瑞见状，改用国语对刘连说："廉先生听不懂温州话？"刘连道："一句也听不懂。"高瑞又问："廉先生到过温州吗？"刘连答："没有。"高瑞指着墙上的瓯绣道："这是温州第一名胜，叫作江心屿，是一个位于瓯江之中的小岛。"

高瑞又指着瓯绣江心屿两侧的对联说："踏上江心屿，首先见到的就是江心寺。在江心寺大门两边，挂着这副宋朝温州状元王十朋的叠字对联，人称'温州第一对联'。认识温州，要从'温州第一对联'开始。你念念看。"

刘连一看，那对联写着："云朝朝朝朝朝朝朝朝散，潮长长长长长长长长消。"

刘连笑了，说道："没办法念。"

高瑞对金莲说："金小姐请——"

金莲念了起来："云朝（zhāo）朝（cháo），朝（zhāo）朝（zhāo）朝（cháo），朝（zhāo）朝（cháo）朝（zhāo）散；"潮长（cháng）长（zhǎng），长（cháng）长（cháng）长（zhǎng），长（cháng）长（zhǎng）长（cháng）消。"高瑞解释道："王十朋的意思是说，站在江心屿，每天早上看见朝霞出现又随之散去，看见潮水常常涨上来，又消失下去。这副对联是温州书法名家方介堪先生书写的。"刘连听罢，笑了："王十朋到底是温州状元，才高八斗。"高瑞又让金莲用温州话读了一遍王十朋写的"温州第一联"，刘连听罢，笑得前合后仰。

刚才那尴尬的气氛，荡然无存。高瑞问："廉先生贵府何处？"刘连答道："上海

1　唐代诗人杜甫《月夜忆舍弟》中的诗句。

人氏。"高瑞问："离此远否？"刘连答道："在法租界，并不很远。"高瑞说道："这样，我请金山饭店开两个房间，一个房间给金莲小姐长期居住，一个房间给廉先生今晚居住，费用都由温州旅沪同乡会支付。"金莲一听，当即说道："感谢高主任美意，感谢温州旅沪同乡会雪中送炭。"刘连听罢，皱起双眉道："我虽父母俱在上海，但是今晚在致美楼朝汉奸王水及他的保镖连开六枪，成了巡捕们追捕的对象，最近一段时间恐怕都无法回家居住。"刘连说着，拿右手摁在腰间鼓鼓囊囊的物件之上。高瑞知道，此人不好对付。更令高瑞讶异的是，他很明确地说出了枪击对象的身份——"汉奸王水"。他怎么会知道今晚王水应邀前往致美楼赴宴？这清楚表明，此人非同一般。

高瑞无奈，只得说："廉先生，温州旅沪同乡会救助的是温州同乡。廉先生不是温州人，原本不在我会救助范围之内。考虑到廉先生因枪杀汉奸而陷入困境，所以我会考虑安排廉先生今晚暂住金山饭店，最多再住两三天。我们经费有限，依仗温州旅沪同乡捐助，无法提供非温籍人士长期居住，请廉先生见谅。金莲小姐虽是温籍人士，但如果长期住金山饭店，费用将由我个人给予资助。"

一闻高瑞此言，刘连勃然大怒，刚才说说笑笑的愉快气氛荡然无存。"你想把我赶走，占金莲的便宜？！"刘连说着，掏出手枪，"啪"的一声拍在高瑞面前的办公桌上。

这时，刘连的那把乌亮的手枪，才清清楚楚地"亮相"。那是一把美国制造的勃朗宁M1906掌中雷袖珍手枪，约成年男子手掌那么大小，但是杀伤威力大，可以连发10枪，所以被称为"掌中雷"。这种"掌中雷"的射程虽然只有30米左右，但是体积比通常的"匣子炮"小得多，便于隐蔽，是便衣警察、侦察员以及像刘连这样的秘密杀手最喜欢用的袖珍手枪。"掌中雷"挂在腰带上，用衣襟一遮，就看不出来。"掌中雷"甚至可以放在衣袋、裤袋里，为暗杀提供很大的方便。

这时，刘连颈部、太阳穴的青筋暴起，像一条条蚯蚓似的。金莲在一旁吓了一跳，她从未见到刘连如此蛮横和不讲道理，真可谓凶相毕露。情绪激动的刘连，似乎并没有注意到金莲陡然变得苍白的脸色以及露出愠怒的目光。"廉先生，好商量，好商量。"高瑞赶紧说道，"廉先生先住下，要住多少日子，都好商量。温州旅沪同乡的资金不够，由我资助。金莲小姐在这里住多少天，你就住多少天。"刘连恶狠狠地说了一句："老子的枪，不是吃素的！"

　　高瑞不得不低三下四，连声说："廉先生，请息怒，请息怒。一切听候廉先生安排。"就这样，当晚高瑞安排金莲和刘连在金山饭店住下，金莲住在四楼的一个单间，刘连住在三楼尽头的一个单间——316房间。

　　大约是向王水及其保镖开枪时神经过度紧张，刚才又跟高瑞吵了一架，也因为夜已深沉，刘连感到太累。在洗澡之后，刘连穿上金山饭店的白色睡袍，把手枪放在枕头之下，脑袋一碰到松软的枕头，就呼呼入睡了。

　　直至日出三竿，刘连觉得肚子有点饿，这才迷迷糊糊醒来。昨夜，高瑞和王水在致美楼享受着一桌河南美餐，吃得饱饱的，而刘连却因早早潜伏在致美楼，只吃了一个馒头而已。起床之后，刘连发现连换洗的衣服也没有，只得重新穿上昨天的黑衣、黑裤、黑袜、黑鞋那一身黑。他从枕头之下取出手枪，装进套子，挂在腰带上，用外衣严严实实遮好。刘连推开房门，见铺着花地毯的走廊上静悄悄的，空无一人。他用黄铜钥匙把316的房门锁好，虽说他的所有个人物品都已经带在身上。刘连的房间在走廊尽头。他走过一个个客房，来到楼梯处，轻手轻脚上了楼。他来到四楼的温州旅沪同乡会办公室。401房门紧闭。刘连试着轻轻叩门，无人回应。他不敢重重拍门，担心吵扰旁边房间里的客人。刘连从四楼下来，到了大堂前台，向前台小姐询问温州旅沪同乡会办公室的高主任住在哪个房间，前台小姐答道："客人住在哪个房间，属于隐私，不便提供。"刘连原本还想问金莲小姐住在哪个房间，听到前台小姐如此答复，不便再问。他这么一个男人，怎么可以随便去问一位小姐的房号？肚子在唱《空城计》。好在刘连身边还有几枚银圆和铜板，他给了金山饭店小工小费，拜托小工去买两副大饼油条，送到316房间。大饼、油条、豆浆、粢饭，号称上海人早餐的"四大金刚"。往常，刘连的早餐吃一副大饼油条就够了，这天却吃了两副大饼油条，才算填饱了饥肠辘辘的肚子。

　　吃过大饼油条之后，刘连在房间等待高瑞。他想，高瑞起床之后，总会来敲门找他。闲着无聊，刘连打开了房间里的收音机。那时候，客房里唯一可供客人打发时光的，便是一台真空管收音机。

　　刘连轻轻转动着频率旋钮，从收音机里传出华光电台、敦本堂电台、同乐电台、亚美电台等诸多私营电台的播音，有沪剧节目、评弹节目、歌曲节目，也有经济节目不断播送棉纱、黄金、大米、小麦的价格，而新闻节目的女主持人则以婉转缓慢的声调报告新闻。刘连在收听新闻节目时，忽然从收音机里传出这样的播音声：

"惊人消息：昨天夜里四马路致美楼发生大血案，'花国总统'金莲杀人之后逃之夭夭。也有目击者称，枪手是金莲雇用的，一身黑衣，连开六枪。目前，金莲和枪手都不知去向。公共租界总巡捕房正派出得力巡捕，务求尽快侦破此案，捉拿杀人凶手……"

刘连一听这播音，心别别跳[1]，几乎跳到了嗓子眼。整整一个上午，刘连在客房里未敢出门半步。突然，有人敲门。刘连以为是高瑞来了，赶紧跑过去，隔着房门问："哪一位？"答复声令刘连失望："我是服务生，打扫房间。"刘连说道："下午打扫吧。"直到中午，仍不见高瑞来敲门。刘连又一次上楼，叩响401房的房门，依旧无人答应。所幸早餐吃了两副大饼油条，未吃午餐也还不算太饿。下午，316房间又响起服务生的敲门声，刘连没好气地说道："今天不打扫房间了，明天再扫。"直到太阳偏西，仍不见高瑞的影子。刘连实在等得不耐烦了，到底层大堂，约见饭店经理。他步入经理办公室，询问高瑞的房号，说是有要事找他。经理的答复，跟前台小姐的答复如出一辙："客人住在哪个房间，属于隐私，本店不便提供。"这时，刘连只得拿出撒手锏，他掀起衣角，露出乌亮的手枪。经理一看到手枪，脸色骤变，只得如实答道："高主任住在402房间。"刘连威逼经理道："你带我去打开402的房门。"经理这时说出一句完全出乎刘连意料的话："高主任已经退房！"刘连几乎不相信自己的耳朵："什么时候退的房？"经理答道："今天凌晨。"刘连问："还有一位小姐呢？"经理答："她住在403房间。"刘连说："你带我去403房间。"经理说："她也已经退房。"刘连问："什么时候退的房？"经理答："也是今天凌晨，跟高主任一起离开本店。"经理打开金山饭店的旅客登记册给刘连看，402房的客人写着"高瑞"，403的客人则没有写姓名，只写着"温州旅沪同乡会客人"，显然是在为金莲打"埋伏"。在退房时间一栏里，都写明"凌晨"。

这时候，刘连乱了方寸。他明白，他上当了！在他这位"普希金"眼里，方美莲就是那位普希金心爱的"莫斯科第一美女"娜塔丽娅·尼古拉耶夫娜·冈察洛娃，而高瑞就是第三者、法国籍宪兵队长丹特斯。

1　别别跳，方言，形容心跳极为快速。

刘连找不到方美莲，仍不死心，要求经理陪同他上了四楼，逐一打开401、402、403房间的房门。每一个房间都空空如也，不见人影。刘连还注意到，402、403房间的床上，被子叠得整整齐齐，被单平平整整，不知是客人根本没有睡过，还是客人退房之后，服务生进来换了新的。

至此，刘连这才双眼发直，呆若木鸡，无话可说……

双双夜奔华懋饭店

高瑞和金莲，为什么在凌晨双双从金山饭店悄然退房？他们到底去了哪里？

惹不起，难道还躲不起？昨晚，高瑞见到那位廉先生以枪相逼，知道此人碰不得。倘若此人在金山饭店长住，赶又赶不走，"粘"在他身边，非常麻烦，迟早要出事。何况此人腰间挂着手枪，对他构成了莫大的威胁。万一有什么事不能照办，此人的手指再度扣动手枪的扳机，自己就会倒在血泊之中。

高瑞在打发刘连到316房间住下之后，悄然约金莲到他的402房间，用全世界"保密性最强的语言"——温州方言进行交谈。高瑞的目的很清楚，那就是弄清楚廉先生究竟是何许人。对于高瑞来说，这是一个至关重要的问题。因为致美楼的晚宴是他做东宴请王水的，而突然闯进来的这位廉先生朝王水及其保镖开枪，作为东道主的他是脱不了干系的。然而，这位廉先生来历不明。高瑞知道，在发生致美楼枪击案之后，金莲逃到金山饭店，是因为他在兰玉阁曾经告诉过金莲，遇上紧急情况，可以到三马路金山饭店求助。可是那个枪手廉先生，怎么也跟金莲一起跑到金山饭店呢？所以高瑞一回到金山饭店时，在大堂看见金莲跟那个枪手一起坐在沙发上，就怀疑金莲跟那个枪手认识，认为一定是金莲带着枪手来到了金山饭店。

"金小姐，你认识廉先生？"高瑞扶了扶他那副金丝边无框眼镜，一开始就直截了当地问金莲。"认识。"金莲也很坦率，因为自从在兰玉阁结识高瑞以来，她对和善而又优雅的高瑞一直怀有好感，何况彼此又是同乡。"他并不姓廉。"金莲继续说道，"他姓刘，叫刘连，是上海震旦大学的学生。""金小姐，他恐怕不是普通的大学生。"高瑞说道，"一个大学生，怎么会有手枪？再说，我在致美楼宴请的客人是谁，连你都事先不知道，他怎么会知道？"高瑞和盘托出自己对刘连的疑虑。要讲述自己怎么认识刘连，金莲必须从自己的身世说起。出于对高瑞的好感，金莲和盘托出自己的身世以及跟刘连的交往。"高先生，你别叫我金小姐，我不姓金。"方美莲终于"更正"了自己的姓名，"我姓方，名字叫美莲。""哦，方小姐。"高瑞头一回这么称呼她。方美莲说起了自己的身世。高瑞静静地在一侧倾听。此时此际，在金山饭店 316 房间，刘连正鼾声如雷。当方美莲说起自己的父亲叫方豪时，高瑞一脸惊讶："原来你是方豪的女儿，你是温州'煤油大王'方豪的女儿！"

高瑞与方豪同为温州商人，性格迥异。高瑞喜欢交游，喜欢呼朋唤友，热心社会活动，而方豪则不合群，是一个"闷声大发财"的温州商人。方豪从不参加温州旅沪同乡会的活动，但是高瑞早就听说过这位温州"煤油大王"的大名。

惊讶带来理解与不解。高瑞因此理解，方美莲出身豪门，受过良好的教育，所以才艺出众；高瑞也因此不解，方美莲这样的豪门才女，怎么会沦为青楼女子。方美莲说起了家庭的不幸，说起了那个可恶可憎的"陈皮梅"——陈梅……对于方美莲的不幸，高瑞深表同情。方美莲透过他那无框眼镜的镜片，看到噙着晶莹泪水的双眼。方美莲也因此说起了信箱里那封寄错了的信，说起结识刘连始末。"你去过刘连家吗？"高瑞问。"从来没有去过。他也从来没有到过我家。"方美莲说，"我们只是把写了诗的信，塞进对方的信箱。""刘连说起过他的父母吗？"高瑞问。"没有。"方美莲回答说，"只是有一次跟他一起去看电影，银幕上出现一个国民党军官时，我问他，这是多大的官？他马上回答说，中将。他还告诉我，国民党军官的领章、肩章上的几颗星，表示什么意思。看得出，他对国民党军人很熟悉。""刘连关心政治吗？"高瑞又问。于是，方美莲说起刘连的那本《外国记者西北印象记》。"他好像对我的老师关露特别关注。"方美莲因此说起她的老师、左翼女作家关露。"照我看，刘连倘若不是国民党的特工，必定是共产党的特工！"高瑞说出了他对刘连的怀疑。方美莲沉思良久，点头，认为高瑞的分析在理。这时，高瑞说道："你知道吗，我在致美楼宴请客人，为什么把你请来？"

高瑞说出了酒瓶里灌冷开水的秘密，说出了他搭救方美莲的计划。

高瑞还说出了他为什么要宴请王水，他说王水乃"上海特别市政府"警察局情报处处长。高瑞除了他的货物要通过日占区以及与日军做生意有求于王水之外，还在于他救了方美莲之后，可以往王水身上一推，说是金莲被王水带走了。兰玉阁的老鸨是不敢得罪王水的，她知道王水的厉害。

方美莲听罢，方知高瑞的良苦用心。高瑞说，刘连的闯入和开枪，把本来可以静悄悄进行的计划完全打乱了，变成一桩引起巡捕房高度关注的人命案件。这时，方美莲说："在混乱之中，当刘连拉着我走出致美楼饭店大门时，他说了一句：'今晚总算为我父亲报了一箭之仇！'"高瑞一听这话，说道："这么看来，刘连的父亲是国民党军统高级将领。是刘连的父亲获取了王水要到致美楼的情报，给了他手枪，要他暗杀王水。"方美莲完全赞同高瑞对刘连的分析。"高先生，我们要赶紧离开金山饭店。"方美莲终于说出这句关键性的心里话。说实在的，在方美莲心中，原本既有对刘连的好感，也有对高瑞的信赖。她在枪击事件发生之后，带着刘连投奔到高瑞所在的金山饭店，正是既信任刘连，又信赖高瑞。但是在温州旅沪同乡会，刘连怒气冲冲，把手枪拍在高瑞的办公桌上，那一刹那，刘连在她心中的美好形象顿时崩塌。她看见以往谈诗论琴的刘连，此刻竟然是那样十足的流氓腔调。

方美莲心中的天平，完全倒向高瑞。她真担心，刘连手枪里的子弹会射向高瑞，甚至会射向自己。正因为这样，她像躲避瘟疫那样躲避刘连。高瑞原本只想自己连夜搬迁到别的旅馆住下来，没有想到方美莲主动提出要跟他一起赶紧离开金山饭店。

"好。"高瑞一口答应了方美莲的请求，说道："我在上海公共租界购有一幢私宅，眼下只有我家一位老保姆住在那里，打理房子，但是跟你一样有家不可回，巡捕们可能会关注我的那幢私宅。我们可以住到离此不远的一家大旅馆——南京路外滩的华懋饭店[1]，躲开刘连，躲开巡捕，也躲开兰玉阁的老鸨。"

方美莲一听，舒心地笑了。她早就听说，华懋饭店是上海首屈一指的大宾馆。她对高瑞说："现在就走！"高瑞却说："稍等半小时，待刘连熟睡后我们再走。"高瑞到隔壁的温州旅沪同乡会办公室，打开保险箱，取出些银圆，放入一只小皮箱。他

1　华懋饭店，今上海和平饭店。

还在办公桌上给助理及跟班留了便条，告诉他们自己近日外出，有事可以直接找徐寄顾会长。

就这样，高瑞和方美莲在凌晨时分，从四楼走下楼梯。高瑞手中拎着小皮箱，而方美莲双手空空。他们屏气敛声，蹑手蹑脚，生怕惊动刘连。其实，方美莲的担心是多余的，高瑞在安排刘连的房间时，特意挑了远离楼梯、位于走廊尽头的316房。

高瑞是金山饭店的"老土地"，只朝前台小姐说了声"402、403退房"，一切手续就OK了。高瑞在走出金山饭店的大门之后，回头看了一眼三楼尽头的房间，那里没有一丝光亮，表明刘连确实睡了。方美莲则长长地舒了一口气。

就这样，高瑞和方美莲双双离开了金山饭店。高瑞一手拎小皮箱，一手挽着方美莲。方美莲依然穿着一袭靛蓝独色高领丝绸旗袍。初夏的上海，夜风颇有几分凉意。正好有一辆三轮车驶过，高瑞当即招手，扶着方美莲上了车。

金山饭店离华懋饭店只有咫尺之遥。三轮车在昏黄的路灯下，沿着广西路往北，穿过二马路，就到了大马路——南京路，再沿着南京路往东，朝外滩驶去，很快就见到了尖顶、十二层的黑魆魆一座高楼之上，闪耀着"华懋饭店"四个霓虹灯红字。

华懋饭店是英籍犹太富商维克多·沙逊投资建造的，又称沙逊大厦，于1929年落成，当时被誉为"远东第一高楼"。自从日军进攻上海，华懋饭店因矗立在公共租界，成为富人们的安乐窝。谁知飞来横祸，两枚炸弹从天而降，一枚把华懋饭店前的马路炸了个大坑，另一枚炸弹则落在了马路对面汇中饭店的屋顶，伤亡甚多。可是，公共租界当局却对此保持沉默，如同哑巴吃黄连。原来炸弹是英美当局的同盟军——国民党空军扔的，原本想炸沉停泊在黄浦江上的日军"出云号"军舰，结果炸弹投偏了，差一点炸毁了华懋饭店。乌龙事件终于过去，华懋饭店前的炸弹坑被填平，华懋饭店对面的汇中饭店被修复，不留痕迹，富人们重回华懋饭店，这里的一切又恢复了常态。

高瑞和方美莲如同一对刚下火车的情侣，下了三轮车，手挽着手步入华懋饭店灯火辉煌的大堂，如同进入另一个世界。大吊灯倒映在米黄色的一尘不染的大理石地面上，来来往往皆是西装革履的绅士、雍容华贵的女士，间或抱着小猫小狗。上海到底是不夜之城，虽说是凌晨时分，但从华懋饭店舞厅里却传来西洋管弦乐队悠扬的阵阵舞曲声。这时，方美莲悬着的心，顿时踏实了。

高瑞打算订两个单间，方美莲却附在他的耳边说："订一个套间，我睡客厅，你睡卧室。"于是，高瑞订了一个大套间，自己睡客厅，把卧室让给方美莲。

高瑞对方美莲说："华懋饭店里设有商场，明天到那里给你买几套新衣服。"

高瑞和方美莲总算睡了一个安稳觉。

花钱买了假"良民证"

日出三竿，当刘连在金山饭店 316 房间啃着大饼油条的时候，高瑞和方美莲则惬意地坐在华懋饭店的餐厅里，左手持叉，右手持刀，吃着羊角面包，嚼着培根肉片，喝着鲜牛奶和橙汁。

华懋饭店的餐厅里，有个报架，上面放着当天的诸多英文、中文报纸，免费供客人随手取阅。方美莲取了在上海出版的历史最久的英文报纸《字林西报》（North China Daily News），高瑞则取了上海第一大报《申报》。吃完早餐，两人开始浏览报纸。

先是方美莲"哟"了一声，紧接着高瑞"啊"了一声。原本高瑞跟方美莲说好，吃完早餐就去华懋饭店的商场给她买衣服，在"哟""啊"两声之后，他俩挟着报纸匆匆离开餐厅，上了电梯，直奔客房。

到了客房，关上了房门，高瑞和方美莲这才把两份报纸上的报道仔仔细细看了一遍——刚才在餐厅，他俩只是瞄了一下标题，就赶紧起身了。

原来，在今天的《字林西报》《申报》上，都以显著的位置报道了昨晚发生的上海四马路致美楼枪击案。虽说这两家报纸毕竟是上海大报，没有像那些小报充满八卦味，但还是把矛头指向了"花魁"金莲。

方美莲看毕，前额沁出了汗珠。

高瑞阅完，两道剑眉紧皱。

"此地不可久留！"方美莲对高瑞说道。

"我们离开公共租界，搬到法租界的锦江饭店去。"高瑞说。

"不。"方美莲面对着报纸上的报道，很坚决地说出了这句话，"干脆离开上海，回温州老家！"

其实，方美莲早有此意，在深思熟虑之后终于说出这句话。她原本期望在上海上大学，可是接踵而至的意外——"安眠药事件""身陷兰玉阁""致美楼枪击事件"以及刘连昨晚拔出手枪、今日各报纸关于"花魁"的报道，使方美莲陷入极度的迷茫、痛苦、懊丧、失望之中。她原本是一朵刚刚绽放的鲜艳莲花，在上海却被泼上一团又一团污水。

方美莲崇拜上海著名影星阮玲玉，然而这位可敬的电影女神，被几个男人纠缠，被泼满污水，在 1935 年妇女节当日服安眠药自尽，年仅 25 岁！上海 20 多万民众走上街头为她送葬，鲁迅也为她写下《论人言可畏》一文。

方美莲明白，"花国总统金莲"已经成为上海大报小报竞载的人物，一旦有哪个小报记者打听到"花国总统金莲"，朝报上一捅，她的脸往哪儿搁？方美莲明白，如果她再在上海待下去，很可能会像阮玲玉那样红颜薄命，被泼满污水，真的成了阮玲玉第二！明星梦碎。方美莲终于下定决心，离开上海这个错综复杂、变幻莫测、暗流涌动、布满陷阱的城市。哦，上海是深不见底的海。方美莲所庆幸的是，在她最困难的时候，温州旅沪同乡会的高瑞先生向他伸出了温暖的援手。

"回温州？！"高瑞乍一听方美莲这句话，有一种出乎意外之感。他设身处地为方美莲想了一下，觉得方美莲的抉择是正确的。她的心灵在上海已经遭到重创，甚至在不断滴血。她只有离开上海，回到故乡温州，在亲人的呵护下，抚平心灵的创伤，重新扬起生活的风帆。

高瑞经过思索之后，郑重其事地对方美莲说："方小姐，我赞同你的决定。我陪你回温州。"

"不，我不能再麻烦高先生。"方美莲说，"高先生商务、事务繁忙，大可不必亲自陪我回温州。高先生只消借我一笔路费即可。我们方家是有信用的，父亲一定会为我偿还这笔路费。"

"不，不。"高瑞指着报纸上的报道说，"你正处于风口浪尖，独自从上海到温州很不安全。再说，我也正处于风口浪尖，需要从上海回温州暂避风头。自从上海租界成为孤岛之后，我的生意清淡，相关商务、事务我交给助理就行了。"

　　"那好，我正盼着能够跟高先生一起回温州。"方美莲显得格外高兴，"今天上海有船去温州吗？""好，我打电话到轮船公司问问。"高瑞说着，打开小皮箱，取出记事本，查到了轮船公司的电话号码。他经常往返于上海与温州之间，所以记事本上写着轮船公司的电话号码。"什么？鉴于时局紧张，'舟山号'取消了申温航班？！"电话那头传来的轮船公司的消息，令高瑞沮丧。他问道："什么时候恢复申温航班？""不知道。"轮船公司这么答复，"眼下'舟山号'只从定海开往温州。""看来，我们没有办法像往常那样从十六铺乘坐'舟山号'去温州。"高瑞说。"那怎么办？"方美莲一脸焦急的神色。"看样子，我们只能乘火车到宁波或者杭州，从那里坐小轮船到定海，再从定海乘坐'舟山号'去温州。"高瑞说，"不过，这么一来，不仅很辛苦，而且那一带都是日本占领区，要有'良民证'才能进去。""'良民证'？！"方美莲还是第一次听说，"我没有'良民证'。""我也没有'良民证'。"高瑞说道，"我们找'黄牛'去""'黄牛'？！"方美莲如同坠入五里雾中。高瑞告诉方美莲，上海租界是孤岛，出了租界就是日本占领区。中国的大片土地，被日军占领。日占区的老百姓，只有持"良民证"才能通行。"良民证"由日占区的维持会或保长、甲长分发，上面贴着"良民"的照片。

　　高瑞说，许多在上海的温州同乡，要去日占区，没有"良民证"怎么办呢？他曾经替这些同乡办过"良民证"。在上海租界怎么办"良民证"呢？钱能通神。在上海，只要有钱，什么事情都能搞定。上海滩有一批"黄牛"，也就是掮客，往日做假护照生意，只要肯花钱，你要哪个国家的护照，他就给你做出足以乱真的假护照。如今，他们又做起假"良民证"的生意。比起外国护照来，假"良民证"的制作要容易得多，因为"良民证"只是一张纸而已，贴上照片、盖上假印章就行了。

　　方美莲一听，办"良民证"原来这么简单。高瑞跟方美莲商量，在假"良民证"上，用个假姓名。这样，万一假"良民证"被日军查出，也不会有多大的麻烦。

　　方美莲想了一下说，自己就改成"金梅"吧。高瑞则改成了"金林"。高瑞大方美莲十岁，以父女相称不合适，以夫妻相称又不便，于是约好在进入日占区之后，他俩以兄妹相称，高瑞称方美莲为"梅妹"，方美莲喊高瑞为"林哥"。

　　于是高瑞开始张罗：

　　第一件事是陪着方美莲到华懋饭店商场，打算给她买几件换洗衣服。高瑞一看，那里的衣服非绸即缎，要么是水獭领的海虎绒大衣，有点犹豫。倒不是高瑞不舍得花钱，而是他知道进入日占区，服装要尽量朴素。

不过，在华懋饭店商场，方美莲看到一本深蓝色硬封面、烫着金字的英文书——英国伦敦 1931 年出版的 A Passport to China（即《中国纪行》），注意到作者是 Lucy Soothill，很有兴趣，即请高瑞给她买了一本。高瑞觉得奇怪，在这逃难的时刻，买这样厚厚的英文书干什么？不过，方美莲要求他办的事，他总是照办。

接着高瑞陪着方美莲到华懋饭店对面的中央商场小摊，买了几套普普通通的灰布衣服。第二件事是找到了"黄牛"，谈妥了假"良民证"一事。"黄牛"相当"专业"，当即用莱卡照相机给高瑞、方美莲拍了证件照。第三件事是跟"黄牛"兑换了一些伪中央储备银行的"中储券"，以便在日占区使用。当晚，"黄牛"就把假"良民证"和"中储券"送来，一手交钱，一手交货。方美莲第一次见到"良民证"，觉得格外新奇：上面贴着她的照片，写着姓名、年龄、职业，她的姓名为金梅，住址写成江苏吴县。证件上的发证日期，写着"昭和""民国"双重年份。右下方盖着两个发证机关的大印："苏州特务机关苏州班""江苏省吴县公署"。左上角为"县第288008 号"，还有"责任者"盖的图章。

"什么是'责任者？'"方美莲不解。"就是责任人。如果这个'良民'发生不良行为，'责任者'就要担当责任。"高瑞答道。方美莲发觉，假"良民证"上的照片，明明是刚拍的，怎么上面就有了折痕？高瑞说，"黄牛"关照，假"良民证"不能太新，要揉几下，还要特意弄脏，就像用了好长日子似的。方美莲笑了。这是自从发生致美楼枪击案以来，方美莲难得的一笑。

太阳旗下的"上海驿"

一切准备停当。第二天早上，高瑞和方美莲来到华懋饭店餐厅用早餐，依然是吃着羊角面包，嚼着培根肉片，喝着鲜牛奶和橙汁。方美莲又在报架上取了一份当天的英文报纸《字林西报》，高瑞则取了一份当天的《申报》。吃完早餐，两人开始浏览报纸。

跟昨天一样，先是方美莲"哟"了一声，紧接着高瑞"啊"了一声。今天的报纸上，又登了什么新闻，令方美莲和高瑞这般惊诧？原来，这两家上海报纸都刊登了新闻标题：《金山饭店发生枪击案》！高瑞和方美莲赶紧拿了报纸回客房，关好房门之后，这才坐下来细看那篇报道。报道称，在上海四马路致美楼发生枪击案的翌日傍晚，三马路的金山饭店又发生枪击案！据称，住在金山饭店的一个男子，因对金山饭店经理以及前台小姐不满，掏出手枪把金山饭店经理打伤，前台小姐被吓昏倒地。男子随即逃逸。

报道称，公共租界总巡捕房巡捕迅即赶往金山饭店。金山饭店经理告知，那个男子在日前夜间入住金山饭店，心情抑郁，终日在客房内没有外出，就连早餐也是要饭店内小工到附近代购。傍晚时分，该男子欲退房，却拿不出房钱，遂与经理以及前台小姐发生口角。男子情绪失控，从腰间拔出手枪。男子在打伤经理之后，扬长而去。

报道说，巡捕问起男子的体貌特征时，经理回忆，那人黑衣、黑裤、黑鞋，个子中等偏高。对了，那人留着长鬓角。报道称，巡捕从金山饭店得知，该男子住在316房间，姓刘名连。高瑞看罢报道，对方美莲说，一定是刘连在傍晚时找不到他和方美莲，迁怒于经理和前台小姐。幸亏金山饭店经理是高瑞的多年好友，在巡捕面前没有提及高瑞和方美莲。这样，不论是巡捕还是记者，都没有把金山饭店枪击案跟致美楼枪击案联系在一起。方美莲说道，这个刘连，简直蛮不讲理。高瑞庆幸，昨天决计跟方美莲一起离开上海，而且在昨天办好了"良民证"。世上没有不透风的墙壁。那些无孔不入的记者，迟早会在深挖金山饭店枪击案时，把他跟方美莲一道"挖"出来。"我们赶快离开上海，离开这是非之地。"高瑞对方美莲说道。方美莲迅即换上一身灰布衣服，虽说跟刚才穿靛蓝独色高领丝绸旗袍判若两人，但是她的气质依然那般高雅，看上去还是那样楚楚动人，比穿旗袍更加显得亲切。高瑞则换穿上一身黑色中式布衣。退掉了华懋饭店的客房，高瑞和方美莲上路了。从上海乘坐火车，要去北站。北站的正式名字叫上海火车站，由于它在上海北面，上海人习惯于叫北站。北站在日占区。从华懋饭店到日占区很方便，因为华懋饭店旁边就是架在苏州河上的外白渡桥。一天之前，也是这个时候，王水披着朱海的那件风衣，走过外白渡桥，前往日占区虹口。高瑞和方美莲凭着公共租界通行证，顺利通过外白渡桥公共租界这边的岗哨和铁栅门。过了外白渡桥之后，迎面就是日军的岗哨和铁栅门。高瑞走在前面，方美莲紧跟在后。此时此刻，方美莲的心剧烈地跳动着。高瑞很坦然把"良民证"递给了日本兵，顺利通过了。方美莲紧接着走了过来，把"良民证"递给了日本兵。日本兵的双眼盯着方美莲的脸，说了声"花姑娘"，竟然忘了看她的"良民证"。高瑞连忙一把拉着方美莲，走过铁栅门。就这样，方美莲随着高瑞走进了虹口，走进了日占区。方美莲的忐忑之心，这才放了下来。在日占区虹口，他们见到飘扬着的日本太阳旗。奇怪的是，那里竟然还飘扬着中华民国的青天白日满地红旗帜。高瑞告诉方美莲，汪精卫在南京成立的那个政府，也叫国民政府，所以国旗也用青天白日满地红旗，汪精卫以此表示，他的国民政府才是"正统"，蒋介石那个国民政府"非正统"。上海原本只有公共租界和法租界，并没有日租界[1]。不过，当年在上海的日本人聚居于虹口，所以1937年8月13日淞沪战争爆发后，日军进攻上海，占领了除公共租界和法租界之外的所有上海城区，虹口也就成了日占区的中心。

在日占区，方美莲见到路牌跟公共租界不同，公共租界的路牌上方横写着英文，下方写着中文，而这里的路牌上方横写着日文，下方横写着中文。由于许多路名的日文与中文一样，这些路牌上就只是写着中文——当然也可以视为只写着日文。

跟四马路一样，绿色的有轨电车发出叮叮当当的声音，在虹口沿着路中央的铁轨行驶。高瑞和方美莲上了驶往闸北的有轨电车，发觉电车的终点站北站被写成"上海驿"。"驿"在日语中是"车站"的意思。

沿途，方美莲看见荷枪实弹的日军士兵，看见穿着华丽和服款款而行的日本女子，也看见西装革履的"高等"华人以及衣衫褴褛的普通民众。

绿色的有轨电车终于到达"上海驿"。"上海驿"四层大楼，经历1932年"1·28"事变和1937年"8·13"事变的炮火摧残，大楼已经千疮百孔。在如此破旧的大楼上方，飘扬着一面太阳旗。

1　在旧中国，只有天津日租界、汉口日租界、苏州日租界、杭州日租界和重庆日租界这五个正式的日本租界。

　　"上海驿"是上海的陆上大门。沪宁铁路和沪杭铁路这两大干线在这里交汇。南京和杭州都已经沦为日占区，沪宁铁路和沪杭铁路沿线也被日军占领，所以每天有好多趟列车在"上海驿"进进出出。

　　在"上海驿"三个大字下方，挂着一个大钟。方美莲看了一下手表，发觉那个大钟上的时间，整整快了一小时。

　　高瑞告诉方美莲，去过日占区的温州同乡曾经说及，在日占区乘坐火车，必须提早一个小时。因为日本政府规定，从1938年1月起，中国日占区改用日本东京时间为标准时间，钟表要拨快一小时，跟东京同步。不过，日占区的中国人还是习惯于用中国时间，只有在乘坐火车、汽车的时候，注意提前一个小时，要不就赶不上火车、汽车。

　　"上海驿"购票窗口前排着长队。"黄牛"在这里出没。高瑞花钱从"黄牛"手中买到两张上海至杭州的火车票。

　　方美莲对于"黄牛"无处不在感到惊讶。

　　高瑞笑道："这叫'有钱能使鬼推磨'！"

　　方美莲来往于温州和上海之间，一直是乘坐轮船。她从来没有坐过火车，也没有到过杭州，所以对于这次乘坐火车到杭州，充满新奇感。她庆幸有高瑞"保驾护航"，才使她从"黄牛"手中买到了"良民证"，也买到了火车票。

　　"上海驿"的剪票口，威严地站着两个男子，一个是戴着黑帽子、穿一身黑制服的铁路警察，另一个是全副武装的日本兵。高瑞和方美莲把火车票和"良民证"递给铁路警察，顺利地进入了月台。

　　穿着一身布衣的高瑞和方美莲，买的是二等车票。高瑞不敢坐头等车，生怕太招摇，又不愿坐三等车，生怕太乱太脏。每节车厢门口，都站着铁路警察。进入车厢，铁路警察又要检查火车票和"良民证"。车厢门口排起了长队。突然，铁路警察高喊："客满！客满！"

　　旅客们透过车窗，看见车厢里还有许多空的座位。明白"潜规则"的旅客，给铁路警察塞了小费，铁路警察马上笑嘻嘻地放行了。高瑞和方美莲照办，也就上了二等车厢。从未见过这样"世面"的方美莲，算是又长了见识。

　　二等车厢还算可以，每位旅客都有座位，不像三等车厢那样连过道都站满了人。

当月台上响起铃声之后，黑咕隆咚的蒸汽火车头发出"呜——"的一声长鸣，喷着白色的蒸汽和黑色的烟炱、煤屑，启动了。咔哒，咔哒，列车的铁轮每经过一个铁轨接头，就发出咔哒一声。

终于离开了上海！望着窗外葱绿的田野，方美莲不由得记起沈从文《怅惘》中所写的话："春界。天随着落花走了，夏天披着一身的绿叶儿在暖风儿里跳动着来了……"大约是心境好了，方美莲开始用温州话跟高瑞低声聊了起来。"林哥，从上海到温州，要多少时间？"方美莲以约好的称呼问高瑞道。"梅妹，要六个多小时。"高瑞说，"到了杭州，还要转火车到宁波。到宁波的时候，恐怕是夜里了。在宁波住一晚上，第二天乘小轮船到舟山的定海，再乘坐'舟山号'轮船到温州。""这么说，要两三天时间。"方美莲说。"能够在两三天到达温州，已经算是很走运了。"高瑞说，"到了定海，还要碰运气，因为'舟山号'轮船从定海开往温州，好几天才有一班。弄得不好，在定海就得住两三天！"方美莲一听，忽然一拍脑袋说："我父亲说过，他有一回乘坐飞机从上海到温州，才几个小时。如果现在还有那样的航班，该多好。""早就没有了！"高瑞苦笑道。高瑞告诉方美莲，他也乘坐过飞机，从温州飞到上海。那是好多年以前——1933年7月4日，中国航空公司开通上海至广州的航线，途经温州，所以温州人可以搭乘飞机到上海。"温州的飞机场在哪里？"方美莲问。"在瓯江上。"高瑞说。"飞机从瓯江上起飞？"在方美莲听来，这如同天方夜谭。"飞机真的是从瓯江上起飞。"高瑞说。高瑞告诉方美莲，当时乘坐的是"塞可斯型飞机"，是双翼的水陆两用飞机，所以在上海是从黄浦江江面上起降，在温州则是从江心屿附近的瓯江江面上起降。"塞可斯型飞机"有两台螺旋桨发动机，安装在两侧的机翼上。飞行高度只有300米左右，飞行速度也不快，只能在晴朗的白天低空飞行。机舱不大，除了驾驶员之外，只能乘坐六七位旅客，所以票价很贵，而且还很难订到。

高瑞说，在当时，这种双翼水陆两用飞机算是很先进的飞机，国民党总裁蒋介石先生的专机，也曾经是双翼水陆两用飞机。

高瑞说，温州才女潘希真[1]（琦君）在上海上学，放暑假的时候坐轮船回温州老

1　潘希真（1917—2006），女作家，笔名琦君，浙江温州永嘉瞿溪镇人。曾任台湾中国文化学院、中央大学中文系教授。

家，有个男孩追她，心太急，竟然手捧鲜花从上海搭乘双翼水陆两用飞机到温州，把鲜花送给她，如此浪漫之举，一时在温州传为奇闻。

高瑞说，自己从来没有乘过飞机，出于好奇，有一次花大钱买了飞机票，从温州飞到上海，大约六个多小时。这条航线飞了两年，后来因为局势越来越紧张，就取消了。

蒸汽机车慢吞吞地在铁轨上蜗行。方美莲叹道："如果现在还有从上海飞到温州的飞机，我一定也去坐一次。"

风衣和日本名茶

就在高瑞和方美莲在华懋饭店餐厅看到《字林西报》和《申报》上关于金山饭店枪击案的新闻时，王水坐在上海特别市政府警察局情报处长办公室，也正在聚精会神地读着上海各报关于金山饭店枪击案的报道。

王水的右臂绑着纱布，他用左手支着那颗光而亮的脑袋，拧着双眉，在沉思着。

自从王水右臂受伤，他那位新太太陈梅劝他在家休息几天，王水却坚持去上班，非要把那个朝他开枪的枪手查个水落石出。

王水从报纸的报道上看到，金山饭店枪击案的枪手一身黑，个子中等偏高，留着长鬓角，姓名叫刘连。

他不由得记起，在致美楼，那个朝他开枪的枪手，也是一身黑，个子中等偏高，留着长鬓角。

从报纸的报道可以得知，那个刘连是在致美楼发生枪击案的当晚，住进金山饭店的。

大报小报的报道，都没有说及至关重要的一个问题：金山饭店枪击案的枪手跟致美楼饭店枪击案的枪手之间的有何关联？

在王水看来，记者们热心于追逐"花国总统"金莲的花边新闻，却忽视了破案的线索。王水毕竟是情报处处长，他从一大堆报道之中，理清线索，得出了重要的结论：金山饭店枪击案的枪手跟致美楼饭店枪击案的枪手，是同一个人，也就是刘连。刘连在致美楼假扮堂倌，端着汴京烤鸭，进入沉香阁的豪华包厢，从盆底掏出手枪，朝他和他的保镖连开六枪。趁着混乱，刘连逃往三马路金山饭店316房间住了下来。

王水以为，在致美楼饭店枪击案发生之后，高瑞跟那个金莲逃往哪里，目前尚不得而知。高瑞、金莲跟刘连是否一伙，也不得而知。好在枪手刘连已经浮出水面。

这个刘连，究竟是什么人物？为了解开刘连之谜，王水嘱咐助手们翻查情报处的档案，重点是查国民党军统名单。即便查不到刘连，也要把姓刘的名单逐一查一遍。在王水看来，这个刘连那么年轻，很可能父亲是军统老手。这些档案是王水当年从国民党军统"投诚"日军时，为了表达"忠心"，从军统档案室偷偷带走的。

当然，王水也担心刘连是一个化名。干他这一行的，换一个姓名，就像换一件衣服一样平常。如果刘连是一个化名，查档案里的军统名单就没有多大意义。王水关照助手们，细细查看档案中保存的军统照片，发现有留着长鬓角的，就挑出来。

王水分析，这个刘连必定是一个新手。干他们这一行的，最好是相貌平平常常的，长相没有什么特点。王水在国民党军统招收新手时，凡是脸上有胎记、痣、伤疤的，一概不予录取。刘连为了漂亮，留起长鬓角，显然是一个没有经验的家伙。另外，此人在致美楼朝他开枪，显然是军统授命的。可是此人在金山饭店一发火，就朝经理开枪，显然也暴露出他是一个容易冲动的新手。

令王水遗憾的是，助手们逐页翻查军统档案，除了查到四五个姓刘的军统成员之外，并没有查到刘连其人，也没有查到留有长鬓角的军统成员照片。

王水到底老谋深算，在他看来，金山饭店枪击案大约与"名妓"无关，所以记者们也就没有兴趣深入探究。然而他以为，眼下要揭开刘连之谜，只有到金山饭店实地探访，也许可以从那位经理以及前台小姐那里查到重要线索。

金山饭店在公共租界，并非日占区，到那里去侦查显然要担负很大的风险。派谁到金山饭店侦查呢？

王水当然可以派一名助手到金山饭店侦查。王水确实是"王者之水"，他竟然决定亲自带一名助手前往金山饭店侦查。

在王水看来，他在公共租界的对手是国民党军统以及共产党地下党，而不是公共租界巡捕房。公共租界巡捕房早就宣布在中日之间保持中立，何况现在日本在中国侵占的领土越来越多，作为孤岛之中的公共租界的巡捕房，虽说代表的是英美利益，但是对日本不敢得罪。正因为这样，当王水在致美楼受伤之后，公共租界巡捕朱海不仅送他去医院，还脱下自己的风衣给他。王水正是可以用还风衣作为借口，去四马路公共租界总巡捕房去找朱海，然后跟朱海一起去三马路金山饭店。

就这样，王水带着那件风衣，带着一盒日本三大名茶之一——京都府的宇治茶，带着助手，从苏州河北岸日占区虹口，越过外白渡桥，来到南岸的公共租界。

落成不久的公共租界总巡捕房是四幢九层的大楼，成为四马路上醒目的建筑群。当王水出现在四马路公共租界总巡捕房时，朱海感到很意外，因为那天王水从公济医院病房突然消失，不辞而别，就音讯全无了。

见到王水前来送还风衣，还送日本名茶，朱海笑道："王处长，什么风把你吹来了？右臂的伤好些了吗？"朱海明白，王水无事不登三宝殿，一定是为探听致美楼枪击案的案情而来。果真不出朱海所料，王水在寒暄几句之后，便让助手拿出一个文件夹，上面粘贴着诸多关于金山饭店枪击案的报道，要朱海过目。朱海说道："看过。不过，侦查金山饭店枪击案，是由我的一位同事负责。"王水把金鱼眼一瞪，说道："据我看，金山饭店枪击案的枪手刘连，就是在致美楼向我开枪的凶手。"

朱海说："我也注意到这一点，因为报道中提及，刘连留着长鬓角，而致美楼的堂倌小沈就说过，他记得那个枪手的特征是留着长鬓角。但是金山饭店经理只说枪手住在316房间，姓名叫刘连，没有别的线索。"

朱海还提供了一个重要线索，据他在四马路新会乐里乾元药行的侦查，那里曾经有一个化名廉先生的男子在那里打工，而乾元药行斜对过就是金莲所在的兰玉阁。药行小伙计称，那个廉先生留着长鬓角，表明这个廉先生就是刘连，而且表明刘连是金莲的相好。

"朱先生所说的这一情况，非常重要。"王水接过朱海的话说，"不知朱先生能否陪我们去一下金山饭店，看看能否发现新的线索？""好，我也正想查明枪手刘连的来历。"朱海答应道，"不过，我要请负责侦查金山饭店枪击案的同事陪你一起去。""那当然更好。"王水连连点头。虽说这里离金山饭店只一箭之遥，但朱海和他的同事还是请王水和他的助手一起乘坐一辆公共租界巡捕房的警车，前往金山饭店。

金山饭店那位经理的左腕受了枪伤，胸前吊着白色三角绑带，仍在上班。他看见巡捕房的警车停在饭店前面，赶紧迎了上去。从车上第一个下来的是朱海的同事，金山饭店的经理认得这位巡捕。在那位巡捕之后，跟随着三位男子。

四位客人在经理室坐定。朱海向经理出示巡捕证件之后，告诉经理他是负责侦查致美楼枪击案的巡捕，然后指着右臂受伤的王水说："他是致美楼枪击案的受伤者。"

朱海开宗明义，对经理说明来意："致美楼枪击案的枪手，据目击者称留着长鬓角，而向你开枪的刘连，也留着长鬓角，因此极有可能这两起枪击案都是刘连所为。我们来此，就是为了向你详细了解刘连的相关情况。"

朱海的同事以及王水的助手拿出记录本，开始笔录。经理把曾经对朱海同事说过的话重复了一遍。经理一个字也没有涉及高瑞，也没有提及金莲。"刘连为什么朝你开枪？"朱海问。经理还是重复报纸已经披露过的话：傍晚时分，该男子欲退房，却拿不出房钱，遂与经理以及前台小姐发生口角。男子情绪失控，从腰间拿出手枪。男子在打伤经理之后，扬长而去。这时，朱海问道："该男子既然拿不出房钱，大不了一走了之，何必要到前台办理退房手续？"经理一时语塞，沉默良久才说道："此人大约精神不正常，容易冲动，所以朝我开枪。"经理依旧没有说出真相。

一直在一侧默不作声的王水，这时候插了一句话："我们可否查阅贵店那几天的旅客住宿登记册。"经理答道："可以。"于是，经理吩咐前台把旅客住宿登记册拿来。王水到底是"老军统"，一下子就在旅客住宿登记册上发现了高瑞的名字。"咦，高瑞怎么也住在这里？"这时候，王水仿佛成了公共租界的巡捕，向经理提问。"是……"经理顿时有点紧张，因为他一直想瞒掉高瑞。"高瑞住在 402 房间。他是在致美楼枪击案发生的当晚，跟刘连同时住在贵店。"王水那双眼睛，在旅客住宿登记册仔细扫描着，说道："奇怪的是，高瑞才住了几个小时，就在凌晨退房了。"经理不语。紧接着，王水在旅客住宿登记册上又有了重要发现："402 房间隔壁的 403 房间的旅客，没有写名字，只写'金小姐'。这'金小姐'也是在致美楼枪击案发生的当晚，住在贵店。她同样只住了几个小时，就在凌晨退房了。这'金小姐'，莫非就是金莲？！她跟高瑞同时住进贵店，同时在凌晨退房？"

经理依旧不语。王水问经理道："旅客住宿登记册表明，高瑞、金莲、刘连是在致美楼枪击案发生的当晚同时住进贵店，是不是？"经理答道："是。"王水又说："旅客住宿登记册还表明，高瑞和金莲在翌日凌晨就一起退房，离开贵店？"经理答道："旅店向来认钱不认人。谁愿意付房钱，谁就可以住旅店。至于客人什么时候离开旅店，完全是客人的自由——只要客人在离开时结清房钱就行。"朱海细览旅客住宿登记册，查明在致美楼枪击案发生之前，没有刘连以及金小姐的住店记录，倒是见到高瑞隔三差五住在这里。朱海还注意到，401 房间注明"包租"两字。经理原本不想让老朋友高瑞引起警方注意，更不想让温州旅沪同乡会引起警方注意，一方面是出于老朋友的友情，另一方面也出于生意经，因为温州旅沪同乡会长期包租401房间，高瑞也是三天两头入住，还引来许多温州旅沪同乡来住。事已至此，经理不得不加以说明："401 房间是温州旅沪同乡会办公室长期包租。高瑞作为温州旅沪同乡会办公室主任，所以经常住在这里。"

王水说道："这么说，在致美楼枪响之后，是高瑞带着金莲、刘连到贵店住下？"经理答道："我只管收房钱，从不过问房客之间的关系。"朱海又问："从我掌握的情况知道，刘连是金莲的相好。我感到奇怪，怎么会是高瑞带着金莲在凌晨出走，而不是刘连带着金莲离开？"经理还是那句话："我从不过问房客之间的关系。"王水这时候说道："我也觉得反常。大约是高瑞带着金莲在凌晨双双出走，把刘连一人'扔'在金山饭店。刘连是金莲的相好，在傍晚的时候发现金莲竟然跟着高瑞走了，于是大发脾气，把气发在经理和前台小姐身上，以至用枪打伤了经理！"到了这时候，经理不得不说出了那天傍晚的真实经过……

在朱海、王水与经理谈话时，朱海的同事以及王水的助理进行了笔录。谈话毕，请经理审阅，并在记录上签字。另外，朱海的同事以及王水的助理用照相机拍摄了金山饭店旅客住宿登记册以及与案情相关的记录。他们四人握别经理，乘坐公共租界总巡捕房的警车离去。

警车重新回到四马路公共租界总巡捕房那气势雄伟的四幢九层大楼。朱海和他的同事，王水和他的助手，坐在大楼底层一间会客室，一边喝着咖啡，一边分析并讨论着案情。

朱海说道："今天的侦查，首先是查明在致美楼枪击案发生的当晚，三位重要当事人，即高瑞、金莲和枪手刘连，都趁着混乱之际，逃到了金山饭店。他们三人所以会去金山饭店，是因为高瑞作为温州旅沪同乡会办公室主任，经常住在金山饭店。"

王水则说："现在需要分析的是高瑞、金莲和刘连的关系。朱先生在新会乐里查明刘连是金莲的相好，这一点很重要。高瑞在凌晨带着金莲双双逃离金山饭店，这表明高瑞也是金莲的相好。问题在于高瑞与刘连的关系，也就是说，刘连是不是高瑞雇用的枪手，还是跟高瑞无关、独立行事的枪手？"

朱海以为，高瑞似乎只是纯粹的温州商人，跟政治势力无关，也跟刘连无关。金莲也与政治势力无关。刘连是一个有着政治背景的枪手，受某种政治势力的指使，单独施行暗杀计划。

王水同意朱海的分析。

王水说道，眼下的关键，是追捕刘连。不过，也不能放过高瑞和金莲，他们可能知道关于刘连的内幕。尤其是金莲，她既然是刘连的相好，对刘连应当是知情的。所以在追捕刘连的同时，也要追踪高瑞和金莲。

朱海赞同王水的意见，他强调，刘连随身带着手枪，是一个危险的逃犯，务必尽快追捕归案。

朱海还说，刘连有枪，表明他很可能住在公共租界。如果他来自法租界或者日占区，过界时无法携带枪支，或许他在公共租界有熟悉的朋友，那把枪是存放在朋友家中。所以刘连的那把手枪的来龙去脉，也应查清。

王水似乎仍念念不忘金莲。他向朱海提出，金莲的那只金色莲花别针，能否送给他作为纪念。朱海寻思，那枚金色莲花别针对于破案已经没有什么用处，也就做了个顺水人情，送给了王水。

朱海跟王水都同意，双方保持联络，随时沟通有关刘连、高瑞、金莲的情报。

王水结束了跟朱海的谈话之后，原本打算去一趟南京路，给小妾陈梅买几瓶法国香水。然而朱海说用警车送王水和助手到外滩外白渡桥，王水也就不好意思去南京路了。

在外白渡桥南岸桥头，朱海让王水和助手从特别通道通过公共租界的岗哨，走过铁栅门，走向桥北端的日军岗哨……

密室里的密谈

刘连究竟在哪里？

自从那天刘连得知方美莲跟着高瑞在凌晨走了，气急败坏的他情绪失控，朝金山饭店的经理开了一枪，便赶紧离开了饭店。三步并作两脚，刘连从三马路朝大马路——南京路疾行。夕阳之下，南京路一片金黄色。刘连挤进了熙熙攘攘的人群。他回头一看，没有"尾巴"跟踪，松了一口气。

这个时候，高瑞和方美莲正在华懋饭店等待"黄牛"送来假"良民证"。刘连并不知道高瑞和方美莲躲在华懋饭店，他沿着大马路朝着相反的方向，往西走向一幢咖啡色的 22 层高楼——国际大饭店[1]。国际大饭店高达 83.8m，不仅是当时的中国第一高楼，而且是亚洲第一高楼。正因为这样，当时上海市民中流传着一句话："看国际饭店当心帽子落沓（掉了）。"

国际大饭店跟华懋饭店一样，都是上海第一流的旅馆，而金山饭店则是二三流的旅馆。刘连既然连金山饭店都住不起，怎么会去国际大饭店呢？

刘连从旋转门走进国际大饭店之后，并不走向总台，而是乘坐电梯往下，来到地下室。他走向地下室的服务台。在刘连出示一把黄铜钥匙并说了一声"3118"之后，服务生便打开一扇一人多高又厚又重的圆形不锈钢大门。进门之后，里面像中药铺似的，是一排排高高的立柜，自上至下全是密密麻麻的抽斗，只不过中药铺的柜和抽斗是用木头做的，而这里全部是用钢制作的，闪耀着金属的光芒。服务生按照编号，找到了标明"3118"号的钢抽斗，这个抽斗上有两把钥匙，服务生把手中的钥匙插进其中一个钥匙孔，而刘连把他那把钥匙插进另一个钥匙孔。两把钥匙同时旋转，这才打开钢制抽斗。

1　中华人民共和国成立之后，国际大饭店改名国际饭店。

　　这时，服务生便走开了。

　　刘连环顾四周，确认旁边无人，便把手插向腰间，迅速取下那把勃朗宁M1906"掌中雷"袖珍手枪，放进抽斗，然后把抽斗锁上。抽斗上的另一把锁也同时自动锁上了。

　　这钢抽斗的正式名称，叫作"保管箱"，又叫"保险箱"。只要出示身份证件并缴纳租金，就可以租下这里的保管箱。保管箱有大有小，越大租金越贵。

　　其实头一天下午，刘连也曾来到这里。他在打开保管箱之后，悄然从里面取出手枪。

　　在上海的旅馆底下，唯有国际大饭店设有规模宏大、设备完善的地下保管库。上海的富人们生怕金银珠宝、股票房契、银圆美金、名人字画放在家中不安全，便花钱在国际大饭店的地下室租了保管箱。但像刘连这样租保管箱存放手枪的并不多见。

　　上海国际大饭店设置地下保管库的利润，远远超过上面同样面积的客房。其实，上海国际大饭店的地下保管库，在设计时是作为储存黄金的金库的，所以有厚重的不锈钢库门以及各种严密的设施。那是在1931年，上海大陆、盐业、中南、金银等四家银行储蓄会决定在这里建设办公楼，称"四行储蓄会大楼"。为了显示四行储蓄会不凡的经济实力，他们仿照美国纽约的摩天大楼，建造中国第一高楼。因为这一高楼是供银行使用，所以特地设计了地下金库。当大楼完成设计、开始施工时，有人向四行储蓄会建议，倘若把办公楼改为宾馆，利润会很高，几年就能收回投资。四行储蓄会董事会采纳了这一建议，把地面部分按照宾馆建设，而地下金库则改为地下保管库。这样，"四行储蓄会大楼"也就更名为"国际大饭店"，只在底层辟出一部分作为四行储蓄会营业厅。

　　在国际大饭店落成之后，刘连的父亲刘旦便在地下保管库租用了两个保管箱，其中一个放家中财宝，另一个放手枪及子弹。虽然按照上海国际大饭店的规定，在地下保管库是不许存放武器、毒品之类的东西的，但刘连的父亲还是悄悄把一支勃朗宁M1906"掌中雷"袖珍手枪及多发子弹放进了保管箱。

　　是刘连的父亲刘旦，给了刘连那把存枪的保管箱钥匙。

　　刘连把"掌中雷"手枪放进保管箱，如释重负，一下子轻松多了。

　　刘连的家，在法租界亚尔培公寓。刘连眼下的唯一去处，就是回家。在致美楼枪击案发生的那个夜晚，他之所以跟着方美莲前往金山饭店，一是因为国际大饭店的地下保管库夜间不营业，他无法去那里存放手枪，二是他要紧"追"着方美莲。自从邂逅这位美丽的温州姑娘，他就真心喜欢上了她——虽说他是奉父亲之命接近她且另有目的的。到了金山饭店之后，听高瑞说要安排方美莲长期住在金山饭店，所以他也要求高瑞安排他长期住在金山饭店。他万万没有想到，高瑞竟然"拐"跑了方美莲。如今方美莲不见踪影，"掌中雷"手枪也放好了，所以他也就从公共租界前往法租界。

　　当夜幕浓重，刘连拖着疲惫不堪的双腿，回到了亚尔培公寓。

　　刘连沿着盘旋的楼梯上了四楼，用钥匙打开家门。深褐色的地板，深褐色的家具，使这个家显得沉闷。刘连家四室两厅，那四室是：父母的主卧室，他的卧室，父亲刘旦的书房，还有一个平常总是锁着门的房间。刘连的到来，就像一束阳光，照亮了这个沉闷的家。见到儿子回家，刘连的父母一下子活跃起来。虽然儿子只不过是在昨天上午才离家，但刘连的父母却有着隔世之感——刘连毕竟是他们的独生子，而且这是刘连第一次执行暗杀任务。

　　昨夜，刘连没有回来，父母整夜没有合眼，担心儿子落到公共租界的巡捕手中。正因为这样，看到儿子平安归来。他们怎么能不热烈欢呼起来？在他们的眼里，儿子仿佛一下子长大了许多。

　　刘连看到双眼布满血丝的父亲正坐在书房里，书桌上放满今天上海的大报小报，而母亲正在书桌旁把致美楼枪击案的新闻报道一篇篇从报纸上剪下来。"儿子，你干了一件轰动上海的大事。"平常总是板着一副"寡妇脸"难得一笑的刘旦，居然浮现了笑容。"儿子，你成了轰动上海的大英雄！"爽朗的母亲则跷起大拇指，丝毫不掩饰自豪之感。父母的夸奖，把刘连的疲劳、紧张、苦恼、无奈一扫而光。父亲用钥匙打开了密室的门。这个房间的门虽设而长锁，连窗也被黑纸严严实实地糊上了，不仅密不透风，也不透光。房间的三面从地板到天花板"顶天立地"摆放着一大排墨绿色的铁档案柜，呈"Ⅱ"形。空白的一面墙上，挂着一张非常详尽的上海地图。密室的桌子上，安放着收发报机。

　　父母亲和刘连进入密室之后，父亲刘旦把密室的门关上。"爸爸，我总算为你报了一箭之仇！"这是刘连在密室坐定之后，对父母说的第一句话。"好，好，我非常高兴。"父亲刘旦说道，"不过，各报的报道都没有提到王水，都没有提到王水是否被击毙。"刘连讲述了冒充致美楼饭店的堂倌的经过。刘连说，他总共开了六枪，前三枪击中王水的保镖，亲眼看见他倒下去；后三枪是朝王水开的，开了第一枪，王水就倒地。

"你开第一枪，他就倒下了？"父亲刘旦听了这话，不以为然，"王水这家伙久经沙场，为人机智，又练过武功，他倒下未必意味着你击中了他的要害。此人也许只是受了点轻伤而已。"

听了父亲这话，刘连有点后悔，当时自己应该再上前，朝着倒地的王水补射几枪。

"即使王水没有死，给他一次警告，当头一棒，也好。"刘旦看着有点沮丧的刘连，鼓励道，"你毕竟是初出茅庐头一回，能够震慑王水，也是为党国立了大功。我要为你向上峰请功。"

听到父亲的鼓励，刘连如同吃了"开心果"。"不过……"刘旦的话锋一转，"王水是一个报复心很强的人。你要当心，一旦被他发现，必遭报复。"

刘连一听，心中明白，父亲刘旦跟王水一样，也是报复心很强的人。父亲要他执行暗杀王水的任务，意义是双重的：论公，那是诛杀汉奸，爱国行为；论私，那是清除宿敌，个人行为。

猝不及防的"流弹"

刘连清楚记得，也是在这间密室，父亲刘旦讲述了他跟王水的恩怨情仇……

国民党的特工机构有"中统"与"军统"之分。"中统"就是中国国民党中央执行委员会调查统计局，"军统"即国民政府军事委员会调查统计局。

中统的骨干以CC系成员为主。所谓CC，就是国民党大佬陈立夫、陈果夫兄弟，

"陈"的英文开头字母为"C",所以两陈也就简称"CC"。中统由陈立夫、朱家骅先后任局长,徐恩曾任副局长。实际上中统由徐恩曾领导,人称"徐老板"。

军统直接听命于蒋介石。蒋介石指定侍从室第一处主任贺耀祖担任军统局局长,戴笠任副局长。实际上军统由戴笠领导,人称"戴老板"。

中统和军统,原本都是为了对付"异党"——中国共产党而建立。虽说目标一致,但是党争纷沓,中统和军统是不同的"山头",互相争斗、互相倾轧,可谓"同行是冤家"。

在抗日战争开始之后,军统在清除中共地下组织的同时,转为主要执行对付日军特工以及汪精卫伪政权的任务,在日占区进行锄奸、情报及抗日游击工作。"戴老板"手下的军统特工从原本的三四千人发展到七千多人。1938年5月,"戴老板"成立"忠义救国军",人数先是扩大到一万人,后来扩大到四五万人。

中统依然以对付中共地下党为主要职责,也顾及对付汪精卫伪政权的任务。中统的势力一下子被军统所超越。徐恩曾为此对戴笠深为不满。然而徐恩曾被戴笠诟病的是:担任徐恩曾机要秘书多年的钱壮飞,竟然是中共地下党员! 1931年4月25日,钱壮飞收到中共要员顾顺章叛变的绝密电报,急忙从南京赶往上海,告知周恩来等中共地下党领袖们迅速转移。如果钱壮飞晚来一步,周恩来就会落在中统特工手中,中国的现代史就将改写!正是因为营救周恩来,钱壮飞才暴露了中共地下党员的身份,徐恩曾才如梦初醒。戴笠抓住这个机会,在蒋介石面前狠狠地损了徐恩曾一顿!徐恩曾也不得不向蒋介石承认:"一生中所犯最大的错误,就是不该重用钱壮飞。"

不过,徐恩曾也时时想捉住戴笠的把柄。

徐恩曾记仇在心,伺机反扑。徐恩曾找手下大将——中统局上海调查室主任刘旦商议。刘旦,因生于元旦而取名"旦",没想到这刘旦与"流弹"同音。"流弹"者,到处流窜,到处游击,突然而至,猝不及防。刘旦乃中统之冷面杀手,善于发动意想不到的攻击,成了名副其实的"流弹"。

刘旦对徐恩曾说,戴笠乃谨小慎微、卫戍严密、步步为营、处处防范之人,一时难以射之"流弹",而戴笠的心腹、手下大将王水,不仅好色,而且贪财,不妨先向王水攻之以"流弹"。

一天，一个戴瓜皮帽、穿长袍马褂的男子，五十岁左右模样，手持一黑色公文皮包，往上海王公馆求见。此人儿子被军统抓捕，急如热锅上的蚂蚁，去找王水求助。王水知道这是敲诈勒索的好机会，于是让卫士检查此人身无凶器之后，放他进来。

男子自称姓戈，因生意亏本，家无现银，只有一宝物献给王区长——当时王水任军统上海区区长。

戈先生打开皮包，取出一张牙色麻纸，手帕大小，已经泛黄。此纸倘若落在上海马路上，恐怕也无人检视。可是男子把这牙色麻纸夹于两片赛璐珞之间，双手捧呈王水。

戈先生说："此乃国宝，名曰《平复帖》，是晋代陆机的书法作品。虽说只有9行84个字，却字字千金。本来收藏于清恭亲王府。恭亲王后裔以五万两白银出售，被我购得，作为镇家之宝。无奈独子被军统误捕，以中共特工之名关于上海大牢。不得已，以此国宝，换小儿性命。"王水是粗人，对于文物之类一窍不通，于是唤来手下文书。文书摘下啤酒瓶底一般的高度近视眼镜，细细审视《平复帖》，那鼻尖几乎要碰上赛璐珞片。文书看毕，跷起拇指，说了两个字："极品！"王水一听，当即下令释放戈先生之子。戈先生口中千恩万谢，念念有词，倒退着离开王公馆客厅。王水对这破纸头没有兴趣，便转呈"戴老板"，声称这幅《平复帖》价值十万两银子。戴笠大喜，嘉奖了王水。不过，在戴笠看来，与其收藏这么一张破纸头，倒不如拿到白花花的银子为好。即便是换不来十万两银子，哪怕是五万两甚至一万两白银也好。于是戴笠托手下之人在上海古玩市场出手《平复帖》。得到这消息，一位五十来岁男子赶来，细细审看一番，指出两点：一是《平复帖》无名款，这幅《平复帖》怎么赫然落着"陆机"两字？二是《平复帖》上有宋徽宗题签并钤玺印，那红色印油日久必定渗至纸的背面，可是把这幅《平复帖》翻过来，纸的背面不见红色印油，可见那印章是刚盖上去的。那男子依据这两点，断定这幅《平复帖》乃赝品，一文不值。手下把那男子对《平复帖》的两点鉴定见解转达戴笠。"戴老板"在盛怒之下，训斥了王水一顿。王水中了"流弹"，气急败坏，但毕竟手下耳目众多，很快就查明，那个给他送上《平复帖》赝品的戈先生，以及在上海古玩市场点穿把戏之男子，乃同一人——中统的资深上海特工、中统局上海调查室主任刘旦。于是，王水布置了暗杀刘旦的计划。刘旦没有想到，他也中了"流弹"！他从上海公共租界返回法租界途中，遭到王水手下特工的伏击，左臂中了"流弹"。从此刘旦深居简出，并把儿子刘连也培养为中统特工。自从王水降日，成了汉奸，成了伪上海特别市政府警察局情报处处长，刘旦报王水的一"弹"之仇，已经不再是中统与军统之间的倾轧，而是爱国行动、抗日行动。这一回，在四马路致美楼，刘连终于使王水中了"流弹"！在表彰了儿子之后，父亲刘旦又对刘连提出批评："干我们这一行的，一定要学会自制。对于那个方美莲，你应当只是虚情假意，不应该假戏真做，坠入情网。尤其不应该的是，为了那个方美莲，在金山饭店开枪。"

面对父亲的批评，刘连低下了头。由于邮差投错了信而使方美莲邂逅刘连，这个"故事"的设计者正是刘连的父亲刘旦。父亲让儿子刘连结识方美莲，关注的目标并不是年轻单纯的方美莲，而是要通过方美莲掌握她的老师关露的动向，从而摸清中共地下党的情况，此乃是中统的"本职"。不料，情窦初开的刘连面对碧玉似仙的方美莲却动了真情。

第二天，刘连又遭到父亲刘旦的批评。父亲翻阅了上海各报对于金山饭店枪击案的报道，注意到报道提及枪手的特征是留着长鬓角。父亲对刘连说道："赶紧去把你的长鬓角剃掉！我早就说过，特工要避免身体尤其是脸部带有明显的特征，多次要你剃掉，你总不听。"

爱美之心，人人皆有。在刘连看来，两鬓长长的鬓角，增加了他男性的美，所以一直留着。如今，他的鬓角居然上了报纸的报道，面对父亲的批评，这才无奈地对着镜子用剃刀剃掉了。他不再是普希金了。唉，如果他是影星，这又浓又长的鬓角，定然使他的银幕形象大放异彩。刘连这长长的鬓角的基因，其实来自他的父亲。父亲却从来不留长鬓角。父亲明白，自己所从事的特殊职业，必须谨小慎微，必须"普普通通"。自从加入了父亲的组织中统，父亲就不仅仅是父亲，而且是上司，他必须听命于父亲。中统与军统，彼此互相保密。王水毕竟只熟悉军统，而不熟悉中统。正因为这样，出身军统的王水从军统带来的名单上，查不到刘连的名字。

也正是因为刘连的父亲刘旦是中统局上海调查室主任，所以他消息灵通。他在获知王水要从日占区前往公共租界致美楼饭店赴宴这一情报之后，决定派儿子去执行暗杀任务。

　　过了数日，父亲又从中统的情报系统中获知，王水并没有死，只是右臂受了伤——王水手下特工击伤刘旦的左臂，刘连则击伤王水的右臂，算是扯平了。刘连得知之后，深深佩服父亲的判断力。刘旦听刘连讲述在致美楼饭店枪击王水时，"开了第一枪，王水就倒地"，父亲当时就判断王水可能只是受了轻伤。

　　刘旦又从情报中获知，王水竟然带伤从日占区到了公共租界，会同那里的巡捕去了金山饭店进行"反侦查"。王水已经获知朝他开枪的枪手叫刘连，只是还不知道刘连乃老对手刘旦之子。

　　刘旦还从情报中获知，王水在回到"上海特别市政府"警察局情报处之后，召集会议，发誓要把刘连查个水落石出，"绳之以法"，而且还要挖出刘连幕后的操纵者！刘连真佩服父亲的情报，又快又准确。难得一笑的父亲此时微微一笑。不言而喻，中统在王水身旁埋下了暗哨。面对王水要把刘连查个水落石出，"绳之以法"，父亲作出决定，让刘连暂时离开上海，到浙江执行新的使命——浙江方面，正需要加强力量。父亲给了他杭州的联络人、暗号和地址，要他默记在心。听说父亲要派他前往浙江，刘连显得很高兴。他猜想，方美莲和高瑞很可能逃离上海，躲到了浙江老家温州。刘旦用不着找"黄牛"，中统特工迅速给刘连送来了假的"良民证"。于是，刘连从上海法租界来到公共租界，从那里进入日占区，也来到"上海驿"。前脚后步，在高瑞和方美莲之后，刘连登上了沪杭线火车……

第三章

花开并蒂

小岛上的千年古城

当刘连从上海到达杭州之际，高瑞和方美莲正在宁波港码头登上甬定[1]航线小海轮，前往舟山群岛。仿佛上天将一大把珍珠撒在东海，在长江口以南、杭州湾以东的海面上，形成了舟山群岛。舟山群岛是中国第一大群岛，拥有 1390 个岛屿，占中国岛屿总数 20%。如同众星拱月，许许多多岛屿拱着舟山群岛之中的最大岛——舟山岛。舟山岛是中国第四大岛，面积仅次于台湾岛、海南岛、崇明岛。在舟山岛四周，环绕着群星一般的小岛，诸如衢山岛、六横岛、佛渡岛、悬山岛、虾崎岛、桃花岛、蚂蚁岛、朱家尖、普陀山、大猫岛、五崎岛、金塘岛、秀山岛、岱山岛、长涂岛、泗礁岛、花鸟岛、嵊山岛、黄龙岛、大洋山岛，等等。

打从清康熙二十七年（1688）起，把舟山群岛设为定海县，这个建制一直沿用到民国时期。定海县的县城——定海，就在舟山岛之上。定海扼守长江口、杭州湾之要冲，从温州驶往上海的轮船，都要从定海经过，而且大多数申温航线的轮船中途都要在定海泊岸，在那里加油、加水，上下旅客。

高瑞和方美莲上了小海轮，发觉很多乘客白发苍苍。高瑞跟一位长者攀谈，方知这艘小海轮在停靠定海之后，还要继续航行到普陀山岛。普陀山有着"海天佛国""东海圣境"之誉，乃中国佛教四大名山之一。这些老年人大都是香客。

"在这兵荒马乱之时，你们还有心思去普陀山？"高瑞不解。"正因为兵荒马乱，

---

1 甬，宁波简称；定，即定海。

所以我们去普陀寺，为子孙祈求平安。"长者答道。在东海海面上，小海轮颠簸不已，很多香客头晕、呕吐，高瑞和方美莲不晕船，忙着为长者们递木桶、搪瓷脸盆，然后把呕吐物倒掉，再把桶、盆用海水清洗干净。香客们都说，到了普陀山，一定为这对"贤伉俪"祈求平安、幸福，说得高瑞和方美莲不好意思。当小海轮驶入定海港的时候，高瑞没有见到乌黑、高大的"舟山号"轮船，有点失望。小海轮在定海港靠岸时，高瑞和方美莲告别众香客，上了岸。定海给方美莲的第一印象，就是空气中夹杂着一股海腥味，这里到处都晒着鱼干和虾皮。高瑞直奔设在码头的轮船公司。一打听，果真不出所料，"舟山号"轮船今天刚从定海驶往温州，所以要在定海等三天，才能等到"舟山号"轮船从温州返回，再驶往温州。

天留人，无奈。高瑞和方美莲只得在定海的国民宾馆住了下来，两人依旧以"林哥""梅妹"兄妹相称，共住了一个大套间。定海毕竟是小地方，这里的旅馆房价，只及上海华懋饭店的十分之一。

高瑞虽然多次往返于上海与温州之间，每次都中停定海，但只是过境而已，何况定海处于温申航线的中点，轮船总是在半夜停靠这里，所以高瑞还从未进过定海城。这一回，高瑞跟方美莲将在此勾留三日，倒是有机会细细品味定海城。

高瑞和方美莲在海岛小城定海优哉游哉。定海国民宾馆女招待尤小姐跟"金梅"——方美莲一见如故，自告奋勇担任义务导游，陪同高瑞和方美莲漫游定海城。

完全出乎高瑞和方美莲的意料，定海竟然是一座有着古城墙、古城门的千年古城，当地人称之为"土城"。这座土城四周，挖了深深的护城河。城墙之上，还遗留着一门门青铜大炮。在一座小岛之上，拥有这么一座城防坚固的古城，便足以表明舟山群岛的重要，表明这里是扼守东海万里海疆的大门。然而，眼下的定海城头，飘扬着的却是日本太阳旗。

尤小姐告诉两位客人，定海有着两次沦陷的历史：

第一次是在鸦片战争的时候，1840年7月5日，英国舰队40余艘及士兵4000人在总司令懿律的率领下，远征中国。侵略军的第一炮就是轰击中国舟山群岛上的定海县城。守卫定海的三位总兵率部守卫定海古城，在与英军的浴血战斗中先后以身殉职。定海县城被英军攻破之后，县令姚怀祥誓死不降，跳进城北的樊宫池中英勇就义。英军占领了定海，作为大规模北上的基地。

第二次是在 1939 年 6 月 23 日清晨，1400 余名日军在 7 艘日舰、多架飞机的掩护下强行在定海登陆，从北门攻入定海城，定海再度沦陷。

尤小姐说，日军进城之后，搜捕国民党军人和政府工作人员。当时国民党军人系皮带、打绑腿，日军见到系皮带、打绑腿者就抓；当时国民党政府工作人员多穿中山装，日军见了穿中山装者也抓。另外，国民党军人和政府工作人员大都戴帽子，日军对前额有帽痕者一律抓捕，有的商人习惯于戴瓜皮帽，竟然也因前额有帽痕而被捕！

不过，日军毕竟兵力有限，且重点驻防的是上海、南京、杭州。如今在定海主要靠伪军守卫，靠"维持会"维持，日本兵士不算太多，都集中在"日本海军舟山岛基地队司令部"所辖的几艘兵舰上。大约正因为这样，当高瑞和方美莲走进定海古城后，没有遇见几个日本兵。

定海城的中心，是状元桥，向外辐射东、南、西、北、中五条大街，直通四个城门及县署。其中的中大街、西大街最为热闹，商铺林立，水产店、药店、绸布店、鞋店、百货店、杂货店、饮食店、油盐店、绳麻店、纸箔香烛店、咸货店、南货店、水果店、肉店、桐油行、毛竹行、山货行、牲畜行、茶行，不一而足。

高瑞注意到，定海出售的香烟牌子很陌生，诸如"美驼牌""轰字牌""兴字牌""蝙蝠牌""五轮牌"，没有上海租界里常见的"美丽牌""老刀牌""哈德门""红锡包"。向尤小姐一打听，才知道定海作为日占区，由日商白木公司经销的日本香烟才能上市，而国产卷烟和英美烟草公司的香烟一律停销。

高瑞还注意到，按照日本当局的规定，日占区必须使用汪伪中央储备银行发行的"中储券"作为货币，但是定海几乎没有人使用"中储券"，却在使用"袁大头""孙大头"[1]，零钱则用民国铜板。

在大街之侧，是一条条弄堂。这些弄堂往往是家族聚居之处，以姓氏命名，诸如阮家弄、杨家弄、颜家弄、竺家弄、陶家弄、张家弄、郑家弄、金家弄等。

石街石埠，清溪拱桥，定海古色古香。令高瑞和方美莲感到惊奇的是，小弄藏大屋。在弄堂里，在普通人家之中，往往夹杂着诸多豪宅大院——青砖高墙，黑门

1　"袁大头""孙大头"，即刻着袁世凯、孙中山浮雕像的银圆。

紧闭。

尤小姐带着高瑞、方美莲来到她的一家亲戚门前，叩门进去参观。

走进大门，迎面便是宽敞的大院，三面是三栋两层楼房。青石柱基，镂空门窗，在柱、梁、门、窗上，刻着莲花、葫芦、桃子、玉鱼、灵芝以及丹凤、松鹤、喜鹊等图案。方美莲特别注意到了那莲花雕饰，猜想其寓意大约为"出污泥而不染"。这样的高梁大屋，往往三进、四进以至五进。尤小姐说，"宁波帮"其实以定海人为骨干，所以定海富贾甚多。这些大宅门的宅主，十有八九是定海的大商人。在定海城里漫游之际，方美莲向尤小姐提出，能否带她去定海小学看看。"好呀，我就是定海小学毕业的。"尤小姐没有想到，"金梅"小姐会对定海小学有兴趣，"定海小学原本只招女生，叫作定海县立第一女子小学，不仅校长沈毅是女的，老师也都是女的。"于是，尤小姐带方美莲、高瑞来到定海小学。这所小学两层砖木楼房，整整齐齐。方美莲请尤小姐陪着自己楼上楼下、里里外外走了个遍。游罢定海古城，肚子里唱起"空城计"，由高瑞做东，请两位小姐一起步入望海楼餐馆午餐。作为温州人，高瑞和方美莲最喜欢的是定海的海鲜，不论是黄鱼还是鲳鱼，不论是带鱼还是梭子蟹，都比上海新鲜，而且便宜。尤小姐笑道，上海的海鲜几乎都是来自舟山，这里的海鲜自然比上海新鲜而且便宜。午餐毕，尤小姐又带他俩逛小吃街。"瑞和"糕饼店的条子糕，很合方美莲的口味，而高瑞则爱吃这里的皋泄香柚和金塘李子。回到国民宾馆，尤小姐跟方美莲已经很熟了，不再喊她"金小姐"，而是喊她"金姐"。她悄然问方美莲："金姐怎么对定海小学那样有兴趣？"方美莲答道："一位温州老师，曾经在定海小学教过书。"尤小姐说："定海小学的老师，我差不多都认识。你的温州老师姓什么？"方美莲答道："姓姚。"尤小姐马上说："哦，我知道。定海小学只有一位姓姚的老师，她叫姚平子。""对，对。"方美莲点头道。"姚平子老师当过我的国文老师，她还是我的级任。她很有学问。"尤小姐接着说，"学校里还有一位来自温州的女老师，叫庄竞秋，跟她一起来的。庄老师教美术。"这时候，尤小姐压低了声音，对方美莲说道："定海小学的老师当中，有好几位是共产党！""你怎么会知道？"方美莲觉得惊奇。"定海小学的金爱卿[1]老师，是我们定海本地人。

1　金爱卿，即金维映（1904—1941），中国共产党舟山地方党组织早期领导人之一，杰出女革命家。

她曾经带领舟山一万多名盐民示威游行，围攻盐公署，要求反霸除恶，减免盐税。她是定海百姓都知道的共产党员，定海的女中豪杰。后来她被抓起来，保释之后去了上海。听说，她去了江西，加入了红军……"方美莲听罢尤小姐这番话，默不作声，说自己有点累了，回房休息去了。方美莲并不知道定海小学的金爱卿老师，但是她熟悉关露，熟悉姚平子。她曾经从上海的小报上看到消息，说关露不仅是左翼作家，而且是中共党员。至于姚平子是不是中共党员，她并不知道，但是从关露跟姚平子来往那么密切，看得出她们关系非同一般。出于对关露老师的尊敬之情，方美莲向来把这些秘密深埋心底。当方美莲还只是"小溜溜"的时候，对于姚平子一无所知。后来才知道，姚平子是温州的"女秀才"，所以才有资格担任温州公立的图书馆馆长，而且是历任馆长之中唯一的女馆长，这在当时是很不容易的。籀园图书馆历任馆长皆为温州名绅，不仅满腹经纶，学识渊博，而且有着很高的社会名望，要经温属六县（永嘉、乐清、瑞安、平阳、泰顺、玉环）教育局长推举，经永嘉县公署报浙江省教育厅，由浙江省政务委员会委任。

姚平子出身于温州书香门第，父亲姚养吾曾经留学日本。

光绪三十三年（1907），温州创办大同女学堂，这在温州是一件大事。学堂设在温州竹马坊左营衙门旧址。徐定超的夫人胡德淑担任校长。徐定超曾兼任京师大学堂医学馆提调总教习，京师大学堂是清朝的最高学府，也就是后来的北京大学。

年方十岁的姚平子，聪明伶俐，知书识礼，成为大同女学堂首批女生。

经过四年学习，在1911年冬，14岁的姚平子从温州大同女学堂毕业。为了从毕业生之中挑选最优秀的学生，永嘉县知事主考，亲自出题目。姚平子被永嘉县知事当场选中，成为大同女学堂培养的首批八名优秀女生之一。

于是，姚平子被送往杭州，进入浙江省立女子师范学校深造。在那个年代，一个青年女子具有浙江省立女子师范学校毕业的学历，算是高学历人士了。从浙江省立女子师范学校毕业之后，1915年，18岁的姚平子与温州留日医生胡同颖结婚。1916年，姚平子的母校大同女学堂扩建为温州第一所高等女子小学——永嘉高等女子小学。就在这一年，19岁的姚平子出任永嘉高等女子小学校长。1927年，30岁的姚平子出任籀园图书馆馆长。不过，令方美莲不解的是，像姚平子这样的温州女界翘楚，怎么会在当了两年籀园图书馆馆长之后辞职，"漂"到海岛古城定海去做一名小学教师，此后她又"漂"到上海，做了一名普通的中学教师？方美莲猜测，内中必有隐情：莫非姚平子跟关露一样，也是中共地下党员？方美莲这么一猜，忽地明白，为什么关露与姚平子有那么密切的书信来往，莫非是中共地下组织的地下活动？方美莲这么一猜，又忽地明白，为什么刘连总是向她旁敲侧击，打听关于关露老师的一举一动？方美莲这么一猜，庆幸自己从未跟刘连说起上海市民立女中，说起姚平子……

杭州来了"两虎"

当高瑞跟方美莲在定海古城闲逛的时候，刘连从上海前往杭州。刘连穿了一身学生装，一望而知是一个大学生。他没有带枪，只拎着一只皮箱。剃掉长鬓角之后，已经不再是"普希金"，但是棱角分明的脸，还是透着一股英俊之气。刘连乘坐沪杭线列车，在"杭州驿"下车。在出示"良民证"之后，刘连走出"杭州驿"，便见到了铁丝网，见到了戴着钢盔、手持上了刺刀的步枪的日本兵，见到了戴着大盖帽的伪军。墙上除了写着日军的"大东亚共荣"之类标语外，还有"维持会"写的"平和""幸福""健康""卫生"这样的"维持"大字标语。杭州是继上海、南京之后，落入日军手中的。1937年8月13日，淞沪会战爆发，上海陷入战火之中。1937年11月5日，日军集结80多艘舰艇，以三个师团的兵力，在杭州湾北岸金山嘴至白沙湾一线登陆，直扑上海。11月12日上海沦陷。日军攻城略地，直逼南京。12月13日，南京沦陷，爆发了震惊中外的南京大屠杀惨案。在连克上海、南京之后，日军越过天目山峻岭，锋芒指向浙江省会杭州，对其形成包围之势。1937年12月24日，杭州沦陷。杭州沦陷后的第二天，美国《纽约时报》刊登报道，称日军"昨天早上7时半将太阳旗插在了这座著名风景城市的每一栋重要建筑物上"。

杭州没有租界，整个杭州城都是日军的天下。刘连新来乍到，忽闻一阵急急的得得声，循声望去，见是一队日本骑兵，目中无人地从大街上奔驰而过。

按照父亲的指示，刘连前往杭州西湖之畔的三元坊。

三元坊是一个吉祥的地方。据称，明朝淳安人商辂曾居于此苦读，在省城乡试、京城会试、皇帝殿试之中都获得了第一名，"连中三元"。杭州知府为了表示庆贺，在商辂居住的地方建了"三元坊"石牌坊，从此这里便叫"三元坊"。

不过，眼下三元坊最显赫的建筑，不是"三元坊"石牌坊，而是一幢三层的西式大楼。那里原本是浙江兴业银行总行。温州旅沪同乡会会长徐寄庼曾长期担任浙江兴业银行董事长，期间就在这幢大楼里办公。不过，当刘连走过浙江兴业银行总行大楼时，楼顶飘扬着太阳旗，大门口站着日本兵，拱形大门之侧则挂着汪伪的杭州市市政府的招牌。

走过汪伪杭州市市政府大楼，刘连见到三元坊的老店邵芝岩笔庄，虽然金字招牌依旧，但是店门紧闭。这是杭州名牌笔庄。笔墨纸砚，乃文房四宝。邵芝岩笔庄自制第一流的毛笔，名曰"邵芝岩毛笔"，不仅享誉杭州、享誉浙江，而且享誉中国。相传在清朝同治元年（1862），慈溪人邵芝岩来杭州开笔庄，看中三元坊乃"连中三元"之地，不仅富有书卷气，而且是吉祥之地，于是把笔庄开在这里。邵芝岩笔庄除了专售自制的各类毛笔之外，兼售文房四宝。这里原本是文人墨客进出之地，眼下却关门谢客。

在离邵芝岩笔庄不远的地方，一座不起眼的爬满青藤的白色围墙小院，也紧闭着黑色的房门。

"笃、笃、笃"，停了一下，又是"笃、笃、笃"，再停一下，再是"笃、笃、笃"……刘连按照父亲交代的敲门暗号，敲着那扇黑色的木门。

这时，门里响起问讯声："哪一位？"

刘连答道："鸟宿池边树，僧敲月下门。"

门里面的人道："过桥分野色，移石动云根。"

刘连继续说道："暂去还来此，幽期不负言。"[1]

黑色的木门吱的一声打开，刘连闪身进来，门马上关了。

刘连一眼就认出来面前这个比他稍矮但是很壮实的小伙子，用上海话对他说：

---

[1] 这三句诗均出自唐代诗人贾岛的《题李凝幽居》。

"小马，原来是你呀！"

小马理着板刷平头，一双眼睛闪耀着机灵的目光。他用杭州话对刘连说道："刘连兄，令尊大人电报告知，你要来杭州，我真高兴。"

小马，马德胜，原本是刘连父亲刘旦的近卫兵[1]，杭州人。由于杭州话跟上海话相近，所以小马喜欢跟刘连讲杭州话，而刘连则跟他说上海话。刘连总是随父亲的口气叫他小马，其实小马比刘连还大一两岁，跟刘连很熟。

走过铺着青砖、砖缝里长满青苔的小院，马德胜带着刘连走进一幢白墙青瓦的平房。这幢平房总共五间，中间是客厅，两边各有两个房间，分别是书房、主人卧室以及两间客房，此外还有一小间厨房、一小间卫生间，宽敞而精致。

客厅里摆放着各种各样的彩色西湖绸伞，上面的图案或山水、或花鸟、或仕女、或奔马。客厅上方，横挂着"都记绸伞庄"字样的招牌。西湖绸伞以江南淡竹为伞骨，以杭州丝绸为面子，漂亮而轻盈，乃当地特产。看得出，这位马德胜是西湖绸伞的批发商。

喝着小马沏的杭州狮峰龙井新茶，刘连对小马说道："你的胆子不小，在汪伪的杭州市市政府旁边，建立了中统联络站。"

马德胜笑道："这是令尊大人选择的地点，叫作'灯下黑'。越是在汪伪市政府跟前，越安全。听说，你在上海枪击汪伪上海特别市警察局情报处处长王水，为我们中统大振威风。"

"可惜，只是击伤，没有击毙。"刘连说道，"我正想向你请教，你们是怎么把伪杭州市市长何瓒干掉的？"

于是，马德胜说起中统杭州行动组击毙伪杭州市市长何瓒的经过……

何瓒，是杭州沦陷之后，日军扶持上台的第一任伪杭州市市长。此人原本是国民政府外交部委任的驻南非领事，回国后任外交部参事。他早年曾经在日本帝国大学学医，他的日本同学若松茂平后来成了杭州的日本宪兵队长。他被若松茂平招降，成了汉奸，当上了第一任伪杭州市市长。

军统在上海暗杀汪伪大员，屡屡得手，中统急了，也要"露一手"，于是把何瓒

1　近卫兵，即警卫员。

锁定为暗杀目标。

何瓒的市长办公室，设在三元坊的兴业银行大厦里。那儿警戒严密，不便下手，于是中统特工便开始侦查何瓒的住所。

何瓒当上伪杭州市市长之后，看中积善坊巷八号蒋宅，据为己有，称"何公馆"。那里原本是蒋光昌绸庄老板蒋海筹的私邸，有五开间，共四层（包括地下室），富丽堂皇的欧式建筑，用石条、石块和石柱浇砌外墙，内室则多用铜材和汉白玉石。虽说何公馆围着高墙，平常两扇黑漆的大门紧闭，有好几个警卫守卫，但是比起市政府大楼毕竟还是容易下手。

中统行动组陈夏牛、周林法、吴荣才在侦察中，摸到一条重要线索：何瓒喜欢吃聚丰园的北京烤鸭，如果家里来了客人，有时候何瓒会请聚丰园送烤鸭到家中。聚丰园的杂工沈国英到何公馆送过几回烤鸭，而沈国英的小舅舅被日本人所杀，对日军、汉奸有着家仇国恨。于是陈夏牛、周林法、吴荣才就暗中联络沈国英。

沈国英告诉中统行动组，何瓒在家的时候，通常待在书房或者卧室，把房门锁上，只有在吃饭的时候才到客厅旁边的餐厅里，跟家人一起用餐。沈国英还认识何瓒的管家石正潮。

沈国英是个细心人。一些汉奸头目在聚丰园宴请，席间彼此交换名片，有的离席时把名片忘在餐桌上，沈国英就把这些名片收集起来，交给中统特工陈夏牛。陈夏牛注意到其中一张名片印着"苏浙皖绥靖司令徐仆诚"，认为此人可堪利用。

陈夏牛和周林法、吴荣才根据沈国英提供的情况，经过仔细商量，拟订了行动方案。

1939年1月22日下午4时光景，按照行动方案，沈国英到何公馆找石正潮，询问要不要送烤鸭来，石正潮回答说："今天晚上何公馆没有客人，不用送烤鸭来。"从石正潮讲话的口气可以得知，一是何瓒今晚回家吃饭，二是今晚何家没有客人。

当中统行动组陈夏牛、周林法、吴荣才听了沈国英报告的情况之后，便去租了一辆轿车。陈夏牛、周林法、吴荣才三人都西装革履，外面穿了黑色呢大衣，以遮掩腰间的手枪。

当轿车驶至何公馆，天色已暗，正值晚餐时间。陈夏牛、周林法、吴荣才三人下车。陈夏牛把"苏浙皖绥靖司令徐仆诚"的名片交给何公馆警卫。警卫一看来头颇大，不敢怠慢，赶紧交给总管石正潮。石正潮一看名片，当即说"徐司令请进"，陈夏牛和吴荣才随总管前往客厅，周林法则在大门口接应。

这时，何瓒正和家人在旁边的餐厅吃晚饭。石正潮把来人的名片递给何瓒。

当何瓒看名片的时候，陈夏牛问："先生就是何市长？"

何瓒答道："是。"

陈夏牛以闪电般的速度，从腰间掏出手枪，朝何瓒头部猛射。何瓒还没有弄清楚怎么回事，就踉跄倒下了。

这时，陈夏牛和吴荣才拔腿就走。吴荣才还回身掏出一颗手榴弹，拉开导火索，扔进了客厅。

周林法接应陈夏牛和吴荣才上了车，转眼之间便消失得无影无踪。

翌日，杭州各报纷载《何市长遭暴徒暗杀身亡》，上海的报纸也刊载了这一"杭州急电"。

马德胜说，中统行动组的陈夏牛、周林法、吴荣才，终于为中统争了一口气。

在何瓒身亡之后，伪杭州市政府秘书谢恪掊暂代伪杭州市市长一职。不久，南京维新政府派出内政部参事吴念中为伪杭州市市长。

刘连听罢马德胜讲述的枪杀何瓒的经过，如同又一次经历了致美楼枪击案。

马德胜告诉刘连，眼下不论中统还是军统，在杭州都对"锄奸"行动慎之又慎，因为杭州来了"两虎"：

一"虎"是新任伪杭州市市长傅胜兰。此人原系军统华北区青岛站站长，熟知军统，所以在杭州采取了一系列周密的防范措施。日本人调来傅胜兰担任伪杭州市市长，据说其用意是"以特制特"。所谓"特"，就是指特工。

另一"虎"是新任伪浙江省省长梅思平。他的前任是汪瑞闿。汪瑞闿曾任国民政府江西省省长、浙江省省长，后来投靠汪精卫，出任伪浙江省省长。1941年1月24日，汪瑞闿病逝于杭州，由梅思平继任伪浙江省省长。

梅思平是温州城区石坦巷人，父亲梅良卿（梅连卿），秀才出身，清末温州著名讼师，人们呼他为"没良心"。梅思平从浙江省立第十中学（即后来的温州中学）毕业，以优异的成绩考入北京大学政治系。1919年当五四运动爆发时，他是学生领袖之一，火烧汉奸曹汝霖赵家楼的放火人就是他。

1927 年 1 月 4 日至 5 日，担任商务印书馆编译的梅思平与温州同乡郑振铎、周予同，会同叶圣陶、胡愈之、陶希圣等聚集商议，创建了"上海著作人公会"。

人生百变，当年痛恨汉奸的他，想不到后来竟然变成大汉奸，成为汪精卫的心腹！

1938 年 11 月 20 日，在中国抗日战争进入关键时刻，身在重庆的汪精卫准备降日，派出两员干将——梅思平、高宗武——秘密前往上海。高宗武是梅思平的同乡，温州乐清人，1923 年赴日本留学，1931 年毕业于日本九州帝国大学，获法学博士学位，回国之后出任国民政府外交部亚洲司司长。一路上，梅思平、高宗武用别人听不懂的语言——温州话——密商。梅思平、高宗武依照汪精卫授意，与日方代表今井武夫、影佐祯昭在上海虹口东体育会路七号的"重光堂"，秘密签署了降日的《重光堂协议》。梅思平、高宗武经香港回到重庆，把《重光堂协议》交给汪精卫。此后，汪精卫和梅思平等从重庆经昆明飞往越南河内，然后前往上海，公然降日，在南京组建"新国民政府"。除了高宗武之外，大汉奸、伪冀东防共自治政府主席殷汝耕，亦是梅思平的同乡，温州平阳金乡人。

马德胜说，梅思平是汪伪政权要员，历任伪国民党中央执行委员会执行委员、常委、组织部部长、汪伪政府工商部部长、实业部部长、粮食委员会委员长、内政部部长，现在又兼任浙江省省长。梅思平在浙江也采取了一系列措施，严防中共地下组织，也严防国民党的中统和军统……

那天，刘连跟马德胜聊了很久，马德胜安排刘连在这座白墙青瓦的平房住了下来。

马德胜还特地带刘连来到他所住的那间卧室，卷起床上的蚊帐，搬开大床，轻轻一撬，撬起地板，下面露出一个方形的洞口，洞里放着一把竹扶梯。马德胜带着刘连沿着扶梯下去，里面是一间地下室。马德胜说，这个地下室可以在紧急情况之下作藏身之用。

马德胜摁亮了地下室的电灯，刘连这才看清楚，地下室的三面从地板到天花板"顶天立地"摆放着一大排墨绿色的铁档案柜，呈"Ⅱ"形，跟上海亚尔培公寓刘家的密室如出一辙。刘连意识到，这个地下室里的铁档案柜十有八九是父亲刘旦亲手放置的。父亲长期从事特工工作，非常注重积累档案。

　　马德胜弯下腰，特地用钥匙打开其中最底下的铁档案柜的柜门，用手电筒照亮。刘连也弯下腰去看，发现柜子里放着好多把手枪以及子弹。

　　在没有铁档案柜的那面墙上，安装了书架，放着密密麻麻的图书。除了三民主义之类的图书外，最多的是"赤色图书"，成排的《新青年》合订本，还有来自延安的毛泽东的著作以及各种小册子。刘连随手翻阅了美国记者斯诺的《西行漫记》，发觉上面画了许多道道。

　　"是你画的？"刘连问。

　　"嗯。"马德胜说，"这本书很值得细读。我读了好多遍，才明白我们天天要'剿共'的'共'，究竟是什么样的。"

　　刘连翻看了廉臣[1] 那本《随军西行见闻录》，上面也画了许多道道。

　　"这本书很好看。"刘连说。

　　"你也看过？"马德胜问。

　　"在这个被共军俘虏的我军军医廉臣笔下，你看……"刘连居然念了起来，"这些名闻全国的赤色要人，我初以为凶暴异常，岂知一见之后，大出意外。我第一次为毛泽东与朱德诊病时，毛泽东似乎一介书生，常衣灰布学生装，暇时手执唐诗，极善词令。我为之诊病时，招待极谦。朱德则一望而知为武人，年将五十，身衣灰布军装，虽患疟疾，但仍力疾办公，状甚忙碌，我入室为之诊病时，仍在执笔批阅军报。见到我，方搁笔。人亦和气，且言谈间毫无傲慢。这两个红军领袖人物，实与我未见时之想象，完全不同。"

　　念罢，刘连与马德胜相视而笑。

　　马德胜接着念了一段：

　　"红军领袖自毛泽东、朱德起，从无一人有小老婆者；红军军官既不赌博，又不抽大烟；红军军官未闻有贪污及克扣军需者。"

　　"我觉得毛泽东、朱德非但是人才，而且为不可多得之天才。因为没有如此才干者，不能做成这样大的事业。此外，如周恩来、林祖涵等远在国共合作时，已是当时国内政治上之要人。周恩来为黄埔军官学校的政治部主任，国内各方军队之黄埔

　　1　廉臣，中共领导人之一的陈云的化名。

学生很多与周熟悉者。周恩来之勇敢、毅力之办事精神，黄埔学生对之仍有好感。"

念罢，刘连与马德胜又相视而笑。

看得出，这两个年轻人在"知己知彼"的堂而皇之的借口之下，都读了大量的"红色禁书"。

猝然邂逅在西湖断桥

翌日，刘连独自出去，说是看看日军占领下的杭州，熟悉情况。马德胜叮嘱他千万小心，随身带好"良民证"。

刘连先是来到钱塘江畔。

断桥，原是西湖一景，但此时此刻出现在刘连眼前的，是触目惊心的一幕：钱塘江上一座崭新的宏伟的钢铁大桥，变成了断桥！

钱塘江大桥真是不幸，生不逢时。

历经 925 天紧张施工，耗资 160 万美元，这座全长 1453 米、由中国著名桥梁专家茅以升设计的大铁桥，在日军大军压境的日子里——1937 年 11 月 17 日通车。

钱塘江大桥是当时中国的"天"字号工程。通车这一天，钱塘江边人头攒动，就连可以俯瞰钱塘江大桥的六和塔上都站满了人。

然而这座钢铁长龙，仅仅存在了 89 天。1937 年 12 月 23 日，日军攻陷余杭，进逼杭州。另外两路日军也侵至杭州郊区，兵临杭州城下。就在这一天——日军总攻杭州的前夕，茅以升奉命亲手炸毁钱塘江大桥！当晚，茅以升含泪写下了一首诗："斗地风云突变色，炸桥挥泪断通途。五行缺火真来火，不复原桥不丈夫。"就在炸桥的翌日——12 月 24 日清早，日军冒雨从北、东、西三路进攻杭州，北路日军从武林门、钱塘门攻入，东路和西路日军稍后从望江门、清波门、凤山门攻入。杭州沦陷。望着钱塘江断桥，刘连不胜感叹。刘连从钱塘江边来到西子湖畔。西湖是杭州的天堂。刘连多次来过西湖。眼前的西湖，山还是那个山，水还是那个水，亭还是那个亭，寺还是那个寺，但是西湖一片苍凉，仿佛失去了灵魂。日军在进入西湖的十个路口架起了铁丝网，安装了铁栅门，中国人要凭"良民证"才能进入。诚如作家柯灵所言："现在西湖的风里是夹着血腥气的，我们闻得出。湖畔的一根草一朵花，我们也应当看得出那含愁的颜色。"[1]刘连见到，西湖已经今非昔比：往日游人如织，今朝冷冷清清。杨柳丛中，露出高射炮乌亮的炮口，以防中国空军。灵隐寺成了日军的炮兵司令部。白堤、苏堤上凳子、栏杆，东歪西倒。苏堤的桃花被挖掉，种上了日本的"国花"——樱花。湖畔的竹竿巷、法院路[2]、浣纱路、岳王路、众安桥，架设了铁丝网路障，建造了碉堡，日军重兵把守。花港观鱼，已经无鱼可观。日本骑兵，巡逻于断桥。就在刘连走过西湖断桥的时候，一叶扁舟徐徐穿过桥洞。在这一刹那，刘连看见船篷之下，坐着一位姑娘，那模样仿佛就是方美莲！猝然邂逅，刘连还来不及反应过来，小船已经驶进桥洞。当小船从桥洞钻出，那姑娘只剩一个被船篷遮去大半的背影，无法看清脸庞。刘连本想大声呼喊"美莲"，可是怕自己万一认错了人，岂不尴尬？到了喉咙口的"美莲"硬是咽了回去。"君看一叶舟，出没风波里。"望着远逝的小船，刘连在再三回放那猝然邂逅的记忆。难道，这是日夜思念方美莲而产生的幻觉？方美莲这时候怎么可能坐在西湖小船上？可是，他的眼睛又确确实实见到了方美莲的身影。令刘连感到安慰的是，方美莲身边并没有坐着高瑞。怅然若失的刘连，孤零零在断桥之侧流连。形单影只的他，心中默默背诵着俄罗斯诗人普希金的《假如生活欺骗了你》：

假如生活欺骗了你，

不要悲伤，不要心急！

忧郁的日子里须要镇静：

相信吧，快乐的日子将会来临！

心儿永远向往着未来；

现在却常是忧郁。

一切都是瞬息，

1　摘自柯灵《西湖的风》，1938 年 10 月 18 日。

2　法院路，今杭州庆春路。

　　一切都将会过去；

　　而那过去了的，

　　就会成为亲切的怀恋。

　　刘连的心中，始终挥不去方美莲的影子，虽说"一切都将会过去"，但是他"现在却常是忧郁"。

　　如果刘连也像高瑞和方美莲那样取道定海去温州的话，必定会在定海遇上高瑞和方美莲。只是刘连奉命留在杭州，何况他在西湖断桥"幻境"之中见到方美莲，所以也就没有前往定海。

　　令刘连万万没有想到，也令高瑞、方美莲没有想到的是，王水竟然也离开上海，奉命前往浙江！

　　那是老奸巨猾的伪浙江省省长梅思平为了加强浙江省的防共以及防中统、军统的力量，借着赴南京开会的机会，面见汪精卫、陈公博，点名要把他的老朋友、上海特别市警察局情报处处长王水调往浙江，担任伪浙江省警察厅厅长。

　　作为上海特别市市长的陈公博一听，摇头道："上海方面的中共地下党以及国民党中统、军统也很活跃，正需要王水坐镇对付。"

　　面对手下两员大将的争执，汪精卫没有表态。

　　梅思平是一个说一不二的人，他一再坚持要调王水去浙江任职。

　　汪精卫终于点头。

　　陈公博无奈，也只得答应。

　　就这样，王水接到梅思平的通知，去杭州担任浙江省警察厅厅长。

　　王水当然乐于接受这一任命，因为这意味着他升官了，从处长升为厅长。另外，伪上海特别市政府设在江湾，那里原本是上海的郊区，远不及孤岛之内的公共租界、法租界繁华，没有夜生活，没有红灯区。能够调到"人间天堂"杭州，当然是美差。

　　虽说王水要调离上海，但他仍不愿放弃上海的"王公馆"。他想，在杭州干上一段时间，一旦调回上海，那就是上海特别市政府的警察局局长了，届时还用得着这"王公馆"。于是王水让太太带着子女住在那里，他只偕小妾陈梅赴杭州上任。

陈梅在为王水整理行李箱子时，发现一只黑色皮箱的内袋里有一个牛皮纸信封，鼓鼓囊囊的仿佛装着什么东西。她打开一看，顿时惊呆了，里面竟然是一枚精美的金色莲花别针。

陈梅认得此物，这是方美莲的金色莲花别针，怎么会到了王水手中？王水在调任杭州的时候，为什么还要带上这枚金色莲花别针？

按照陈梅的脾气，见到这枚金色莲花别针，定然要跟王水大吵大闹，追问他跟方美莲是什么关系，怎么相识，什么时候成为了方美莲的"相好"。只是她还算识相，掂了掂自己的分量，知道自己不过是王水花钱买来的小妾，没有争风吃醋的资本。如果她多说几句，王水也许会把她"扔"在上海的"王公馆"，带着太太去杭州上任。这么一想，陈梅也就忍声吞气，把金色莲花别针重新放回牛皮纸信封。

陈梅的忍声吞气，无意之中掐断了王水一条破案的线索：王水只知道金莲，不知道金莲就是方美莲。如果王水知道方美莲是方豪的女儿，她曾经是方豪的小妾，势必会追到法租界亚尔培公寓，追到方豪家中。

真是"不是冤家不聚首"，王水跟刘连这对"冤家"眼看着要在杭州聚首。马德胜消息灵通，得知王水要到杭州出任伪浙江省警察厅厅长，告知刘连务必小心。

"不，不。"刘连对小马说，"我们应当给这位王厅长一个下马威！"于是，刘连跟小马又开始彻夜长谈，设计着惊吓王厅长的种种方案……

"番人"眼中的海滨小城

高瑞和方美莲浑然不知刘连、王水的动向，只顾在定海等船。

定海毕竟是小地方，转悠了一天，也就差不多走遍每一个角落了。

难得有闲，方美莲在国民宾馆拿出了那本在上海华懋饭店商场买到的 A Passport to China，翻开深蓝色的封面，津津有味地看了起来，不时在那里独自发出扑哧一笑。

"什么书，这么有趣？"高瑞有不错的中国古文根底，却不懂英文，所以住在上海华懋饭店的时候，总是方美莲看英文报纸，高瑞看中文报纸。高瑞不知道方美莲为什么对这本英文书那样感兴趣。

"这简直是温州版的 Shanghai, the paradise of adventurers——《上海，冒险家的乐园》。"方美莲说道。

《上海，冒险家的乐园》中文版在 1937 年出版，高瑞读过这本饶有兴味的书。他问道："这本温州版的《上海，冒险家的乐园》有中文版吗？"

"这本书在 1931 年由伦敦 Hodder and Stoughton Ltd. 出版。看样子，还没有中译本。"方美莲说，"不过，我可以把这本书的精彩之处翻译给你听，一起分享。"

方美莲告诉高瑞，她在上海华懋饭店商场注意到这本书，是因为封面上印着作者 Lucy Soothill。这个 Lucy Soothill 是谁？就是自己在温州上学时的校长夫人！

"你在温州念什么学校？"高瑞问。

"艺文学堂[1]。"方美莲答道。

高瑞一听就知道，说："鼎鼎大名的温州基督教教会学校。"

方美莲说，艺文学堂的校长夫人，就是 Lucy Soothill（1858—1932），英国人。她有一个中文名字，叫作苏路熙，据说是"光明大道"的意思。她的丈夫 William Edward Soothill（1861—1935）是英国传教士，是艺文学堂校长。他的中文名字叫作苏慧廉，是"聪慧廉洁"的意思。

方美莲说，艺文学堂是苏慧廉一手创办的。光绪二十九年九月初一[2]，艺文学堂举行开学典礼的时候，苏慧廉请来了当时温州最大的官员——温处道道台童兆蓉出席典礼，请来了温州最著名的学者、经学大师孙诒让共襄盛举。

孙诒让号籀庼，人称"籀公"。在他 1908 年去世之后，为了纪念他，1912 年在温州九山湖畔的依绿园建立"籀公祠"，依绿园也因此改名"籀园"。1919 年，温属联合县立图书馆在"籀园"创立，也就命名为"籀园图书馆"。

方美莲翻开 A Passport to China，第一页就用整整一页印着一位漂亮的英国小姐的照片，她就是苏路熙。在扉页上，除了印着 Lucy Soothill 的英文名字，还用很大的红字竖行印着三个字："蘇路熙"。

---

1 艺文学堂，今温州墨池小学。

2 光绪二十九年九月初一，即 1903 年 10 月 20 日。

　　方美莲说，温州虽然没有租界，但是早在清朝同治六年（1867），英国传教士Josiah Jackson 叩开了温州的大门，他取了一个文绉绉的中国名字，叫作"蔡文才"。温州人称这位高鼻碧睛的英国传教士为"番人"，意即"洋人"。十年之后，这位"番人"在温州花园巷建起了温州第一座教堂。从此来温州的"番人"越来越多。"番人"们在温州传播基督教、天主教，于是诸多教堂、教会医院、教会学校出现在温州。

　　方美莲说，1881 年，英国派往温州的传教士李华庆去世，英国偕我公会（United Methodist Free Churches）在杂志上刊登启事，招募一个年轻人去温州接替李华庆的未竟之业。22 岁的虔诚的英国基督徒苏慧廉自告奋勇前往遥远的中国温州。1882 年11 月，苏慧廉乘坐海轮抵达上海。在上海的传教士中有一位前辈看着这位"脸色苍白"的英国青年说："他们又派了个年轻人去温州送死。"苏慧廉到达温州之后，写信给他在英格兰约克郡南奥威勒的未婚妻 Lucy Soothill。于是在 1884 年 10 月，苏路熙乘坐海轮前往中国。她在 1884 年底抵达上海，与前来迎接的苏慧廉结婚。当时，苏路熙年 28 岁，比苏慧廉大 5 岁。结婚之后，他们乘坐"永宁号"蒸汽轮船从上海来到温州。

　　方美莲说，"番人"苏路熙在温州整整生活了 25 年，晚年在英国写下这本《中国纪行》。虽然你我都是温州人，但是苏路熙以英国人的眼光看温州，你我都会感到新鲜，觉得非常有趣。

　　方美莲一边看着《中国纪行》，一边讲述着苏路熙的故事：1884 年年底，刚到温州的苏路熙，暂时借住江心屿上的英国领事馆。自从光绪三年（1877）起，英国就在温州设立了领事馆，首任驻温领事叫阿尔巴斯特（Aibaster），把领事馆设在江心屿东头的孟楼。苏路熙说，江心屿是一个茂林修竹、江涛拍岸、绿草茵茵、鲜花盛开的美丽岛屿。江心屿东、西两头建有两座古塔。苏路熙说，"江心屿的两端矗立着两座古塔，像两颗巨大的钉子穿过江心屿直达瓯江底，目的是阻止江心屿漂移。"

　　高瑞笑了："我作为温州人，还是第一次听说这样的'理论'。"

　　苏路熙说，由于温州的英国侨民并不多，当时温州跟英国的贸易也不多，所以英国领事"事务既单调又少得可怜"，她"为了保持身体苗条，每天绕江心屿跑八圈"！她还细心研究江心屿多种多样的植物，居然成了"中国植物学的权威专家"。

来到温州之后，最使苏路熙烦恼的，就是她听不懂那"世界上最难懂的语言"——温州方言。她的丈夫先她到达温州，教她"绝招"——把温州话用罗马字拼音标注，也就是拉丁字母拼音标注。他创造了"用拉丁字拼音代替汉字"的瓯音拼音文字。这样，聪明的苏路熙只用了半年时间，就大体上学会温州话。借助于瓯音拼音文字，她甚至和丈夫一起把《圣经》翻译成温州方言，这真是世界上绝无仅有的《圣经》的另类版本。苏路熙在《中国纪行》中这么写道："出于我们自己的急需，我们经常用罗马字母拼读温州方言，最后居然把赞美诗歌本和《圣经·新约》也翻译成温州方言。《圣经·新约》翻译完成的时候，我和苏慧廉在雨天泥泞的温州东门外差点要跳舞庆贺。"

1885 年，苏路熙和苏慧廉搬到温州信河街嘉会里巷居住。她的邻居都是温州人，她得以与温州人广泛接触。她在书中写道，温州城很小，城区人口 10 万左右。温州城是美丽的，"我们能去附近到处看看，这里风景如画""河流一段接着一段，两岸青山如画""温州的水路很壮观，有些河和英国的一样宽，也很长，非常壮丽"。温州城里河道密布，苏路熙称温州城是"中国的威尼斯"。

高瑞听到"中国的威尼斯"这句话笑了，翘起了大拇指。

苏路熙在书中还写及，"温州村子的风景和在中国名画里看到的没有什么区别""群山如宝塔林立，数也数不清，就像大海的波涛，但比波涛美丽，因为色彩和形状多种多样""我们置身于孤独的山中，看着雄壮的奇峰异石，山在夕阳之下呈现红灰色，没有一个画家的笔能够如此精彩"。

苏路熙说，"与江岸并行的是绵延起伏的旧城墙，城墙由巨大的花岗石块砌成，顶上有城垛"，温州城被"高大的城墙合围"，到了晚上城门紧闭，全城漆黑一团，实行宵禁，走路要提灯笼，人们点菜油灯、蜡烛照明。吃水靠水井和河水，遇到大旱，则有运水船从乡下划进城将水卖给城里人。

苏路熙见到过温州当时的最高官员——温处道台[1]。方美莲细细地向高瑞翻译着苏路熙书中关于温处道台的细节描写："道台是位翰林。翰林是中国最高的文学学位。道台据说善于写诗，道台也是一位鸦片抽食者，难怪他脸色苍白。他的官袍由昂贵

1　温处道，清代浙江省行政区划之一。康熙九年（1670），设杭嘉湖、宁绍台、金衢严、温处四道于浙江省内，介于省与州县之间。这四道的行政长官俗称"道台"。

的黑貂皮制成，穿起来十分宽松，套在长袍之上。他对官服十分小心，入轿的时候，在仆人的扶持下，他小心地把衣尾掀起，以防坐在上面，他的轿子同样是用毛皮材料做的。"

高瑞很佩服这位英国女士的观察细致入微。

方美莲说，苏路熙在书中还详细写及她见到的一场温州农村婚礼。苏路熙说，这是发生在温州偏僻农村的婚礼，共设宴三天，款待来自各地的四百多位客人。在婚礼前夜，新娘坐着鲜红并挂有不同颜色灯笼的轿子来到新郎家。新娘的凤冠以红绿色为主色调，周边镶金，沉得像要压坏了新娘的脖子。在进屋之前，轿子要跨过一小堆火，表示净化的意思。新郎家父母已在此等候，表示对新成员的欢迎。婚礼开始后，客厅里铺上红地毯，家族的男性穿着庄重的长袍，戴着黑色绸缎的帽子，按着长幼顺序，两个两个地走上红毯，到住处相对鞠躬，然后跪下相互致敬。接下来是新娘穿着婚礼服为每位客人上茶，表示她已融入这个家庭。在婚礼的第二天，新郎和新娘会来到客厅分别向每个家庭的长者致敬。长者按照顺序站成一列，等待新郎和新娘前来叩头致敬。长辈们以夫妻为单位，正襟危坐。新娘新郎按顺序双双跪拜、叩头。苏路熙说，最后轮到我和我丈夫了，我们受了这份礼：这个仪式让我觉得很开心，因为我也成了长辈！

方美莲说，苏路熙刚来温州的时候，吃不惯温州的食品，而在温州又买不到面包，于是她自己动手做面包，"做出来的面包硬得连斧头都砍不掉！都可以当踩脚凳了，就算把它扔到火堆里，它也烧不起来。进去是一块砖头，出来还是一块砖头"。无奈之下，她只得吃温州的食品。她说，"我觉得，对初来乍到的人来说，这些食物的制作环境令人很难接受，恨不得叫卫生检查局的人来管治一番。但是时间会改变一个人的想法，很多当初我不屑一顾的食物，比如'田鸡'，现在吃起来却是回味无穷的美食。"

温州的美食终于征服了苏路熙。她在书中说："在这里住了一段日子后，我们发现温州的食物很好吃，真的是'吃在温州'。"

方美莲细细翻译了苏路熙参加官府一次豪华宴请的经历。苏路熙提及，宴会上的热菜有"燕窝、鱼翅、鱼胶汤、猪蹄、海参、炖鸡、鱼丸、烤全鸭"；冷菜有"鸽蛋、虾块、炸鱼、炸鸡、糖水莲子、枇杷龙眼、炖腱、炖鳗鱼、炖鱼唇"。

苏路熙写及，先是主客谦让席次。坐定后，"中间的热菜慢慢上，吃菜的空隙大家谈话，吃果子、吸烟草、喝酒。喝酒是一小杯一小杯喝，仆人把酒加热，从温热的酒壶里倒酒出来，把杯子补满。"

苏路熙也出席过温州人的家庭筵席。那是在方桌边上，一个个盘子上放着蜜桃、棠梨、杨梅、橘子等，摆成金字塔状，还有一碟花生瓜子。"从头到尾，每个人都右手持筷子夹菜，桌子中间放热的菜，一道接一道上来。"

方美莲说，苏路熙在书中还写及，有一次，一名卖鸭子的小贩向她推销说，我的老鸭都七年了，很滋补的。对于她这个英国人来说，养了七年的鸭子能不能吃都是个问题，怎么可能会滋补呢？

高瑞又笑了，以为苏路熙的书，确实很有趣，可以说是"另眼看温州"。

方美莲说，苏路熙的丈夫苏慧廉，在离开温州之后，1920 年受聘为牛津大学汉学教授。从那时候起，中国所有第一流的知识分子造访牛津，都由苏慧廉接待，如蔡元培、胡适。后来苏慧廉加入中英庚款顾问委员会中，胡适和丁文江为中方代表，苏慧廉为英方代表。胡适与苏慧廉一起乘火车进入苏联，还一起到过其他许多欧洲国家。美国汉学家费正清，也是苏慧廉的学生。1931 年 3 月苏路熙在英国牛津去世，她在生命的最后岁月完成了这本《中国纪行》。4 年之后，1935 年 5 月 14 日，她的丈夫苏慧廉在牛津去世。

在定海等待轮船的那几天，幸亏有苏路熙的这本《中国纪行》，使方美莲和高瑞得以在读书中度过。

国民宾馆里的倾心长谈

在定海国民宾馆的套房里，方美莲一边看着苏路熙的《中国纪行》，一边用温州话随口翻译给高瑞听。她的高超的英语水平，令人折服，令人羡慕。

高瑞与方美莲之间，用温州话在套房里交谈，并无外人，所以也就不必"林哥""梅妹"了。高瑞用温州话问道:"美莲,你这么好的英语,在温州姑娘中打着灯笼也寻[1]不到,是在哪里学的呀?"

于是方美莲用温州话讲起了方家是怎么跟"番人"结缘的。她原本从不对外人讲方家的历史,但这些日子跟高瑞在一起,在她看来,高瑞已经不是外人了,所以也就原原本本地告诉了他。

方美莲说,方家的发迹,最初就是因为她的爷爷结识了"番人",跟"番人"做生意。可是,她的爷爷不会讲英语,跟"番人"打交道很吃力,就叫她的父亲方豪学英语。方豪毕竟是"半路出家",只会讲半吊子英语。正因为这样,父亲方豪从小就让方美莲进温州教堂,拜"番人"牧师为师,学习英语。接着,方美莲进入教会学校艺文学堂,这所学校非常重视英语教学,给她打下很好的英语基础。

方家原本在温州开榨油厂,用温州农村的菜籽、松脂作为原料,生产菜油、豆油、桐油、松脂油。

后来,方美莲的爷爷是从温州来到上海推销菜油、豆油、桐油、松脂油时,结识了"番人"——美国美孚石油公司(Mobil)中国总经理。这位总经理请方爷爷在温州推销美孚火油(煤油),方爷爷答应了,于是被委任为美孚石油公司温州分公司总经理。

那时候的温州,正如苏路熙在《中国纪行》里所描述的那样,到了晚上全城漆黑一团,百姓点菜油灯、蜡烛照明,灯光暗淡。街上没有路灯,人们外出的时候,要手提灯笼,灯笼里点着蜡烛。方美莲的爷爷心里想,煤油灯比菜油灯、蜡烛亮多了,所以煤油一定会在温州打开销路。

可是方爷爷回到温州,却打不开煤油的销路,因为百姓以为点煤油灯虽然明亮,但是首先要买一盏价格不菲的煤油灯,其次煤油的价格也不便宜。

方爷爷凭借温州商人的聪明,出了奇招:他下了大本钱,从美孚石油公司进口了一大批煤油灯,在温州免费赠送给百姓。温州百姓听说煤油灯是白送的,竞相领取。有了煤油灯之后,要有煤油才能点燃。于是温州百姓向美孚石油公司温州分公司购买煤油。于是温州家家户户点起了煤油灯,美孚石油公司温州分公司的煤

---

1 寻,温州话通常把找说成寻。

油销量大增，方家也就赚得盆满钵满。所以温州人说方美莲的爷爷"多财善贾，长袖善舞"。

直到民国元年（1912），李湄川、何丽川筹资 8 万银元，在温州投资兴办普华电灯股份有限公司。翌年，普华电灯股份有限公司的发电机开始发电，温州才有了电灯。到了电灯取代煤油灯的时候，方家早已经赚足了钱。

到了方美莲的父亲方豪继承父业，用出售煤油赚得的钱，在温州"华尔街"——铁井栏买了房子，开设了温州钱庄。生意越做越大。这样，方家成了温州巨富，终于鲤鱼跳龙门，跳到了上海，在上海法租界亚尔培公寓买了房子，在霞飞路开了公司，加盟了上海的温州帮，加盟了温州旅沪同乡会。

高瑞又问："美莲，你的书法，你的琵琶，你的唐诗宋词，都是在艺文学堂学的？"

方美莲答："苏慧廉当年在温州创办学堂的时候，就用'艺文'两字作为校名，就是要培养学生能'艺'能'文'。'艺'，就是艺术，就是才艺，琴、棋、书、画，吹、拉、弹、唱。'文'，就是文学，就是古文，文、史、诗、赋。爷爷和父亲都希望培养我和妹妹都成为'艺文'双全的孩子，所以送我们到艺文学堂上学。艺文学堂有小学、中学，苏慧廉甚至还想办大学。小学在温州墨池坊[1]，中学在海坦山麓[2]。我和妹妹在艺文学堂读小学，读中学。"

方美莲回忆道，父亲方豪第一次带领她到墨池坊，走进艺文学堂，那是一座青砖灰瓦木扶栏的房子，有一个很大的院子——操场。老师上第一堂课，就从墨池坊这个名字说起。老师说，东晋的时候，大书法家王羲之出任温州太守，官邸建在华盖山脚，见山麓有一口小水池，常常来到这里，"临池作书，洗砚于此"。后来宋代著名书法家米芾游访温州，闻此传说，便挥笔题"墨池"二字。从此这个池子就叫墨池，这个地方就叫墨池坊。诚如明代永嘉状元周旋有诗云："何以清池唤墨池，昔年临池有羲之。"

老师说，艺文学堂建在墨池坊，你们每一个人都要成为"小王羲之"，要练好书法写好字。

---

1 墨池坊，今温州墨池小学，本书作者的母校——温州瓦市小学对面。
2 海坦山麓，今温州第二中学，本书作者的母校。

老师要学生们牢记："端端正正写字，认认真真做事，踏踏实实做人。"

高瑞听罢笑道："难怪美莲写得一手好字，原来是王羲之的弟子！"

在高瑞心中，还有一谜：那就是在致美楼，当王水扼住方美莲的颈部，把她作为人质，以求挡住枪手刘连的子弹，这时方美莲先是双手一推，然后飞起左脚，踢掉王水手中的匕首。接着，又是右脚一蹬，跳上圆桌，踩在那盆汴京烤鸭之上……她的一身武艺，难道也是艺文学堂教的？

方美莲一听，笑了，说那跟艺文学堂无关。温州，给人温文尔雅之感。其实，温州出过许多武举人、武进士、武状元。光是南宋的 150 年间，温州就出了武进士 393 人。父亲的一位温州平阳钱库的朋友，人称林师傅，在温州海坦山教祖传的"五基拳法"，父亲以为，女孩子要学点武术，以求防身，便让方美莲拜林师傅为师。所谓"五基拳法"，"五"是指人体的髋、膝、踝、跟、背五部，要练肩、肘、腕、拳、指五关节，而"基"就是基石。方美莲说，"五基拳法"博大精深，她只学了"五基拳法"的一点皮毛而已，没有想到那天在致美楼派上了用场。

方美莲问起高瑞在温州念的是什么学校。

高瑞说，他最初是在芙蓉书院上学。一提起芙蓉书院，很多温州人会以为是永嘉楠溪江畔芙蓉村内的那个芙蓉书院，这是南宋时创办的。但高瑞念的芙蓉书院是在温州市中心，是私家子弟学校。在温州，老字号的瓯绸公司首推严日顺瓯绸庄。严家很重视子女教育，严氏的传承人严琴隐，就是在芙蓉书院读书，打下很好的古文根底，精通诗词、乐理、古琴、书法。所以严琴隐不仅是温州丝绸大王，而且还曾出任籀园图书馆馆长，著有《乐律金鉴》四卷、《琴隐联语录》等书。高瑞的父亲要高瑞以严琴隐为榜样，能商能文，就跟严家商量，让高瑞也进入芙蓉书院就读。

高瑞谦逊地说，自己毕竟是商人，忙着做生意，论"艺"论"文"都远远不如方美莲。不过，也正因为他略懂艺文，所以算是跟方美莲有着共同语言，算是半个知音。

高瑞话里有话。自从在上海四马路的兰玉书寓第一次见到方美莲，他就打心底里喜欢上了她。方美莲乃兰心蕙质之人，气质高雅，不论是跟方美莲谈诗论词，还是听琵琶曲《十面埋伏》《满江红》，都使他有着"心有灵犀一点通"之感，有着回肠荡气的感觉。方美莲也透露出对于高瑞有着好感，因为高瑞能够听懂从她指间泄出的琴声，成了她的知音。不过，那时候方美莲对于高瑞只是略有好感而已。高瑞明白，方美莲心中的天平，曾倒向年轻的大学生刘连。

高瑞很庆幸，那个曾经虏获方美莲芳心的刘连，太不自爱。此人脾气暴躁，性格粗鲁。刘连乒的一声把勃朗宁手枪摔在桌上的一刹那，凶相毕露，面目狰狞，从此他失去了善良的方美莲。

于是，方美莲心中的天平倒向高瑞，与高瑞连夜私奔，逃离金山饭店。高瑞有幸跟方美莲结成"命运共同体"，从上海逃到定海。天赐良机，在等待轮船的日子里，高瑞得以与"妹妹"方美莲同住一个套间，朝夕相处。高瑞不时用两道剑眉之下那双精明的眼睛观察着方美莲的一举一动。

高瑞打心底里喜欢才艺出众而又年轻漂亮的方美莲。即便如此，高瑞并没有把心中的激情露于言表。打从兰玉书寓开始，高瑞就从不对方美莲动手动脚。高瑞深知，强扭的瓜不甜。尤其是像方美莲这样知书识礼的才女，攻心为上，欲擒还纵，对她万不可有半点不敬，不然自己就成了第二个刘连。

不过，高瑞转眼一想，如果一直是"放长线钓大鱼"，那也不行。因为一到温州，方美莲回到家中，自己恐怕再也没有机会接近她，只能眼睁睁看着大鱼跑了。高瑞这么一想，便陷入极度的矛盾之中。他明白，跟刘连相比，自己最大的劣势是年纪，他毕竟比方美莲整整大了10岁。如今，方美莲已经不是囚禁在兰玉书寓那样的地狱里，已经不是花大钱就能买来当小妾的女人，她已经是自由身，自由人。即便是方美莲愿意嫁给她，必须是正室，绝不可能当偏房。然而，像他这样的年岁，这样富有的家庭，何况自己又是独子，如果说未曾有过婚娶，谁都不会相信。

细思量，高瑞问方美莲道："美莲，到了温州，你去哪里？"方美莲不假思索地回答说："当然是回家。你呢？"高瑞巧妙地说："我也回家。只是回家之后，我又要去上海。"方美莲觉得不解："辛辛苦苦回到温州，怎么又要去上海？"高瑞叹了一口气说："父亲已经不幸去世，温州高盈里偌大的二进宅子，只有母亲和两个上了年纪的女佣住在里面，空荡荡、孤零零的，我住不了几天就想走，出去做生意。"高瑞终于拐弯抹角说出了自己没有妻室。方美莲问道："嫂夫人呢？"高瑞又叹了一口气说："唉，几年前，夫人在温州白累德医院生孩子。原本是增口添丁的大喜事，谁知难产。院长、英国医生施德福问我'保大人还是保儿子？'我说'保大人'。没有想

到，连大人也没有保住！"说罢，高瑞两道剑眉之下的那双眼睛润湿了。他取下那副无框眼镜，用雪白的瓯绸丝巾细细拭擦起来。

方美莲知道，白累德医院（Blyth Hospital Wenchow），是清光绪三十二年（1906）由英国基督教牧师亨利·白累德（Henry Blyth）投资，在温州大简巷建造的，不仅是温州首屈一指的西医院，而且也是浙南地区最好的西医院。英国医生施德福（Stedeford）从1917年（民国六年）起担任院长。施德福医生是白累德医院里医术最高明的医生。唉，高瑞也真是运气不佳，就连温州最好的医院、最好的医生，也保不住他的太太和儿子。

方美莲也明白，高瑞大约正是因为妻儿双亡，过于孤单与寂寞，才会去兰玉书寓跟她谈诗论琴。久久的沉默。过了好一会儿，方美莲开口说话："高先生，天有不测风云，人有旦夕祸福，想得开些。现在兵荒马乱，到处是日本兵，还是不要离开温州好，毕竟温州没有日本兵。""好，好，美莲言之有理，我留在温州。"高瑞说道，"只是宅大人稀，怪冷清的。""高先生，到了温州之后，有空，我会去看看你，也拜望令堂大人。"方美莲说，"我家在铁井栏，跟高盈里只一箭之遥。"方美莲终于说出了高瑞想要的话。高瑞这时顺势提出了回到温州的"约法三章"：一是不提兰玉书寓；二是不说致美楼枪击案；三是不谈刘连。方美莲一听，心中暗喜。这"约法三章"原本是她想说而未说的，想不到高瑞倒是替她着想，提了出来。方美莲转念一想，问计于高瑞："如果父母问起，我在'失踪'之后去了哪里，我该怎么回答？"高瑞思索了一下，替方美莲编故事圆谎："美莲，你就说那天吃早餐时，喝了牛奶之后，就昏睡过去。等到你醒来，已经躺在医院的病床上。医生说，你已经睡了三天三夜。医生从你呕出的牛奶中，发现掺有很多安眠药。是谁放进去的？你知道，在家里除了陈梅这害人精之外，没有别人。你问医生，你是怎么来到医院的，医生说，你躺在日占区的田野上，被好心人发现，叫来救护车，送进医院……"

高瑞把故事编到这里，用很省略的话，结束了故事："下面的故事就很简单，在你康复之后，因为你没有良民证，被日占区当局关进拘留所，从春节一直关到夏初。温州旅沪同乡会办事处主任高瑞先生获知，伸出援手，向日占区当局交涉，证明你是温州富商方豪之女，日方同意放人。于是，高瑞先生亲自陪我从上海回到温州。"

方美莲想了一下，觉得内中有破绽："日方同意放人之后，我为什么不回上海亚尔培公寓方家，为什么回温州呢？"

高瑞马上补好故事中的漏洞："你在家里吃早餐的时候，怎么会想到几小时之后被陈梅雇人扔到日占区的荒野呢？你身边没有带法租界的通行证呀，所以无法回上海亚尔培公寓方家。高瑞主任在日占区为你补办了良民证之后，陪你去日占区的'上海驿'，上了火车回温州……"

方美莲听罢，把高瑞编的故事从头至尾复述了一遍，觉得"天衣无缝"，笑了起来。真是"千金难买美人笑"，看到方美莲笑了，高瑞也兴高采烈地笑了。"高先生，你今后不要再做瓯绸生意了。"突然，方美莲冷不丁冒出这么一句话。向来思维敏捷的高瑞，竟不知方美莲此言何意，愣住了。方美莲这时徐徐而道："到了温州之后，你可以到瓯剧团去当编剧了！"方美莲这冷幽默，触动了高瑞笑的神经，他不由得大笑起来。这些天在日占区，高瑞从未如此捧腹大笑。方美莲也大笑不已。笑毕，高瑞说："照我看，瓯剧《高机与吴三春》的故事，恐怕也是这么编出来的！"他俩又相视而笑。这笑声舒缓了高瑞和方美莲连日来紧绷的神经和压抑的情绪。这笑声也拉近了方美莲与高瑞之间的距离。原本，方美莲确实是把高瑞当作兄长，因为高瑞毕竟比她大十岁。实在难得，在战火遍地的时刻，他俩竟然有机会在定海国民宾馆套房里倾心长谈，敞开彼此的心扉，也真是千载难逢的机缘。常言道"日久生情"，她开始慢慢觉得高瑞是有情有义、值得信赖的男人。

"美莲，回温州之后，你打算做什么？"高瑞问道。

"我还没有想好。"方美莲答道。

盼星星，盼月亮，他们终于盼来了从温州驶抵舟山定海的"舟山号"轮船。"舟山号"轮船上的乘客，原本大都是在温沪之间往返的旅客，眼下"舟山号"不去上海，旅客比往日少了三分之二。高瑞和方美莲上船之后，听船员说，旅客少，轮船公司亏本，难以为继，准备停摆，这是最后一班了。高瑞和方美莲庆幸赶上了最后一班轮船。

一片繁华海上头，

从来唤作小杭州。

水如棋局分街陌，

山似屏帷绕画楼。

是处有花迎我笑，

何时无月逐人游？

西湖宴赏争标日，

多少珠帘不下钩。

这是北宋温州知州杨蟠所作的《咏温州》一诗。杨蟠是浙江临海人氏，曾经在温州做了两年知州，也曾在多处为官。晚年他寓居杭州，曾经诗云："生平忆何处？最忆是温州。"作家朱自清曾经在 1923 年、1924 年执教于温州浙江省立第十中学，写下这所中学的校歌。朱自清写的歌词，其实也是对温州秀美风光的赞誉：

雁山云影，瓯海潮淙。看钟灵毓秀，桃李葱茏。怀籀亭边勤讲诵，中山精舍坐春风。英奇匡国，作圣启蒙。上下古今一冶，东西学艺攸同。

一路上历经千辛万苦，高瑞和方美莲双双并肩站在"舟山号"甲板上，见到久违的瓯江东流水，见到那"云朝朝朝朝朝朝朝朝散，潮长长长长长长长长消"的江心屿。两岸青山连绵起伏，远山黛，近山青。江面上舴艋船穿梭。舴艋船两头尖尖，形似蚱蜢，船头张开白帆，艄公则持篙仃立于船尾。方美莲触景生情，不由得背诵李清照《武陵春》里的诗句："只恐双溪舴艋舟，载不动、许多愁。"高瑞则吟诵陆游《瓯江遇险转安》中的诗句以对："寄语河公莫作戏，从来忠信任风涛。"

瓯江之北，温州人称之为"江北岸"，如同当年上海黄浦江的东岸浦东那样，是大片大片的农田。黄灿灿的油菜花已经谢了，稻田翠色可餐，间或星罗棋布几栋农舍；瓯江之南，则是"一片繁华海上头"的温州城。

在瓯江之畔，温州古城的北城墙和东城墙交汇之处的海坦山脚，有亭翼然。此亭四角十六柱，建于宋朝，祈求江涛平伏，名曰"安澜亭"。"舟山号"徐徐在瓯江安澜亭码头泊岸。初夏的下午，阳光晒在身上已经有点热了，高瑞和方美莲各拎着一只皮箱下船。这时高瑞已经换上一身瓯绸衣服，白色中式对襟上衣，黑色长裤，一派绅士风度。而方美莲则换上那件靛蓝独色高领丝绸旗袍，一副淑女神态。此时他俩的穿着跟在定海时那逃难百姓的打扮不可同日而语。

下船之后，高瑞挥手叫了一辆黄包车，与方美莲一起上了车，把皮箱放在脚前。温州不见太阳旗，没有日本兵，高瑞和方美莲呼吸着潮润而清新的空气，精神为之一爽。

黄包车沿着大街行驶。在中国的城市之中，没有一条道路的名字没头没脑就叫"大街"的，唯独温州人把这条贯穿城区南北方向的主干道，叫作大街——因为这条街最宽最长最重要，是街中的"老大"。打从明朝的时候这条街就叫大街，虽说民国时期用蒋介石的名字命名为中正路，可是温州百姓依旧叫它大街。[1]

大街像一根扁担，挑着一江一河。大街的北端，直抵瓯江岸边，叫作朔门，码头、瓯海海关在那里；大街的南端是大南门，出了此门到小南门，沿着温瑞塘河可以到瑞安，到浙南、闽北。

大街又如同多脚蜈蚣，两侧布满东西走向的道路。这些"蜈蚣脚"分别称之为街、巷、桥、坊：

宽的叫街，比如温州最著名的商业街——温州的"南京路"，就叫五马街；

窄的叫巷，比如瓦市殿巷、晏公殿巷、谢池巷。当年朱自清就住在温州朔门一条名叫四营堂巷的僻静小巷里；

温州是"门前流水、户限系船、花柳饰岸、荷蕖飘香"的水城，确实如同杨蟠诗中所说的"水如棋局分街陌"，于是许多道路以桥命名，比如渔丰桥、打锣桥、仓桥。也有的叫河，如纱帽河；也有的叫坊，诸如康乐坊、百里坊，因为北宋杨蟠出任温州知州的时候，把温州城区划分为三十六坊，所以出现许许多多坊；当然，也有例外的，诸如铁井栏、县前头之类。

大街以打锣桥为中点，打锣桥以南叫南大街，打锣桥以北为北大街。大街两侧大都是两层楼房，底楼开商铺，楼上居家。北大街的商店以经营油类、鱼类、南北货为主，南大街的商店以经营棉布、百货、印刷、南北货为主。看得出，温州生意

1　中华人民共和国成立之后，温州大街改称解放路。

兴隆，跟上海日占区以及杭州、定海全然不同。尤其是在浙江的宁波、定海这些港口城市被日军占领之后，温州港的地位一下子凸显出来，船来船往倍增，顿时益发繁华。

大街的路面，铺着花岗岩石块，有点像上海的弹硌路。黄包车沿着大街由北向南行，过了打锣桥，过了渔丰桥，方美莲看到了稻香村食品店，大有"近乡情更怯"，从大街向东拐弯，前面就是她家所在的铁井栏了。

铁井栏是一条不长的街，街中央铺着青石板，两侧是铺着花岗岩石块。黄包车刚刚驶入铁井栏，便有人高声呼喊"美莲"。方美莲循声望去，原来是梦生笔庄的老板娘跟她打招呼。梦生笔庄是铁井栏跟大街交叉口的一家规模不小的纸笔店，店面呈"L"形，一半在大街，一半在铁井栏，有点像杭州三元坊的纸笔老店邵芝岩笔庄。方美莲喜欢写字、画画，用的毛笔、宣纸都是在梦生笔庄买的，所以跟梦生笔庄的老板以及老板娘都很熟悉。这时，老板娘的目光似乎并不在注视方美莲，而是紧盯着跟方美莲同乘一车的男士——高瑞。

在铁井栏口另一侧的小店店主，也认得方美莲，只是没有喊她而已。这家小店的店主名叫陈立标，温州乐清人氏。他原本是一个扛着倒"凹"形竹担的小贩，竹担一头是炭炉和锅，另一头是原料和水。在夜里，他一边走街串巷，一边用竹棍敲打着竹筒。通宵叉麻将的，看夜戏的，喜欢夜游的，爱吃宵夜的，听见熟悉的竹筒声，就出来招呼一声"长人"——陈立标个子高，顾客们都喊他"长人"。于是，"长人"就把担子落地，转眼之间便可奉上一碗热气腾腾、香气扑鼻的馄饨。"长人"的馄饨皮薄汤清，形似白色花朵漂在碗里，馅肉用新鲜瘦肉，浇头讲究，有紫菜、蛋丝、肉松、浸酒虾米。这美味爽口的"长人馄饨"越来越受欢迎。"长人"干脆就在铁井栏口开了爿小店，挂起"长人馄饨"的招牌。方美莲是"长人馄饨"的老主顾，"长人"当然认得她。方美莲到了上海之后，吃了一回上海馄饨，她的评价是："这哪里是馄饨，皮那么厚，简直是饺子！"从此她在上海不吃馄饨，只吃上海生煎包。她的心中，念念不忘家乡的"长人馄饨"。

铁井栏是一条"P"字形街，除了笔直的主街之外，还有一条弯曲的内巷，那内巷的出口、入口都在铁井栏主街。在这内巷里，有一口很大的古井，井腹似瓮，内壁分上下两圈，在北宋哲宗元祐六年（1091）时以铁铸上圈；到了南宋宁宗四年

（1198）九月间，以铁铸下圈。于是此井人称铁栏井，而这条街因此得名铁井栏。由于铁栏锈蚀严重，清咸丰元年（1851），在井的周围砌以 15 块弧形的青石，井口以九条青石圈成圆形井唇，不仅加固了井栏，同时也更加美观。这口大井水泉清冽，常年不枯，成为四周居民的水源。

关于这口铁栏井，有过这样的传奇故事：北宋泉州知府蔡襄在泉州造洛阳桥，屡不得其法，于是循梦所指引，派人来温州找"三人一目仙"。手下人在温州遇到三个奇怪老头，一个瞎了一只眼睛，另两人皆盲，刚好是"三人一目"。手下人非常开心，邀请三人一同前往泉州为修桥指点迷津，只见三人遁入一口井，随即就到了泉州——这井据说就是铁栏井。

温州多井。相传东晋郭璞（276—324）建温州城时，按照天上二十八星宿相应位置而选择井的位置，在温州建二十八口井，居其首的便是铁栏井。

当历史的步伐进入民国，一大批银行、钱庄云集铁井栏，使这里成了温州的金融中心，成了温州的"华尔街"。中国农业银行、中央银行、永嘉县银行、永嘉商业银行、咸孚钱庄、温州钱庄、敦大钱庄……这些银行、钱庄大都是欧式两层楼房，底层为营业大厅，二楼为行长或者总经理的办公室以及家眷住房。

除了银行、钱庄之外，铁井栏最多的便是高级旅馆，诸如花园大饭店、东海旅馆。除了街口的梦生笔庄、长人馄饨店之外，铁井栏唯一的一家商店是嘉华颜料店，专售德国颜料、染料。这里没有五马街那样的喧闹，也没有瓯江码头那么杂乱。

方美莲没有让黄包车沿着铁井栏主街行驶，而是刚刚进入铁井栏不久，就拐入铁井栏内巷。不论梦生笔庄老板娘的喊声，还是"长人"注视的目光，都使她觉得不自在，因为她的身边坐着男士高瑞。她从小在这条街上长大，乡里乡亲很多都认得她，都会以诧异的目光打量着高瑞，甚至内中还有人认得高瑞，因为高瑞家就在离此不远的高盈里。

方美莲父亲开设的温州钱庄，坐南朝北，前门在铁井栏主街，后门在那条内巷，所以方美莲选择了从后门回家，尽量避免在街上遇见熟人。内巷里安安静静，行人不多。除了邵尧夫医生诊所、一个基督教小教堂以及铁栏井对面的铁井栏宫之外，内巷里都是居民之家。温州钱庄的后门，就在铁栏井旁边，她让黄包车在那里停下。

方美莲下车，高瑞也随着她下车。后门虚掩着，方美莲推门进去，那里是厨房，温州人叫"镬[1]灶间"，砌着三眼镬灶，一眼大铁镬烧饭，一眼大铁镬炒菜，一眼大铁镬烧水。灶下，放着一大堆木柴（温州人叫柴爿），还有一堆作为引火柴的稻草以及晒干了的小灌木。灶头上方，供着一尊穿红袍、留长须的灶神爷雕像。方美莲看到这一切，亲切之情油然而生，家的感觉扑面而来。记得在冬日，她常坐在灶下，说是帮助厨师金师傅往镬灶洞里添柴，其实是为了享受灶火带来的融融暖意。

平日，钱庄的十几位职员以及方豪一家的午餐，都由厨师金师傅在这里做好。眼下已经是下午二时多，五十开外、壮壮实实的金师傅刚刚洗净盆碗，正坐在板凳上手持黄铜的水烟壶慢悠悠地吞云吐雾，歇口气。

金师傅一见方美莲，一脸惊喜："哟，大小姐回来啦！"

方家的用人习惯于叫方美莲为"大小姐"，叫方美莲的妹妹为"小小姐"，称方豪为"老爷"，称方夫人为"太太"。职员们对方家两位小姐也是这么称呼，只是不叫方豪为"老爷"，而是称"先生"或者"方先生"，称方夫人为"师嬷[2]"。金师傅赶紧放下黄铜的水烟壶，上前接过方美莲手中的小皮箱。方美莲问："老爷在家吗？"金师傅摇头："老爷在上海呀。"方美莲又问："太太呢？"金师傅答道："太太已经从上海回来，在楼上。"方美莲说："好，上楼。"于是，金师傅拎箱在前，方美莲居中，高瑞在后，他们一起穿过一个偌大的铺着水泥的院子，院子中央有一口小水井，井沿上刻着"饮水思源"四字。水井四周，安放着好几大盆莲花，正含苞欲放。

走过院子之后，前方就是温州钱庄的店堂，在一道高高的深咖啡色柜台之后，摆放着十几张办公桌，桌上的台灯，那外绿内白的长方面包似的灯罩之下亮着黄晕的灯光，店员们正噼里啪啦飞快地拨着算盘珠，聚精会神工作着，谁也没有注意走过院子的这一行人。

1　温州人称铁锅为镬。
2　温州人称师母为师嬷。

女子男相主家门

店堂之侧是一座"之"字形宽敞的红漆楼梯。通常来了客人，会沿着这个楼梯上楼，到总经理方豪办公室里拜访。

在底楼用人宿舍之侧，还有一个只容一人通过的窄窄的陡陡的老旧楼梯，属于私密楼梯。方美莲本来想走那个楼梯，她倒并不是怕自己给店员看到，而是避免高瑞被店员看到，引出闲言碎语。但要考虑到高瑞是第一次来她家，出于尊重，还是终选择了沿着"贵宾通道"——红漆楼梯上楼。

二楼的楼面围绕院子的三面，呈"凹"字形。从红漆楼梯上来，北边那一头位于店堂楼上，三个大房间分别是总经理办公室、客厅以及方豪夫妇的主卧室。就温州钱庄整幢大楼而言是朝北的，而楼上那三个大房间却正好坐北朝南。走过走廊，南边那一头是两位小姐的闺房以及一个二十多平方米的晒台。晒台之下是厨房。那个私密楼梯的出口，正好在方美莲的卧室与晒台之间。

金师傅上楼之后，带着方美莲、高瑞沿着走廊向北走去，迎面遇上徐妈。一见到方美莲归来，徐妈欢呼起来："方太太，大小姐回来了！"方太太闻声，从卧室里奔了出来，见到"失踪"多日的方美莲，抱着她痛哭起来："美莲，妈妈夜夜做梦梦见你，真是牵肠挂肚呀！"这时，方美莲赶紧向妈妈介绍高瑞说："这是温州旅沪同乡会办公室主任高瑞先生，幸亏他的救助和陪同，我才得以回到温州。"方太太连忙请高瑞到客厅坐下。金师傅放下皮箱之后，问方美莲、高瑞道："大小姐，高先生，吃过午餐了吗？""在船上吃过午餐，不饿。"方美莲回到家中，就一派大小姐的架势，说道，"金师傅，麻烦你到铁井栏口，买两碗长人馄饨。""好哩。"金师傅随即下楼，从厨房拎起镶着红边、红把手的两层竹提篮，走出后门，买长人馄饨去了。

徐妈则端着黑漆镶金丝的茶盘，上面放着两只绘着粉红并蒂莲花、沏了龙井绿茶的白瓷盖碗，先奉高瑞，后奉方美莲。此时，高瑞取出名片，双手递给方太太。

方太太见到上面印着的头衔："温州高机瓯绸公司董事长兼总经理，温州旅沪同乡会办公室主任。"

方太太女子男相，既方圆又果断。方豪不在温州的时候，由方太太当家，主持钱庄业务，接待宾朋从容自如。她看了名片之后，对高瑞说道："嗬，原来高先生是高机瓯绸公司老板，久仰，久仰。高机瓯绸公司乃温州瓯绸业龙头老大，超过老字号的严日顺瓯绸庄。我家所买瓯绸，都是高机瓯绸公司出品的花色新颖、质地上好的瓯绸。"

方太太居然对瓯绸业如此熟悉，令高瑞心中为之一爽。高瑞随即致"答词"："方豪先生以煤油大王闻名温州商界，又转行进军金融界，执温州钱业之牛耳，乃温州商界之精英。"双方互相致词毕，方美莲按照高瑞所撰"剧本"，徐徐道来，方太太才知道女儿失踪之后的经历。方太太连声向高瑞致谢，感谢高瑞对方美莲的搭救之恩。方太太说，在上海久等，美莲杳无音信，温州钱庄有事要照料，这才不得不从上海带着徐妈返回温州。方太太还说，美莲一路上的所有费用，定当如数奉还。高瑞连忙说，能为方小姐效力，已经万分荣幸，区区之数，大可不必见外。这时，金师傅拎着两层竹提篮，取出两碗热气腾腾、散发着葱香肉香的长人馄饨。方美莲大有"久违"之感，一口一个狼吞虎咽，而高瑞则斯斯文文，先用匙舀起漂在清汤上的浅黄色的蛋丝，喝了几口汤，这才舀起一个像白木耳般半透明的馄饨，吹凉了才送进嘴里。吃罢长人馄饨，高瑞便起身告辞。方太太问："府上何处？请徐妈叫黄包车相送。"高瑞连连摇手道："方太太，不用叫车，我家近在咫尺，就在高盈里。"方太太说："哦，在高盈里，那是'叫起来也听得见'[1]的地方。改日我在华大利宴请方先生，略表谢意。"

方太太所说的华大利，乃当年温州首屈一指的大饭店，有着"温州第一饭店"之誉。华大利坐落在繁华的五马街四顾桥。据称，这家饭店的老板最初是从欧洲归来的陈姓华侨，因妻子是意大利人，擅长西餐，故取名"意大利饭店"。后来转手给他人，便以中餐为主，改名"华大利饭店"。温州人有句俚语，用"脸皮比华大利的板砧[2]还厚"来形容人脸皮厚，足见华大利饭店名气之大。

1　"叫起来也听得见"，温州人常用这句话形容近。
2　板砧：温州话，即砧板。

高瑞连忙说："心领了，心领了，方太太不必破费。待行魂初定，欢迎方太太和方小姐光临寒舍。"方太太道："高盈里都是豪门大宅。我一定带美莲前往高府拜访。"高瑞说："在下恭候方太太与方小姐光临。"方太太送高瑞，不仅走红漆宽梯，而且穿过店堂，在店员们齐刷刷的目光注视之下，走向铁井栏主街的正门。

方太太大大方方向店员们介绍道："高瑞先生是温州高机瓯绸公司董事长兼总经理，温州旅沪同乡会办公室主任。此次大小姐从上海返温，没有直达船，方先生特请温州旅沪同乡会帮助，由高主任护送，通过日占区，平安回到温州。"

方太太特意说这么一番话，一是向店员们宣布大小姐回来，二是说明高瑞是温州旅沪同乡会派出的护送者。这么一来，也就消除了店员们对高瑞与方美莲关系的种种猜疑。因为当金师傅拎着竹提篮去买长人馄饨时，就有店员从金师傅那里得知，方美莲跟一位先生一起从上海回来了，正在楼上跟方太太谈话。方美莲正处于妙龄之际，忽然有一位陌生男子与她同至，理所当然会引发议论。

方美莲觉得母亲到底是大家气派，如此磊磊落落地让高瑞在店员面前亮相，使她安心了。

倘若她把高瑞从私密楼梯送走，让他走后门，反而会搅起满店堂的闲话碎语。在送走高瑞之后，回到楼上，方美莲问母亲道："妹妹呢？"母亲说："丽莲去杭州了。"方美莲觉得奇怪："杭州已经插满日本太阳旗，她还在杭州呀？"母亲答道："丽莲说，姐姐可以去上海，我就不能去杭州？"方美莲说："我去上海读女中，是为了能够上大学。温州没有大学呀。"母亲答道："她喜欢杭州的西泠印社。"方美莲一听西泠印社，双眉一皱，说道："妹妹怎么对印章着迷这么深！"

双莲桥下并蒂莲

刘连在杭州西湖断桥见到一叶扁舟穿过桥洞的一刹那，船篷之下坐着一位姑娘，那模样仿佛就是方美莲。其实，那不是方美莲，而是与方美莲酷似的妹妹方丽莲。方美莲与方丽莲这对孪生姐妹，人称"方家并蒂莲"。她们的名字，来源于温州小南门外的双莲桥。

温州是一座水城。河多，则桥多。沧桥、四顾桥、八字桥、卖麻桥、窦妇桥、矮凳桥、将军桥、洗马桥、水心桥、金丝桥、鲤鱼桥、道前桥、渔丰桥、打锣桥……温州有着数不胜数的河，有着数不胜数的桥。

横跨于双莲河上的石桥，便叫做双莲桥[1]。那座桥，普普通通，然而历史与文化使这座石桥光耀人间。双莲河是一条美轮美奂的河。双莲河之美，不光是在于弯弯曲曲，给人曲径通幽之感，而且在于河里长满青翠的荷叶，真个是"接天莲叶无穷碧，映日荷花别样红"。然而双莲河的莲花与众不同，清一色的全是并蒂莲，或粉红、或淡黄、或雪白、或似象牙白中带黄。夏日的轻风掠过河面，阵阵清香醉两岸。北宋时温州知州杨蟠，对双莲河情有独钟，曾作五言绝句《永嘉双莲桥》：

> 昨日采莲者，双双桥畔新。
> 旧花今不见，喜见似花人。

关于双莲河里并蒂莲的来历，还曾经有过动人的传说：

张、李两家隔河而居，儿女从小订了婚约。长大之后，一场大火烧了张家，而隔河的李家得以保全。灾后张家穷得吃了上顿没下顿，而李家依然富有。李母嫌张家太穷，不让女儿嫁张家，女儿却不从。

在元宵灯会时节，李女在桥头遇张子，双方互诉衷曲，但又想不出办法，竟然双双相抱跳下了桥。张家寻子，李家寻女，遍找不见踪影，以为双双私奔。翌年，河中竟然开出并蒂莲花！两岸居民惊诧不已，请人探究，竟然在河底淤泥之中，找到一对紧紧相拥的青年男女，莲茎就从二人口中伸出，直达河面，开出并蒂莲花。此事不仅感动了两岸居民，也感动了温州的县太爷。于是县太爷下令将二人合葬，并把此河命名为"双莲河"，那桥命名为"双莲桥"。双莲河里的并蒂莲竟然不断繁衍，以至遍及整个河面，竟然都是并蒂莲。据称，人类孪生的比例大约为百分之

---

1 今日温州已无双莲河，亦无双莲桥。被填平的双莲河，变成了一条马路。

一，莲花之中并蒂莲的比例也大约为百分之一。奇了，奇了，双莲河成了温州奇迹，成为温州一景。每到夏日，双莲河两岸涌来众多赏莲者，尤其是双莲桥上，更是人头攒动。宋朝的周敦颐，是一位十足的"莲粉"，曾写《爱莲说》，为莲高唱赞歌。周敦颐云："予独爱莲之出淤泥而不染，濯清涟而不妖，中通外直，不蔓不枝，香远益清，亭亭净植，可远观而不可亵玩焉。"周敦颐称："予谓菊，花之隐逸者也；牡丹，花之富贵者也；莲，花之君子者也。"可惜，周敦颐不像杨蟠那样幸运，得以漫步于温州双莲桥头，写下《永嘉双莲桥》一诗。要不，周敦颐一定会写下《爱双莲说》。

双莲桥又与方家有何关联？那是方豪在获知太太怀孕的喜讯之后，随即陪太太到温州最好的西医院——白累德医院定期检查。到了怀孕后期，方太太的肚子特别大，白累德医院院长、英国医生施德福劝方太太多走路，多运动，以使生产顺利。于是，方太太遵医嘱在每天下午便由女佣徐妈陪着外出散步，走遍温州城的角角落落。即便是在盛暑来临之际，方太太仍遵医嘱四处走动。

听说双莲河并蒂莲花盛开，方太太挺着大肚子前去观赏。她走过小南门，站在双莲桥上俯瞰河面，满河莲叶，花开并蒂，轻风吹拂，香气袭人。双莲河两岸，赏莲者众多，尤其是在双莲桥上，游人如织。

方太太一心赏莲，竟然没有顾及人多挤压。她忽然觉得腹内疼痛，大呼徐妈。徐妈见状，推开众人，在桥下觅得一辆黄包车，急送大简巷白累德医院。刚刚抵达医院，方太太已经临产。由于连日散步、运动，效果甚好，方太太一躺到手术台上，就顺利产下一对双胞胎。虽说方豪原本祈望是一对男婴，却得知是一对千金，毕竟增人添口是大喜事，方豪还是眉开颜笑。这对孪生姐妹因双莲桥而催生，姐妹俩赛天仙，如同杨蟠所诗"喜见似花人"，方豪给姐妹俩取名方金莲、方银莲。方豪的母亲特地去温州金店，定制一枚金质莲花别针、一枚银质莲花别针，送给两个孙女作为纪念。

银莲之名，并无禁忌，而金莲一名，令人记起《水浒传》《金瓶梅》中之潘金莲，虽说不同姓，毕竟同名。按照温州习俗，在家中总是叫"阿×"，但是两位女儿如果都叫"阿莲"，无法区别，所以分别叫她们喊金莲、银莲。

满月之际，众亲友前来铁井栏温州钱庄道贺。一位专给方家做衣服的"老司伯"[1]朝双胞胎细细打量，又拿出衣袋里的美丽牌香烟壳对照，对方豪说："方老板，您的两位千金，酷似美丽牌香烟壳子上的美女！"

"老司伯"这么一说，亲友们也上前打量，人人都说："方老板好福气，美丽牌美女降生在方家。"

还有人以美丽牌香烟的广告语"有美皆备，无丽不臻"，形容方家这对双胞女孩。

方豪一看，果真如此，笑逐颜开，除了请人特地买了一条美丽牌香烟赠给"老司伯"之外，还决定以"美丽"两字叠加双莲，给女儿命名，即方美莲与方丽莲。

方豪本想再接再厉，生一对双胞男孩，以使方家庞大的家业后继有人。无奈，从那以后，方太太的肚子里毫无动静。

也罢，也罢，美莲、丽莲天生丽质，聪颖过人，好女胜男儿。

于是，不论是方豪还是方太太，都专注女儿的培养，早早把美莲、丽莲送入艺文学堂，从小浸淫于琴、棋、书、画，文、史、诗、赋，吹、拉、弹、唱之中，以求把她俩打造成为一代才女，温州名姝。

名姝招佳婿，女婿如半子。方豪与太太都在期望，膝下这对才女，必定招来能干的女婿，撑起方家这爿天。

文静姑娘三拜名师

方美莲与方丽莲，虽说同出一胎，相貌相似而性格迥异，一个好动，一个雅静。

人各有志。方美莲曾经在妹妹方丽莲面前多次说过，要去上海，要做"阮玲玉第二"。她是狂热的追星族。妹妹方丽莲则心如古井，对于影星、歌星等明星并无兴趣，退避三舍。

---

1 老司伯，温州话，对年长师傅的尊称。通常温州人称师傅为"老司"。

154

　　方丽莲不像方美莲那样喜欢跳跳蹦蹦、弹弹唱唱，她是一个文静的姑娘，喜欢一个人独处，静静思索，默默看书。

　　方丽莲跟姐姐同时上了温州艺文学堂，姐姐很快就成了校花。学校里演戏，方美莲必定是主角；学校里唱歌，方美莲必定是领唱。方丽莲截然不同，她从不登台，从不显山露水，在同学之中如同隐身人，有她在场跟没她在场一样无声无息。

　　方丽莲一进艺文学堂，就深深爱上了书法课，要做"王羲之第二"。她用柳条蘸着墨池坊那墨池的水，学着那位"临池作书，洗砚于此"的大书法家王羲之的样子，在地上练字。不过，方丽莲只学端端正正的楷书。她偏爱从铁井栏口梦生笔庄买到的笔尖极细又较硬的七紫三羊紫毫小楷毛笔，那是杭州邵芝岩笔庄生产的名牌毛笔，能在一个小格里书写二三十个蝇头小字。

　　书画同源。方丽莲从学习书法进而学习国画。她心细又沉得住气，所以专攻工笔画。得知女儿丽莲喜欢工笔画，方太太带她来到与铁井栏平行的一条街，叫作"县前头"，那里是温州历朝历代县衙所在地。温州人遇上麻烦、纠纷时常向对方说"县前头见"，意思是说到县前头打官司去。不过，方太太带方丽莲来到县前头，不是为了打官司，而是为了拜师。在县前头的一座小院里，住着温州著名工笔画家王知毫。

　　清瘦的王知毫一身灰色长布衫，留着山羊胡子，戴着一副黑色圆框眼镜。他一见方丽莲，得知是温州钱庄老板的千金，便拿出他画的《松鼠图》，叫方丽莲回去临摹。

　　方丽莲后来才知道，这是王知毫先生的"考试"。王老师担心方丽莲出身富豪之家，贪图享受，没有耐心，而耐心乃是工笔画的基本功。临摹《松鼠图》，是很"烦"的事：那只松鼠身上有好多好多毛，要一根根画。松鼠又趴在松树上，许许多多松针也要一根根画。只有耐得寂寞、没有急功近利之心的人，才能临摹《松鼠图》。

　　好在方丽莲学习小楷时练就了细心与耐心。她花了几天工夫，一丝不苟、一笔不差地临摹了那幅《松鼠图》。

　　王知毫看到方丽莲临摹的《松鼠图》，向来不苟言笑的他，难得露出了笑容，说了句"孺子可教也"，终于点头收下这位女弟子。王知毫给方丽莲打下工笔画的基础之后，把她推荐给他的好友、温州工笔女画家蔡笑秋[1]。

王知毫跟方丽莲说起蔡笑秋的故事：她差一点成为中国的"第一夫人"！原来，她出身书香门第，父亲蔡英是温州名画家，妹妹蔡墨笑亦是画家，其瓯绣作品曾获巴拿马国际博览会优秀奖。受父亲影响，蔡笑秋自幼习画。她与妹妹曾在平阳毓秀女塾就读。光绪三十年（1904），慈禧太后下诏在天津创办中国首所国立女子学校——北洋女子师范。18岁的蔡笑秋与14岁的妹妹双双考上，成为中国第一批女子师范生。蔡笑秋的美术成绩，居全校之冠。四年学业结束之后，她与同学周砥获得校方推荐，前往时任军机大臣袁世凯家，分别担任美术和国文家庭教师。这在当时是令人垂羡的进入豪门的机会，但品学兼优、风姿绰约的蔡笑秋，却厌恶趋炎附势，一口谢绝。另一位周砥小姐后来被袁世凯介绍给直系军阀首领冯国璋为妻。随着冯国璋后来成为民国副总统、代总统，周砥也就成为总统夫人、"第一夫人"。

王知毫还告诉方丽莲，蔡笑秋拂袖南归，回到家乡，先是创办平阳女子高等小学，出任首任校长，后出任永嘉女子高等小学校长。1918年，她与诗人黄梅生结为连理之后，谢绝教职，潜心作画，画室名曰"飞情阁"。温州学者刘绍宽称赞她："好古如李清照，工画如管仲姬。"她的画作常由黄梅生题诗，两情相悦。

这一回用不着母亲带她去，方丽莲独自来到蔡府飞情阁画室，把王知毫的手札恭恭敬敬用双手递给蔡笑秋。从宽大的画案上抬起头，蔡笑秋齐耳短发，面孔清癯而双眼炯炯，神情严肃。她看罢王知毫手札，用一口带有平阳口音的温州话对方丽莲说："哦，艺文学堂的高才生方丽莲……请坐，请坐。"

蔡笑秋取出平阳早香茶，亲自动手给方丽莲沏茶。方丽莲岂敢有劳老师，当即上前拿起竹编外壳的热水瓶沏茶。方丽莲取出几幅工笔画习作，呈蔡笑秋请求指教。蔡笑秋阅毕，大喜，当即收方丽莲为徒。蔡笑秋举手投足之间，无不透露大家闺秀风范。她擅长花鸟工笔画。她笔下的花鸟秀媚隽逸，萧疏有致，栩栩如生，神采飞动。蔡笑秋嘱方丽莲回家之后，多种花，多养鸟，细细揣摩花鸟神态，以工笔画之，定会进步。于是，方丽莲在铁井栏住所二楼南头那宽大的水泥晒台上种花饲

---

1 蔡巽（1886—1974），字笑秋，以字行世，温州著名工笔画家，浙江省文史馆馆员，作者岳母的姑婆。作者1963年结婚时，蔡笑秋作《紫藤燕子图》《白头富贵图》相赠，由温州著名书法家方介堪题字。两图迄今挂于作者家中。

鸟，持画稿写生，果真画技猛进。蔡笑秋工笔花鸟堪称一流，却自逊书法不精。她的画作，或由夫君黄梅生题诗，或由书法家方介堪[1]题字。蔡笑秋推荐方丽莲以方介堪为师，习书法。这样，经王知毫推荐给蔡笑秋，而蔡笑秋又推荐给方介堪，方丽莲三拜名师。方介堪与王知毫一样的灰布长衫，一样的黑框圆形眼镜，却没有蓄胡留须，一头油亮乌发，五官端正而棱角分明。方介堪阅毕蔡笑秋的推荐信，笑道："你我本家，好，好。"方丽莲拜方介堪为师，本意是为了学习书法，但是一进入方介堪画室，她立即被大大小小的印章所吸引。原来，方介堪工书，能画，尤长于篆刻。他的篆刻多以古玺文字为本，古雅温润，别具一格，闻名华夏。所谓"张画方印，珠联璧合"，这"张画"是指张大千的画，"方印"就是指方介堪的印。应校长刘海粟之聘，张大千与方介堪曾同为上海美术专科学校教授，一个教画，一个教印，彼此结下深谊。方介堪为张大千刻了许许多多印章。1937年春节，在北京举办的"张大千方介堪金石书画联展"，便是"张画方印，珠联璧合'的印证。

方丽莲竟然因此跟方介堪学起了金石之艺。方介堪道："师徒两方，共治方章。"方介堪很赞赏方丽莲的"坐功"，她可以数小时一动不动坐在那里刻章，心无旁骛。方美莲见妹妹废寝忘食专注金石之术，曾经想试着学其一二，不料才坐了半个钟头，"橄榄屁股"坐不住，只得去习舞唱歌了。图章虽小，尺幅千里。方介堪以为，篆刻融书法和雕刻于一炉，而"功夫在印外"，他要求方丽莲读古文，背诗词，练书法，习丹青，钻研各种印谱。从此，方丽莲的刀法、章法日见长进。从此，方丽莲专注于篆刻。方丽莲很赞赏方介堪的这句话："薄技在身，胜过拥有良田万顷。"方丽莲家境豪富，但在她看来：学得篆刻之艺，进可以问鼎金石殿堂，退可以养家糊口。忽有一日，方介堪告诉方丽莲，他要去上海工作一段时间，不能再教她了。"好在'师傅领进门，修行在个人'。你已经入门。只要坚持不懈，一定会悟明金石之真谛。"方介堪对方丽莲说道。

方介堪还告诉方丽莲："杭州市西湖景区孤山南麓，西泠桥旁，有一创建于清光绪三十年的西泠印社，乃篆刻界'天下第一名社'，印坛名师聚集之地。如果你愿去

1　方介堪（1901—1987），温州人，著名篆刻家。原名文渠，字溥如，后改名岩，字介堪。工书，能画，尤长于篆刻。曾任西泠印社副社长、温州市文联副主席，张大千的莫逆之友。著有《介堪论印》等多部金石专论。

那里深造，我愿修书一封推荐。"

当方豪、方太太得知女儿方丽莲要去杭州西泠印社钻研金石之术时，虽说有点惋惜，以为方家千金大可不必以篆刻为生，但是细细一想，女儿走的是正路，何况丽莲的性格是她认定的事九头牛也拉不回来的。

就这样，方丽莲到了杭州，走过西泠桥，在孤山岛西端的西泠印社埋头钻研篆刻之艺。

高盈里高府风光

且说自从高瑞陪着方美莲在铁井栏温州钱庄拜访了方太太之后，便扳着手指头等待着方太太和方美莲的来访。高瑞作为瓯绸名匠高机的后代，作为温州高机瓯绸公司董事长兼总经理，住在高盈里的高府之中，这一连串的"高"，成为高瑞响当当的名片。

南北走向的高盈里，倚在华盖山脚。据称，"南宋乾道三年（1167），温州水漫城门齿，高盈满脚趾。"也就是说，当大水漫到温州城门顶上门齿的时候，这里只是"满脚趾"而已，于是得名高盈里。

高盈里是一条铺着长条青石板的小街，却又是温州一条非常特殊的小巷，一是短，二是少。所谓短，这条街总共才一百多米；所谓少，这里住户总共才八家。高盈里街道两侧，是八座二进深宅大院，都是以高高的青灰色围墙、紧闭的黑漆大门面对着来来往往的行人。

这些大院的主人，大都是温州颇有名的人物，诸如庄府的主人是民国时期温州的大律师庄彪，陆府的主人是民国时期温州的大名医陆干夫。至于谷府的儿子，当时不过一名青年学子，名唤谷超豪，后来却成为中国著名数学家、中国科学院院士、2009年度国家最高科学技术奖获得者。谷超豪曾诗云："人言数无味，我道味无穷。良师多启发，珍本富精蕴。解题岂一法，寻思求百通。幸得桑梓教，终生为动容。"谷超豪之师，乃温州同乡、中国著名数学家、中国科学院院士苏步青，而苏步青之师姜立夫，亦是温州人，著名数学家，中央研究院院士、中央研究院数学研究所所长。

高府与庄府、陆府、谷府并肩而立于高盈里，可见高瑞亦非等闲之辈。高府很大，二进六间正屋，四间侧房。高府虽大，却空空如也。高府真正的居民只有高瑞和他的病母，外加两个五十开外的女佣，如此而已。越大越空。高瑞急切地盼望方美莲的到来。高瑞和母亲住在二进的左右厢房，那里离高盈里街道远，不闻叫卖之声，安安静静，而两个女佣住在侧房，那里离大门近。高瑞叮嘱女佣，一有叩门之声，随即走过前院去开大门。可是黑漆大门上的那对狮头形黄铜门环，始终无声无息，无人叩响。高瑞心躁，心急，心焦，心焚，左等右等，不见方美莲的身影。他还特地打开大门看了看黄铜门环，检查一下门环有无脱落之处，有无毛病。

高盈里跟铁井栏，确实是"叫起来也听得见"的地方。方太太迟迟没有按照约定前往高瑞家拜访，是因为在她看来，这不是一次平常的走访。她事先向女儿美莲询问对于高瑞的种种印象，尤其是盘问了高瑞的婚姻情况。

方太太听说高瑞的太太在生产时母子双亡，同情地叹了一口气说道："生孩子，真的是把一只脚伸进棺材！"当方太太听说高太太也是在白累德医院生孩子，接生也是英国医生施德福，便对美莲说，"我抽空去问问施德福，我跟施医生很熟。"方美莲一听，颇为不悦。她明白，这是母亲明摆着是对高瑞的不信任，要对人家进行调查！

方美莲心想，这事儿万一传到高瑞的耳朵里，多不好。从女儿强烈的反感情绪，方太太意识到美莲已经爱上高瑞。在方太太看来，高瑞虽说比美莲大十岁，但是女儿嫁给成熟的男人其实也不错，何况高瑞是豪富之家，与方家门当户对，高瑞也知书识礼，跟美莲能够谈诗论赋，可算是知音。虽说嫁给高瑞是续弦，但续弦也是正房太太，并非小妾。

方太太在掂量了女儿婚姻的分量，做到心中有谱之后，这才决定前往高瑞家。在方家，方太太决定了的事，方豪从来都是投赞成票。不过，方太太这一回去高瑞家，只是作进一步的观察而已，她认为还不到提亲论嫁之时。

终于，方太太带着美莲以及徐妈一起，从镬灶间走出后门，沿着后巷向东，来到铁井栏主街，朝着街尾走去。这一回方太太外出，没有惊动店员们。

铁井栏的街尾，有一条与铁井栏垂直的小河，河上有一座用平板巨石铺成的桥，这个地方叫洞桥头。桥侧有一棵百年大榕树，像一把巨伞撑在那里。榕树垂下咖啡色长须，尤如饱经岁月的老人的络腮胡子。石板桥侧，大榕树下，向来是百姓纳凉的好去处，也是下象棋的好地方。

方美莲和母亲、徐妈走过洞桥头石板桥，见到洞桥头河上，漂着一团团红棕色的"浮萍"。那是成千上万的鱼虫（水蚤），是喂金鱼的最好饵料。方美莲小时候，常常把旧的长袜绑在铁丝环上，插在竹竿头，到洞桥头河捞鱼虫，回家养金鱼。

洞桥头河上还穿梭着捻河泥的小木船。船夫把带竹畚箕的竹竿伸到河底，拉起来的时候竹畚箕里盛满黑色的淤泥。船夫用竹畚箕将淤泥滤去水分，倒入船舱，这便是农家上好的有机肥。

方美莲和母亲、徐妈沿着洞桥头往北走，听见锵锵的锣声，那是顾客在附近一家铜锣商店选锣发出的声响。再往前几步，就是两堵高墙夹着一条石板路，没有一家店，没有一家铺，那就是高盈里。

高府终于等来了黑漆大门上黄铜门环的叩门声。当女佣答应"来啰"，高瑞急忙从后进屋里奔出。大门开了，门口站着三个"老人客"。高瑞立即高声说道："方太太，方小姐，徐妈，请进，请进。"

三个"老人客"一进门，女佣就把大门紧紧关上了。

高瑞领着客人们参观高府。高府前有前院，中有中庭，后有后院，都铺着整整齐齐的青砖，砖缝里长着碧绿的青苔。这前院与后院，是房屋里的开阔地，温州人叫作"道坦"。

在高高的围墙边上，种着葱茏茂密的杨梅树和高大挺立的桂花树，夏至杨梅红，露白桂花香。空白处还种了一圈冬青以及茶花、牡丹、茉莉和白玉兰。

前院与后院各有一口水井，院子里摆放着几口大缸，养着金鱼。鱼缸上浮着鱼虫，想必是从洞桥头河捞来的。方美莲在自家天井也养金鱼，所以马上认出了金鱼的品种：这是鹤顶红、狮子头、珍珠、虎头，那是水泡眼、绒球、望天眼。

第一进一排三间正屋，中间是客厅，两边是厢房，虽说是多年的老房子，却墙白柱红，干干净净，屋里都铺着金黄色地板，令人赏心悦目。客厅里供着瓯绸名匠高机的大幅画像，方美莲低声吟诵着画像两侧的对联："一百载鑫瓯放彩，二千年玉烛增辉。"

客厅两边的厢房，一间是高瑞的书房，红木书桌、太师椅，文房四宝，书柜里放着一匣匣线装古书与一排排民国图书，内中既有四书五经、古文观止、唐诗宋词，也有王云五主编的《百科小丛书》《万有文库》《中国文化史丛书》《大学丛书》等。方美莲注意到书房里挂着的对联是："手不离笔，案不空纸。"

另一间厢房放着整套的红木桌、椅、床、几，据说是客房，却因无客而空着。已经是初夏时节，床上仍放着厚厚的棉被，被面是簇新的瓯绸。

第二进也是一排三间正屋，同样中间是客厅，两边是厢房，都铺着金黄色地板。两边的厢房分别住着高瑞和他的母亲，客厅里供着高家列祖列宗的画像、照片，两侧的对联是以高字开头："高崖古涧千年寿，密蕊精花几许春。"

通常，来了一般的客人，在第一进的客厅里接待，只有来了至亲好友，才在第二进客厅里接待。

在第一进与第二进之间是中庭。中庭两侧各有两间侧屋，其中两间是用人房，另外一间是"镬灶间"，还有一间是储藏室。

方太太一行，被高瑞视为至亲好友，不仅参观了高府每一个角落，而且在第二进——内宅的客厅落座。高母虽然有病在身，无法陪同客人参观，但是仍勉为其难，在内宅客厅主位落座，亲自接待贵客。

这边红木太师椅，高母、高瑞，那边红木太师椅，方太太、方美莲。高家女佣手脚甚快，趁着客人们参观高府之际，已经煮好麻心汤圆，奉给方家母女。此乃温州习俗，吃了汤圆，意味着两家"结缘"。

吃过汤圆，方太太让徐妈拿出红包，自己双手递给高母，说是从上海到温州，一路上让高瑞破费，特此奉上。

方太太还向高母奉上礼品：一盒莲子，一盒百合。

高瑞一见，喜不自禁。他明白内中含意：莲子象征美莲，百合意即百年好合。

高母令女佣还礼，向方太太奉上一块方形白色瓯巾，上面有浮雕一般的图案：莲叶之下，游鱼摆尾。

方美莲一见，亦喜不自禁。方美莲明白，这是《汉乐府》中《江南》一诗的写意："江南可采莲，莲叶何田田。鱼戏莲叶间。鱼戏莲叶东，鱼戏莲叶西，鱼戏莲叶南，鱼戏莲叶北。"

千言万语，尽在方、高两家精心挑选的礼品之中。

看到高母精神疲惫，方太太未敢久留。临别，高瑞请方美莲在书房里留下墨宝。

方美莲略加思索，在一空白折扇扇面上写道：

　　日在东月在西天上生成明字

　　子居右女居左世间配定好字

高瑞见到方美莲这二十四个字，心花怒放，当即在另一空白折扇扇面上，以"明"字起头，填一首小令回赠方美莲：

　　明月，明月，

　　明月照人离别。

　　柔情似有还无，

　　背影偷弹泪珠。

　　珠泪，珠泪，

　　落尽灯花不睡。

两人互赠折扇扇面，一腔浓浓情，尽在不言中。方太太一见此等情景，亦满心喜欢，以为此行定下女儿美莲终身大事。此后，方美莲从铁井栏温州钱庄二楼卧室旁的私密楼梯下楼，走过"镬灶间"，出了后门，沿着铁井栏后巷到洞桥头，稍移玉步便到了高盈里，成了高府常客。高瑞和方美莲在书房谈诗论词，舞文弄墨。高瑞还特地为方美莲购置了一把琵琶，置于书房之中，供方美莲抚琴弹唱。高瑞手中摇着"天上生成明字"折扇，方美莲手中摇着"落尽灯花不睡"折扇。高瑞书房里，挂起了方美莲写的一副对联："人生得一知己足矣，斯世当以同怀视之。"

第四章

人生无常

黑皮箱里的金莲花

花开两朵，各表一枝。且说王水满心欢喜偕小妾陈梅，从"上海驿"乘坐沪杭线列车的头等包厢从上海前往杭州，走马上任。这位新官——伪浙江省警察厅厅长，在到达杭州的时候，不由得双眉紧皱。王水为何这般不悦？原来，杭州火车站的混乱，令他吃惊。王水往日作为军统特工，曾经多次来到过杭州。那时候，杭州火车站在杭州城里，是一幢两层楼的巴洛克欧式建筑，杭州人习惯地称之为"城站"。从城站下车，直达杭州市中心，非常方便。说起杭州城站，不能不提及一个人，此人便是汤寿潜。在清朝末年，负责兴建沪杭铁路的，就是汤寿潜。他是四品京卿，任"浙江全省铁路公司总理"。最初，杭州车站不在杭州城里，而在杭州清泰门外，因为如果把火车站设在杭州城里，势必要把杭州城墙"切"开一个大口子。作为朝廷命官，汤寿潜不敢这么做。

1909 年岁末，听说女婿马一浮已经在上海到杭州的火车上了，汤寿潜便命家中准备饭菜。可是饭菜热了一回又一回，仍不见女婿马一浮的踪影。很晚，马一浮终于到了。马一浮埋怨杭州火车站在清泰门外，要走好久才能走到城里。

往日，汤寿潜也曾听很多人埋怨杭州火车站太远。在 1910 年，汤寿潜终于下决心剖开城墙，让铁轨铺到杭州城里，并在杭州城内建了一个漂亮的欧式火车站——城站。城站落成不久，辛亥革命爆发，清政府垮台，而革命党人忙于革命，也就没有人追究汤寿潜"破坏"城墙之责，好在百姓人人拍手称快。

不料，这么典雅的杭州城站，在 1937 年"七七事变"之后，被日军飞机投的炸弹夷为平地。日军占领杭州之后，就连日本人也觉得在杭州城里没有火车站太不方便了，于是依据日本奈良时代的建筑风格，开始重建杭州火车站，据称屋顶要铺上耀眼的琉璃瓦。

王水到达杭州之际，正值旧的城站成为一片废墟，而新的城站尚是一片脚手架。这青黄不接的杭州城站，混乱不堪。虽说对于厅长大人的到来，伪浙江省政府还是很当一回事，派出专员、专车前往城站迎迓。

新来乍到的王水偕陈梅上了专车，前往西湖之滨的顶级饭店——新新旅馆住下。接风酒毕，王水和陈梅入住中楼最高层五楼的大套间。新新旅馆分东楼、西楼、中楼、北楼和秋水山庄，当年蒋介石、宋美龄、蒋经国、宋庆龄都曾下榻于此。王水步入大套间，这才发现在带来的行李之中，少了一只黑皮箱。一路上，王水把这只黑皮箱交给陈梅看管。

据陈梅回忆，在城站下车时，很多人前来迎接，一位戴黑色大盖帽、穿一身铁路警察制服的男子，对她说："王夫人，我来拎。"陈梅一听来人称她"王夫人"，心里一高兴，就把黑皮箱交给了他。

然而，据前来迎接的浙江省警察厅的副厅长说，为了不引人注意，他们一律穿便衣，没有穿警服。那个穿一身铁路警察制服的男子，显然是混进来的。

王水一听，心中明白，一定是"敌对势力"——国民党的军统、中统或者中共地下党，给他来了一个"下马威"！

不过，训练有素的王水心中并不十分着急，因为放有机密文件的另一只黑皮箱，他一直自己保管、亲手拎着，从不交给别人。多年从事特工工作，使他养成了异常谨慎的习惯。他觉得可惜的是，那丢失的黑皮箱里，放着那个牛皮纸信封。

当王水发觉丢失了黑皮箱之际，他的黑皮箱正躺在三元坊那幢小院摆放着彩色西湖绸伞的客厅里。刘连跟马德胜打开了王水的黑皮箱……

刘连的父亲刘旦从中统情报处获知王水前往杭州出任伪浙江省警察厅厅长的消息，马上发出密电给杭州站的马德胜和刘连。

刘连跟小马商议之后，决定给王水一个"下马威"。

刘连知道，杭州的城站正处于老站被炸毁、新站在兴建的混乱状态，所以最好的下手之处就是城站。

刘连花钱"买"到两身铁路警察的黑制服，跟马德胜一起装扮起来。他原本打算像致美楼那样，给王水一梭子子弹。所以刘连那天从马德胜那里拿到一支手枪，俩人一起早早来到杭州城站。刘连跟马德胜穿了一身"黑皮"，在杭州城站如入无人之境。

当王水到达之际，刘连发觉前来迎接王水的便衣警察颇多，自己如果朝王水开枪，很难逃脱。他见到王水左手拎着一只黑皮箱，右手忙着跟迎接者握手，而王水浓妆艳抹的太太被挤到一个角落里，无人过问，而太太手中拎着另一只黑皮箱。机灵的刘连马上朝王水的太太走了过去，帮助她拎黑皮箱。王太太见刘连一身警服，也就把黑皮箱交给了刘连。

刘连趁着混乱，在马德胜的掩护下，走出了破碎的城站，叫了一辆出租车，回到了三元坊。

刘连和马德胜打开黑皮箱之后，非常失望，因为箱子里只是几套换洗衣服而已，并无重要文件。刘连注意到黑色的皮箱的内袋里，有一个牛皮纸信封，鼓鼓囊囊的仿佛装着什么东西。打开一看，刘连感到诧异，里面竟然是一枚精美的金色莲花别针。刘连记得，方美莲经常在衣襟上戴着这枚金色莲花别针。在致美楼，当刘连朝王水开枪时，王水一把抓住方美莲当盾牌，刘连看见方美莲在靛蓝独色高领丝绸旗袍上别着一枚金色莲花。这金色莲花别针，怎么会落到王水手中？

刘连庆幸，这枚金色莲花别针终于到了他的手中。这似乎表明，他跟方美莲有着剪不断的缘分。

刘连把这枚金色莲花别针收好，像宝贝似的放在身边的衣袋里。他只是对马德胜说，他喜欢这枚金色莲花别针，并没有向马德胜说起别针背后曲折复杂的故事。

这枚金色莲花别针，勾起了刘连对于方美莲的思念。

刘连在西湖断桥见到一闪而过的方丽莲，以为是方美莲。虽说父亲刘旦警告过刘连，务必斩断情丝，与方美莲一刀两断。但是西湖断桥的邂逅，那枚金色莲花别针，使刘连对方美莲愈加念念难忘。

刘连觉得，在西湖断桥，虽说方美莲只是一晃而过，但是这毕竟表明方美莲就在杭州，并没有回温州。

正因为这样，刘连在杭州上街时，眼观六路，企望能够有机会遇见心心念念的方美莲……

杭州那么大，到哪里寻找方美莲呢？

放鹤亭前的怒怼

天下真小。

一天早上，刘连刚刚走出杭州三元坊那个白墙青瓦的小院，就瞥见一位身影酷似方美莲的青年女子，在他的前方行走。那个子的高矮、那头发的长短、那走路的姿势、那行走的速度，几乎跟方美莲一模一样。所不同的是，她的头微微偏右，而方美莲的头习惯于微微偏左。她的小包搭在左肩，而方美莲的小包喜欢背在右肩。

刘连原本想大喊"美莲"，但怕惊吓了她，怕她一听见这喊声就飞快逃走。于是他发挥特工的跟踪之术，在她的后面不紧不慢地跟着。令刘连惊讶不已的是，在他那白墙青瓦的小院不远处，就是邵芝岩笔庄。店门虽说关着，但只是虚掩。那青年女子竟然闪身进入邵芝岩笔庄，把店门重新关好。刘连惊讶得张大了嘴巴，这嘴巴久久没有合上来。他的心，扑通扑通地剧烈跳着。这么说，方美莲就住在离他只有咫尺之遥的邵芝岩笔庄！方美莲怎么会住到邵芝岩笔庄呢？刘连细细一想：方美莲喜欢书法、绘画，要用笔，要用宣纸，也许因此跟邵芝岩笔庄很熟悉，所以在发生致美楼枪击案之后，逃离上海，神不知鬼不觉，就躲到了杭州三元坊的邵芝岩笔庄。

也真是上苍有眼，中统的杭州联络站，竟然就在三元坊，就在邵芝岩笔庄旁边。这距离，比上海法租界亚尔培公寓小区中的方家跟刘家还近！刘连心想，三元坊这"连中三元"的地方，真乃自己的福地。

刘连真想整天在三元坊游荡，以求能够在路上邂逅方美莲。不过，见到三元坊汪伪杭州市市政府大楼前日本哨兵手持步枪，以及枪上刺刀的闪闪寒光，刘连又不得不收敛起来。汪伪杭州市市政府大楼、中统的杭州联络站、邵芝岩笔庄，构成了三元坊的新三元！好在中统联络站黑色大门上有一个小小的瞭望孔，平常在响起叩门声时用来观看来客，此时却被刘连用来观察三元坊上来来去去的过客。马德胜以为刘连在监视汪伪杭州市市政府大楼的动向，可他没有想到，刘连关注的焦点是一位来自上海的小姐。功夫不负有心人，那位小姐终于出现了。这一回，她从邵芝岩笔庄走出来，走过刘连的白墙青瓦小院，沿着三元坊朝前走去。估计那位小姐已经走了三四十米，一身黑刘连这才打开黑漆大门，在她的后面不紧不慢地跟踪着。她要去哪里呢？她从三元坊往北走，再往西，看样子是要去西湖——西湖就因位于杭州城之西而得名。西湖，人称"三面环山一面城"，南面、西面、北面三面环山，东面濒临杭州城。在这到处是太阳旗的时候，那位小姐有兴致游西湖？果真，小姐朝着进西湖的道口走去。那里设有伪军岗哨。小姐从包里掏出"良民证"，过了岗哨。随后，刘连也掏出那张假"良民证"，过了关卡。小姐在前，刘连在后，沿着西湖行进。大约是因为处于特殊时期，西湖游客寥若晨星。为了不使小姐发觉，刘连拉大了距离，在后面远远尾随。初夏的西湖，那水与波、光与影、云与雾、风与浪、花与叶、草与树、蜂与蝶、莺与雀，组成了一支西湖交响曲。袅袅晨雾悠悠飘荡，轻风阵阵，吹动着雾气，仿佛一只无形的手在用洁白的棉絮拭擦着硕大无朋的玻璃幕墙——浅绿色的湖面。小姐居然走上了断桥，走上了白堤，这就意味着她要沿着白堤朝孤山岛走去。西湖美景中有着"一山（孤山）、二塔（雷峰塔、保俶塔）、三岛（小瀛洲、湖心亭、阮公墩）、三堤（白堤、苏堤、杨公堤）"。其实，孤山既是山，也是岛，孤零零的坐落在西湖中心——正因为这样，所以叫作孤山岛。孤山岛东面以白堤与西湖北岸相连，西面则以西泠桥与西湖西岸相连。小姐走上了断桥，刘连也走上了断桥。小姐走上了白堤，刘连也走上了白堤。白堤，原名白沙堤，只因唐代诗人白居易出任杭州刺史时，留下这样的诗句："最爱湖东行不足，绿杨荫里白沙堤。"后人为纪念白居易，遂称此堤为白堤。白堤的一端是断桥，另一端是孤山岛。小姐沿着白堤走向孤山岛，刘连也沿着白堤走向孤山岛。长长的白堤，长达一公里，堤的两边是盈盈湖水、冉冉翠荷，堤上除了依依垂柳之外，无遮无掩，何况白堤上如今游客稀少，刘连就变得很显眼。尽管刘连再度拉大了跟踪距离，以免引起小姐的注意，但是只要小姐一回头，还是能够一眼就看到在后面尾随的他。果真小姐似乎发觉了他，曾经几度回头，还加快了脚步。刘连已经无处可躲，不得不也加快了脚步。小姐走过长长的白堤，走过清朝乾隆皇帝御笔题写的"平湖秋月"石

碑，便上了孤山岛。

这时，刘连再度加快了步伐，因为小姐进入孤山岛之后，岛上到处是亭台楼阁，到处是七拐八弯的小路，如果不紧紧盯住，她就会在岛上"脱靶"。刘连紧跟紧追，也从白堤上了孤山岛。刘连尾随小姐的距离，缩短为不足十米。此时，小姐放着平坦的环岛大道不走，却沿弯弯曲曲的小路往山上走。看得出，小姐对于孤山岛熟门熟路。刘连无奈，只得也沿弯弯曲曲的小路往山上走。小姐来到孤山东北麓一座方形的亭子前。此乃放鹤亭，是为了纪念北宋诗人林和靖[1]而修建的。在放鹤亭前，小姐突然止住了脚步，猛然回过身，双手叉腰，双目怒怒跟踪而至的刘连，使刘连措手不及，一下子慌了神。"你为何跟踪我？！"小姐怒气冲冲，用国语呵斥刘连道，"如不速速滚蛋，本小姐一脚就可以把你踹到西湖里喂鱼！"刘连定了定神，这才也用国语说道："方小姐，你听我说……"小姐吃了一惊：这陌生男子怎么知道自己姓方？于是反问道："你是何人？"这一回，轮到刘连惊诧了，说道："美莲，你怎么翻脸不认人了？"小姐一听这话，心中明白了几分，问道："你认识方美莲？"刘连越听越糊涂，说道："你我在上海亚尔培公寓比邻而居……"听到刘连说起上海亚尔培公寓，小姐终于明白，此人原来是上海亚尔培公寓的邻居，认识姐姐美莲，误把自己当成了美莲，便问道："你真的认识美莲？"刘连一听这话，如坠五里雾中。所幸他还算机灵，记起随身有一宝物，于是从挎包里掏出金光闪闪的莲花别针。方丽莲一看金色莲花别针，一下子愣住了："你怎么会有我姐姐的金莲花？"至此，刘连恍然大悟："姐姐？方美莲是你姐姐？你不是方美莲？你是方美莲的妹妹？""先生请！"方丽莲的态度，也陡然转变。她收起怒容，脸像盛开的莲花，请刘连走进放鹤亭，二人在那里对坐。从湖面吹来阵阵清风，夹带着莲花的馨香。这时，方丽莲也打开挎包，从里面取出一宝物，递给刘连。刘连细细一看，那宝物是一枚银光闪闪的莲花别针，大小、造型与金莲花一模一样。方丽莲说道："美莲是我的孪生姐姐，我叫丽莲。小时候，她叫金莲，我叫银莲，所以奶奶定做了一对金银莲花别针，送给我们作为纪念。"刘连紧张的神经也松弛了，笑道："丽莲小姐，原来是这么一回事。我把你当作美莲了！"这时，刘连仔细打量方丽莲，这才发现，方美莲的发旋是

1　林和靖（967—1028）长期隐居孤山，终生不娶也不出仕，平日除了作诗绘画外，喜欢种梅养鹤，以梅为"妻"，以鹤为"子"，有"梅妻鹤子"之说。

左旋，而方丽莲的发旋是右旋。

坐在他面前的，确实不是方美莲。

西泠桥头惜才女

刘连把银色的莲花还给了方丽莲，同时把金色的莲花放回自己的挎包。方丽莲问道："先生贵姓？"刘连赶紧自我介绍道："我叫刘连，上海震旦大学的学生。"方丽莲笑道："刘连，流连忘返。你这'连'应当改成莲花的'莲'。"刘连傻傻地解释说："我的年纪比你们大。我父亲给我取名刘连的时候，世界上还没有你们这对孪生姐妹。"方丽莲问："我姐姐的金莲花，怎么会在你手里？"面对方丽莲的盘问，刘连当然不便说出实情，只好敷衍说："因为都住在上海亚尔培公寓，我跟你姐姐很早就认识。我喜欢你姐姐，你姐姐也喜欢我，所以她把金莲花送给了我。"方丽莲一听，明白刘连跟姐姐交情匪浅，甚至可以说是姐姐的男朋友，不然姐姐不可能把金莲花送给他。这时，刘连问起方丽莲："在上海亚尔培公寓，我怎么没有看见过你？"方丽莲答道："姐姐的理想是当影星，当'阮玲玉第二'，所以她从温州去了大上海，去追求虚荣的梦。人的志向各不相同。就拿这放鹤亭来说，北宋诗人林和靖就喜欢长期隐居孤山养鹤，过着平平淡淡、安安静静的隐士生活。宋真宗要赐他做大官，他不去。热热闹闹的杭州城就在眼前，一抬头就可以看到，他竟然三十年没有去过杭州。孤山不孤。他甘心淡泊，恬然自足，是真正的隐士，真正的豪杰。"

听锣听音，听话听声。刘连从方丽莲对于北宋诗人林和靖的赞扬声中，听出她的心声。刘连问："丽莲小姐住在孤山岛？"方丽莲道："我喜欢孤山岛。我持恩师方介堪的手札，前来孤山岛的西泠印社学金石之术，拜金石泰斗王福庵、丁辅之、叶为铭三先生为师。我曾经在孤山岛的西泠印社居住。可是西泠印社来来去去皆为男子，我这小女子在这孤岛上久居，诸多不便。承西泠印社介绍，邵芝岩笔庄老板邵芝岩先生恩准，让我住在杭州城里三元坊邵芝岩笔庄。笔庄里既有女眷，也有女工。我只消在空闲时为笔庄生产的毛笔笔杆上刻上'邵芝岩笔庄'几个字——这对于我来说不过小菜一碟,邵老板却因此免了我房租。这样,我每日往返于杭州城与孤山岛之间。有时步行,有时也乘坐小舟。自从日本军队占领了杭州,我就没有办法天天来孤山了,只能隔三差五来一趟。"

刘连一听,说道:"难怪有一天我在西湖断桥,见一叶扁舟驶过,船头坐一女子,以为是美莲!"方丽莲说:"我也见到一男子站在断桥上痴痴望着,原来是你!"说罢,两人相视而笑。刘连接着说道:"巧真巧,我从上海来到杭州,父亲让我住在一位朋友家,这位朋友的家竟然就在三元坊,就在邵芝岩笔庄旁边!"方丽莲瞪大了眼睛,万分惊奇地说:"什么,你也住在三元坊?!"刘连重复了一句:"就在邵芝岩笔庄旁边!"方丽莲说道:"原来,你在三元坊就发现了我,一直跟踪到孤山岛?!"刘连笑了:"我把你当成了美莲。"方丽莲问道:"你既然把我当成了美莲,为什么不喊声美莲,而采取悄悄跟踪呢?"刘连答道:"因为我跟美莲吵架了,吹了,美莲跟另外一个男人离开了上海。"方丽莲皱起了眉头,喃喃说道:"姐姐怎么会变成这样朝三暮四……"刘连原本打算问问方丽莲有没有男朋友,话到嘴边又咽了下去,因为跟方丽莲刚刚认识,不便于问如此敏感的问题,更何况从方丽莲对于孤山隐士、北宋诗人林和靖的高度赞扬,似乎可以感觉到她也想做隐士。于是,刘连改换话题,问道:"你怎么会那样喜欢孤山岛的西泠印社?"方丽莲反问:"你去过西泠印社吗?"刘连说:"我只是听说过西泠印社,好像是专门研究刻图章的。"方丽莲说:"如果你愿意,我带你去看看西泠印社。"刘连巴不得方丽莲说这话,连声答道:"我愿意!我愿意!"于是,方丽莲成了导游,带领着刘连走下放鹤亭,沿着孤山岛的后山路向西走去。孤山,其实高度不过38米高而已。孤山倘若在群峰逶迤的青藏高原的话,只是小土坡一个,然而一旦处于四面碧波的西湖中心,那就成了西湖上的蓬莱仙岛!

孤山如同一块被精雕细刻的宝石,三步一亭,五步一阁,到处是石碑,到处是对联。孤山岛仿佛被中国传统文化浓浓浸润的宝地。正因为这样,方丽莲的嘴巴一直没有停过,向刘连讲解着孤山上一个个历史的足印。

孤山不高,孤山岛亦不大,总面积不过300多亩。沿着孤山岛的后山路走着,没有多久,就到了孤山岛的最西头。那里有一座黄褐色的古色古香的环洞石拱桥,跟西湖西岸相连。

"那就是西泠桥。西泠印社的名字，就来源于这座石桥。"方丽莲告诉刘连道。方丽莲说，古时候这里没有石桥，是一个风景如画的渡口。那时候也没有白堤，要去孤山岛，全靠小船摆渡。自从建起了西泠桥，跟断桥、长桥一起，成了西湖的三大情人桥。"断桥边白娘子与许仙雨天借伞留情，长桥边的祝英台与梁山伯十八里相送，这些故事我早就听说。西泠桥有什么动人的爱情故事？"刘连说道。

方丽莲见刘连对西泠桥这么有兴趣，就带着他走过西泠桥，来到桥畔一座六角石亭旁，石亭上书"慕才亭"三字，亭内竟是一座石墓。六根四方石柱上，满满刻着十二副对联，写着"六朝金粉""笙歌画舫""油壁香车""红粉花影""石榴裙下""桃花流水"之类"慕才"之语。

方丽莲说，此乃六朝南齐才女苏小小之墓。苏小小天生丽质，家在此处附近，却因家道中落，沦为钱塘艺妓。一日，苏小小见一青年男子骑着马缓缓而来。此人一表人才，与苏小小一见钟情。苏小小吟唱道："妾乘油壁车，郎跨青骢马。何处结同心？西陵松柏下。"西陵，亦即西泠。

方丽莲说，那青年男子姓阮名郁，乃南齐宰相阮道之子。阮道在京城金陵得知儿子阮郁在杭州西湖跟艺妓相爱，把他逼回了金陵，不准阮郁再与苏小小来往。方丽莲说，就在苏小小悲痛欲绝之际，遇见一位模样跟阮郁酷似的人，此人叫鲍仁。鲍仁衣衫简朴，神情沮丧，因为他要赴京赶考而盘缠不够。苏小小当即倾囊相助。

方丽莲说，鲍仁金榜题名，出任滑州刺史。鲍仁专程赶到钱塘酬谢红颜知己苏小小，谁知苏小小因病而逝，正赶上她的葬礼。鲍仁抚棺痛哭，厚葬苏小小于西陵（西泠），并建慕才亭表示悼念。

"真是红颜薄命！"听罢方丽莲讲述的苏小小的传说，刘连不由得长长叹了一口气。刘连和方丽莲离开了慕才亭和苏小小墓，沿着西泠桥，重新返回孤山岛。方丽莲说，西泠印社就在西泠桥东头不远处，在孤山岛西南角。

相逢何必曾相识

　　果真，从西泠桥上了孤山岛，往东南方向走不了几步，便见一堵白墙，一个古色古香的圆洞门，上方是"西泠印社"四个黑色大字，这便是西泠印社南大门。

　　刘连跟随方丽莲走进西泠印社，里面有亭翼然，古塔矗立，林木阴翳，山石幽径，如同一座布局精致的江南公园。与普通公园不同的是，西泠印社依孤山而建，亭台楼阁高高低低，错落有致，竹阁、柏堂、宝印山房、四照阁、观乐楼等依山辟建，金莲池、印泉、闲泉、石坊、华严经塔、阿弥陀经幢、石交亭、剔藓亭、小龙泓洞星罗棋布，是一座名副其实的立体公园。

　　从西泠印社南大门进去之后，迎面便是红柱、红窗、红栏杆、青瓦的宋代建筑，因堂前有两棵古柏而得名柏堂。柏堂内悬挂名人手书楹联。方丽莲在带领刘连参观柏堂时，特地在一副隶书十二言对联前停留。方丽莲以颇为自豪的口气对刘连说："这是我的恩师方介堪先生所撰所书。"

　　刘连细看方介堪先生所写的对联：

　　　访三老碑亭东汉文留遗迹在
　　　问八家金石西泠社近断桥边

　　接着，方丽莲带领刘连参观长长的印廊。印廊内挂有篆刻大师们的印作，使刘连对中国的金石篆刻有了了解。原本刘连只是以为篆刻就是刻图章罢了，未曾想到小小印章中饱含中国传统艺术的各种元素和丰富滋养。

　　方丽莲用了一句很精辟的话说道："篆刻尺幅千里，是融书法与雕刻于一炉的艺术。"方丽莲还说："西泠印社是中国印学圣地，篆刻渊源。"看得出，方丽莲对于篆刻艺术的爱好，已经达到入心入神的地步。刘连在印廊中漫步，历数篆刻大师的大名：吴昌硕、马衡、丁辅之、王福庵、吴隐、叶为铭、李叔同、方介堪、黄宾虹、马一浮、丰子恺、吴湖帆、商承祚、胡菊邻、经亨颐、来楚生、沙孟海……刘连忽然问道："在这么多篆刻大师之中，为什么全是男性？"方丽莲尚未开口，刘连却笑了起来，说道："未来的印廊里，一定会出现一位女性篆刻大师的大名，她就是方丽莲小姐。"方丽莲听罢，却没有笑，而是一本正经地说道："我只爱好艺术，从不追求虚荣。"

游罢柏堂，游罢印廊，一路拾级而上，途经凉堂，见高处矗立一石塔。方丽莲道："这是华严经塔，西泠印社的地标。"刘连见到高高威严的华严经塔。华严经塔八角形，总共十一层，置于刻着莲瓣的须弥座之上。每两层雕有飞檐，檐角悬着铜铃，山风吹过，铜铃叮当作响。

方丽莲特别提及，华严经塔的《西泠华严塔写经题偈》，乃李叔同先生所书。李叔同对书画金石、诗词音乐无一不通，是西泠印社早期社员，1917 年在杭州虎跑定慧寺出家为僧，法号弘一法师，此后长期驻锡温州庆福寺。

方丽莲格外敬重弘一法师，细细研究过他的书画金石作品，原本打算请方介堪先生介绍，就近在温州拜弘一法师为师。无奈弘一法师乃出家之人，不便带女徒弟，谢绝了方丽莲拜师的请求，所以她只好从温州到杭州西泠印社进修篆刻之艺。

刘连问起方丽莲如何在西泠印社学习，方丽莲说，西泠印社是全国印学最高学府，其优越之处有三：一是金石名师云集，在此可以得到名师指点；二是收藏有历代大量印谱、碑帖和书画，乃是极好的观摩、学习之处；三是环境幽雅，远离尘嚣，是极其难得的潜心学问之所。时近中午，刘连饥肠辘辘，得知大名鼎鼎的楼外楼菜馆就在左近，就在孤山岛上，便请方丽莲到那里午餐。方丽莲说，她平常从邵芝岩笔庄带盒饭或者在杭州城里买点心作为午餐，从不去楼外楼菜馆。刘连知道方家乃是温州巨商，方丽莲作为富贾之女，如此节俭，真是难得。他俩一起走出西泠印社，沿着孤山路往东才走了几步路，就瞧见金底黑字的"楼外楼"招牌。楼外楼菜馆三层大楼，好气派。方丽莲说，楼外楼菜馆创建于清道光二十八年（1848），原本只是一间平房而已，以西湖鱼鲜菜出名，生意越来越好，盖了三层大楼。方丽莲又说，楼外楼这名字也取得好，取得巧，出典于南宋诗人林升的《题临安邸》，"山外青山楼外楼，西湖歌舞几时休！暖风熏得游人醉，直把杭州作汴州。"走进楼外楼菜馆，客人依然不少。内中，也有穿军装的伪军军官，还有遍身罗绮的商人。刘连见了，低声对方丽莲叹道，眼下杭州城头飘扬太阳旗，依然是"暖风熏得游人醉，直把杭州作汴州"。刘连先点了宋嫂鱼羹作为开胃菜，又点了西湖醋鱼、龙井虾仁、东坡肉、小笼包。

这些都是楼外楼菜馆最经典的菜馔。午餐之后，方丽莲说，今天不做功课了，不回西泠印社，陪着刘连一起游西湖。在柳荫下，在碧波旁，他俩共赏才露尖尖角的小荷，同观甩着尾巴的花港之鱼。刘连没有想到，今天一早从三元坊"跟踪"方丽莲到西湖，此刻竟然跟她能够如此亲密地同游西湖。此时此际，他原本对于方美莲的爱意，全都转移到方丽莲身上。

方丽莲呢，一开始对于陌生的刘连理所当然是拒之于千里之外的，尤其是这么一个素不相识的男子竟然无理地尾随她。然而当刘连说出她姐姐的名字，说出上海亚尔培公寓，尤其是刘连拿出金色莲花别针后，使她对他产生了信任感，从陌生人变成了熟人。她在孤山岛孤独惯了，冷清惯了，刘连忽然像一束阳光照在她身上，使她顿时感到温暖。

这一天，对于刘连是难忘的；这一天，对于方丽莲更是难忘的。游累了，走累了，方丽莲提议乘坐小船回杭州城，刘连表示赞成。于是，他俩招呼一艘小船，上了船。这时，夕阳把整个西湖染得通红通红，每一个浪尖仿佛都滚动着一颗金珠。

小船从断桥的桥洞穿过去的时候，不论是刘连还是方丽莲，都回忆起在断桥那双目交集的一刹那。那时候，刘连认定方丽莲就是方美莲，而方丽莲却惊诧于岸上男子投来奇异的目光。

在小船上，在一片金色光芒之下，方丽莲显得格外的美丽，如同一尊金色的女神雕像。她跟方美莲一样，不时用手掠一下被风吹乱的头发，只是方美莲习惯用左手，而方丽莲习惯用右手。

方丽莲也在注视着金色光芒之下的刘连。她不明白，这个俊俏的上海大学生，怎么像从天上掉下来一般，坐到自己身边！当然，她更不明白，姐姐方美莲为什么会甩掉了他这样的好小伙子！

小船在西湖上慢慢悠悠，晃晃荡荡，终于抵达西湖的东岸，亦即杭州城的码头。上了岸，他俩一起沿着开元路，自西往东走向三元坊。这时，夕阳从他俩的背后照了过来，他俩睬着各自长长的身影，一步步往前走。

在路上，刘连对方丽莲说，到了三元坊，他会告诉她借住的亲戚家的小院是哪一座。不过，亲戚家敲门有规矩："笃、笃、笃"，停了一下，又是"笃、笃、笃"，再停一下，再是"笃、笃、笃"……

刘连说，如果这么敲门，一听就知道敲门者是熟人。方丽莲则告诉刘连，如果到邵芝岩笔庄找她，就说是她的姐夫。在白天，邵芝岩笔庄虽然不开门，但是门是虚掩的。到了晚上门会关上，只有敲门才会有人来开。刘连说"我每天从三元坊送你到西泠印社，傍晚到西泠印社接你到三元坊，可以吗？"方丽莲一脸惊喜，说道："当然可以。我正怕时局不平安，一个单身女子走在路上不安全。"方丽莲这句话，清楚表明她喜欢上了刘连。方丽莲思索了一下，反问道："你在杭州没有工作？"刘连说："有时候会有工作。一有工作，那就没有办法接送你。"她又问："你做什么工作？你不念大学啦？"刘连说："上海的法租界，成了孤岛。孤岛里乱糟糟的，大学也乱糟糟的。国难当头，没有心思念书。我从上海来到杭州，原本是为了追你姐姐，因为听说你姐姐在杭州，没有想到却追到了你。我住在亲戚家，总不能白吃白住，就给亲戚家打工呗。"方丽莲一听，说道："跟我一样，在邵芝岩笔庄，总不能白吃白住，就给他们打工，往毛笔管上刻字。"刘连笑了："侬我'同是天涯沦落人'。"方丽莲也笑了："'相逢何必曾相识'。"刘连："我从上海来。"方丽莲："我从温州来。"两人一起笑了。走进三元坊，走过大门口站着日本兵的浙江兴业银行总行大楼时，笑容从他俩脸上消失了。再走几步，刘连指了指那堵白色的围墙，指了指那扇黑漆大门，告诉方丽莲，他就住在那里。方丽莲露出惊讶的神色，原来他与她离得这么近。

刘连原本想请方丽莲到小院小坐，可是又很犹豫，因为他从来没有跟马德胜说起过方美莲、方丽莲姐妹之事，突然带了方丽莲进小院，怎么跟马德胜说呢？再者，这里毕竟是中统的秘密联络机关，他擅自做主带了女朋友来这里，给父亲刘旦知道了，那就闯大祸了。

正因为这样，刘连只能跟方丽莲相约，明天早上请她来敲刘连的门，然后一起步行去西泠印社。

在雨中哀怨又彷徨

回到白墙青瓦的住处之后，刘连脸上难掩兴奋之情。机灵的小马，迅速察觉刘连今天有点异乎寻常。在跟小马一起吃晚餐的时候，刘连对小马说："你我是好朋友，我有一件事情要告诉你。但是你必须事先保证……""保证什么？"小马问道。"保证不告诉我的父亲。"刘连说。"是党国的事，还是个人私事？"小马又问。"纯属个人私事。"刘连说。"那好，我保证不向令尊报告。我发誓。"小马说道。听了马德胜这话，刘连这才把邂逅方丽莲之事，如实告诉了马德胜，并且再三叮嘱，此事万万不可告诉他的父亲刘旦。"刘连，你真是交了桃花运了。"马德胜为刘连高兴，马上到厨房拿出烧菜用的绍兴酒，斟了两杯，说道，"祝贺！祝贺！"马德胜还俏皮地说："怎么那样的巧，她就住在旁边的邵芝岩笔庄！我在这儿住了这么久，从来没有一个杭州姑娘看上我。老兄真是有女人缘，一来杭州就有美女相伴。""不，不，今天只是彼此认识而已，你别想得那么多。"刘连说道，"八字还没有一撇呢！""我正在为我们两个小伙子住这么一个小院发愁。"马德胜正色道，"如果能够让方丽莲搬过来，跟我们一起住，那就成了一个像模像样的家，更容易在敌人眼皮底下混过去。"刘连一想，觉得小马言之有理，而且也是他求之不得的。不过，他跟方丽莲才认识一天，怎么好意思开这个口？这显得多么唐突？倒是小马主意多，他眨了眨眼睛，想出了主意，对刘连说："明天早上，她敲门的时候，你请她进来，看看这小院，转一圈，坐一会儿，然后再出门。到时候，我会出来，跟她说，请她在这里吃晚饭。这样，下午你陪她从西泠印社回来的时候，就到这里做客。我明天多做几个菜，请她一起吃晚饭。彼此熟悉了，随口问一声，如果她喜欢这里，就请她搬过来。我想，她一定会觉得，这里比邵芝岩笔庄住得舒服。我这里反正有两间客房，你住一间，她住一间。你告诉她，我们这里是做西湖绸伞生意的，伞柄上也需要刻字，刻上'都记绸伞庄出品'几个字。她可以在我这里'打工'，我就照邵芝岩笔庄的规矩，免除她的吃、住费用。"

刘连一听，觉得马德胜就像"智多星"一般，善于出主意，觉得可以试试看。马德胜还进一步说："日子久了，如果能够发展方丽莲进入中统，那就更好。中统正需要长相漂亮又有文化的特工。"

听了马德胜此言，刘连默不作声。刘连并不期望方丽莲也成为中统的特工，于是说道："我们只能骑驴看唱本，走着瞧吧。照我看，方丽莲是埋头篆刻艺术的人，恐怕不愿介入政治，更不会去做中统的特工。"

初夏的杭州，天气说变就变，昨天晴空万里，蓝天上飘着白云，今日则一片灰蒙蒙，彤云笼罩着西湖。

清晨，刘连三下五除二，扒拉几口就算吃完了早餐，又站到大门那个小小的瞭望孔前，观察着三元坊来来去去的行人。行人并不多，偶尔有挽着菜篮子的大妈走过，也有孩子背着书包路过。

忽然，一个熟悉的身影出现了。当她还只敲了"笃"的一下，性急的刘连就把黑漆大门吱呀一声开了，倒是把她吓了一跳。"方小姐早！进来坐一会儿吧。"刘连按照小马设计的方案，请方丽莲走进小院。当刘连把大门关上，马德胜便从里屋走了出来，装成不知道她是谁的样子，疑惑地看着她。这时，刘连居中介绍。他指着马德胜用国语对方丽莲说："这就是我的亲戚马先生，做西湖绸伞生意。"又指着方丽莲对马德胜说："这是我太太的妹妹方丽莲。""哦，方小姐！欢迎，欢迎！里面坐。"马德胜用国语说道。

"谢谢马先生！"方丽莲也用国语说道。方丽莲跟马德胜互相这么称呼，就算是认识了。从此，他们仨在一起的时候，总是说国语，虽说方丽莲也能将就讲几句杭州话。

马德胜像导游一般，带领方丽莲参观小院。方丽莲一看，这里一排五间房子，很宽敞。这两个小伙子把小院收拾得干干净净、整整齐齐，桌面上没有一点灰土，玻璃上没有一颗尘埃，心里好喜欢。

方丽莲注意到，马德胜的书房里，笔、墨、纸、砚这文房四宝，样样齐全。她特别注意到，书桌上放着的一排毛笔，笔杆上都刻着邵芝岩笔庄字样。细心的她，发觉内中有几支七紫三羊紫毫笔。她知道，这是邵芝岩笔庄生产的最名贵的毛笔。

　　方丽莲最喜欢的是客厅里那一把把瑰丽多彩的西湖绸伞。她指着客厅上方横挂着"都记绸伞庄"字样的招牌，问道："这'都记'什么意思？难道有人姓都？为什么不叫马记？"

　　马德胜笑道："我是小老板，是'都记绸伞庄'的分店。'都记绸伞庄'的大老板，真的姓都，叫都锦生。他本来开丝织厂，后来发觉用丝绸做伞面薄如云翳，色彩瑰丽，于是就设立都记绸伞庄，专门生产、经销西湖绸伞，大受欢迎。人称绸伞乃'西湖之花'。"

　　方丽莲打开这一朵朵"西湖之花"，五彩缤纷，赛丽争辉，有的翠绿如西湖之波，有的湛蓝若万里碧空，有的绯红像东升旭日，有的鲜黄似江南蜜橘。方丽莲还细细欣赏着伞上的各种图画，或是林黛玉般的仕女，或是象征美好的夏日莲花，或是横看成岭侧成峰的庐山，或是春风杨柳万千条的垂柳。方丽莲注意到一把绸伞上的一幅名为"竟夜风声"的奔马图，落款是马德胜。方丽莲问："马德胜是何方画家？"马德胜答道："献丑，献丑，在下便是。"方丽莲说："原来马先生也擅长丹青。马先生笔下的奔马，有着徐悲鸿风格。"马德胜说道："岂敢与悲鸿大师相比。"方丽莲问："这'竟夜风声'，似是取自宋朝陆游《夜寒》中的诗句'竟夜风声万马奔'，为何只用了半句？"马德胜笑道："倘若写上'万马奔'，我这把伞要做成西湖那么大了！"马德胜此言，引得方丽莲和刘连大笑。笑罢，方丽莲道："马先生，我该去西泠印社了。"马德胜说："今日天色阴沉，恐要下雨。我这里有的是伞，请方小姐和刘连兄各挑一把伞。"方丽莲挑了那把"竟夜风声"伞，而刘连则挑了夏日莲花伞。

　　出了小院的黑漆大门，走过三元坊，方丽莲和刘连走向西湖之畔。今日西湖白茫茫，笼罩着一层薄雾，湖水变成浅灰色。到了断桥的时候，天空下起毛毛细雨，飘飘扬扬，如烟似雾。在这样的雨中，有伞如无伞，方丽莲索性跟刘连只撑一把夏日莲花伞，如同一对情人般依偎同行。

　　刘连想及昨日此时，他正在鬼鬼祟祟尾随方丽莲。真是做梦也没有想到，今日此时，他竟然与方丽莲共撑一把伞，共享伞下一片天。他俩走过断桥，沿着白堤向孤山岛走去。漫漫长堤，毛毛细雨，湖水潺潺，情意绵绵。方丽莲对刘连说，"你知道，杭州诗人戴望舒，写过一首《雨巷》，跟我们眼下的情景是那么相似。"刘连说："我知道，《雨巷》是戴望舒的成名作。"方丽莲问："你会背吗？"刘连说：

"会。"方丽莲提议道："我背一段，你背一段，来一个男女对诵，好吗？"刘连答："好。"方丽莲："你起头。"刘连："撑着油纸伞，独自彷徨在悠长、悠长又寂寥的雨巷，我希望逢着一个丁香一样的结着愁怨的姑娘。"方丽莲："她是有丁香一样的颜色，丁香一样的芬芳，丁香一样的忧愁，在雨中哀怨，哀怨又彷徨。"刘连："她彷徨在这寂寥的雨巷，撑着油纸伞，像我一样，像我一样地默默彳亍着，冷漠、凄清，又惆怅。"方丽莲："她默默地走近，走近，又投出太息一般的眼光。她飘过像梦一般的，像梦一般的凄婉迷茫。"刘连："像梦中飘过一枝丁香，我身旁飘过这女郎。她静默地远了、远了，到了颓圮的篱墙，走尽这雨巷。"方丽莲："在雨的哀曲里，消了她的颜色，散了她的芬芳。消散了，甚至她的太息般的眼光，丁香般的惆怅。"刘连："撑着油纸伞，独自彷徨在悠长、悠长又寂寥的雨巷，我希望飘过一个丁香一样的结着愁怨的姑娘……"吟毕，他俩在伞下、在雨中，久久地无言，久久地在悠长又寂寥的白堤上前行。

青箬笠，绿蓑衣

　　淅淅沥沥，缥缥缈缈，缠缠绵绵，没完没了，杭州的天空像漏了似的，竟然下了一整天的牛毛细雨。

　　在这样的细雨纷飞的日子里，西湖绸伞是无法挡雨的。正因为这样，下午四时光景，当刘连从三元坊去西泠印社接方丽莲的时候，没有撑西湖绸伞，而是穿上了上海 ADK[1] 牌子的深蓝色晴雨两用风衣，戴着同样颜色的宽檐雨帽。ADK，即 America Dress King，意为"美国服装之王"，是上海永新染织厂在 1934 年推出的最时髦的风雨衣。刘连还借了小马穿的那件米黄色 ADK 风雨衣，给方丽莲带去。这种新款晴雨两用风雨衣，原本是时尚帅哥靓女的最爱，却也成了刘连、小马这样的特

　　1　ADK，中国最早的服装品牌，1953 年改名为"大地牌"。

工的必备，因为宽大的风雨衣便于遮掩腰间的手枪。

　　一看到穿了 ADK 风雨衣的刘连，方丽莲仿佛眼前一亮，觉得刘连在细雨之中变得更帅了。小马的个头比刘连矮，他的那件 ADK 风雨衣给方丽莲穿上去倒是正好。"下雨天，乘小船回去吧。"刘连说道。

　　"好。"方丽莲答应道。

　　西泠桥旁，就有码头，就有小船。老船夫戴着竹篾大笠帽，穿一身深咖啡色的棕蓑衣，一双赤脚站在风雨中的船头，那模样像古代驰骋疆场的将军。整条小船都是湿漉漉的，船夫打开舱板，取出两块干净的油布，让刘连和方丽莲铺在船舱里，坐在上面。

　　今日细雨纷飞的西湖，跟昨天夕阳血红的西湖全然不同。小船如同坠入浓雾之中，四周白茫茫一片，抬头唯见雨中笠翁，在一桨一桨朝前划去。此景此情，方丽莲不由得哼着柳宗元的诗："孤舟蓑笠翁，独钓寒江雪。"刘连则吟诵唐朝张志和的《渔歌子》以和："青箬笠，绿蓑衣，斜风细雨不须归。"当方丽莲和刘连沉浸在诗情画意之中时，在寂静的湖面上忽然响起刺耳的突突声。这声响越来越大。一艘黑魆魆的汽艇从白茫茫的湖面上破浪而来，出现在小船跟前。艇艄，飘扬着一面太阳旗。"把'良民证'拿出来！"穿着厚厚的黑色橡胶雨衣的伪军喊道。刘连和方丽莲，还有船夫，都拿出了"良民证"。检查毕，一位伪军对刘连和方丽莲说："小夫妻兴致不错嘛，雨中游西湖！"说罢，汽艇快速而去，风中仿佛依然飘荡着那句话的余音，弄得刘连和方丽莲都不好意思起来。这时，忽听得一身蓑衣的船夫朝着远去的汽艇骂了一声："汉奸！"汽艇的突突声，使刘连和方丽莲从雨中西湖的诗情画意中惊醒，相对无言。在"脉脉江南雨"之中，刘连和方丽莲分不清东南西北。所幸船夫有很强的方向感，一直朝东划去。上了西湖东岸码头，刘连和方丽莲沿着开元路一路东行。昨天这时候，夕阳从背后照了过来，他俩正踩着各自长长的身影前行，但眼前这条路水湿而又泥泞。

　　终于走进三元坊的小院，一进门就闻到饭香、菜香。中午只吃了一点干粮的方丽莲，此时正饥肠辘辘。自称今天做了"火头军"的马德胜，把方丽莲和刘连迎进了客厅。客厅里那张八仙桌上，已经摆好三副碗筷。"洗洗手，吃饭吧。"马德胜说，"尝尝我的手艺——杭帮菜。"方丽莲和刘连落座之后，马德胜端来一碗汤，绿色的嫩茎、嫩芽，夹杂着些许紫红色的金华火腿丝。"这是什么菜？"方丽莲从未见过这菜，用瓷匙舀了一点，尝了一口，发觉那些嫩茎、嫩芽都附有白色透明的胶状物，味道清新。

"这是西湖莼菜。"马德胜说，"西湖里到处都长着莼菜，根在湖底，马蹄一般的叶子在湖面浮着。初夏是莼菜最嫩也是最肥美的时节。不过，外地的湖很少能够长莼菜，所以你们温州就没有莼菜。在杭州，莼菜很便宜，你喜欢的话，尽管吃。"

方丽莲喜欢莼菜，竟然吃了许多。马德胜做的第二道菜，是油焖春笋。他说："眼下正是杭州嫩笋上市的时候，加些酱油、麻油一烧，就成了油焖春笋这道菜。"春笋也是时鲜货，又使方丽莲喜欢。接下去的三道杭州菜，昨天方丽莲已经在楼外楼吃过，但是马德胜不仅做法跟楼外楼不一样，别具滋味，而且他还能讲出这些杭州菜的典故。

马德胜说，东坡肉是大诗人苏东坡的"发明"。苏东坡做过杭州知州。西湖的苏堤，就是他领导百姓疏浚西湖时用浚挖的淤泥筑成的堤坝。苏东坡喜欢做红烧肉，他在《猪肉诗》中写道："慢著火，少著水，火候足时它自美。每日起来打一碗，饱得自家君莫管。"用苏东坡的方法做的红烧肉，杭州人称之为"东坡肉"。马德胜改进了东坡肉，往里加进嘉兴梅干菜，梅干菜能够吸除油腻，而且增添酸味，更加好吃。

马德胜说，用茶叶炒虾仁，是杭州人的发明。白色的虾仁配上绿色的龙井茶叶，一青二白，格外漂亮，而且清香可口。这不仅仅因为杭州盛产龙井茶叶，且还有个故事：乾隆皇帝微服私访的时候，在一家饭店点了炒虾仁。店主见到客人坐下来时，露出龙袍的一角，吓坏了，在炒虾仁时，他误把龙井茶叶当作葱花撒进锅里。没有想到，乾隆皇帝吃了之后，盛赞这家饭店的炒虾仁别具风味。此事传开之后，龙井虾仁便成了杭州的一道名菜。

方丽莲吃马德胜炒的龙井虾仁，觉得比楼外楼好吃。

马德胜说，炒龙井虾仁，其实很简单，把虾仁跟龙井茶叶在锅里打一个滚，就装盘。杭州人家家户户用龙井虾仁待客。他今天买了西湖鲜虾，每一只都生龙活虎蹦蹦跳。估计方丽莲和刘连快回来的时候，他才动手剥成虾仁，等他俩坐定之后才放在锅里热炒，所以格外新鲜。

至于西湖醋鱼，也是杭州名菜，用西湖鲲鱼加糖加醋烧成。马德胜说，这道菜最初的用意是劝官员"甜蜜时毋忘百姓辛酸"，所以加糖加醋，甜中带酸。他今天买不到鲲鱼，就买了普普通通的鲫鱼，为了解腥，放了许多葱。方丽莲吃了，反而觉得比昨天吃的西湖醋鱼更香。

吃着马德胜做的杭州菜，听着马德胜这个杭州人讲述杭州菜的故事，方丽莲问起马德胜何处学得这般厨艺。

方丽莲的这一句话，引发马德胜说起了自己的身世……

马德胜说，父亲原本在杭州开伞厂，做的是油纸伞。

方丽莲一听就明白，温州人撑的就是褐黄色的油纸伞，那是在棉纸做的伞面上涂上熟桐油做成的雨伞，结实而耐用。

马德胜笑道，杭州下雨的时间多，家家户户必备油纸伞。《白蛇传》中许仙在游西湖时借给白娘子的那把伞，就是油纸伞。

这时，刘连也笑道，戴望舒的《雨巷》开头第一句就是："撑着油纸伞，独自彷徨在悠长、悠长又寂寥的雨巷……"

马德胜说，杭州油纸伞历史悠久，而用丝绸做伞面的西湖绸伞则是都锦生先生在1932年开始试制的。都锦生先生毕竟是开丝织厂的，对于制伞外行，于是请马德胜的父亲加盟。就这样，马家改为生产西湖绸伞。父亲不幸患病去世，马德胜就子承父业，做西湖绸伞生意。

马德胜说，父亲琴棋书画样样精通，他受父亲熏陶，亦爱琴棋书画。转产西湖绸伞之后，他负责伞面的颜色、图画、书法设计。父亲还是美食家，他跟随父亲左右，不仅喜爱美食，而且在业余也略学了几手厨艺。

听马德胜这么一说，方丽莲不仅明白马德胜这个小伙子为何会做这么好的杭州菜，而且明白他为何做西湖绸伞生意，明白他为何在杭州黄金地段拥有这样漂亮的小院。

聊天至此，马德胜进入事先与刘连商定的"程序"……

七紫三羊紫毫笔

马德胜对方丽莲说道："听刘连兄说，方小姐眼下住在邵芝岩笔庄。家父跟邵老板是老朋友。家父喜欢琴棋书画，不论是书法还是绘画，都离不了毛笔，所用的毛笔都是邵芝岩笔庄生产的。家父称赞邵芝岩笔庄的毛笔四绝，即'圆、健、齐、尖'。所谓圆，说的是毛笔的笔头圆润充足，写字时才能发力均匀；所谓健，是指笔头有弹力，一笔落下，提起时又能恢复如初；所谓齐，则表示笔头的各个部位毛料齐备，书写时端正且有序；而所谓尖，则是指毛笔垂直向下聚拢时，末端尖锐。"

"令尊对邵芝岩笔庄毛笔的这四字概括，可谓精到。"方丽莲说道，"我在马先生的书房里，见到七紫三羊紫毫笔，那是邵芝岩笔庄生产的最名贵的毛笔。只有极爱书法之人，才会购置此等金贵之笔。"

"方小姐到底是行家，一眼就看出我书桌上的是七紫三羊紫毫笔。那是邵芝岩笔庄的老板知道家父常写小楷，送给家父的。"马德胜说。

"'紫毫之价如金贵'哪！"方丽莲说道，"七紫三羊紫毫笔是用野兔背脊骨上那一小撮最具弹力的毛做成的。邵老板说，每一千只野兔仅能找出一两左右的紫毫。难怪，七紫三羊紫毫笔是金子做的笔。我有一支七紫三羊紫毫笔，笔尖弹性极好，最宜为图章中的小字打底稿。用了那么多年，笔尖丝毫无损，可谓神笔——笔中之王。"

"方小姐那支七紫三羊紫毫笔，也是邵老板送的？"马德胜问。

"我哪有这等福气。"方丽莲道，"我家住在温州铁井栏，街口转弯处有一家梦生笔庄。我们家用的毛笔、宣纸，都从梦生笔庄买的。梦生笔庄也代销杭州邵芝岩笔庄的毛笔，所以我从小就知道邵芝岩笔庄的大名。有一回，梦生笔庄老板告诉我父亲，说进了一支邵芝岩笔庄的'神笔'——七紫三羊紫毫笔，只是价格昂贵。父亲带着姐姐和我来到梦生笔庄，老板拿出一只长方形的红木做的匣子，小心翼翼打开，里面是一支七紫三羊紫毫笔，笔杆上刻着'邵芝岩笔庄'五个字。这是我第一次见到神笔。尽管价格昂贵，父亲还是毫不犹豫买了下来，供姐姐和我使用。由于我专攻篆刻，经常要写蝇头小字，姐姐就把七紫三羊紫毫笔让给我使用。这次来杭州，生怕这支笔在旅途中丢失，舍不得带出来，就留在了温州书房里。"

"原来方小姐这么早就跟邵芝岩笔庄有缘，难怪这一次来杭州，就住到邵芝岩笔庄，成了我们的邻居。"马德胜说道。

"其实，我持恩师方介堪的手札，最初是住在孤山岛的西泠印社。由于那里都是男生，我一个女孩家住那里诸多不便。邵芝岩笔庄老板看在西泠印社的面上，看在方介堪先生的面上，让我住在邵芝岩笔庄。笔庄里既有女眷，也有女工，也就不多我一个。"方丽莲说。

"我去过邵芝岩笔庄好多回，那里人多，女工们住得很挤。"马德胜像城头上跑马，兜了一个大圈子，终于把话落在点子上。

"我到杭州来是为了学艺，能够有一个地方落脚，就谢天谢地了。如果我留恋大小姐的生活，就用不着从温州到杭州来了。"方丽莲倒是很能吃苦，这一点令马德胜和刘连都佩服。

在说罢之后，方丽莲忽然"不过"起来："不过，笔庄工场里到处是山羊毛、野兔毛、鼹鼠毛、猫尾毛，甚至还有老鼠的胡须，这些都是做毛笔的原料，可是我看见了心里总是不舒服。特别是山羊毛，还有一股膻味。再说，为了使笔毛纯白，还需要点燃硫磺熏白，那刺鼻的气味也不好受。"

到了这时候，马德胜说出了"主题词"："如方小姐不嫌弃，可否搬到我这小院来住？反正我这里的客房空关在那里。再说，我这里的书房，文房四宝俱全，可供你写字绘画，也可以供你篆刻图章。"

一听马德胜这话，方丽莲竟然喜出望外，说道："会不会打扰你们？"

"哪里！哪里！"马德胜和刘连异口同声道。

"房租多少？"方丽莲问道。

"方小姐见外了。"马德胜道，"那间客房，空关好几年了。方小姐肯赏光住进小院，就是我们莫大的荣幸。如果方小姐不嫌弃我的厨艺，每天就和我、刘连一个锅里吃饭，就像今天这样。"

"我总不能白住又白吃！"方丽莲道。

"这好办。"马德胜说，"听说方小姐在邵芝岩笔庄帮他们在笔杆上刻字，权且抵作房钱和饭钱。方小姐在我这里，也可以帮我在西湖绸伞的伞柄上刻字，抵作房钱和饭钱呀！"

"那好，我明天就搬过来。"方丽莲说出了这句话，令马德胜和刘连都喜不自禁。

"我跟邵老板熟悉，明天我跟刘连一起去笔庄，告诉他方小姐搬到我的小院住，他一定会放心的。"马德胜对方丽莲说。"好，我明天就不去西泠印社，准备搬家。"方丽莲说，"但愿明天别下雨。""下雨也没有关系，流水生财嘛！"马德胜说道。说毕，马德胜就带着方丽莲去看客房——就在客厅之侧。这么一来，五间平房的布局变成：刘连卧室、方丽莲卧室、客厅、书房、马德胜卧室。

方丽莲看到卧室里放着红木大床，床的四角竖着四根红木，挂着一顶雪白的方纱帐。床上铺着被单，放着缎被，一切都是现成的。墙上是一幅西湖全景图。茶几、小方桌、椅子，一应俱全，都是红木的。方丽莲感到非常满意。

马德胜给了方丽莲一把大门的铜钥匙，表明她已经成为这座小院的正式住户。

马德胜说，明天骑一辆三轮车过去，给方丽莲搬家。方丽莲笑了，说自己只有一个皮箱而已，手一拎就可以过来了。不过，她有言在先，她的箱子比普通的皮箱要重，因为里面放着她的许许多多作品——图章。

方丽莲告辞的时候，天已经一片漆黑，下了一天的雨终于住了。这似乎预示着明天会是晴天。

关上黑漆大门之后，刘连对小马跷起了大拇指。刘连真没有想到，小马的"唱本"是那样的灵光，虽说倒骑在驴上，这"唱本"居然打动了方丽莲的芳心，她竟然高高兴兴答应搬进小院。

就这样，刘连做梦都未曾想到，方丽莲竟然真的搬了过来，跟他同住一个小院，卧室只隔一堵白墙而已。

马德胜把书房让给方丽莲，还把一支七紫三羊紫毫笔送给了她。方丽莲在书房里摆开了她的阵势，往红木书桌上摆满各种印章，大的小的、窄的宽的、圆的方的、石的铜的、象牙的玉石的，还有长长短短的各种各样的刀具，各种各样的印谱。她说，她的篆刻刀有锰钢刀、钨钢刀、白钢刀，刀法有冲刀法、切刀法、埋刀法、涩刀法、轻刀法、飞刀法、舞刀法、反刀法、锉刀法、正刀法、侧刀法……她对于篆刻艺术的执着，令马德胜和刘连都深深感动。

当方丽莲要去西泠印社学习的时候，刘连永远像保镖一般，陪护左右。

方丽莲曾经对刘连、马德胜说，其实她并不需要保镖。她说："本小姐在认识你们之前，就敢于单枪匹马，在西湖独来独往，从小练过武功。现在来来去去有刘先生陪伴，一则可以有人一路上说话，不寂寞，二则我们像一对恋人游西湖，不会使那些伪军有非分之想。"

刘连在孤山放鹤亭跟方丽莲怒怼时，就听她说练过武功，而马德胜则是头一回听说。马德胜略知拳法，便要跟方丽莲比试比试。于是，两人就在院子里比武。没有想到，交手才一个回合，马德胜就踉踉跄跄摔在地上。方丽莲赶紧上前，扶起马德胜。方丽莲让刘连也加入，她来个一对俩。马德胜、刘连摆好架势。谁知她一来就身体下蹲，用一只腿猛力横扫身高马大的刘连，这铁扫帚一般的扫堂腿一下子就绊倒了刘连，紧接着又用一只腿海底捞月，把马德胜撂倒。两个男子汉斗不过一个小丫头，正在不好意思之际，方丽莲却弯腰一一扶起他俩，还连声赔不是。马德胜明白，方丽莲之所以敢于独自住进这个小院，就因为她有一身武艺，谁敢骚扰她就对谁不客气。从那以后，不论是刘连还是马德胜，对方丽莲都恭恭敬敬，不敢有半点非分之举。当方丽莲从西泠印社回到小院，马德胜总是好菜、热菜招待她。当方丽莲在书房雕刻着新作，刘连和马德胜走路总是蹑手蹑脚，讲话总是轻声细语，生怕惊扰了她。在刘连和马德胜心目中，她是公主，她是女神。他们发觉，方丽莲在比武时，动如脱兔，而一旦坐下来研究金石之术，则静若处子。方丽莲为刘连和马德胜各刻了一枚图章，作为纪念："留恋忘返"，这当然是送给刘连的，她把"连"字刻成了"恋"字；"马到得胜"，这显然是送给马德胜的，她把"成功"换成了"得胜"。

遭到"流弹"袭击

爱因斯坦说过这样的话:"当你和一个美丽的姑娘坐上两个小时,你会感到好像坐了一分钟;但要是在炽热的火炉边,哪怕只坐上一分钟,你却感到好像是坐了两小时。"爱因斯坦的"相对论",也发生在杭州三元坊的小院里。

自从方丽莲迁入三元坊的小院,刘连和马德胜都感到时光过得飞快。终于这种时光的"飞快感",被一阵"笃、笃、笃"的敲门声打破。那是"笃、笃、笃",停一下,再是"笃、笃、笃"……

正是中午时分,方丽莲还在西泠印社学习,小院里只有马德胜和刘连。方丽莲有大门钥匙,不会敲门。即便是她忘了带大门钥匙,也不会在中午的时候回来。然而听那有节奏的"笃、笃、笃"敲门声,显然是熟人敲门。

刘连跑了过去,打开大门上的瞭望孔朝外一看,双脚一软,差点摔倒在地。马德胜见刘连面如土色,知道大事不妙,也从瞭望孔朝外一看,见门外站着的不是别人,正是他的顶头上司、中统局上海调查室主任、刘连的父亲刘旦。刘旦不打任何招呼,从上海直扑杭州,显然来者不善,肯定是听到了什么风声。事已至此,马德胜不得不把黑漆大门打开,连声说:"刘将军驾到,有失远迎。"刘旦一进院子,第一眼就看见院子里晾着一件女人的花衣裳,便问道:"这是谁的衣服?"马德胜和刘连都明白,刘旦是为方丽莲住进小院而前来兴师问罪了——刘连曾经告诉过马德胜,此事不要告诉他父亲。那时候,马德胜曾经对刘连说过"我保证不向令尊报告。我发誓!"当时,刘连还仅仅与方丽莲交往而已,而眼下,方丽莲已经住进小院,他俩依然瞒着刘旦。

刘连在父亲面前,一语不发。刘连庆幸的是方丽莲眼下不在小院。刘旦在前,马德胜、刘连在后面跟着,走进客厅。马德胜赶紧给刘旦奉上一杯龙井茶。刘旦气冲冲地对刘连说:"离开上海的时候,我是怎么跟你说的?"刘连无言以对,嘴巴像贴了封条。刘旦更生气了："原本调你到杭州工作，是因为王水在上海追查致美楼枪击案，追查作为枪手的你。没有想到，当你来到杭州，冤家对头王水出任伪浙江省警察厅厅长，也来到杭州。王水在杭州加强了对于国民党中统、军统以及中共地下组织的侦查。尤其是王水跟日军曹长黑泽合作，组织成立了'黑泽部队'，本部设于杭州西浣纱路 28 号。黑泽是个'中国通'，他手下的人很多是投诚的国民党中统、军统，在杭州遍布耳目。你们的小院，离伪杭州市政府不过一箭之遥，稍不小心就会被黑泽部队发现。在这样严峻的时刻，你们怎么可以让一个来历不明的女青年住进中统秘密机关？"

就在刘连一言不发之际，倒是马德胜机灵以对，他向刘旦说，在小院留住这位温州姑娘，是自己的主张，跟刘连无关。马德胜力陈留住这位温州姑娘的理由：

其一，这位温州姑娘不是方美莲，而是方美莲的妹妹。如果说，方美莲在上海曾经跟中共地下党员关露有所接触的话，这位方丽莲则与政治无关，是一位不问政治的很单纯的女青年，是一位痴迷于篆刻艺术的女青年。

其二，小院里住进一位女性，反而更像一个家庭，有利于机关的掩蔽。

其三，在跟方丽莲熟悉之后，可以进一步发展她成为中统的新成员。她做事细致，而且非常执着。

其四，方丽莲有一身武艺，连他和刘连两人一起跟她比试，都被她打趴下了。这样的姑娘是很有利用价值的。

刘旦很仔细地听着，认为马德胜言之有理，顿时气消。他尤其对马德胜所说的后面两条格外注意。刘旦说："方丽莲的姐姐方美莲，我在上海亚尔培公寓见过，一表人才。不知方丽莲长相如何？"马德胜说道："我跟你相反，只见过方丽莲，没有见过方美莲。刘连兄是见过方美莲，又见过方丽莲的。"到了这时，刘连终于开口，说道："方丽莲跟方美莲是孪生姐妹，难分伯仲，都是难得见到的瓯越美女。"

刘旦说道："我们中统，很需要这样既漂亮又能文能武的年轻女性加盟。作为领导，我同意让方美莲住进机关。你们要好好做工作，让她提高'觉悟'，效忠党国，效忠领袖，加入我们中统。"

听到刘旦说出这话，马德胜和刘连不仅松了一口气，而且欢欣鼓舞。刘旦提及了中统的美女特工郑苹如[1]，当年上海第一大画报——"良友画报"曾把她作为封面女郎。刘旦说，郑苹如的父亲是国民党元老郑钺，所以她有着浓厚的国民党情结，小小年纪就愿意效忠党国，效忠领袖。郑苹如后来加入中统，成为特工。

刘旦说，汪伪在上海极司菲尔路76号[2]设立了特工总部，主任叫丁默邨。他原是军统第三处处长。中统知道丁默邨最大的弱点便是好色，于是利用郑苹如的美貌，使大汉奸丁默邨拜倒在她的石榴裙下，如痴如醉。

刘旦说，就在郑苹如准备对丁默邨下手前夕，中统局上海调查室主任张瑞京被捕，供出了郑苹如。这紧急关头，郑苹如身藏一支勃朗宁手枪，准备暗杀丁默邨。不料，丁默邨已经从叛徒张瑞京那里获知情报，致使郑苹如功亏一篑。

刘旦说，郑苹如被捕之后，关押在忆定盘路[3]37号的"和平救国军"第四路司令部内。汪伪政府以郑苹如为人质，要挟她的父亲郑钺出任汪伪政府司法部长，郑钺不愿当汉奸，以身体有病加以拒绝。于是，郑苹如被押往沪西中山路附近的荒郊上执行枪决，连中三枪而亡，年仅22岁！

刘连和马德胜听罢，不胜唏嘘。刘旦接着说，像郑苹如这样的美女特工太难得了。如果能够把方丽莲培养成"郑苹如第二"，这"美女炮弹"一定能够猎获比丁默邨更重要的人物。刘旦说，"色"字头上一把刀，应当想方设法把方丽莲变成"色"字头上那把锋利无比的刀。

刘旦的话，令刘连心寒。虽说马德胜也有过刘旦那样的想法，但是听刘旦说及郑苹如的不幸下场，太悲惨了，太残酷了，一个22岁的如花似玉的年轻女孩就那样倒在血泊里。马德胜后悔刚才不应为了解脱自己和刘连，提出了让方丽莲也加入中统的想法。他们都实在不忍心方丽莲重蹈郑苹如那样的覆辙。

然而刘旦却是十足的冷血动物，牺牲了一个郑苹如，他还要再来一个方丽莲。他的肩章上的将星，是用别人的鲜血染红的，而这一切是在冠冕堂皇的"为了党国"的名义下进行的。

在说完郑苹如、方丽莲之后，刘旦把最新的杭州敌情情报，告诉马德胜和刘连。

---

1 郑苹如，电影《色戒》中女主角的原型。

2 极司菲尔路76号，今上海万航渡路435号。

3 忆定盘路，今上海江苏路。

　　刘旦说，对于杭州中统的最新威胁，除了王水以及黑泽部队之外，心腹之患还有傅胜兰。这位新任伪杭州市市长，就在你们对面的伪杭州市市政府上班。

　　刘旦说，傅胜兰跟王水、丁默邨一样，原本都是军统特工头子，熟知国民党的特工系统，这样的叛徒最危险。

　　刘旦说起了傅胜兰的叛变经过：那是日本发动侵华战争之后，先后建立了以王克敏为首的北平"中华民国临时政府"、以梁鸿志为首的南京"中华民国维新政府"，但不论王克敏还是梁鸿志，都没有很高的声望。当国民党副总裁汪精卫降日之后，日本就筹谋建立以汪精卫为首的统一的"中央政府"。于是日方决定于1940年1月下旬在青岛举行这三方会议，把三股汉奸势力拧成一股绳，以求在中国建立统一的汉奸政权。蒋介石获知之后，下令军统在青岛暗杀汪精卫。接受这一重要任务的，便是军统华北区青岛站站长傅胜兰。傅胜兰是军统副局长戴笠的亲信。

　　刘旦说，1940年1月21日上午，汪精卫及周佛海、梅思平、褚民谊、林柏生等，搭乘日轮"奉天丸"从上海起航，于22日下午抵达青岛。"中华民国维新政府"头目梁鸿志及随从人员一同到达。"中华民国临时政府"头目王克敏及随从齐燮元、王揖唐、朱深等，于21日乘飞机抵达青岛。在三方汉奸头目到达之前，傅胜兰就侦知三方会谈地点是在青岛迎宾馆。当傅胜兰正准备对青岛迎宾馆进行袭击时，却被从上海赶来的汪伪特务头目李士群抓获。傅胜兰被捕，是因为军统华北区副区长王天木叛变，泄漏了秘密。李士群率上海76号特工总部特工及王天木赶到青岛。由于王天木熟知傅胜兰在青岛的住址，所以李士群轻而易举就抓捕了傅胜兰，还逮捕了傅胜兰的情人、军统青岛站出纳丁美珍以及宋负薪、褚亚鹏等十几名军统人员，缴获了电台、武器等，蒋介石原定的暗杀汪精卫的计划，宣告流产。

　　刘旦说，傅胜兰被捕之后，归顺了李士群的上海76号特工总部，得到李士群的赏识，派往杭州。傅胜兰出任76号特工总部杭州区副区长、区长，对杭州的国民党军统、中统造成很大的破坏。傅胜兰因"以特制特"有功，升为伪杭州市市长。在伪浙江省省长梅思平的领导下，傅胜兰眼下跟王水结成反军统、反中统、反中共的"三反神圣同盟"。正因为这样，刘旦叮嘱马德胜、刘连要格外小心。

　　马德胜欲献厨艺，留刘旦吃晚餐，刘旦却说自己当天必须赶回上海，随即离开三元坊小院，独自去杭州城站，乘坐火车回上海去了。

刘旦真的像"流弹"，说来就来，说去就去。

婚事的催化剂

在杭州，当刘连与方丽莲同住小院、迎来送往的时候，在温州，高瑞与方美莲天天在高盈里高府二进小院的书房里高谈阔论。

刘连与方丽莲之间的距离越来越近，高瑞与方美莲之间的距离也越来越近。

杭州的气氛凝重，西湖上空翻滚着乌云。方丽莲不再天天去西泠印社，而是借了许多印谱，在三元坊小院里揣摩、学习。

温州却空前地繁华起来。在浙江，杭州、宁波、绍兴、定海、金华，一座座城市沦陷，偏于浙江东南之隅的温州，向来不是兵家必争之地，何况北面有群山阻隔，所以安然无恙。随着上海、杭州、宁波、定海的陷落，温州港的地位凸显出来，大量货物借助于温州港运往中国战场的大后方。杭州、宁波、绍兴、定海、金华的许多百姓不愿在日军铁蹄之下生活，也举家前往温州。这么一来，在哀鸿遍野的浙江，唯有温州一枝独秀，空前热闹、繁华起来。瓯江上货轮、客轮来来往往，起重机的吊杆此起彼落，一片繁忙。温州的旅馆人满为患，饭店里人头攒动。在铁井栏，前来银行、钱庄调"头寸"的商人，络绎不绝。温州自开埠以来，没有见过这等闹猛，这般兴隆。

就在温州人得意于这里没有日军的时候，就在高瑞和方太太得意于生意太好的时候，乐极生悲。温州作为通向中国大后方的港口，引起了侵华日军司令部的注意。1941年夏初的温州，有点燥热。在高府，高瑞手中摇着那把方美莲题写着"天上生成明字"的折扇，方美莲手中则摇着那把高瑞题写着"落尽灯花不睡"的折扇。

那天，方美莲说要去理发店洗头发，高瑞就说他也要理发了。于是高瑞如影随形一般，跟着方美莲来到高盈里附近县前头的理发店。理发店上方，横挂着一片片长方形的纸板，一个小学徒在那里用手一下一下拉着绳子，纸板也就随着一前一后摆动起来，这样的"土风扇"使坐在下面理发的高瑞和方美莲感到阵阵凉风。理发师傅给高瑞理发，老板娘给方美莲洗发、吹风。

县前头处于县政府前头，本来就是一个热闹的地方。听见店外传来一阵阵叫喊声、奔跑声，高瑞和方美莲起初并不在意。突然，头顶上的"土风扇"停摆了，小徒弟跑了出去。一会儿，小徒弟跑回来了，大声叫了起来："师傅，师娘，不好了，日本兵来了！"一听这话，理发师傅和老板娘放下手里的活，跑到门口张望。高瑞和方美莲也随后跑到门口。果真，满街逃跑的人都在呼喊："日本兵来了！日本兵来了！"高瑞对方美莲说："赶紧回家。"好在乡里乡亲的，都熟，高瑞朝师傅打了个招呼，没有付理发费，拉起方美莲便跑。高瑞和方美莲跑回高盈里，关上大门。高瑞让方美莲到书房里，然后搬来一个竹梯子，高瑞爬上竹梯，把书房的天花板轻轻一推，原来上面有一个阁楼。高瑞让方美莲躲进阁楼，又拿来一个竹壳热水瓶、一包饼干，递给方美莲。然后，高瑞把天花板盖好，搬走梯子。高瑞安排好方美莲，来到大门口，从大门上的瞭望孔朝外观看，果真，在逃跑的民众的后面，出现了日本兵！

日本军队是在前一天午夜，从瑞安澄头登陆，先是攻陷了瑞安县城，然后乘坐卡车分兵两路进攻温州，一路上只是遭遇到国民党军队的零星抵抗。日军长驱直入温州城区，迅速占领了国民党政府浙江省第八行政督察区专员公署以及永嘉县政府。

温州沦陷，升起了太阳旗！国民党政府官员逃往温州远郊的枫林、瞿溪，百姓则四散逃难。铁井栏作为温州的华尔街，银行、钱庄密集，那里的楼房也是当时温州最好的。方太太担心日军会进入温州钱庄搜查，她在徐妈的陪同之下，躲往高盈里高府。高瑞和高母热情地接待了方太太，让她和方美莲一起在高府第一进的客房住下。高府毕竟在不醒目的小巷高盈里之中，比铁井栏要安全。

在方太太到达高府住下之后，徐妈仍然返回铁井栏温州钱庄，与厨师金师傅一起看护钱庄大楼。在那惊恐而沉重的日子里，高母的病越发重了。方美莲在病床前日夜照料着高母，令高母心中得到宽慰。在那惊恐而沉重的日子里，徐妈隔三差五会从铁井栏来到高府看望方太太母女，带来外面种种消息。

最令方太太不安的是，徐妈说，日本兵在温州城里到处寻"花姑娘"。方太太深为方美莲担忧。方美莲只得成天躲在书房上的阁楼里。方太太看在眼里，急在心里。高母本来就已经病入膏肓，加上温州沦陷，胆战心惊的她病情加重。高瑞对母亲悄悄地说，干脆把他跟方美莲的喜事办了，冲冲喜，也许会减轻母亲的病情。

高母同意了，于是她找方太太商量。方太太先是犹豫，觉得在这战乱时期办喜事，不合适，毕竟出嫁是女儿的终身大事，但是细细一想，高瑞跟方美莲已经相亲相爱多时，从上海而定海而温州，成亲已经是早晚的事，是水到渠成的了。既然高母主动提出，方太太也就找女儿方美莲商量。方美莲虽说觉得高瑞年纪略大了一点，何况有过一次婚姻，但毕竟高瑞也是望族子弟，而且为人细心，对她的照顾体贴入微，所以也就答应了。

于是，高母把方太太、方美莲和高瑞叫到病床跟前，说道："我看，美莲知书识礼，大家闺秀，能够下嫁高家，是我们高家前世修来的福。我虽病重，仍急切盼望能够见到美莲为我们高家添丁，延续香火，使高家偌大的产业后继有人。我若能够见到孙子，死亦瞑目。在这兵荒马乱的时候，也顾不得礼数了，今晚就让他俩成亲。以后等到太平了，再正式举行婚礼。亲家母，你以为如何？"

听了高母此番言论，方太太当即答应下来。当然，最为兴奋的是高瑞，他终于得到双方家长的同意，如愿以偿、名正言顺地娶了心仪已久的方美莲。就这样，在温州沦陷的时刻，高府悄然迎娶新娘。在高府两位女佣以及方家徐妈的共同努力之下，做了一桌还算丰盛的晚餐，作为高、方两家结亲的喜庆之宴。就这样，突然而至的灾难，倒是如同催化剂，加速了高瑞与方美莲的婚事。就这样，在这顿晚餐之后，方美莲由母亲、高母陪同，送入洞房——第二进的高瑞卧室。到了白天，方美莲仍然躲在高府书房上方的秘密阁楼里，以免在日军突然闯入高府时遭殃。高瑞与方美莲的蜜月，是在担惊受怕之中度过的。俄罗斯作家契诃夫曾用极为新颖、独特、夸张的语言，描写一位老妇人的肖像："她脸上的皮肤不够用，睁眼的时候必须把嘴闭上，张嘴的时候必须把眼闭上。"进入 1941 年的日军，大举进攻中国腹地，占领了众多的城市和土地，有点像契诃夫笔下的老妇人，军力已经捉襟见肘。兵力不够的日军，像彗星一般从温州掠过，在占领温州十多天后就主动放弃了，撤走了。

躲避日军的国民党官员、部队，陆续从温州远郊回到市区，宣称"光复温州"。温州的百姓，也从四散逃难的远郊以及相邻的县市，返回家园。就在那些担惊受怕的日子里，高母的病情加重，已经无法起床了。在温州"光复"之后，重病在身的高母，等不到孙子降生，就黯然离开了人世。高瑞和方美莲为高母举丧，原定的婚礼也就被高母的葬礼冲掉了。方太太回到铁井栏家中，向逃难归来的店员以及亲友们发放喜糖，算是把女儿方美莲的喜事周告四方。正值国难当头，谁都能够理解方太太简化女儿婚事之举。方太太还托人告知在上海法租界的丈夫方豪，告知在这特殊时期，她只能特事特办、独自决断，把女儿方美莲嫁到高府，望夫君能够充分理解。

往常，方豪不在温州的时候，不论温州的家事还是钱庄业务，一概由太太做主，方豪从无二话。这一回，方豪听到温州来人告知，由太太做主，已经把大女儿方美莲嫁给了富商高瑞后，却一反常态，默不作声。

方豪为什么对高瑞与方美莲的婚事持异议呢？原来，同为温州商人，方豪早就认得高瑞。他听有的同乡说起，高瑞四面玲珑，做生意有点滑头，见利忘义，不讲诚信，绰号叫"高滑头"。如果方豪在温州，绝对不会同意让这歌"高滑头"娶走自己的宝贝女儿。无奈如今生米已经煮成熟饭，方豪也无可奈何。所以他在来人面前显得很冷淡，对于这一婚事不吭声，不表态。

对于温州来说，日军这次侵占虽然只持续了短短十多天，却严重打击了温州的经济，因为在商人与百姓眼中，温州已不再安全。前往温州港的货轮、客轮锐减，温州从此不再畸形繁华，经济开始逐步衰退。

枕头下的手枪

姐姐方美莲在温州与高瑞终成眷属之际，妹妹方丽莲在杭州三元坊小院跟刘连、马德胜朝夕相处，交往日深。

不过，方丽莲的心，沉稳而冷静，她不像方美莲那样容易点燃自己的感情。方丽莲对于刘连，对于马德胜，一直处于冷眼观察之中。虽说她并不知道刘连、马德胜的特殊身份——国民党中统特工。

在刘连眼里，早就把方丽莲当成了女友。是他在断桥、在三元坊邵芝岩笔庄邂逅了方丽莲——虽说他最初把她当成方美莲——这"邂逅美丽"才促成了方丽莲住进三元坊小院。

刘连对于方丽莲极度殷勤，绝不亚于高瑞对方美莲所献的殷勤。刘连每日接送方丽莲，跟她聊天聊地，绝对不让方丽莲有一丝寂寞之感。

刘连还把那枚金莲花别针交给方丽莲，托她在方便的时候还给方美莲。刘连此举，是向方丽莲表明他跟她的姐姐方美莲一刀两断，而且他还有一个奢望，希望借此得到方丽莲的银莲花别针。

令刘连沮丧的是，方丽莲只是收下那枚金莲花别针，说是日后会转交姐姐方美莲，却并没有把自己的银莲花别针送给刘连，虽说刘连一再说银莲花别针比金莲花别针更加清纯，没有那种金碧辉煌的炫耀之感。聪明伶俐的方丽莲当然听懂了刘连的言外之意，却始终没有把银莲花别针送给刘连，使刘连大有"亏本"之感，白白送掉了那枚得来不易的金莲花别针。

说实在的，方丽莲因为看到刘连手中有姐姐的金莲花别针，知道刘连是姐姐曾经的男友，才相信了这个陌生的男子。刘连个子高挑，人也英俊，又是上海震旦大学的大学生，本来很有吸引年轻女性的魅力。不过，刘连的过分殷勤，近乎溜须拍马，却适得其反，在方丽莲看来反而有点娘娘腔。相处久了，方丽莲还发觉，刘连的自控能力差，易躁易怒。

马德胜呢，尽管他也很喜欢方丽莲，但是他一直非常注意跟方丽莲保持距离。他恪守这样的道德信条："朋友妻，不可欺。"虽说方丽莲还不是刘连的妻子，但在他看来方丽莲毕竟是刘连的女朋友，所以他从来没有跟方丽莲单独相处，总是在刘连的参与之下跟方丽莲聊天。

方丽莲却在不动声色地观察着马德胜。虽说马德胜没有刘连那样高大帅气，但是却显得比刘连成熟，为人聪颖，多才多艺，谈吐幽默，总是替他人着想。

有一回，方丽莲在书房的书架上，看到一本美国记者斯诺写的《西行漫记》，知道这是马德胜的藏书，便向马德胜借去看。平时，只看线装古书的方丽莲，第一次被《西行漫记》深深吸引，知道了在中国西北，原本有那么一座奇特的红都延安，有一支特殊的军队红军，有那样一群不为人知的红色领袖。

一连几天，方丽莲沉醉于阅读《西行漫记》。刘连得知之后，跟小马商量，趁方丽莲去西泠印社的时候，在小马卧室移开大床，打开地下密室，取出一批红色禁书。这样，刘连把原本作为"敌情参考资料"的红色禁书，一本又一本借给方丽莲看。

方丽莲一边看，一边觉得奇怪：刘连跟马德胜怎么会有那么多的"红色禁书"？就连方丽莲也明白，不论是日军侦探或是国民党警察，如果查获这些"禁书"，主人是要掉脑袋的！

面对方丽莲的问题，刘连支支吾吾答不上来。马德胜则说，这些书都是他的。他喜欢研究中国政局，与国民党的"三民主义"相关的书很多，介绍共产党的书也很多，甚至还有许多关于日本的书。如果她喜欢的话，都可以借给她看。

又过了几天，晚上，当方丽莲正在书房看"红色禁书"，突然传来一阵男子的号啕大哭声。

方丽莲吃了一惊，仔细一听，哭声是从小院里传出来的，准确说是从刘连卧室里传出来的。方丽莲赶紧跑过去，敲了敲刘连卧室的门，从里面传出马德胜的声音："请进！"方丽莲推门进去，只见刘连双手抱头，在那里大声哭泣。见到方丽莲进来，刘连的哭声更大了。马德胜则在一边劝解："没有关系的，也许几天之后就能回来。"刘连却一直在哭，说道："这一去，恐怕再也不能回来。"经过马德胜向方丽莲解释，方丽莲才明白发生了什么事，原来，刘连的父亲刘旦从上海发来电报，要求刘连火速回上海。

马德胜没有说出内中的原因：那个"黑泽部队"已经侦查到刘连在杭州，并报告了王水。王水一听这个在上海致美楼朝他开枪的中统特工居然在杭州，金鱼眼一瞪，立即下令侦查刘连在杭州的地址，要对他采取报复行动。

刘旦得知这一重要情报，发来密电，要刘连马上回上海躲避。刘连朝方丽莲看了一眼，说道："丽莲妹妹，我恐怕再也见不到你了！"刘连说罢，突然把手伸向枕头，掏出一把乌亮的手枪，对着自己的脑袋打算开枪。马德胜和方丽莲被刘连这一意想不到动作吓蒙了，吓呆了。马德胜立即朝刘连扑去，要夺走刘连手中的枪。方丽莲的反应更加迅速，她飞起一脚，踢掉了刘连手中的枪。马德胜这时以从未有过的正言厉声道："刘连，你不要丧失理智。刚才如果你的枪一响，不仅你自己失去生命，整个机关都将暴露！"听到这句话，刘连才冷静下来，连声说："对不起，小马！对不起，丽莲！我马上去杭州城站，乘夜班火车赶回上海。"刘连站了起来，只用了一分钟的时间，把他的种种物品放进箱子，但是他没有带走手枪。刘连对马德胜、方丽莲说道："你们不要送我，避免目标太大。"又单独对方丽莲说："丽莲，后会有期！"就在刘连准备出门的一刹那，突然回身，紧紧抱住方丽莲，热吻方丽莲。按照方丽莲一贯的脾气，这时候准会给刘连一拳，把他打翻在地。但考虑到刘连刚才拿枪对准自己的脑袋，方丽莲为了缓解他的情绪，没有回击，任他热吻。双眼泪汪汪的刘连终于踉踉跄跄走出门去，离开了小院。马德胜和方丽莲送他至院门。在刘连走出小院之后，马德胜和方丽莲重新回到刘连的卧室。马德胜默默地整理好刘连的房间，方丽莲默默地也帮助他整理，直至收拾得干干净净。马德胜捡起被方丽莲一脚踢到地上的手枪，别在腰带上。

马德胜走出刘连的卧室，和方丽莲一起来到客厅。他俩面对面坐着。马德胜明白，必须向方丽莲说清楚，刘连怎么会有手枪。他刚才情急之际，对刘连所说的"如果你的枪一响，不仅你自己失去生命，整个机关都将暴露"，这"机关"指的是什么，也要给方丽莲一个解释。

马德胜是一个坦诚的人。这么些天，他充分了解方丽莲的性格和为人，对她有着信任感。面对方丽莲投来的疑惑的目光，他如实告诉她：他和刘连都是国民党中统的特工，潜伏在日军占领、汪伪统治的杭州，从事秘密工作。这座小院，就是中统的秘密联络机关。

方丽莲很平静地听着，听完也很平静。当她得知马德胜和刘连从事的是抗击日伪的工作后，心中充满了敬仰之感。

马德胜对方丽莲说："方小姐，如果你觉得住在我们这样的秘密机关不合适的话，明天一早，我就送你回邵芝岩笔庄。我很高兴跟方小姐有过这么一段同住小院的日子。我对方小姐的唯一要求，就是替我们保密。我相信方小姐会理解我们的工作，所以如实地把我们的身份告诉你。"

方丽莲的回答，出乎马德胜的意料："马先生，我不得不跟你说一声抱歉。有一次我在你的书房翻书时，看到书架上上方有一本厚厚的英汉字典。我正好要查一个英文单词，打开一看，无意中发现字典当中是被挖空的，里面藏了一本电报密码本。我虽然当时不动声色地放回原处，但是已经意识到你们做的不是通常意义上的生意。"

听了方丽莲此言，马德胜显得惊讶。原来，她很早就发现了他和刘连的秘密，只是没有点穿而已。

方丽莲继续说道："你给我看了那么多红色禁书，我以为你是共产党。没有想到你们是国民党的特工。不论是国民党、共产党，只要是抗日的，我都支持——虽说我看了那么多的红色禁书，更加喜欢共产党。我知道，你俩欢迎我住进这个小院，为的是营造一种家庭的气氛，以应付日伪的检查。既然如此，我愿意继续住在这里，继续为你做掩护的屏障，用不着搬回邵芝岩笔庄。"

马德胜一听，完全改变了对于方丽莲的印象。他原本以为，方丽莲是一个只是迷醉于篆刻艺术、不问政治的姑娘，没有想到她有这样清晰的政治头脑。既然她愿意留在这个小院，自己当然求之不得。

马德胜说道："不过，我要声明，我无法像刘连兄那样每天接送你。"

"你工作忙，当然用不着接送我。我本来在杭州就独来独往。"方丽莲笑道，"如果你要给邻居们、给日伪哨兵们以你我是小夫小妻的印象，也不妨隔三差五接送我。"

这时，马德胜倒是一本正经地说："常言道，'朋友妻，不可欺。'我始终要跟你'保持车距'。"

没有想到，方丽莲也一本正经地说："什么'朋友妻'？我什么时候成了刘连的妻子？在我的心中，他连男朋友都不是。你看，他刚才那样号啕大哭，那样拔枪自杀，这样的人能够做男朋友吗？"

刘连啊刘连，你正是把手枪"啪"的一声撂在高瑞面前，使方美莲产生厌恶感而离他而去；这一回，刘连当着方丽莲的面掏枪自尽，则将使方丽莲产生厌恶感而离他而去。

听了方丽莲的话，马德胜心中透亮而喜悦。

有了这次开诚布公的谈话，方丽莲就踏踏实实在小院里继续住下去了，而马德胜则觉得方丽莲给小院带来了阳光，带来了春风，带来了生气，带来了一种幸福的感觉。

　　不过，刘连的影子仿佛时常在马德胜的眼前晃动。尽管方丽莲已经声明她不是"朋友妻"，马德胜却一直把她当成刘连的女友，所以一直没有敢去接送方丽莲。直至方丽莲一定要他陪着在西湖里走一走，他这才跟方丽莲一起走上白堤，但是马德胜不愿跟她并排走，而是像警卫员似的跟在她后边。

　　在回到小院之后，马德胜倒是跟方丽莲有说有笑。方丽莲常常喜欢跟马德胜在书房里聊天。他俩总是那么的无拘无束，那么的坦坦荡荡，有什么就说什么，往往聊到夜深意犹未尽。

　　在一次次聊天之中，方丽莲的心跟马德胜的心渐渐靠近，只是彼此都不愿点破那层窗户纸罢了。

第五章

女人如花

突然归来的女主人

1941 年 12 月 7 日清晨，是一个血色的清晨。

350 余架日本飞机黑压压地飞向珍珠港，对这个美国海军重要基地发动突然袭击。美军正沉醉于周末的欢乐之中，毫无防备。

日军在 90 分钟的袭击中，取得辉煌战果：炸沉了四艘美国战列舰和两艘驱逐舰，炸毁 188 架美国飞机，约有 2400 名美国人丧生，另有 1250 人受伤。

这是第二次世界大战的转捩点。当天，日本向美国宣战。翌日，美国向日本宣战。从此，太平洋战争爆发。

在日军偷袭珍珠港前一个星期，戴笠手下的国民党军统局译电组组长姜毅英，破译了日军密码，拦截到日本的偷袭计划。

戴笠马上通过相关途径告知美方，没想到美国对于来自中国的情报不屑一顾，不仅不予重视，还以为这是"挑拨美日关系的伎俩"。直至珍珠港血肉横飞，美方这才知道来自中国的情报准确无误，只是此时已无处可买后悔药了。

姜毅英当时才 33 岁。她跟戴笠同乡，都是浙江江山人，所以受到戴笠重用，在最机密的军统局译电组担任组长。姜毅英因破译日军偷袭珍珠港计划而名声大振，不久被晋升为少将。军统也因此名声大振，受到蒋介石嘉奖，其气势超过了中统。

就在珍珠港狼烟四起、日本向美国宣战之际，日本军队长驱直入觊觎已久的上海英美公共租界。日本军舰在黄浦江上公然击沉了英国军舰，迫使美国炮舰投降。高瑞在上海公共租界购置的一幢私宅，这时候也处于日占区。

日军占领了上海的公共租界之后，取缔了公共租界的英美总巡捕房，要求华捕朱海担任日伪警察，遭到朱海的拒绝。从此，朱海成为失业人员，只好到一个中资企业的仓库当门卫，在上海日占区艰难生活。至于继续追查致美楼枪击案，自然也就无法再进行下去。

方豪的家在上海法租界亚尔培公寓，这时候还算好，日军没有进军上海法租界。内中的原因是德国法西斯占领法国之后，扶植了傀儡政府——维希政府。这样，在维希政府统治之下的法国，成了纳粹德国的"友邦"，也就成了日本的"友邦"，所以日军也就没有进驻法租界。这么一来，上海法租界成了真正的孤岛。上海法租界的李警官，则依然在霞飞路巡捕房做巡捕。

在温州，自从日本军队像彗星一般一扫而过之后，依然是国民党的天下。这时候，从高盈里高府传出喜讯——方美莲怀孕了！

高瑞万分欣喜，烧高香庆贺高家总算盼来了下一代。照理，高瑞应当送方美莲到温州最好的妇产科白累德医院，请名医、英国大夫施德福检查，可是高瑞却有点蹊跷，有点反常，他带着方丽莲去了瓯海医院做检查。就连方太太也觉得奇怪，再三提出要让方美莲去白累德医院做检查，因为温州的大户人家都是首选白累德医院生孩子。

高瑞不得不向方太太、方美莲解释原委。他说，白累德医院的英国大夫施德福医术固然高明，但是那里会令他记起不愉快的往事——当年他的太太在生产时，母子双双死在施德福手术台上！

经高瑞这么一说，方太太也就不再强求高瑞陪方美莲去白累德医院。

1942年春节前夕，家家户户忙着做年糕、做松糕、晒酱肉过年。方美莲怀孕在身，就让高瑞带着一个女佣外出买现成的年货。方美莲挺着大肚子，在高盈里高府院子里晒太阳，女佣则在一旁缝制婴儿的衣服。这时候，她们听见响起钥匙开大门的声音。方美莲以为是高瑞买年货回来了，叫女佣迎了上去。大门开了。打开大门者，是一位三十来岁的中年女子，模样俊俏但是已经发福，看上去有两个下巴。这位富态妇人后面，站着一个提着箱子的女佣。她是谁？她怎么会有高府的大门钥匙？就在方美莲还不明白对方身份时，方美莲身后的女佣大声呼喊："高太太，你从上海回来啦！""高太太"，原本是高府女佣对方美莲的称谓，眼下女佣怎么称那个中年女子为高太太?！这时，那位中年女子打量着方美莲，用温州话以质疑的口气问道："你是阿妮人[1]?"方美莲反过来用温州话问道："你是阿妮人?"方美莲心中已经明白几分，站在她面前的是高瑞的太太，她住在上海。高瑞所谓的太太在白累德医院生产时母子双亡，全然是骗她的谎话，是在"编剧"！这时候，中年女子心中也已经明白几分，站在她面前的，一定是高瑞瞒着她娶的小妾。中年女子拍着胸脯对方美莲说道："我是高瑞的太太，明媒正娶的夫人，高府的女主人。你是阿妮人? 怎么在我家?"方美莲听到"明媒正娶"这四个字，明白了高瑞为什么总是借口"国难时期""母亲故世"而不办婚礼。她没有"明媒正娶"，这么一来，她真的成了"小三"。方美莲又气又急，一阵天旋地转，昏厥在地。女佣们慌了，连忙上前扶起方美莲。那位高太太也还算讲理，也上前一起搀扶方美莲，把她送入第二进高瑞的卧室——那里原本是她和高瑞的卧室。就在这时，高瑞回来了。他听说太太从上海回家，顿时慌了手脚。见到怒气冲天的太太，见到昏倒的方美莲，高瑞只有连声道歉的分儿。毕竟方美莲怀孕在身，何况高家没有子嗣，高太太还算大度、厚道，她原谅了高瑞，接纳了方美莲。尤其是她得知方美莲乃铁井栏温州钱庄老板方豪的千金后，便与方美莲以姐妹相称。

高家原本有两位女佣，高太太又从上海带回来一位。在方美莲醒来之后，高太太对家中的三位女佣宣布，今后称她为"大太太"或者"高太太"，称方美莲为"二太太"或者"方小姐"。

这称谓背后，也就确立了高太太和方美莲在高府的地位。高太太让方美莲住到高母那个卧室，而自己则住在高瑞卧室。在卧室，高瑞问高太太，怎么会突然从上海回温州。高太太说，日军占领上海的公共租界之后，社会秩序大乱，尤其是妇女，人人自危。于是，她把上海的住宅以及瓯绸生意托给朋友代管，带着女佣回温州过年。这一路上很艰难。上海到温州的轮船早已经停航，她只能乘坐火车从上海慢吞吞地经过杭州到达金华，再从金华穿越日军的封锁线，乘坐长途汽车到温州。长途汽车背着一个煤炉，是靠煤燃烧后变成煤气开动的，一路上开开停停，从金华到温州竟然开了三天三夜！

1　阿妮人，温州话，即"谁"的意思。

方美莲独自睡在高母的卧室里，又气又恨。这个看上去儒雅温柔的高瑞，原来是一个骗子，一个感情的骗子。她开始品尝到社会的险恶、人性的虚伪，从那个陈梅到这个高瑞，往她清清白白的心灵涂上了乱七八糟的黑炭。她的命运，竟是如此的悲凉。

方美莲来到书房，把她和高瑞互题的两把"天上生成明字""落尽灯花不睡"折扇，撕得粉碎。

方美莲原本打算回娘家去住，逃离高府这个地狱般的地方。可是细细一想，她又打消了这个念头。娘家虽然近在咫尺，但是她家所在的温州钱庄里有那么多员工，她将如何面对那几十双眼睛？她是一个爱面子的人，所以她可以挺着大肚子回娘家看望，但是无法在娘家住下来，不然的话，闲言碎语将会把她淹没。

凭借"三跪"摆脱危机

方美莲决定不要腹中的孩子。在她看来，这是骗子的孩子，生下来就是无法摆脱的累赘。她知道，高瑞非常在乎这个孩子，尤其是算命先生告诉他，这是一个男孩，他简直欣喜若狂。在她看来，她报复高瑞这个伪君子的最好办法，就是流产，不要这个孩子。

眼下，她唯一可以信赖的亲人就是母亲。她想请母亲陪她去白累德医院，打掉这个孩子。

于是，她走出高母的卧室，跟谁也不打招呼，径直朝大门口走去。

高瑞一看势头不对，连忙上前拦阻，问道："美莲，你要去哪里？我陪你去。"

方美莲道："我回娘家，用不着你陪。"

高瑞连忙说："我叫女佣陪你去。"

方美莲道："用不着。"

高瑞说："那就叫黄包车。"

方美莲道："才几步路，用不着。"

高瑞说："你是身怀六甲之人。你不替自己着想，也要为肚子里的孩子着想。"

方美莲柳眉倒竖，眼中厉芒一闪，怒道："我根本不想要这个孩子！"

方美莲的这一撒手锏，果真厉害。她此言一出，高瑞差一点吓瘫在地，连声说："美莲，我求求你了，求求你了，无论如何要保住这个孩子。"高瑞说着，双腿一屈，跪倒在方美莲面前，双眼泪汪汪。高太太听见院子里的响声，急忙从卧室里出来。她听说方美莲不要孩子，也急了，妹妹长，妹妹短，把方美莲扶入客厅。她跟高瑞一样，都期望高家能够有下一代。她只怪自己的肚子不争气，不会生孩子。既然方美莲有了孩子，而且算命先生说是男孩，在她看来，无论如何要保证这个男孩顺利降生。在孩子生下之后，方美莲要走，听便，方美莲可以不留，但是她的孩子必须留下来。

高太太吩咐女佣赶紧端来燕窝莲子银耳汤，给方美莲消消怒气。她深知，怀孕的时候万不可让孕妇生气，如果动了胎气，将来生下来的孩子会脾气暴躁，性格乖戾。高太太知道，一山难容二虎，于是主动提出明天自己就回娘家去住，在娘家过了春节，她会重新回上海。温州高府一切事务，悉由方美莲做主。高太太这一"禅让"，显示了她的识大体。然而方美莲心中所恨，并非高太太，而是高瑞。

高太太明白，唯一能够劝解方美莲、保住孩子的，是方美莲的母亲方太太。

高太太说，美莲妹妹是怀孕之身，最好不要在外走动。征得方美莲的同意后，高太太让高瑞前往铁井栏，专程迎接方师嬷[1]。

高太太原本想自己去请的，只是她从来没有跟方师嬷见过面，何况高瑞从未对方师嬷说起过自己有大太太。

高瑞只对方太太说美莲身体不爽，方太太马上来到了高府。

方太太一进高府客厅，见到女儿方美莲双眼含泪，见到客厅里坐着一个陌生的女人，不知发生了什么事。

那个陌生的女人很客气地对方太太说："方师嬷请上座。"

她没有自我介绍，扶着方太太坐在客厅的主位太师椅。

---

1 师嬷，温州话，是对于长辈女性的一种尊称。

　　方太太刚坐定，高瑞扑通一声跪倒在地，他向岳母大人说明了事情原委，恳求岳母大人原谅。

　　方太太听罢，这才明白，原来高瑞欺骗了她，说是他的大太太在白累德医院生产时母子身亡。方太太非常后悔。她跟施德福大夫很熟，当时听高瑞说的"故事"之后，为人精明的她，曾经打算去白累德医院找施德福大夫核对一下。无奈单纯的方美莲以为母亲这样做"明摆着是对高瑞的不信任，要对人家进行调查"。唉，一失足成千古恨，轻信了高瑞，上了大当。

　　这时，高太太替夫求情，请求方师嬷原谅高瑞。她把刚才对方美莲所说的"禅让"之话，对方师嬷重述了一遍："我明天就回娘家去住。在娘家过了春节，重新回上海。温州高府一切事务，悉由美莲妹妹做主。我只有一个请求，美莲妹妹务必把孩子生下来，使高家后继有人。"

　　方太太其实也想女儿美莲把孩子生下来，因为方家眼下只有两个女儿，没有第三代，所以美莲的孩子将兼祧高家与方家。当然，她更期望的是，方家要有一个儿子。正因为这样，当方豪娶了陈梅作为小妾时，她也是赞同的。无奈那个陈梅心若蛇蝎，无法相容。眼下，她必须解决女儿美莲在高家的地位问题。即便是高太太离开温州，回到上海，但女儿美莲依然是个"小"。何况高太太去了上海，随时可以回到温州。如果是陈梅那样的贫贱之女，做个"小"也无所谓。然而方家是名门望族，女儿是千金小姐，怎么可以给人家当"小"？让亲朋好友知道了，她和女儿美莲都无地自容。

　　方太太所面对的，是相当棘手的问题。她明白，手中唯一可以打的"王牌"，就是女儿美莲腹中的孩子。正因为这样，女儿美莲一说不要孩子了，高瑞和高太太都惊惶失措，慌了手脚，急忙把她请来。

　　方太太到底是男相女子，她明确地向高瑞以及高太太摊牌："高太太既然表示了回上海之意，温州高府一切事务悉由美莲做主，形同高太太与高瑞离婚，高太太何不跟高瑞正式办理离婚手续？我方家是温州名门，美莲是大家闺秀，不可能做人家的小老婆。如果高太太你不与高瑞离婚，我就带美莲回家，明天就去白累德医院，请施德福医师给美莲做人工流产手术，与高家一刀两断！"

　　方太太的话，声调不高，却完全出乎高瑞以及高太太之料。

　　高瑞原本以为跪一跪，说一通"对不起"，就可以了事。他没有想到，方太太是如此强硬之人。

　　高太太原本也以为自己"禅让"一番，就可以让方太太心软。反正只要方美莲把孩子生下来，她再从上海返回温州高府，届时她依然是高府的"第一夫人"。

　　方美莲听了母亲的话，感到非常痛快，极为解气。她明白，即便是父亲在场，也不会像母亲这样态度强硬。她很后悔，如果当初让母亲去白累德医院找施德福医师核对，也就不会上了高瑞的当。

　　高府的客厅，一时间寂静无声，连绣花针落地的声音都能听得见。空气像凝固了似的。双方久久的无言，沉默而尖锐地对峙着。方太太见高瑞和高太太不作声，便从太师椅上起身，拉着女儿美莲的手说道："回家去，从此永生永世不再踏进高家的门槛！"这下子，高瑞和高太太都慌了神，双双朝方太太跪下。高太太说道："方师嬷放我一条生路吧。要是跟高瑞离婚，我一个无业女子，没有任何经济来源，生活无着呀。"没有想到，高太太此言，反而给方太太抓住了把柄，说道："那好办，叫高瑞在休书上写明，每月供给你若干银两，保你在上海衣食无忧。"到了这一步，高太太已经没有回旋余地，只得点头答应。方太太说："眼下正值国难当头，一切手续从简，以高瑞亲笔所写休书作为离婚文书。将来待政府办事正常了，再履行正式离婚手续。"高瑞无可奈何，请方太太、方美莲以及他的元配到书房，当即写下休书——离婚之书。除了写明与元配脱离夫妻关系之外，还写明上海房产属于元配，并每月供银多少。休书一式三份，高瑞、元配、方美莲各执一份。高瑞写毕，方太太道："你再写一份与我女儿方美莲的婚书。美莲是在日寇沦陷温州之际嫁到高家，未曾办理正式结婚手续。现在请高瑞书写与我女儿方美莲的婚书，日后再去政府机关办理正式结婚文件。"这时，高瑞的元配才知道，原来高瑞迎娶方美莲，竟然没有婚书！但是，她的休书已经写了，再反悔也已经没有用了。高瑞写了与方美莲的婚书，一式两份，高瑞和方美莲各执一份。方太太拿着高瑞写给元配的休书以及与方美莲的婚书，像打了大胜仗似的，凯旋回到铁井栏。

　　高瑞呢，凭借他的"三跪"，摆脱了危机。诚如鲁迅在论及中国的国民性时所言："我们是最能研究人体、顺其自然而用之的人民。脖子最细，发明了砍头；膝关节能弯，发明了下跪；臀部多肉，又不致命，就发明了打屁股。"

翌日，高瑞的原配一把眼泪一把鼻涕走出高盈里高府，回她的温州虞师里娘家。方美莲送高瑞的原配到大门口。她心中对高瑞的原配充满同情。方美莲明白，高瑞的原配是无辜的，她唯一的"罪过"是不会生孩子。高瑞呢，他只是站在客厅，远远目送元配的离去。他仿佛卸下一个沉重的包袱，终于从一个湍急的旋涡中解脱出来……

算命先生"蒙"对了

经过一番风波，方美莲终于决定把孩子生下来。高瑞放下了生意经，成了方美莲的保护神，寸步不离左右，生怕方美莲有个闪失。在方美莲临产时，由方太太做主，送进了温州英国基督教教会医院——白累德医院，在那里待产。看在与方家多年交情的分上，白累德医院院长施德福大夫亲自为方美莲做产前检查，并答应为方美莲接生。施德福毕业于英国爱丁堡医科大学，医学博士。其医术之高明，据称外科操刀的准确度可以达到在一叠纸上随意裁到指定一层。1934 年，施德福在温州开办助产士职业学校，教课不厌其详，学生百问不厌。他的医德高尚，出诊为产妇剖腹，病榻脏臭，烟熏满屋，毫无嫌忌。正因为这样，在方太太看来，把女儿方美莲送进白累德医院，一百个放心[1]。

自从方美莲进了白累德医院，高瑞这尊保护神却不大见得到了。高瑞怕见施德福大夫。虽说施德福大夫并不知道他编的那个故事，但是高瑞心存愧疚之情，所以见了施德福大夫，仿佛突然矮了半截。

即将成为外婆的方太太，倒是常在白累德医院陪伴女儿方美莲。按照温州的习

---

[1] 本书作者也出生于温州白累德医院，并由院长施德福接生。作者之父为温州瓯海医院院长，与施德福医生交厚。作者三岁时不慎从凳子上摔下，舌头左侧中部在摔跤时被牙齿咬断，急送白累德医院，由施德福医生亲自动手术缝好舌头。当时曾怀疑长大之后能否正常讲话。由于施德福医术高明，作者虽然至今舌上仍留有缝合的伤疤，但是仍能到处流利地作各种讲座。

俗，方太太送肉给方美莲吃。这猪肉约一寸见方光景，切得端端正正，烧熟之后，盛在八角碗里，放入挈盛（温州一种圆木盛器），送至医院。这肉叫作"快便肉"，据说产妇吃了之后，临产快便。

方太太还做了婴儿一年四季的衣、裤、帽、鞋以及抱裙、兜篷、尿布，送到医院。

算命先生估算胎儿性别的成功率是百分之五十。这一回，被算命先生蒙对了，方美莲果真生下一个大胖儿子！

高瑞得知这一天大的喜讯，可以用"欣喜若狂"这四个字来形容。他来到高机画像前，来到高家列祖列宗的牌位前，梵香报告，高家终于有了继承之人。

高瑞还重赏了那位算命先生，说是借他吉言，高府增添了男丁。

方太太连忙按照温州习俗，送"月里羹"到医院。所谓"月里羹"，其实就是面线，温州人叫"索面"。面线里放了蛋、鱼鲞之类，浇上由乌豆、北枣、当归、枸杞、红糖等泡制的黄酒，这种黄酒叫"麦麦酒"（温州话"妈妈酒"的谐音）。据说，吃了"月里羹"，可以使产妇迅速恢复体力，并有催乳作用。

方太太还令徐妈、金师傅给高府送去五埕[1]"麦麦酒"。

高府的三位女佣忙得不亦乐乎，煮了很多碗"索面"，浇上"麦麦酒"，每碗放两个剥壳鸡蛋，送给邻居们、亲友们，报告高府生了儿子。高瑞为儿子取名高高，表示儿子将来必定出人头地，高高在上。

在方宅，徐妈、金师傅更忙，同样煮了很多碗"索面"，浇上"麦麦酒"，每碗放两个剥壳鸡蛋，送给店员们，送给客户们，送给邻居们，报告方家有了外孙。

出院之后，高高红光满面，人见人爱，成了高府的小太阳。曾经一度冷清的高府，仿佛一下子有了朝气。

高瑞的元配得知方美莲生了儿子，在感叹方美莲"命好"之余，也派人送来一埕"麦麦酒"，一个"狗窠儿"。所谓"狗窠儿"，是用竹篾编成的，圆桶形、中间收腰，供孩子满月之后睡觉之用。

高高满月那天，高瑞请来剃头匠，给高高"打光光"，即第一次理发。理发时，

---

1 埕，温州话，坛的意思。五埕酒即五坛酒。

剃头匠在高高前额正中的囟门处，留下一寸多的头发，这叫"孝顺发"。剪下来的头发，亦即胎发，高瑞用红布包裹，送去悬在保生娘娘宫神座旁边，据说可以保佑孩子长生。

高高满月那天，高瑞在温州首屈一指的大饭店——华大利饭店，举办满月酒，大宴亲朋好友。

按照温州满月酒约定俗成的规格，需要"八盘五"，即八个冷盘、五个热菜。

冷盘之中，居首位的是经典瓯菜江蟹生。所谓"江蟹"，其实就是瓯江里的梭子蟹。所谓"江蟹生"，就是生吃江蟹。温州人喜欢生吃海鲜，但是又喜欢"倒装句"，把"生"字放在压尾之处，诸如"鱼生""虾生""虾蛄生"。内中最受欢迎的，就是江蟹生。厨师选取活而肥壮的江蟹，摘除胃之后，切块，用白酒、醋、酱油、黄酒浸制大约一小时，其中白酒用来杀菌。上桌之后，蘸着胡椒、姜、醋汁，噘嘴轻轻一吸，蟹肉便脱离蟹壳滑入口中，不粘壳不带腥，极其美味。

此外，在冷菜之中，盘菜生也富有温州特色。盘菜生显然也是"倒装句"，生盘菜之意。盘菜有着又大又白又脆的根茎，类似于萝卜，却比萝卜密实。盘菜经过切片、腌制，用麻油、酱油一拌，非常可口。盘菜盛产于温州，鲜见于温州之外。难怪方豪到了上海之后，仍念念不忘盘菜，请人从温州带到上海。

在热菜之中，芙蓉蝤蠓是温州名菜。所谓蝤蠓，其实就是青蟹，温州盛产蝤蠓。温州人很少生吃蝤蠓，所以也就没有"蝤蠓生"这道菜。蝤蠓生的时候外壳是墨绿色的，煮熟之后鲜红色。为了衬托这鲜红，用蛋白作为伴料，取名芙蓉蝤蠓。蝤蠓的一对蟹钳又粗又大，极其肥美。

在热菜之中，最有温州特色的汤，是三丝敲鱼汤。所谓敲鱼，就是把鱼去除骨头，和上淀粉，用木槌敲成薄片，再切成一条一条的。然后加上三丝（火腿丝、鸡丝、萝卜丝）一起煮，再加醋、胡椒粉，就成为了一道味道鲜美而又特殊的汤。

热菜中的主角，则是红烧大黄鱼。温州一带的黄鱼又肥又大，肉白而厚，是压轴之菜。方太太作为娘家主妇，则准备了一包包长寿面、百子糕、福寿糕赠送宾客，以讨吉利的口彩。

亲友们祝贺高瑞有了儿子高高，要他再接再厉，再生个儿子兴兴——高高兴兴。高瑞一听，笑得合不拢嘴。在酒席上，方家的很多亲友向方太太问起方丽莲，询问什么时候可以喝方丽莲的喜酒。方太太答道："丽莲那孩子只知道'直头拱'[1]，钻进篆刻拔不出来。她是方介堪先生的高徒，如今在杭州西泠印社深造，不闻窗外事。"

满月酒原本是高府、方家大庆大喜的日子，竟然出现令人扫兴的场面：在高府的亲友之中，也有人已经多日没有来往，不知高府发生的"政变"。一个老太婆竟然问起"高师嬷"——"高太太"怎么没有来，老太婆所说的"高师嬷""高太太"，显然是指高瑞的元配。

高瑞一听，便指着方美莲说道，她就是高太太。那老太婆居然还"拎"不清楚，说高太太没有这么年轻呀！这话，令坐在主桌上的方美莲的脸红一阵白一阵，陷入极度的尴尬和狼狈之中。

高瑞一见，连忙举起酒杯，请诸亲友为他的儿子高高干杯，这才为方美莲解了围。满月酒原本是方美莲高高兴兴的事，却因那老太婆的话而扫兴。回到家中，她一连几天闷闷不乐。她的奶水锐减，高高夜夜啼哭不已。高瑞无奈，又去请教算命先生。算命先生吩咐高瑞如此如此。于是，高瑞按照算命先生的吩咐，买了黄纸，裁成好多张，在上面书写：

> 天苍苍、地皇皇，
> 小儿夜啼不可当。
> 行路君子念一遍，
> 小儿一寝到天光。

高瑞差女佣上街，在附近的电线杆上贴这黄纸头。这一回，算命先生失灵了，方美莲依然终日双眉紧锁，奶水稀少，高高依旧夜夜哭泣不停……

---

1 直头拱，温州话，笔直向前、不知道转弯之意。

闲看庭前花开花落

就在方美莲生下高高的时候，在杭州三元坊的小院里，方丽莲跟马德胜朝夕相处，而马德胜总是对方丽莲"保持车距"。

刘连曾经对方丽莲紧跟紧追，如同一句谚语所言："幸福就像手心里的沙，握得越紧，失去得越快。"

跟刘连全然不同，马德胜对于方丽莲一直回避着，规规矩矩不越雷池。虽说方丽莲已经向马德胜明确表示，她不是"朋友妻"，然而马德胜却始终以为，如果他跟方丽莲在感情上走近的话，对不起刘连。

感情这东西，说不清，道不明。不知道是出于逆反心理，还是马德胜本身具有的魅力，原本心如古井无波无澜的方丽莲，对马德胜日久生情，漾起了爱的涟漪。

令方丽莲暗暗佩服的是，面对王水和"黑泽部队"的侦查，面对近在咫尺的伪杭州市政府的警卫，在这"万家墨面没蒿莱"的时刻，马德胜是那样的从容和淡定。勇者从容，智者淡定。马德胜兼具勇者和智者的品格。

方丽莲不时把马德胜跟刘连加以比较。刘连平日总是昂着头，一副趾高气扬的样子。后来她听说刘连的父亲是国民党的将军，所以刘连从小就养成一种优越感。正因为这样，他有时候盛气凌人，比如当着高瑞的面"啪"的一声把手枪拍在桌子上；稍遇挫折则脆弱易碎，比如当着方丽莲的面拔枪自尽。马德胜虽说出身于家道丰厚的商人之家，却向来谨言慎行，喜欢低头沉思。成熟饱满的谷子总是低着头。越是真正有内涵和能力的人，越是低调、沉着、淡定、从容。

在小院，马德胜闲看庭前花开花落，仰望空中云卷云舒。

当马德胜在厨房里忙碌的时候，方丽莲喜欢当他的下手、助理。

当马德胜在客厅往西湖绸伞的伞面泼墨的时候，方丽莲在一侧往伞柄上刻字。

当马德胜在书房看书的时候，方丽莲则在一旁刻章。

在书房，马德胜并不避嫌，总是在研读那些"红色禁书"，虽说他解释这是"业务需要"。不过，小院里唯一可以对谈的毕竟只有她。他偶尔也会对她坦言，他厌恶国民党内部中统与军统的倾轧，痛恨那些卖国求荣的中统、军统叛徒，他敬仰郑苹如那样的英雄，他也喜欢那支有着钢铁意志、历经两万五千里磨难而不倒的红军。他毫不掩饰地对她说，如果国民党军队像红军那样勇敢，日本军队想占领一寸中国国土，都将是痴人说梦！

连方丽莲自己都不明白，她怎么总是喜欢伴随在马德胜左右。她甚至不再每天去西泠印社，而是利用一切机会跟马德胜在一起。

方丽莲终日"粘"着马德胜，连马德胜在规定的时间里都无法收发电报。既然方丽莲已经知道马德胜的特工身份，马德胜也就不再瞒她了。马德胜请方丽莲帮忙，一起在他的卧室移开大床。方丽莲这才第一次得知，原来在床底下有那么一个秘密的地下室。马德胜在那里熟练地戴上耳机，收发电报。

马德胜郑重其事地对方丽莲说："即使敌人的刀搁在脖子上，也不能说出地下密室。"

方丽莲也郑重其事地对马德胜说："我鄙视王水那样断了脊梁骨的叛徒，敬佩郑苹如姐姐那样视死如归的英雄。"

方丽莲掷地有声的答复，使马德胜深为欣慰。

马德胜明白，吸收方丽莲加入特工的时机到了。他不由得记起，他的顶头上司刘旦早就看中了方丽莲，希望把她培养成中统美女特工，培养成第二个郑苹如。

但是，马德胜又不愿方丽莲成为第二个郑苹如。他知道，特工是极其危险的职业。尤其是像方丽莲这样善良而美丽的姑娘，应当让她成为篆刻艺术家。这朵银色的莲花，只适宜在风平浪静的西湖徐徐绽放，不能在惊涛骇浪中抛上掷下，任由狂风恶浪撕得粉碎。

马德胜曾经几度劝方丽莲回到家乡温州去，毕竟她的老家现在没有日本兵，可以过平平安安的日子，等到打败日本之日再来杭州学艺不迟。然而方丽莲总是听不进去。她说自己喜欢这里的生活，喜欢这个小院。她还有未能说出口的话，那就是喜欢马德胜。

一天，马德胜正在客厅画伞，方丽莲在一旁往伞柄上刻字，突然响起敲门声。"笃、笃、笃"，停了一下，又是"笃、笃、笃"，再停一下，再是"笃、笃、笃"……马德胜一听，就知道是熟人敲门。

"也许是刘连兄回来了！"马德胜高高兴兴地一边说，一边站起来去开门。方丽莲一听说是刘连回来，双眉紧蹙。她不希望再见到刘连。她的脑海之中，闪现着刘连持枪对准自己脑袋的那个可悲可恶的镜头。马德胜从大门上的瞭望孔朝外一看，出乎意料，门外站着的不是刘连，却是刘连的父亲。这"流弹"又一次突然光临小院。"刘将军请进！"马德胜连忙请刘旦入内，步入客厅。方丽莲一看不是刘连，悬着的心也就放了下来，彬彬有礼地对刘旦说："刘伯伯好！"方丽莲知道刘旦身份特殊，马德胜身份也特殊，他们之间将会进行特殊的谈话，便想刻意回避，回自己的卧室。没想到刘旦却对方丽莲说："方小姐请留步。"方丽莲只得在客厅坐了下来。刘旦从随身的挎包里，掏出一把上海糖果递给马德胜和方丽莲，说道："这是刘连的喜糖！"刘连这么快就结婚了？！这简直是闪电一般的速度！马德胜和方丽莲一听，都蒙了。刘旦告诉马德胜和方丽莲，刘连从杭州回到上海，终日神志恍惚，寝食不安。知子莫若父，刘旦早就在为刘连相中了一位老朋友的女儿。那位老朋友也是中统特工，而且肩章上的将星比刘旦还多一颗。连续两次遭受恋爱失败打击的刘连，在父亲的安排下，跟那位小姐见了面，当即擦出新的爱情火花。刘连很快就跟那位小姐明确了关系，进入谈婚论嫁的地步。只是眼下的上海法租界风雨飘摇，双方决定一切从简，将择日举行简单的婚礼。听了刘旦报告刘连闪婚的喜讯，方丽莲松了一口气，马德胜心中则卸下一个包袱，清除了一道障碍。刘旦当然不是为了发喜糖而专程来到杭州的，他知道方丽莲已经不是外人，便对马德胜说，从日伪情报中获知，三元坊的小院收发电报，已经引起王水以及"黑泽部队"的注意，而且马德胜也已经引起他们的注意。为此，上峰决定停止在这个小院收发电报，让马德胜紧急转移至浙江丽水。小院暂由方丽莲独住。由于三元坊的小院收发电报已经遭到日伪监控，所以刘旦不敢再发电报，亲自冒着很大风险从上海法租界赶到杭州。

丽水是位于金华与温州之间的一座县城。为什么要马德胜去浙江丽水呢？

刘旦说，自从日军进攻杭州，浙江省会沦陷。当时的国民党政府浙江省省长朱家骅决定把浙江省政府迁往金华。此后不久，日军步步进逼，国民党军队步步后退。日军为了打通浙赣铁路，攻下了作为浙江省铁路枢纽的金华。这时国民党政府浙江省省长是黄绍竑，他决定把浙江省政府迁往浙江省永康县方岩。此后，黄绍竑又宣布丽水为浙江省临时省会，把省政府迁往丽水县云和。刘旦要求，受到日伪追踪的马德胜应尽快从杭州躲往浙江省临时省会丽水，这样才能确保安全。

出"色"的中统特工

这突如其来的消息，是马德胜和方丽莲做梦也没有想到的。

对于马德胜来说，当然感激上司刘旦从上海特地赶来，通知他紧急转移。但是，他放不下方丽莲。让她独自住在这个小院，万一王水以及"黑泽部队"来了，尽管她并非中统特工，但是也脱不了干系。年轻漂亮的她，一定会遭到色鬼王水的摧残。

对于方丽莲来说，她有武功，独自住这个小院倒不在乎。只是她舍不得马德胜，却又不好意思说出口。马德胜对刘旦说："刘将军，让方小姐独自住在这小院不安全，还是让她回到邵芝岩笔庄去住。我让堂弟一家搬进来，看管这个小院。""这样也好。"刘旦表示赞同马德胜的意见。他问方丽莲道："方小姐以为如何？"到了这时候，方丽莲不能不说了："在这国难深重的时候，我难以静下心钻在象牙塔里钻研篆刻艺术。我能够随马先生一起去丽水呢？"方丽莲此言，不仅出乎刘旦的意料，也出乎马德胜的意料。马德胜一时间说不出话来。他左右为难，不让方丽莲一起去丽水吧，会伤了她的心；让她一起去吧，她以什么名义去呢？

刘旦此刻已意识到，方丽莲一定是爱上了马德胜。在他看来，这也是好事一桩。他本来就想发展方丽莲进入中统特工。既然方丽莲要跟随马德胜去丽水，那就成全她，她迟早会加入中统，成为第二个郑苹如。

于是刘旦说道："方小姐愿意随小马去丽水，欢迎。真巧，丽水的别名叫莲城，与方小姐的芳名不谋而合——既有丽，也有莲！"方丽莲一脸惊喜："太好了，莲城一定是我的福地。"刘旦思索了一下，对方美莲说道："丽水虽说是小地方，但是自从成为浙江省临时省会之后，不光是政府官员云集，而且有大批文化人从杭州迁往那里。著名画家潘天寿、著名作家冯雪峰也到了丽水。其中的杨炳勋教授，是我的老朋友，方小姐可持我的手札前往拜见。"方丽莲第一次听说杨炳勋教授的大名，不知道刘旦要自己去求教他什么。刘旦说："杨炳勋教授是杭州人，曾经留学美国，获得堪萨斯大学硕士学位。回国之后，他在多所大学担任英语教授。听说他到丽水之后，开办了英语速成班。所以如果你想学英语，可以拜他为师。"

刘旦接着说："杨炳勋教授最重要的专长是速记。他发明了'炳勋速记法'。早在1925年，他就在上海卡德路[1]善昌里创办炳勋中文速记学校，后来改名炳勋国音速记学校。1929年9月，上海复旦大学新闻系成立，把速记作为学生的必修科，聘杨炳勋为速记教授。常言道，与其家有良田万顷，不如薄技在身。就拿你来说，学习篆刻，进可以成为金石艺术家，退可以替人刻图章求得温饱。技不怕多。利用在丽水的闲暇时间，你跟杨炳勋教授学速记，也是多掌握一门才艺。"

方丽莲问："学了速记，能有些什么用处？"

刘旦说："速记的用处很多，所以杨炳勋的速记学校里学生常常人满为患。通常，人的讲话速度，要比记录的速度快得多。所谓速记，就是用专门的速记符号，迅速记录，基本上可以做到记录的速度与人的讲话速度同步。用速记符号所作的记录，如同潦草的外文，一般人看不懂，需要由速记员'翻译'，改成端端正正的汉字。许多演说家、大学教授雇用专门的速记员，以便把他们的演讲、讲课变成演讲稿、讲义。有的老作家则口授作品，由速记员整理成文章。我跟杨炳勋教授相识，是因为我们需要培养一批速记员，把政府要员的各种各样的演讲、谈话变成文字，作为档案保存，而且供政府部门作为研究资料。方小姐在西泠印社学习，遇上金石大师讲课，就可以用速记完整地记录演讲，既可供自己学习之用，也可以出版供同行共享。"

刘旦的这番话，引起方丽莲莫大的兴趣。她当即请刘旦到书房，用毛笔写下致杨炳勋教授的手札。方丽莲一眼就看出，刘旦有不错的书法功底。刘旦还写下一封致国民党浙江省省长黄绍竑的手札，请"绍竑兄"对马德胜多多关照。刘旦写

1　卡德路，今上海石门一路。

毕，便起身告辞回了上海，并嘱小马明天一早就和方美莲乘早班车从杭州去金华，然后从金华想方设法穿过封锁线，乘坐长途汽车前往丽水。马德胜担心早班火车票紧张，便随刘旦一起去杭州城站，到那里先买好火车票。方丽莲独自在小院整理行李。马德胜与刘旦一起去杭州城站的途中，两人轻声交谈着。刘旦说，方丽莲愿意去丽水，这是极好的机会。刘旦叮嘱小马加紧对方丽莲的"培养"，使她能够成为出"色"的中统特工。马德胜则以为，不能让方丽莲成为郑苹如第二。郑苹如那么年轻就被弃尸荒郊，未免太残酷了。刘旦明白，小马已经与方丽莲深深相爱，不愿心上人走郑苹如之路。其实，刘旦刚才建议方丽莲到丽水之后，跟杨炳勋教授学速记，已经做了深谋远虑的布局。他对马德胜说，据他所知，蒋委员长身边虽有速记员，但那是军统戴笠安插的。我们中统也必须派出一位优秀的速记员，为蒋委员长服务，以随时记录蒋委员长的各种谈话、发言、演讲。

刘旦说，可以培养方丽莲以速记员身份，在蒋委员长身边工作。刘旦指出，担任蒋委员长的速记员，条件严苛：第一，政治上要绝对可靠，必须是中国国民党党员；第二，必须是年轻、漂亮而又稳重、吃苦耐劳的女性（其中的"稳重"是指让蒋夫人宋美龄放心）；第三，字要漂亮，因为速记稿整理成文字稿之后，要呈蒋委员长过目。刘旦说，方丽莲具备后面两个条件，而所缺的第一条，只要在合适的机会发展她加入中国国民党就行了。

刘旦说，最为难得的是，杨炳勋作为中国的速记权威、开山鼻祖，恰巧把在上海、杭州的速记学校迁到了丽水，真是天赐良机。如果方丽莲能够像去西泠印社学习篆刻那样，专心致志学习速记，一定能够成为出色的速记员，何况方丽莲有那么好的书法功底，能写一手漂亮的楷书，这绝非一日之功，是别的速记员望尘莫及的。

刘旦说，中统徐恩曾局座[1]早就打算物色一位符合条件的速记员到蒋委员长身边工作，无奈没有发现合适的人选。如果方丽莲能够来到"最高领袖"身边，中统徐恩曾局座也就可以像军统戴笠那样及时掌握"最高领袖"的一言一行，了解"最高领袖"的最新动向。

刘旦强调说，在蒋委员长身旁做速记员，很安全。经刘旦这么一说，马德胜明

1　虽然徐恩曾是国民党中统局副局长，但下属总是以"局座"称之，避开了那个"副"字。

白了，刘旦在小院为什么不厌其烦向方丽莲介绍速记教授杨炳勋，原来他要把方丽莲安插在蒋介石身边做速记员。刘旦所说的最后一句话，即"在蒋委员长身旁做速记员，很安全"，打动了马德胜。马德胜当即向刘旦表示，到了丽水，自己就陪同方丽莲去见杨炳勋教授。刘旦听了马德胜的表态，当然很高兴，不过他补充了一句："你要向方丽莲多多灌输党国意识，培养她成为一位忠诚的中国国民党党员。"

好山晴后见莲城

少微阁应少微星，
点点云间分外明。
过雨晓来添练水，
好山晴后见莲城。
昔年人物不常有，
近世英豪多间生。
顾我把麾惭坐稳，
落霞孤鹜看题名。

这是北宋钱竽的七律《少微阁》。钱竽在北宋政和年间（1111—1117）担任处州太守。处州是丽水的古称，明代戏剧家汤显祖（1550—1616）则写下关于丽水的七绝《午日处州禁竞渡》：

独写菖蒲竹叶杯，
莲城芳草踏初回。
情知不向瓯江死，
舟楫何劳吊屈来。

不论钱篯还是汤显祖，在诗中都称丽水为"莲城"。虽说丽水距离温州只有一百多公里，可是方丽莲却从来没有去过丽水。丽水距离金华也只有一百多公里，可是金华是日占区，丽水是国民党统治区，马德胜和方丽莲从金华至丽水，步行穿越日军的封锁线，十分艰险。在此前，高瑞的元配从上海回温州，也是经由金华走的，同样艰险。尤其是乘坐那种背着一个煤炉的长途汽车，像个老病号似的在崎岖的铺着碎石的山区公路上走走停停，一路上扬着黄色沙尘，一百多公里的路竟然开了一天半的时间。

一路颠簸，方丽莲被高高低低的公路与又破又旧的长途汽车折腾得腰酸背疼，然而刚刚走下长途汽车，方丽莲马上就被这里的青山绿水蓝天所深深吸引，真是名副其实的"丽水"。原本方丽莲以为，丽水向来有"莲城"之称，一定像西湖那样十里荷花、红绿交辉，处处莲香、沁人心脾。可是到了这里，却不见荷叶似云、幽香不断的景象，不知此地何故有了"莲城"之名？

马德胜曾经来过丽水，所以对这里熟悉。他指着四周层层叠叠的青山说道，"莲城"出典于丽水的地形，"众山簇拥，状如莲花"，而非此处盛产荷花、莲子。丽水正是因为四面环山，易守难攻，所以在日军横扫浙江之时得以幸存，成为国民党政府的浙江省临时省会。黄绍竑省长在艰难中接印视事。他宣称，要把丽水建设成"小杭州"。他甚至号召，丽水要"学延安"，发扬艰苦奋斗、自力更生的精神。

到了丽水，方丽莲最感痛快的是，这里不见太阳旗，不见日本兵。只是这座山中古城一下子涌入那么多国民党浙江省党政机关，涌入那么多文化人以及逃难者，不仅城里人满为患，就连四周的农村，也住满各种口音的外来人口。所有的祠堂、庙宇以及大户人家，都变成了政府机关的办公场所。在有的农村，竟然连猪棚里都住满了人。丽水失去了往日的清静，变得畸形的繁华，变得又杂又乱。

丽水的城关叫莲城镇。新来乍到者，很难在莲城镇觅得落脚之地。马德胜毕竟是中统特工，凭借着浙江省中统的硬关系，住进了莲城镇的莲城旅社。倘若在杭州，莲城旅社只能算是三流的旅馆，而在丽水已经算是顶尖的了，不过只能给马德胜和方丽莲一个房间——这已经是很"奢华"的了，尽管这个房间跟高瑞、方美莲在上海华懋饭店的大套间以及定海国民宾馆的大套房无法相比。

在这国难当头的非常时期，方丽莲也只能委曲求全，跟马德胜同住一个房间。

马德胜说，到了夜间，他在两张单人床之间拉一条绳子，挂上一条床单，权且隔成两个房间。

马德胜还说，如果方丽莲不愿挤在这丽水小城，他可以专程送她回温州。好在去温州用不着过封锁线，比从金华到温州要方便。再说，丽水可以乘船沿着瓯江前往温州，那就更加舒服一些。

方丽莲却不愿去温州。她因为喜欢上马德胜，才会从杭州跟着他来到丽水。正是因为对马德胜有着信任感，所以方丽莲也就不在乎跟马德胜同住一个房间。更何况有的人眼下在丽水只能住在猪棚里，跟他们相比，莲城旅社算是天堂了。

他俩在丽水城关莲城镇的莲城旅社，度过了第一夜。尽管方丽莲说不必挂起床单，但马德胜还是打好钉子、拉好绳子，挂了起来。

马德胜说："男女有别，此乃古训，不可违也。"

只是马德胜没有了床单，只能直接睡在棉花胎上。翌日起床，方丽莲发现马德胜一夜之间变成了"老头儿"——他的头发因沾了棉絮而变得雪白。方丽莲忍俊不禁。

吃过早餐之后，马德胜和方丽莲搭便车从莲城镇前往云和。云和是属于丽水管辖的一个县。马德胜要持刘旦的手札去拜见浙江省省长黄绍竑，而省政府正是设在云和。

沿途留给方丽莲深刻印象的，是云和层层叠叠的梯田。诚如后来女作家张抗抗所描绘的那样："春梯田，是一轴淡淡的水墨画；夏梯田，是一帧精美绝伦的绣品；秋梯田，是一幅色彩浓郁的油画；冬梯田，是一幅轮廓分明、庄严冷峻的黑白木刻……"

沿途，方丽莲除了见到各种抗日标语之外，还见到了"刷新政治，保卫浙江"大字标语。据说，这八个大字是黄绍竑省长提出来的。

沿途，方丽莲见到山上的一个六角凉亭，居然也被四面钉上木板，成为临时住所。

云和民谚称："小小云和县，三爿豆腐店。城内打屁股，城外听得见。"云和县城是一个小镇，原本的居民只有三千左右。如今国民党浙江省党部以及省高等法院、省政府财政厅、教育厅、建设厅、民政厅、保安处等70多个行政单位、30多个军警机构工作人员及家属迁来云和，还有从杭州迁来的 37 家工商企业、44 家文化卫生单位，这个小镇一下子涌进了几万人。

云和原本只有小学。省政府为使大批来到云和的机关子弟以及暂住人员的子女能正常接受教育，在县城新建了建国中学。此外，从杭州迁来的之江大学、英士大学，使小小云和竟然有了大学。

使方丽莲、马德胜感到惊讶的是，在云和街头居然看见话剧《雷雨》《日出》《放下你的鞭子》的海报。原来浙江省剧团和戏剧界名角也随着省政府迁至云和。浙江大报《东南日报》《浙江日报》《时事日报》也在云和编印出版。在报纸上，很多新闻电讯冠以"云和电"。

在云和，最大的单位要算是浙江铁工厂。这家四千多人的军工厂，为国民党军队生产了大量的机枪、步枪、子弹和手榴弹，有力地支援了抗日战争。1939 年 4 月 3 日，时任国民政府军事委员会政治部副部长的中共领袖周恩来在黄绍竑陪同下，来到浙江铁工厂视察。周恩来发表了近两个小时的演讲，给了工人们很大的鼓舞。

云和新建的另一家大厂是浙江省染织厂，专门生产军用纱布、绷带、药棉、毛巾、被单和卫生衣裤，供应国民党军队使用。

云和原本只有一座小小的火力发电厂，远远无法满足那么多新增机关、工厂的用电。黄绍竑在浙江省建设厅厅长伍延飏陪同下，沿浮云溪流域察看地势、水情，决定在那里建设水电站。只花了不到一年的时间，当局就以高速度新建了云和瓦窑水电站，终于解决了整个云和县城的工业用电和居民照明用电问题。

马德胜在云和县城司前巷 20 号里，见到建于明朝的王氏宗祠，此时那里却挂着浙江省警察大队、浙江省船运公会的招牌。听说在王氏祠堂不远处的叶家厅，便是国画大师潘天寿寄住之所。出于对大画家的敬仰，方丽莲在那里小坐了片刻。潘天寿听说方丽莲是方介堪的弟子，当即拿出又大又甜的云和雪梨招待。方丽莲无以致谢，便从随身小包中取出雕刀和一块牛角，三下五除二，当场刻好一枚潘天寿印章。潘天寿大喜，连声对方丽莲说："方小姐真是才女。在丽水如有困难，找我即可。"方丽莲向潘天寿致谢之后，便问："黄绍竑省长，不知住云和何处？"潘天寿道："黄绍竑省长住在郑家祠堂，就在鲤鱼山山脚。"原来，堂堂省长眼下也只能住祠堂。果真，在鲤鱼山山脚，马德胜和方丽莲远远就见到高大轩昂的祠堂，四周围着青砖砌成的高墙。走近祠堂，见到"郑氏宗祠"黑底金字横匾之下，站着全副武装的卫兵，表明在这特殊时期，这里住着特殊人物。马德胜嘱咐方丽莲，在他与黄绍竑省长谈话时，要做记录。马德胜把刘旦的手札交给卫兵，没有多久，进去通报的卫出来了，向马德胜、方丽莲说道："黄省长准予接见。"走进大门，走过铺着青石的前院，便见到红柱白墙青瓦的二进二厢四合院式的祠堂。前为门厅，后为正殿。黄绍竑在正殿接见马德胜、方丽莲。马德胜、方丽莲见到一身戎装的黄绍竑，佩上将领章，方脸，身体壮实，双眼炯炯有神，腰间挂着驳壳枪。黄绍竑坐在郑氏的牌位前，桌上放着刘旦的信，跟马德胜、方丽莲谈话。方丽莲摊开笔记本，开始做记录，看上去像是马德胜的女秘书。"马先生，如果仅仅因为先生是CC，那就找《东南日报》就可以了。"黄绍竑一脸严肃地说道，"看在老朋友刘旦的面上，所以在下还是愿意跟马先生见一面。"

黄绍竑的话不多，但是在马德胜看来，却传递了丰富的信息：第一，黄绍竑原是桂系将领，李宗仁的老部下，所以很讨厌蒋系的CC，讨厌中统。第二，《东南日报》是CC系控制的报纸，董事长便是CC系头目、中统局局长陈果夫。黄绍竑因为不满于CC系的《东南日报》控制浙江舆论，所以委托严北溟在1941年3月12日创办《浙江日报》与之抗衡。第三，黄绍竑跟刘旦是老朋友，所以看在老朋友的面上，接见了马德胜。

方丽莲对于黄绍竑的话则一句也听不懂。马德胜面对黄绍竑的冷淡，无言以对。黄绍竑继续说道："CC主要对付共产党。作为省长，我要告诉马先生的是，云和的共产党势力相当强大，相当活跃。据我所知，1935年粟裕、刘英率领的红军挺进师来到云和，到处宣传'工农群众要想有饭吃有衣穿，就要起来革命'。1938年，云和建立了中共特别支部，书记为施平。这个特别支部迅速扩大为中共云和县委，书记为陈平。眼下国难当头，国共合作，所以共产党趁机渗入到云和的各个角落，云和全县有13个乡81个村建立了中共组织。云和新建的浙江省第二儿童保育院，院长戚铮音就是中共党员。云和新建的简易师范，校长唐文粹也是中共党员。尤其是在浙江铁工厂，工人之中的中共党员相当多，正因为这样，周恩来才会亲自到云和浙江铁工厂视察，为他们鼓劲。连我都被中共在延安山区的艰苦奋斗精神所感动，所以提出云和要学习延安的口号。蒋委员长曾经批评我'亲共'，差一点要撤我的职。我的这番话，作为 CC 的马先生也许不爱听，但是云和的现实就是如此。我在云和，除了依靠国民党，还要借助共产党的力量。"面对黄绍竑这番话，马德胜依旧只是倾听。方丽莲则埋头记录，似乎听懂了一些。马德胜问："我可以与中共云和县委直接接触吗？"黄绍竑答："可以。连我都跟中共云和县委书记见过好几次面。现在正值国共合作、团结抗战的时候，中国国民党应当与中国共产党并肩作战。"作为省长，黄绍竑的工作十分忙碌。秘书送来国府急电，黄绍竑也就结束了跟马德胜的谈话。黄绍竑在刘旦给他的手札上批示：请浙江省政府各方给予马德胜先生以大力协助。临别，黄绍竑关照马德胜，在丽水、云和工作，有什么困难，可以直接找他的秘书。黄绍竑把秘书的名片给了马德胜。

他总是爽朗大笑

从郑家祠堂走出来，对于方丽莲来说，这是她第一次见到省长这样的大官，第一次作谈话记录。

方丽莲发现，尽管黄绍竑的语速不快，但是她只能记下十之三四，她明显感到，手记的速度远远跟不上讲话的速度。正因为这样，方丽莲从云和回到丽水莲城镇之后，第二天就在马德胜的陪同之下，前去拜访杨炳勋教授。

在一条小街上，方丽莲见到一扇大门，上方是"莲城小学"四个大字。在大门左侧，挂着一块不起眼的白底木牌，上面自左往右横写六个仿宋体字"炳勋速记学校"。

方丽莲和马德胜走了进去。进门之后，就是操场，他们看见许多小朋友在那里跳绳、踢毽子、滚铁环。操场三面，围着凹形两层楼房，分布着教室、教师办公室。向门卫打听之后，方丽莲和马德胜才知道炳勋速记学校是夜校，白天这里是莲城小学，孩子们在这里上课，晚上则是炳勋速记学校在这里租了几间教室上课。杨炳勋教授的办公室在楼上。

　　方丽莲和马德胜上了楼，见到东面第一间办公室门上挂着"炳勋速记学校校长室"木牌，便敲了敲门。"请进！"里面响起洪亮的男声。推门进去，方丽莲和马德胜见到一位面目清秀、戴着透明无色塑料边框眼镜的中年男子，梳着三七开西装头，头发一丝不乱，穿一身藏青中山装，露出白色衬衫领子。干干净净，斯斯文文，十分精神。"请问，您是杨炳勋教授？"方丽莲彬彬有礼地问道。"在下便是。小姐有何贵干？"杨炳勋答道。跟昨天在云和与黄绍竑省长见面不同，那时候马德胜是谈话的主角，今天方丽莲成了谈话的主角。"这是刘旦先生给杨教授的信。"方丽莲说道，便向杨炳勋双手奉上刘旦的亲笔函。"方小姐是本地人？"杨炳勋的问话，令方丽莲摸不着头脑。"我是温州人，不是本地人。"方丽莲答道。"方小姐的芳名丽莲，既有'丽'水，又有'莲'城，令人以为是丽水莲城镇人氏。"杨炳勋说罢，哈哈大笑起来。"这是巧合。"方丽莲也笑了。"既是巧合，也是缘分。"杨炳勋说，"方小姐要到敝校学习速记？""是的。"方丽莲答道。"此前在哪里学习？"杨炳勋问。"在杭州西泠印社学习篆刻。"方丽莲答。"这么说，方小姐有书法功底，请略书几字。"杨炳勋说。方丽莲当即拿起办公桌上的毛笔，一挥而就，写下"炳勋速记学校"六个字。"方小姐的字，真漂亮！"杨炳勋连声称赞，"到了丽水，找不到人写招牌字，'炳勋速记学校'这六个字只好用仿宋体写在大门口。明天我就请校工换上方小姐的字。"杨炳勋说罢，又开怀大笑起来。看得出，他是一个很爽朗、很阳光的人。"不好意思，这是随手而写的字，怎么可以挂在校门口？"方丽莲很谦逊地说。"我教过上万名学生，书法好的没有几个。"杨炳勋说，"其实，对于速记员来说，书法是很重要的基本功，因为速记最终要用文字写出来。"杨炳勋摁了办公桌上的铜铃，一位女助理当即从隔壁房间进来。杨炳勋把方丽莲写的字交给女助理，要她找人刻在校门口的木牌上。

　　杨炳勋三句不离本行。他仿佛开始上课一般，给方丽莲讲述起来："什么是速记？速记就是快速记录。人的讲话速度，远远快于笔记。速记就是用笔画简单的各种符号进行记录，以求与人的讲话速度同步，完整地把说话人的话进行记录。"

　　接着，杨炳勋开始做一个对比试验。他让马德胜随便从报架上找一张报纸，挑一篇千把字的文章，由马德胜念，方丽莲做记录。这一次，方丽莲能够记下的，依然是十之三四。然后杨炳勋又让马德胜找了另一篇千字文来念，他速记。记毕给方丽莲看，方丽莲不认识纸上那歪歪扭扭的符号。杨炳勋又撮了办公桌上的铜铃，女助理闻声进来。杨炳勋让助理念纸上那歪歪扭扭的符号，马德胜和方丽莲拿着报纸核对，竟然一字不差！

这个对比试验，令方丽莲明白了什么叫速记。方丽莲还明白，速记的那些符号是通用的、标准化的，外行人也许一个字也看不懂，但是懂得炳勋速记法的人都可以读出那些歪歪扭扭的符号的含意，这叫"翻译"。

知道方丽莲不仅有很好的古文根底，而且英语流利，杨炳勋非常高兴。杨炳勋说，懂英语的人学习炳勋速记法，要省力一半，因为炳勋速记法汲取了英文速记的原理，以汉语拼音为基础，设计出中文速记方法。

杨炳勋又说："速记的应用范围是很广泛的。诸如会议记录、摘抄资料、起草文稿、广播记录、调查采访记录、课堂笔记、审讯记录，等等。许多世界著名作家，如英国的狄更斯、萧伯纳，俄国的阿·康·托尔斯泰、陀思妥耶夫斯基、车尔尼雪夫斯基等，都能在文思泉涌的时候，直接或间接地用速记把自己的思维记录下来，成为不朽之作。"

杨炳勋是一个充满幽默感的人。他对方丽莲说："你在我这个学校学会速记之后，将来不只是一个称职的速记员，说不定会成为中国的狄更斯，在灵感来袭的时候用速记写出传世之作。"说罢，杨炳勋又是一阵爽朗的大笑。这笑声令方丽莲消除了拘束感，令她感到非常愉快。杨炳勋告诉方丽莲，炳勋速记学校有面授，有函授，分初级班、高级班、特级班；有平日班，每个晚上上课一小时，也有星期日班，每周日上课两小时。初级班不问速度，学习一个月，讲授速记基本原理、速写方法与有关公式。杨炳勋建议方丽莲从初级班学起，凭她的聪明以及流利的英语，上半个月的平日班，就可以跳入高级班，最后进入特级班，成为优秀的速记员。

杨炳勋的一个专用书柜里，陈列着他的许许多多著作：他自编的教材《炳勋速记》《炳勋速记入门》《炳勋中文速记》《炳勋国音速记学》；他创办的《炳勋速记月刊》；他出版的《炳勋速记模范语词典》《炳勋速记特种词典》《炳勋速记习语词典》《炳勋速记成语词典》。

杨炳勋送了方丽莲一本《炳勋速记》，一本《炳勋速记入门》，让她回去之后，先看起来。正好下周开设新的平日班，方丽莲可以每天晚上七时到炳勋速记学校来听课。

方丽莲非常感谢杨炳勋教授收下她这个学生。

临别，杨炳勋教授依然那么幽默："方小姐，下周你来听课的时候，绝对不会迷路——因为校门口挂着你写的校名！"

说罢，杨炳勋教授又是一阵爽朗大笑。

女人如花花如梦

当"直头拱"方丽莲在丽水专心致志学习速记的那些日子，方美莲在温州陷入极度苦闷之中。

虽说方美莲的母亲方太太已经为方美莲赶走了高瑞的元配，但是高高满月酒上那位"拎"不清楚的老太婆的话，深深刺痛了方美莲的心。

最使方美莲痛苦的是，她把一片真情奉献给了高瑞，而高瑞却欺骗了她。在高府坐上太太宝座的她，并没有半点胜利之感，反而常常为赶走了高瑞无辜的元配深深内疚——她，心地太善良太纯净了，眼里容不得半粒沙子。

女人如花花如梦。方美莲在青春岁月，受到奸佞的陈梅的伤害，又受到虚伪的高瑞的欺骗，花残了，梦碎了。诚如宋代晏殊的《玉楼春·春恨》："绿杨芳草长亭路，年少抛人容易去。楼头残梦五更钟，花底离愁三月雨。"

虽说高瑞是方美莲的夫君，方美莲却视他如同陌路人一般。

就在方美莲心碎梦残之际，在1942年盛暑，日本军队第二次占领温州。这一回，日军在浙江、江西两省发动"浙赣战役"，而"丽温战役"则作为这个战役的一部分。日军在大佐高桥胜马率领下，从金华向东南方向攻取丽水（欲攻云和而未能如愿），再向东攻取青田，然后沿瓯江向东，进攻温州。

就在丽水沦陷前夕，方丽莲得知惊人的消息，1942年3月30日晚，炳勋速记法的创始人、炳勋速记学校校长杨炳勋教授在丽水投河自尽！

1942 年 4 月 17 日，上海最有影响的报纸《申报》，发表题为《中文速记发明人杨炳勋》的报道：

> 中文速记发明人杨炳勋先生，十余年来致力速记学，并办炳勋速记学校。顷闻杨君于三月三十日因受刺激，在浙江丽水投河自尽。杨君生前不治生产，故家境颇为清寒。

4 月 21 日，远在重庆的《新华日报》发表了"浙江丽水通讯"，以《中文速记发明人杨炳勋氏自杀》为题报道杨炳勋的噩耗。方丽莲哭得双眼通红，参加了学生们为杨炳勋举行的简朴葬礼。她真不敢相信，那么爽朗乐观的杨炳勋教授，怎么会突然走上不归路？《申报》的报道称杨炳勋家境清寒，但是没有说明他受到什么刺激而自杀。据传说，杨炳勋因思想进步而遭到"麻烦"。值得方丽莲庆幸的是，由于她学习刻苦，受到杨炳勋教授的亲自指点，从炳勋速记学校特级班毕业，成为学校学业最优秀的学生。杨炳勋自杀时，方丽莲已经在云和浙江省政府担任速记员，马德胜也在云和做他的 CC 工作。听到杨炳勋教授自杀的消息，方丽莲从云和赶到丽水，为恩师送最后一程。在杨炳勋教授自杀之后，日军攻陷丽水，直扑温州。日军第一次从海上攻陷温州，如同闪电一般，来得快，去得也快。正因为来得快，当日军进入温州市区时，高瑞和方美莲还正在理发店里理发呢。这一回与温州第一次沦陷不同，日军从金华出发，而丽水，而青田，而温州。日军未到，温州便早已经风雨满城。温州的有钱人家，纷纷逃离温州市区，名曰"逃难"。这一回日军来势汹汹，高瑞觉得连高盈里也难保，于是与方太太一起带着方美莲、襁褓中的高高以及两个女佣逃难，早早离开了温州市区。方太太留下女佣徐妈在铁井栏看守温州钱庄大楼。高瑞也留下一名年老的女佣在高盈里高府看家护院。高瑞要逃到哪里去呢？高瑞的母亲是温州郊县瑞安人。高瑞之瑞，便取义于瑞安。高瑞所讲的温州话，总是带点瑞安腔。高瑞的母亲姓章，老家在瑞安县城，那里住着高瑞的小舅舅，而高瑞的大舅舅家则在舜岙村。

温州话中的"岙"，就是指山间平地的意思。舜岙村附近还有许多带岙字的村，如丁岙村、徐岙村、樟岙村等，远一点的还有周岙村、金岙村、竹岙村等。其中以盛产杨梅的丁岙村最出名。

舜岙村位于从温州到瑞安途中的茶山镇舜岙岭，那里山清水秀又山高路险，是逃难的好地方。日军即使占领温州、瑞安，也绝不至于进入崇山峻岭之中的舜岙村。于是高瑞决定率全家躲往舜岙村。

叫了几辆黄包车，从高盈里直奔小南门码头，在那里高瑞包了一艘两头尖的舴艋船，沿着温瑞塘河，慢悠悠朝着茶山舜岙村前进。

正值暑天，又是在水上行舟，蚊子成群结队朝高高这个"嫩娃娃"袭来。方美莲舍不得把孩子放在甲板上，而是一直把他抱在怀里，不断用手驱赶蚊子。

方美莲抱着高高盘腿坐在窄小而又闷热的船舱里。在到达目的地的时候，方美莲的双腿僵直，不能动弹，无法下船。高瑞背着她，这才勉强下了船……

这一回，日军大佐高桥胜马竟然看中了铁井栏的温州钱庄大楼，把这幢大楼跟相邻的永嘉县银行大楼打通，作为日军司令部。

这一回，日军占领温州，重点是要抢夺物资。温州的工商业因此损失惨重。高盈里高府虽幸免于难，但是高机公司位于温州九山湖畔的瓯绸仓库，被日军抢劫一空，损失巨大。至于方家的温州钱庄，则早已经把钱钞、黄金转移，只是大楼被日军占领，遭到很大破坏。

舜岙村坐落在大罗山脚，远离尘嚣，与世隔绝，一片浓绿，宁静空阔，使方美莲受伤的心灵得以洗涤。她不由得记起唐朝诗人王维的《山居秋暝》："空山新雨后，天气晚来秋。明月松间照，清泉石上流。竹喧归浣女，莲动下渔舟。随意春芳歇，王孙自可留。"她特别欣赏"莲动下渔舟"这一句，使"莲"有了动感。

正值盛暑，此时在温州市区该是如同蒸笼的时候，而舜岙村却是树荫浓密、凉风习习，方美莲仿佛不是来此逃难，倒像是来此避暑。

离此不远，便是瑞安仙岩。作家朱自清的名作《绿》，写的就是仙岩梅雨潭：

> 瀑布在襟袖之间；但我的心中已没有瀑布了。我的心随潭水的绿而摇荡。那醉人的绿呀，仿佛一张极大极大的荷叶铺着，满是奇异的绿呀。我想张开两臂抱住她；但这是怎样一个妄想呀。——站在水边，望到那面，居然觉着有些

远呢！这平铺着，厚积着的绿，着实可爱。她松松的皱缬着，像少妇拖着的裙幅；她轻轻的摆弄着，像跳动的初恋的处女的心；她滑滑的明亮着，像涂了"明油"一般，有鸡蛋清那样软，那样嫩，令人想着所曾触过的最嫩的皮肤；她又不杂些儿尘滓，宛然一块温润的碧玉，只清清的一色——但你却看不透她！

绿满仙岩，也绿满舜岙。

高瑞舅舅家，是舜岙村的大户人家，有着比高盈里高府更大的大院，人称章家大院。除了大舅舅、大舅母、表兄、表弟之外，方丽莲最谈得来的是她的表姐阿花。阿花上过私塾，上过中学，喜爱文史，跟方美莲情趣相投，彼此以"阿花姐"和"美莲妹"相称呼，很快就成了闺密。

在章家大院的院子里，方美莲见到开着红花的石蒜，也见到开着白花的石蒜。阿花告诉方美莲，石蒜又称彼岸花。红花石蒜叫红色彼岸花，白花石蒜叫白色彼岸花。佛经云："彼岸花，开一千年，落一千年，花叶永不相见。情不为因果，缘注定生死。"阿花说，所以有人写诗称："彼岸花开，花不见叶，叶不见花，生生相错。"

方美莲听罢，长叹道："生生相错，生不逢时！"

方美莲问起阿花，怎么会知道佛经中的事。

阿花说："在舜岙岭上，有一座千年古刹宝严寺，我常去那里听高僧讲授佛经。内中，我最敬佩的是弘一法师。"

方美莲对于宝严寺并不熟悉，但是一听弘一法师的大名，如雷贯耳。方美莲知道弘一法师既是一代高僧，又是艺术大师，诗、书、画、金石、音乐的造诣登峰造极。方美莲早在艺文学堂上学时，就见过弘一法师的字画。她万万没有想到，在这偏僻的小山村，居然可以见到心仪已久的弘一法师。

阿花说："弘一法师刚从杭州来到温州，常住宝严寺。后来驻锡温州庆福寺，但是也来宝严寺弘扬佛法。他简装衣钵，跣足芒鞋，孑然一担，云游四方。能否在宝严寺见到弘一法师，要看你的造化了。"

弘一法师入梦来

方美莲请阿花明天带她去宝严寺。阿花说："去宝严寺要走山路，舜岙岭一带偏僻，你我两个小女子不方便，能不能请表妹夫高瑞陪同，一起上岭？"方美莲双眉一皱，不悦道："要他去干什么？他去，我就不去！"阿花一听方美莲这讲话的口气，知道表妹与表妹夫不和，便说道："我去隔壁看看，我往日的中学同学阿强哥如果有空，就请他陪同。"阿花跟阿强哥一说，他一口答应了。翌日，风清气爽，阿强哥来了，陪同方美莲跟阿花姐一起上舜岙岭。阿强哥如同他的名字，身强力壮，露出黝黑而粗大的胳膊和双脚，方方正正的脸上一双乌亮的大眼睛。他穿一件白色粗布对襟背心，一条黑色布裤，上面的黄色泥点星星斑斑。那模样跟细皮嫩肉、戴一副金丝无框眼镜的高瑞形成鲜明的对比，如同粗黑陶器跟高档细瓷一样截然不同。

阿强哥背着一个草绿色的水壶，挎包里则放着"三合粉"——麦、米、黄豆炒熟之后磨成的粉，这是温州农村最常见也是最廉价的充饥之物。方美莲穿了一身靛蓝瓯绸衣服，为了清凉把头发绾了起来成了丸子头。她的衣着、气质一望而知是温州城里人。方美莲也随阿花叫他阿强哥，而不是正儿八经喊他"周强先生"，而他则拘谨地称方美莲这位城里大户人家的闺秀为"方小姐"。一路走，一路聊。"方小姐，你从城里来到我们这乡下地方，走山路，习惯吗？"周强关心地问。"城里热得透不过气来，舜岙岭是清凉世界，真好。"方美莲说。"宝严寺在山里头，更加凉快。"周强说。"丽莲妹去宝严寺，是为了拜谒弘一法师。"经阿花这么一说，周强才明白方美莲去宝严寺的目的。

"哦，方小姐要去拜谒弘一法师？"周强说，"弘一法师是在1921年从杭州来到温州，住在宝严寺，后来常住温州大南门东城下庆福寺。虽然他有时也来宝严寺，但是最近听说离开温州云游福建，在那里弘法，而且年已耳顺，身体每况愈下。所以方小姐到了宝严寺，恐怕见不到弘一法师。"

　　"阿强哥，你见过弘一法师吗？"方美莲问道。

　　"见过，见过好多回。我欲拜弘一法师为师，但是他从不轻易收徒，所以无缘。他在宝严寺、庆福寺专心潜修，连瓯海道尹林翔、温州道尹张宗祥登门拜访，他均被他称病谢绝。他在寺里潜修处窗口贴出四个字，'虽存犹殁'，亦即虽生犹死。"周强说，"正因为这样，见弘一法师一面不易。凡是弘一法师在宝严寺讲经，我必赶去洗耳恭听。我极其敬佩他的才学，尤其敬佩他的人品。"

　　周强详细地向方美莲介绍起弘一法师来："弘一法师神清骨秀，目光炯炯。他在宝严寺过着苦行僧般的生活。平日赤足芒鞋，穿一件蟹青色僧衣。他待人谦和，有问必答。他总是正襟危坐与人谈话。我到过他在宝严寺的僧房，只有一张破桌、一张旧床、一条草席和一领旧蚊帐而已……弘一法师乃高僧也。他学问广博精深，书法一流，绘画别具一格，善诗词，精篆刻。他是杭州西泠印社名师；著名画家丰子恺、潘天寿皆出自他的门下。他对佛学、音乐、话剧、教育，亦皆有深刻研究。"

　　周强说到西泠印社和潘天寿时，方美莲尚不知道妹妹方丽莲正在西泠印社钻研弘一法师的金石之术，在云和拜见潘天寿。看来，妹妹方丽莲比姐姐方美莲离弘一法师更近。

　　周强说，弘一法师的传世之作是歌曲《送别》。方丽莲虽早在艺文学堂就会唱《送别》，却不知是出自弘一法师笔下。于是周强和方美莲、阿花在山间小道一起唱起了弘一法师的《送别》：

　　　　长亭外，古道边，芳草碧连天。
　　　　晚风拂柳笛声残，夕阳山外山。
　　　　天之涯，地之角，知交半零落。
　　　　一瓢浊酒尽余欢，今宵别梦寒。

　　歌声在山间回荡，传得很远很远。周强说，弘一法师把中国古典诗词中送别的意境——长亭饮酒、古道相送、折柳赠别、夕阳挥手、芳草离情，都纳入于《送别》之中。方美莲从周强的谈吐之中感受到，周强看似山区一介农夫，却外粗内细，颇有文化内涵。周强说："这首《送别》是弘一法师在出家之前创作的。弘一法师最为令人感佩的是，他出自津门富豪之家。出家之前，他姓李，原名文涛，字叔同，别号息霜。他放着公子哥儿的日子不要，放着娇妻以及日籍侧室相爱相伴的日子不要，1918 年 8 月 19 日，在杭州定慧寺，38 岁的他出家，正式皈依佛门。法名'演音'，号'弘一'。"

周强说："弘一法师的意志非常坚定。我听说，他的夫人携子来杭州定慧寺劝说，他拒不相见，最终在朋友劝说下见了一面。他只是双手合十、口念佛号罢了。他的日籍侧室赶来杭州，他也只是口诵'阿弥陀佛'而已，她不得不痛哭而返。"

方美莲听了，非常感叹。

周强说："弘一法师非常喜欢温州。他在出家之后第三年就来到温州。他曾说'温州是我第二故乡'。他喜爱宝严寺，他在给友人的信中说：'倾有道侣约长往茶山宝严寺居住，其地风景殊胜'。"

一路聊，一路走。时光在聊天中流逝。不多时，在绿树掩映之中，露出黄墙红柱、青瓦翘角屋顶，方美莲便知道宝严寺到了。宝严寺庄严大气，坐东朝西，背倚舜岙岭，四周是葱茏茂密的杨梅树林和高大挺立的桂花树，确如弘一法师所言"风景殊胜""山中若兰"。宝严寺乃千年古刹，初建于北宋大中祥符元年（1008）。进寺之后，方美莲见到墙上刻有南宋高宗绍兴十二年（1142）温州进士王伯广所写《宝严寺》一诗：

平湖镜净中，背贴青峰峦。

去郭二十里，金碧辉波澜。

是曰宝华境，万象郁以盘。

壮哉窣堵坡，一瞰天地宽。

谁怀堕尘鞅，几欲招飞鸾。

我生眇何能，山水情所安。

扁舟几来斯，不为开愁端。

意到自行乐，樽酒那追欢。

何时结青莲，超适心外观。

尘迹身两忘，浩然天地间。

方美莲见到诗中"何时结青莲"，不由得会心一笑。

诚如周强所言，弘一法师不在宝严寺。看到方美莲失望的脸色，周强带着她来到弘一法师曾经住过的僧房。确实如同周强所言，这里"只有一张破桌、一张旧床、一条草席和一领旧蚊帐而已"。僧房里留有弘一法师墨宝："君子之交，其淡如水。执象而求，咫尺千里。问余何适，廓尔忘言。华枝春满，天心月圆。"

周强告诉方美莲，他依据所记弘一法师印象，曾绘有一帧弘一法师肖像，回到舜岙村之后，可以送给她。方美莲当即连声致谢。在宝严寺喝了周强水壶里的水，吃了他带的三合粉。她很惊奇：普普通通的三合粉，这时候吃起来怎么会那样的香？归途之中，三人依然是一路聊天。突然，方美莲问了一句："宝严寺附近，有尼姑庵否？"周强愣了一下，不知方美莲怎么会打听起尼姑庵，便答道："仙岩有尼姑庵，就在朱自清先生写的仙岩梅雨潭旁边。"阿花道："在瑞安，有尼姑庵，名叫'梵行精舍'。"此后，便陷入久久的无语之中。在静穆之中，只听见三人在山路上行进的沙沙声。方美莲跟周强、阿花姐一起回到了舜岙村。当方美莲从周强手中接过弘一法师肖像后，这才第一次见到弘一法师清癯飘逸的真容。她也惊讶于周强高超的画技。大约是来回宝严寺累了，当天夜里高高的哭闹也没有吵醒方美莲。蓦地，在黑暗之中，一位头发稀松、蓄着短须的男子，赤足芒鞋，穿一件蟹青色僧衣，飘飘然朝方美莲走来。方美莲觉得面熟，哦，记起来了，他正是周强所绘肖像之人。方美莲当即跪拜，连声道："弘一大师，请收弟子方美莲为徒。"弘一大师笑了起来："贫僧从不收女弟子。"方美莲道："大师可否看在小女一片诚心之上，破例收我为徒？"弘一大师收起了笑容，一脸严肃地说道："我本是人间一浪子。年少春衫薄，骑马倚斜桥，满楼红袖招，半夜高歌醉卧美人侧。我告别过眼云烟，放下了娇妻与黄金，来到佛界圣地，一心修炼。为了艰难的佛道历程，我放下了一切。汝亦出自豪富之家，只有与凡心俗尘一刀两断，才能修得正果。"

弘一大师说罢，飘然欲去。

方美莲跪下再拜。

弘一大师掷下一句话："临行赠汝无多语，一句弥陀作大舟。"

弘一大师说罢，随风而逝。

方美莲连声大呼："大师！大师！"

方美莲在呼喊声中醒来，方知是南柯一梦。

日有所思，夜有所梦。方美莲在白天游宝严寺，思念弘一大师，故有此梦。

她翻身下床，点亮煤油灯，用毛笔记下弘一大师的话："临行赠汝无多语，一句弥陀作大舟。"

鹬蚌相争渔翁得利

终于从温州城里传来好消息：日军占领温州一个多月后，在 1942 年 8 月 15 日离去。

方美莲告别相处一个多月的阿花姐、周强哥，依旧从茶山镇乘坐舴艋舟，沿着温瑞塘河，慢吞吞地朝着温州前进。

高盈里高府没有受到日军的骚扰，一切如旧。但是高机瓯绸公司的仓库被日军撬开，存放那里的瓯绸被洗劫一空。高瑞心急如焚，冒着酷暑终日在外奔走。

方太太回到铁井栏，见温州钱庄大楼如同遭受一场浩劫，面目全非。徐妈向方太太哭诉这一个多月的苦难生活。

方太太令徐妈逐一走访员工家，把四散的员工们逐一找回来，一起修复了温州钱庄大楼，并迅速恢复营业，成为了温州第一家重新开业的钱庄。

就在这时候，方美莲从报纸上得知，1942 年 10 月 13 日，弘一大师在福建泉州圆寂，享年 63 岁。

方美莲长叹一声，此生此世，永远无缘拜识弘一大师尊颜了。她把周强所绘弘一大师肖像送到裱画店里裱好，在高府书房里挂了起来。

就在这些日子里，马德胜按照刘旦来自上海的密电指示，安排方丽莲进入浙江省政府部门当速记员，成为了公务员。

按照刘旦的计划，是要让方丽莲成为蒋委员长身边的速记员。但是他以为，此时的方丽莲没有工作经验，还需要历练。

正巧，《浙江日报》社需要一名速记员。

马德胜陪着方丽莲去《浙江日报》社应试。方丽莲原本以为，应试的方式，无非是请人念一篇报纸上的文章，让她速记，然后把那篇文章与她的速记加以核对——这在她第一次见到杨炳勋教授时，杨教授就用过这种测试方法。

可是，《浙江日报》社的测试方法全然不同。他们拿出一台真空管收音机，拨到英国BBC频道，让方丽莲收听BBC新闻广播进行速记。幸亏方丽莲从小在艺文学堂学习，打下良好的英语基础，她又是炳勋速记学校特级班的优秀毕业生，每分钟的记录速度达200字，所以从容应对，成绩一流，当即被《浙江日报》社录用。

《浙江日报》社为什么要用这种方法测试速记员呢？原来，丽水、云和本来就消息闭塞，何况又处于日军包围之中，而国际消息千变万化，记者们就通过收听英国、美国新闻广播的途径，速记下来，翌日登载于《浙江日报》相关版面。

不过，方丽莲最初把速记稿"翻译"成中文时，采用炳勋速记学校传授的从左至右的横写格式，《浙江日报》社却说格式不合报社规定。报社给方丽莲看了记者们写的报道稿，都是在竖行的方格纸上，从右至左、从上至下竖写。方丽莲是聪明人，当即改用这种格式书写，达到了《浙江日报》社通用格式的要求。

这样，方丽莲要从丽水迁往云和。马德胜也随着从丽水迁往云和。由于方丽莲只是《浙江日报》的一名新职员而已，所以报社仅在十几人同住一屋的女职工集体宿舍里，给她安排了一个双人铺的上铺。集体宿舍里人多声杂，喜爱安静地看书的方丽莲不由得眉头紧锁。

马德胜记起，那天在云和郑家祠堂见了黄绍竑省长之后，黄省长在刘旦给他的信上作了批示，并把刘旦的手札给了马德胜。于是，马德胜带着方丽莲一起前往CC系控制的《东南日报》社，亮出刘旦的信、黄绍竑省长的批示以及他的中统特工证，社长秘书把刘旦的信交到《东南日报》社胡健中社长手里。胡健中社长跟刘旦也很熟悉，当即与《东南日报》刘湘女总编辑一起接待了马德胜和方丽莲。

不过，刘旦的信，只介绍了他的部属马德胜，并未提及方丽莲。所以在接见时，胡健中社长问马德胜道："这位小姐是……"马德胜答曰："贱内。"马德胜的答语，使方丽莲顿时不好意思起来。其实，马德胜把方丽莲说成"贱内"，是为了不至于住集体宿舍。果真，胡健中社长看在马德胜带着家眷的分上，给他安排了一个单独的房间。这在当时，已经算是很大的照顾了。

秘书依据胡健中社长的指示，带着马德胜和方丽莲来到《东南日报》社宿舍（其实是一座寺庙）里，分配了一个单间给他们。不过，由于马德胜说方丽莲是"贱内"，《东南日报》社只给了一张床。

马德胜和方丽莲拿到那个房间的钥匙，打开了房门，一方面为有了安静的单间而高兴，一方面又为那一张床而尴尬。马德胜对方丽莲说，"你睡床上，我睡地下。"方丽莲则说，"地下是青砖，又潮又冷。两个人都睡床上吧。"马德胜还是那句话，"男女有别，此乃古训，不可违也。"他说自己去找点稻草，再找几块木板，铺在地上就行。方丽莲笑道："应是'贱内'睡地下，先生睡床上。"马德胜则说："女士优先。"方丽莲笑谓马德胜，从此每天早上不再"白发三千丈"，不必从头发中拣掉棉絮了，但是成了"金发姑娘"，要拣去头发中金黄的稻草。方丽莲悄然对马德胜说，何日不再做"金发姑娘"，睡到床上？你我两情相悦，在这战乱时期，就不必拘泥于礼数。方丽莲这话，说得"金发姑娘"两颊通红起来。

方丽莲这"直头拱"，"贡"什么，就钻什么、专什么。自从她成为《浙江日报》社速记员，《浙江日报》的国际消息远比《东南日报》《时事日报》多而快，深受读者欢迎。当时正处于第二次世界大战的高潮，读者最关心国际新闻，一时间《浙江日报》的零售量猛超《东南日报》。

《浙江日报》社长严北溟在审阅这些国际新闻时，发觉毛笔楷书端正而漂亮，便问："谁的手笔？"严北溟自幼酷爱书法，六岁时便以一手狂草而声名鹊起。当他得知这些国际新闻出自新来的速记员笔下时，便在社长室召见了这位新来的速记员。他原本以为，能够精通英语，又书法出众，必定是一位老先生。不料，站在他面前的竟然是一位端庄秀丽的姑娘，不觉暗暗吃了一惊。她当场用七紫三羊紫毫笔，写出端端正正的小楷。严北溟连连称赞她的楷书漂亮。

"小姐尊姓大名？"严北溟问。

"四四方方的方，丽水的丽，莲城的莲。"方丽莲答道。

"这么说，方小姐府上丽水莲城镇？"严北溟道。

"非也。吾乃温州人氏。"方丽莲答。

接下去的三问三答，颇为有趣——

"方小姐何以书法精湛？"

"粗陋而已。只因从小师从方介堪大师学习篆刻之艺，不能不学书法。"

"方小姐何以英语流利？"

"粗浅而已。只因从小师从英国传教士、温州艺文学堂校长苏慧廉学习英语。"

"方小姐何以速记娴熟？"

"初步而已。只因师从杨炳勋教授，刚从速记学校毕业，初出茅庐。"

此处，由于严北溟的不了解，未曾问及方丽莲的武艺——自幼以林家传人为师在温州海坦山学习祖传的"五基拳法"。

方丽莲答毕，严北溟欣然道："方小姐，才女也，前途无量。你先在国际版做速记员。过些日子到社长室，做我的秘书。"就在《浙江日报》社长严北溟看重方丽莲之时，《东南日报》社长胡健中也看中了方丽莲。胡健中翻阅近日《浙江日报》，发觉国际版大有长进。发行部告知，由于《浙江日报》国际版消息又多又快又好，读者争睹《浙江日报》，把《东南日报》弃之一边。

好在CC系的《东南日报》与中统相通。胡健中欲派中统特工前去《浙江日报》社"侦查"，弄明白《浙江日报》为何国际版大有长进。胡健中记起了刘旦的部属马德胜，便在社长室召见马德胜。

当马德胜得知胡健中要派他"刺探"《浙江日报》国际版的秘密，竟然大笑起来，笑得胡健中莫名其妙。笑毕，马德胜才说：这用不着"刺探"，问我便一清二楚。胡健中从马德胜那里得知，原来马德胜那个"贱内"，被《浙江日报》国际版招为速记员。"你和太太住在我这里，怎么可以'吃里扒外'，给《浙江日报》干活？"胡健中知道其中的秘密之后，十分不悦，"你必须请太太到《东南日报》国际版上班！"这消息迅速传进《浙江日报》社长严北溟的耳朵，他说道："方丽莲已经被《浙江日报》国际版录用，怎么可能到《东南日报》国际版上班？！"严北溟和胡健中为了方丽莲发生了争执。马德胜为难了，说道："一个女儿难嫁两个婆家！"这一消息迅速传进浙江省省长黄绍竑的耳朵，黄绍竑这才明白，那天随马德胜到郑家祠堂拜访他的不声不响、低头做记录的小姐，原来是才貌双全的难得人才，于是发话道："你们《浙江日报》和《东南日报》别争了，方丽莲小姐明日到我这里来，浙江省政府秘书处议事科正缺这样的速记员。让方丽莲小姐担任我的专职速记员，记录、整理我在各种场合的谈话。"

这真是鹬蚌相争、渔翁得利。有人提醒黄绍竑：方丽莲的丈夫马德胜有着 CC 中统背景，方丽莲恐怕不适合做你的专职速记员。

谁知黄绍竑一听，坦然道："她的丈夫是 CC 中统，怕什么？中统也是国民党，也是蒋委员长手下的兵。严北溟还是 1927 年的中共党员呢。1939 年 4 月，周恩来到云和视察，曾经专门找了严北溟单独谈话。当今国难当头，要有海纳百川的胸怀，要善于使用各党各派的人才，共同抗日，才能赢得抗战的胜利。"

"提醒者"又提醒，作为国民政府的浙江省秘书处议事科的省长专职速记员，起码应是中国国民党党员。听说方丽莲无党无派，黄绍竑道："这不难。我亲自做她的入党介绍人，再加上她的丈夫马德胜做她的入党介绍人，就可以让她加入中国国民党。"黄绍竑这么一说，"提醒者"也就不多言了。在云和，黄绍竑是最高首长，他一句话，就把方丽莲调到了浙江省政府秘书处议事科，担任省长专职速记员，并且很快成为中国国民党党员。到了那里，方丽莲这才知道，浙江省政府在黄绍竑之前，是没有速记员的。黄绍竑很重视速记工作，特地让浙江省政府秘书处设立了记录科。这个记录科后来改名为议事科，即会议事务科。

黄绍竑的专职速记员，原本是沈安娜，一位从上海炳勋中文速记学校毕业的江苏泰兴美女。她不仅速记技术娴熟，而且楷书漂亮，整理出来的记录如同印刷品一般，很得黄绍竑看重。无奈，1938 年沈安娜被国民党中央党部看中，调往那里做速记员，在蒋介石身边工作。这样，黄绍竑身边少了一位一流的速记员。虽说曾经从丽水的炳勋速记学校选用了几个毕业生，要么"颜值"不够，要么没有书法功底，字不漂亮。直至方丽莲出现，这个问题才得以解决。

凡是浙江省政府工作人员，胸前必须佩戴青天白日圆形徽章。方丽莲的胸前，也别了一枚青天白日圆形徽章，伴随在省长黄绍竑左右，出席各种各样的会议，记录黄绍竑的一言一行，然后用七紫三羊紫毫笔书写出字迹秀丽的记录。这样的会议记录深得黄绍竑喜欢。

方丽莲做梦也没有想到，她竟然一步登天。在云和的高层活动中，只要有黄绍竑出席，必定有方丽莲的身影。

许多浙江省国民党高官对方丽莲射来垂羡的目光，打听着这个年轻又漂亮的小姐的来历。

这时候，马德胜有点着急了。马德胜是一个稳重的人，他原本打算征得双方父母的同意，然后正式举行婚礼，明媒正娶方丽莲。但是他深知官场之黑暗，生怕某些不怀好意的高官打方丽莲的主意。

于是，他跟方丽莲商量，干脆告诉黄绍竑省长，他俩虽然情投意合，然而在战乱年代并未举行婚礼，可否请省长大人在云和为他俩主持一个简朴的婚礼，并在《浙江日报》和《东南日报》刊登结婚启事。

方丽莲一听，双手赞成。

方丽莲跟黄绍竑省长一说，他当即答应。

就这样，在《浙江日报》和《东南日报》刊登《马德胜先生、方丽莲小姐结婚启事》的当天晚上，黄绍竑在严家祠堂为马德胜、方丽莲主持了简朴而又隆重的婚礼。他俩与黄绍竑一起合影。

从此，方丽莲正式成为马德胜的"贱内"，马德胜也从地上"升"到床上。

第六章

鲜血染红

大错特错之后的欣喜

在温州高盈里高府，方美莲是一个天天看报的人。她订了温州最重要的报纸《浙瓯日报》，也订了《浙江日报》——在日军第二次从温州撤退之后，温州和丽水、云和都是国统区[1]了，所以她能看到《浙江日报》。

《浙瓯日报》总是当天送达，而看到的最新的《浙江日报》则总是三天前的，因为《浙江日报》从云和运到丽水，从丽水到温州，再由邮差送到她手中，需要三天漫长的时间。所以她通常总是先看《浙瓯日报》，再看《浙江日报》。

作为专职太太，她有着很多空闲的时间，可以从报纸的第一版看到"报屁股"——副刊。就在方美莲即将看完《浙江日报》的时候，忽然看见《马德胜先生、方丽莲小姐结婚启事》，她发出惊诧的"啊"的一声！方美莲的第一反应就是："这死鬼，怎么连结婚也不告诉我！"方美莲把《马德胜先生、方丽莲小姐结婚启事》细细地读了三遍，脑袋里产生巨大的问号。她以为，这个方丽莲小姐，大约是跟她的妹妹同名同姓。她作出如下分析：第一，方丽莲这样的名字很普通，同名同姓的可能性很大；第二，妹妹方丽莲在杭州西泠印社，而这个方丽莲是在云和；第三，启事上说，主婚人为浙江省省长黄绍竑。妹妹向来清高，只问艺术，不问政治，她的婚礼怎么会请浙江省省长黄绍竑主持？不过，这个启事毕竟写着"方丽莲"三个字，方美莲还是赶紧拿着这份《浙江日报》来到铁井栏。一进温州钱庄，母亲一见

---

1 国统区，当时人们对于国民党统治区的简称。

到方美莲，竟然抢先提起了这篇《马德胜先生、方丽莲小姐结婚启事》。

方太太要主持店内、家内大大小小的事务，平常很少看报。但是温州钱庄店堂里有许多店员，人多眼尖，有人发现了《浙江日报》上的启事，这立即成了店内一大新闻。店员赶紧把报纸送到方太太手中。

真是"英雄所见略同"，方太太看毕，也得出这个方丽莲是跟她女儿同名同姓的另外一个人。方太太说出了三条理由，竟然跟方美莲的分析如出一辙。方太太把自己的三条理由跟店员们一说，店员们也以为方太太所说极是，也就把这启事搁在一边。方美莲知道母亲是一个极有主见的人，而且她的见解十有八九正确，所以也同样把这启事搁在一边。方美莲从铁井栏回到高盈里，抱起高高，把登载《马德胜先生、方丽莲小姐结婚启事》的《浙江日报》扔进了废纸篓。

不过，事出意外，就在方太太、方美莲断定《马德胜先生、方丽莲小姐结婚启事》中的方丽莲是同名同姓的别人之后，方太太忽然收到下款为"云和方缄"的一封沉甸甸的双挂号信，表明这是一封极其重要的信件。所谓双挂号信，必须由收件人亲收，而且收件人必须在签收单上亲笔签名，这签收单再由邮局寄回给寄件人，这是当时的"双保险"信件。

大约是双挂号信邮资贵，那信封背面贴满了印着孙中山头像的绿色邮票。由于邮资连年上涨，邮票上还印着黑字，把原本印着"中华民国邮政·拾圆"的邮票，在孙中山头像两侧分两行印上五个黑色大字"国币，伍拾圆"；在孙中山头像下方，则印着"50.00"的黑字。

方太太一看信封上是女儿方丽莲用毛笔写的端端正正的笔迹，喜出望外。她激动得双手颤抖。

方太太是一个做事细致的人，她从来不是用手撕开信封，而是用剪刀笔直剪开封口。然而这一回破例，方太太急于想见到丽莲的信，哪怕早一秒钟也好，她用手把信封撕了一个大口子，里面不仅有方丽莲的信，还有好几张黑白照片以及从《浙江日报》《东南日报》上剪下的《马德胜先生、方丽莲小姐结婚启事》。

这一回，方太太大错特错了，那《马德胜先生、方丽莲小姐结婚启事》中的方丽莲，原来就是她的女儿方丽莲！

那几张照片是方丽莲和马德胜在云和严家祠堂举行婚礼时，《浙江日报》《东南日报》的摄影记者拍摄的，既有方丽莲和马德胜伉俪合影，也有方丽莲、马德胜和浙江省省长黄绍竑的合影，还有出席婚礼嘉宾跟方丽莲和马德胜的集体合影。

方太太的第一眼，不是看女儿方丽莲的信，而是看照片上女婿马德胜的长相。马德胜理着板刷头，五官端正，一双眼睛很精神，看上去朴实而厚道，不是那种花里胡哨的公子哥儿，似乎跟高瑞是两种截然不同的人。

方太太脸上露出了笑容。她知道，女儿方丽莲似乎遗传了她果断、独立的基因。方丽莲是朴实而厚道的人，而且喜欢事事自己做主，眼光独到，这回果真挑了一个淳朴无华的男人。

当然，方太太也感到疑惑：这个平日不爱显山露水的女儿，怎么会请浙江省省长黄绍竑这么个大人物给她主持婚礼？

方太太细读完女儿方丽莲的信。这丫头惜字如金，只说马德胜是杭州人，因为彼此都喜爱书画，性格相投，因此走到一起。她跟随马德胜从杭州到了云和，在云和工作，她和马德胜都是浙江省政府公务员。方丽莲在信中说，原本应邀请母亲大人出席婚礼，无奈正值战乱时期，只得作罢。承浙江省省长黄绍竑先生错爱，愿为她和马德胜主持简单的婚礼。方丽莲并没有提及，她和马德胜是怎样的公务员，在云和做的是什么工作……

徐妈见到方太太喜滋滋的，便知道那封双挂号信内一定有令方太太高兴的事儿，便问道："师嬷，有什么喜事？"

"丽莲这丫头一声不吭，在云和结婚了！"方太太对徐妈说道。

徐妈是抱着丽莲长大的老用人，听说丽莲结婚了，当然欣喜万分，争着看丽莲寄来的照片。

一传俩，俩传仨，方丽莲的喜讯经徐妈到店堂里一"广播"，个个店员都抢着看方丽莲寄来的照片，始信前几天《浙江日报》刊登的《马德胜先生、方丽莲小姐结婚启事》，确实是本店老板的女儿方丽莲的结婚启事。

人人都向方太太祝贺。省长黄绍竑为方丽莲主持婚礼，这使讲究面子的方太太觉得脸上很有光彩。

方太太赶紧到高府，把丽莲的信和照片给美莲看。美莲这才知道，自己犯了判断错误。她很为丽莲的婚事感到高兴，也为自己的婚事觉得惭愧。

　　方太太要把喜讯告诉丈夫方豪，让美莲代为写好一封信。由于上海是日占区，与温州不通邮，方太太只好托便人带到杭州，再从杭州邮寄到上海。

虽存犹殁的苦痛

　　就在马德胜与方丽莲在云和燕尔新婚的那些日子里，方美莲跟高瑞之间的感情越来越淡薄，变成了"小吵天天有，大吵三六九"。女佣们看在眼里，心里明白。自从有了高高，高瑞很想再要一个"兴兴"，以求有"高高""兴兴"两个儿子。高瑞三天两头缠着方美莲。方美莲一怒之下，把高瑞逐出了高府第二进的主卧室，让他住到第一进的客房。高瑞耐不住寂寞，开始在温州的柳巷花街鬼混。他说是"生意忙"，常常竟夜不归。看到高瑞如此堕落，方美莲心如刀割，却又无可奈何，更加与他形同路人。当方美莲对高瑞的不端行为发出严重警告时，高瑞竟然反唇相讥："你装什么正经？你不是从上海四马路兰玉阁里出来的吗？"高瑞此言，如同一把尖刀，刺进方美莲心窝。她的心在淌血！方美莲早就想搬回娘家居住。无奈，家里有那么多的店员，而她以及她的母亲又极爱面子，听不得闲言碎语，所以只得在人间地狱般的高府硬撑着。方美莲的心，已经死了。用弘一大师的话来说，那就是"虽存犹殁"。祸不单行，就在方美莲的内心饱受煎熬之际，一天，她在看报时，一颗巨大的炸弹在她眼前剧烈爆炸！

　　这一回，方美莲在《浙江日报》上读到的不是广告栏里小小的一栏《马德胜先生、方丽莲小姐结婚启事》，而是头版斗大的黑体字标题——《关露：昔日红色左翼作家，今日卖国求荣汉奸》！

　　这一回，方美莲不再怀疑是同名同姓之误，因为"昔日红色左翼作家"，那明明白白说的就是自己所敬仰的老师关露，就是那个写"春天里来百花香，朗里格朗里格朗里格朗"的关露。

　　《浙江日报》的报道披露，关露以"中国作家代表"的名义，公然出席在日本东京举行的"大东亚文学者大会",而且在会上作了题为《中日妇女文化交流》的发言,受到日本报纸的追捧。

《浙江日报》的报道指出,关露昔日以红色左翼作家招摇于上海文坛,今天已经堕落为货真价实的可耻汉奸。《浙江日报》刊登了关露在日本东京"大东亚文学者大会"发言的照片,可以说,这就是关露成为汉奸的铁证。《浙江日报》还转载了《时事新报》的评论文章,尖锐地指出:

> 当日(本)报(纸)企图为共荣圈虚张声势,关露又荣膺了代表之仪,绝无廉耻地到敌人首都去开代表大会,她完全是在畸形下生长起来的无耻女作家。关露的"汉奸生涯"达到了顶峰。

方美莲读罢,天旋地转,几乎不能自持。关露,一直是她最尊崇的恩师,精神偶像,却在瞬间分崩离析,倒坍了。方美莲,一个追逐着明星梦的天真姑娘,竟然连续遭受三次沉重的打击:陈梅的狠,高瑞的骗,关露的变。

方美莲这张纯净的白纸,先是被陈梅泼上污水,接着被高瑞揉皱,如今再被关露撕碎。

方美莲原本以为人世间充满真挚、真情、真爱,但经历这三次沉重的打击之后,方美莲这才明白,人世间一片污浊,一片肮脏,一片乌烟瘴气,充满残酷、虚伪、欺骗。

历史永远是难以捉摸的。关露被钉在"汉奸文人"的耻辱柱上,她忍辱负重,心灵蒙受着极大的煎熬。

1932年,25岁的关露秘密加入了中国共产党。此后她一直从事文学创作,成为当时上海三个最红的女作家之一,即丁玲、张爱玲与她。由于关露是中共地下党员,所以一直受到国民党中统局上海调查室主任刘旦的高度"关注"。

在抗日战争爆发之后,关露发表文章,铮铮地宣布:"宁为祖国战斗死,不做民族亡国人!"

在抗日战争中,中共上海地下党负责人刘少文接到中共华南局主管情报工作的叶剑英的电报,要关露速去香港。

　　关露不知去香港干什么。她赶到香港的翌日，两位神秘的客人与她作了长谈。其中的廖承志是关露早就认识的老朋友。廖承志，人称廖公子。廖承志之父廖仲恺，乃国民党元老，孙中山的左臂右膀，1925 年 8 月 20 日在广州被右派势力所暗杀，举国痛悼忠魂。廖承志之母何香凝亦为国民党元老，曾任国民党中央委员。廖承志为廖仲恺、何香凝独子，1908 年 9 月 25 日出生于日本东京大久保，父母希望他长大后继承革命先辈之志，取名"承志"。1925 年，17 岁的廖承志加入中国国民党。在蒋介石发动"四一二"政变之后，19 岁的廖承志脱离了中国国民党。1928 年 8 月，20 岁的廖承志在上海秘密加入中国共产党。

　　廖承志带来一位风度翩翩的陌生男子，此人便是潘汉年，中共在白区的秘密工作负责人。

　　跟关露谈话的主角，是潘汉年。他正在筹划策反李士群。李士群是汪伪政府在上海极司菲尔路 76 号设立的特工总部副主任。76 号特工总部主任是丁默邨，国民党中统派出美女特工郑苹如欲除之而未成功，反而使郑苹如丧失年轻的生命。这一回，潘汉年瞄准了李士群。此时的李士群，已经当上了汪伪清乡委员会秘书长、"剿共救国特工总部"负责人、伪江苏省省长。

　　潘汉年知道李士群的底细：1926 年加入中共，太太叶吉卿也是中共党员。1932 年，李士群夫妇先后被国民党中统特务逮捕，双双叛变，成为中统特工。南京沦陷之后，李士群夫妇又双双投奔汪伪，成为汪伪的特工头子。然而，李士群虽然身为汪伪的特工头子，却又暗地里通过秘密途径，向中共表示，愿意与中共保持联系。其实，这种在政治上给自己留一条后路的不只是李士群，大汉奸周佛海不是也通过秘密途径跟国民党、跟蒋介石保持联系吗？

　　李士群指定的与中共的联络人为胡绣枫。

　　胡绣枫是谁？她是关露的妹妹。

　　原来，关露本名胡寿楣，她有一个比她小两岁、同属"寿"字辈的妹妹名叫胡寿华。后来为了纪念母亲徐绣凤，胡寿华改名为胡绣枫。胡绣枫也是上海的中共地下党员。

　　为什么李士群这样看重胡绣枫呢？原来，胡绣枫跟叶吉卿有着非同一般的友情，她俩是上海复旦大学同学，来往密切。1932 年李士群被国民党中统抓捕之后，叶吉卿正怀孕在身，胡绣枫不仅让叶吉卿住在自己家中，而且还经济上支援她。虽说叶吉卿后来依然被中统所捕，但是胡绣枫在叶吉卿落难时救助过她，毕竟使她和李士群深为感动。正因为这样，李士群对胡绣枫有着很深的信任感。

这信息很快传进潘汉年的耳朵。在上海，胡绣枫曾经在潘汉年手下工作，是潘汉年所熟悉的。潘汉年打算派胡绣枫去联系李士群。可是胡绣枫当时正协助丈夫李剑华在湖北宜昌做秘密工作，一时无法调离。胡绣枫向中共南方局领导报告了自己与李士群、叶吉卿的关系，还说及姐姐关露也认识李士群、叶吉卿。当潘汉年得知这一情况，便决定派关露去做这一工作，打进汪伪76号。于是关露接到了前往香港的电报。在潘汉年、廖承志面前，关露眉头紧皱。她不是不愿意接受中共党组织交给的任务，而是因为汪伪76号臭名昭著，李士群臭名昭著，一旦跟汪伪特工总部沾上边，那就是"沾了一身腥，永远洗不清"。她这个左翼作家，就会落得汉奸的骂名。正因为这样，关露犹豫，面露难色。潘汉年、廖承志反复向她说明，这是党交给的任务，将来党会为你说明，为你澄清。

关露最后还是答应了。

关露回到上海之后，跟叶吉卿一打招呼，李士群马上表示欢迎。于是，关露进出于汪伪76号，进出于李士群公馆。她陪叶吉卿打麻将，看戏，购物，喝茶。关露甚至以李士群秘书的身份，陪同他出席上海的会议、宴会。

关露的"汉奸行径"，立即遭到上海左翼作家们的唾弃。关露记得，有一回在大街上，她远远的就看见鲁迅夫人许广平带着海婴朝她这边走来，当她准备跟许广平打招呼的时候，许广平领着海婴走进一条小巷，特意避开了她。关露像木头人似的，在原地站了许久许久，心似刀绞，痛苦万分。

李士群通过关露，跟中共地下组织取得了联系，提供了一些有用的情报。后来，他甚至还与潘汉年秘密见面。

但是在汪伪政权眼里，关露是左翼作家名声在外，是一张难得的可供利用而且有着广泛社会影响的"好牌"。当"大东亚文学者大会"在东京召开的时候，便邀请关露作为中国作家代表出席会议。关露深知一旦出席会议，她的"汉奸"骂名将传遍全国，便向潘汉年请示：可否拒绝与会？潘汉年却以为，关露应当去开会，而且利用去东京的机会，替他转送一封致日本共产党秋田教授的信。关露完成了潘汉年交给的任务，促使中共与日共恢复了联系。

　　然而日本各报都在显要地位报道关露出席"大东亚文学者大会"的新闻。这消息迅速传到国内，关露作为"汉奸作家"遭到了公开指责。身负骂名，关露也"虽存犹殁"！何谓忍辱负重，关露便是忍辱负重！关露在忍辱负重之中写下《秋夜》一诗明志：

> 云沉日落雁声哀，
> 疑有惊风暴雨来。
> 换得江山春色好，
> 丹心不怯断头台。

从此无心爱良夜

　　方美莲在重重打击之下，心碎了。她这才明白，弘一大师为什么要离开嚣嚣尘世，以深山佛寺作为清静养生修性之地。方美莲决定走弘一大师之路。她丢下高高，不辞而别，拎着一只藤条箱，带着换洗衣服，离开了温州高盈里高府。她从书房里带走了周强所绘弘一大师肖像。在书房的书桌上，留下她抄录的《红楼梦》中疯癫落拓的跛足道人所念的《好了歌》：

> 世人都晓神仙好，惟有功名忘不了！
> 古今将相在何方？荒冢一堆草没了。
> 世人都晓神仙好，只有金银忘不了！
> 终朝只恨聚无多，及到多时眼闭了。
> 世人都晓神仙好，只有娇妻忘不了！
> 君生日日说恩情，君死又随人去了。

　　世人都晓神仙好，只有儿孙忘不了！

　　痴心父母古来多，孝顺儿孙谁见了？

　　方美莲穿着黑色中式大襟棉布上衣，一件黑色棉布长裤，一双黑布鞋，有点像当年刘连的"一身黑"。她悄然走出高府大门，跟女佣也没有打一声招呼。她打听到高瑞的元配因战乱没有去上海，仍逗留在温州虞师里娘家，便叫了一辆黄包车，前去探望。到了虞师里，方美莲请黄包车在那里稍候，说是还要去小南门。高瑞元配的虞师里娘家，两层洋楼，看得出也是一户殷实人家。高瑞的元配自从无端被逐出高府，心灰意冷，蓬头垢发，正目无表情在娘家发呆。她见到方美莲突然而至，一时间不知所措，不知对方来意。"高太太，别来无恙？"方美莲和高瑞的元配打招呼，使她那呆滞的目光忽然光芒四射。"方小姐，身体安好！"高瑞的元配见方美莲和颜悦色，便请她在客厅落座，同时赶紧用手指拢了拢散乱的头发。看到方美莲随身带着藤条箱，高瑞的元配问道："方小姐为何带着箱子？"方美莲答道："我要出远门。"高瑞的元配问："去多久？"方美莲答："我要永远离开高府，不再进那扇门。"高瑞的元配问："高瑞休了你？"方美莲答："是我'休'了他！"高瑞的元配问："你跟他吵架啦？"方美莲说："我永远不会原谅这个伪君子。"高瑞的元配又问："方小姐今日来此何意？"方美莲道："请高太太回高府。我把高高托付给你。"高瑞的元配说："高瑞已经休了我。"方美莲道："高瑞因为有了我才休你。如今我远走高飞，你仍是高府的太太。"高瑞的元配不解："方小姐，你不仅生了高家的儿子，又已经是高府的太太，为何不愿在高府享福？"方美莲道："我同高瑞形若陌路，无幸福可言。从此无心爱良夜，任他明月下西楼。"高瑞的元配又问："方小姐莫非远方有了意中人，此行去另嫁如意郎中？"方美莲笑道："我看破人世炎凉，百态众生，欲削发为尼，与修竹为伍。"高瑞的元配闻言，大吃一惊，说道："方小姐如花年华，万万不可遁入空门。"方美莲一脸严肃道："人各有志。"方美莲说罢，拎起箱子，向高瑞的元配告别："高太太，珍重！"

　　高瑞的元配送方美莲至门口，坐在黄包车车脚上歇息车夫随即站了起来，接过方美莲手中的藤条箱。方美莲上了车。车夫按照方美莲的吩咐，特地路过双莲桥，然后前往小南门码头。方美莲在双莲桥上俯视双莲河，深秋时节，满河的并蒂莲花

254

早已不见踪影，就连苍翠的荷叶也非黄即褐，只剩下一根根光秃秃的荷杆露出水面，在金风中摇曳。方美莲叹了一口气，心中不由得默念起元朝诗人马致远的《天净沙·秋思》：

> 枯藤老树昏鸦，
> 小桥流水人家，
> 古道西风瘦马。
> 夕阳西下，
> 断肠人在天涯。

眼下，方美莲成了"断肠人"。

在小南门码头，方美莲见到满船是水的小木船。那是从仙岩装运的泉水。到了小南门，挑夫从小木船上装水，挑往富人家。那挑夫，温州人唤"担水客"，而仙岩泉水则成了那个年代的"农夫山泉"。

方美莲上了温州驶往瑞安的新安号小火轮。小火轮突突作响，拉着两艘驳轮，犁开温瑞塘河的清波，不断超越沿途的舴艋船、手划船。往日，小火轮有过拉着八九艘驳轮的纪录，但眼下日军虽然两度占领温州、瑞安，又两度撤出，但是温州经济毕竟大伤元气，往返于温州、瑞安之间的客人已大为减少。

温瑞塘河如同一条玉带蜿蜒在温瑞平原。温州人所说的塘，就是堤。温州沿海平原上一侧或两侧有堤岸的河流，称为塘河，所以这条连接温州和瑞安的河叫温瑞塘河，全长七十华里。

温瑞塘河两岸风景秀丽，诚如诗云：

> 塘河两岸风光旎，
> 春雨绵绵水上行。
> 沿岸楼台看不尽，
> 客船过处水鸟惊。

拖驳的船舱里，两排漆成深褐色的长条木椅沿着船舷放着，旅客们面对面坐着。小贩坐在船尾，不时叫喊"瓜子、糖儿、豆腐干——瓜子、糖儿、豆腐干——"，哪位旅客要买零食，只要招招手，小贩马上就会拎着竹篮过去。另外，也有人卖煮得很烂的蚕豆，装在木桶里，上面盖了棉布，热气腾腾。

小火轮驶离小南门码头不久，方美莲便见到建于唐代贞观年间的七层白象塔矗立在水边一隅。离白象塔不过百米，便是一座古老的石桥，名叫清宁桥。温瑞塘河有着一顶又一顶石桥，小火轮每穿过一个桥洞，趴在船头的孩子会立即欢呼起来，高声报出石桥的数字："十一，十二，十三……"

除了新安号小火轮之外，还有永安号、永乐号、同益号等小火轮行进在温瑞塘河之上。遇上两船对开相逢时，在河面上掀起波浪，使船舱剧烈左右摇摆，孩子们又会尖叫起来。小火轮沿途停靠一个个码头，乘客上上下下，宛如水上公共汽车。那一个个码头分别叫作梧埏、白象、帆游、河口塘、塘下、莘塍、九里。方美莲蜷缩在拖轮的一角，脚边放着藤箱。她无精打采，不论两岸青山，还是一河绿水，都没有引起她的兴致。

方美莲在离开高府之前，曾经有过"一闪念"，想去云和投奔妹妹方丽莲。不过，细细一想，妹妹的婚姻甜如蜜，自己的婚姻苦若黄连，在妹妹和妹夫面前抬不起头来。再说，妹妹和妹夫都是公务员，她什么都不是，在那里吃白饭，多难受。当然，方美莲还不知道，在云和成了浙江省的临时省会之后，数万人云集于一个小县，没有任何职务的她恐怕连找一个铺位都很困难——幸亏她在"一闪念"之后，打消了去云和的念头。

正因为这样，走投无路的方美莲，只能走弘一法师之路，走削发为尼之路。她在舜岙村逃难时，便曾经向周强以及阿花姐打听过宝严寺附近有无尼姑庵，周强说仙岩有尼姑庵，阿花姐则说瑞安有尼姑庵，而且还说出尼姑庵的名字叫"梵行精舍"。正因为这样，方美莲便想再度来到舜岙村，请阿强哥、阿花姐帮助她前往尼姑庵。虽说阿花姐是高瑞母亲家的亲戚，但方美莲不在乎，反正在阿花姐家只逗留一两夜而已。

我言秋日胜春朝

就像一位美女，随着四季更换不同的服装，有着不同的美。舜岙村便是如此，方美莲第一次来舜岙村是在去年盛暑，这里满眼翁郁，如同晚唐诗人高骈《山亭夏日》所云："绿树阴浓夏日长，楼台倒影入池塘。水精帘动微风起，满架蔷薇一院香。"眼下已是深秋时节，蓝天之下一片金色，沉重的稻穗黄灿灿，桂花盛开，馨香扑鼻。诚如刘禹锡《秋词》中所言："自古逢秋悲寂寥，我言秋日胜春朝。"

当方美莲拎着藤条箱，出现在舜岙村、出现在阿花家时，阿花惊若木鸡，问方美莲道："日本鬼子又到温州了？"

当然，阿花也感到奇怪：如果又是逃难，高瑞怎么没有一起来？高高怎么没有一起来？女佣怎么没有一起来？

"进屋细细说。"方美莲对疑惑不解的阿花姐说道。

方美莲在见过舅舅、舅母、表兄、表弟之后，来到阿花姐的闺房，详细说及她与高瑞之间已经形同陌路，无法再在温州高府生活下去。左思右量，还是上次在舜岙岭去了宝严寺之后，弘一法师的精神感动了她。所以她决定投奔到舜岙村，以求就近寻一家尼姑庵，遁入空门。

阿花一听，连连摇头说："使不得，使不得，万万使不得。"

方美莲说："上次你不是说，瑞安城里不是有个尼姑庵叫'梵行精舍'吗？"

阿花说："那是穷人家的女孩去的地方。你是温州城里的千金小姐，怎么可以到那里削发为尼？你赶快打消这念头。"

方美莲说："《红楼梦》里说，'看破的，遁入空门；痴迷的，枉送了性命。'如今，我算是'看破的'，看破红尘的。"

阿花面对执拗的方美莲，只得来个缓兵之计，说道："美莲妹妹，你才刚到，先在我这里住下来，散散心。我可以把阿强哥寻来，我们仨一起聊聊。你也听听他的意见。他是我们舜岙村的智多星，兴许会给你出个好主意。"

方美莲听阿花提起周强，也就不那么着急寻尼姑庵了。

方美莲问道："阿强哥好吗？"

阿花说："阿强哥都好，只是很忙。"

方美莲问："忙着收晚稻？"

阿花道："晚稻还要半个月才收割。阿强哥常不在家。"

方美莲又问："出去做生意？"

阿花道："他说，舜岙村固然在'山头底角'[1]，但是不能一辈子做山里人，要走出去。

所以他常出去听课，开会，还参加许许多多活动。"方美莲似乎对周强特别关注："是去宝严寺听佛经？"阿花说："自从弘一法师圆寂之后，阿强哥几乎不去宝严寺了。他说，他已经改变了自己的信仰。"方美莲问："他改变了自己的信仰？信什么？信基督教？"阿花笑了："尽管瑞安也有基督教教堂，但他从来不去。"方美莲感到疑惑："那他信仰什么？"阿花道："过几天他从外面回来了，你问他。"就这样，方美莲就在舜岙村舅舅家住了下来。舅舅家的院子大，高粱大屋，再来七八个人也住得下。除了跟阿花姐聊天之外，闲着无事，喜欢看书的方美莲问阿花姐：家中有书吗？阿花迟疑了一下，答道："有。不过，有一箱书，是阿强哥的一个朋友寄存在他那里的。他家小，房子又旧，所以就把这一箱书存放在我这里。他看过这一箱书，我也看过这一箱书，非常好看。只是阿强哥关照，不许给外人知道，更不许给外人看。我想，美莲妹妹不是外人，应当可以看，但是不能对别人说起。"

方美莲答应："我一定为阿强哥保守秘密，不对别人说起。"于是，阿花从自己的床底下，拖出一只沉甸甸的藤箱。她拿出钥匙打开，里面满满的都是书，放得整整齐齐。在这深山小村里，能够见到这么多的书，方美莲如遇故知，异常激动。放在最上面的，大都是翻译的文学作品，其中有鲁迅译的雅各武莱夫长篇小说《十月》、鲁迅译果戈理的《死魂灵》、鲁迅译高尔基的《俄罗斯的童话》……

方美莲注意到，内中还有高尔基的《海燕》，尼古拉·奥斯特洛夫斯基的《钢铁

1　山头底角，温州话，深山的意思。

是怎样炼成的》，还有美国女舞蹈家伊莎朵拉·邓肯的《邓肯自传》，这三本书均署"关露译"。

方美莲的双眼湿润了，脑海中浮现风华正茂的关露老师给她上国文课时的情景。她只知道关露写过长篇小说，写过诗，还有那"春天里来百花香，郎里格朗里格朗里格朗"的歌词，但是她不知道关露竟然翻译过这么多文学名著。虽说关露被"汉奸文人"的污水泼得满身都是，但在方美莲的心目之中，关露老师依然是那样的和蔼可亲和楚楚动人。

拿出一本本文学作品之后，下面的书令方美莲吃惊，几乎全部都是"红色禁书"，其中的美国记者的《西行漫记》，方美莲曾经从关露老师那里借阅过。

自从有那么多好书做伴，方美莲在舜爸村的日子都是在如痴如醉的读书中度过。她那空虚的精神世界，渐渐充实起来。她那萎靡的思想情绪，渐渐振作起来。她跟着《铁流》中的苏联红军一起战斗，她跟《钢铁是怎样炼成的》中的保尔·柯察金在极度困苦中战胜敌人也战胜自己。她吟诵着高尔基《海燕》中的诗句："勇敢的海燕，在闪电中间，高傲地飞翔；这是胜利的预言家在叫喊：——让暴风雨来得更猛烈些吧！"

细心的方美莲发现，有的书上盖着"平子藏书"的私章，有的书上盖着"景珹藏书"的私章。在关露的三本译作扉页上，都有这样的题字：

　　　平子姐雅正
　　　　关露

方美莲是第一次见到"景珹"的名字，不知道这个"景珹"是谁，但是那"平子"令她想起了姚平子：当年，方美莲还是"小溜溜"的时候，就在温州籀园图书馆受到这位戴着金丝无框眼镜、留着齐耳短发的女馆长的关爱。在上海，方美莲奉关露老师之命，在上海市民立女中"国文组"办公室里，又一次见到姚平子。方美莲竟然成了关露与姚平子的"交通员"，为她们之间传递书信。关露的题字"平子姐雅正"，清楚表明这"平子"就是姚平子。方美莲指着书上的藏书章，问阿花姐："你认识这个'平子'吗？"阿花姐摇头："不认识。"方美莲指着书上的藏书章，又问阿花姐："你认识这个'景珹'吗？"阿花姐依然摇头："不认识。"方美莲告诉阿花姐："我不认识那个景珹，但是我很早就认识这个平子，她曾经是温州籀园图书馆馆长，叫姚平子……我也认识《海燕》《钢铁是怎样炼成的》《邓肯自传》的译者关露，她是我在上海念书时的国文老师。"阿花很专注也很惊讶地听着方美莲的讲述。

一代才女的离去

过了几天，周强回到舜吞村，阿花在第一时间便把方美莲住在她家的消息告诉了他。

周强问："她又来逃难了？"

阿花说："她想在这里出家当尼姑。"

周强在震惊之余，说道："美莲是一个很聪明的人，怎么会那样糊涂？"

阿花又说："她闲着没事，想看书，我就把你放在我那里的一箱书给她看。她看了书上的藏书章说，那平子就是姚平子，她很早就认识。她还认识关露。"周强一听，又一次震惊。他随着阿花来到她家，见到正在看书入迷的方美莲。"阿强哥！"方美莲抬头，一见到周强，立即欢呼起来，一对眸子顿时明亮起来。周强见到"一身黑"的方美莲，明显比去年消瘦，脸色苍白，形容枯槁，好像一下子老了许多，眼角出现了鱼尾纹——按照她的年龄，原本应是青春焕发，远远不是脸上打褶的时候。看得出，命运的坎坷，沉重的打击，把她折磨成了这等模样。周强道："美莲妹，别来无恙？"方美莲长叹一口气："一言难尽！"原本家丑不可外扬。在方美莲看来，周强跟阿花姐一样，是可信赖的人，所以也就把在高府的种种不幸，向周强倾诉。见到方美莲陷入过度的忧伤之中，周强改换了话题："美莲妹，听阿花说，你知道'平子'就是姚平子？"方美莲果真马上从悲戚的情绪中走了出来，说道："我很早就认识她，她是温州籀园图书馆馆长。她后来从温州去了定海，然后从定海去了上海。"周强一听，方美莲对姚平子如此了解，也就告诉她："你知道'景珹'是谁？

他就是胡景瑊，姚平子老师的长子。"

方美莲问："这么说，你认识姚平子老师的儿子胡景瑊？"

周强说："认识。这箱书，就是胡景瑊寄放在我这里的。"

方美莲又问："胡景瑊跟你谈起过他的母亲姚平子吗？姚平子老师一切安好？"

周强说："据胡景瑊告诉我，前年冬日，他的母亲姚平子从上海回到温州，不幸在年底病逝。"

方美莲一听，珠泪盈眶，说道："姚平子老师年纪轻轻，大约只有四十出头，怎么说走就走了呢？"

周强说："她过世的时候，只有四十四岁！"

这时，方美莲才说："在上海，我见过姚平子老师很多次。她很和蔼，总是脸带微笑。因为关露老师是我的恩师，她跟姚平子老师关系密切，书信往返频繁，叫我做交通员，所以我常常去上海南市的上海市民立女中寻姚平子老师。关露老师说，我是一个女学生，进出于民立女中，不容易引起注意。再说，我跟姚平子老师都是温州人，我们用温州话交谈，谁也听不懂。我知道，关露老师是左翼作家，并听说她是中共地下党员。我当时就猜想，跟关露老师书信来往那么密切的姚平子老师，也一定是中共地下党员。"

周强听说方美莲曾经是关露和姚平子之间的交通员，也就把胡景瑊曾经说起的姚平子的去世经过，告诉了方美莲……

1915 年，18 岁的姚平子跟留学日本归来的胡同颖结婚。胡同颖出自医学世家，他的父亲胡润之是温州名医，药到病除，人称"胡一帖"。胡润之的岳父陈虬是造诣很深的中医师，是我国最早的新式中医学校——温州利济医学堂的创办人。继承先辈的医学遗产，融入在日本学习的西医技术，胡同颖成了温州医学界的翘楚。他还曾在上海同济大学、浙江之江大学任教。

姚平子与胡同颖婚后，育有四子，长子胡景瑊，次子胡景燊，三子胡景濂，四子胡景琛。

不幸的是，1923 年，胡同颖在上海感染伤寒病去世，26 岁的姚平子当时正怀着第四子。她非常坚强，忍痛悲痛安葬了丈夫，生下了遗腹子胡景琛，还积极参加温州的各种社会活动，并在 1927 年担任温属联合县立图书馆（温州籀园图书馆）馆长。要知道，她的前任是温州著名学者刘绍宽，当时 61 岁，申请退休，陈仲陶、钱伯吹、梅冷生、叶寿桐皆为地方名流、饱学之士，这些人角逐温属联合县立图书馆馆长之职，最后却是 30 岁的姚平子脱颖而出，获得温属六县教育局长推举，接棒刘绍宽。她不仅是温属联合县立图书馆当时唯一的女馆长，也是最年轻的馆长。

在姚平子的四个儿子，三个是中共党员。

次子胡景燊于 1940 年牺牲，革命烈士。

三子胡景濂在温州读完小学，随姚平子去上海泉漳中学读初中，于 1937 年夏天毕业，到南京考取中央陆军军官学校，也就是黄埔军校，成为飞行员。

前年——1941 年，原本在上海工作的姚平子，回到温州小高桥胡宅，打算在温州教书。正值寒冬即将来临，她在上海买了两件丝绵长袍，准备分别送给在温州的长子胡景珹和四子胡景琛。然而，回到温州之后，却迟迟不能见到两个儿子。

在她的追问之下，亲友才说出实情：胡景琛是中共地下党员，在一年前在温州楠溪峰岭村遭到国民党特务暗杀身亡，年仅 17 岁。家人怕姚平子伤心，一直瞒着她。

姚平子这才得知四子胡景琛牺牲的噩耗，心中一急，病倒了。

她欲见长子胡景珹。可是，胡景珹在温州远郊，亦从事中共秘密工作。得知母亲生病，他乘坐小船赶到温州，但是温州形势紧张，国民党政府在追捕中共地下党员，胡景珹不得不忍痛返航，母子无法相见。

姚平子以为长子胡景珹遭到四子胡景琛同样的命运，病情骤然加重，不多日，在 1941 年年底，病故于温州。

方美莲听罢，久久地无言。她为温州一代才女姚平子过早地离世深感悲痛。

方美莲对周强说，她有一次去上海市民立女中寻姚平子老师时，曾见到姚平子老师跟一个瘦长的小伙子一起在办公室吃午餐。她当时以为那小伙子是姚平子老师的学生，但是小伙子长得跟姚平子老师很像，也许他就是胡景珹。

周强说，胡景珹文才一流，写文章倚马可待，经母亲姚平子介绍，确实有一段时间在上海著名左翼作家胡愈之先生主编的《月报》做编辑及资料员。你见到的，很有可能是胡景珹。方美莲问："我什么时候能够再见到胡景珹先生？"周强说："他行踪不定。有时候来舜岙村，就住在我家，有的时候他会在附近的山上召集会议，作报告。有机会，我带你去听他的报告，分析抗战形势，会有茅塞顿开的感觉。前几天，我听他作《怎样保卫大温州》的演讲，他说保卫温州必须要建立温州抗日根据地……瓯江南北、崇山峻岭，南连南雁荡山脉，北连北雁荡山脉，为一天然的良好游击区，我们只有建立这里的抗日根据地，才能保卫温州、进退自如。在温州第五、七、八、九等区，地多高山，形势险要，民风强悍，勇敢善战，民间枪支为数众多，因此，我们要在这里建立一个抗日根据地。"

方美莲问："什么是五、七、八、九区？"

周强答："就是西楠溪的山区。"

方美莲问："为什么他总是强调山区？"

周强说："山高路远，敌人打你很吃力，而游击队则能进退自如，随时向敌人发起进攻。我们舜岙村就是山区，所以也是游击队的根据地。"周强鼓励方美莲振作起来，说道："参加抗日游击队，比做尼姑要有意义得多，让你的人生放出光彩。"周强指着远处山崖上的青竹问道："记得清朝郑燮的《竹石》诗吗？"他跟方美莲、阿花一起吟诵：

> 咬定青山不放松，
> 立根原在破岩中。
> 千磨万击还坚劲，
> 任尔东西南北风。

近朱者赤。方美莲受到周强火焰一般的热忱的鼓舞，打消了做尼姑的念头，在舜岙村住了下来。她开始为抗日游击队做力所能及的工作，诸如写标语，画抗日漫画，抄写文件。周强还告诉方美莲一个好消息，征得胡景瑊的同意，他的那一箱藏书，可以供舜岙村村民阅读，尤其是鼓励年轻人阅读这些红色图书。方美莲建议，组织村民读书会，名字就叫作"春风读书会"。周强笑道："那你就是'春风读书会'的会长。"方美莲说："我做图书管理员吧。这些书来之不易，一定要有借有还，而且要人人爱护图书。如果胡景瑊先生路过舜岙村，请他到春风读书会跟大家见见面，谈谈读书心得体会。"周强认真地说："我见到胡景瑊，一定转达方会长的邀请之意。"方美莲给母亲方太太去信，告知自己在舜岙村住了下来。方太太逃难时在舜岙村住过一个多月，知道那里山清水秀，又有阿花做伴，也就放心了。方太太托人给方美莲捎来了生活费，使她能够长住在阿花家。

军统的秘密跟踪

自从方美莲走出温州高府大门之后，高瑞的元配按照方美莲的提议，重返高盈里。元配刚刚迈进高府的大门，高瑞在书房里看着方美莲留下的"告别书"——《红楼梦》的《好了歌》，正在着急。高瑞见到元配踏进书房，问道："你回来干什么？"元配说："美莲到我家，劝我回来。"高瑞问："美莲呢？她在哪里？我正打算派人去寻她！"元配说："她不会回来了。她对我说，她永远不会再进高府的门。"高瑞问："她去了哪里？"元配说："她告诉我，她要削发为尼，遁入空门。"高瑞说："她发疯了！放着高府衣来伸手、饭来张口的太太生活不过，去做尼姑？"元配道："她去志已坚，谁都劝不住。"高瑞无奈地说："罢，罢，罢，她要做尼姑，我也挡不住，由她去！"想起与方美莲争吵不断、极其不快的婚姻生活，高瑞自己理亏，因为他欺骗了方美莲，所以对于方美莲的离去，也只能无可奈何。他不再去查找方美莲。他知道，温州的尼姑庵并不多，查找方美莲并不难，但是即便找到了她，她既然下定决心不再回高府，自己找去只能是瞎子点灯——白费蜡烛。

高瑞面对归来的元配，却又满腹恼怒：如果不是她从上海回来，方美莲也就不会出走。

高瑞冷漠地问元配："你回来干什么？"

元配道："方美莲走了，我就是高太太了。"

高瑞说："我已经休了你，你做不了高太太！"

元配道："方美莲要我回来。"

高瑞说："方美莲的话，能顶什么用？"

元配道："方美莲要我照料高高。"

高瑞说:"我这里有两个女佣,还照顾不了高高?你给我滚!"

元配大哭。

高瑞冷笑道:"就是方美莲回来,我也要她滚!我早就有了比方美莲还年轻的新太太,马上就可以来到高府。这年头,谁有钱,谁就有漂亮、年轻的女人。你要明白,老牛向来喜欢吃嫩草!"原来,前些日子高瑞在温州的柳巷花街鬼混,早已经物色了新太太。听到高瑞说出这话,元配知道无可挽回,只得一边哭哭啼啼,一边正准备走出高府的大门。就在这个时候,方太太来了。方太太听说女儿方美莲从高府出走,向高瑞要人。高瑞冷笑说:"我正想向你要人呢!你的宝贝女儿,是自己要走,要去做尼姑。"方太太睁大了双眼:"什么?美莲要去做尼姑?"高瑞指着元配说:"你不信问她!"这时,高瑞的元配如实地说:"方小姐在出走时拎着藤箱到了我家,亲口对我说,她看破人世炎凉,百态众生,欲削发为尼,与修竹为伍。"方太太可以不信高瑞的话,但是不能不信高瑞的元配的话。方太太不是好惹的,对高瑞撂下一句狠话:"高瑞,我的女儿美莲是被你花言巧语骗去的。她有三长两短,我跟你没完,你吃不了兜着走!"方太太说罢,气呼呼地走了。高瑞的元配也灰溜溜地走了。高瑞望着这两个女人的背影,嘴角挂着一丝冷笑,关上了高府的黑漆大门。果真,在第二天,高瑞就把一个"小三"接进了高府,住进第二进主卧室。这个女人是名副其实的"小三"。她"小",比方美莲还年轻;她"三",在元配、方美莲之后,正好算老三。高瑞居然让女佣喊这位"小三"为"高太太"。

就在方美莲在舜岙村住下来的那些日子里,方丽莲在云和逐渐习惯了公务员的生活,习惯了速记员的生活。

方丽莲发觉,马德胜是一个绝顶聪明的人。他没有进过速记学校,可是就凭着杨炳勋送给自己的两本书,即《炳勋速记》和《炳勋速记入门》,居然"入门"了。他能够看懂方丽莲用炳勋速记法那奇特符号做的速记。有时候,省长黄绍竑在一天之内发表了多次讲话,方丽莲为"翻译"忙得不可开交,马德胜居然可以帮助她把一部分速记"翻译"成中文。当然,更多的时候,马德胜浏览方丽莲速记的省长黄绍竑的讲话,把其中的重要内容摘录于他的笔记本——在笔记本上,他不用中文摘录,而是用炳勋速记符号书写。这样,外行的人即便翻看他的笔记本,也不知道上面写的什么。

最有趣的是，马德胜有什么事，在家里给方丽莲留字条，就用炳勋速记符号书写。他对方丽莲说，他"钻研"炳勋速记太晚了，如果他在跟她结婚之前就学会炳勋速记，就会用炳勋速记符号给她写情书，又快又好，这快不用解释，而好则是指即便落到别人手里，别人也看不懂这情书有多肉麻！

方丽莲听罢，哈哈大笑，说道："你有本事，学学我的篆刻技术。"马德胜笑道："常言道'学以致用'。用篆刻刻情书，又慢又费力，在下不学也罢。"方丽莲又哈哈大笑起来。她觉得，马德胜这个夫君有天然的幽默感，跟他在一起，总是非常愉快。一天，方丽莲下班回来，忽然神情凝重地坐在那里，一言不发。马德胜一看就明白，一定时遇上什么特殊情况。果真，经马德胜一问，方丽莲才说出今天难忘的一幕。在那是下午，她整理好省长黄绍竑上午在一个座谈会上的发言稿，走进严家祠堂的省长办公室。黄绍竑例行说了声"谢谢"。方丽莲正欲退出省长办公室，黄绍竑留住了她，指着办公桌上铁丝文件篓里的一份文件说："方小姐，军统在告你先生的状呢！"方丽莲不由得紧张起来，问道："他们告什么状？"黄绍竑说："他们说，你的先生自从到云和以来，跟中共云和县委书记陈平、吕克仁来往密切，有通共嫌疑。他们甚至提出大胆的假设，说你的先生有可能是中共打入中统的特工，提醒我密切注意。他们还说，中统向来有被中共钻空子的'先例'，最著名的就是中统首脑徐恩曾的机要秘书，便是中共特工钱壮飞。他们提出，对于你的先生只有怀疑，并未掌握确切证据，但是你的先生与中共云和县委书记陈平、吕克仁多次见面，却被军统跟踪，证据确凿。"

黄绍竑省长说罢，方丽莲的心扑通扑通直跳。

没有想到，黄绍竑省长居然大笑起来："军统的报告，送错了地方。我黄某人就曾经被军统告了一状，说我'通共'，那报告直送蒋委员长。报告说我'自山西作战回来，逢人就说八路军军纪好，善于游击战，打仗勇敢，共产党如何发动群众、动员民众，军民配合投身于抗战等等好话'。那时候，浙江省临时省会在金华，军统的报告害得我从金华赶往武汉，面见蒋委员长。我向他递交了辞呈，辞去了浙江省省长之职。蒋委员长一面训示我今后说话小心，一面把我的辞呈撕得粉碎。这样，我得以重新回金华，仍旧担任浙江省省长。"

黄绍竑接着说:"军统是一帮成事不足、败事有余的家伙,仗着他们是蒋委员长的嫡系到处欺负人。他们习惯于给你戴'红帽子',把你抹红,说你是共产党,然后置你于死地。如今,他们故伎重演,欺负到你先生头上了。还好,我黄某人向来海纳百川,尤其是当今抗战年代,外侮当前,国共合作,共同抗日。各党各派应精诚团结。你回去告知先生,安心工作,同时也要提防军统。"

令方丽莲感到遗憾的是,当时与黄绍竑省长只是私下谈话,未用速记记录。好在她的记性不错,所以能够精确地把黄绍竑省长的话,原原本本向马德胜传达。马德胜当即用速记把黄绍竑的谈话记在笔记本上。

马德胜对方丽莲说:"请代我向黄省长致谢。我会记住黄省长的话,'安心工作,同时也要提防军统'。"马德胜接着又郑重其事地对方丽莲说:"你也要提防军统。因为你在黄省长身边工作,又是我的太太,很可能会引起军统注意,给你戴'红帽子'。"方丽莲说:"共产党有那么可怕吗?在杭州小院,我把你给我的美国记者斯诺的《西行漫记》看了三遍,觉得延安挺好,红军挺好,共产党挺好。"听到方丽莲如此说,马德胜心里甭提有多高兴。马德胜每天从方丽莲速记的黄绍竑谈话中,摘取重要情报,说是上报中统,其实是交给中共云和县委,而中共云和县委则将其交给中共浙江省委书记刘英。马德胜,其实就是潜伏在国民党中统的另一个钱壮飞——中共特工,这倒是被军统"猜"对了。

真正的"虎口英雄"

马德胜清晰记得,他跟刘英第一次见面的情形。那一回,在杭州沦陷之后,他专程从杭州前往金华,然后穿过封锁线,来到丽水。这是他头一回来到丽水。马德胜按照联络地址,在丽水城关莲城镇一条名叫绅弄的弄堂口,找到一家小小的家庭织袜工场。"请问,阿三太太在吗?"马德胜问一位织袜女工。"我就是。"织袜女工答道。"红蓝白三色袜子织吗?"马德胜问。"蓝色纱线没有了,织红黑白三色袜子行吗？"阿三太太答道。"黑色太难看，改用绿色的好吗？"马德胜问。"红绿不相配。"阿三太太答道。双方的联络暗号对上，严丝合缝。这家绅弄织袜场，便是中共浙江省委秘书处的联络点。自从丽水成为浙江省的临时省会，国民党浙江省政府迁至丽水云和，中共浙江省委则迁至丽水城关莲城镇。虽说国共合作，但是不论是国民党还是共产党，彼此互相提防着。国民党中统仍紧盯中共浙江省委，将其视为"异党"，所以中共浙江省委不得不仍处于地下状态。阿三太太知道马德胜是自己人，就带他到莲城镇四牌楼的兴华广货店去见她的先生"阿三"王德珊。兴华广货商店是中共浙江省委联络处。"我要见王志远老板。"马德胜对阿三说。在阿三问清了马德胜的种种情况之后，终于说道："跟我来。"

阿三带着马德胜来到莲城镇厦河村 77 号，那里是农民王玉坤家。马德胜在那里见到了王志远老板。

王老板清癯的脸，看上去像上面一个正方形下面装了一个倒三角形，眼睛大而明亮，紧抿的嘴唇充满毅力，穿中式长袍马褂，商人打扮。他就是中共浙江省委书记刘英，"王志远"是他的化名，兴华百货商店老板是他的公开身份。

刘英事先已经接到密电，知道马德胜要从杭州来向他请示工作。如果说，中统是国民党对付中共的一只老虎，那么马德胜就潜伏于虎口，在虎口拔牙。正因为这样，刘英跟马德胜见面的时候，紧紧地、紧紧地握着马德胜的手。马德胜对于刘英也充满崇敬之情。马德胜是从杭州三元坊小院地下密室中所收藏的中统档案里得知刘英身世的。这些秘密档案是在中统局浙江调查室主任刘怡生领导下逐步建立的。刘怡生此人，很注意收集浙江省中共负责人的种种信息，逐一建立详细的"人头档案"（即给每一个浙江省中共负责人建立一份档案），以便于监视、侦查。由于刘英是中共浙江省委书记，是刘怡生最为关注的对象。他把刘英档案的编号定为"001 号"。

随着国民党浙江省政府迁往丽水云和，刘怡生也率中统局浙江调查室迁往云和，而有些档案仍留在杭州。马德胜跟刘怡生早就认识。不过，马德胜受中统局上海调查室刘旦少将领导，并不从属中统局浙江调查室，所以也就不属于刘怡生领导。

据浙江省中统"001 号"档案记载，刘英原名刘声沐，字浴沂，江西瑞金人氏。1929 年 4 月，朱毛红军第四军攻占瑞金县城。瑞金成为江西"匪区"的中心，刘声沐和本村的青年刘德连一起报名参加了红军。

"001号"档案记载了刘英名字的来历：刘声沐改名刘英，刘德连改名刘雄，意思是说两人合起来就是"红军英雄"。刘英参加红军之后，于1929年9月加入中共。中统档案中有刘英当时写的一首诗：

　　　　幼时不识路，

　　　　今日上坦途。

　　　　赤身献革命，

　　　　决然无反顾。

"001号"档案指出，刘英不仅作战勇敢，而且足智多谋，所以在红军中提升迅速。1935年2月，红军组建挺进师，粟裕任师长，刘英任政委。此后，刘英成为粟裕的"搭档"，进军浙江。

"001号"档案记载，浙江省中统获得如下情报：刘英、粟裕率部与福建叶飞部队会合，于1935年10月成立中共闽浙边临时省委和临时省军区，刘英任省委书记兼省军区政委，粟裕任省委组织部长、省军区司令员，叶飞任省委宣传部部长。

据"001号"档案记载，此后刘英转战浙南温州一带。抗日战争爆发之后，刘英所率部队成为新四军的一部分。

浙江省中统"001号"档案中还有这样的情报：1939年7月，在刘英的主持下，在温州平阳北港凤卧乡的冠尖和马头岗召开中共浙江省第一次代表大会，刘英在会上作了政治报告，并出任中共浙江省委书记兼统战部部长。

不知道是谁，在"刘英出任中共浙江省委书记"之下，画上了红道道，还打上一个大大的惊叹号。据马德胜推测，这红道道和惊叹号大约是刘怡生的笔迹。"001号"档案中关于刘英的记载，到此为止。那天，马德胜向刘英汇报了国民党中统监视中共浙江省委的情况，汇报了杭州的日军动向，刘英颇为赞赏。马德胜讲述了浙江省中统"001号"档案中关于刘英的种种记载，刘英一边听，一边哈哈大笑。

刘英说，我是中共浙江省委书记，是浙江省中统眼中的"001号"，他们盯上我是必然的。看得出，他们一直把我们中国共产党视为眼中钉，即便在抗日战争时期，在第二次国共合作时期，中统也从未放松对于中国共产党各地组织的监视。

刘英笑道:"什么时候有机会,我去杭州看看这份'001号'档案。我也期望有机会拜会那个刘怡生,让他看看'001号'何等模样,免得他整天瞎琢磨。"马德胜向刘英请示工作。刘英指出,浙江省有两大特点:第一,浙江是蒋介石的家乡、老巢,国民党统治的腹心地区,反动统治势力异常强大,所以在浙江工作必须小心谨慎;第二,国民党浙江省省长黄绍竑是以李宗仁为首的桂系军阀大将,跟蒋介石有很深的矛盾,这又是有利的一面,给了我们充分利用矛盾开展工作的机会。

刘英说,在抗日战争中,实行国共合作,共同抗日。中共浙江省委与黄绍竑为首的国民党浙江省政府建立了比较融洽的统战关系,推动黄绍竑颁布了以中共的《抗日救国十大纲领》为基础而制定的《浙江省战时政治纲领》,从而使浙江的抗日救亡运动开展得轰轰烈烈,抗日救亡团体、刊物如雨后春笋般纷纷涌现。

刘英说,1939年春,中共中央副主席周恩来以国民政府政治部副部长的身份视察浙江时,对中共浙江省委工作予以充分的肯定:"在东南战场上,浙江是站在前进的地位,是值得其他各省仿效的。"

刘英指出,国民党是错综复杂的,不能因为黄绍竑对中国共产党采取合作态度,就忽视了国民党中顽固派时时觊觎中国共产党,不断制造摩擦,制造事端,力图消灭中国共产党。刘英要求马德胜做长期隐蔽的打算,要慎之又慎地在"虎口"工作。马德胜握别刘英,从丽水返回杭州。刘英的坚毅、干练,给马德胜留下了不可磨灭的印象。此后,当马德胜偕方丽莲从杭州来到丽水莲城镇后,以为可以再度见到"王老板"。没有想到,绅弄织袜场、兴华广货店都已经人去楼空。

中共云和县委书记告诉马德胜,由于国民党顽固派制造了皖南事变,使新四军蒙受重大损失,浙江的形势变得很严峻。刘英决定,已经在丽水莲城镇扎根两年多的中共浙江省委机关,应迅速搬离丽水,迁往温州。

在方丽莲成功地成为黄绍竑的速记员之后,马德胜源源不断地把重要情报交给中共云和县委书记,由他们用电报发给中共浙江省委书记刘英,而刘英则把内中最为重要、最有价值的情报,从温州发至延安。

当刘英得知这些重要情报是马德胜获得的之后,曾经请发报员给中共云和县委发来电报:"向虎口英雄致敬!"马德胜说,其实刘英书记在枪林弹雨中出生入死,才是真正的"虎口英雄"。

鲜花掩盖着志士的鲜血

刘英是一个魅力四射的人。马德胜只跟他见了一面,只跟他谈了一次话,刘英的印象就深深烙在了他的脑海之中。马德胜期望着有朝一日能够再跟刘英见面,再当面聆听他的充满睿智的见解。尤其是马德胜听说刘英也喜欢绘画,喜欢篆刻,真想让方丽莲也跟他见一面,聆听他对于绘画、篆刻的独具一格的见解,让方丽莲速记下来,一定会有极大的助益。然而,不论是马德胜还是方丽莲,永远都无法再见到刘英了。红色的五月,丽水漫山遍野鲜花盛开。方丽莲哼起了当时传遍华夏大地的光未然作词、阎述诗作曲的抗战歌曲《五月的鲜花》:

> 五月的鲜花,开遍了原野
> 鲜花掩盖着志士的鲜血
> 为了挽救这垂危的民族
> 他们正顽强地抗战不歇
> ……

一歌成谶。就在这鲜花遍地的五月,刘英倒在鲜花丛中,"鲜花掩盖着志士的鲜血"。

马德胜得知噩耗,是在1942年5月底。他先是从中共云和县委那里得知,中共浙江省委书记刘英,于5月18日被国民党中统秘密枪杀于距离丽水只有60多公里的永康方岩,年仅37岁!

几乎与此同时,马德胜从他所在的国民党中统系统中也得知,中统局浙江调查室主任刘怡生受到嘉奖,因为他抓捕了刘英,审讯了刘英,处决了刘英。马德胜悲痛欲绝。后来,马德胜从中统局浙江调查室的内部情报以及中共云和县委那里,得知刘英被捕的详细情况。尤其是一位在中统搜捕中漏网的来自温州墨池坊秘密据点的中共地下党员来到云和，向中共云和县委书记讲述了刘英被捕的经过……

世上最可恶的，莫过于叛徒。刘英被中统抓捕，起因在于曾经担任他的警卫员的李少金的叛变。李少金当时担任中共浙江台州特委武工队队长，被捕之后叛变。李少金的叛变，引起中统局浙江调查室主任刘怡生的注意。刘怡生多年研究"001号"，知道李少金曾经是刘英的警卫员，于是找李少金细谈，将目标锁定刘英。刘怡生派出中统温州站站长陈家璧对李少金和陈方汀进行"培训"。陈方汀是原中共浙江省温岭县委书记，被捕之后叛变。陈方汀也认识刘英。

得知中共浙江省委机关从丽水迁至温州，刘怡生让陈家璧率李少金和陈方汀到温州抓捕刘英。刘怡生再三关照，务必抓活的。在刘怡生看来，刘英是中共浙江省委书记，从刘英的嘴里可以"掏"出整个浙江省的中共组织。

就像中共浙江省委机关在丽水莲城镇的时候有着诸多秘密联络点一样，迁往温州之后，同样设立了七个秘密据点。刘英住在离艺文学堂不远的温州墨池坊一位可靠的朋友家里，那儿从不对外联络。刘英召集会议或者会见战友，在墨池坊之外的那六个秘密据点。内中，他召集会议，通常在温州小南门的恒丰盐店[1]。那是一幢两层实木结构的老房子，木柱、木板都已经呈深褐色，底层是店面，楼上是住家，秘密会议在二楼举行。

恒丰盐店地处人来人往的小南门，所以这座老房子人进人出并不太引人注意。从1938年5月开始，恒丰盐店便是中共浙江省委和各地来人接头的秘密联络点。也有时，外地的中共地下工作人员在此落脚居住。

大约是恒丰盐店作为秘密机关多年，在中共地下组织里知道的人也就不少，其中就包括李少金。于是，1942年2月初，中统温州站站长陈家璧率李少金、陈方汀以及众多特务日夜在恒丰盐店附近化装守候，张网捕鱼，守株待兔。

恒丰盐店人进人出。陈家璧叮嘱李少金、陈方汀，目标是刘英，即使认出进出恒丰盐店的人员之中有他们认得的其他中共地下党员，也不要动手，以免打草惊蛇。特务们在焦急中等待了好几天。2月8日晚，夜幕下的温州小南门还是那么热

1　恒丰盐店，即今日温州大厦所在地。原恒丰盐店早已经拆除。

闹。一个身穿长衫、头戴礼帽的男子，出现在恒丰盐店附近。李少金认出了这熟悉的身影，当即从背后把他拦腰抱住。那男子狠狠蹬了李少金一脚。这时，潜伏在四周的60多名特务在陈家璧的指挥下蜂拥而上，抓捕了这男子。这名男子正是刘英。毕竟特务人多，刘英寡不敌众，被反剪双手。特务们冲进恒丰盐店，抓捕了中共浙江省委秘书周以群和他的妻子、中共浙江省委交通员郑爱婵。唯有中共温州中心县委郑梅迪年轻时练过武功，在情急之中翻身上房，侥幸脱险。刘英身上还带有党内文件。在经过一座小桥时，趁着特务们不注意，刘英挣脱反剪的手，从衣袋里取出文件，扔进了河里。

没有想到，周以群和妻子郑爱婵竟然都是软骨头。他俩面如土色，刚刚被捕便立即叛变，表示愿意带着特务去搜查中共浙江省委在温州的秘密机关。由于周以群是省委秘书，郑爱婵是交通员，熟知中共浙江省委在温州的联络点。他们竟然带着特务连夜赶往温州籀园图书馆附近的九山省委交通站，逮捕了那里的工作人员，搜去了中共浙江省委存放在那里的好几箱文件。

凌晨，周以群、郑爱婵带领国民党中统特务到温州百里坊的大中华广货商店，那里也是中共浙江省委联络点。住在这里的中共浙江省委秘书顾春林拒捕，被特务开枪打伤而遭逮捕。接着，周以群、郑爱婵又带领国民党特务去了另一个联络站——温州小南门木材行，中共地下联络员林传民在此被捕。上午7时，周以群、郑爱婵带领国民党特务去了温州西郊联络站，那里的中共地下党员已经得知风声，全部逃走，使特务们扑了个空……

这样，从2月8日晚刘英被捕，到翌日上午，国民党特务捣毁了中共浙江省委的六个秘密机关，逮捕了八人。唯一没有遭到破坏的是刘英在温州墨池坊的秘密住处，因为那里是叛徒们不知道的中共浙江省委机关。

这次国民党中统扫荡温州城内的中共浙江省委机关，史称"温州事件"。刘英被捕之后，被戴上脚镣，关押在温州市中心重兵把守的永嘉看守所[1]。得知刘英被捕，国民党温州行政督察专员[2]张宝琛得意忘形地说："捉获刘英一人，胜俘敌十万。抓住了他们的省委书记，三个月就可以把浙江的中共党组织连根拔掉。"最高兴的莫过于

1　永嘉看守所，今日温州广场路小学内。

2　国民党温州行政督察专员，即国民党政府浙江省第八行政督察区专员。

中统局浙江调查室主任刘怡生。得知"001号"落网，他欣喜若狂，一面向设在重庆的中统局报功，一面赶紧从云和赶往温州，亲自提审刘英。中统局电示浙江中统室："以最大的力量，以生死利害关系，反复说明，争取刘英。"刘怡生到了温州，在永嘉看守所里见到了刘英，马上吩咐去除刘英戴着的沉重脚镣。刘怡生对刘英说："刘英先生，文韬武略，名闻东南半壁，久仰！"刘怡生所说的"久仰"，并非客套，他关注刘英，制作"001号"档案，今日终于得见刘英真容。刘英默不作声。刘怡生接着说："刘英先生，识时务者为俊杰。先生是中共浙江省委书记，只要说出先生所知道的情况，必定受到党国重用。"刘怡生满以为刘英会像李少金、陈方汀、周以群、郑爱婵那样叛变。没有想到，这一回他碰了个硬钉子。

刘英反而严词质问刘怡生："当今，国难当头，国共理应合作，共同抗击日本侵略者。试问，我们共产党人宣传群众，组织群众，进行抗日救亡，何罪之有？可是你们却视共产党人为异党，为心腹大患，监视、跟踪、抓捕共产党员，你们是民族的败类！"

在永嘉看守所，刘怡生对刘英的审讯了持续了十多天，毫无所得。尽管永嘉看守所有重兵把守，但毕竟地处温州闹市，刘怡生仍担心万一遭到劫狱，自己就无法向上交代。于是，2月20日，刘怡生亲率众多特务以及叛徒，乘坐轮船逆瓯江而上，把刘英从温州秘密押往丽水。2月23日，刘英被从丽水押至永康方岩岩下街的程洪昌旅社。在刘怡生看来，程洪昌旅社是一个保险箱，因为那里是国民党浙江省警察大队和特务大队的驻地。在刘英到来之前，刘怡生下令对程洪昌旅社楼上的西厢房进行了"装修"——做了一个半间房子大的木笼，以便单独关押刘英。这样，刘英一到那里，就被关押在这个特制的牢笼里，还铐上十多斤的镣铐。刘怡生知道审讯刘英既吃力又无用，便改由中统温州站站长陈家璧主持对刘英的审讯。陈家璧对刘英严刑拷打，依旧毫无结果。刘英在狱中写下一首诗明志：

> 十年征尘到如今，
> 偷生弹雨息枪林。
> 战死沙场堪自乐，
> 图圄室内何我分。

刘怡生知道刘英是硬骨头，再审问下去也没有什么用处，便将审讯情况报告重庆中统局。蒋介石在刘怡生报告上写下批语："无感化余地，坚持共产主义信仰，对刘英处死示众。"1942年5月17日夜，中统局浙江调查室收到发自重庆、由蒋介石亲自签发的密电："饬速处决刘英。"18日清晨，国民党特务把刘英押解到方岩马头山麓程氏宗祠后山，中统局浙江调查室情报处行动组长单银昌执刑。一声枪响，刘英倒在五月的鲜花丛中，血沃中华。啊，"五月的鲜花，开遍了原野，鲜花掩盖着志士的鲜血"。毛泽东早在1929年就认识刘英，得知刘英牺牲之后，毛泽东深情地说："刘英为人民而牺牲，人民就会永远纪念他。"

1942年夏日，周恩来在延安中央党校作报告时，沉痛地把中共浙江省委书记刘英牺牲的噩耗告诉大家。周恩来说："刘英同志被国民党抓去了，他英勇斗争，坚贞不屈，壮烈牺牲。"

1941年1月，在皖南事变时，刘英曾为悼念新四军皖南阵亡将士写下悼词："生而为英，死而为灵。念我烈士，万古垂青。"这也成了他为自己写的悼词。天天跟中统特工们打交道的马德胜，为刘英之死而万分悲恸，心中默念着刘英生前对他的嘱咐：慎之又慎地在"虎口"工作。

"三五支队"的来历

在刘英倒在五月的鲜花丛中之后，丽水、云和的气氛骤然紧张，在温州城里更是充满一片肃杀之气。中共地下组织从温州城区转移到浙南山区，以逶迤起伏的山峦作为屏障，在烂漫的山花掩护之下，依然是那么的活跃。地处大罗山麓深处的舜岙村，周强陪着一位二十六七岁模样、一身中山装的文质彬彬的男青年，走向阿花家。男青年是受舜岙村春风读书会的邀请，来做读书辅导报告的。阿花家屋高房大，春风读书会就设在阿花家，会长便是方美莲。在开会之前，周强特地安排这位男青年跟方美莲见面。

"我叫胡景瑊。听说你认识我的阿妈姚平子？"原来，这位男青年就是姚平子的长子胡景瑊。他知道方美莲是温州人，就用温州话跟她交谈。

"哦，胡先生，你就是姚老师的儿子？我叫方美莲，家住温州铁井栏。"方美莲高兴地跟胡景瑊握手。

"我家在温州小高桥。"胡景瑊说。

"哦，小高桥，就在松台山脚，在府前街与大同巷之间。"方美莲用温州话这么一说，令胡景瑊感到很亲切。

"从铁井栏走十几分钟就到了。"胡景瑊说。

"胡先生，真难得，今天能够请到你来舜岙村做读书报告。"方美莲接着说道，"我在上海读书的时候，跟令堂见过好多次。"

"我有一段时间也在上海工作，听阿妈说起你。那时候，你在上海霞飞路启秀女子中学上学，对吗？"胡景瑊说道。

"我记得，有一次去上海市民立女中寻姚老师，一位瘦高的小伙子在国文教师办公室里跟她一起吃午餐，好像就是你。"方美莲说道。

"哦，我记起来了。那时候，你剪着学生短发，一身学生装，跟我阿妈讲温州话。我当时觉得奇怪，阿妈在上海怎么会有温州学生呢？"胡景瑊愉快地回忆道。

"这么说，今天是你们第二次见面。"周强在一旁笑道。

"听说，你是关露老师的高足。关露老师是我阿妈的志同道合的挚友。"胡景瑊说道。

胡景瑊所说的"志同道合"，显然就是"同志"之意。胡景瑊提及关露，方美莲当然高兴，但是一想及报纸上对于关露的"汉奸文人"斥骂声、挞伐声，就不由得情绪黯然，默不作声。

胡景瑊似乎也看出方美莲的忧虑，说道："关露老师是优秀的左翼作家。很多人企图抹黑她，但是我坚信，她是抹不黑、骂不倒的。我一直是她忠诚的读者，喜欢她的作品。"

方美莲说道："谢谢你把你和姚老师的一箱藏书放在阿强哥这里，允许使我和舜岙村的村民们'借光'，读了许许多多好书，顿开茅塞。"不言而喻，方美莲所说的"借光"，有着双重含意。

胡景瑊说："受父母影响，我从小就喜欢读书，也喜欢跟同学交流读书心得，而且写读书笔记。我很欣赏英国哲学家培根的格言——'读书使人充实，讨论使人机智，笔记使人准确，读史使人明智，读诗使人灵秀，数学使人周密，科学使人深刻，伦理使人庄重，逻辑修辞使人善辩。凡有所学，皆成性格。'确实，开卷有益，读书使我心明眼亮。人一定要有信念、有理想、有抱负，读书会帮助你树立信念、理想、抱负。"

方美莲听罢，真诚地说："胡先生，前些日子我因诸事不顺，连受挫折，一度对人生心灰意冷，甚至打算遁入空门，了此一生。你和姚老师的这一箱藏书，如同火炬，燃起了我对生活的勇气，改变了我的人生。读这些书，我如坐春风，所以阿强哥提议在舜岙村成立读书会的时候，我建议取名'春风读书会'。"

胡景瑊笑道："我在温州中学上学时，组织了读书会，以'野火'命名，意思是野火燎原。你组织的读书会叫'春风读书会'，很有意思，'野火烧不尽，春风吹又生'，恰巧成了对仗。除了读书，我还喜欢写作。在温州中学，我主编校刊《明天》，在校刊上发表过许多文章。"

周强说："景瑊兄后来的工作，一直跟'宣传'沾边。"

胡景瑊说："我的工作除了跟'宣传'沾边，还跟'青年'沾边。正因为这样，听周强兄说，舜岙村组织了'春风读书会'，参加者多数是青年，既跟'宣传'沾边，也跟'青年'沾边，所以我就很乐意参加你们的活动。"

后来，方美莲才知道，胡景瑊受母亲姚平子的影响，20岁就加入中国共产党。抗战爆发之后，他参与组织永嘉战时青年服务团，担任副总干事。此后他担任过中共永嘉县委宣传部长兼青年部长、中共浙南特委青年运动委员会主任，确实一直跟"宣传"和"青年"沾边。在刘英牺牲之后，他出任中共瓯北县委书记。

那天，在舜岙村"春风读书会"上，胡景瑊侃侃而谈，谈读书、谈人生，也谈形势、谈斗争。看得出，胡景瑊确实擅长向青年们进行宣传鼓动，虽说他自己也还是一个青年，但是经过战火的洗礼和斗争的考验后，他比起同龄人要成熟得多、老练得多。

那天，在舜岙村"春风读书会"上，胡景瑊讲完之后，当场答复了青年们提出的问题。

阿花也是春风读书会会员，她问道："胡先生，在有的藏书上盖着'平子藏书'的图章，听说'平子'就是温州籀园图书馆馆长姚平子，是您的母亲。请问，您喜欢读书，是不是受母亲的影响？"

胡景瑊回答说："一路书香，一生阳光。是母亲让我养成了读书的好习惯，所以书香伴着我长大。读好书，使我的心灵一直沐浴在阳光之中。"

一位男青年问胡景瑊："我读了美国记者斯诺的《西行漫记》，知道中国有一支在毛泽东、在共产党领导下的红军。请问，浙江有红军吗？前几天我在附近山上，遇见一支穿灰布军装的队伍，说是'三五支队'。请问，那是一支什么样的队伍？是浙江的红军吗？"

方美莲早就从《西行漫记》中知道毛泽东，知道朱毛红军，却还是第一次听到"三五支队"这个新名字。

面对接连的"请问"，胡景瑊笑了，说道："抗日战争爆发之后，实行国共合作，红军改编成为国民革命军的八路军和新四军。在共产党的领导之下，新四军在浙江东部、南部山区，组织了很多支抗日游击队。1942 年 8 月，在浙江四明山统一整编了浙东、浙南各地的游击队，成立了三支主力部队，番号分别为第三支队、第四支队、第五支队。后来，第四支队与第五支队合并，组成新的第五支队。改编以后的第三支队和第五支队，合称'三五支队'。这么一来，'三五支队'就成了共产党领导下的浙江抗日游击队的主力，属于新四军编制。可以说，'三五支队'就是浙江的红军。"

一位男青年又"请问"起来："请问胡先生，您也是'三五支队'的吗？"

胡景瑊坦然答道，"是的。我是'三五支队'的一员。欢迎各位加入'三五支队'，一起打日本人。在我们浙南山区，有很多'三五支队'组织。"

那位男青年再度"请问"："请问胡先生，您是共产党吗？"

胡景瑊依旧很坦然地回答："是的，我是共产党的一员。各位看了《西行漫记》，就知道了中国共产党是怎样的政党。如果在座的各位要加入'三五支队'，要寻共产党，可以来寻我。"

有人问："我到哪里去寻你？"

这时候，周强替胡景瑊做了回答："你们寻我就行，我会转告景瑊兄。"好几位小伙子站了起来，说道："胡先生，我们现在就报名加入'三五支队'。"胡景瑊也站了起来，连声说："欢迎！欢迎！欢迎你们加入'三五支队'。"胡景瑊高兴地跟那几位小伙子一一握手。胡景瑊不愧擅长青年工作，不愧擅长宣传工作，他在舜岙村"春风读书会"上的讲话，赢得了一片掌声。"春风读书会"像一阵春风，胡景瑊像一阵春风，吹开了舜岙村年轻人的心扉。

煤油灯旁的山村夜谈

那天，胡景瑊并没有离开舜岙村，而是在周强家住了下来。阿花对胡景瑊说，她家宽敞，有好几间客房，可以住到她家。胡景瑊却说："阿花，谢谢你的盛情。我跟周强兄是多年的老朋友，住在他家更加方便些。晚上你和方小姐有空，可以到周强兄家里来，我们一起聊聊。"听说胡景瑊要寻她和阿花聊聊，方美莲心中自然非常兴奋。在这寂寥的小村，难得从外面来客，尤其是像胡景瑊这样睿智的人。

方美莲猜想，胡景瑊执意要住在周强那破旧的小屋，周强必定是"三五支队"的人，甚至可能是中共地下党员，不然，周强怎么会说"你们寻我就行，我会转告景瑊兄"？可见他跟胡景瑊的关系非同一般。

山村的夜来得早。先是西边的山峰挡住火红的落日，晚霞迅速变成了一抹灰色的浓重的云朵，紧接着天幕变成一片漆黑。吃过晚饭之后，阿花点起了一只印着"高"字的长圆形灯笼，带着方美莲去周强家。阿花家是白墙青瓦大院，周强家只是一幢上面是稻草屋顶、四墙是抹了泥巴的竹篱笆的房子。

周强家只有三个小房间，中间是客厅，东边是周强母亲的卧室，西边是周强的卧室。胡景瑊跟周强睡一屋。

当方美莲跟着阿花高一脚、低一脚走近周强家的时候，看见周强家客厅里射出黄晕的煤油灯灯光。当她俩的灯笼出现在周家门口时，周强和胡景瑊连忙迎了上去。客厅的泥地上，放着一张八仙桌，桌边放着四条长板凳。

　　四个人围着八仙桌，各坐一条长板凳。周强给每人一个瓷碗，抓一把瓯海茶，再用竹壳热水瓶倒上开水。方美莲见了，连忙说自己不要茶叶，喝白开水就行，喝了茶晚上就睡不着。就在四人坐定之际，方美莲注视着八仙桌中央放着的那盏煤油灯。上面有着一个英文标志——Mobil，即美国美孚石油公司。方美莲抿着嘴笑了。胡景城察觉到方美莲嘴角的一丝笑意，问道："方小姐，你笑什么？"方美莲说起了美孚煤油灯的故事：她的爷爷当年担任美国美孚石油公司温州分公司总经理，为了打开煤油的销路，就给温州百姓"免费赠送"美孚煤油灯。百姓有了美孚煤油灯之后，就得到美国美孚石油公司温州分公司买煤油。于是她的爷爷赚了一大笔钱，后来再转行去开钱庄。自从温州有了发电厂，电灯就取代了美孚煤油灯。她没有想到，在周强家里，竟然见到了这一"老古董"。

　　方美莲说罢美孚煤油灯的故事，胡景城、周强和阿花都笑了起来。胡景城道："每个家庭，都有着自己的历史。这盏美孚煤油灯，折射了你的家史。"方美莲反问道："胡先生，你的家史呢？我知道，令尊大人是温州名医，令堂大人是温州籀园图书馆馆长。我听说，令堂大人是共产党员，而且是温州最早的共产党员。请问，是不是这样？"

　　考虑到母亲已经去世，胡景城面对方美莲这样的"请问"，并不回避："家父是在1923年病逝的，当时家母只有26岁。她很坚强，独力挑起养育四个儿子的责任，而且我最小的弟弟是遗腹子。家母是一个特立独行、有胆识、有信念的女子。她在19岁时就出任永嘉高等女子小学校长，主张师生剪发辫、松小脚，挣脱旧世俗的束缚。在家父过世的翌年，她毅然加入了中国共产党。她是温州最早的共产党员之一，但并不是温州最早的共产党员。"

　　方美莲追问："温州最早的共产党员是谁？我看过《西行漫记》，知道中国共产党1921年在上海成立。毛泽东对斯诺说，他参加了那次成立会议——中共第一次全国代表大会。"

　　胡景城说道："温州最早的共产党员是谁，我原先不知道。后来我入党之后，听母亲说起，才知道温州最早的共产党员叫谢文锦。在1921年，也就是中国共产党诞生的时候，27岁的谢文锦在上海加入了中国共产党。"

　　胡景城接着说道："谢文锦是温州永嘉县一个农民的儿子。他先是考进温州的浙江省立第十中学（温州中学）读书。因为思想激进而遭到校方开除。他得到曾任温州都督的徐定超的帮助，转到杭州省立第一师范读书。毕业之后，在陈独秀主编的《新青年》杂志社工作。在中国共产党诞生之后，陈独秀当选总书记，谢文锦加入了中国共产党。所以谢文锦不仅是温州最早的共产党员，而且也是全国最早的共产党员之一。"

周强、方美莲和阿花，都聚精会神地听着。

胡景瑊一边喝着瓯海茶，一边说道："谢文锦加入中共之后，被派往苏联莫斯科学习，回国后在广州担任中共中央秘书。1924年，他回到温州，建立了独立支部，叫作'温独支'，把红色的种子撒在温州。家母就是在那时候加入中共的，并成为'温独支'的支部书记。"

周强问："谢文锦现在哪里？"

胡景瑊说："谢文锦回温州工作一年之后，又前往上海，参与领导上海工人三次武装起义。谢文锦后来到了南京，担任中共南京地委书记。1927年4月12日，蒋介石发动'四一二'反革命政变。谢文锦在4月12日凌晨2时被南京市公安局侦缉队队长赵虎臣抓捕，旋被杀害，遗体被装进麻袋，运到南京通济门外九龙桥上，扔进了秦淮河，鲜血染红了河水。"

周强、方美莲和阿花听罢，久久无言。美孚煤油灯暗淡的灯光，照着八仙桌旁四张表情严肃的脸。

胡景瑊终于又接着说："前些日子，我所熟悉的中共浙江省委书记刘英，也倒在国民党中统特务的枪口之下。但是，野火烧不尽，春风吹又生。"

方美莲经过久久的思索，终于开口，郑重其事地对胡景瑊说道："胡先生，我思量着，加入中共没有资格，但是我可以请求加入'三五支队'。"

方美莲的话，不仅出乎周强、阿花的意料，也出乎胡景瑊的意料。

胡景瑊很认真地说道："方小姐，很欢迎你加入'三五支队'。我知道方小姐琴棋书画样样都拿得起，'三五支队'需要会动笔头的宣传人才，也需要演出、鼓动的文艺人才。"

不料，方美莲此时冷不丁说了一句："胡先生，你这是门缝里看人——把人看扁了！"

　　方美莲这句话，不仅令周强、阿花吃惊，连胡景瑊也是一愣，他想，自己刚才的话有什么不合适的地方吗？

　　就在这时，只见方美莲右脚轻轻一踮，就飞身上了八仙桌，摆了个金鸡独立的姿势，整个过程中，桌上的美孚煤油灯纹丝不动。她的这一动作，如同当年在上海四马路致美楼那一跃，挣脱了王水的扼脖之手，跃上圆桌，踩在邪盆汴京烤鸭之上。

　　正在胡景瑊、周强、阿花惊讶得张大嘴巴合不拢的时候，方美莲又轻轻一蹬，跃到地上，坐回板凳原位。

　　方美莲这时才徐徐道："我从小学文又练武。如果论武，不论是胡先生还是阿强哥，都不是我的对手。所以我完全可以做一个持枪杀敌的'三五支队'队员。"胡景瑊一听，爽朗地大笑起来："方小姐文武兼备，人才难得，一定会成为优秀的'三五支队'队员。抱歉，抱歉，我刚才确实是从门缝里看你！"胡景瑊这一笑，引得周强、阿花也笑了。这笑声在舜乔村的夜空中回荡。

第七章

时局骤变

小院里的“自由女神”

历史这椽之笔，写下新的一页又一页：

1942 年 8 月，日军分三路向浙江临时省会云和发起进攻，遭到顽强阻击。此后日军又多次进攻云和。云和多山，日军始终未能攻下这座山城。

1943 年 2 月 23 日，法国的伪政权维希政府宣布，同意放弃在华租界。日军进驻上海法租界，上海最后的一个孤岛沦陷，全部变成日占区。霞飞路巡捕房的华捕李警官拒做伪警察，也像原公共租界巡捕房的华捕朱海那样，改行去当私企仓库的门卫。在上海法租界的国民党中统局上海调查室主任刘旦也转入了“地下”。

1944 年 9 月 9 日至 1945 年 6 月 17 日，温州第三次沦陷。这一回，日军占领温州的时间远远超过了此前两次，给温州百姓造成了深重的灾难。

1945 年 8 月 15 日正午，日本天皇向全日本广播，接受波茨坦公告、实行无条件投降。

中国人民赢得十四年抗日战争的胜利。在庆贺抗战胜利的狂欢席卷中国之际，蒋介石的国民政府急着要从战时陪都重庆还都南京。接收大员们争先恐后从重庆飞往上海。在上海的国民党中统局上海调查室主任刘旦，也从“地下”转到了“地上”。以黄绍竑为省长的浙江省国民党政府，以胜利者的姿态，从山城云和班师回杭。黄绍竑到达杭州之后，在广播电台向杭州市民发表慷慨激昂的演说：“抗战期间，我们浙江省国民党政府始终以云和为临时省会，抗击日军。在我们的努力之下，云和从未沦陷，成为浙江省的希望之城，保全了整个浙江省国民党政府机构。

在云和的四千多人的浙江铁工厂，生产了大量的武器，有力地支援了抗日战争。今天，我们胜利了，我们重返美丽的西湖之畔，我们要以'三民主义'建设一个崭新的浙江省。"

在黄绍竑发表演说时，坐在他的旁边的方丽莲以娴熟的速记，把黄绍竑的声音变成了文字，翌日见诸于《浙江日报》《东南日报》。

马德胜与方丽莲重返杭州三元坊小院。他们结婚之后，生下一个女儿，马德胜为女儿取名马俪，这"俪"显然来自方丽莲的"丽"。在马俪断奶之后，方丽莲就托人把女儿从云和带到温州，交给外婆带。好在方太太非常喜欢第三代，还托人带来口信，要方丽莲继续"努力"，再生一个儿子。

当马德胜用黄铜钥匙打开小院的黑漆大门，听见里面有人问"谁呀"，朝大门走了过来。门开了，双方都怔住了！出现在马德胜与方丽莲面前的不是别人，正是那天双眼泪汪汪、踉踉跄跄走出小院的刘连。方丽莲记得，刘连在奉父命离开小院回上海的时候，曾经对她说："丽莲妹妹，我恐怕再也见不到你了！"方丽莲记得，刘连准备出门的一刹那，突然回身，紧紧抱住她，热吻她……眼前的刘连，明显长胖了。在抗战胜利的消息传来之后，刘旦急派已经从震旦大学毕业的儿子刘连前往杭州，任务是缉捕汉奸、伪浙江省警察厅厅长王水。刘连来到杭州，让原先在三元坊小院值班的中统看守人员撤走，他住了进来。刘连跟马德胜、方丽莲重逢，坦然接受了马德胜与方丽莲的婚姻，因为刘连也有了自己的三口之家。正因为这样，刘连见到方丽莲，并没有拥抱她、热吻她，只是意味深长地跟她长时间紧紧握手，表明他似乎不忘旧情。刘连跟马德胜握手之后，说道："小马，你看这么住好不好，丽莲还是住她原先的卧室，你住我的卧室，这么一来，两间卧室紧挨着。我呢，就住你原先的卧室，好吗？"

在马德胜看来，如果按照原先的居住格局，刘连跟方丽莲的卧室紧挨着，现在显然不合适。但是细心的马德胜马上注意到，如果让刘连住进他的卧室，而他的床底下就是密室，原本他可以随时进密室翻阅中统档案，倘若让刘连睡在那张床上，他要调阅中统档案就得先征得刘连同意了。

于是，马德胜说："我住惯了我的卧室，我还是住老地方。丽莲跟我一起住就行了。丽莲的房间，让它空着，作为客房。万一令尊大人来杭州视察或者来了客人，就可以住那个房间。"

经马德胜这么一说，刘连只好同意，并从马德胜的卧室里搬走了他的东西——原来，刘连为了控制密室，已经抢先搬进了马德胜原先的卧室。

安顿毕，刘连指了指对面的浙江兴业银行总行大楼说："现在可以扬眉吐气了。挂在汪伪的杭州市市政府的招牌、楼顶的太阳旗，已经被烧掉。门口的汪伪哨兵，也早已不见踪影。我们可以大模大样走在杭州街道上，大模大样游西湖。"

三人在客厅里坐了下来，那些西湖绸伞样品依旧摆放着。马德胜问刘连："刘将军对于抗战胜利之后的中统工作，有什么指示？"

刘连说道："我离开上海之前，家父收到重庆中统局的指示，当前工作着重于两点：第一是清除日伪特工机关，尤其是要追捕那些叛变的原军统、中统特工；第二，中统的工作重心，要转移到防共、清共上来。"

刘连强调说："家父告知，蒋委员长说，在抗战期间国共合作，共产党成了友党，他们趁机迅猛发展，他们的军队一下子增长到一百多万人马，成为党国心腹大患。尽管蒋委员长将邀请毛泽东从延安到重庆谈判，其实那是一出戏而已。国共必有一战，而且是你死我活之战。蒋委员长说，必须予以迎头痛击共产党，消灭共产党。蒋委员长强调，中统是反共的尖兵。中统必须加强，不能削弱。"

在刘连讲这些话的时候，方丽莲往笔记本上速记。刘连问："丽莲妹，你什么时候学会的速记？"方丽莲答道："是在丽水师从中国速记元老杨炳勋教授学的。学习速记，是刘旦将军的指示。他是杨炳勋教授的老朋友。他写了致杨炳勋教授的手札，介绍我去丽水找杨教授学习速记。毕业之后，我在浙江省政府做速记员，成了公务员。"方丽莲强调了自己是公务员，而特意回避了"黄绍竑"三个字。刘连看了方丽莲的速记笔记本，只觉得笔迹秀丽，但是一个字也看不懂。刘连夸奖道："丽莲妹真的学什么像什么。你现在还喜欢篆刻吗？"方丽莲道："当然喜欢篆刻。篆刻是艺术，速记是技术。在丽水，学会了速记这门技术，我可以做公务员，可以有薪水，可以自食其力，不用德胜哥负担我的生活。现在回到了杭州，我还是希望能够回到西泠印社。一旦我的篆刻艺术达到了高水平，我就能靠着篆刻养活自己。做艺术家，自由自在，不像做公务员要上班、下班，处处受到拘束。"

刘连笑道："丽莲妹还是'自由女神'一个，无意于仕途，无意于政治。"马德胜坐在一侧，听到方丽莲在刘连面前对答如流，深为欣喜。他明显感到，经过在浙江省政府机关的几年磨炼，方丽莲成熟了。就这样，马德胜、方丽莲和刘连又在杭州三元坊共处一个小院，只是三个人的关系已经与往昔全然不同。

树倒猢狲散

抗日战争的胜利，给汪伪政权敲响了丧钟。树倒猢狲散，汉奸们各奔东西，跑的跑，躲的躲，溜的溜，逃的逃。

温州高盈里高府家大门上的铜扣，响起了叩门声。女佣开启大门上的小方窗，看见一位四十开外的男子，戴一顶礼帽式的草帽，穿一身玄色香云衫，正在用一对金鱼眼看着小方窗。他的旁边，是一辆黄包车，上面放着一只黑色的皮箱。看得出，他可能刚从外地来。"先生寻阿妮人[1]？"女佣用温州话问道。"高瑞先生在吗？"那人似乎听不懂温州话，用带有河南口音的国语问女佣。女佣倒是听懂了来人的意思，赶紧跑到二进，用温州话朝里面喊道："高太太，有人客。"高瑞不在家。那位高太太——娇艳而年轻的"小三"——跑了出来，从小方窗朝外一看，见来人虽然面上有横肉长相凶恶，但是仪表堂堂，表明是有身份的人。

"请问，先生要找谁？""小三"倒是会讲国语，虽说讲得不那么好。"我是高瑞先生的老朋友，前来看望高先生。"那位"人客"说道。"小三"一听是高瑞的老朋友，于是开启了大门欢迎。"人客"付了黄包车钱，拎着黑色皮箱进了高府。"小三"让"人客"在客厅坐定，女佣奉上龙井茶。客人摘下草帽，露出光亮的脑袋。"小三"问"人客"："先生贵姓？"

"敝姓萧，是高瑞先生的上海的老朋友。"这位"人客"接着问道："小姐是高瑞先生的千金？""人客"这一问，问得"小三"不好意思起来："我是高太太。""人

1　寻阿妮人，温州话，"找谁"的意思。

客"也不好意思起来，连声说："高太太如此年轻漂亮，高瑞先生的艳福不浅。""小三"说道："哦，是萧先生。高瑞去附近县前头理发，一会儿就回来。"说曹操，曹操到，高瑞回家了。高瑞一看来客，乍一看认不出来，只是隐隐约约觉得有点面熟。端详了一下，发觉对方剃掉了浓密的八字胡，而且有点发福。高瑞终于笑道："王处长，什么风把你吹来？""小三"在一旁觉得糊涂，刚才"人客"说自己姓萧，怎么转眼之间变成了"王处长"？"人客"确实是高瑞的老朋友，当年的"上海特别市政府"警察局情报处处长，后来的伪浙江省警察厅厅长，王水是也。王水也注意到"小三"脸上异常的表情，便说："高先生，借一步说话。"高瑞明白，"小三"在侧，女佣在旁，使王水不便说话，便带他到书房，两人便在那里悄声谈话。王水只在上海跟高瑞见过面，他怎么会跑到温州，叩响高盈里高府大门上的铜环呢？原来，抗日战争的胜利，使王水惶惶不可终日。在树倒猢狲散的时刻，王水的脑海里旋转着的，就只有一个字，那就是"逃"。王水盘算着逃往哪里？逃到杭州附近吧，诸如诸暨、宁波、嘉兴，没有熟人，没有可靠的落脚点；逃往上海吧，那里的老部下、老对手那么多，等于自投罗网；逃到河南杞县老家吧，那里认识他的人也不少。左思右想，王水忽然想到了温州，想到了那个在上海致美楼请他吃饭的温州商人高瑞。日本人喜欢温州的瓯绸，高瑞曾经找王水帮忙，跟日本人做过好多次瓯绸生意，也曾经找他帮忙，途经日占区运送商品。本来，高瑞给钱，他利用"上海特别市政府"警察局情报处处长的权力帮助高瑞做生意，属于"权钱交易"之类，他并不"研究"对方，并不刻意收集对方的情报。然而自从在上海致美楼响起那难忘的枪声，王水就开始令部下收集有关高瑞的情报，细细"研究"起高瑞来。起初，王水怀疑高瑞是国民党军统，或者至少跟国民党军统有密切关系，所以在上海致美楼雇枪手朝他开枪。然而情报显示，高瑞是一个跟国民党军统没有什么瓜葛的温州商人，除了担任高机瓯绸公司总裁兼总经理之外，也不过担任温州旅沪同乡会办事处主任这样与政治无关的职务。情报显示，朝王水开枪的枪手，是国民党中统特工刘连，其父是王水的死对头、中统局上海调查室主任刘旦。高瑞跟刘旦、刘连父子并无关联。情报显示，在上海致美楼枪击案发生之后，高瑞带着那个金莲逃往温州。王水查明了高瑞在上海公共租界的家庭住址，还查明了温州高盈里高府的地址。王水后来的注意力，全都用在收集刘旦和刘连的情报上，欲报那一枪之仇，早已把高瑞撂在了一边。

　　然而，王水在思忖逃亡之路的时候，却想起了那个被撂在一边的高瑞。王水曾经几度因公差到过温州。在王水看来，温州山高路远，偏处浙江东南一隅，物产丰富，气候暖和，那里倒是隐居的好地方，何况高瑞有钱，可以供养他。更重要的是，高瑞曾经通过他跟日军做交易，起码可以算是汉奸行为，有证据捏在他的手中，如同有小辫子在他手中，不怕他不听话。

　　于是，在王水看来，在逃难的时候，陈梅是个累赘。王水给了路费以及生活费，打发陈梅和她的母亲孙阿姨一起回了上海。陈梅哭道："你就这样打发我？"王水说："我给你路费、生活费，算是很对得住你了。"陈梅继续哭道："这一点生活费，在上海只能支撑一两个月，以后叫我怎么办？"王水道："你就到上海四马路重操旧业呗。"陈梅本想痛骂王水一顿，但看他也是泥菩萨过河——自身难保，也就灰溜溜无可奈何地自认倒霉，唉声叹气地跟母亲一起去了杭州城站，乘坐火车回上海，另觅新主去了。

　　正值大批国民党浙江省军政人员兴高采烈从丽水、云和取道金华乘坐火车重返杭州，王水担心旅途中被人认出，于是从杭州取道宁波，从定海乘坐轮船赴温州。王水剃去了八字胡，为了遮掩那发亮的光头，上船时戴鸭舌帽，下船时戴草帽。

　　令王水感到遗憾的是，那一回从上海到杭州上任的时候，在杭州城站弄丢了一只皮箱，丢了金莲的那只金色莲花别针。不然的话，这回到了温州高府，见到高瑞的太太金莲，送上那只金色莲花别针，也算是完璧归赵，再叙旧日情意。

　　总算一路上太太平平，王水乘船抵达温州朔门码头的时候，先在码头附近的一家小旅馆住了下来。按照王处长的习惯，他想先对高瑞家一带侦查一番，然后再去敲门。王水到达温州之后，把草帽压得低低的，在温州城里转悠。王水见到街上贴着大字标语："欢呼日本无条件投降""同盟胜利，举国欢欣""庆祝抗日战争胜利""可歌可泣八年抗战，人山人海共庆胜利"……

　　令王水非常惊讶的是，温州街道热闹非凡、人头攒动、张灯结彩、红幔遮天，处处搭起了戏台，京戏、绍兴戏、瓯剧、乱弹应有尽有，舞龙灯、踩高跷在大街上来来回回。街道两侧，小摊小贩齐出动，长人馄饨、矮人松糕齐上阵……

　　王水问温州长者，得知这是温州的民俗，名曰"拦街福"。何谓"拦街福"？

长者指着温州墙上的诗说道："这是清朝乾隆年间温州诗人赵贻瑄描写拦街福盛况的诗。"王水上前观看，见赵贻瑄这么写道：

笙歌盈耳酒盈瓯，
夹道华筵拥绿旄。
海国春城真似锦，
不须重上望穷楼。
古树千株列有芒，
云翘翠朵晚来妆。
刚从水曲群湔濯，
好向神灵迓淑祥。
漫天缯彩结层层，
扈从灵旗日日增。
晚霁初收三月雨，
新街重点九华灯。
夭桃浓李竞时芳，
人影匆匆亦太忙。
临路钗钿争拾得，
春风缕缕麝兰香。
……

长者对王水道："年年春节前后，温州拦街福，百姓同祈福。"王水问："春节早已过去，为何还有拦街福？"长者道："看官从何处来？这是温州人为了欢庆抗战胜利，特地举办拦街福！"王水一听，赶紧躲进人群，生怕脸上红一阵、白一阵被长者看见。在拦街福的另一处，王水看见众人猜谜语，也挤了进去。主持人宣布惊人消息，猜中者赏五百斤油。五百斤油！在抗战刚刚胜利、物资尚匮乏之际，五百斤油可以说是天大的奖。于是，引来一大批猜谜者，人人摩拳擦掌。在众目期盼之中，主持人终于在黑板上用粉笔写出最合时宜的谜语："日本无条件投降，谜底打一古代人物名字。"台下顿时像开了锅似的，众人绞尽脑汁猜这谜语。有人说是刘备，因为刘备打败了曹操；有人说是戚继光，因为他打败了倭寇；还有人说是郑成功，甚至有人说是成吉思汗。忽然，一位温州中学的学生高声喊道："谜底是苏武。"主持人问："何以见得？"此学生陈述理由道："苏联红军出兵东北，消灭了日本百万关东军，促使日本无条件投降，帮助中国夺取抗日战争的胜利。苏联出兵就是'苏武'！"台下众人都说言之有理。就在这时，另一位瓯海中学的学生高声喊道："谜底是屈原。"主持人问："何以见得？"此学生陈述理由道："美国在日本广岛、长崎扔了两颗原子弹，迫使日本屈服，无条件投降。原子弹，屈服，合起来就是'屈原'！"看来瓯海中学的学生也言之成理。就在台下群众争论谜底该是"苏武"还是"屈原"之际，主持人宣布："两人都对。""这么说，我可以获得一半——二百五十斤油！"温州中学学生欣喜道。"这么说，我也可以获得一半——二百五十斤油！"瓯海中学学生也欣喜道。出乎所有人的意外，主持人宣布："奖品增加一份。你们两人，都可以获得五百斤油！"哇，好运气！所有的人都向两位中学生表示祝贺。主持人当场发奖。他所发的奖品，令所有的人都吃惊：主持人给两位获奖者各赠一锭写毛笔字用的墨，因为那墨锭的品牌叫"五百斤油"！这"五百斤油墨锭"，是徽州胡开文墨厂生产的名牌墨锭。顿时，台下爆发出哄堂大笑，以及热烈的掌声。在一侧观看的王水，这才明白温州人用别具一格的方式庆祝抗日战争的胜利。温州诗人林隽顷，写下一首《胜利日竹枝词》：

牛斗星辉映鹿城，
六街夜夜笙歌起。
游行火炬烛映红，
五马街头人已满。
中山堂外留云亭，
此夕风光无限好。

隐居九山湖畔

　　王水以前来过温州，但是没有来过高盈里。他在高盈里转悠了一番之后，觉得此处小巷深宅，适合隐居，不过也有缺点：离闹市太近。王水从朔门附近的小旅馆退了房，带了黑皮箱，坐着黄包车来到高盈里高府。他原本以为在那里会见到金莲，谁知见到的却是"小三"。

　　在书房，王水向高瑞说明了来意，即打算在高府住下来。王水还告诉高瑞，他已经改名换姓，新名字叫作"萧炎"。在化学上，"王水"是由硝酸和盐酸混合组成，"萧炎"即硝酸和盐酸之意，又有"消炎"之意。

　　高瑞金丝边框眼镜后面那双精明的眼睛，骨碌碌地转动着。

　　高瑞知道，王水是不好对付的人物，自己不仅有小辫子捏在王水手中，而且王水那黑皮箱里一定放着手枪，所以万万不可对他下逐客令。可是高瑞转念一想，让王水在高府长住，那也不是一个办法。他经常在外做生意，而王水成天在高府，万一跟"小三"勾勾搭搭，那就不好办了。

　　于是，高瑞告诉王水，毕竟朋友有难，当然相助，他可以在高府先住几天。但是高府人来人往甚多，而且地处闹市，不适合于长期隐居。高瑞向王水提出两点建议：一是他的高机瓯绸公司的仓库在温州九山湖畔，那里的一位姓沈的门卫年老多病，可否由王水顶替他的工作。这样，王水可以作为他公司的职工，长期在温州隐姓埋名住下来。仓库边上有一套住房，虽说不大，但是独门独户。九山湖风光秀丽，不远处就是温属公立图书馆——籀园图书馆。二是高瑞的小舅舅家在温州瑞安，那里有房子可供王水居住。王水可以用房客名义住在那里。那里旁边就是小学、中学。王水或许可以作为教师在小学或者中学当教师，还能有正式的职业和稳定的收入。另外，高瑞的大舅舅住在山区舜岙村，那里房子很大，只是有点偏僻。

　　王水以为高瑞够朋友，觉得这两种方案都可以。他提出先在九山湖畔居住。时间长了，如果有什么"麻烦"，就搬到瑞安去住。再有"麻烦"，就躲到山区舜岙村。高瑞以为，在仓库当门卫，太委屈王水了。他问王水有什么专长，可以在小学或者中学当教师。王水说，可以教日语。高瑞说，抗战胜利之后，中小学已取消日语课。王水说，或者教英语。高瑞说，那好，如果去瑞安，我可以介绍你去当英语教师。王水细细一想，在学校教书不好，要接触很多学生，接触很多教师，以后还是找仓库门卫之类的工作，除了进出运货、提货的司机之外，不跟别人接触。王水还对山区舜岙村很有兴趣。他必须作最坏的打算，万一在温州市区或者瑞安市区被人发现，那就远走高飞，躲进深山。这时，高瑞神秘兮兮地对王水说道："你知道吗，现在谁住在舜岙村我舅舅家？"王水连忙问："谁？"高瑞继续卖关子："这人还认识你！"王水觉得奇怪："在深山老林，还有认识我的人？"高瑞这才说："我的前妻。"王水问道："就是在致美楼唱《天涯歌女》的金莲？"高瑞答道："正是。"王水一听说金莲住在舜岙村，一下子就有了兴致："她为什么住到山村去？"高瑞说："她跟我合不来，成天吵架，就远远躲到舜岙村去了。"王水这才明白，为什么在高府没有看见金莲。王水厚颜道："也许，她跟我会合得来。"高瑞竟然说："你喜欢金莲的话，我就送给你。只是你要当心，她有武艺在身。"王水笑道："我也是武林出身。要不，我怎么做特工？"王水很详尽地向高瑞打听，从瑞安去舜岙村有多少路，怎么走。就这样，王水在高府盘桓了几天，便向高瑞告别，前往位于温州城西的九山湖。王水临走的时候，再三关照高瑞："今后喊我萧炎先生，千万不要再喊王处长、王厅长了，如今我是草头百姓一个。"王水叫了一辆黄包车，带着那只黑皮箱，从高盈里至铁井栏，沿大街来到五马街、信和街，向西穿过大士门，就来到了九山湖。到了九山湖，王水仰天大笑，连喊三声："天助我也！天助我也！天助我也！"王水这般欣喜，全然因为他被九山湖之美迷住了，醉倒了。九山湖确实是温州最美的地方。

在王水看来，"上有天堂，下有苏杭"这句流传千古的话应当改写，这里才是人间天堂。宁静的九山湖水，像一面银镜，横躺在松台山脚下。清朝诗人朱彝尊有诗赞松台山云："苍苍山上松，飒飒松根雨。松子落空山，朝来不知处。"

九山湖碧波荡漾，不深也不浅，清澈见底。松台山绿树蓊郁，不高也不矮，满目青翠。松台山上有一座塔，名唤净光塔。鸟掠晴空，鱼翔浅底，林荫做伴，绿水相随，百花竞放，草木清香，湖光塔影，美不胜收。

相传古代温州有九座山，所以这里叫九山。九山有一条护城河，叫作九山河。九山河南端，河面宽广，那便是九山湖。在温州话里，"湖"与"河"同音，所以有人以为九山湖应写作九山河，而更多的人以为应写作九山湖。

人称九山湖是"小西湖"。在王水看来，九山湖最令他喜爱的是清静，是一颗遗世的珍珠，不像西湖那样游人如鲫。王水正是希望"大隐隐于市"。王水也很喜欢他的住所，那是在高机瓯绸公司仓库旁一幢干干净净的白墙青瓦平房。诚如高瑞所言，平房虽说不大，但是独门独户，出入方便，自由自在。

原先的门卫沈老先生对于王水的到来，十分热情。还好，沈老先生能够讲国语，只是带有浓重的温州口音。办理交接手续之后，沈老先生把一大串叮当作响的黄铜钥匙交给了王水，内中既有高机瓯绸公司仓库大门以及各货仓的钥匙，也有那幢平房的房门钥匙。

沈老先生临走时对王水说："萧先生，我家就在九山湖'豆腐桥'边的徐家门台[1]里住。还有什么事不明白，到徐家门台寻我就行。"

王水问道："去籀园图书馆怎么走？"

沈老先生说："走过'豆腐桥'，走过徐家门台，就是籀园图书馆。"

沈老先生说着，指指点点，告诉王水去籀园图书馆怎么走。

王水安顿毕，便前往籀园图书馆。他原本是一个终日跟情报打交道的人，到了温州，他的信息源被完全切断，仿佛与世隔绝。住在高府的时候，他唯一可以获得外界动态的是阅读高瑞所订的《浙江日报》《浙瓯日报》。他非常关注日本投降之后的局势，每当他看到报纸上所载某某汉奸被捕的新闻时，往往心惊肉跳。尽管如此，他还是细细阅读完这些新闻，尤其是关注那些他所认识的汉奸被捕的消息。他庆幸自己逃到温州。他猜想，籀园图书馆一定有许许多多报纸，在那里他可以详细了解世界大势、国内动态以及浙江动向。

王水从住处前往同在九山湖畔的籀园图书馆，不过一箭之遥。王水走过一座石桥时，看见桥上刻着"窦妇桥"三字时，不由得扑哧一笑，原来他把沈老先生所说

1　因胡兰成在《今生今世》一书中把自己在温州的住处徐家门台写作徐家门台，此后众多报道均写成徐家台门。按照温州话，应为徐家门台。胡兰成不是温州人，所以写错。

的窦妇桥听成了"豆腐桥"！他当时就疑惑，豆腐一般的桥能走吗？

离窦妇桥不远处，有一棵百年大榕树，长长的榕须随风飘荡，宛如长者的长髯。大榕树旁，矗立着一座气派不凡的门台——大宅门。王水猜想，那就是沈老先生所说的徐家门台吧。不过，王水也有不解之处，沈老先生倘若住在这大宅门内，怎么会给高瑞当仓库门卫呢？

王水沿着绿树夹道的石板小路走着，见到前方一堵粉墙，中间为照壁状的穹门，青石匾额刻着"籀园"两个大字，落款为"张謇"。张謇乃江苏南通状元、近代著名实业家。

籀园是一座三进园林，原本是名为"依绿园"的私家花园，乃清乾隆年间温州名士曾唯和他的弟弟曾儒章所建。1908 年，温州朴学大师孙诒让（号籀廎）逝世之后，为了追念他，在此建园立祠纪念，建籀公祠，遂改名籀园。

在籀园，曲径，回廊，假山，小亭，清泉，草地，花圃，古榕，与庄严肃穆的文德堂、籀公祠相拥。在籀园的最北边，便是籀园图书馆。

大榕树下大宅门

王水以萧炎之名，在籀园图书馆登记阅览。

王水贪婪地翻阅报架上的报纸，恶补着逃亡以来未曾知晓的种种消息，如同享受了一顿信息大餐。面对许许多多老朋友以汉奸之名被捕的新闻报道，王水可谓心惊胆战。

不知不觉，一位知天命之年的男子，身穿灰布长衫，见到王水如此披览各报，心存欣喜，便踱了过来，站在王水身后。直至发现报纸上有一身影，王水才回头去看。只见那男子，八字眉，戴一副黑框圆镜片眼镜，一望而知是学者类型的人物。

"萧先生真是关心时事之人。"他用一口温州话对王水说道。他大约从阅览登记表上知道王水名字叫萧炎。

王水木然，听不懂他的话，用国语说道："抱歉，我不是温州人。"

那人重新用国语说了一遍，并说萧先生原来是"外路人"[1]。

"先生贵姓？"王水恭恭敬敬地问道。

"免贵姓梅。"男子答道。

"莫非是梅馆长？"幸亏王水细心，刚才进籀园图书馆时，看到一张告示，下署"籀园图书馆梅冷生"。姓梅的人很少，故他猜测站在面前的便是梅冷生。

"在下正是。"男子彬彬有礼地回答之后，问道，"萧先生是初次来籀园图书馆？"

"是的。"王水答道。

"欢迎萧先生常来敝馆。敝馆不仅可以阅报，亦可借书。"梅冷生对于新读者一贯格外热情，"只是善本图书还要过些日子方可在馆内查阅，因为抗战期间，本馆生怕善本图书落入日寇之手，只得运往瑞安山区大岱保存。"一听到"抗战""日寇"，王水的表情便不自然起来，不愿与梅冷生多谈，匆匆告辞而去。王水走出籀园之后，走过那棵百年榕树，便朝窦妇桥靠东首那座气势不凡的大宅门走去。

一打听，那里果然就是徐家门台。走进大宅门，王水打听沈老先生，有人告知，进门之侧的一间厢房，便住着他。沈老先生见王水前来看望他，格外高兴。他带着王水参观这座百年大屋，三进院落，青砖黛瓦，虽说有些破败，有些杂乱，但仍不失大户人家的气派。

一边参观，沈老先生一边说："这徐家门台，又称徐宅。这徐，就是徐定超。徐定超是温州的大名人，清朝光绪九年中了进士，出任监察御史。他还曾兼任京师大学堂医学馆提调总教习，京师大学堂是清朝的最高学府，也就是后来的北京大学。辛亥革命后，他从杭州回故乡担任温州军政分府的首任都督，受到温州几万乡亲夹道欢迎。这座老屋的原主姓陈，因为经济拮据典给了徐定超。徐都督名气大，所以人人皆称此屋为徐宅。"

沈老先生说及自己，他原是一位小学国文老师，因为是宅主徐定超远亲，便被徐定超请来看家，所以住了进来。沈老先生接着说："徐都督是好人，清正廉洁，为温州百姓做了许多好事。"沈老先生叹了一口气："1917 年，徐定超先生偕同夫人

---

1 外路人，温州话，即外地人。

胡德淑从上海回温州，所乘的普济轮船在吴淞江口被一艘英国轮船撞沉，夫妻双双遇难。徐宅倒了顶梁柱，这三进房子分头出租，住进了许多人家，变得杂乱不堪。萧先生刚才所见，已非当年徐宅风光……"沈老先生请王水在他所住的厢房里坐下来。这时，王水说起刚才去了籀园图书馆，见到了梅冷生馆长。沈老先生对于籀园图书馆非常熟悉，他说，梅冷生是籀园图书馆的第七任馆长。第四任馆长是一位女馆长，叫姚平子。徐定超的夫人胡德淑在温州创办大同女学堂时，担任校长，姚平子就是胡德淑的学生。沈老先生说起了籀园图书馆的趣事，他说，籀园图书馆第二任馆长叫严琴隐，是温州的一位才子，他有一个缺点，喜欢喝酒。那时候，温州新任瓯海道道尹叫张宗祥，此人曾任京师图书馆主任（馆长）、浙江省教育厅厅长、西泠印社社长、浙江图书馆馆长。出于对图书馆的多年关注，张宗祥到任不久，在一个上午，他"微服私访"籀园图书馆。当他走进籀园图书馆，见一人在馆内里间呼呼大睡，浑身散发酒气，一问工作人员，得知睡者正是馆长严琴隐，原来严馆长昨晚应酬，多喝了几杯。张宗祥回去之后，一份解聘书就送到了籀园图书馆。严琴隐因此成为"短命"的籀园图书馆馆长，任职只有一年。见到沈老先生如此健谈，王水说，自己把窦妇桥听成了"豆腐桥"！不知道窦妇桥有何来历。沈老先生笑罢，又对王水说起窦妇桥的掌故：窦妇桥这窦妇，是指北宋的时候，温州九山有一位守寡老妪，姓窦，人家都喊她"窦妇"。窦妇以织布为生，非常辛苦。天上的织女得知，就让牛郎送一把雨伞给窦妇。雨伞里藏着一只蜘蛛，帮助窦妇织出了轻、柔、薄、美的绸。很多人出高价争着买窦妇的绸，窦妇从此不再那么辛苦，也不再那么贫穷。窦妇的秘密被一个名叫金刁的坏人得知，就去抢窦妇的那把织女所送的雨伞。窦妇逃，金刁追，窦妇逃，金刁追，到了九山湖边，窦妇无处可逃，就抱着那把雨伞跳进了九山湖……当地的老百姓听说之后，非常悲伤，就说："如果湖边有座桥，窦妇就用不着跳九山湖了。这样，众多百姓捐钱，在九山湖建造了一座石桥。为了纪念窦妇，就把这座桥命名为"窦妇桥"……

　　自从这次拜访沈老先生之后，王水每一回去籀园图书馆看书读报，路过徐家门台，总是要走进去，到沈老先生那里坐坐。

　　每一回从籀园图书馆归来，王水都有一种庆幸感。他从报纸上读到东京审判的消息，一个个日本战犯被押上被告席；在南京，一个个大汉奸，也被押上法庭的被告席。他能够躲在温州九山湖畔，犹如生活在世外桃源，实在幸运。尤其是仓库门卫是一个清闲的工作，往往一个星期里难得有一两次存货、提货，所以他越发显得悠游自在。王水打心底里感谢高瑞，给他提供了这么一个无忧无虑的工作，提供了这么一个天堂一般的工作环境。

追捕之网悄然撒开

就在王水庆幸、逍遥、自得其乐之际，追捕之网正在悄然撒开。

刘旦一直在念念不忘追捕"死对头"王水的踪迹。刘旦从上海赶往杭州，来到杭州三元坊小院，把他多年收集的王水档案，摊在客厅的八仙桌上。刘旦、刘连、马德胜、方丽莲四颗脑袋聚集在八仙桌四边。

在刘旦看来，方丽莲已经是中统的人。他的原计划是要把方丽莲安插在蒋委员长身边当速记员。无奈，在方丽莲之前的黄绍竑的那位专职速记员沈安娜调往国民党中央党部之后，蒋委员长很满意，所以方丽莲也就没有机会到蒋委员长身边工作了。国民党中央常务委员会每两周开一次，中央全会每半年到一年开一次，这些会议都是由沈安娜担任速记[1]。眼下，方丽莲只能在杭州梅花碑附近的国民党浙江省政府秘书处议事科继续担任速记员。

刘旦说，他已经把追捕汉奸、伪浙江省警察厅厅长王水的通报，发往全国中统系统，甚至还发给了军统，请他们协助追捕王水。刘旦把王水的档案交给刘连，要求刘连担负起专职追捕王水的任务。刘旦对刘连说，比起别人，你更有优势，因为你认识王水，而且枪击过王水，虽说只是打伤而已。

刘连接受追捕任务之后，细细研读、分析王水的档案。他从档案中得知，王水

---

1 1949 年 4 月，国民党兵败如山倒。沈安娜推托说要回上海看一下家人，从此一去不复返。这时国民党中统才查明，这个长期埋伏在国民党中央、埋伏在蒋介石身边、获取了大量重要情报的速记员，竟然是中共特工！

的家，在上海江湾"王公馆"。于是他从杭州去了上海，到了江湾，找到了王水的太太以及子女，但是他们都说已经很久没有见到王水。王水的太太说，王水是偕小姜陈梅赴杭州上任去了。

刘连从王水档案中也查到了陈梅的资料，知道这个陈梅曾是妓女，曾经是方美莲父亲方豪的小姜。此人心狠手辣，把方美莲推进火坑的就是她。刘连以为，妓女陈梅是一条重要线索。他料定王水在逃亡时必定会甩掉陈梅，而陈梅无专业特长，只能重返四马路的红灯区。于是，刘连先是去了上海四马路的红灯区，寻找陈梅。

没有想到，在抗战胜利之后，在蒋委员长倡导"新生活运动"的时候，上海四马路的红灯区夜夜灯火辉煌，其繁华程度远远超过孤岛时期。果真，刘连在那里找到了失魂落魄的陈梅。经过审讯，陈梅只知道王水准备逃跑，但是并不知道王水要逃往哪里。刘连从王水的档案得知，王水老家是河南杞县。他专程去了那里，王水的亲友都说，自从王水"发达"之后，就没有回过故乡。

据刘旦和刘连分析，王水躲在浙江的可能性最大。于是，刘连去了宁波，去了绍兴，去了定海，去了金华，又去了丽水，去了云和，去了青田。刘连每到一处，总是找当地的国民党中统联系，询问有无王水的线索。刘连终于从青田到了温州……王水呢，他总是在温州九山湖优哉游哉，隔三差五前往籀园图书馆，在那里浏览各地报纸，使他这个"桃源"中人有机会谛听世界的声音。

时间过得飞快，从1945年盛暑时日本投降，到了日军战犯、汉奸们纷纷被捕、受审的秋日、严冬，眼下又迎来了1946年。这时，中国北方已经滴水成冰，而温州这个温暖之州却不见冰雪。

一天上午，当戴着鸭舌帽的王水照例进入籀园图书馆阅览室看报的时候，一抬头，就像触电似的，全身的神经一下子收紧了。

王水为何突然如此紧张？因为他看见，在他的斜对面，有一张熟悉的脸，在那里聚精会神低头看报。那人年约四十，长圆形的脸，戴一副深紫色秀郎架眼镜[1]，穿黑色长衫，衣着整齐，显得儒雅，目光深沉。他大约看报过于专心，所以没有发现对面王水惊惶的脸。

1　秀郎架眼镜，这种眼镜又叫眉毛架眼镜，因为深紫色的镜架如同一对眉毛。

王水本想悄然抽身离开。因为这个熟人的出现，将意味着自己的身份的暴露，意味着悠游自在生活的结束。

王水细细一想，此人并非温州人，他跑到温州来干什么？在汉奸阵营中，此人的地位甚至高于王水。此人到温州来，莫非也是潜逃，也是看中温州的"山高皇帝远"？此人那么专心读报，莫非跟自己一样，也是在关注着哪些汉奸被捕的消息？

想到这里，王水轻手轻脚朝那人走去，俯下身子，在那人耳边小声地唤道："兰成兄！"顿时，那人的反应也像刚才王水一样，如同触电，全身震颤。他回头一看，惊呼道："王水兄！"还好，阅览室里当时就他们两人，此人那惊讶的神色并未给第三者看见。"你怎么在这里？"王水道。"你怎么在这里？"那人道。"此处说话不方便。"王水悄声说。于是他俩肩并肩走出籀园图书馆，走出籀园，在九山湖畔的卵石小道上，低声地交谈。"王水兄，以后别喊我兰成，我已经改名换姓，叫张嘉仪。"

原来，那人就是曾任汪伪政权宣传部政务次长、行政院法制局局长的胡兰成。"兰成兄，不，不，嘉仪兄，以后别喊我王水，我也已经改名换姓，叫萧炎。"王水说道。他俩相视而笑，在湖畔垂柳下的长条石凳上坐了下来，虽说石凳有点凉，但是四周无人，便于低声长谈。"你怎么会到温州来？"胡兰成问王水。"我在温州有个朋友，他安排我在九山湖畔看仓库，住了下来，住处离籀园图书馆只有咫尺之遥，所以常来图书馆看报。"由于胡兰成是老朋友，而且同是潜逃者，所以王水对他并不隐瞒。

"天下真小……我也住在九山湖畔。"胡兰成同样视王水为难兄难弟，所以对他也并不隐瞒。

"你怎么会到温州来？"王水问道。

"内人的娘家在温州，我算是投亲而来。她的娘家就在徐家门台。"胡兰成道。

"你的太太不是大名鼎鼎的女作家张爱玲吗？她是上海人呀，怎么娘家在温州？"王水觉得奇怪。

"张爱玲已经算是'过去式'的了。"胡兰成大笑道。

在王水看来，胡兰成是谜一样的人物：

论长相，胡兰成不算俊男帅哥这一类，只能说是平平常常，不好看也不难看，但已经有妻有妾的他竟然能够俘获比他小十四岁的上海美女作家张爱玲的芳心，已经算是奇迹了，怎么转眼之间又换了一个温州"内人"？

再说，胡兰成最初只在家乡绍兴念过初中二年级，便去杭州当了邮差[1]，后来到北平的燕京大学副校长室当抄写文书，得以旁听燕京大学课程一年。此后，胡兰成处于"漂流"之中，辗转于广西南宁、百色、柳州教中学五年。只因胡兰成写得一手好文章，在报上发表过亲日言论，引起了汪精卫的注意。由汪精卫妻子陈璧君出面，委任胡兰成为《中华日报》总主笔。此后，胡兰成成为汪精卫的文胆，为汪精卫文稿捉刀，胡兰成因此从一介布衣而成为汪伪政府要员。

"嘉仪兄真是艳福不浅，请细细道来，怎么会变成'温州女婿'？"王水问道。

一提及"艳遇"，胡兰成眉飞色舞。好在不论是胡兰成还是王水，都闲得无聊，而且也无人可以倾诉，所以很难得，一个愿说，一个愿听，胡兰成在九山湖边也就絮絮叨叨向王水说起自己的风流韵事以及怎么会来到温州……

她低到尘埃里

胡兰成从"胡张之恋"说起。

胡兰成是在 1943 年 10 月从苏青主编的《天地》月刊创刊号上，读到张爱玲的短篇小说《封锁》。凭借他的文学敏感，他"才看得一二节，不觉身体坐直起来，细细地把它读完一遍又读一遍"。

于是，胡兰成从苏青那里得到张爱玲地址，前去拜访。胡兰成的到访起初遭到心地高傲的张爱玲的拒绝。

她，鼻梁挺直，脸骨下巴尖尖，一头卷着波浪的短发，明黄的宽袍大袖，嘈切的云朵盘头，黑色绸底上装嵌着桃红的边，青灰长裙，如意镶边的宝蓝配着苹果绿色的绣花袄裤，那样的如花似锦。

1　邮差，即邮递员。

　　胡兰成再三求见，终于在 1944 年 2 月 4 日得见，第一次见面就谈了五小时。23 岁的张爱玲竟然被 37 岁的胡兰成的谈吐、学识所深深吸引，无法自拔。豆蔻年华的张爱玲在送给胡兰成的自己的照片背后，写下了这样的话："见了他，她变得很低很低，低到尘埃里，但她心里是欢喜的，从尘埃里开出花来。"

　　从此，已经在上海文坛一举成名的张爱玲，在胡兰成面前真的"变得很低很低"。1944 年 8 月，张爱玲竟然跟在南京有着一妻一妾的胡兰成结婚。没有披上婚纱，没有举行婚礼，只有一纸双方所写的文字，算是婚书。那张纸上写着："胡兰成张爱玲签订终身，结为夫妇，愿使岁月静好，现世安稳。"上两句是张爱玲撰，后两句是胡兰成写，炎樱为媒证。炎樱乃是张爱玲的闺密。婚书墨迹未干，1945 年春日，胡兰成在武汉汉阳医院，便倒在 17 岁的护士小姐周训德怀里。3 月，胡兰成到上海，又跟张爱玲生活在一起，度过了一个多月。

　　1945 年 8 月 15 日日本天皇宣布投降，胡兰成如同五雷轰顶。就在汉奸们抱头鼠窜、各奔东西之际，胡兰成赶往武汉，居然出奇招劝说二十九军军长邹平凡宣布武汉独立，但只维持了十三天便失败了。于是胡兰成从武汉经南京逃往上海，在张爱玲那里住了一夜，他告诉张爱玲，自己要到浙江诸暨老同学斯颂德家里躲一躲。

　　胡兰成还对张爱玲说，从此他要改名换姓。张爱玲说："你变名姓，可叫张牵，又或叫张招，天涯海角有我在牵你招你。"张爱玲这话倒是启发了胡兰成，从此他在逃亡途中改姓张，化名嘉仪，而且冒用张爱玲的家世，自称本贯河北丰润人，先祖张佩纶。9 月 13 日，胡兰成辗转来到诸暨，斯颂德是胡兰成同窗好友，收留了他。胡兰成说："斯宅在五指山下，村前大路通嵊县西乡，居民约三百家，且是好溪山。民国以来，斯家人多有出外做官，山场田地耕作亦肯勤力，所以村中房舍整齐，沿大路一段店铺栉比，像个小市镇。而临溪畔一宅洋房，即是斯家。一式粉墙黑瓦，兽环台门，惟窗是玻璃窗，房间轩敞光亮，有骑楼栏杆，石砌庭除，且是造得高大。"

　　当时斯颂德的父亲已经过世，家中只有斯君母亲以及斯君父亲之二姨太范秀美。范秀美是温州人氏。诸暨离杭州不远，风声紧。斯君知道胡兰成的身份，为了他的安全，让姨娘范秀美带胡兰成去温州娘家暂避风头。

　　12 月 6 日，胡兰成在范秀美陪同之下离开诸暨，乘坐长途汽车到缙云，再从缙云到丽水。范秀美虽说是胡兰成同学的庶母，但是实际上只比胡兰成大一岁而已，一路上倾心照料胡兰成，彼此产生爱意。胡兰成心想："我与范先生并肩走，一面只管看她这个人，古时有赵匡胤千里送金娘，现在却是她五百里送我，我心里这样想，口里却不说出来比拟。"孤男寡女是不会不生出事端的。

12 月 8 日，胡兰成跟范秀美在丽水的旅馆里就睡在一起了。然后，"从丽水坐船到温州，一宿即达"。到了温州，范秀美把胡兰成作为丈夫带到娘家。她的娘家只有瞎眼老母，租住在温州九山湖窦妇桥徐家门台的一间厢房。

王水听罢，终于明白范秀美如何成了胡兰成的"内人"，胡兰成如何成了"温州女婿"。王水告诉胡兰成，他对徐家门台很熟悉，三天两头去看望在那里的朋友沈老先生。王水说："我曾经多次见到沈老先生隔壁有一中年女子，体态丰腴，风韵犹存，莫非是嫂夫人？"

胡兰成笑道："正是拙荆。她跟爱玲不同，爱玲出身望族，又是名作家，清高而高傲。秀美则是上得了厅堂，下得了厨房，是一个会干活、能生活的女人。所以在我看来，若要清谈，找爱玲；若是做落难夫妻，自然要选择秀美。"

看得出，胡兰成善于上什么山唱什么歌，无所谓什么感情，连他自己也承认对于女人有点"实用主义"。

胡兰成还得意地说，范秀美到底是温州本地人，所以带他几乎走遍温州全城，逛五马街，游江心屿和中山公园，爬松台山、积谷山、郭公山、海坛山，还去电影院看电影。他听不懂温州话，遇上不会讲国语的人，范秀美还可以当现场翻译。

胡兰成说，真没有想到，在温州，小日子可以过得如此有滋有味。不过，胡兰成提醒王水："你我皆为惊弓之鸟、过街之鼠，要处处小心。你去徐家门台的话，不要去我家，也不要跟范秀美打招呼，更不要向沈老先生提及我，要装成彼此不认识那样，像路人一般。"胡兰成强调说，徐家门台人多眼杂，要小心为好。王水对胡兰成说，今后最好的见面地点，是在他所住的地方，独门独户，是一片"自由天地"。于是，王水带着胡兰成来到九山湖畔的高机瓯绸公司仓库，来到他所住的单独的平房。胡兰成看了之后，非常羡慕："萧炎兄这里，真是难得的福地。以后我必定常常来。"就这样，胡兰成跟王水不仅在籀园图书馆相见不相识，在徐家门台也形同陌路之人，只有在王水的平房里，二人才相谈甚欢。

1946 年春节，胡兰成按照温州的习俗，给王水送来"纸蓬包"。所谓"纸蓬包"，就是用很粗很厚的草纸，折成畚箕形，内放红枣、桂圆之类，上面放了一张象征吉利的红纸，用绳子扎好。不过这红枣、桂圆不多，只占纸蓬包里的一半空间，所以纸蓬包一摇起来就沙沙作响。家家户户互相把纸蓬包作为伴手礼送来送去，表示庆贺。往往乙家收到甲家的纸蓬包，并不拆开，而是转送给丙家，而丙家又转送丁家，如同击鼓传花，直至最后一家收到时，春节将过去，只得把纸蓬包打开，吃掉其中的红枣、桂圆。

早春二月，热热闹闹的春节刚过，噼里啪啦的鞭炮声犹在耳边，胡兰成在王水的平房里小坐，告诉他一个突如其来的爆炸性的消息："爱玲来了！"王水明白，张爱玲的到来，使胡兰成处于极为尴尬的境地：如何让张爱玲面对胡兰成那个"内人"范秀美？！

对于张爱玲来说，这是第二次来到温州。1922 年，她才两岁，曾随父亲来过温州。不过，由于年幼，她对于温州的记忆全无。这一回，她原本想不到会来温州的。她想念胡兰成，只知道他在诸暨的地址，便从上海追到了诸暨斯家。胡兰成的老同学斯颂德对张爱玲说，怕胡兰成住在诸暨不安全，就由他的庶母范秀美陪同胡兰成，去了范秀美的温州娘家。

张爱玲一听是斯君的庶母陪同，以为斯君的庶母必定上了年纪，也就并不在意。张爱玲向斯家要了胡兰成在温州的地址，也就是斯君的庶母娘家的地址，径往温州。张爱玲走的也是从诸暨到缙云再到丽水的陆路，从丽水乘船前往温州。一路上，张爱玲怀着无比美好的憧憬，想着不久在温州就可以见到离别半年的丈夫胡兰成："我从诸暨丽水来，路上想着这是你走过的路，及在船上望得见温州城了，想你就住在那里，这温州城就像含有宝珠在放光。"

到了温州，张爱玲在中山公园附近的一家旅馆住下。刚刚放下行李，张爱玲就叫了一辆黄包车，直奔九山窦妇桥徐家门台，找到斯君的庶母娘家。见到胡兰成，张爱玲满心欢喜，而胡兰成先是震惊，继而尴尬，然后冷淡。在胡兰成那里，张爱玲见到了范秀美。斯君的庶母竟然这般年轻又美貌，完全出乎她的意料，但是当时她没有想那么多。

胡兰成说，徐家门台人多眼杂，不是说话的地方，约定明日一早到旅馆看望张爱玲。胡兰成送张爱玲出徐家门台大门时，正遇上邻居沈老先生。胡兰成对沈老先生说："这是我表妹，从上海来看望我。""表妹"？！张爱玲听了胡兰成的话，觉得诧异。翌日上午，胡兰成果真来了。他正在与张爱玲说话，忽然觉得腹痛。这时，范秀美来了。胡兰成这般描述当时情景："清晨在旅馆里，我倚在床上与爱玲说话很久，隐隐腹痛，却自忍着，及后秀美也来了，我一见就向她诉说身上不舒服。秀美坐在房门边一把椅子在，单问痛得如何，说等一回泡杯午时茶吃就会好的。爱玲当下很惆怅，分明秀美是我的亲人。"这一细节令张爱玲明白，如今在温州，范秀美已经成了胡兰成的亲人。接着，又发生如下一幕，也是胡兰成所述："一日爱玲夸秀美长得漂亮，并要给她画像。秀美端坐着，爱玲疾笔如飞，我立在一边看，看她勾了脸庞，画出眉眼鼻子，正待画嘴角，却突然停笔不画了，说什么也不画了，她也不解释，一脸凄然之情。秀美走后，爱玲说：'我画着画着，只觉得她的眉神情，她的嘴，越来越像你，心里好一惊动，一阵难受就再也画不下去了。'言下不胜委屈。"

在胡兰成看来，"夫妻难中相别，妻子寻踪探夫，本是令人感动的人之常情，但爱玲是超凡脱俗的，就不宜了"。胡兰成还说："张爱玲是民国世界的临水照花人。"胡兰成故意把话说得令人费解，难道"超凡脱俗""临水照花"的人，就不能跟他一起生活？

正因为这样，很多人不明白，胡兰成为什么放着这么一个又漂亮又年轻又深深爱着他的女作家张爱玲不要，却选择了比他大一岁的家庭妇女范秀美？其中的原因其实很明白，用大实话来说，胡兰成的头等大事是逃避警方追捕，保住性命。范秀美的娘家在温州，选择范秀美，他就可以躲在温州，避免被作为汉奸逮捕。如果选择了张爱玲，他势必要跟随张爱玲回上海，而那里的警方正张着手铐等着他。

所以在范秀美与张爱玲两人之中，胡兰成选择了范秀美。所以在温州与上海两城之中，胡兰成选择了温州。胡兰成以为"她本人却宁像晴天落白雨"，却不知张爱玲离开他和秀美时在雨中"伫立涕泣久之"。连张爱玲也不明白如此明显、简单的道理，所以"伫立涕泣久之"。张爱玲依然留恋着胡兰成，以胡兰成的"表妹"的身份，出现在九山窦妇桥徐家门台。胡兰成竟然偕范秀美、张爱玲一起，同游九山湖，同游五马街。在九山湖畔，王水遇见了胡兰成、范秀美、张爱玲三人。遵照与胡兰成的约定，王水视这三人如同陌路之人。当时，胡兰成跟范秀美有说有笑在头里走，张爱玲鲜语寡言在后面跟，那阵势摆明，范秀美是胡兰成之妻，而张爱玲反而如同小妾一般。王水用眼睛的余光，打量着范秀美和张爱玲。在他看来，范秀美虽然在张爱玲面前显得俗、显得老，但是跟胡兰成倒很般配。张爱玲则冰清玉洁，真的如同胡兰成所言"超凡脱俗"。

王水的脑海里，此时此刻冒出了嫉妒之感：他与胡兰成同是落难之人，论年纪跟胡兰成相仿，论相貌不比胡兰成差，为何胡兰成妻妾成群，而自己却是孤家寡人？他有点后悔在杭州把陈梅打发掉。不过，他记起金莲在舜岙村，心想有机会应该去舜岙村找金莲。

张爱玲千里寻夫，高兴而来，败兴而去。虽然她已经"变得很低很低，低到尘埃里"，但是胡兰成却仍日夜在九山窦妇桥徐家门台跟范秀美厮混。张爱玲在温州度过心情抑郁的二十来天，终于离开中山公园附近那家旅馆，乘坐海轮"舟山号"回上海去了——抗战胜利之后，温申航线恢复。临别时，胡兰成执意送她上船，张爱玲撑伞在船舷边，喃喃道："离开你，我将只能萎谢了！"到了上海之后，张爱玲的一封信，寄到温州九山窦妇桥徐家门台，信封上写着"张嘉仪先生亲启"。信中写道："那天船将开时，你回岸上去了，我一人雨中撑伞在船舷边，对着滔滔黄浪，伫立涕泣久之。"

神色凝重而紧张

张爱玲早走了一步，无缘见到温州盛大的民俗拦街福。王水是在刚到温州时见过温州庆贺抗战胜利的拦街福。这回胡兰成偕范秀美去看拦街福，在《永嘉佳日》中作了如下记述：

> 及爱玲回上海，我与秀美日常少出去，只在家门口附近走走。此地大士门有明朝宰相张璁正告老还乡，钦赐邸宅的遗址，当年事迹，至今温州人能说，而里巷之人说朝廷，即皆是民间的奇诧，又出后门是曲曲小巷，路边菜园麦

地，不远处覆井出檐亮着一树桃花，比在公园里见的桃花更有人家之好，时令已是三月了。

三月三栏街福[1]，五马街百里坊皆扎起灯市，店家门前皆陈设祭桌红毡，每隔数十步一个彩牌楼，搭台演温州戏，木偶戏，或单是鼓乐。还有放烟火，舞狮子。中国民间的灯市与戏，是歌舞升平，此意虽在乱世亦不可少，见得尚有不乱者在。夜里我与秀美去看，一派笙歌，灯市百戏里有我这个人，就如同姜白石词里的：

　　两桁珠帘夹路垂，
　　千枝红烛舞傲傲，
　　东风历历红楼下，
　　谁识三生杜牧之。
　　星河转，月渐西，
　　鼓声渐远行人散，
　　明朝春红小桃枝。

我今不被人识，亦还跟前有秀美，且明朝是吉祥的。看灯回来，沿河边僻巷，人家都睡了，我与秀美在月亮地下携手同走，人世件件皆真，甚至不可以说誓盟。

就在热闹非凡的拦街福过去不久，胡兰成突然来到王水住所，神色凝重而紧张。王水一看，就知道发生了什么大事。胡兰成未及坐下，便问王水道："今天的《浙瓯日报》看了吗？"王水道："近日未去籀园图书馆看报。"胡兰成当即告知："我刚从籀园图书馆来。今天的《浙瓯日报》上登载消息，说是温州行政专员公署发动突击检查户口，城内分区挨次举行！"

王水一听，脸色顿变，说道："前几日，我曾风闻温州要检查户口，重点是查不

1　胡兰成毕竟不是温州人，在《永嘉佳日》中把"拦街福"写成了"栏街福"，诚如他把"徐家门台"写成"徐家台门"。

会讲温州话的'外路人'。没有想到这么快就城内分区挨次举行。面对检查人员，你我一开口，就知道是'外路人'，恐怕是检查的重点。"

这次检查户口，目的是查找漏网的汉奸，所以不论是胡兰成还是王水，内心均极惶恐。在当时，这叫"肃奸行动"。这"奸"，指的就是汉奸。

胡兰成说："在徐家门台，人人皆知我是'外路人'，在那里很麻烦。秀美说，可以到小南门她的妹妹家暂时隐避。可是小南门也是温州市区，何况她的妹妹家突然冒出两个客人，也会引起注意。今天我还看到，有一个兵在徐家门台大门口朝里张望了一下，然后穿过大厅到后院去了，秀美骇得脸都黄了。事情紧急，我准备跟秀美回诸暨躲一躲，风头过了再回温州。萧炎兄，你也要赶快离开九山。"

胡兰成说毕，匆匆走了。

果真，从此九山湖畔再也没有见到胡兰成的身影。他与范秀美从温州经丽水、缙云回到了诸暨，在斯家楼上整整躲藏了八个月。直到1946年底，胡兰成估计温州的检查户口的肃奸突击行动已经过去，才决定重返温州。

胡兰成从诸暨经上海乘船去温州。路过上海时，他在张爱玲处住一宿。胡兰成这么叙述："晚饭后两人并膝坐在灯下，我不该又把我与秀美的事也据实告诉爱玲，她听了已经说不出话来，我还问她《武汉记》的稿且可曾看了，她答：'看不下去。'当然因为里边到处都写着小周的事。"这"小周"，便是武汉汉阳医院那位17岁的护士小姐周训德。张爱玲、范秀美和周训德，成为绕在胡兰成身边的三个女人。张爱玲质问胡兰成，到底她是他的妻子，还是范秀美、周训德？胡兰成说，他选择了范秀美。胡兰成这般叙述："是晚爱玲与我别寝。我心里觉得，但仍不以为意。翌朝天还未亮，我起来到爱玲睡的隔壁房里，在床前俯下身去亲她，她从被窝里伸手抱住我，忽然泪流满面，只叫得一声'兰成！'这是人生的掷地亦作金石声。我心里震动，但仍不去想别的。我只得又回到自己的床上睡了一回。天亮起来，草草弄到晌午，就到外滩上船往温州去了。"

胡兰成再度回到温州九山窦妇桥徐家门台，跟范秀美生活在一起。胡兰成去九山湖畔找王水，叩门良久，无人答应。

1947年6月，胡兰成收到了张爱玲的诀别信："我已经不喜欢你了，你是早已经不喜欢我的了。这次的决心，是我经过一年半长时间考虑的。你不要来寻我，即或写信来，我亦是不看的了。"张爱玲随信还附了30万元钱，给胡兰成作为生活费，那是她新写的电视剧本《不了情》《太太万岁》的稿费。对于胡兰成来说，张爱玲只是他一生中八个女人中的一个。对于张爱玲来说，她向胡兰成奉献的是全部的爱。所以，后来张爱玲感叹："生命是一袭华美的袍，爬满了虱子。"胡兰成在温州躲过了户口检查，躲过了肃奸行动，竟然在温州以"张嘉仪"这个名字混得不错，甚至还成了温州中学的教师。胡兰成直至1950年3月才离开温州。他到上海曾经去找过张爱玲，未遇。1950年4月，胡兰成从上海取道广州往香港，火车经过杭州时，与范秀美匆匆见最后一面。到香港后，他恢复本名胡兰成。胡兰成从香港写信给温州好友，亮明真名实姓："我是长江之蛟，当年化为白衣秀士，获接清尘，谢谢！"随后胡兰成从香港前往日本，从此定居日本。

1981年7月25日，胡兰成以75岁终老于日本福生市。

张爱玲于1952年7月从上海赴香港。1955年赴美国，从此定居美国。1995年的9月8日，张爱玲在美国洛杉矶孤独地离去，终年亦是75岁。

船舱里响起瑞安唱词

1946年4月，当胡兰成告知王水，温州即将开展肃奸行动、检查户口，王水意识到事态的严重。当胡兰成从温州逃往诸暨时，王水也逃离了温州九山。

对于王水来说，虽然离开风景如画的九山湖畔有点可惜而又无可奈何，但是一想到来到瑞安，有机会去舜岙村见到金莲，却又乐不可支。

王水戴着鸭舌帽，坐着黄包车，带着那只黑皮箱，途经铁井栏口梦生笔庄时，目光敏锐的他差一点"呀"了一声。虽说是一闪而过，王水却看见一位小姐在那里选购毛笔。此人竟然就是在上海致美楼唱《天涯歌女》《玫瑰啊玫瑰》的金莲。她的旁边，站着一个男人，男人抱着一个两岁左右的女孩。王水以为，那男子大抵是金莲的丈夫，女孩是金莲的女儿。由于有金莲的丈夫在侧，王水不敢叫黄包车夫停车从而下去察看。

黄包车逶迤来到高盈里高府。高瑞一见是王水，而且带着黑皮箱，知道一定有要事。高瑞当即把王水迎入书房，王水刚坐下，便问起刚才在铁井栏口目击的一幕。

直至这时，高瑞才告诉王水："金莲本名方美莲。她有一位孪生姐妹，叫方丽莲。她们家就住在铁井栏。你刚才看见的，一定是方美莲的妹妹方丽莲。方丽莲已经结婚，有个两岁多的女儿，名叫马俪。所以你说她身边的男人抱着一个小女孩，势必是方丽莲。方丽莲原本在杭州，不久前回到温州。方美莲有一儿子，哦，也就是我的儿子，名叫高高，比马俪大两岁，已经四岁，就在我家里。"

"这么说，金莲，不，不，方美莲，一个人住在山村？"王水关心的是方美莲，而不是方美莲的妹妹方丽莲。

"是的。我跟方美莲已经离异多年，我们之间没有联系。有时候，我的大舅舅或者表弟、表妹从舜岙村，会说起方美莲，我才略知一二。"高瑞说道。

这时，王水才说起温州城区检查户口之事，他不得不请高瑞安排自己到瑞安城区小住，如果瑞安城区也检查户口，那就到舜岙村躲一躲。等过了风头，再回九山湖畔。

高瑞听罢，当即用毛笔给他在瑞安城里的小舅舅、舜岙村的大舅舅各写了一封手札。

王水拱手称谢之后，便乘坐黄包车前往温州小南门码头，乘坐那突突作响的小火轮，沿着清冽的温瑞塘河，朝瑞安进发。

当年方美莲拎着藤条箱乘坐这小火轮的时候，正值抗战乱世，来往于温州与瑞安的客人不多，所以小火轮只拉着两艘驳船。如今抗战胜利，来往于温州与瑞安的客人猛然增加，小火轮拉着八艘驳船，蔚为壮观，像一条巨龙在温瑞塘河中前行。

已经是初夏时节，温瑞塘河两岸在绿树翠草映衬之下，红色的三角梅花开似火，而油桐树上雪白的蜂窝状的油桐花，如同雪海，这绿、红、白三色相间，十分耀眼。王水无心于舱外美景，也不关注小火轮穿过多少石桥的桥洞，他压低了鸭舌帽，坐在船舱一角，慢慢掰着从小贩那里买到的瑞安特产——李大同双炊糕，一小块一小块塞进嘴巴，满嘴生香，只是味道太甜了些。船舱里响起悠然婉转的瑞安唱词声，王水一句也听不懂，当唱者手持草帽请列位旅客给钱时，王水掏出衣袋里的零钱扔了过去。

一路南行。小火轮沿着温瑞塘河向南行驶了六十多里，便到达瑞安城区东门的白岩桥码头。王水叫了一辆黄包车，直奔高瑞所说他的小舅舅的地址——棋盘坦。

瑞安是一座古城，原名安固。唐昭宗李晔天复二年（902），有白色乌鸦栖于该县的集云山。"天下乌鸦一般黑"，黑乌鸦向来被视为不祥之兆，而白乌鸦则被视为祥瑞之兆。当时被唐朝封为越王的钱镠以为这是一个好兆头，遂奏请改安固为瑞安——祥瑞平安之意。

在南宋咸淳元年（1265）到至元十三年（1276），曾设瑞安府，辖永嘉、瑞安、平阳、乐清四县。这瑞安府其实就是后来的温州府，而瑞安成为温州府所辖的一个县。

瑞安原本有着高高的城墙，直至民国二十八年（1939）还修整过城墙。可是到了第二年，瑞安的饭桶当局借口为了"便利城内民众躲避日本侵略军飞机扫射、轰炸时尽速疏散"，竟然把千年城墙全部拆除！

王水作为"外路人"，听不懂温州话、瑞安话，但是也能感觉出瑞安人说话的腔调明显不同于温州人，诚如北京话跟山东话之间的差别，虽说彼此都能听懂。温州多山，所以相隔六十多里的两地的话语就明显不同。同样，乐清话、平阳话、文成话都明显不同于温州话，尽管这些地方离温州城区都不远。

跟温州一样，瑞安城里的主干道并无街名，也叫"大街"。

棋盘坦这名字听起来好气派。黄包车夫从大街拐入一条窄窄的只有两米多宽的小巷，用很蹩脚的国语对王水说，这条小巷就是棋盘坦。棋盘坦是南北走向的小巷。出乎王水意料的是，巷小宅大，西侧的大院的粉墙几乎占了半条巷，门口挂着"沈宅"两字。这使王水记起温州高盈里的高府，也是这样的小巷大宅。

黄包车夫在沈宅对面的一座大宅门门口停了下来。原来这里就是高瑞母亲的娘家章府，如今是高瑞小舅舅的住处，跟温州高府一样也是二进大院。王水向高瑞小舅舅递交了高瑞的亲笔信。高瑞在信中只说这位萧炎先生是他生意上的好友，请予招待，并没有言及王水的真实身份。高瑞的小舅舅看信之后，把王水视为上宾，当即安排他在头进的西厢房住下。

还好，高瑞的小舅舅能讲国语，王水安顿好后，二人就在客厅坐下聊天。

"章先生，这条小巷的名字，怎么会叫棋盘坦？"王水问道。

"在瑞安话里，坦就是平坦的像广场那样的地方。"高瑞的小舅舅说，"这里早年叫牢洞巷，因为在县衙禁狱旁边而得名。牢洞巷这名字不雅，而对面沈宅未建之前，是一大片长方形空地，像棋盘，于是改称棋盘坦。"

"对面沈宅好像很大，住着什么大人物？"王水又问。

"沈家大宅院建于清乾隆年间，前后有三进，比我们家大多了。"高瑞的小舅舅说，"沈家沈凤锵，中过举人，做过大官。沈凤锵之子沈建豪也不得了，毕业于日本陆军士官学校，跟孙中山、黄兴、蔡元培都是老朋友。抗战期间，沈建豪是国民政府军事委员会秘书处处长，曾获美国总统杜鲁门颁发的自由一级勋章。"

王水先是听了"牢洞巷"这名字就有点不爽，他自从逃亡以来就特别忌讳"牢"这样的字眼。再听说对门是国民政府军事委员会秘书处处长之家，更加不悦。不过，眼下逃命要紧，他只得硬着头皮在章家住下。

王水新来乍到，便出去溜达。

一出小巷，王水就见到了瑞安县衙，就像温州高盈里一出去就是温州县衙一样。也就是说，章府地处瑞安的市中心。

如同温州最热闹的是大街旁俄五马街，瑞安最热闹的是大街旁的大沙巷，这也是一条热闹的商业街。王水见到大沙巷有布店、鞋店、猪肉铺、面店、南货茶食店、鱼鲜店、漆店、广货店、印刷店、文具店、马口铁店、西医医庐、钱庄……

王水在大沙巷买了瑞安烧饼。这烧饼以葱花和肥肉作馅，吃起来很香，咸中带甜。他也喜欢瑞安的高粱肉，那是用猪脯肉切成薄片，拌以白糖、味精、酱油、绍酒、精盐，经过摊晒、烘干而成。瑞安的白酒——老酒汗，也别有滋味。

有比较方能知优劣。在瑞安棋盘坦章府住下之后，王水始终觉得这里远不如温州九山湖。这里只有嘈杂的老屋，没有九山湖幽静的风光。住在章府，进进出出都得跟章家大大小小打招呼，远远不如温州九山独门独户、自由自在。尤其是在九山可以常常去籀园图书馆看报，在这里只能上街买一份《浙瓯日报》。他最关心的是，瑞安城区会不会也检查户口，进行肃奸行动？不过，《浙瓯日报》毕竟是温州地区的报纸，内中瑞安的消息并不多。

由于高瑞的小舅舅并不知道王水的真实身份，所以丝毫没有察觉王水在瑞安章府中的种种不悦。

"山头底角"的争斗

　　王水觉得住在瑞安城章府里不自在、不舒服，再说他思念方美莲，便打算去大山深处的舜岙村住。即便在那里看不到报纸，但是查户口怎么也不会查到那里。王水相信，检查户口、肃奸行动毕竟只是一阵风，熬过几个月，就可以重返天堂一般的温州九山。

　　于是，王水试着向高瑞的小舅舅打听起舜岙村："章先生，听说你的哥哥在舜岙村？"

　　高瑞的小舅舅说道："我们章家，最初在舜岙村，是那里的地主，有一个大宅院。后来章家做生意，发了，在瑞安城里买了这房子。我在瑞安城里住惯了，就觉得舜岙村是'山头底角'。"

　　王水不明白什么是"山头底角"？

　　高瑞的小舅舅解释说，温州话所说的"山头底角"，就是"大山深处""深山老林"的意思，并且说："我才不愿意住在'山头底角'。前些日子，我哥哥的女儿阿花，也离开'山头底角'，嫁到瑞安城里。这丫头还不愿意，非要嫁给'山头底角'一个名叫周强的贫农，说是青梅竹马。我哥哥说，门不当户不对，不行，再说，周强加入了'三五支队'，更不行。我哥哥硬是要她嫁给瑞安里的生意人。你如果不嫌弃'山头底角'，搬过去住些日子也行，住不惯的话，随时欢迎回到我这里。"

　　王水试探着问道："听说高瑞的前妻，也在舜岙？"

　　高瑞的小舅舅说："她叫方美莲，温州城里有钱人家的女儿，跟高瑞倒是门当户对。结婚之后，两口子老是吵架，她一气之下就去了舜岙。这个人脾气怪怪的，先是说要到瑞安的尼姑庵'梵行精舍'当尼姑，后来又听说在那个周强的鼓动下，参加了'三五支队'。好在她参加了'三五支队'之后，跟随部队在瑞安桂峰乡板寮那一带打游击。板寮也是'山头底角'，那里的金鸡山号称'东瓯第一山'，比舜岙山还高得多。听我哥哥说，她只是偶尔回舜岙村住几天，所以你到了我哥哥那里住，要清静得多。"

王水听罢，有点扫兴。他怎么都无法想象，那个在上海一袭靛蓝独色高领丝绸旗袍、左胸前别着一朵金色莲花的妙龄女子金莲，哦，也就是方美莲，怎么会成为"山头底角"的"三五支队"的队员？这反差实在太大了。

作为情报处长，王水明白，"三五支队"是共产党领导的活跃在浙南山区的游击队，在抗日战争期间打日本，抗战胜利之后打国民党。好在方美莲只是偶尔回舜岙村。

王水原本期望在舜岙村见到方美莲，但听了高瑞小舅舅的话，变成了不希望见到方美莲。王水所喜欢的是穿一袭靛蓝独色高领丝绸旗袍的方美莲，畏惧的是成为"三五支队"队员的方美莲。

就这样，王水决定去舜岙村住了一段时间。王水知道，他跟方美莲只在上海致美楼有过一面之缘，当时席上高瑞只称他"王处长"而已，方美莲并不知道他是"上海特别市政府"警察局情报处处长。然而他担心此后方美莲成了高瑞的太太，高瑞会不会把他的真实身份告诉方美莲。他想，即便是方美莲知道了他的真实身份，即便是方美莲回来，若发生什么麻烦，有着武术功底的他对付这么一个女流之辈还是绰绰有余的——虽说从方美莲在致美楼那惊人一跃表明她也练过武功。当然，最使王水感到有底气的是，他的黑皮箱里放着一支亮闪闪的手枪。此外，黑皮箱里的金条，足以保证他在逃亡路上生活无虞。来到温州之后。由于有高瑞给他的看管仓库的工资，所以他还没有动用过黑皮箱里的金条。

王水向高瑞的小舅舅告辞，拎着黑皮箱到了瑞安东门的白岩桥码头，从那里乘坐小火轮沿温瑞塘河到了茶山镇，然后去了舜岙村。

果真，大山深处的舜岙村，蓝天之下满目浓绿，除了蝉鸣鸟叫之外，十分幽静。王水一到这里，就觉得比车水马龙、终日喧嚣的瑞安棋盘坦舒坦多了。

章宅是舜岙村的大院，白墙黛瓦，高梁大屋，所以王水很容易就找到了。不论是温州高盈里高府，还是瑞安棋盘坦章府，黑漆大门总是紧闭着，如同陶渊明所言"门虽设而常关"，而处于"山头底角"的章宅大门，却一年到头敞开着。这也表明舜岙村的"安全系数"很高，是一个夜不闭户的地方。

王水走进大门，走过前院，见到客堂间里放着一把竹摇椅，那竹片都已经发红，表明摇椅年代久远。摇椅上躺着一位全身穿着象牙白瓯绸衣裤的长者，飘着长髯，缓缓摇动椅子，正在享受着穿堂风的清凉。

王水断定，此人必定是高瑞的大舅舅，便干咳了一声。长者倒是耳聪目明，听见干咳声，那摇椅当即停止了摇摆。"请问，老先生可是高瑞的大舅舅？"王水恭恭敬敬问道。"在下正是。"章老先生一听对方讲"外路话"[1]，知道是"外路人"，便用国语答道。王水双手递上高瑞的手札。高瑞此信跟他写给小舅舅的信一样，只写及萧炎先生是他生意上的好友，请予招待，并没有言及王水的真实身份。"哦，是高瑞的好友萧先生，欢迎欢迎。"章老先生从摇椅上站起来，跟王水握手之后，请他坐在红木的太师椅上。

大山深处的舜岙村章宅难得有客人来，所以章老先生显得比他的弟弟更为热情。他当即亲自安排王水住下。章宅有多间客房。方美莲虽然常不在这里，但是章宅一直保留了一间客房给她。章老先生让王水住在方美莲隔壁的一间客房。

女佣李嫂随即打扫房间，擦洗篾席[2]，挂好瓯丝蚊帐，放好装了开水的竹壳热水瓶，还送来一双崭新的草编拖鞋。王水对章老先生说，自己要在这里住一个月，说完取出一个信封，内装一叠国民政府中央银行印制的金圆券，作为伙食费。章老先生当即谢绝，说道："萧先生怎可见外？你在这里住多久都欢迎！"就这样，王水在舜岙村章宅住了下来。从此，王水那颗忐忑不安的心，终于放了下来。在这偏僻的小山村，再也用不着提心吊胆怕查户口了。就这样，王水惬惬意意在舜岙村章宅住了下来。空闲下来，他跟章老先生聊聊天，或跟章老先生的两个儿子下下象棋，或者独自看看书。

日子久了，整天"宅"在章宅之中，王水觉得太闷也太无聊。他壮着胆子，试着走出章宅，在村中四处走走。看看无事，王水去爬了舜岙岭；又见无事，王水去游览了千年古刹宝严寺，甚至还去茶山镇逛了逛……

就像一滴油，滴进一杯水，那油始终漂在水上，油是油，水是水。王水作为舜岙村的"外路人"，与舜岙村村民们格格不入，很快就引起了村民的注意。虽说因

1　外路话，即外地话。

2　篾席，一种竹编的席子，睡上去十分清凉，是温州人度暑常用物品。

会长方美莲离开舜岙村，"春风读书会"停止了活动，但是许多会员听过胡景城的讲话，倾向于"三五支队"。他们对无所事事的不速之客王水产生了怀疑。

舜岙村除了周强、方美莲参加了"三五支队"之外，还有好几位也参加了。他们留在舜岙村的亲属之中，万嫂跟章宅的女佣李嫂形同姐妹，便找李嫂打听。从女佣李嫂那里得知，不速之客名字叫萧炎，是高瑞生意上的好友。此外，李嫂还知道他是河南人，平时总是戴着鸭舌帽，有时候在房间里拿下帽子，露出光头。

姓萧的究竟是怎样的人？为什么显得如此悠闲？据女佣李嫂说，这个人每天清早在章宅院子里练武功……最令女佣李嫂惊讶的是，一天晚上，当她走过萧先生房间时，看到他在煤油灯下用一块瓯绸丝巾擦手枪，听见脚步声，他迅速地把手枪塞在了枕头之下。

万嫂听了李嫂的话，认为这位姓萧的带着手枪，很可能是国民党特务！因为舜岙村很多人参加共产党的"三五支队"，这个姓萧的很有可能是潜入舜岙村来长期埋伏，摸底细的。所有舜岙村的村民，都没有想到姓萧的是汉奸，是逃犯。

于是，万嫂在丈夫万大哥回到舜岙村的时候，把村里来了国民党特务一事告诉了万大哥。万大哥回到"三五支队"，把这一重要情况报告了胡景城，也告诉了周强、方美莲。胡景城派周强、方美莲回村去摸一下情况。考虑到那个姓萧的有手枪，胡景城让周强、方美莲各带了一把手枪。

考虑到方美莲要回到舜岙村章宅，势必会跟姓萧的面对面，胡景城叮嘱方美莲务必小心。进入舜岙村章宅时，周强要陪同方美莲一起进去。另外，为了防止意外，胡景城还指派万大哥以及几个来自舜岙村的"三五支队"队员一起回去，在章宅外策应。

胡景城指示，最好是抓活的，经过审讯可以了解国民党特务机关的阴谋。如果此人持枪顽抗，迫不得已，也可以将其击毙。就这样，一支"三五支队"小分队在与胡景城一起详细制订了捉拿国民党特务萧炎的方案后，在周强率领之下，从瑞安桂峰乡板寮，悄然返回舜岙村……

达摩克利斯之剑

王水在舜岙村过着逍遥快活的日子。他唯一感到的缺憾，就是孤寂，万分的孤寂。正因为这样，他扳着手指头，计算着回到温州九山的日子。王水压根儿没有想到，达摩克利斯之剑正在他的光而亮的头顶高悬。"三五支队"小分队悄然分头进入舜岙村，集中在章宅隔壁的周强家。周强请万嫂把章家女佣李嫂请来。

周强最关心的是国民党特务萧炎的那支手枪放在哪里。据李嫂说，萧炎的房间，每天都是她打扫的，不过从来没有在柜子、书桌抽屉、枕头下、篾席下、床下看到过手枪，因此手枪很可能放在萧炎那只终日紧锁、总是放在床前的黑皮箱里。李嫂拎过那只黑皮箱，觉得有点沉。

周强还问，萧炎有什么生活习惯？李嫂说，吃过午餐之后，萧炎要午睡。过去萧炎是在厢房里睡午觉，章老先生则在客堂的竹摇椅上睡午觉。章老先生发现萧炎很喜欢那张竹摇椅，就让给了萧炎，自己回房睡午觉。

周强以为，在萧炎午睡的时候，发动对他的突然袭击最合适，因为那时候他离开了厢房，离开了那只黑皮箱。于是，在章宅吃过午餐之后约半小时，周强在章宅前后门都埋伏了"三五支队"队员，然后他跟方美莲腰间都别好手枪，躲在章宅后门附近。

这时候，在炎夏之日的中午，王水正在客堂间躺在章老先生平日喜欢的那张已经发红的竹摇椅上，摇呀摇，摇呀摇，享受着清凉的穿堂风。竹摇椅的摇幅越来越小，最后停下来不动了，表明王水已经进入梦乡。

李嫂在后门招招手，周强和方美莲就从后门进入了章宅。方美莲带着周强，先是走进厢房，从萧炎的房间里取出黑皮箱，放入隔壁厢房方美莲卧室的大床底下。这样，使萧炎难以找到这只黑皮箱。接着，方美莲和周强悄然来到了萧炎身边。由于王水剃掉了八字胡，而且戴着鸭舌帽，方美莲竟然认不出面前的这个人就是当年的"王处长"，真的以为是国民党派来的潜伏特务萧炎。

王水的睡性很轻，方美莲和周强轻微的脚步声以及在他面前晃动的身影，居然使他从睡梦中骤然惊醒。这时，王水凭借他那情报处长敏锐的目光，一眼就认出站在面前的是当年的金莲。王水霍地一下从摇椅上站了起来，满脸堆笑道："金莲小姐，久违！久违！"一听此人喊自己金莲，再从他那河南口音的国语中，方美莲猛然记起上海致美楼那难忘的一幕，明白眼前的萧先生原来是当年"上海特别市政府"警察局情报处处长王水，大汉奸一个！"哦，王处长，别来无恙。什么风把你吹到这深山里的舜岙村？"方美莲问道。站在一侧的周强蒙了，他不知道方美莲跟这个特务是老相识，而且彼此的称呼怪异：方美莲称萧炎为王处长，而这个王处长称方美莲为"金莲小姐"。"避暑，避暑，我来这里是为了避暑。舜岙村的夏天真凉快。"王水一边说着，一边打量着方美莲身后的周强。"像王处长这样的大人物，应该到青岛、庐山去避暑，或者干脆到日本北海道避暑，何必到舜岙村这么个穷乡僻壤来避暑？"方美莲说道。她特别提到"到日本北海道避暑"，旁敲侧击点明了王水的汉奸身份。王水曾经思思念念方美莲，没有想到如今站在他面前的方美莲，不是温柔美丽的歌女，而是咄咄逼人的女游击队员。

"方小姐，"这一回，王水不称方美莲为"金莲小姐"了，"你放着温州高盈里的高屋大院不住，来到此地，想必也是为了避暑。天下真小，想不到我们在这里重逢，而且成了邻居——我的卧室紧挨着你的卧室。"

"我不在此常住，今日只是路过。"方美莲这话，结束了王水与她之间的"避暑"闲谈，"听说，王处长后来高升，成了汪伪的浙江省警察厅厅长。"

"哪里，哪里，我只是身在曹营心向汉，逼于无奈，逢场作戏而已。"王水一听方美莲的话，知道她是有备而来。他注意到方美莲腰间有凸出的硬物，看得出那是一把手枪。王水意识到，得赶快要回到卧室取枪。

"很抱歉，王厅长可否提前结束避暑，跟我走一趟？"方美莲终于向王水下达了命令。"好，好，方小姐，请稍候，请稍候，我进屋收拾一下。"王水点头哈腰道。于是，王水在前，方美莲、周强在后，朝着厢房走去。王水一进屋，第一眼就发现，放在床前的黑皮箱不见了。站在王水后面的方美莲、周强暗暗发笑。这时，王水走近衣柜，用手往柜顶一摸，拿下一个用黄色瓯绸丝巾包裹着的东西。他把瓯绸丝巾一扔，里面是一把锃亮的手枪！

显然，女佣李嫂的情报有误。她天天去王水房间打扫，由于她个子矮，从来未曾打扫衣柜的柜顶，而狡猾的王水恰恰把手枪藏在了这里。王水个子高，摸一下柜顶，就能拿到手枪——这比从紧锁的黑皮箱里取枪要快捷得多。

说时迟，那时快，在这紧急关头，方美莲飞起一腿，踢掉了王水右手所持的手枪。与此同时，方美莲和周强从腰间拔出了手枪。

没有想到，王水来了一个腾空后滚翻，竟从敞开的窗户翻到了走廊。方美莲随即一个箭步，跃过窗户，也来到走廊。周强没有练过武功，他捡起王水掉在地上的手枪，然后从房门冲了出去，追击王水，这就比方美莲慢了一拍。

王水迅速从走廊窜到前院，方美莲紧追不放，也到了前院。趁王水站住观察逃路的片刻，方美莲跃到王水面前，用手枪指着他，大声喊道："王水，站住，要不我就开枪啦！"她知道，前门布置了埋伏，这一声呼喊，与其说是喊给王水听，不如说是喊给前门埋伏的队员听。这样，只要王水一出前门，就会遭擒。不料，方美莲在大声呼喊时，王水却突然回身，飞起一腿，踢掉了方美莲手中的枪。

王水断定章宅的前门、后门都会有埋伏，因此他既不走前门，又不走后门，却来了一个狗急跳墙，跃过前院的侧面院墙，出了章宅。方美莲一见，赶紧也来了一个旱地拔葱，紧随王水跃过院墙。不会功夫的周强随后赶到，捡起方美莲被王水踢落的手枪，从章宅前门奔出，一挥手，招呼埋伏的队员一起追击王水，却已经被王水甩下一百来米。

王水平时在散步时，很注意弄清从舜畚村奔向舜畚岭的路径。这时，他发足狂奔，迅速穿过舜畚村，朝高高的舜畚岭奔去。在他身后十来米处，只有方美莲在紧追不舍。周强和几位队员虽然手中有枪，却被王水甩下了二三百米。

对于舜畚岭，王水已经是熟门熟路，他不走通往茶山的两三米宽的便道，却从羊肠小道朝山顶攀登。舜畚岭上长满茂密的杨梅树，便于王水隐藏。王水回头一看，近处的追赶者只有方美莲一人，而且手中无枪。

越到高处，周强等人被甩得越远。这时，王水回过身子，双手一拱，对方美莲说道："方小姐，你我前世无冤，今世无仇。佛云'救人一命，胜造七级浮屠'。得饶人处且饶人。放我一马，你必有大福！好男不与女斗。我留在章宅的黑皮箱里，有好多条'小黄鱼'[1]，全数奉送给方小姐，以报不追穷寇之恩。方小姐请留步，王某就此告辞！"

王水说罢，朝方美莲深深一鞠躬。方美莲一听，怒目圆睁，并不搭理。就在王水欲回身逃窜之际，方美莲腾空一跃，螳螂腿朝王水横扫过来。王水收缩身子，脑袋一偏，躲过了方美莲的铁腿。他见方美莲不依不饶，知道只有拼死一战，方能得脱。想到此，王水脸上的青筋暴起，如同一个嗜血的恶魔。王水摆好姿势，与方美莲决战。方美莲擅长进攻，她的双拳时而疾如闪电，时而飘忽如同穿花的蝴蝶，时而如卷起的黑色旋风扑面而至，时而似利剑穿心而过。王水未曾想到，纤纤女子方美莲，竟有如此好武艺。在方美莲面前，王水只有招架之功，毫无还手之力。王水与方美莲激战正酣，忽听得不远处响起一片喊声："抓住他！抓住他！投降不杀！投降不杀！"这表明，后续的追兵已近。王水听到那"抓住他"的呼喊声，方寸大乱，被方美莲踢中腹部。王水不再恋战，踉踉跄跄中，回身就逃。不料这一下露出了破绽，被方美莲一脚踢中屁股，他往前一扑，竟从悬崖上摔了下来。

周强等人见到王水摔下悬崖，急忙绕道下去察看。在悬崖底一棵杨梅树下，王水倒在草丛之中，鲜血从他的光亮的脑袋中喷涌而出，而他的那顶鸭舌帽正挂在杨梅树上随风飘摇。周强一摸王水胸口，已经没了心跳。方美莲随后赶到现场，对周强说："就在这里埋了他吧！"有的队员把随身所带的刺刀拿了出来，就地挖好一个坑，埋了王水。再搬来一些石块，为王水垒起坟茔。高悬的达摩克利斯之剑终于落下，王水从此永远躺在了舜畲岭。

在追捕王水的过程中，未发一枪，所以舜畲村的村民们并不知道舜畲岭上发生的惊心动魄的一幕。

方美莲回到舜畲村章宅，告诉章老先生道："我在午间回来取书。正值萧炎先生在午间被从茶山镇的税警带走，据说是萧炎先生做生意偷税漏税。他不好意思惊动正在午睡的章老先生，托我向你致谢。"

方美莲还说，萧炎先生走得匆忙，来不及带走皮箱，托她送往茶山镇税务所。于是，方美莲拎着那黑皮箱走了。章老先生虽说年事已高，但是还不至于老糊

1　小黄鱼，即金条。

涂。他本来就觉得这位萧炎先生在舜岙村长住又无所事事有点蹊跷，但碍于高瑞的面子，没有深究。今日方美莲突然回来，萧炎突然消失，更加蹊跷。何况方美莲与萧炎在院内格斗时，他还听见方美莲在前院大喊"王水，站住，要不我就开枪啦！"……

唉，还是郑板桥说得好——"难得糊涂"。自己已经这把年纪了，何必事事追究？他早就知道方美莲加入"三五支队"，不敢有所得罪，不如睁一只眼闭一只眼，难得糊涂吧。其实，章老先生心里很清楚，萧炎如果有什么事，势必会牵涉到高瑞。所以他关照两个儿子，今日之事不足为外人道也。周强拎着王水的黑皮箱，和方美莲等一起返回瑞安桂峰乡板寮。一路上，他们像打了大胜仗，兴高采烈。周强问方美莲："你很早就认识王水？"方美莲答："是的，我在上海的时候就认识他。"周强又问："他怎么叫你金莲？"方美莲答："我的奶名叫金莲，妹妹的奶名叫银莲。"方美莲不堪回首也不愿重提伤心往事。

周强所率"三五支队"凯旋而归，回到瑞安桂峰乡板寮。周强向胡景珹汇报了情况，指出原以为萧炎是国民党特务，经方美莲辨认，此人竟然是大汉奸、伪上海特别市政府警察局情报处处长、伪浙江省警察厅厅长王水。在追捕王水时，武艺高强的方美莲立了大功。

在打开王水遗留的那只黑皮箱时，胡景珹连同"三五支队"的队员们都很吃惊，里面有好多根金条。正好"三五支队"经费紧缺，正过着睡山洞、坟坦、竹林、蔗园、瓦窑，吃蕃茹[1]丝、马铃薯的生活，这些金条无疑是雪中送炭的战利品。从黑皮箱中缴获的证件表明，萧炎确实是大汉奸王水。

方美莲受到了胡景珹的表扬：一是作战勇敢，二是战功显赫。胡景珹立即指示，在"三五支队"的内部刊物上，立即登载报道："伪上海特别市政府警察局情报处处长、伪浙江省警察厅厅长王水躲避于浙南山村，亡命于我军战士之手。"

1　温州人称山芋为蕃茹。

第八章

古刹钟声

北国花开江南花落

　　渗透是无孔不入的，是彼此的、互相的。作为中共地下党员的马德胜成功地渗入国民党中统多年，而中统竟然也在"三五支队"内安插了特工老张。

　　在温州寻觅王水踪迹多时、正束手无策的刘连，从潜伏在"三五支队"内的中统特工那里获知惊人消息，王水遭"三五支队"追捕，坠亡山崖！刘连急急发密电告知在上海的父亲刘旦："老对手王水死于非命。"刘旦接到电报大喜，笑道："你王水也终于有这么一天。"刘连嘱令记者在《浙江日报》发表报道："大汉奸、伪上海特别市政府警察局情报处处长、伪浙江省警察厅厅长王水躲避于浙南山村，被国民政府所辖民团当场击毙。"刘连改头换面，贪天之功为己有，把"三五支队"篡改为"国民政府所辖民团"。只是刘连当时并不知道令王水丧命者，乃方美莲。

　　高瑞在温州看到《浙江日报》的报道，先是大吃一惊。在吃惊之余，他细细一想，这个王水还是死了好，不然的话总像湿手面粉似的缠着他，甩也甩不掉，迟早会被他拖进麻烦之地。同样，高瑞当时并不知道，置王水于死地者正是方美莲。

　　正躲避于诸暨山村斯家的胡兰成，也从《浙江日报》上看到报道，同样先是大吃一惊。在吃惊之余，细细一想，以为王水还是死了好。因为在温州，只有王水知道他的底细。王水一死，他回到温州，就无人知晓他的底细。大约是文人的缘故，胡兰成对"当场击毙"这四个字感到特别高兴，因为这意味着王水未经审讯就当场毙命了。倘若王水"当场被捕"，那麻烦就多了，因为这种人既然可以从国民党军统摇身一变成为伪上海特别市政府警察局情报处处长，那么在被捕之后也会向国民党温州当局供出他。果真，自王水死后，胡兰成在 1946 年年底从诸暨重返温州，依旧住在九山窦妇桥徐家门台范秀美的娘家。虽说从此胡兰成再也见不着王水，大有着惺惺惜惜之感，但是心里也大有踏实之感。从此，温州除了范秀美之外，无人知道这位"张嘉仪"曾是汪伪政权宣传部政务次长、行政院法制局局长。

在刘连从杭州来到温州之后，方丽莲和马德胜也从杭州来到温州。方丽莲离开了浙江省政府，起因是黄绍竑要离开浙江，不当浙江省省长了。抗日战争期间，黄绍竑带领浙江省政府数万工作人员坚持在临时省会云和与日军周旋，可歌可泣。日军数度扑向云和，均以失败告终。

在抗战胜利之后，黄绍竑率浙江省政府班师回杭州，数以万计的杭州市民涌上街头，手捧鲜花、眼含热泪欢迎黄省长，称之为抗战英雄。中统局浙江调查室目击此情此景，迅即报告蒋介石。蒋介石阅中统报告之后，大为不悦。浙江乃蒋介石之家乡，黄绍竑却非蒋之嫡系，属李宗仁之桂系。于是，蒋介石产生了从浙江调离黄绍竑之意。

黄绍竑是何等聪明之人。他想，与其被蒋介石下令调离，不如自己主动请辞。于是在 1946 年早春二月，黄绍竑前往重庆，当面向蒋介石请辞浙江省省长。蒋介石当即批准黄绍竑的辞呈，于 1946 年 3 月 26 日任命沈鸿烈为浙江省省长。沈鸿烈在皖南事变之后，提出"防共、限共、反共、剿共"之策，受中统推荐，被蒋介石看中。

得知黄绍竑要离开浙江，方丽莲与之惜别，并告知从此也要离开浙江省政府，不再为新省长沈鸿烈服务。

黄绍竑深为方丽莲与他共进退而动容，当即拿起毛笔，在宣纸上抄录了一首词《压椿岁·八千里路云和月》，赠给方丽莲：

八千里路云和，月圆今夕光天表。狮醒未睡，鱼苍隐约，宾来远道。两浙机枢，一时际会，相逢欢笑！想鄂王豪气，功名尘土，都当作，狂吟藁。

五十人生犹早，正中天，奋飞鹏鸟。渡江万楫，投鞭填海，扶桑遍绕。整顿湖山，那时愿了，共舒怀抱。作长虹痛饮，鉴湖美酒，寿吾同好。

这首词的作者，便是黄绍竑。他主政浙江多年。1943 年秋，是他虚龄五十大寿，他在浙江云和写下这首词，表达雄心壮志。

黄绍竑写毕，出人意料的是，方丽莲掏出一枚用青田石雕刻的图章，往落款黄绍竑旁边一盖。

黄绍竑一看，这是他从未见过的一颗私章，"黄"字用阳文，"绍竑"用阴文，三个字的字体用钟鼎文，显得古朴典雅。黄绍竑非常喜欢。

"黄省长，这是我昨天晚上用一块青田石雕刻的，送给你作为纪念。"方美莲说道。

"方小姐真是才女，不仅书法漂亮，而且篆刻一流。"黄绍竑称赞道，"我真想带你一起去南京上任。"

方丽莲感谢黄绍竑的赞许。她说，她的孩子在家乡温州娘家，她想念孩子，想念温州，所以决定回到温州。她不再做速记员，打算在温州开一爿刻章店。

黄绍竑离开浙江之后，在南京出任徒有虚名的监察院副院长。1947 年底，在李宗仁竞选副总统之时，黄绍竑凭借他在浙江深远的影响力，使浙江省三分之二的选票投给了李宗仁，为李宗仁的胜选出了大力。

此后，1949 年 3 月底，国共两党决定派代表和谈。黄绍竑为国民党方面的六个和谈代表之一，前往北平，受到毛泽东的接见。在桂系将军之中，黄绍竑是难得的文武兼备之才，他在北平写下《好事近》一词，透露了对中国共产党的向往：

> 翘首睇长天，人定淡烟笼碧。待晚一弦新月，欲问几时圆得。昨宵小睡梦江南，野火烧寒食。愿得一帆风送，报燕云消息。
>
> 北国正花开，已是江南花落。剩有墙边红杏，客里漫愁寂寞。此时为着这冤家，误了寻春约。但祝东君仔细，莫任多漂泊。

和谈破裂，"北国正花开，已是江南花落"，黄绍竑在北平与南京之间，选择了北平，在共产党与国民党之间，选择了共产党。他没有回南京，而是留在了北平。此后，黄绍竑出任中华人民共和国政务院政务委员、第一届全国人大常委、民革中央常委等职。

1946 年 3 月 26 日，在黄绍竑辞去浙江省省长之际，方丽莲也与马德胜一起离开杭州，前往温州。

方丽莲离开杭州，是因为她不愿给黄绍竑的继任者沈鸿烈当速记员。马德胜为什么也离开杭州去温州呢？这是因为温州地区中共领导的"三五支队"极其活跃，队伍发展迅速，人数众多，国民党中统局惊呼：温州要变天！为此，刘旦认为需要加强温州的中统力量，以对付中共。因追捕王水来到温州的刘连，被国民党中统局任命为中统温州站站长，而刘连则要求把马德胜调来温州，充当他的助手。

这样，方丽莲和马德胜双双前往温州。马德胜在国民党中统温州站工作。方丽莲原本想在温州开一家刻章店，借以提高篆刻艺术。她的这一打算受到两方面的反对：一是母亲方太太，认为温州钱庄大老板的千金去开刻章店，替人刻图章，赚个五角一圆，太丢面子了；二是马德胜，他劝方丽莲暂时把篆刻艺术之梦放在一边，应当到国民党政府浙江省第八行政督察区专员公署[1]当速记员，继续从事收集情报的工作。

于是，方丽莲再度成为公务员，成为速记员。

这样，刘连和马德胜、方丽莲在温州聚首。他们仨又一次同住一个小院。虽说这时候的温州已经是国民党政府的天下，但是刘连以为，中统毕竟是以铲除中共作为目标，除了追捕、逮捕中共地下党员动用温州警察之外，中统的行动还是以秘密为主，只有这样，才能接近并渗入中共地下组织。

刘连又留起长鬓角了，又成了"普希金"。在刘连看来，温州是国统区，他是统治者，不是地下工作者，大可不必躲躲闪闪，而是堂堂正正了。

刘连在晏公殿巷租下一幢独立的两层小楼，作为中统温州站的秘密据点。

晏公殿巷因巷内有一座晏公殿而得名。晏公殿里矗立着晏公雕像，面如黑漆，浓眉横髯，据说是妈祖部下总管，能够确保一方平安。晏公殿巷东西走向，跟大街垂直，是大街这多脚蜈蚣的小脚之一。这条小巷幽静而风光秀丽，一条小河沿巷南侧静静流淌，河边垂柳依依。小巷南侧是一排漂亮的小院，每家大门口，都有两三块横跨在小河之上的青石板。

1　国民党政府浙江省第八行政督察区专员公署，相当于温州地区政府。

刘连看中晏公殿巷,在于这里可以闹中取静。这里介于闹市五马街与铁井栏之间,走三分钟就到五马街,走五分钟可以到铁井栏方丽莲娘家。方丽莲在上班时,就把女儿马俪放在铁井栏娘家,下班之后则从铁井栏带到晏公殿巷。方丽莲把藤箱放在铁井栏家中,藤箱里除了印谱、七紫三羊紫毫笔、雕刻刀以及很多枚她篆刻的印章之外,还有她的银莲花别针以及姐姐方美莲的金莲花别针。她期待着跟姐姐见面时,把这枚金莲花别针交还给姐姐。

刘连所租的是一幢以中式建筑元素为主、西式建筑元素为辅的中西结合的小楼。走过青石板,便是黑漆大铁门,门楣上拱形花岗岩石门匾上刻着"紫气东来"四个字。大门之后,便是一个小院。由于地处黄金地段,这个小院是名副其实的小,只有一口水井以及几盆茉莉花,如此而已。小楼三开间,刘连让方丽莲和马德胜住在楼下,有时候还把他们的女儿马俪接来,此时便有了浓厚的家庭气氛。

另外,刘连是上海人,马德胜是杭州人,都是"外路人",不会讲温州话。有了本地姑娘方丽莲,平常由方丽莲出面,跟左邻右舍打交道,也方便得多。

刘连住在楼上,那里的客厅是刘连与温州各地的中统特工密谈之处,而里间则是刘连收发电报之处。那里还安装了电话,便于他与温州市警察局等部门联系。

刘连在温州晏公殿巷安营扎寨之后,开始了新的行动……

不速之客叩响门环

无事不登三宝殿。温州高盈里高府,响起了门环叩击声。女佣从门上瞭望窗朝外看了一下,门外站着一位高个男子,还有一位中等身材男子,都是陌生客。"高瑞先生在家吗?"高个子留着长鬓角,用国语问道。"高先生,有'人客',是'外路人'。"女佣用温州话朝里喊道。"谁呀?"高瑞一边答应着,一边走过前院。真是不看不知道,一看吓一跳。高瑞从瞭望窗朝外一看,门外的两人,一个脸熟,一个陌生。那长鬓角的高个男子不是别人,正是那个当年在上海广西路被他甩掉的廉先生——后来方美莲告诉他，廉先生真名实姓叫刘连。

就像王水突然而至一样，刘连的突然而至令高瑞意想不到。王水的到来并未使高瑞恐惧，因为他俩还算是老朋友；刘连的到来则使高瑞感到害怕，因为他俩不仅因为争夺方美莲而近乎情敌，而且他知道刘连有一把乌亮的手枪。

高瑞陷入进退两难的境地：开门吧，无异于引狼入室；不开门吧，刘连是凶神恶鬼，他的手枪子弹足以射穿黑漆木门。高瑞再一想，刘连会不会是为方美莲而来？反正方美莲已经跟他"拜拜"了，只要他跟刘连说清楚，也就没事。于是高瑞打开了大门。

高瑞感到不解的是，刘连的家在上海，怎么会来到温州？怎么会知道他住在这里？

刘连作为不速之客，光临高府，内中的原因其实很简单：中统潜伏在"三五支队"里的特工老张自从报告了"王水遭'三五支队'追捕，坠亡山崖"之后，刘连要求详细查明"三五支队"追捕王水的经过，那坠亡的山崖究竟是在哪座山。

于是，中统特工老张又继续报告：王水坠亡之处叫作舜岙岭；王水躲避在附近的舜岙岭章宅，章宅是温州瓯绸商人高瑞母亲的娘家。刘连一听，原来是高瑞窝藏了王水！他不由得记起，自己打扮成堂倌，端着汴京烤鸭，进入致美楼沉香阁时，便见到高瑞与王水推杯换盏，好不亲密。刘连也感到后悔，他到温州追捕王水，怎么没有想到去查一查高瑞呢，不然抓捕王水的头功，必定属于自己。刘连视高瑞为仇敌。就是这个高瑞，骗走了方美莲，把他扔在了金山饭店。如今，高瑞竟然撞到了他的枪口上，用一个"包庇汉奸"的罪名，就可以轻轻松松把高瑞送进监狱。高瑞是温州商界的头面人物，刘连不难打听到他的地址。于是，刘连从晏公殿巷叫来了马德胜，叩响了高府的门环，前来兴师问罪。

高瑞打开了大门，说了声："刘先生，多年不见了。"高瑞原本想喊他"廉先生"，因为从方美莲那里已经知道他姓刘，也就直呼刘先生了。刘连竟然没有答言，径直穿过前院，走向客厅，在那里跟马德胜一起坐下。

高瑞坐定，女佣向客人奉茶。这时，"小三"也出来了，娇滴滴跟客人打了个招呼，迅即走进后屋。直至这时，刘连才开口："高瑞，你知道我为何而来？"高瑞猜测道："莫非为方美莲而来？"刘连反而感到纳闷，反问道："方美莲不是已经成了你的太太了？"高瑞连忙解释说："方美莲与我因性格不合，早已经离异。你刚才见到的，是我现在的太太。"高瑞这么一说，以为可以推得一干二净，不料刘连却说："我也早就已经成家，有了孩子，难道还要为方美莲而来？"这一回，轮到高瑞纳闷了：刘连不为方美莲而来，究竟为何而来？看来真是来者不善、善者不来。刘连终于点题了："高瑞，你别装糊涂！我问你，大汉奸王水死在哪里？"这一问，刘连抓住了高瑞的软肋。

自从王水坠崖而死，高瑞的大舅舅随即派高瑞的表兄前来温州，密告王水死亡的经过，把高瑞吓了一跳，他叮嘱表兄不可再告诉他人。高瑞搪塞道："我只从《浙江日报》上看到新闻，说是王水被国民政府所辖民团当场击毙。"

刘连这时候把手枪从腰间拔出，"啪"的一声放在红木茶几上。看来，他不改当年在上海金山饭店的那派作风。这"啪"的一声，果真奏效，高瑞当即承认，王水是他安排住在乡下大舅舅家中。高瑞说："王水是情报处长，掌握了我家的地址，找到我家。他有手枪，我害怕，所以不得不安排他到乡下大舅舅家中居住。"刘连问："王水是大汉奸，你知道吗？"高瑞答："看了《浙江日报》，才知道他的大汉奸。"刘连反驳道："当初你不是看中了王水乃'上海特别市政府'警察局情报处处长，才在上海四马路致美楼请他吃饭？王水看上你，就因为你那时候在上海就跟汉奸勾勾搭搭。"高瑞无言以对。刘连强调说："你知道吗，你犯了包庇汉奸罪！"高瑞仍无言以对。刘连又强调说："你知道吗，你犯了包庇汉奸罪，要坐班房！"这时，高瑞终于开口："我是生意人，无知小民。刘先生，拉兄弟一把。"刘连知道火候已到，终于从嘴里蹦出四个字："以钱消灾！"高瑞一听就明白，刘连上门的目的是敲竹杠。雷公打豆腐——拣软的欺，眼下高瑞就是豆腐。高瑞哭丧着脸，对刘连说道："日本人三次占领温州，不仅瓯绸生意停滞，而且公司仓库被日军洗劫一空，我手头正紧。"刘连道："那你就坐班房去。"高瑞无奈，只能"以钱消灾"，问道：刘先生，你开个条件吧。"刘连道："一百根'小黄鱼'。"高瑞叹气："一百根？扒我的皮也拿不出来。"刘连跟高瑞讨价还价："那就五十根'小黄鱼'！"高瑞也讨价还价："能不能再少一点？"刘连斩钉截铁，一锤定音："一根也不能少！"高瑞这时候是人在屋檐下，不得不低头。他跟刘连约定，明天下午交割：刘连带着国民政府浙江省第八行政督察区专员公署的高瑞以钱抵罪的文书以及收据来，高瑞则一次性交齐五十根"小黄鱼"。

刘连临走时，掷下一句话："高瑞，你跑得了和尚跑不了庙。如果你逃跑的话，我就拿你这高盈里的房子折价抵押。"就这样，刘连收好茶几上的手枪，跟马德胜一起，大摇大摆地走出了高府。其实，刘连在叩开高府的大门之前，就早有盘算：如果把高瑞关进大狱，对他来说毫无"收益"，趁机敲高瑞竹杠，必定"丰收"。至于伪造一份永嘉行政督察区专员公署的文书以及收据之类，对于中统来说，轻而易举。

回到晏公殿巷之后，刘连起草好公文，拿出印有国民政府浙江省第八行政督察区专员公署字样的空白信笺，要求方丽莲用毛笔抄写，并拿出一份盖有国民政府浙江省第八行政督察区专员公署公章的文件，要求方丽莲照样子刻一枚公章。

方丽莲这"直头拱"，不仅不答应抄写文书，而且坚决拒绝雕刻假公章。就连马德胜出面相劝，方丽莲也不答应，虽说方丽莲仿刻那么一个图章，只是小菜一碟，举手之劳。

方丽莲很坚决地说："伪造公文，私刻公章，形同犯罪。"

刘连说："我送你一条'小黄鱼'。"

方丽莲说："我不稀罕'小黄鱼'。"

刘连知道方丽莲说一不二的脾气。他无奈地挥挥手说："好，好，我不求你啦，方小姐！车到山前必有路，我自有办法。"刘连的正楷，也还可以。他自己动手写好公文。至于公章，在温州街头只要肯花钱，什么公章都"倚马可待""立等可取"。刘连终于在一个上午办妥了一切。下午和马德胜一起带着"公文"和一只空皮箱，前往高盈里高府。刘连喜笑颜开，拎回沉重的皮箱，果真满载而归。不过，在他与方丽莲之间，从此埋下芥蒂。只是碍于马德胜的面子，刘连强忍着火药脾气，没有发作。

不久，刘连又从潜伏于"三五支队"内的特工老张那里获知了惊人的内幕消息：追捕王水并导致王水悬崖坠亡者，不是别人，正是方丽莲的姐姐方美莲！方美莲，这个温文尔雅的姑娘，居然加入了"三五支队"！不过，刘连细细一想，当年在上海霞飞路启秀女子中学，方美莲就是国文老师关露的高足，读过大量"红色"图书，所以她回到家乡温州，会加入中共领导的"三五支队"，似乎顺理成章，不难理解。

刘连由方美莲想及方丽莲。方丽莲的思想，看来比方美莲单纯，在杭州如痴如醉地专注于西泠印社的篆刻艺术，不问政治。刘连知道方丽莲在担任浙江省政府速记员时，由于工作的需要，加入了中国国民党。刘连在得知方美莲加入"三五支队"之后，并不认为方丽莲也会像方美莲那样"向左转"。不过，在中统，非常忌讳工作人员的亲属之中跟中共有瓜葛。正因为这样，刘连对于方丽莲留了一手，比如有些极其机密的文件只让马德胜看，而不给方丽莲看。

在刘连的心目之中，马德胜曾经在他父亲那里鞍前马后服务多年，是绝对可靠的。

如同王小二过年

真是岁月如梭，光阴荏苒。刘连作为国民党中统温州站站长，如同王小二过年，一年不如一年。且不说蒋介石自从发动内战以来，兵败如山倒，就是在温州，在浙南地区，也在步步退缩之中。

国民党中统在温州最"辉煌"的成绩，是 1942 年在中统局浙江调查室主任刘怡生领导下，中统温州站站长陈家璧利用中共叛徒李少金和陈方汀，在温州小南门的恒丰盐店一举抓获中共浙江省委书记刘英，破坏了温州城内中共多处秘密机关。中共地下组织从中汲取了深刻的教训，退往深山老林，组织起"三五支队"的一支又一支小分队。国民党尽管在温州市区驻有军警，无奈温州多山，军警对于大山阻隔的小村鞭长莫及。没有想到，"三五支队"依托大山，几年之间竟然得到大发展，形成了农村包围城市的星火燎原之势。

国民党在温州建立了永嘉县戡乱大队，结果越戡越乱，"三五支队"越戡越多。

就连温州市区也变得乱糟糟，使刘连忙得团团转。由于出现米荒，米价暴涨，引发抢米风潮，甚至导致全城工人罢工、商店罢市，群众纷纷上街游行示威；1946年 12 月，美军强奸北大女生沈崇，爆发"沈崇事件"，激起了北平学生抗暴怒潮。温州学生也起来响应，在 1947 年 1 月 9 日，温州四千余名学生集会，抗议美军暴行，声势空前；温州还爆发了"驱张运动"，所谓"张"，就是长期反共的国民政府浙江省第八行政督察区专员公署专员张宝琛，迫使张宝琛下台……刘连意识到，中共地下组织已经重返温州市区，所以能够组织这么大规模的群众运动。

刘连不断地往方丽莲家的后门跑。他关注的倒不是方家，不是那幢温州钱庄大楼，不是方家后门那口名闻遐迩的铁井，而是铁井旁边、正对着方家后门的铁井栏宫。那是一个二进的寺院，红棕色的大门之上，是黑底金字牌匾，上书"铁井栏宫"四个大字。

进门之后，便是威武的四大金刚雕像，分列左右。走过铺着大块青砖、长着绿苔的"道坦"[1]，便是正殿。正殿里供着"三人一目仙"雕像。所谓"三人一目仙"，就是北宋时温州的三个奇怪老头，一个瞎了一只眼睛，另两人皆盲，刚好是"三人一目"。他们从铁井栏大铁井进入，居然从福建泉州出来，帮助泉州知府蔡襄解决了建造洛阳桥的难题，于是被温州人奉为神仙，建造铁井栏宫，竖立起"三人一目仙"三尊雕像。据说，这里因地处温州市中心，"三人一目仙"又"灵验"，所以香火鼎盛。

温州沦陷期间，日军占领温州钱庄大楼作为司令部，铁井栏宫荒废，被日军用来养马。

抗战胜利之后，国民党永嘉县警察局的刑警队看中铁井栏宫，因为铁井栏宫不在铁井栏主街，而在弯曲的内巷里，所以显得很隐蔽。刑警队搬来了"老虎凳"，挂起了皮鞭，泡好了辣椒水，把这里作为施刑逼供之所。警察局抓获"三五支队"，抓获中共地下党员，就在这里审讯。

正因为这样，刘连常来常往于铁井栏宫，从那些经不起严刑拷打者嘴里挖取"三五支队"情报、中共温州地下党情报。

刘连要方丽莲也来铁井栏宫，以为这里正是发挥她的一技之长的地方。方丽莲以受不了撕心裂肺的哭喊声为由，谢绝了。倒是马德胜说自己"自学成才"，也能速记，也就跟着刘连出入铁井栏宫，当速记员。

戴着铁链脚镣被押送到铁井栏宫的"乱党分子"之中，有像刘英那样坚贞不屈者，也有像李少金、陈方汀那样的软骨头。刘连在审讯那些软骨头时，吃惊地获

1　道坦，温州话，即院子。

知，"三五支队"已经进行整编，改建为中国人民解放军浙南游击纵队，龙跃任司令员兼政治委员，郑丹甫为副司令员，胡景瑊为政治部主任，司令部设在瑞安县桂峰乡板寮村。刘连从一个被俘的浙南游击纵队队员的军装上，见到长方形的布质标志，上面印着"中国人民解放军浙南游击纵队"，这表明浙南游击纵队已经是中国人民解放军的一部分。

刘连还得知，中国人民解放军浙南游击纵队已达几千人，下辖三个支队、一个独立大队、一个警卫大队，正在逐步对温州市区形成包围之势。

这时，在中国大地，国共正在摆开大决战的阵势。从1948年9月开始，辽沈战役、淮海战役、平津战役这三大战役逐个展开，国民党上百万主力部队即将被消灭殆尽……

时局越来越不稳定。温州的市面也越来越混乱。

方丽莲有一天在回到铁井栏的时候，看到家门口挤满了人，不知出了什么事。当她走进店堂，方知众多的客户突然集中前来是为了提取现金。方太太很着急，因为如果现金不够，不能全部兑现，客户就会闹事。这叫"挤兑"。当时方太太使出浑身解数，紧急派员工到附近几家银行、钱庄调来一麻袋一麻袋的现金。客户一看有那么多的现金，也就不挤了，不吵了，很多人反而不兑现了。这时，方太太以手加额，松了一口气，如果当时无法拿出那么多现金，就意味着失去信用，温州钱庄就要被"挤兑"挤倒。

此后，温州街头随处可见银圆相互碰击的叮当声。温州大街两侧，摆满了小摊，人们用金圆券纸币高价换银元。物价飞涨，金圆券急剧贬值，所以人们急于以金圆券换取银圆。谁都明白，如果不赶紧把金圆券脱手，很快就会变成废纸……

方丽莲还发现，在铁井栏主街两端，忽然安装了巨大的木栅门。木栅门的每一根木头，都比臂膊还粗。据说，一旦主街上发现可疑的人，会马上把主街两端的木栅门关紧，这样可疑的人就无处可逃。不光是铁井栏如此，温州许许多多街道上都安装了木栅门。后来方丽莲才知道，在温州各处街道安装木栅门，这主意是刘连出的。

作为国民党中统温州站站长，刘连忙得四脚朝天，因为温州的中共地下组织越来越强大，越来越活跃。

就在这多事之秋，1948 年 8 月，刘连忽然接到父亲刘旦来自上海的重要情报——国民革命军第二兵团司令、陆军中将邱清泉即将前往温州。

刘旦转达国民党中统局[1]命令，要中统温州站站长刘连加强搜集邱清泉在温州的相关情报。刘旦还告知，这是蒋总统[2]的嘱咐。

正忙于对付温州中共地下组织以及中国人民解放军浙南游击纵队的刘连，又增加了监视本党要员的任务。

刘连感到纳闷，邱清泉是蒋介石嫡系大将，手握精兵 12 万，他手下的第五军号称"王牌军"，是国民党五大主力之一。在国共逐鹿中原的紧张时刻，这位叱咤风云的大将军，放下 12 万兵马，跑到小城温州干什么？

大将军突然降临小城

黄浊的瓯江水，滔滔东去，在温州东郊沉积出两公里的带状沙洲。沙洲上长满蒲草，便叫蒲州。

打鱼人在蒲州安家。从唐朝开始，蒲州渐渐形成一条长街，到了明、清，这条街又渐渐发展成一座古镇。这里最多的商店，当然是鱼行以及卖蒲草编织的鞋子——蒲鞋的小店。人气渐旺，戴元丰、益盛、同泰、恒生堂、同昌等名号的杂货、南货、糕点、饭店、旅馆、医药商店，也一一开张。为了祈祷渔民出海平安，二十多座庙宇在小镇上兴起，诸如五显庙、玄坛殿、关圣庙，祠堂、戏台也一座座落成。一棵棵百年老榕树，像一把把绿色巨伞，为蒲州老街带来清凉。

刘连为什么突然关心起蒲州这个小镇？这一回，得益于方丽莲鼎力相助。自从

1　此时中统局已经改名国民党党员通讯局（简称"党通局"），但是人们仍习惯称之为中统局。1949 年 2 月再度改名为内政部调查局（简称"内调局"），隶属于国民政府行政院内政部，任务仍为搜集中共情报，监控、破坏各地中共组织，暗杀中共党员。

2　1948 年 4 月 19 日，蒋介石在国民政府"行宪国大"第十三次大会上当选为中华民国第一任总统。从此他的部下改称他为"蒋总统"。

方丽莲两次拒绝了刘连交给的任务，使她与刘连之间的隔阂日深。为了消弭芥蒂，方丽莲听说刘连要马德胜负责邱清泉回温州的情报，便主动请缨参与，很"积极"，给足刘连面子。

方丽莲立即把这一重要情报告诉了浙南游击纵队，而邱清泉的堂弟邱清华正是浙南游击纵队副政委，马上反馈：邱清泉的老家，也就是他的老家，在温州蒲州中埠邱府。

方丽莲把邱府在哪里报告刘连之后，刘连大大地夸奖了她一番，说她到底是温州本地人，而且这几年在中统经过历练，掌握了特工技能。刘连当即派出马德胜和方丽莲前往蒲州。马德胜听不懂温州话，有方丽莲相助，当然求之不得。马德胜与方丽莲打扮成一对做生意的夫妇，一起去蒲州，在镇上的蒲州旅馆落脚。

与此同时，浙南游击纵队紧急制订计划，准备派出多艘舴艋舟，载几十名游击队员，沿着瓯江赶往蒲州，抓捕"大鱼"。

蒲州老街分成三段，即上埠、中埠和下埠。在中埠，由于有一棵百年老樟树，那里的一条路就叫作樟树路。樟树路上有一座老宅，高大的门台，两进七间的大院，表明这里是大户人家。老宅主姓邱，在镇上开了"恒泰"鱼行，不仅生意兴隆，而且人丁兴旺，生了四个儿子，其中二子名唤邱箴涵，三子名唤邱箴来。邱箴涵之子正是邱清泉，邱箴来之子则叫邱清华。

邱清泉是黄埔二期生，受校长蒋介石栽培，选送到柏林陆军大学深造，回国之后成为蒋介石嫡系干将。

邱清泉的堂弟邱清华则背道而驰，他是中共党员，中国人民解放军浙南游击纵队副政委，此时正在浙南山区打游击。

邱清泉正驰骋于山东、河南战场，与陈毅、粟裕鏖战急，怎么忽地回到温州老家？刘旦从上海电告刘连，说到了邱清泉突然回温州的原因……

原来，在1948年5月至7月，淮海战役的前哨战豫东战役打响。邱清泉的对手是中国人民解放军名将粟裕。为了消灭邱清泉强悍的第五军，粟裕设计了"先打开封，后歼援敌"的计策。粟裕乘开封防守空虚，于5月17日率主力部队猛攻开封，于22日晨攻下开封，歼守敌近4万人。蒋介石着急了，马上调邱清泉的第五军前往开封。此时，粟裕部队主动退出开封，把一座空城让给了邱清泉。

　　邱清泉为复得开封而兴高采烈，向蒋介石报功。谁知就在这个时候，粟裕的主力调头去打国民党区寿年兵团。邱清泉在开封城里百般犯难，出城救助区寿年兵团吧，怕这么一来会丢掉开封城。他只好留主力死守在开封，派出一小部分部队驰援区寿年兵团。

　　粟裕以迅雷不及掩耳之势，乘机歼灭区寿年兵团，活捉司令区寿年，然后围困了黄百韬兵团。

　　这时，白崇禧、刘峙等向蒋介石告状，指责邱清泉在开封之战中"援战不力，有误党国"，对于区寿年兵团被歼时坐视不救，要求把邱清泉撤职查办。

　　蒋介石也不能不表态，批评爱将邱清泉："与友军相处，不解围，不互救，殊堪痛恨！"

　　这么一来，邱清泉"掼纱帽"，向蒋介石表示要"解甲归田"。蒋介石当然表示挽留，只是准假一个月，让邱清泉回老家温州避避风头。为了表明对邱清泉有所惩罚，蒋介石把邱清泉手下干将、第五军快速纵队少将司令叶芳撤职。

　　叶芳，又名叶超、叶树芬，温州人氏，乃邱清泉同乡、嫡系。据邱清泉警卫说，邱清泉和叶芳经常以别人根本听不懂的方言交谈，因为他俩都是温州人。叶芳于1929年从黄埔军官学校第七期毕业之后，一直在军队中带兵，后来进入邱清泉的第五军。由于叶芳与邱清泉有着"同乡"兼"同学"（黄埔军校先后同学）之谊，深得邱清泉信任，出任第五军主力——快速纵队司令。叶芳这回替邱清泉受过，遭到撤职，便跟随邱清泉一起回了温州。

　　刘旦还告知，邱清泉的特征是方脸、凹眼、塌鼻子，上唇正中有一条因汽车撞伤留下的寸许长疤，人称"邱歪嘴"。叶芳的特征是长圆脸，两道浓眉，长脖。

　　当马德胜、方丽莲在蒲州旅馆住下不久，忽然住进来许多青年男子，虽说穿便衣，但仍看出军人气质。内中不乏"外路人"，但是也有好几位讲温州话。方丽莲用温州话跟他们搭讪，很快就弄明白，他们是从上海乘轮船来到温州的。他们来来往往于邱府与蒲州旅馆之间。不言而喻，他们是邱清泉的警卫班。除了一部分在邱府执行警戒之外，很多人就住在蒲州旅馆。这表明，邱清泉到蒲州了！

　　马德胜、方丽莲走近邱府，发现大门紧闭。没多久，大门开启，主人送客。这时，可以看见院子里停着美制军用吉普、军用卡车。主人方脸，嘴巴上方正中有一长疤，无疑是邱清泉，旁边则是一浓眉男子，十有八九是叶芳。

回到蒲州旅馆之后，马德胜借用旅馆电话打给刘连，告知："带鱼两箱，已经运抵蒲州码头。"

与此同时，马德胜也把这一重要消息告诉中共地下联络员："大鱼已到。"

浙南游击纵队加紧向蒲州进发。

刘连接到马德胜的电话之后，随即以密电告知父亲刘旦：邱清泉、叶芳抵达蒲州。刘旦则马上电告南京中统局，报告蒋介石。蒋介石密切关注着爱将邱清泉"解甲归田"的动向。

才过了一天，几辆美制军用吉普车突然从温州来到蒲州，进入邱府。马德胜一看车牌，就知道是温州最高首长——国民政府浙江省第五区[1]专员兼保安司令的座驾；方丽莲在国民政府浙江省第五行政督察区专员公署工作，一眼就认出从车中下来的首长就是翁光辉。

翁光辉乃浙江丽水人氏，黄埔军校三期步科毕业生，曾在国民党军统工作多年，担任过淞沪警备区侦查队队长、重庆卫戍总司令部警备处队长，授少将军衔，后来担任国民政府浙江省第八行政督察区（后来改称第五行政督察区）专员兼保安司令。

温州忽然来了国民党要员，而且军衔比翁光辉高，所以翁光辉少将理所当然要去看望邱清泉中将。翁光辉此行，并非只是礼节性拜访，而是告诉邱清泉，共产党在温州非常活跃，浙南游击纵队实力强大。如果邱清泉将军回到家乡蒲州的消息一旦被共军获知，势必成为袭击目标，蒲州不可久留。邱清泉一听，方知温州已经很不"太平"，"四乡匪患猖獗"。他是军人，当机立断，听从了翁光辉的意见，马上从蒲州搬往温州城区。

就这样，马德胜、方丽莲见到邱清泉的警卫随即从蒲州旅馆撤走。停在邱府院子里的吉普车、卡车随翁光辉的车队，浩浩荡荡驶过蒲州老街，引来众多注视的目光。

马德胜赶紧打电话告诉刘连，邱清泉离开蒲州，到温州城区了。

方丽莲则把这一情报连忙告诉在蒲州的中共地下联络员。

---

1 从1948年4月起，原浙江省第八政督察区改为浙江省第五政督察区。

功亏一篑，浙南游击纵队睁睁看着一条"大鱼"溜走了。瓯江上那些负有特殊使命的舴艋船，只得返航。

激烈的幕后情报战

给刘连打完电话之后，马德胜也与方丽莲从蒲州旅馆退房，回到温州晏公殿巷。在那些日子，方丽莲经常往返于晏公殿巷那幢中西结合的小楼与铁井栏温州钱庄之间。

温州钱庄是她的娘家，方丽莲的女儿马俪在那里，所以她经常回娘家，名正言顺，理所当然，所以刘连对她经常回娘家也早习以为常。尤其是这一回她准确摸清了邱清泉家的地址，在蒲州监视邱清泉的动向，立了大功，所以也就消除了她几度拒绝自己交给她的任务所产生的不快。

马德胜悄悄告知方丽莲，铁井栏那条安安静静的内巷里，有一个基督教小教堂。教堂里只有一位姓许的牧师。教堂门口有一个铁皮信箱，只要把情报装进信封，上书"夏牧师亲收"，投进那个铁皮信箱，夏牧师就能收到。其实那个基督教小教堂，是中共一个地下联络站，夏牧师是潜伏多年的中共地下党员。

这样，不论是从刘连那个中统联络站获得的情报，还是从国民政府浙江省第五区专署获得的情报，在铁井栏二楼的卧室里，方丽莲都用七紫三羊紫毫小楷毛笔在花笺纸上写成蝇头小字，然后装进袖珍信封，在从铁井栏内巷走过时，顺手投进基督教小教堂前的铁皮信箱。夏牧师收到之后，或者交给地下交道员送给浙南游击纵队，或者用安装在教堂阁楼里的秘密电台发给当时位于瑞安、永嘉、青田交界的巾子山根据地的浙南游击纵队司令部。电报首先是交到周强手中。那时候，周强已经担任浙南游击纵队司令部情报组组长。周强把马德胜、方丽莲以及夏牧师发来的情报，交到胡景城手里，交到司令员龙跃手中。

令方丽莲极感痛苦的是，她每一回从铁井栏内巷进出，必定走过铁井栏宫。从那里传出的皮鞭声、尖叫声，声声悲惨，声声心碎。

方丽莲向浙南游击纵队发去了邱清泉在温州的动向——这原本是刘连通过中统温州站派出特工摸来的情报……

据报告，邱清泉回温州的消息迅速传开。邱清泉的诸多温州老朋友向他发出警告："温州危矣！"告诉他，如果不加遏制，温州很快就将是共产党的天下。他们要求邱清泉无论如何要派兵"保护桑梓"。邱清泉呢，也想在温州扩张自己的势力，以便有朝一日真的"解甲归田"后，可以借家乡温州栖身。

据报告，在邱清泉回温州期间，蒋介石一面从中统那里获知邱清泉的一举一动，一面几度发来电报，"晓以大义"，催邱清泉重返战场。这时候，国共徐蚌决战[1]迫在眉睫，蒋介石迫切希望邱清泉投入决战。蒋介石任命邱清泉为第二兵团司令。第二兵团不仅包括邱清泉的第五军，还辖七十军、七十二军、七十四军、十二军，总共五个军。回温州"避风头"的邱清泉知道，那"风头"已经过去。蒋介石为邱清泉加官晋级，邱清泉大喊"我与共匪拼命去"，于 1948 年 9 月离开温州，返回淮海战场。

据报告，邱清泉离开温州时，把心腹大将叶芳留在了温州，"保护桑梓，委以重任"，任命叶芳为第二兵团第五军征募处处长，还派出第五军一百多名浙江籍团级以下军官和两个加强营给叶芳，让叶芳在温州招兵买马，组建新军。

邱清泉还写信给国民党衢州绥靖公署主任汤恩伯，请汤恩伯支持叶芳。1948 年底，叶芳前往衢州面见汤恩伯。汤恩伯得知叶芳是邱清泉鼎力推荐的，便任命他为浙南绥靖区少将指挥官。这样，叶芳在温州有了正式的头衔。

据报告，1948 年底，由于国民党内部派系倾轧，翁光辉少将失去了温州最高首长——国民政府浙江省第五区专员兼保安司令宝座。

此时，国民党在淮海战场兵败如山倒。1949 年 1 月 10 日凌晨，杜聿明被中国人民解放军俘虏，而邱清泉则毙命于沙场，邱清泉麾下的第五军全军覆没。

据报告，翌日，《浙瓯日报》刊载了邱清泉"忠贞报国"的新闻。叶芳倒了靠山，面如土色。

1　徐蚌决战，即淮海战役。

从此，不论是国民党中统，还是中共地下党，都把收集情报的焦点对准了叶芳。

据情报，在邱清泉丧命之后，由于汤恩伯向他的恩师、国民党浙江省长陈仪推荐了叶芳，于是陈仪于 1949 年 1 月 18 日任命叶芳为国民政府浙江省第五区专员兼保安司令，这样，叶芳就成为温州地区的最高首长。叶芳前往杭州，拜见陈仪。陈仪军人出身，国民革命军上将，与叶芳很谈得来。陈仪答应叶芳，一旦温州有事，一定全力支援。这样，叶芳庆幸自己又有了新的靠山。

叶芳走马上任，成为国民政府浙江省第五区专员兼保安司令，很想有一番作为。他令部下在温州街道挂出大字横幅："政治灵魂在于民心，政治力量在于民众，政治目的在于民生""澄清吏治，打倒贪官污吏""打倒土豪劣绅""打倒投机奸商""人人有饭吃""人人有工做""人人有书读""铲除社会不平""民众是水，军队是鱼。鱼无水必亡，军队无人民必亡！"。这些大字横幅，体现了叶芳是一位有思想、有抱负的军人。

叶芳不光是喊出改革政治的口号，而且还派出军队，取缔了温州金钞交易市场。叶芳下令："把银圆贩子都抓起来，把银圆一律没收。"一下子就抓了一百多个银圆贩子，叶芳下令把其中十几个为首的银圆贩子拉出去，在温州最繁华的五马街游街。这一来震撼了温州市场，遏制了温州的投机倒把之风。

然而，世事难料。陈仪受中共地下党影响，规劝老部下京沪杭警备司令汤恩伯起义。汤恩伯密告蒋介石，蒋介石当即以"勾结共党，阴谋叛乱"罪逮捕陈仪，免除了陈仪浙江省省长之职。

这样，在黄绍竑之后，浙江省省长像走马灯似的轮换着：

1946 年 3 月 26 日，沈鸿烈接替黄绍竑成为浙江省省长；

1948 年 6 月 22 日，陈仪接替沈鸿烈成为浙江省省长；

1949 年 2 月 21 日，周嵒接替陈仪成为国民政府末任浙江省省长。

对于刚刚成为温州最高首长的叶芳来说，接连倒了邱清泉、陈仪两座靠山，而他所面对的又是风雨飘摇的温州……

叶芳深知，有兵才有权。叶芳把在温州招募的新兵编成一个团，任命侄子叶醒尘为团长，这是叶芳在温州的嫡系部队；叶芳又把温州的戡乱大队与保安独立大队合并，成立保安独立团；叶芳还把永嘉县的八个自卫中队扩编成为自卫团。这样，叶芳在温州拥有三个团的兵力，约三千兵马，他这个浙江省第五区保安司令算是名副其实的了。

1949 年 3 月，叶芳把手下的三个团组成一个师，经国民政府国防部批准，仍用第五军番号，命名为第五军二〇〇师，任命叶芳为师长。这个第五军二〇〇师，成为国民党在温州最重要的一支部队。

中国人民解放军浙南游击纵队司令部把目光锁定在彷徨、游移、迷惑而又地位不稳的叶芳身上，要求马德胜加强收集叶芳的情报工作。龙跃司令员指出，要争取让叶芳做"温州的傅作义"。

傅作义是国民革命军上将，华北"剿匪"总司令部总司令。1949 年 1 月 22 日，傅作义宣布同意接受与中共签订的《关于和平解放北平问题的协议》。这一天，北平城内的二十余万国民党军移出城外，开至指定地点听候改编。1949 年 1 月 31 日，中国人民解放军举行正式的入城仪式，北平宣告和平解放。

中国人民解放军浙南游击纵队司令员龙跃认为，温州可以按照北平模式和平解放，关键在于能否争取叶芳走傅作义之路。

刘连作为中统温州站站长，也把搜集情报的重点锁定为叶芳。为了近距离摸清叶芳的动向，刘连通过他的关系，力图把方丽莲安排到叶芳身边做速记员——其实这也正是马德胜求之不得的。

叶芳听说方丽莲曾经多年担任浙江省省长黄绍竑的专职速记员，调阅了方丽莲在温州整理的相关会议记录，看到她一手秀丽的正楷小字，非常喜欢。叶芳又听说方丽莲是一位才貌双全的温州姑娘，便约方丽莲见面。

当端庄的方丽莲穿一身藏青色公务员衣服款款走进叶芳专员办公室时，叶芳眼前为之一亮。叶芳请方丽莲在办公室落座之后，便用温州话跟她交谈。

"方小姐的'字眼'[1]写得很漂亮！"叶芳指着办公桌上放着的方丽莲整理的会议记录说道。

"仰仗恩师方介堪先生教诲。"方丽莲恭恭敬敬答道。

"哦，原来方小姐是方介堪先生的高足。"叶芳说道，"久闻方介堪先生大名，不

1　字眼，温州话，"字"的意思。

论是书是画，尤其是篆刻，皆为温州翘楚，全国闻名。"看得出，叶芳虽是军人，颇有文化修养。叶芳又问："方小姐与方介堪先生皆姓方，是方介堪先生的亲眷[1]？"

"五百年前是一家。"方丽莲幽默地回答说，"我师从方介堪先生，主要是学习篆刻艺术。"

"哦，方小姐还会篆刻。向来篆刻是男子的天下，方小姐在篆刻世界里可谓一花独放，难得，难得。"叶芳显得惊讶，问道："方小姐府上哪里？"

"铁井栏。"方丽莲答道。

"我家在信和街西河头。离铁井栏也就是十几分钟的路。"叶芳说道，"铁井栏是温州的华尔街，是银行、钱庄云集之地。"

"家父方豪，是温州钱庄总经理。"方丽莲说。

"原来方小姐是方豪先生的千金。"叶芳一听，方美莲出身名门，知根知底，很高兴。

到了这时，方丽莲终于亮出了"王牌"：《浙江日报》和《东南日报》刊登的《马德胜先生、方丽莲小姐结婚启事》，上面写着主婚人为浙江省省长黄绍竑。方丽莲还拿出好几张黄绍竑省长在云和严家祠堂为她和马德胜主持婚礼的合影，另外还有在多种会议场合自己坐在黄绍竑之侧做记录的照片。

方丽莲说："因为黄绍竑省长调离浙江省，我不愿为新省长沈鸿烈服务，就回到老家温州。临别时，黄省长抄录他的一首词《压椿岁·八千里路云和月》赠我。"方丽莲说着，展示黄绍竑《压椿岁·八千里路云和月》手迹，上面还写着："感念丽莲小姐与我共进退。惜别之际，以词相赠。"

叶芳一直很敬仰黄绍竑将军，见到方丽莲如此得到黄绍竑将军高度信任，当即决定聘用方丽莲作为专职速记员，在他身边工作。他见方丽莲聪明能干，甚至还准备聘用她为机要秘书。

听说方丽莲在叶芳那里"面试"成功，从此得以在叶芳身边工作，走近温州的第一号权力人物，不仅刘连极其兴奋，马德胜也万分欣喜——虽说他们高兴的原因大相径庭。

1　亲眷，温州话，"亲戚"的意思。

到了叶芳身边，方丽莲很快就发现，叶芳常跟王思本、金天然、徐勉、罗道南、吴昭征在温州信河街西河头叶公馆一起商议要事。

方丽莲知道，这五个人都是温州人，要么是叶芳的老同学，要么是叶芳的老朋友，都是叶芳信得过的人。叶芳与他们一起焚香宣誓，结为兄弟。方丽莲明白，这五个人是叶芳身边最重要的幕僚。其中王思本是叶芳在温州读书时的初中同学兼好友，最得叶芳信任。

在这五人之外，还有一位名叫卓力文的军人，也是温州人，常来叶芳处密谈。卓力文从国民党中央军官学校毕业，能干而富有头脑。

只是这些人与叶芳的谈话时，叶芳吩咐方丽莲不要做记录，但有时候会让方丽莲旁听。

风云突变的三月

三月的风，忽冷忽暖，变幻莫测。

当国共在温州角力之际，1949 年 3 月，一个中等个子、温文尔雅的神秘人物"光临"温州。此人跟邱清泉一样，也是国民党中将。他在温州行踪诡秘，连叶芳都不见，甚至封锁消息，不让叶芳知道。

刘连从父亲刘旦由上海发来的重要密电中得知：此人乃军统枭雄、上海警察局局长毛森！

国民党军统原本是"戴老板"戴笠的天下。戴笠以"秉承领袖意旨，体验领袖苦心"为宗旨，使军统一切听命于蒋介石，深得蒋介石垂青。毛森与戴笠是同乡，同为浙江江山人，而且办事干练，成为戴笠心腹。毛森坚决反共，许多共产党人遭他杀害，人称"毛骨森森"。

1946 年 3 月 17 日，戴笠在返渝途中所乘专机坠毁而殒命。蒋介石把军统局改名为国防部保密局（人们仍习惯于称之为军统），郑介民任局长，毛人凤任副局长。

1947年12月，毛人凤取代郑介民任局长。即便是军统局长换人，毛森仍在军统之中具有巨大的影响力。

作为中统，理所当然关注军统的一举一动。奉父亲刘旦之命，刘连派出马德胜侦查毛森在温州的行踪。

马德胜从国民党永嘉县戡乱大队大队长陈凌书那里得知，毛森来温州后，曾经约他见面。据陈凌书告知，毛森此行，主要的部署温州的"应变计划"——国民党军统已经估计到，在不久的将来，温州要"变天"，所以要预先做好部署，埋伏应变特工。这样，即使共产党终于得了温州，那些应变特工就是一颗颗地雷。

马德胜还获知，毛森此行是为了秘密调查叶芳"通共"事宜。作为上海警察局局长，毛森已经掌握了重要情报：叶芳在1949年初从南京回温州时，途经上海，被毛森派出的军统特工跟踪。特工发现叶芳竟然住到了他的中学老师胡公冕家中。毛森早就掌握了胡公冕的情况，此人是温州人，1921年10月由沈定一、陈望道介绍加入中国共产党，并赴苏联学习。胡公冕与谢文锦同为温州最资深的中共党员，而谢文锦在1927年便被捕身亡。胡公冕曾在黄埔军校担任教官，参加东征，在北伐战争时期任国民革命军东路军前敌指挥部政治部主任。1930年，胡公冕在温州领导农民暴动，任中共红十三军的军长，后在1932年被捕，于1936年出狱。此后胡公冕表面上虽脱离中共，而实际上却受周恩来领导，在上海从事秘密工作。在毛森看来，叶芳路过上海，放着那么多高级饭店不住，却偏偏住到胡公冕家中，这不是"通共"又是什么？正因为这样，毛森认为，叶芳主政温州很"危险"，迟早会向中共投诚，走北平傅作义之路。

马德胜把毛森来温州的动向，让方丽莲通过夏牧师急告浙南游击纵队司令部，因为叶芳已经通过胡公冕，表示愿意与温州中共地下党、浙南游击纵队司令部取得联系。一旦军统毛森插手，叶芳就会遇到"麻烦"。

马德胜同时也装模作样地向国民党中统温州站站长刘连报告毛森来温州的情况，但只提及毛森的应变计划，略去了叶芳与胡公冕的秘密联系。

同样是在1949年3月，温州政局发生剧烈动荡，叶芳的地位摇摇欲坠。

那是在1949年2月21日，原浙江省省长、国民革命军上将陈仪因"通共"而下台并被捕入狱，国民政府行政院任命国民革命军中将周喦接替，成为浙江省省长。周喦一上任，就接到两个对叶芳"通共"的控告：一是军统毛森告知，叶芳有"通共"之嫌；二是温州地方劣绅赴杭州，专程报告叶芳种种"通共"嫌疑。

于是，周喦把叶芳召至杭州。在杭州膺白路清波桥河下周公馆，周喦当面批评叶芳："地方上认为你作风粗鲁、独断专行，你是勇敢有余、谋略不足。我决定调你来省另有借重。"

周喦的言下之意，是认为叶芳不适宜做温州专员。

叶芳心里明白。回到温州之后，于1949年3月致电周喦，请辞温州专员及保安司令。

收到叶芳的请辞电，周喦正中下怀，于4月上旬批准叶芳辞去温州专员及保安司令的请求，派出自己的堂弟周琦接任温州专员。

原来，抓住叶芳"通共"，周喦正好把温州的大权抓在自己的手中。4月12日，周喦通知叶芳，周琦"首途赴温"。4月18日，周琦带着五六名随从，从杭州抵达温州，接任国民政府浙江省第五区专员兼保安司令。

这时候，虽然周琦已经是温州最高首长，而且还是保安司令，但是兵权却仍在叶芳手中。

叶芳是第五军二〇〇师师长，这支三千多人的部队，是温州举足轻重的力量。所以，周琦不过是一个空头专员、空头保安司令而已。周喦无权撤掉叶芳的第五军二〇〇师师长之职，因为只有国民政府国防部才有这个权力。有兵就有权，叶芳仍是温州的实力派。周喦曾经打算从金华调来他的第十一师驻守温州，无奈金华形势吃紧，第十一师无法调离。

在那些风云变幻的日子里，方丽莲工作在叶芳身边，常见叶芳长吁短叹，两道浓眉紧锁。本来在空闲时喜欢跟方丽莲聊天的他，变得沉默寡言、心事重重。

叶芳确实心事重重。辽沈、淮海、平津三大战役之后，国民党军队的主力被歼灭，中国人民解放军百万大军正在准备横渡长江，国民党政权已经处于风雨飘摇之中。邱清泉战死，陈仪被捕，使他失去两座靠山，而眼下的浙江省省长周喦对他又挤又压，派来周琦夺了他的温州专员兼保安司令之职。

叶芳确实"通共"。自从经沪时住在胡公冕家中，胡公冕劝他认清大势所趋，中共必胜国民党。胡公冕还讲了中共向来尊重、优待起义、投诚人员。叶芳听了，为之心动，拜托胡公冕秘密联系中共地下组织。不过，叶芳当时尚处于斟酌、考虑之中。周喦对叶芳的排斥、挤压，导致他大有无依无靠、山穷水尽之感，终于促使他倒向中共。

在 1949 年 4 月初，周喦下令把叶芳的第五军二〇〇师的独立团划归浙江保安第二旅指挥。第五军二〇〇师总共只有三个团，这下子叶芳手下少了一个团的兵力。

叶芳其实是一个足智多谋的军人，岂肯把一个团拱手让人？就在国民党后勤联属派出"东南号"轮船驶往温州，准备运走叶芳的独立团时，叶芳获知重要情报，"东南号"轮船上还装有足矣供应一个师的全新美式武器和军用物资，这是给周喦麾下的浙江保安第二旅准备的。叶芳派人买通"东南号"轮船老板以及船长，让"东南号"轮船在温州乐清故意触礁。这时，叶芳派出"大华号"轮船到乐清，把"东南号"轮船拖到温州港码头。这样，叶芳的那一个团不仅没有被运走，而且得到了一个师的全新美式装备！这么一来，叶芳的第五军二〇〇师有了新的美式装备，鸟枪换炮啦！

周喦赔了夫人又折兵，岂肯善罢甘休？周喦运用他的影响力，通过国民政府国防部准备调叶芳的第五军二〇〇师离开温州，驻防福建。这一招使叶芳感动恐慌，因为温州是叶芳的家乡，人熟地熟，一旦调往福建，就意味着他将失去温州地盘，成为无根之木，成了浮萍。

于是，叶芳加快了与中共地下组织联系的步伐。

不过，陈仪的前车之鉴，又使叶芳变得非常小心谨慎。陈仪就是由于太相信汤恩伯了，把准备投诚中共的计划告诉了他，结果被汤恩伯告密，遭致逮捕以至后来押解到台湾被枪决。叶芳明白，国民党中统、军统在温州都广有耳目，稍有不慎，他就不再是"温州的傅作义"，而是"温州的陈仪"了！尤其是叶芳听说军统头目毛森来过温州，却行踪诡秘，跟他连个招呼都不打，叶芳就更加小心了。

叶芳为了避开军统的监视，在毛森离开温州之后，抓捕了温州军统特工廖廷基、郑九松，赶跑了军统特工苏德波。作为中统温州站站长的刘连得知这些情报，吓了一跳，通知部下要悄然行事，万万不可惹怒叶芳。刘连从此跟部下见面，改在温州的饭店、酒店，不再是晏公殿巷的小楼里。

叶芳得知确切的情报，在 1946 年，国民党在浙南有兵力一万五千来人（包括各县兵力），而共产党领导的"三五支队"只有三四百人。可是到了1949年3月，完全颠倒了，国民党在浙南的兵力只有他的第五军二〇〇师三千多人，而中共领导的浙南游击纵队主力已达四千多人，另外温州各县的浙南游击纵队有两千多人，民兵则达五万多人。所以中共领导的浙南游击纵队的实力，已经远远超过了叶芳部队。另外，中共党组织在温州地区迅速壮大，中共党员达四万多人。

叶芳得知，中共在温州的最高领导机构是中共浙南地委，中共领导下的浙南游击纵队的最高指挥部门是浙南游击纵队司令部。龙跃是中共浙南地委书记、浙南游击纵队司令员兼政委。龙跃并非温州人，而是江西万载人。龙跃是资深老红军，1930年9月参加中国工农红军，1933年5月加入中国共产党。当红军长征时，龙跃被留下来打游击。在抗日战争中，龙跃担任新四军闽浙边留守处副主任、中共浙南特委书记、中共浙江省委常委。

叶芳原本看不起浙南游击纵队，看不起温州中共地下党，以为只是"土共"而已，所以他最初只是通过信得过的老师、老朋友胡公冕跟中共上海地下党联系，以为中共上海地下党直通中共中央，而不愿直接联系温州的"土共"，叶芳称之为"联上不联下"。可是胡公冕毕竟在上海，联系诸多不便。眼下温州"土共"已非"山头底角"的散兵游勇，已经成为兵强马壮的正规军。时间越来越紧迫，所以叶芳很迫切地希望直接与中共温州地下党——中共浙南地委以及浙南游击纵队司令部直接联系，迫切希望与龙跃取得直接联系，只是苦于一时找不到合适、可靠的途经。

一条重要的线索，终于出现在叶芳眼前。在温州，有一位国民党的退役中将，名叫张千里。张千里在北伐时担任过师长，在抗日战争中曾在台儿庄战役中痛击日军。论军衔，张千里高于叶芳；论资历，张千里是叶芳的前辈。正因为这样，叶芳很尊重张千里。

张千里的连襟，是温州城西南郊郭溪镇宋岙村开明士绅陈达人。陈达人的女儿陈禹铭于1938年加入中共。陈达人本人虽非中共党员，但是与中共温州地下党有许多联系。

于是，1949年3月下旬，叶芳派出心腹卓力文在前往郭溪镇。郭溪镇坐落在郭溪之侧，山清水秀之地。温瑞塘河水源，主要就是来自瞿溪、雄溪、郭溪这三溪。卓力文打扮成商人模样，从温州小南门乘坐舴艋小船沿水路到达郭溪镇，前去拜访张千里、陈达人，试探可否与中共温州地下党联系。陈达人当即派他的儿子陈易，陪同卓力文来到瞿溪吞底山上的小村，跟曾绍文、吴文达见面。

曾绍文是中共浙南地委负责人之一。他毕业于温州中学，1938 年加入中共，1944 年任浙南特委秘书，1946 年任中共永嘉县委书记，1948 年底任中国人民解放军浙南游击纵队第二支队政委，1949 年 3 月任中共永青[1]中心县委书记。吴文达则是浙南游击纵队第八支队政治处主任。

这一回，叶芳算是与中共浙南地委、浙南游击纵队有了第一次正式接触。

卓力文回温州之后，随即把这一重要会面报告叶芳，叶芳顿时心中有了底。从此，卓力文与吴文达直接联系的渠道建立了，双方开始秘密会谈和平起义事宜。

于 1949 年 4 月 18 日，中共上海地下组织依据胡公冕的意见，派出年轻的联络员王保鎏来到温州，准备与叶芳联系。由于王保鎏没有按照叶芳与胡公冕事先的约定先拍电报，所以叶芳起初不敢接待王保鎏，因为他从未与王保鎏见过面，怕他万一是军统特工冒充上海中共代表，那就糟糕了。王保鎏与中共浙南地委取得联系后，中共浙南地委告知叶芳，王保鎏确系来自上海的中共代表，叶芳这才敢接待王保鎏。王保鎏建议叶芳，应该直接与中共浙南地委联系，进行谈判。叶芳安排王保鎏住在王思本家中。

这时候，浙南游击纵队司令部在司令员龙跃的领导下，已经在制订进攻、包围温州的计划。龙跃强调，以武力为后盾，争取叶芳起义，争取和平解放温州。

经历了三月的大动荡之后，温州已经处于黎明的前夜。

收音机里唱起"郎里格朗"

当方丽莲在温州城里叶芳身边，面临最紧张的局势时，姐姐方美莲则穿着蓝灰

1　永青，即永嘉、青田。

色的军装，戴上蓝灰色的八角帽，胸前别着"中国人民解放军浙南游击纵队"白底黑字的布质标志，束着腰带，英姿飒爽，正在温州瑞安的"山头底角"。

方美莲自从跟随周强参加"三五支队"，便从舜岙村来到温州瑞安县西北的桂峰乡板寮村。那里位于巾子山下的瑞安、文成两县交界处，海拔八百米。桂峰乡峰峦起伏，人称"瑞安的西藏"。

在"三五支队"，周强和方美莲都成了胡景瑊的部下。周强是情报组组长，方美莲则成了胡景瑊的直属部下。

"直属部下"是什么意思？那是在抗日战争胜利之后，胡景瑊担任中共浙南特委委员、宣传部部长，主管宣传工作。胡景瑊看中了方美莲能写能画、能歌能舞，是"三五支队"里难得的文艺人才，所以调方美莲到他那里，帮助做宣传工作。

即便在非常艰难的时期，胡景瑊仍不忘创办报纸，以便在中共浙南特委、在"三五支队"中沟通信息、鼓舞士气。1947 年 5 月 1 日，胡景瑊在瑞安桂峰乡坳后村的小方山，创办《浙南周报》[1]，他把方美莲调来，担任编辑。编辑部就设在小方山密林之中一座名叫潘宅的老而旧的房子里。没有铅字，没有印刷厂，《浙南周报》全凭方美莲和她的同事们用一支铁笔在蜡纸上竖行刻出来，再用油印机手工油印。方美莲和她的同事们用橡胶滚筒沾着黑色油墨，一张一张地油印。为了美观，刊头用木刻，用红色印泥印上去。

尽管环境艰难，但《浙南周报》字迹工整，很受"三五支队"队员们的欢迎。据说国民党铅字排印的温州报纸《浙瓯日报》编辑部偶然得到一张《浙南周报》，惊讶于手工刻制的报纸如此精美，叹服在浙南的深山老林之中，竟有这等人才在精心编制一份油印报纸。

后来，"三五支队"整编为中国人民解放军浙南游击纵队，《浙南周报》的编辑多了起来，方美莲就转到周强那个情报组里，成为周强的助手。

情报组设在板寮村的两间民房里，比起《浙南周报》编辑部要"热闹"得多：里屋不断发出嘀嘀嗒嗒的发报机声，周强和收发报员在那里工作；外屋则在不断从收音机里传出广播声，方美莲在那里工作。

---

1 《浙南周报》，中共温州市委机关报《温州日报》的前身。最初的名字叫《时事周报》。

方美莲在情报组所做的工作，几乎跟她的妹妹方丽莲曾经在云和《浙江日报》社做过的工作一样：守着一台真空管收音机，收听延安的红色广播，收听国民党的中央广播电台的广播。由于方美莲英语不错，也收听美国、英国电台的广播。方美莲从来自空中的电波中，收集大量情报，用秀丽的毛笔字写成简报，供浙南游击纵队司令部及时了解国际形势，及时了解辽沈、淮海、平津战役的进展……浙南游击纵队司令员龙跃、纵队政治部主任兼第一副政委胡景瑊都夸奖方美莲是"千里眼""顺风耳"。

至于周强，他的工作则极度机密。他负责跟潜伏于敌营的许多中共地下工作者诸如马德胜、方丽莲、夏牧师等联络，搜集重要政治、军事情报。

自从1948年8月国民党第五军军长邱清泉回到温州，周强几乎天天夜以继日地工作。在邱清泉离开温州之后，周强则把搜集情报的目标锁定在叶芳身上。周强还用秘密电台与中共上海电台联系，从胡公冕那里获取叶芳的思想动向。当方丽莲成功地成为叶芳的专职速记员、在叶芳身边工作后，周强更能直接、迅速掌握叶芳的动向，给了龙跃、胡景瑊以准确可靠的情报，以利于制订促进叶芳起义的计划。

即便方美莲非常想念她的妹妹，但是周强严格遵守组织纪律，从未对方美莲提及方丽莲正"潜伏"在叶芳身边。在周强的所有的情报记录中，方丽莲只写一个代号"L"，仅此而已。

在工作间隙，周强会从里屋走出来，跟方美莲一起听听从收音机里传出的音乐声，放松一下紧张的神经，这在"山头底角"的板寮村，算是很难得的精神享受。尽管山区生活比铁井栏千金小姐的奢华生活要艰苦得多，但方美莲却觉得过得非常充实，非常有意义。她真为自己曾经一度打算削发为尼而感到羞愧。

一天，忽然从收音机里传出了熟悉的歌声：

　　春天里来百花香
　　郎里格朗里格朗里格朗
　　和暖的太阳在天空照
　　照到了我的破衣裳
　　朗里格朗里格朗里格朗

> 穿过了大街走小巷
> 为了吃来为了穿
> 昼夜都要忙
> ……

　　方美莲一听电影《十字街头》的主题曲《春天里》，一听这"郎里格朗"，马上想到了她的恩师、《春天里》的词作者关露。周强也非常喜欢这首歌，跟着哼了起来。方美莲对周强说："阿强哥，前些日子我从收音机里播送的新闻中知道，抗日战争胜利后，关露老师从上海到苏北根据地，在苏北建设大学文学系当教师。她是受党组织的派遣，作为特工打入敌伪上海76号总部的，根本不是什么'汉奸文人'。真的如同她在抗日战争中所写的诗那样，'宁为祖国战斗死，不做民族未亡人！'"

　　周强听罢，说道："美莲，你还记得吗，在舜岙村，景城同志就对你说，关露老师是我阿妈志同道合的挚友。关露老师是优秀的左翼作家。很多人企图抹黑她，但是我坚信，她是抹不黑、骂不倒的。我一直是她忠诚的读者，喜欢她的作品。"

　　方美莲说："记得，记得，正是景城同志的那些话，给了我莫大的鼓舞。因为关露老师一直是我心中的偶像。"

　　正说着，一位穿一身干干净净蓝灰色军装、戴着八角帽的军人，手中拿着一叠文件，从情报组的平房前走过。他看见周强、方美莲，便问道："'千里眼''顺风耳'，有什么好消息？"

　　"说曹操，曹操到。"周强说道："景城同志，我们正在说你呢！"

　　"说我？"胡景城觉得奇怪。

　　"刚才收音机里播出'郎里格朗'，我记起了我的恩师关露，记起了您的母亲姚平子老师。"方美莲说。

　　"如果您的恩师关露，如果我的母亲，知道当年她们之间的小交通员方美莲如今成为中国人民解放军浙南游击纵队的战士，一定会非常高兴。"胡景城说道。

　　"胡政委，收音机里传出振奋人心的消息，4月21日，毛泽东主席、朱德总司令发布《向全国进军的命令》，中国人民解放军百万雄师过长江，占领了国民党的老巢南京。中国人民解放军正在挺进上海，挺进浙江，解放温州。"方美莲说道。

"是呀，形势大好。"胡景瑊说，"解放温州，用不着等中国人民解放军野战军南下，我们浙南游击纵队现在就完全有实力攻取温州。我们很快就要向温州进军！"胡景瑊说着，右手紧握拳头，有力地挥动了一下。

一听胡景瑊这话，方美莲喜上眉梢。

"到时候，在温州华大利酒店，吃你们的喜酒。"胡景瑊早就听说方美莲和周强很"要好"，他的这句话，点穿了那层窗户纸，使方美莲和周强不好意思起来。

"到时候，请你吃铁井栏口的长人馄饨。"方美莲笑道。

"你怎么那样'抠'，只请我吃一碗长人馄饨？"胡景瑊说罢，爽朗地大笑起来。周强和方美莲也随着大笑起来。

胡景瑊笑道："如果你们真的在华大利酒店举行婚礼，我当婚礼主持人。"

方美莲马上说："一言为定！"接着去又是一阵大笑声。这笑声在板寮村的密林里，在板寮村的群山间，久久回荡着。

景德寺秘密谈判

在那些风云激荡的日子里，已经不再是温州专员兼保安司令的叶芳，不再去专员公署。坐在专员办公室里的是浙江省省长周喦的堂弟周琦。

在那些风云激荡的日子里，方丽莲依然是叶芳的专职速记员，兼做叶芳的一些秘书工作。叶芳深居简出。她每天在温州信河街西河头叶芳公馆上班。沿途，她常常看见街头出现许多国民党的伤兵，他们被称作"荣军"。他们是在外地作战受伤，退回温州疗养的。

在那些风云激荡的日子里，方丽莲见到，频繁出入叶芳公馆的是叶芳手下的"四大金刚"——国民党陆军第五军第二〇〇师政治部主任王思本、师部秘书金天然、新兵团政工室主任卓力文和独立团政工室主任吴昭征。他们通常不穿国民党军装，只穿便服。其中，来的次数最多的是卓力文和王思本。叶芳跟他们密谈时，通常不让方丽莲速记，但是常让方丽莲旁听。在形成决议、方案的时候，则要方丽莲速记，整理成文。

在那些风云激荡的日子里，方丽莲在叶芳身边听到的高频词，那就是"郭溪"。不言而喻，因为叶芳与浙南游击纵队的接头点，在温州城西南郊郭溪镇宋岙村的陈达人家里。自从卓力文在 1949 年 3 月下旬第一次乘小船来到郭溪，拜访张千里、陈达人，与浙南游击纵队代表曾绍文、吴文达见面之后，接上了头，从此暗中的联络就开始了。

4 月 18 日，卓力文家来了一位学生模样的小伙子，他便是浙南游击纵队的李定荣。他给了卓力文一支自来水笔。卓力文拧开盖子之后，见到笔杆里藏着小纸条，上面用蝇头小字写着"明日进行第二次会谈"，还写明了见面的途径。

在李定荣走后，卓力文当即赶往叶芳公馆。这时，叶芳已经得知，上次与卓力文见面的曾绍文，多年担任中共永嘉县委书记，是浙南游击纵队的重要领导人。为了表示对谈判的诚意，叶芳把《温州城防指挥部城区驻军布防明细图》让卓力文带去，交给浙南游击纵队代表。

按照小纸条上写明的见面途径，4 月 19 日下午 3 时，打扮成商人模样的卓力文从温州小南门乘坐小火轮，沿着温瑞塘河前进，在新桥站下船。果真，他在码头看见了小纸条上写明的人——四十来岁的男子，肩挑半担谷子，腰间围着灰色底子、黑色芝麻点的围巾。卓力文默默地跟在他后面走，一直走到了瞿溪镇岙底，走了一段山路，来到山腰的一个小山村。上次与卓力文见过面的曾绍文、吴文达出来，热情地欢迎卓力文。

卓力文把叶芳的《温州城防指挥部城区驻军布防明细图》交给曾绍文、吴文达，表达了和平解决温州问题的诚意。曾绍文和吴文达当即表示感谢和欢迎，把一份《中国人民解放军平津前线司令部和傅作义将军和平解决北平的协议书》交给了卓力文，说道："可以参考这份协议书，贵我双方根据当前局势，要尽快达成共识，写出和平解决温州问题的协议书。叶芳将军起义不宜迟缓。"

卓力文回到温州，立即向叶芳报告，而吴文达则从永嘉县委驻地前往瑞安县和尚垟，浙南游击纵队司令部已经从瑞安西北的桂峰乡板寮村转移至此，准备进军温州。吴文达向中共浙南地委书记、浙南游击纵队司令员兼政委龙跃汇报了这一重要情况。龙跃写了给叶芳的亲笔信，通知叶芳立即派代表前来举行正式谈判。龙跃还指示，设法筹措了三十两黄金，送给叶芳，以帮助叶芳解决新兵团给养问题的燃眉之急。这三十两黄金，有的便来自王水的那只黑皮箱。

这样，温州地区国共双方最高领导之间，架起了"直线电话"，双方都表达了最大的诚意：叶芳送了重礼——《温州城防指挥部城区驻军布防明细图》，而龙跃写了致叶芳的亲笔信以及三十两黄金。

于是，当卓力文第三次与曾绍文、吴文达见面，收到龙跃写了致叶芳亲笔信以及三十两黄金，就确定了双方代表正式谈判的日期——1949 年 5 月 1 日，地点仍为郭溪。

叶芳派出四名代表，即王思本、卓力文、金天然、吴昭征。方丽莲作为随员，在谈判现场作速记。其中王思本为首席代表。

叶芳派出的四名代表，都穿着便服，商人打扮。方丽莲是唯一的女性，她穿上学生装，打扮成王思本的女儿。

对于卓力文来说，已经是第四次去郭溪了，熟门熟路。为了安全起见，这一回不坐小火轮，而是包了一艘乌篷船，驾船的船夫是浙南游击纵队的交通员。

乌篷船最多的地方，要算是绍兴。周作人在散文《乌篷船》中曾经这么写及："篷是半圆形的，用竹片编成，中央竹箬，上涂黑油""船尾用橹，大抵两支，船首有竹篙，用以定船。"在温州也有乌篷船。船的两头可以用黑布遮住，这样外面的人就看不见船舱里的乘客。

考虑到乌篷船速度慢，他们五人在 5 月 1 日吃过午餐，就前往温州小南门码头上船，沿着温瑞塘河，直奔郭溪。

两岸青山，流水潺潺。由于这艘乌篷船的船舱用黑布遮了起来，方丽莲只能透过黑布的缝隙朝外观景。对于她来说，这是第一次前往郭溪，充满了新鲜感。

傍晚时分，乌篷船到达郭溪。在码头，早就有那位腰间围着黑色芝麻点围巾的挑担男子在那里恭候。男子依然是一声不响，带领着这五人来到宋岙村陈达人的家中。一到那里，便见到浙南游击纵队的几位警卫人员等在那里，告知谈判地点在岭头村的景德寺。警卫人员带着王思本一行翻山越岭，来到岭头村钟铜岭的小山坳。这里三面环山，一径通衢。

在坳底，方丽莲见到一座粉墙青瓦、四角翘起的寺院，大门上方的黑底横匾上，自右向左写着三个金色大字：景德寺。

浙南游击纵队真会选地方，把景德寺这座人迹罕至的深山古寺作为谈判地点，既清幽又有极好的保密性。景德寺中并无出家人，只有一家百姓居住。

景德寺始建于宋代，早已老旧，摇摇欲坠。1925 年，时任浙江省第一师师长潘鉴宗出资对景德寺进行了重建。潘鉴宗又名潘国纲，是国民党中将，也是著名温州籍女作家琦君的养父[1]。那一年，他在宁波通电下野、辞去师长之职后，返回故里瞿溪。他笃信佛教，见到景德寺如此破败，便决定出资重建。在重建时，潘鉴宗在大殿之侧修建了一个小院，三间两进平房，供自家上山时居住。

在景德寺重建之后，弘一大师曾于 1927 年在此驻锡一年。

王思本一行走进景德寺大殿，那里干干净净。原来，这里已经是浙南游击纵队司令部警卫大队一中队的营房。中队长卢清和指导员陈法文带领警卫大队的战士，对景德寺进行了大扫除，以迎接贵宾的到来。

方丽莲见到景德寺大雄宝殿里赫然挂着毛泽东戴着八角帽的画像和朱德总司令一身戎装的画像。这是方丽莲第一次看见这样的画像。

景德寺大雄宝殿廊柱上，刻着一对楹联："为桑梓种福田将军明哲退避是非地，欲众生脱苦海佛祖慈悲开启和平门"。这对楹联仿佛是为这次和平谈判量身定做的。

王思本一行被警卫引起大殿之侧的潘家小院，那里的客厅正面板壁上挂着中国共产党镰刀铁锤党旗，三张八仙桌并成一排，上面铺着蓝白格子的被单，还摆放了插满芦花的花瓶。八仙桌两侧放着一把把椅子，谈判就在这里进行。

浙南游击纵队的四名代表，即胡景珹、曾绍文、程美兴和郑梅欣，已经等候在那里，跟王思本一行热烈握手。其中胡景珹为首席代表。

从上海来的中共代表王保銮列席会议。洪水平为浙南游击纵队派出的记录员。

共产党方面的代表，清一色蓝灰色的军装，头戴八角帽，显得非常整齐。

王保銮见到国民党方面首席代表王思本，来了一个熊抱。因为令人玩味的是，作为中共上海党组织代表王保銮，来到温州之后，曾经一度住在王思本温州家中。

---

1 潘鉴宗是琦君的伯父。琦君自幼父母双亡，由潘鉴宗抚养成人。

胡景珹见到方丽莲时，注视良久，因为眼前的这位国民党方面派出的记录员，怎么跟他的部下方美莲如同一人。只是碍于国共双方即将开始正式谈判，胡景珹不便跟方丽莲直接交谈，只是点了点头而已。

国共双方代表在八仙桌两侧入座。胡景珹作为会议主持人则坐在八仙桌上方。这时天色渐暗，"山头底角"没有电灯，警卫战士拿来两盏煤气灯，点燃之后，把会场照得如同白昼一般。煤气灯虽名为"煤气"之灯，其实它用的燃料并不是煤气，而是煤油。在没有电灯的公共场所，煤气灯是当时最常用的照明灯。方丽莲在白炽的煤气灯光下，摊开笔记本，开始速记。

会议由浙南游击纵队首席代表胡景珹主持。

胡景珹首先介绍浙南游击纵队四位代表的身份——只提代表在浙南游击纵队的职务，没有提在中共党组织内的职务：

胡景珹——浙南游击纵队政治部主任；

曾绍文——浙南游击纵队副政委[1]；

程美兴——浙南游击纵队参谋长；

郑梅欣——浙南游击纵队前线司令部参谋长。

胡景珹还介绍了列席代表、来自上海的中共代表王保鎏。这样，虽然胡景珹坐在上首，而浙南游击纵队一侧仍坐着四人。

王思本介绍国民革命军第五军二〇〇师四位代表的身份：

王思本——二〇〇师政治部主任；

卓力文——二〇〇师新兵团政工室主任；

金天然——二〇〇师师部秘书；

吴昭征——二〇〇师独立团政工室主任。

这样，坐在谈判桌旁的代表总共九人。判桌旁有两张小桌，那是双方记录员洪水平和方丽莲伏案记录之处。浙南游击纵队司令部警卫大队一中队战士严密保卫着会场。

双方代表介绍毕，胡景珹作为会议主持人，首先代表中共浙南地委书记、浙南

1　曾绍文、程美兴、郑梅欣是此前几天刚提拔的新职务。

游击纵队司令员兼政委龙跃对叶芳将军深明大义、弃暗投明的义举表示欢迎，并欢迎四位代表前来共襄盛举。胡景珹申明中共浙南地委不咎既往的政策和谈判的原则立场，接着分发经过曾绍文与卓力文事先以北平和平解放协议书作为蓝本、经过协商而起草好的协定草案。这一草案油印了九份，分发给双方代表。协议草案上方，标有"最高机密"四个字。

胡景珹对协定草案中的要点进行了说明：完整保存起义部队不予分散，改编为浙南游击纵队一部；起义官兵一律原职任用，本人及家属享受中国人民解放军同样的政治、物质待遇；起义部队服从中国共产党的领导，建立政治委员制度和政治工作制度，遵守中国人民解放军的纪律。

胡景珹对叶芳起义之后的职务以及二〇〇师的安排，提出两种方案[1]，即：第一方案，叶芳为浙南游击纵队副司令员兼浙南行政公署副主席，二〇〇师独立团和新兵团改编为浙南游击纵队第七、第八支队；第二方案，叶芳任浙南游击纵队独立旅旅长兼浙南行政公署副主席，二〇〇师独立团和新兵团为独立旅所属部队。

双方代表开始在融洽的气氛中对协议草案发言。

方丽莲聚精会神用炳勋速记法进行速记，她到底是资深速记员，几乎没有漏了一个字。浙南游击纵队记录员洪水平也在认真记录，由于他没有学过速记，所以只能用文字直接记录，往往跟不上发言的速度。

由于双方事先有过充分的沟通，对协议草案进行仔细阅读，除了个别地方进行了修改之外，均达成一致的意见。

这样，在双方协议草案的基础上，写出了《关于叶芳将军率部反正起义之协定》，总共六条十款。

这时，方丽莲又临时担负了在现场抄写《关于叶芳将军率部反正起义之协定》的任务。她拿起毛笔，秀丽的正楷小字，整整齐齐抄写了两份，一个字也未曾抄错，一个字也未曾圈改。

此外，双方还商定了《具体任务与作战步骤以及联络办法》，也由方丽莲抄写了两份。

1　后来叶芳选择了第一种方案。

接下去的程序，就是双方代表在协定上签字。

这时，国民党方面首席代表王思本说了一句令人意外的话："这协议要经过叶芳将军过目、同意之后，才能生效。"

也就是说，王思本这个首席代表，并非全权代表！

王思本又说："叶芳将军叮嘱，起义时莲花心应由我方固守。"

一石激起千层浪。王思本这句话，在会场引发激烈的争论。

温州城区西郊的莲花心，是温州的制高点，在那里可以俯瞰温州市区。在1944年温州第三次沦陷之际，国军与日军就在莲花心发生千人规模的争夺战。叶芳毕业于黄埔军校，而且是温州人，深知莲花心的重要。谁控制了莲花心，谁就控制了温州。这表明，叶芳虽然表示愿意起义，但是仍心存顾虑，留了一手。

这时候，曾绍文发言了。为了不破坏双方难得的和平谈判气氛，他很委婉地说："按照我们提出的方案，起义部队的防区里有球山、积谷山、华盖山和海坛山四个制高点；而我们的部队只有松台山和郭公山。城区重要的制高点都在起义部队一边。就郊区来说，我军只有近郊东边的杨府山，而莲花心在我军的防区内，由贵方驻守，是很不方便的。"

方丽莲飞快地记录着曾绍文的话，觉得句句合情合理。

国民党方面代表金天然也很委婉地说："叶芳将军既然这样交代了，我们在这里也很难作出违反他的意愿的决定，毕竟协议最终要由他点头才能生效。"

浙南游击纵队代表程美兴心直口快，这时候说道："中国人民解放军已经消灭了几百万国民党军队，一个小小的莲花心阻挡不了我军进军温州的步伐。如果你们不放弃莲花心，那么只有打了！"这么一来，《关于叶芳将军率部反正起义之协定》面临着半途而废的危险。方丽莲的心顿时收紧了。胡景瑊一听，紧急叫停，让双方代表到两侧的厢房里，各自讨论十分钟，再重新恢复谈判。国民党部队方面经过讨论，由首席代表王思本说话："我们四人均以为，由贵军掌控莲花心，合情合理。我们回去之后，尽量争取叶芳将军同意。"王思本不是全权代表，只能把话说到这样的地步。这时候，胡景瑊马上对王思本的发言给予肯定、鼓励，并提议在《关于叶芳将军率部反正起义之协定》之外，加上一个附件：

如叶芳将军拒绝本协定，或在原则上修改本协定，四位代表即以完全负责的态度自行采取积极行动，保证本协定（除有关叶芳将军本人之各项及无法说服其起义的部队外）之全部实现。

这就是说，如果叶芳不同意《关于叶芳将军率部反正起义之协定》，那就是咎由自取，四位代表继续执行这一协定。胡景珹的提议，得到双方代表的一致通过。于是，方丽莲又执笔抄写《关于叶芳将军率部反正起义之协定》附件。附件同样经双方八位代表签字。最后，胡景珹提出一个重要问题，即确定起义时间："定在 5 月 4 日，各位看如何？"胡景珹说的这个日期，是事先报请龙跃同意的。龙跃认为，日久容易生变，越早越好。

龙跃之所以确定叶芳部队起义日子为 5 月 4 日，当时以为王思本等为全权代表，他们签字，协议就当场生效。

王思本指了指腕上的手表说道："现在已经过了半夜，已经是 5 月 2 日了。我们回到温州，恐怕要到 2 日下午。我们要向叶芳将军报告，征得他的同意，再回来跟你们正式签订协议，所以 5 月 4 日有点仓促。"

王思本扳着手指头算了一下，先向国民党方面的代表说道："我军定在 5 月 6 日午夜起义，你们以为如何？"王思本的意见，得到卓力文、金天然、吴昭征的同意。王思本又转向浙南游击纵队代表说："我军定在 5 月 6 日午夜起义，贵军以为如何？"胡景珹当即征询曾绍文、程美兴和郑梅欣的意见，还征询列席会议的作为中共上海党组织代表王保銮的意见，他们也都表示同意。

既然国共双方都同意叶芳部队于 5 月 6 日午夜起义，景德寺里的通宵谈判结束了。双方八位代表郑重地在《关于叶芳将军率部反正起义之协定》签字。双方还约定，待国民党方面代表回去向叶芳将军汇报之后，叶芳于 5 月 4 日派出全权代表，正式签署协定。

在通宵的谈判之中，有一个重要的人物曾经在会场站了一会儿。由于他站在暗处，谁都没有注意到。他是谁呢？他就是中共浙南地委书记、浙南游击纵队司令员兼政委龙跃。不言而喻，这位中共浙南最高首长，高度关注着这一谈判的进展。

方丽莲几乎一字不漏记录了这个历史性谈判的全过程，显得非常兴奋。就在她收拾纸笔的时候，胡景瑊走到她跟前，问道："小姐姓方？"方丽莲感到吃惊，这个穿蓝灰色的军装、头戴八角帽的浙南游击纵队首席代表，怎么会知道自己姓方？因为她作为随行人员，在国共双方代表见面时，并没有介绍她。方丽莲点点头，说："是的。首长怎么知道我姓方？"胡景瑊笑道："方美莲是你的姐姐，还是妹妹？"

方丽莲更感惊奇："你认识我的姐姐？"

胡景瑊说："你们俩长得太像了！"

方丽莲说："我们是孪生姐妹。"

"哦，原来如此。"胡景瑊说道，"怪不得我一看见你，以为是美莲来了，哈哈。"

虽说此前方丽莲多次通过铁井栏基督教堂夏牧师把重要情报发到胡景瑊手中，但是胡景瑊并不知道方丽莲其人，尤其这次方丽莲是以叶芳部队随员的身份出现在景德寺，所以胡景瑊只说自己认识方美莲，点到为止，并未说及方美莲是自己的部下。不过，胡景瑊倒是借助几句简短的对话，知道了叶芳部队这位随员小姐的身世。

黑影朝她袭来

战争时期一天的急剧变化，往往胜过和平时期一年的变化。

就在浙南游击纵队和叶芳部队景德寺谈判结束的第二天——1949 年 5 月 3 日，叶芳部队发现，温州与杭州之间的电讯联系突然中断了。

其实，那是因为中国人民解放军第三野战军攻克了杭州这座浙江省省会城市。

消息传到浙南游击纵队，响起一片欢呼声。这表明国民党统治下的温州已经摇摇欲坠，解决温州问题，已经指日可待了。

5 月 4 日，叶芳派出的全权首席代表，即二〇〇师参谋长、浙江第五区保安副司令吴兆瑛，如约来到景德寺，转达了叶芳的意见，即同意《关于叶芳将军率部反正起义之协定》，同意在起义之后担任浙南游击纵队副司令员和浙南行政公署副主席，同意撤出莲花心阵地。会议达成十二条协议，由双方全权代表正式签字。也就是说，叶芳率部起义，终于板上钉钉了。再过两天——5月6日，就是双方商定的起义的日子。

正值多事之秋。那天，叶芳方面的代表卓立文没有来，因为他要留在温州城里协助叶芳掌握部队的全面情况；叶芳方面的代表金天然也没有来，因为他作为二〇〇师师部秘书，忙得团团转，也不能抽身；方丽莲也没有来，难道也是因为忙得不可开交？

方丽莲不仅没有来景德寺，而且突然从叶芳身边消失了！

在这极度敏感的时刻，温州已经堆满了干柴，一颗细小的火星，都会引发一场大火。

方丽莲怎么会突然消失？方丽莲向来非常守时，每天准时到叶芳公馆上班。她往往只会提前到达，从未迟到过半分钟。如果有事不能来，她必定会向叶芳将军事先请假。方丽莲在黄绍竑将军身边工作多年，养成了这样守信守时的工作习惯。

方丽莲的突然消失，引起二〇〇师司令部的高度关注以至恐慌，因为方丽莲是景德寺谈判的记录者，是知道核心机密的人。

须知，这时候的叶芳，只是驻温州国民党二〇〇师的师长，而温州专员兼保安司令是周琦。周琦手下虽说没有多少兵，但是也有一个团，何况他控制着温州警察局，届时可以动员警察与起义部队一搏。万一方丽莲落到周琦手中，造成起义计划泄露，那就会功亏一篑，造成不可估量的损失。

此外，温州的军统、中统也很活跃，万一方丽莲落在他们手中，叶芳的起义计划泄露，国民党其他部队将急调入温州弹压，同样会使温州陷入一片战火，造成不可估量的损失。

方丽莲5月2日晨从郭溪景德寺回来之后，与王思本等四位代表一起直奔叶芳公馆。叶芳想看一下景德寺会谈双方代表的发言记录。非常敬业的方丽莲，尽管经历了通宵达旦的会谈，一夜未睡，还是当即开始整理会谈记录。她整理好一部分就马上送呈叶芳将军。方丽莲一直工作到夜晚，尚未整理完毕。

叶芳对她说："景德寺会谈情况，思本等四位代表已经向我口头汇报，所以会谈记录不必那么着急赶写。你已经很累，赶快回家休息吧。""好，明天一早我就来，继续把会谈记录整理完毕。"方丽莲说。

方丽莲在 5 月 2 日深夜 10 时多才离开叶芳公馆。临走时，叶芳对方丽莲说："已经夜深，我派警卫护送你回家。""叶将军，谢谢啦。你们都很忙，不用麻烦警卫。我把速记本带着，回到家里还可以再整理。明天一早就来。"方丽莲说完就走了。她穿一身藏青色的公务员制服，挎着一个黑色小皮包，皮包里装着速记本，消失在了茫茫夜色之中。可是，翌日上午，方丽莲没有按时到叶芳公馆上班，直至中午仍不见踪影。这清楚地表明，方丽莲出事了。

叶芳着急了，尤其是方丽莲随身带着景德寺会谈的速记本。虽说那速记本落在普通人手里，也看不懂那些外国文字般的速记符号，但是如果落在专员公署的懂得炳勋速记法的速记员手中，那就一目了然了，"最高机密"将全部泄露。

就在这最紧张的时刻，叶芳收到方家女佣徐妈送来的方丽莲一封亲笔信，这才放下了悬着的心……

那天深夜，刚刚下过雨，方丽莲从信河街沿着打锣桥向东，朝大街走去。路灯昏黄，行人寥寥，路灯的灯光惨淡地照着湿润的石板路。每个路口，都竖立着高大的木栅门。在夜间，木栅门旁站着民团的值班民兵，行人必须出示证件方可通过，一旦出现紧急情况，把木栅门关上，可以防止可疑人员逃逸。

方丽莲出示证件，通过一道道木栅门。她从打锣桥走到温州主干道——大街之后，向南走去，横在她面前的两条街，便是铁井栏和晏公殿巷。她不想去晏公殿巷，因为刘连在那里，不便在那里整理景德寺会谈记录，所以她转弯走向铁井栏，准备回娘家。

方丽莲知道温州钱庄的规矩，在下班之后便关闭了铁井栏主街的正门，改为从铁井栏内巷的后门进进出出。方丽莲走进铁井栏内巷，黑森森的，整条巷子才三四盏昏暗的路灯，只有巷底的铁井栏宫灯火通明，仍在响着皮鞭声、审讯声。

方丽莲不由得加快了脚步。就在她走到那个小小的基督教堂门口时，忽然从里面蹿出两条黑影，径直朝她猛扑过来。说时迟，那时快，方丽莲一闪身，为首的黑影扑了一个空。方丽莲顺势朝那人屁股踢上一脚，只听得扑通一声，就把他撂在花岗石块地上。这时，另一个黑影又扑了上来，方丽莲一蹲，横着扫了一腿。那人个子高大，立足不稳，也重重地摔在花岗石块路上。方丽莲一手紧紧摁着黑皮包，双腿行走如风，三步两步就来到那口巨大的铁栏井旁，用钥匙打开温州钱庄的后门，回身把门锁上。厨师金师傅和老保姆徐妈一见方丽莲，都齐声喊："太太，二小姐回来了！"方太太看见方丽莲平安回家，无比欣喜，告诉她："今天傍晚曾经有几个穿军装的人，手持国民党中统局工作证，在一个高个子的率领下，来钱庄搜查，要抓你！"

方太太说着，把方丽莲领到红漆楼梯下，打开楼梯下那个三角形的储物间，里面堆放着杂物。厨师金师傅移开杂物，露出一道铁门。方太太按照密码转动着铁门上的黄铜转盘，打开厚厚的铁门，里面是宽大的用钢筋水泥浇成的地下室，亮着电灯。从里面传出一声"丽莲"，方丽莲一听这熟悉的声音，无比兴奋，原来马德胜在里面！

这个地下室，是温州钱庄用来存放金条、银圆的地方。靠墙放着一个个保险箱，里面便存放着金、银。昨天夜里，马德胜突然来到温州钱庄，告知他正受到国民党中统追捕，方丽莲也牵涉其中。方太太便把马德胜藏在这个地下室。只是方丽莲这些日子行踪不定，5月1日通宵未归。马德胜知道方丽莲在执行特殊任务。倘若方丽莲在叶芳公馆，那倒是安全的，中统是不敢到叶芳公馆去抓人的。如果在路上遭到中统追捕，那就麻烦了。正因为这样，马德胜见到方丽莲平安回来，心头的巨石落了地。

方丽莲走进地下室，见地上铺着草席，还有放着食品的竹编食匾、热水瓶，甚至还有深褐色、圆溜溜的马桶。看得出，方太太精心地照料着女婿。

这时，女佣徐妈又送来厨师金师傅刚做好的点心，换了两瓶刚烧好的开水。方丽莲用铅笔写好一封给叶芳将军的短信，说自己突然身体不适，无法去上班。方丽莲把叶芳公馆的地址告诉徐妈，要她牢记在脑中，不可对外人讲。徐妈是方家忠心耿耿的老用人，方丽莲信得过。

徐妈告知，有什么事，可以拉一下藏在地下室通风管里的绳子，上面的标志就会由绿变红，她就会知道了。另外，方太太关照，白天人多眼杂，最好不要进出地下室。

徐妈关上了地下室的铁门，锁好。这时，地下室里万籁俱寂，连绣花针落地都听得见。

方丽莲把刚才铁井栏内巷惊险的一幕，告诉丈夫马德胜。

马德胜说:"我们暴露了!刘连动用在温州的所有中统特工追捕我们。他还向周琦报告,让温州市警察局的警察也追捕我们。"

方丽莲问:"你在中统埋伏了那么多年,怎么会暴露?"

马德胜说:"他先是怀疑你。他发现,你近日变得很忙,整天在叶芳公馆,在叶芳身边,应该知道许许多多关于叶芳的重要情报,可是几乎没有向他提供任何有价值的关于叶芳的情报。我看到了他的父亲刘旦与他的来往电报。刘旦从上海发来电报说,叶芳有'通共'嫌疑,责怪刘连'木知木觉'。刘连告诉他的父亲刘旦,他在叶芳身边安插了方丽莲,叶芳一举一动都在她的眼中。刘旦到底是老狐狸,他发来电报说,要查一查这个方丽莲,到底是'红萝卜''白萝卜'还是'白皮红心萝卜'。于是,刘连避开我,暗地里派出特工,对你进行跟踪。他发现你常常在回家途中,弯进铁井栏内巷的基督教堂。"

方丽莲一听,责怪自己警惕性不高,没有发现"尾巴"。

马德胜告诉方丽莲:5月1日,当方丽莲作为叶芳四位代表的随员前往郭溪景德寺的时候,刘连在下午避开马德胜,带着中统特工和警察,突袭铁井栏内巷的基督教堂。当时,夏牧师正在用教堂阁楼里的秘密电台,跟浙南游击纵队情报组周强联系。夏牧师躲闪不及,被刘连逮了个正着。于是,刘连对这个小小的基督教堂进行了全面的搜查,从夏牧师已经烧毁的情报手稿的余烬之中,找到片纸残笺。刘连一看,大吃一惊,那分明是方丽莲的字!刘连成天看方丽莲书写的情报,对她的笔迹太熟悉了,真可谓"烧成灰还认得"。这下子刘连恍然大悟:方丽莲是打进中统的"共谍"!

刘连把夏牧师直接带到离基督教堂只有几十米的铁井栏官,把他绑在老虎凳上,进行严刑拷打。刘连往夏牧师的脚下垫着一块块砖头,用皮鞭拷打,往鼻孔里灌辣椒水。夏牧师起初咬紧牙关不吭一声。经过一夜的折腾,夏牧师实在受不了,只得招供同伙:除了方丽莲是"共谍"之外,方丽莲的丈夫马德胜也是"共谍"!

刘连几乎不相信自己的耳朵。在刘连看来,马德胜在刘旦鞍前马后那么多年,在中统工作那么多年,怎么可能是"共谍"?刘连最初只是以为最多方丽莲是"共谍",她凭借自己的美色迷倒了马德胜,借助于与马德胜结婚,混进了中统。据夏牧师交代,马德胜才是老资格的"共谍",是他影响、发展了方丽莲,使原本对政治漠不关心、埋头钻研篆刻的姑娘方丽莲，成为富有特工经验的"共谍"。

刘连不能不惊叹："共谍"无处不在。他这才明白，为什么中统局长徐恩曾的机要秘书钱壮飞也是潜伏多年的"共谍"！

"共谍"无处不在，这倒并不夸张。跟随刘连一起前去铁井栏内巷的基督教堂搜查的警察之中，便有一位是浙南游击纵队的卧底老许。这位老许跟刘连一起审讯夏牧师，亲眼见到夏牧师从一开始坚持到受不了酷刑而叛变的全过程。

当刘连从鲜血淋漓的夏牧师口中得知马德胜是"共谍"，已经是 5 月 2 日上午。本来刘连还打算继续审问夏牧师关于马德胜、方丽莲提供的情报的内容，但是一想到马德胜有可能闻风而逃，便撇下夏牧师，带着中统特工从铁井栏宫急急赶回晏公殿巷，准备逮捕马德胜。

这时候，仍留在铁井栏宫警察局刑侦队的老许，用刑侦队的电话拨通晏公殿巷中统特工小楼的电话，告诉马德胜："今天中央大戏院的电影《十三号凶宅》很好看，赶紧去看早场，价格便宜！"

马德胜一听就明白内中的暗语，是告知出现了危险，要自己快逃。他把手枪放在衣服口袋里，马上离开晏公殿巷中统特工小楼，在小巷中七拐八弯，赶往温州五马街口中央大戏院[1]。这座建于 1932 年的戏院，是当时温州最好的戏院，演越剧、瓯剧，也放映电影。

马德胜在中央大戏院后排座位上坐定，旁边坐过来一个把鸭舌帽压得很低的人，正是老许。电影《十三号凶宅》确实很好看，很惊险。在开映之后不久，当银幕上出现十三号凶宅客厅里那把摇椅在深夜无人之际摇起来、观众们不胜惊恐之际，老许带着马德胜，一前一后，走出了戏院。他俩走小路，穿小巷，兜圈子，甩"尾巴"，终于来到老许家。

坐定之后，老许这才把抓捕以及审讯夏牧师的经过，详详细细地告诉了马德胜。马德胜这才明白，刘连从夏牧师那里知道了他和方丽莲的真实身份。

马德胜担心的是方丽莲。他并不知道方丽莲这时在哪里，只知道这几日她的工作很紧张。万一她回到铁井栏娘家，那就很危险。老许认得方丽莲，便说自己马

1　中央大戏院，1950 年改名大众电影院。

上去铁井栏口的梦生笔庄报信。老许跟梦生笔庄老板熟悉，他可以在店堂里扮营业员。如果方丽莲回家，必定从梦生笔庄门口走过，他马上就截住她，告诉她情况突变，不要回家也不要去晏公殿巷，而是来跟马德胜会面。

这样，马德胜就留在了许家，而老许则在铁井栏口梦生笔庄监视着来来往往的行人。

白天很快就过去了。天黑之后，忐忑不安的马德胜离开许家，来到梦生笔庄，见到老许。他俩商量之后，由马德胜到温州钱庄去，把危险的情况通知方太太，而老许则在对过长人馄饨店监视——因为梦生笔庄在晚间要关门了。彼此约定以晚上 10 时为界，即 10 时之后，估计方丽莲不会回家了，老许就回家休息，翌日一早再来。

于是马德胜在夜间从洞桥头方向走进铁井栏，走进内巷，叩开温州钱庄后门。他知道，基督教堂已经遭到刘连搜查，从那里经过会很危险，所以特地从相反的方向走进铁井栏内巷。这时温州钱庄的员工们都已经下班。方太太从马德胜那里得知，警察局要抓他和丽莲，便急忙把他藏进地下室，并且说，如果丽莲回家，也马上让她躲进地下室。

就在夜 10 时老许"撤岗"不久，方丽莲走过梦生笔庄，从铁井栏内巷回家。当她走过基督教堂时，突然有黑影朝她袭来……

调虎离山施妙计

方丽莲在匆忙之中，忘了告知徐妈一句："那是一封紧急的信。"徐妈以为那只是方丽莲一封普通的请假信，所以直至 5 月 3 日忙完温州钱庄诸事，才在中午把方丽莲的信送至叶芳公馆。

叶芳一看方丽莲的亲笔信，放心了。他想，方丽莲往返郭溪，加上通宵出席会议，回来之后未合一眼又一直工作至夜深，怎么吃得消？他随即给方丽莲写了一张便条，嘱她好好休息，信由警卫交给徐妈，带给方丽莲。

这时候，最着急的倒是浙南游击纵队司令部，最着急的是胡景琛。情报组组长周强接到温州警察局卧底老许的报告，得知我方在国民党中统潜伏特工马德胜、方丽莲身份暴露，处境危险。周强把这一报告立即送到浙南游击纵队政治部主任胡景琛手中。胡景琛的目光，聚焦于"方丽莲"三个字。哦，她不就是在景德寺见到的叶芳代表团的随员、方美莲的妹妹吗？就连胡景琛也没有想到，这个端庄秀气、书法漂亮的姑娘，竟然是我方的潜伏特工！胡景琛当即要周强回复老许，请立即报告详细情况，紧急着手救援。当周强向胡景琛汇报了从老许那里得知的详细情况之后，胡景琛说："现在离叶芳部队起义的日子，屈指算来只有三天。原本只要让马德胜、方丽莲静候三天就可以了。但是国民党中统温州站站长刘连是一个心狠手辣的顽固不化分子，马德胜、方丽莲长期埋伏在刘连眼皮底下，如今身份暴露，刘连肯定觉得在父亲刘旦面前一点面子都没有了，对马德胜、方丽莲势必除之而后快。越是垂死的挣扎，越是凶残、疯狂。"

胡景琛又进一步分析道："刘连这家伙不仅会以重兵包围铁井栏温州钱庄，而且还会反复搜查温州钱庄大楼。一旦马德胜、方丽莲被捕，我相信他们会坚贞不屈。问题是方丽莲身边带有景德寺会谈的详尽记录，如果被刘连缴获，找到懂得炳勋速记法的人来辨认，叶芳的起义计划就将被敌人全盘掌握……这就是问题的严重性！"

周强听了胡景琛的分析，意识到情况的危急，说道："我立即带一支精悍的小分队，化装进入温州，从温州钱庄大楼救出马德胜、方丽莲！"

胡景琛摇头道："温州钱庄大楼处于温州市中心，一支小分队很难对付刘连在那里的特工和警察，而且一旦在温州市中心发生激烈枪战，会引起周琦部队的高度警觉，使叶芳部队的起义计划毁于一旦！"

胡景琛陷入了沉思，良久才从嘴里蹦出一句话："强攻不如巧取。"这句话给了周强以莫大的启示，他思索了一下，说道："巧取的办法，就是用——"这时，胡景琛和周强异口同声地说："方美莲！"两人相视而笑，又异口同声道："这叫英雄所见略同。"

胡景琛和周强仔细地商议，定下了"调虎离山"计。胡景琛对周强强调说："小分队的任务不是直接去以武力救出马德胜和方丽莲，而是想方设法把刘连的队伍从铁井栏调走。在这一过程之中，顺便把刘连抓住。抓住刘连，铁井栏之危也就解除了。虽然你们都带手枪，但是在整个行动之中，最好一枪不发，因为温州正处于最敏感的时刻，一声枪响就会搅乱大局。"

于是，胡景珹让周强把方美莲找来，细细交代任务。当方美莲得知妹妹和妹夫居然都成了浙南游击纵队的特工时，万分欣喜。方美莲明白此行是为了解救陷入刘连之围的妹妹和妹夫，她早就恨透那个刘连，所以当即表态，一定完成任务。

只是限于保密，胡景珹并没有对方美莲说明：此行更加重大的任务，是确保叶芳起义计划如期执行。

胡景珹任命周强为小分队队长。周强火速开始组织小分队，队员以情报组为骨干，挑选了十来位头脑机灵而又身强力壮的浙南游击纵队队员，全部是温州人，熟悉市区街道，年纪从以二十多岁为主，也有个别四五十岁很有经验的队员。

经过胡景珹作政治动员、明确任务、宣布纪律之后，方美莲向队员们介绍了国民党中统特工刘连的特点：细高个子，年近三十，理三七开西式头，脸色白皙，上海人。他最大的特征是留着长长的鬓角。不过，方美莲又补充说，她已经多年未见刘连，那长鬓角是否剃掉不得而知，但是其他特点应该不会有大变。

小分队队员纷纷都换上便服。其中有四五个队员连同周强都穿上国民党的黑色警服，戴起黑色大盖警帽。

方美莲则换上一身藏青色的公务员服装，以便与妹妹方丽莲平时上班的服装一致。

小分队组建完毕，已经是 5 月 3 日夜间。他们个个摩拳擦掌，只等拂晓 6 时周强一声下令，即刻出发。跟叶芳的代表去郭溪一样，周强这回也是包了一艘乌篷船，驾船的船夫也是浙南游击纵队的交通员。

乌篷船撩起了舱前舱后的黑布帘，沿着温瑞塘河徐徐前进。碧波银涛，轻风阵阵，令方美莲记起当年乘坐小火轮从温州小南门前往舜岙村的情景，仿佛历历在目。

方美莲记得，当时她怀着一颗颓唐的心，失意的心，破碎的心，冰冷的心，痛不欲生的心。正因为这样，她期望到了舜岙村，可以找到尼姑庵，从此遁入空门，断绝尘世，一了百了。没有想到在舜岙村遇到周强哥，遇到胡景珹，彻底改变了她的人生。她跳出了小我的恩怨情仇的独木桥，走上了大我的康庄之道。

如今，还是在这条温瑞塘河上，方美莲的生命已经焕然一新。她已经是浙南游击纵队的一员，是中国人民解放军的一员。她第一次执行任务时，亲手结束了那个作恶多端的大汉奸王水的性命，而这一回，她又将面对凶残暴虐的国民党中统特工刘连。正是在上海四马路致美楼，她邂逅了王水，又邂逅了突然朝王水开枪的"堂倌"刘连，还邂逅了那个欺骗了她的感情的富商高瑞，这三个男人在她的命运中缠斗着，使她的人生起起伏伏。眼下，那个号称能够溶解黄金的王水已经受到他应有的惩罚，号称瓯绸之祖高机后裔的高瑞因受到王水的欺诈和牵连几近破产，只有刘连仍肆无忌惮在作恶……

方美莲明白，这次周强率小分队深入虎穴，智取刘连，自己是这出戏的主角。想到这里，方美莲感到肩上担子的沉重，不由得摸了一下腰间的手枪。

这时候，方丽莲和马德胜仍然躲在温州钱庄的地下室里。马德胜的腰间也别着手枪，而方丽莲则打开黑色小皮包，继续整理着景德寺会谈的记录。终于全部整理完毕，方丽莲把速记笔记本连同整理好的记录都藏到地下室的一个保险箱底下，这样即使敌人闯进地下室，也找不到这些材料。

在地下室里分不清昼夜，但是他们依照手表在屈指计算，离5月6日晚上还有多少小时——到了那时候，叶芳部队起义，他们就可以从地下室里出来，迎接温州的历史性时刻。手表上的秒针仍在一板一眼地转动，然而他们总觉得时间过得太慢。

乌篷船依然在不急不缓地前进，渐渐驶近温州小南门。

周强考虑到，温州市区街头巷尾那些刘连设计的木栅门，在夜间才由民团看守、检查行人证件，而在白天则通行无阻，所以决定在白天施行预订的计划。乌篷船抵达熙熙攘攘的温州小南门码头之后，小分队随即三三两两按照事先的分工，各自散开，展开行动。

周强、方美莲率四五位穿黑色警察服装的队员，从小南门大模大样走向铁井栏。这几位穿黑色警察服装的队员，都是精壮的二十多岁的小伙子。周强让方美莲在头里走，而且叮嘱她要专拣最热闹的大街走，唯恐不被中统特工发现，周强为首的"警察"们在后面远远跟着。

方美莲穿过热闹非凡的五马街，转入大街。原本从五马街口向北，几分钟就可以到达铁井栏，但是周强却让方美莲特地弯进晏公殿巷，走了一个来回。如果刘连在那幢中统小楼里，见到方美莲这"诱饵"，一定会冲出来。可惜方美莲一来一去走过中统小楼，不见任何动静。这表明，刘连很可能仍在死死守着铁井栏，在那里守株待兔，张网以待回娘家的方丽莲。刘连并不知道，方丽莲早就躲进了温州钱庄大楼的地下室。

方美莲从晏公殿巷出来，仍然沿大街向北，前面就是铁井栏了。周强和"警察"队员们都分散开来，拉开了距离。方美莲路过梦生笔庄的时候，老板娘马上认出方美莲，大声喊道"方小姐，多日不见，要买纸笔吗？"

这时，梦生笔庄店堂里，坐着一个穿黑色警服的中年警察，那便是卧底老许，只是方美莲并不认识老许，而周强却认识老许，迅速把一封信交给老许。由于周强和老许都穿着国民党警察服装，所以他们之间的这一动作并未引起别人注意。

"谢谢老板娘！"方美莲跟梦生笔庄的老板娘说道，"我先去对面吃碗长人馄饨。"方美莲说着，便朝铁井栏街口另一侧的长人馄饨店走去。长人馄饨店的高个子老板"长人"陈立标，当即用一口带有浓重乐清口音的温州话对"老主顾"方美莲说道："方小姐，好久没见！""'长人'，来一碗！"方美莲大声地说着，便在长人馄饨店里坐了下来。闻到葱花香气，闻到麻油香味，方美莲真想马上吃一碗久违了的长人馄饨。这时候，周强和队员们分散在铁井栏街口，观看动静。"长人"刚刚把馄饨放入锅中，忽然从对面梦生笔庄二楼敞开的窗口，响起了尖利的叫子[1]声。方美莲抬头一看，吹叫子者留着长长的鬓角，不是别人，正是刘连！顿时，几个埋伏的暗处的中统特工以及警察，手持手枪、步枪，朝长人馄饨店奔来，形成半月形包围圈，把"长人"吓坏了。刘连也飞快从梦生笔庄二楼下来，眉开颜笑，他以为方丽莲终于露面了。这时，只见方美莲从长人馄饨店冲了出来，飞起一腿，把一个穿警察手中端着的步枪踢飞了，警帽也掉在地上。就在那个警察慌张之际，方美莲从他身边掠过，冲出包围圈，转身上了大街。

方美莲沿着温州主干道——大街向北奔跑。她一时间成了领跑者，她的身后既有刘连，也有周强，还有穿便服的中统特工和穿警服的警察，还有那四五个假警察。一时间，真假警察混在一起，倒是难辨真假。老许则在后面"压阵"。

1　叫子，方言，即哨子。

方美莲一边奔跑，一边不时回首，看看后面的跟跑者是否跟得上，如果跟不上，她就把脚步放慢一点。

在跟跑者之中，刘连最起劲，跑在第一个。"大鱼"在前，刘连焉能不拼命？直到这时，他还一直把方美莲当成方丽莲。在他看来，一旦抓住方丽莲，就为党国立了大功。当年，他在西湖白堤上对方丽莲紧跟不舍，那是为了追求方丽莲；如今，他依然在对方丽莲紧追不放，却是为了追捕"共谍"！在刘连眼里，方丽莲不过是一个区区弱女子，怎么能够逃得出自己和一大群特工、警察的手掌心？所以他腰间虽然别着美国制造的勃朗宁手枪，可以连发10枪，但是他没有朝"方丽莲"射击，他要抓活的，要在铁井栏宫里亲自审讯这混进中统的"共谍"。

紧随刘连之后的是周强。周强虽然并不认识刘连，但是一见长鬓角的高个子，就断定他是国民党中统温州站站长刘连。穿了一身国民党黑色警服的周强，却一边跑一边掏出了手枪。他必须确保方美莲的绝对安全。如果刘连准备向方美莲开枪，他就马上朝刘连开枪。周强心中非常高兴，因为"调虎离山"计取得了成功。刘连和他手下的特工、警察们参加了"跑步"，方丽莲和马德胜也就解围了。

就这样，在5月4日，距离叶芳部队起义时间只有50个小时的时候，在温州大街出现这么奇特的"跑步"队伍。高度警惕的叶芳部队马上发现了这支奇特的"跑步"队伍，但一望而知是警察抓人，认为与军事行动无关，所以也就听之任之，不加干涉。

就这样，方美莲带着这支"跑步"队伍，跑到了大街的北端，前方便是波涛滚滚的瓯江。

只见方美莲跑上码头，刘连、周强也紧跟着上了码头。一艘停泊在瓯江码头的舴艋船的四十多岁的船老大，是小分队的队员，他朝方美莲挥了挥手。只见方美莲一个箭步，轻盈地跳上了舴艋船，一头就钻进了船舱。随后赶到的是刘连，他见"方丽莲"上了舴艋船，也往舴艋船上跳，重重地落下，使舴艋船左右剧烈地晃动，刘连脚下一滑，摔了一跤。这时候，周强也跳上了舴艋船。只见船老大用长长的竹篙往江岸一撑，舴艋船飞似的驶离了码头，进入瓯江中流。这时候，只见刘连爬了起来，刚刚掏出勃朗宁手枪，就被身后的周强一把抢去。随后赶到的中统特工和警察们，看见舴艋船载着刘连远去，束手无策。有的拿起了步枪，打算射击，被老许一把拦住，说道："刘站长在船上，千万不能开枪。"方美莲从船舱里出来，跟周强一起用绳子绑住了刘连的双手。方美莲对刘连大声怒道："刘连，你还认识我吗？"直至这时，刘连才看清，面前的是方美莲，她的发旋是左旋，而方丽莲的发旋是右旋。直至这时，刘连才明白，自己上了"调虎离山"计。刘连太阳穴的青筋怒涨，像一条条蚯蚓似蜷曲在那里。他万万没有想到，方丽莲是"共谍"，方美莲居然也加入了"共军"。

刘连是一个容易情绪冲动甚至失去理智的人。他曾经在上海金山饭店"啪"的一声把勃朗宁手枪撂在高瑞和方美莲面前，他曾经在杭州三元坊小院当着马德胜和方丽莲的面把手枪对准自己的脑袋打算自杀。这一回，他恨透了这个站在面前的"共军"方美莲，虽说他的双手被捆，但内心愤怒到了极点，他一咬牙，居然低下脑袋，朝方美莲的脸狠狠地撞过去。

方美莲机警地朝旁边一闪，人高马大的刘连在摇晃的船上收不住身子，一头栽进了黄浊的瓯江，被东去的怒涛卷走，溅起一片浪花……中统特工和警察们都远远地看见了这惊人的一幕。隔着滔滔江水，他们无可奈何，又群龙无首。刘连在江水中用双腿猛蹬，挣扎了几下，无奈双手缚着绳子，动弹不得，渐渐沉了下去，不见了踪影。

岸上的老许此时开口了："弟兄们，刘主任壮烈为党国捐躯，无可挽回。眼下，首都南京和省会杭州都已经落入共军手中，党国大厦即将倾坍，温州也很快失守。大家都看到，共军竟然长驱直入温州城，置刘站长于死地。我们健在者好自为之，各奔前程，不必再作无谓的牺牲了！"

老许一席话，说到中统特工和警察们的心坎里。刘连一死，他们没了主心骨，个个垂头丧气地，无精打采，也就各奔各的路，作鸟兽散了。

在中统特工和警察们溃散之后，码头上只剩下老许和那四五个假警察。这时，另一艘舴艋船的船老大朝假警察们招招手。假警察们纷纷登船，追随周强和方美莲那艘舴艋船，扬长而去。

码头上只剩下老许，目送着两艘舴艋船朝瓯江上流方向驶去。

瓯江江面上，已经不见了刘连的身影。在前天，刘连的父亲、国民党中统局上海调查室主任刘旦将军还给他发来密电，告知上海危在旦夕。刘旦说，他即将离开

上海亚尔培公寓，与刘连的母亲退往台湾，期望在台湾跟刘连相见。如今，刘旦的团聚之梦，完全破碎了。

　　"古来万事东流水"。刘连永远消失在了滚滚东去的瓯江水中……

尾　声

大结局

"沉舟侧畔千帆过，病树前头万木春。"

周强率领的小分队，在温州打了一个漂亮的胜仗之后，分乘两艘舴艋舟，驶入瓯江支流戌浦江，向着上游泽雅镇进发。瓯江下游的水多泥沙而黄浊，但上游以及支流却是清澈见底。

所谓泽雅，"泽"为水，"雅"为美，顾名思义：此乃是碧水长流之处。这里有山有水，美若仙境，素有"西雁荡山"之誉。

小分队在泽雅镇上岸，赶往周岙村。

周岙村是一个四周被大山包围的古村落，相传已经有一千四百多年的历史，因村民大都姓周，而温州人称这种山间谷地为岙，故得名周岙。这里的农舍依山而建，家家户户面溪而居，村前的小溪唤作梅溪。梅溪中段有座小廊桥，铺着木制的桥板，桥上面有廊檐和美人靠[1]，叫作洞桥头，是周岙村最美丽动人的地方。方美莲不由得记起，温州铁井栏街尾的石板桥一带也叫洞桥头，是她童年乘凉的好去处。

在周岙村的村口，有一个足球场大小的平地，人称"下宅坦"，四周围绕着数十

1　美人靠，木结构建筑上比较常见的构件，民宅楼上或天井四周设置的靠椅的雅称。

棵参天古木。这里平日静悄悄。然而当周强、方美莲带领小分队来到下宅坦时，见到是一片蓝灰色的海洋——浙南游击纵队主力部队正在这里集结，准备进军温州市区。

那是在 4 月 30 日，中共浙南地委和浙南游击纵队司令部在龙跃主持下，决定把中共浙南地委和浙南游击纵队司令部立即迁到温州近郊周岙，成立温州前线指挥部，统一指挥解放温州的战斗。

龙跃为什么会选择周岙村呢？有四个原因：

第一，周岙距离温州市区只有十七公里；

第二，周岙四周环山，容易隐蔽；

第三，周岙是革命老区，群众基础好；

第四，周岙有下宅坦，便于部队集中。

就这样，从 5 月 1 日起，周岙忽然来了许许多多穿蓝灰色军装的军人，中共浙南地委和浙南游击纵队司令部也迁到了这里。

周岙离郭溪不远，因此龙跃司令员才会黄夜出现在景德寺谈判现场。

此后，浙南游击纵队主力部队以及各支队和独立大队也先后到达周岙。顿时，这个小山村人山人海，从未这么热闹过。

周强以及那几位穿了国民党警服的队员，在泽雅镇上岸时，就赶紧扒掉了身上的"黑皮"，扔掉大盖帽，只穿衬衫，以免引起当地百姓误会，以为国民党警察突然出现在这里。周强、方美莲这支小分队到了周岙之后，受到胡景瑊的接见、表彰，然后各归各位，回到原先所属的部队，换上了蓝灰色的浙南游击纵队服装，戴上了八角帽。

锐气衰尽，士无战心。温州的中统特工以及警察们士气低落。在刘连命赴黄泉之后，老许当即前往铁井栏，经过仔仔细细检查，确认监视温州钱庄大楼的国民党中统特务以及警察已经全部撤走。特工和警察们早已经惶惶不可终日，自顾不暇，谁还惦记去抓"共谍"方丽莲？再说，他们在瓯江之畔，已经亲眼看见"方丽莲"乘船远去了！

于是，在当天晚上，老许走进了温州钱庄大楼的后门。老许平时在铁井栏宫警察局刑侦队工作，正对着温州钱庄大楼的后门，对温州钱庄的建筑布局一清二楚。

　　厨师金师傅一见老许穿一身警服，当即报告方太太。老许向方太太呈上一封方美莲的亲笔信——也就是周强在梦生笔庄交给他的那封信。方太太一看，确认那是女儿方美莲的毛笔字。信中说，许先生是很可靠的朋友，是妹夫马德胜的老朋友。只要把我的这封信交给妹夫马德胜，他就会决定是否同意跟许先生见面。于是，方太太一边跟老许在二楼客厅周旋，一边悄然吩咐徐妈把方美莲的信交给马德胜和方丽莲。

　　徐妈打开红漆楼梯下的三角形房间，接着又打开地下室的铁门，把信交给马德胜、方丽莲夫妇。方丽莲看了信，确认这是姐姐的笔迹，而马德胜则确认老许是他的老朋友——在刘连追捕他的紧急关头，就是老许打电话救了他。

　　这样，方丽莲和马德胜上了二楼客厅，兴高采烈地跟老许见面。方太太一见这个警察果然是女儿、女婿的老朋友，知道有秘密工作要谈，就和徐妈知趣地走开了。

　　老许告诉方丽莲和马德胜，今天下午周强与方美莲率浙南游击纵队小分队进入铁井栏，用方美莲"钓"走了守候在铁井栏的刘连、中统特工以及警察。老许还讲述了刘连命丧瓯江的经过。

　　听到刘连终于恶贯满盈，天命诛之，马德胜和方丽莲都松了一口气，说他那是罪有应得。方丽莲笑道："从此我们不必再蹲地下室了，今晚可以睡到二楼我的卧室。"老许说道："虽然警报解除，但是你的卧室的窗口，正对着铁井栏宫，正对着警察局的刑侦队，太危险。你们可否到我家去暂住？"马德胜和方丽莲当即答应。方丽莲出去告诉母亲要住到老许家，然后重返地下室，从保险箱底下取出速记笔记本连同整理好的记录，放入黑色小皮包之中。

　　翌日——5月5日，方丽莲在马德胜的护送下，来到叶芳公馆。叶芳见到方丽莲，非常高兴，连声问她是否已经康复。方丽莲递上整理毕的景德寺会谈的全部记录。叶芳说，这份记录非常珍贵，将来要存入国家档案馆，作为永久保存的历史资料。

　　马德胜送方丽莲到叶芳公馆门口，却没有进去，因为他对于叶芳公馆来说是"陌生人"。马德胜是一个细心而勇敢的人，他返身回到老许家之后，请老许配合他做一件意想不到的事——去晏公殿巷的中统小楼。

　　马德胜以为，刘连死后，那幢小楼再无别人。他要赶紧进入那里，搜查刘连遗留的机密文件。这当然是一件充满危险的事情，万一被别的中统特工发现就麻烦了，所以马德胜请老许在附近巡逻、接应。

老许佩服马德胜的勇气，陪着他前往晏公殿巷。马德胜在那里发现了刘连所藏的中共温州地下党的叛徒名单，查到混在浙南游击纵队里的中统卧底名单，马上交给了老许，用密电发往浙南游击纵队司令部。

终于到了5月6日——经国共双方全权代表郑重签字的《关于叶芳将军率部反正起义之协定》规定的叶芳部队起义的日子。5月6日下午，两个重要会议同时在温州信河街西河头叶芳公馆和周岙村下宅坦举行。国民党第五军二〇〇师直属处室和营级以上军官以及温州各界名流，齐聚叶芳公馆，出席紧急会议。

方丽莲坐在叶芳之侧，进行速记。会议一开始，叶芳将军先是抛出问题："形势已临紧急关头，请各位父老贤达来共商保卫乡土的大计。如果打，怎样打法？撤退，怎样撤法？和平解放，怎样和法？鄙人想听听诸位的高见。"

叶芳说毕，按照事先的安排，张千里中将首先站了起来，说道："当今局势已经明了，人心厌战，大势所趋，国民党不败不亡天理难容。堂堂首都南京不攻自破，浙江省会杭州也已经落入共军之手。我等偏于浙南一隅，还打什么？和平解放温州乡土，避免流血应是上策。"

张千里将军德高望重，军衔高于叶芳，他说出了众人的心里话，顿时会场上一呼百应，军官们纷纷表示："一切听从叶将军的安排。"

这时，叶芳将军终于打开窗户说亮话："国民党败局已定，识时务者为俊杰。为了保护地方安全，免遭毁抢，我已和共产党取得秘密联系，签订了起义协定，准备和平解放温州。"

叶芳此言一出，张千里将军带头鼓掌，众军官及社会贤达亦热烈鼓掌。叶芳将军站起来，宣布起义命令："我宣布，二〇〇师现在起义。今晚8时起全城戒严，起义部队集中驻地、防地，严守纪律；起义单位门口悬挂红灯，官兵一律臂缠红布，以示识别；派人监视通讯机关，除起义单位外一律不准通电话、电报；通知电厂通宵照明，严密封锁港口，保护物资，维持正常生产和社会秩序。卓力文负责驻师部指挥，派兵监视周琦住宅及指挥莲花心驻军撤退换防。"

方丽莲的笔，龙飞凤舞，记下了叶芳将军的每一句话。紧急会议结束之后，叶芳发出一道又一道命令，二〇〇师的起义正式开始了。方丽莲坐在叶芳身边，速记着叶芳的一道又一道命令。

也是在 5 月 6 日下午，浙南游击纵队主力——第一、第二、第三支队和独立大队，共四五千人集结在周岙村下宅坦，他们一律穿蓝灰色军装，胸佩"中国人民解放军浙南游击纵队"的布质证章。此外，还有上千个戴大檐箬帽，背猎枪、锄头、扁担赶来的各地民兵以及儿童团员。

气壮山河的进军温州誓师大会在这里举行。浙南游击纵队司令员兼政委龙跃站在一张八仙桌上，高声宣布向温州进军的命令。此时，下宅坦群情激愤，口号声此伏彼起："进军温州城，解放全中国！"

在这个历史时刻，闪耀着年轻的活力：浙南游击纵队的司令兼政委龙跃 37 岁，浙南游击纵队副司令郑丹甫 39 岁，浙南游击纵队副政委胡景瑊 32 岁，浙南游击纵队参谋长程美兴 33 岁，而起义的国民党二〇〇师师长叶芳 38 岁。

誓师大会结束之后，浙南游击纵队主力部队雄赳赳、气昂昂沿着溪边古道浩浩荡荡向温州进发。方美莲和周强都身穿军装，作为主力部队成员，随部行军。这是充满信心的进军，这是历史性的进军，这是改天换地的进军，这是创建新温州的进军。

作为进军温州的第一步，那就是抢占制高点。5 月 7 日凌晨，浙南游击纵队从叶芳部队手中，接收了温州城外的莲花心、翠微山、松台山等重要制高点。接着，浙南游击纵队兵分三路进军温州市区：一路从太平岭后西郊入城，一路由九山入城，一路由三角门、小南门入城。由于叶芳部队起义，欢迎并配合浙南游击纵队进军温州，所以浙南游击纵队一路上兵不血刃，进军顺利、神速。

到了 5 月 7 日清晨，浙南游击纵队按照事先制订的周密计划，有条不紊地占领了温州城内国民党政府的一个又一个重要机关，像发电厂、电报局、广播电台、报社和码头等重要部门。这一切，都在悄然无声中进行，整座温州城在和平的气氛之中实现了"移交"。

周强奉命率队在老许的配合下，接收温州警察局。

方美莲随胡景瑊前去接收国民党永嘉党部报纸《浙瓯日报》报社，创办中共温州地委机关报《浙南日报》。中共温州地委常委兼宣传部长胡景瑊，兼任《浙南日报》社社长兼总编辑。

马德胜和方丽莲穿上了浙南游击纵队军装，前往晏公殿巷，把国民党中统温州站所有档案、文件进行清理、封存，准备移交给浙南游击纵队情报组组长周强。方丽莲还多了一项任务，为温州市军事管制委员会等诸多温州新机构刻制新图章。浙南游击纵队纪律严明，只在人行道屋檐下休息，绝不进入民房。东方朝霞满天。当温州城里的居民一觉醒来，满街可见一队队穿蓝灰色军装，佩着"中国人民解放军浙南游击纵队"胸章，头戴八角帽，荷枪实弹、精神抖擞的军人，也见到许许多多臂上裹着红布条的穿绿色军装的国民党二〇〇师士兵。

温州城头红旗飘扬。中共温州地下党一下子从地下冒了出来，公开亮出了旗号。他们组织学生、店员在街头贴出了五颜六色的标语："中国共产党万岁！""中国人民解放军万岁！""毛主席万岁！"临街的商店纷纷挂起了红旗，表示庆祝。有的商店临时买不到红布，就把原先的"青天白日满地红"的中华民国国旗撕去"青天白日"，把"满地红"挂了出来。

一首由刘西林于1943年根据冀鲁民歌曲调填词而成的《解放区的天》，响遍温州街头巷尾：

解放区的天是明朗的天

解放区的人民好喜欢

民主政府爱人民呀

共产党的恩情说不完

呀呼嗨嗨一个呀嗨

呀呼嗨呼嗨

呀呼嗨，嗨嗨，

呀呼嗨嗨一个呀嗨

5月7日的温州，商店照常开门营业，学校照样上课，工厂照样开工，铁井栏的温州钱庄也像平日一样营业。中共浙南地委书记龙跃担任温州市军事管制委员会主任，成为温州地区的最高首长。不久，温州市人民政府成立，胡景瑊担任温州市人民政府首任市长。

5月7日傍晚，当方丽莲和马德胜结束了对晏公殿巷国民党中统温州站的清查、封存后，算是喘了一口气，顺便回到铁井栏温州钱庄大楼看了看。这时，温州钱庄刚刚结束一天的营业，员工正在准备关上大门，穿着崭新蓝灰色军装的方丽莲和马德胜来了，员工们先是为之一愣，紧接着响起热烈的掌声。

方太太听见掌声，赶紧下楼，她的身后跟着徐妈和伶俐的马俪。方太太一看见一身戎装的二女儿、二女婿平安归来，笑得合不拢嘴。就在这时，店堂里又响起噼里啪啦的掌声，原来方美莲和周强忙完一天的公务，也在这时抽空回家看看。方美莲和周强也是一身蓝灰色军装，精神焕发。方太太已经多日未见大女儿，同时也是第一次见到大女婿，顿时喜泪横飞。阔别最久的要算是方美莲和方丽莲，姐妹俩相拥而泣，感慨万千。这时，方美莲注意到，妹妹方丽莲的"中国人民解放军浙南游击纵队"胸章之下，别着一支银色莲花别针，显得格外典雅。这银色莲花，使方美莲不由得记起自己那金色莲花别针，自从在上海致美楼丢失之后，不知今在何处。只见方丽莲从衣袋里掏出一块瓯绸手绢，打开之后，里面竟然就是那支金色莲花别针！方丽莲亲手把金色莲花别针给姐姐别上，别在方美莲那"中国人民解放军浙南游击纵队"胸章之下。

方美莲无比惊愕，她不知道自己在上海致美楼丢失的金色莲花别针，怎么会到了妹妹手中。

当着那么多店员的面，方丽莲无法叙述这枚金色莲花别针的漫长故事：在上海致美楼被法租界华捕朱海装入信封，后来被王水索走；王水去杭州上任时，那只黑皮箱落到刘连手中，金色莲花别针随之成了刘连的宝物；刘连与方丽莲在杭州邂逅，又把金色莲花别针送给了方丽莲……

喜欢摄影的店员老朱，这时打开办公桌的抽屉，拿出照相机，抓拍方美莲与方丽莲姐妹这对并蒂莲笑逐颜开的合影。还拍摄了方太太与两个女儿、女婿以及外孙女马俪在一起的欢乐合影。

方太太说，过些日子在华大利酒店为方美莲和周强举行隆重婚礼。周强、方美莲说，老上级胡景城有言在先，届时请他主持婚礼。方太太笑了，那太荣幸了：方丽莲和马德胜的婚礼由浙江省省长黄绍竑主持，而方美莲和周强的婚礼由浙南游击纵队副政委胡景瑊主持。

方太太说，昨天接到丈夫方豪从上海的来信，说国民党军队已经失去上海的两翼——南京和杭州，上海朝不保夕，他很快就会从上海回温州。等到丈夫回温州，再把外孙高高喊来，全家一起到温州中山公园对面的露天照相馆，拍一张正儿八经的全家福。

店员老朱说，等方总经理回来，我们温州钱庄全体店员也和你们家一起，到露天照相馆拍一张大合影……

1949年5月7日这一天，从此载入了温州的历史。回顾历史的脚印：1921年7月，中国共产党在上海诞生。从1921年加入中共的温州党员谢文锦、胡公冕，到1924年加入中共的温州党员、中共温州独立支部书记（"温独支"）姚平子，经过刘英等前赴后继，直至姚平子的长子胡景瑊成为和平解决温州问题的中共首席代表、温州市人民政府首任市长，红色火炬就这样在温州传递、继承。

温州创造了一个奇迹，不是由中国人民解放军野战军攻下，而是由浙南游击纵队争取国民党守军叶芳起义而和平入城。整整20天之后——1949年5月27日，中国人民解放军第三野战军攻克上海，红旗在黄浦江畔猎猎飘扬。

1949年10月1日，中国历史翻开了崭新的一页。就在这喜气洋洋的一天，方美莲和周强的婚礼在温州华大利酒店举行。虽说胡景瑊已经是温州市市长，成了大忙人，他还是忙里抽空，兑现了当初的诺言，为这对新人同时也是战友担任婚礼主持人。

方美莲和周强都穿了一身崭新的草绿色军装，佩着"中国人民解放军"胸章。作为新人，他俩胸前挂着大红花。方丽莲和马德胜作为伴娘和伴郎，也是一身草绿色军装，佩着"中国人民解放军"胸章，胸前别着红花。

胡景瑊作为婚礼主持人，一身深藏青色中山装，胸前也别着红花。婚礼上还出现一位意想不到的贵宾，他同样身穿草绿色军装，佩着"中国人民解放军"胸章，胸前别着红花。他便是应伴娘方丽莲之请而来的叶芳将军。

一脸轻松的叶芳，在跟胡景瑊热情握手之后，指着方美莲对方丽莲说："我还以为今天是你举行婚礼，美莲跟你长得一模一样。"

方丽莲笑道："我和美莲是孪生姐妹，并蒂莲花！"

后 记

　　自 2015 年春日开始，我从纪实文学转向长篇都市小说"上海三部曲"的创作。经过两年半时间的努力，终于完成 130 多万字的"上海三部曲"。这三部长篇小说，并无故事上的联系，而是从不同的角度反映不同历史时期的上海。

　　第一部《东方华尔街》，45 万字，于 2016 年 4 月出版，写当年"冒险家"的后代从美国重返今日改革开放的上海所发生的传奇故事；

　　第二部《海峡柔情》，45 万字，于 2017 年 5 月出版，是上海、台北"双城记"，写海峡两岸"打断骨头连着筋"的故事；

　　第三部《邂逅美丽》，便是本书，篇幅与前两部相当，于 2017 年 8 月完成，是上海、温州"双城记"，写 20 世纪 40 年代动荡岁月的青春故事。

　　也就是说，这三部长篇小说分别从上海—美国、上海—台北、上海—温州的角度写上海，所以称之为"上海三部曲"。

　　值得提到的是，《东方华尔街》是从美国东部佛罗里达州神秘的富翁岛——棕榈树滩岛（Palm Beach Island）的上海会所写起。我在美国曾游历了这个小岛，当时就觉得非常特殊，超级富豪的深宅大院高度密集，便将其作为当年闯荡上海的"冒险家"的后代们聚居的典型环境写进了《东方华尔街》。出版之后，特朗普当选为美国总统，他的海湖庄园就坐落在这个小岛，众多外国首脑的到访使这座小岛频见于报道，成了"网红"。《东方华尔街》可以说是第一部详细写及棕榈树滩岛的长篇小说。

上海是我生活了半个多世纪的城市。就上海的城市地域而言，"上海三部曲"的第一部《东方华尔街》以上海外滩、陆家嘴、南京路为背景，第二部《海峡柔情》以上海法租界霞飞路（淮海路）为背景，第三部《邂逅美丽》则以上海公共租界四马路（福州路）为背景。《东方华尔街》所写的外滩、陆家嘴、南京路是上海最具代表性的城市地标，《海峡柔情》所写的法租界霞飞路是上海繁华的商业街，而《邂逅美丽》所写的公共租界四马路则很特殊，东头是上海报馆、书店、出版社最集中的文化重镇，中间是英、美巡捕房，西头则是妓院林立的红灯区。

我在 2015 年 3 月完成 75 万字的纪实文学《历史的绝笔》之后，开始"转轨"写长篇小说《东方华尔街》。

小说有一股迷人的魅力。记得，邓友梅的小说《在悬崖上》发表的时候，我在念高三。当时我站在新华书店里一口气读完这篇小说，久久地激动着，"蓝皮猴"的形象从此深深地印在我的脑子里。上大学时，我又特别偏爱王汶石的小说，在杂志上只要见到署名"王汶石"的作品，便要一口气读完……渐渐地，我也学着写小说。我是在看小说之中学着写小说的。这时候，我读各种流派的小说。后来，我失去了初读小说那些年月的激动之情，多半着眼于"看门道"。因为知道小说是虚构的，大可不必为"林妹妹"跳脚、落泪。尽管我在 20 世纪 80 年代初曾经写过许多中短篇小说，发表于《收获》《人民文学》《上海文学》《小说界》等杂志，出版了中短篇小说集《爱的选择》，但到创作"上海三部曲"时，毕竟已经多年没有写过小说，而且更是从来没有写过长篇小说。一下子从纪实文学——非虚构文学转向长篇小说——虚构文学，这是大跨度的华丽转身，一开始并不适应。我当时阅读了大批新出版的长篇小说以及《收获》《上海文学》《小说界》杂志，看了许多部新的电影，为"转轨"做了充分的创作准备。

自从完成《东方华尔街》之后，我开始写《海峡柔情》，就很适应了，不存在"转轨"问题。到了写《邂逅美丽》，那就得心应手了。《邂逅美丽》几乎是一气呵成，只是中间因为 28 卷、1400 万字的《叶永烈科普全集》要在 2017 年 7 月出版，出版社不断发来一卷卷清样，需要校对，不时打断《邂逅美丽》的写作。

"上海三部曲"所写的时代各不相同，《东方华尔街》写的是当代上海兼及 20 世纪初的上海,《海峡柔情》写的是 20 世纪 20 年代至 21 世纪初的上海,而《邂逅美丽》则写的是 20 世纪 40 年代的上海,勾勒日、汪、蒋、共以及法租界、英美公共租界六方错综复杂的斗争,而在蒋内部又有中统与军统的互别苗头、相互倾轧。这三部作品展现了不同的时代的上海历史风貌。

人物、故事、场景、细节,是写作长篇小说的几大元素。在我看来,长篇小说一定要有好看的故事,亦即曲折跌宕、有头有尾的情节。很多读者喜欢看小说,从某种意义上讲就是看故事。中国传统小说的特点,就是具有很强的故事性。我不写先锋派小说,也不写哲学式、散文式的长篇小说,而是倾向于发扬中国传统小说特色。比起前两部长篇小说来,《邂逅美丽》的故事性更强。

就《邂逅美丽》的故事结构来说,显得整齐而严谨。全书分为 8 章,每章 10 节,总共 80 节,每节五千字上下,每节结束时往往留下一个小悬念。从某种意义上讲,《邂逅美丽》采用的是中国传统章回小说的结构。

另外,《邂逅美丽》的故事集中,人物集中。在《邂逅美丽》一开头,就拍起"惊堂木",推出悬念:在上海灯红酒绿的四马路致美楼豪华包厢里,突然发生了枪击案。出场的人物是四个,即宴请者富商高瑞,受请者"上海特别市政府"(又称督办上海市政公署)警察局情报处处长王水,作陪者四马路红灯区才艺双全的瓯越[1]美女金莲(方美莲)。席间,军统特工刘连假扮堂倌,趁上菜时用手枪击毙王水的保镖,击伤王水。这一枪击案由于有"花国总统"金莲在场而成为轰动上海、大报小报竞载的新闻。这四个人物,加上后来出现的方美莲的孪生妹妹方丽莲,总共五个人,是贯穿《邂逅美丽》的主要人物。这三男两女五个人之间的恩怨情仇,在 80 节的篇幅中把情节次第朝前推进。每 10 节组成一个大的故事段落,即《金色莲花》《明星梦碎》《花开并蒂》《人生无常》《女人如花》《鲜血染红》《时局骤变》《古刹钟声》。此外,开头有《小引:魔都奇葩》,结尾有《尾声:大结局》,从故事发端、渐进、高潮到结尾,有头有尾,首尾呼应。

塑造不同形象的人物,是长篇小说的主要任务。这五个人物性格各不相同。富商高瑞的滑——圆滑虚伪,情报处处长王水的刁——刁钻凶狠,中统特工刘连的

---

1 瓯,温州简称;越,浙江简称。"瓯越"即浙江温州之意。

暴——粗暴易怒，三个男人各有一副嘴脸。作为第一主角的方美莲，与她的孪生妹妹方丽莲，虽然外貌酷似，却性格迥异。方美莲原本是单纯善良的姑娘，出自名门望族，自幼受到良好的教育，琴、棋、书、画，样样精通，才貌双全。出于对电影明星的向往，欲走"阮玲玉之路"，从温州来到上海。她在霞飞路启秀女中上学时，成为国文老师、著名女作家关露（中共特工）的高足，深受左翼文化的影响。不料却因家庭变故，被父亲的小妾推入火坑，成为上海四马路兰玉阁卖艺不卖身的"女教书"。此后她又备受命运打击，历经磨难，几乎失去生活的勇气，以至欲遁入空门，削发为尼。在山村结识贫苦农民周强之后，她终于鼓起勇气，振作精神，开始新的生活，成为坚毅的游击队女战士。她的妹妹方丽莲执着于艺术，不问政治，在时代大潮的砥砺之中，在男友的帮助之下，终于走出象牙之塔，变得沉稳干练，成为优秀的红色特工、"双面间谍"。

《邂逅美丽》的故事，起于上海，结束于温州。小说除了展现褪色泛黄的上海公共租界、法租界风情，还以浓墨重彩描绘了鲜为人知的 20 世纪 40 年代温州美丽的水城风貌，以丰富的细节勾勒与众不同的瓯越风土人情。

我是温州人。父亲早年从军，后来成为温州金融大亨，担任温州的钱庄经理、银行行长兼瓯海医院（今温州一医）院长，他又是国民党少将。新中国成立后，父亲是浙江省政协委员、温州市人大代表。我家住在温州市中心的"银行街"——铁井栏，从小就在这"温州华尔街"长大。我度过青少年时代的钱庄大楼，曾经是当时温州最好的建筑之一，日军侵华、温州沦陷时曾经被占作司令部。

近年来由于整理父亲日记，使我沉醉于往事的回忆之中，记起民国时期的温州，记起一个个儿时熟悉的父亲客厅里的常客、温州名流的名字，唤起往日的记忆：吴百亨、杨玉生、王思本、王纯侯、方恭敏、翁来科、徐堇侯、杨雨农……

我也记起一系列与温州有着密切关系的历史人物的名字：文天祥、王羲之、谢灵运、孟浩然、王十朋、孙诒让、黄溯初、弘一法师、姚平子、刘英、张爱玲、胡兰成、朱自清、郑振铎、夏鼐、方介堪、蔡笑秋、胡景瑊、琦君（潘希真）……我家客厅迄今仍挂着半个多世纪前我结婚时蔡笑秋所绘、方介堪题字的贺礼——《紫藤燕子图》，我也收藏着著名考古学家夏鼐院士写给我的八封亲笔信。

抗战时期，新四军在浙南温州一带的游击队叫"三五支队"，后来改称中国人民解放军浙南游击纵队。我记得，第一次听说三五支队，是我家的勤工阿源告诉我的。我家大楼正门，在温州铁井栏大街，而后门则在一条小巷，门前有一口很大的水井，井旁有一铁圈栏，叫"铁栏井"。我家所住的那条街叫铁井栏，那名字就来自这口井。井的对面，原本是一座寺庙，叫铁井栏宫。原本香火颇旺，后来从庙里不时传出恐怖的皮鞭声和哭叫声。原来，铁井栏宫被国民党永嘉县（当时温州称永嘉县）警察局的刑侦队看中，作为施刑的场所。他们运来了老虎凳。施刑时，灌辣椒水，用皮鞭拷打。我听见那撕心裂肺的哭喊声，非常害怕。我问勤工阿源：那里为什么要打人？阿源轻声地说："那些被打的人，是'三五支队'！"我的卧室在二楼，窗口正对铁井栏宫，所以国民党警察局的刑侦队毒打被捕的"三五支队"队员，那白色恐怖给我留下极其深刻的印象。如今，铁井栏宫早已灰飞烟灭，只有那口铁栏井作为历史文物得以保存。

平日，只在电影、小说或者回忆录中，读到中国共产党地下党员打入敌人营垒的传奇故事。然而当年中共地下党员竟然打入我家，使我对"潜伏"有了第一手的感性认识：温州中共地下党员张迈君（在我家时叫张润锦），跟我母亲是中学同学、闺密。她借助于这一关系，以私人护士身份潜伏我家多年，还曾在我父亲担任院长的温州瓯海医院做助产士工作，甚至在我家对门办起助产士训练班。她由中共浙江省委书记刘英（1905—1942）作入党谈话，是资深的中共地下党员，曾任中国人民解放军浙南游击纵队卫生处副处长。直到浙南游击纵队和平解放温州，张迈君出任温州市卫生局首任局长，我的父母才恍然大悟。后来我趁回温州时采访了她，与她畅谈。她笑道："想不到当年的'碎细儿'阿烈[1]，今天成了作家。"她的不平凡的经历给了我莫大的启示（详见本书附录：《打入我家的中共地下党员》）。

我因此理清了红色火种从上海传递到温州的不平凡的历程：1921 年 7 月，中国共产党在上海诞生。温州学子谢文锦、胡公冕于 1921 年在上海加入中国共产党，谢文锦当时是在陈独秀主编的《新青年》杂志社工作。后来谢文锦、胡公冕先后被派往苏联莫斯科学习。谢文锦回国后担任中共中央秘书，胡公冕则成为红十三军军长。谢文锦在 1924 年回到温州，把红色的种子播撒在温州，在温州建立了中共独立

1　"碎细儿"，温州话，小孩子的意思。温州人喜欢用"阿某"称呼人。

支部，叫作"温独支"。才女姚平子就是在那时候加入中共的，并成为"温独支"的支部书记。姚平子后来担任温州图书馆（即籀园图书馆）馆长，晚年在上海的中学做国文教员。她的长子胡景瑊后来成为浙南游击纵队副政委，是 1949 年 5 月温州和平谈判时中共一方的首席代表，新中国成立后是温州市人民政府首任市长。此外，长期在温州活动、最后在温州被捕而牺牲的中共浙江省委书记刘英，他的儿子刘锡荣也曾任中共温州市委书记、温州市市长直至成为中共中央纪委副书记。这就是温州革命历史的传承。

于是，我在着手设计长篇小说《邂逅美丽》的故事时，前半部故事发生在上海，后半部故事发生在温州。这样，《邂逅美丽》就成了上海、温州"双城记"。姚平子是我的"阿太"[1]、画家蔡笑秋的好友，而籀园图书馆是我上中学时常去借书的地方，我把姚平子、胡景瑊母子的感人故事也写进了《邂逅美丽》。

在写《邂逅美丽》后半部的时候，20 世纪 40 年代的温州的种种细节，自然而然地从我的记忆中喷涌而出。那时候的温州到处是"小桥流水人家"，与当今玻璃幕墙、高楼林立的温州截然不同。写今日温州，诸如电视剧《温州一家人》，我不如当代温州的年轻作家；但是写旧温州、老温州、小城温州、水城温州，当代温州的年轻作家不如我。《邂逅美丽》中涉及的当年温州的许多历史见闻、风俗人情，恐怕翻遍温州的文史资料也找不到，因为那是来自我童年的亲眼所见、亲耳所闻、亲身经历。

小说源自生活。创作长篇小说，更需要丰厚的生活阅历。我写《邂逅美丽》，来源于我在上海、在温州的多年生活。正因为有着上海、温州丰富的两地生活，所以我写《邂逅美丽》，种种生活细节就会在脑海中翻腾，很快就通过不断的叩键，呈现在电脑屏幕上。

我很庆幸，《海峡柔情》被中国作家协会列为重点扶持作品，而《邂逅美丽》被上海市作家协会列为重点扶持作品。感谢中国作家协会、上海市作家协会的热情支持和帮助。当我有了创作"上海三部曲"的意向时，就被上海市作家协会写入了工作报告。如今"上海三部曲"终于以一年一部的速度全部完成，呈献给广大读者。

---

1 阿太，温州人对曾祖母、曾外祖母的称呼。蔡笑秋是我岳母的姑婆，所以我喊她"阿太"。

　　"上海三部曲"全部由天地出版社精心安排出版，在此对天地出版社一贯的支持表示深切的谢意。

　　今后我还会继续从事长篇小说创作。我注意到，中国当代长篇小说大都以 10 万字至 20 万字的篇幅为多。我也将多写点篇幅短小的长篇小说，以适应当今快节奏的社会生活。

叶永烈

2017 年 8 月 26 日

于上海"沉思斋"

附 录

打入我家的中共地下党员

叶永烈

2009 年 6 月，全国人大常委会委员、刘英的儿子刘锡荣出差温州，前去看望他父亲的战友、94 岁的张迈君。

刘锡荣曾任中共中央纪委副书记、中共温州市委书记、温州市市长。刘锡荣的父亲刘英（1905—1942），曾任中国工农红军挺进师政委，与粟裕等率部在浙江南部开辟游击根据地。刘英在温州具有很高的知名度。他是江西瑞金人，1929 年加入中国共产党，曾任红十军团政治部主任。后来，他奉命到浙南开辟根据地，任中国共产党闽浙边临时省委书记及新四军参谋长。1938 年 5 月，中共浙江临时省委成立，刘英任省委书记，1942 年因叛徒出卖而牺牲。

刘锡荣所看望的张迈君，是温州资深的中共党员。1994 年 6 月 2 日，我在温州采访了她，她向我透露，当年她曾"潜伏"于我家多年，从事地下工作，使我惊诧不已——虽说那已是半个世纪前的事情了……

平日，只在电影、小说或者回忆录中，读到中国共产党地下党员打入敌人营垒的传奇故事。

1994 年 5 月，我陪母亲从上海回到故乡温州，母亲说起她的老同学张迈君，于是我打听到了张迈君的住址，前去拜访。

温州，曾是中国共产党十分活跃的地方。不过，我小时候只知道"三五支队"，不知道中国共产党。当时，新四军在浙南的游击队叫"三五支队"，后来改称中国人民解放军浙南游击纵队。我第一次听说"三五支队"，是我家的勤工阿源告诉我的。我家后门，是有一口很大的水井，井旁有一铁圈栏，叫"铁栏井"。我家所住的那条街叫"铁井栏"，名字就来自这口井。

铁井栏是一条"P"形街，除了笔直的铺着石板的主街之外，还有一条弯曲的内巷，内巷的出口、入口都在铁井栏主街。铁栏井就在内巷。我家大楼的正门在铁井栏主街，后门在内巷，正对着铁栏井。在铁栏井的对面，原本是一座小庙，叫作"铁井栏宫"，那里原本香火颇盛，后来不见香客，从庙里不时传出恐怖的皮鞭声和哭叫声。原来，铁井栏宫当时被国民党永嘉县警察局的刑侦队看中，作为施刑的场所。他们运来了"老虎凳"。施刑时，灌辣椒水，用皮鞭拷打。我听见那撕心裂肺的哭喊声，非常害怕。我问勤工阿源，那里为什么要打人？阿源轻声地说："那些被打的人，是'三五支队'！"我小小年纪，头一回听说"三五支队"——虽然我并不明白"三五支队"是怎么回事。

我在温州南市镇第一国民中心小学[1]上二年级的时候，又一次听说"三五支队"。记得那时候一个很和善的女教师姓徐，教我们班级。她一头短发，总是穿一件阴丹士林蓝旗袍。徐老师很受学生们敬重。可是忽然有一天她头戴白花，不久就离开了学校，从此再也没有给我们上课。我听同学说，徐老师的丈夫死了。另一位同学悄然告诉我，徐老师的丈夫是"三五支队"！在我幼小的心灵中，"三五支队"是非常神秘的。

我万万没有想到，"三五支队"居然曾经打进了我家，就在我身边！

天天在我身边的"三五支队"，竟然就是她——张迈君！

我曾不止一次听母亲说起她，因为她是母亲的少年时代的朋友，和母亲过从甚密，可以说是"闺密"。她是当年我家的座上客。可是在中华人民共和国成立后，她"忽然"出任温州市卫生局局长兼党委书记，使母亲深为震惊，这才知道她原来是中国共产党党员！

1　今温州瓦市小学。

　　由于众所周知的原因，中华人民共和国成立后，张迈君和我家几乎断绝了来往。1994年，我陪母亲从上海回到温州，母亲已是85高龄，又一次说起她。母亲说，不知她还健在否……

　　我这一次回温州，偶然听表姐沈佩瑜说起她还健在。前些日子，表姐跟她在街上相遇，她居然说，最近在看"阿烈"写的《江青传》。

　　在温州，亲友们都习惯叫我"阿烈"。我很奇怪，她怎么还记得我。因为她作为中国共产党地下党员打入我家时，我不过是个毛头小娃娃罢了。

　　我忽地动了采访她的念头，便向表姐打听她的地址，才知她如今的名字叫张迈君，而我母亲只知道她的本名张润锦。

　　我带着照相机、录音机，去拜访她。当时她年已八十，瘦瘦的个子，梳着短发，戴一副老式的深紫色塑料边框眼镜。母亲说，小时候按张润锦的温州方言谐音，给她取了个绰号叫"长头颈"，我细细一看，她的头颈真的有点长呢。她的衣着很朴素，看上去是个普通老太婆。她当然认不出我来，但我一说是"阿烈"，她马上紧紧地拉住我的手，问起了我的母亲。

　　她知道我现在的工作情形，面对着我的录音机，原原本本地道出了当年的真实情况，才使我明白她的不平常的身世。

　　她出生于1915年，温州瑞安小沙巷人。她原在温州上中学时，就受中国共产党地下组织的影响，参加进步学生运动。那时，她就结识了学生运动的负责人胡景瑊。胡景瑊后来是中国共产党温州地下党负责人之一，曾任中共浙南地委宣传部长、浙南游击纵队政治部主任，也是温州市人民政府首任市长。

　　我注意到胡景瑊的母亲姚平子（1897—1941），是温州著名的才女，1916年19岁的她出任永嘉高等女子小学校长。1924年加入中国共产党，担任中共温州独立支部（简称"温独支"）书记。1927年7月，她担任温属公立图书馆——籀园图书馆馆长，是历任馆长中最年轻、也是唯一的女馆长。

　　我研究姚平子的身世，理清了中国共产党在温州最初的发展脉络：受中共中央派遣，温州永嘉潘坑人谢文锦（1894—1927），从上海返回故乡创建温州独立支部。谢文锦是中共早期重要干部，他于1919年在上海参加了五四运动，并在陈独秀主持的《新青年》杂志社工作。1920年8月在上海加入中国社会主义青年团，1921年加入中国共产党，到莫斯科东方劳动者共产主义大学（简称"东大"）学习。1923年，谢文锦回国，担任中共中央秘书。1924年冬至1925年春，谢文锦在温州亲自介绍了三十多人加入中国共产党和社会主义青年团。1926年7月，谢文锦任中共南京地委书记。在四一二反革命政变前夕——1927年4月11日凌晨2时，谢文锦被捕。蒋介石亲自下令，处死谢文锦。在谢文锦、姚平子之后，中共在温州的领导人是刘英。

正是谢文锦——姚平子——刘英——胡景瑊……构成中共在温州的火炬传递史。

张迈君在胡景瑊帮助下，进入中国共产党领导的"浙闽抗日救亡干校"，学习了三个月。这所学校是刘英创办的。在那里，她加入了中国共产党，那是1938年，她只23岁。她说，是刘英对她作入党谈话的。

她最初在新四军后方留守处工作。她原本叫张润锦，这时改名张迈君。这名字是她自己取的，那个"迈"字是大步向前迈进的意思。

她加入了"三五支队"。她说，那时"白天不走夜里走，晴天不走下雨走"，放着大路不走，专拣没有人的山野走。她常常"坐滑梯"——打滑，一下子从山上滑了下去，所幸在危险的山路边缘，总有老战士在那里站着，把"坐滑梯"的新战士拉住。那些年月，她习惯于和衣而睡，一听说"有情况"，打个滚就出发。冬天，没有被子，只能盖稻草御寒，整夜不敢翻身，因为一翻身那稻草"被子"就散掉了。吃的是长虫、发霉的山芋丝……她说，那时，她对革命工作极为热忱，就连她的父亲病逝，她都没有回家去。

后来，她奉命进入温州市区从事地下工作，看中了我家作为"根据地"。她选中我家，是因为她跟我母亲乃总角之交。她俩都是温州瑞安县人。她十多岁时，因家贫去挑花局挑花。所谓挑花，就是按照布的经纬线绣上图案，做成桌布、床单、手绢之类。我母亲出自瑞安棋盘坦大户人家——沈宅，但是那时候已经衰落，也不得不去挑花，跟她成为亲密的少年朋友。

在她的印象中，我母亲当时梳一根乌亮的大辫子，穿大襟圆角上衣，人很清秀。虽说家庭状况不佳，衣着却总是整整齐齐，干干净净，依然是大家闺秀的风度。

母亲从瑞安出嫁温州。我父亲是温州企业家，又是国民党少将，地方绅士。父亲喜欢社会活动，跟温州政界、军界要人有许多交往。在张迈君看来，我家是非常合适的"根据地"。

张迈君跟我母亲有着深厚的交情，所以她很容易就打入了我家。那时，我家住在温州市中心铁井栏一幢三层大楼。张迈君常来，有时就住在我家。用她的话来说，那时一到我家，坐下来就吃饭，就像到自己家中一样随便。

为了便于开展地下工作，张迈君到我父亲主办的瓯海医院当护士。这样，她有了职业掩护，更容易在温州立足。她在我的父母面前，从未说起"那边"的情况，所以我的父母做梦也未曾想到这位"长头颈"是中国共产党地下党员。

那时，温州笼罩着白色恐怖。前已述及，那时候我家后门的那座铁井栏宫，就是国民党永嘉县[1]警察局刑侦队施刑的场所。被捕的中共地下党员的一阵阵惨叫声，不时传入我的耳朵。她就在这样的环境中，安然地做着地下工作。她仿佛成了我家的一个成员似的，自由自在地进进出出。

她甚至在我家的对门，办起了"永嘉助产士训练班"。母亲不知她的真实身份，把家中的圆桌、椅子、床等家具借给她，母亲还拿出钱资助她。

日军进攻温州，温州三度沦陷。在逃难之时，张迈君以我家的私人护士的身份，跟随我们家一起转涉于浙南各地。她仍做着地下工作。

她在复杂环境中从事地下工作，与党组织只保持单线联系。她曾一度和党组织失去联系。所幸她后来遇上胡景瑊。胡景瑊证明了她的中国共产党地下党员身份，这才使她又和党组织取得了联系。

在刘英牺牲前，她曾经在狱中见到刘英。据 2005 年 11 月 23 日《温州商报》所载周大正《百年刘英》报道：

1942 年初，刘英正准备把省委机关迁到闽浙赣三省交界的福建浦城，召开特委书记会议布置今后工作的时间。由于叛徒出卖，2 月 8 日晚上，刘英在"恒丰盐店"（今温富大厦附近）被国民党特务逮捕。此时，刘英身上还带有文件，在过一座小桥时，他趁特务们不注意，将藏在衣袋里的文件扔进了河里。

刘英被捕后被关在市区永嘉看守所（现在广场路小学内）。张迈君（时任浙南游击纵队卫生处副处长）曾在狱中见过刘英，她也接受了记者的采访。

1　当时温州称永嘉县。

当时张迈君被党组织安排在瓯海医院（现温一医）当助产士。她说："时任浙江省委秘书的周义群和他怀孕的妻子也关在看守所里，由于周义群的妻子身体不舒服，叫我去看病，所以那次我在看守所里看到了刘英，我们相视一会儿，他见我眼圈红了，怕我的情绪被敌人发现，就马上转过了头。后来我把刘英关押的具体位置告诉了组织，但因敌人看守严密，最终营救未能成功。"

2月底，刘英被解到永康方岩，在监狱中，刘英还利用一切机会为党工作，看守任根荣还拜刘英为先生。

1942年5月17日，蒋介石自重庆发来密电，要求处决刘英。18日清晨，国民党特务将刘英押解到方岩马头山麓，刘英英勇就义。

这里提到的"张迈君被党组织安排在瓯海医院当助产士"，而我父亲曾任瓯海医院院长。

据称，1942年5月17日，蒋介石自重庆发出的密电是："饬速处决刘英。"毛泽东早在1929年就认识刘英，得知刘英牺牲之后，毛泽东深情地说："刘英为人民而牺牲，人民就会永远纪念他。"

在日军三次占领温州期间，张迈君都随我父母一起逃难。1944年温州第三次沦陷。那次逃难时，父母收拾家中细软，装入72只箱子。这些箱子运至乡下一户地主家中藏于密室，外面用砻糠堆没密室的门。忽然在一夜之间，这些箱子不翼而飞，张迈君也从此不见了……

后来才知道，她离开我家之后，出任中共浙江省临海县委组织部部长。

父亲、母亲曾经多次跟我讲起这72只箱子的离奇丢失，也说及张迈君同时不知去向。

1999年10月23日，我在温州采访我父亲的副手戈鲁阳先生，他回忆说，72只箱子中，有40匹蓝灰布。他还说，后来，1949年5月7日浙南游击纵队开进温州城，许多战士穿的蓝灰布军装，就是用这批蓝灰布做的。

中华人民共和国成立后，张迈君在温州公开露面了，她担任浙南卫生处副处长、温州市卫生局局长、温州市妇联办事处负责人，后来又出任温州市卫生局党委书记。

　　她与我家不再来往。我的父母得知她的真实身份之后，曾怀疑那 72 只箱子的丢失与她有关。

　　这一回，她见到我，倒是主动跟我说起那 72 只箱子之事。她说，那件事跟她无关，只是很巧，那天她奉上级命令到新的工作岗位去，所以不辞而别离开了我家……

　　其实，我哪里会去追究那些早已逝去的往事；她当然也知道我不会去计较那些陈谷子烂芝麻。不过，这件事却成了她和我母亲之间的芥蒂所在。我知道，她向我表白，为的是希望我向母亲作些解释……

　　我问起她后来的经历。

　　她说起曾两度蒙受"左"祸：

　　一次是在 20 世纪 50 年代初的"三反"运动中，她曾被作为"贪污"嫌疑被整了一下。她自己都不知道怎么会跟"贪污"联系在一起的，无法"交代"，被视为"不老实"。一直到了运动后期，所查"贪污"案情要与本人见面，她这才恍然大悟：原来，她曾领了一些鱼肝油，被怀疑为"贪污"。其实，那是她为一些老干部们领的。直至龙跃（1912—1995，曾任浙南游击纵队司令员兼政委，温州地委书记。后来调任上海汽轮机厂党委书记、上海政协副主席）等老干部们为她证明，这才了结；还有，她曾领了一只秒表，被视为"贪污"公物。其实，她领来是交给一个护士为病人量脉搏用的。经那个护士证明，也总算"结案"。这两件芝麻绿豆之类的"检举"，使她第一回蒙受了挨整的痛苦。

　　第二回，则是在"文化大革命"中，她蒙受的灾难更深。她作为中共地下党员，曾一度失去和组织的联系，于是被打成"假党员"。那挨整的滋味可想而知……

　　"文化大革命"之后，她作为"三八式"的老干部，颇受照顾。当我去找她时，步入宿舍区，不论问谁，都很热情指点她住哪里。到她家，她不在，邻居马上替我四出寻找，终于把她找回来。看得出，她处处受人尊敬，群众关系很不错。

　　不过，由于她早在 1975 年就退休了，靠退休工资生活，并不宽裕。她对我戏言道："现在老革命不如新革命，新革命不如不革命，不革命不如反革命。"我不知她所说的"反革命"指什么，她解释道："当年参加国民党跑到台湾去的人，现在回来观光，回来投资，被待为上宾，比我'风光'得多！"说罢，她大笑起来。笑罢，又沉默良久。

　　我曾听说，在中华人民共和国成立前，常常往来于我家的，还有一位国民党的连长，据透露也是中国共产党地下党员。我问她是否知道此人，她摇头。她说，那时做地下工作，往往是单线联系，所以她不知道别的地下党员的活动情况。我家的相册上，保留着那位连长的名叫凤花的太太骑自行车的照片。

　　另外，父亲手下的职员戈信谦也加入了"三五支队"，父亲不知道。

　　张迈君说自己如今上了年纪，躺下来睡不着，坐在那里偏偏要睡着。爱吃的东西咬不动，咬得动的东西不爱吃。她每天在练气功。她练的是"天钟功"，这种功是气功师陈乐天发明的，我曾访问过陈乐天，所以和她一谈起"天钟功"，她就滔滔不绝起来……

　　我回到妹妹家，很详细地向母亲说起了张迈君。母亲很仔细地听着，不时说起少年时代"长头颈"的往事。母亲很想见一见老朋友，但是彼此几十年间隔着一道鸿沟，不知张迈君肯不肯跟她见上一面。

　　两天后，我从妹妹家下楼外出。妹妹家住在五楼。我刚出门，见到一个清瘦的老太太轻步上楼，步子好快，手里还拎着一包什么东西。她喊了声"阿烈"，我认出原来是张迈君阿姨！

　　她一口气上了五楼，居然大气不喘，仿佛仍保持着当年打游击时爬山的那股劲头。

叶永烈的母亲（右）会晤阔别多年的童年朋友张迈君
（1994 年 6 月 4 日，叶永烈摄于温州）

　　我领着她去见母亲。两人相见，久久地双手相拉，眼眶里都滚动着热泪……我赶紧拿出照相机，拍下了这难忘的时刻。

　　这是张迈君 1944 年突然"蒸发"之后，过了整整半个世纪跟我母亲再度见面。母亲与张迈君一起用瑞安话回首往事，仿佛又重回少年时光。

　　母亲总是称她"润锦"。